巍巍嵯峨

暮千雪 著

陕西师范大学出版总社

图书代号：WX18N0410

图书在版编目（CIP）数据

巍巍嵯峨 / 暮千雪著. —西安：陕西师范大学出版总社有限公司，2018.6
ISBN 978-7-5613-9228-7

Ⅰ.①巍… Ⅱ.①暮… Ⅲ.①长篇小说—中国—当代 Ⅳ.①I247.5

中国版本图书馆CIP数据核字（2017）第277262号

WEIWEI CUO'E
巍巍嵯峨

暮千雪 著

出版统筹 / 刘东风
责任编辑 / 尹海宏
责任校对 / 杨　雯
装帧设计 / 梵一设计
出版发行　陕西师范大学出版总社
　　　　　（西安市长安南路199号，邮编710062）
网　　址 / http://www.snupg.com
印　　刷 / 西安市建明工贸有限责任公司
开　　本 / 720mm×1050mm　1/16
印　　张 / 25.25
插　　页 / 1
字　　数 / 350千
版　　次 / 2018年6月第1版
印　　次 / 2018年6月第1次印刷
书　　号 / ISBN 978-7-5613-9228-7
定　　价 / 68.00元

读者购书、书店添货或发现印装质量问题，请与本公司营销部联系、调换。
电话：（029）85307864　85303629　　传真：（029）85303879

战争的隐语
（自序）

《巍巍嵯峨》落笔成书时，窗外正是阳春三月，人间芳菲正浓时。历时四年，完成一个怀揣半生的心愿时，一种深海泅渡归来的疲惫与酣畅在所难免，同时更饱满的是份由衷的感慨与欣喜。

或许是机缘巧合，写一部关于战争的小说，起念于少年时：

生长的口镇街，依偎在关中名山嵯峨山下，这座千年古镇，西接淳化东连云阳，是西安通往陕北的重要关卡之一，曾留下彭德怀、刘伯承、习仲勋等众革命前辈的匆匆步履，所以从小我耳边就回荡着打仗的故事。尤其从外公外婆一次次叹羡"你们这代娃赶上好时候"为开场白的追溯里，我反复听到"战争"这个词，与其捆绑出现的是"枪声""逃亡""离散""寻找""年馑""饥饿""生死"等词。居于淳化深山里的外公外婆的表情和声色，生动地注解了这些词里裹挟的凄寒，也让我依稀意识到，所谓"战争"，就是一场空前的黑暗，对某些生命来说，是种灭顶之灾，是无力拔身的苦难。只是，苦涩的追忆，常常会以外公的朗声一笑为结尾："世上还是好人多啊！那个娃娃脸、大个子的首长，送咱的那床被子和那个碗，咱用了多年啊！"威严的外公很少如此笑，因此他的这种笑语给我留下了深深的印象和好奇，那是一个于黑暗中跋涉的人终于看到了星火的喜悦与坚定。

后来，终于知道了关于外公的那场起死回生的"传奇"：1945年8月的一天，年轻的外公在位于淳化县石桥乡的雷家坡山头上打柴，遇上一支打听路线的解放军队伍，外公自告奋勇将这支队伍一路带到了爷台山，并留下来做了支前群众。在外婆以为外公被国民党抓了壮丁，再也不会生还而绝望与悲恸之时，外公正在那场著名的"爷台山战役"中抬着担架。四天四夜的血雨腥风，外公和上千名支前群众零距离体味了革命前辈们舍生忘死的豪情和对百姓们的体恤爱护——看到外公没带行李，习老连忙送给外公一床被子和一个碗……而此前外公经历了另一段人生：抗战初期，外婆26岁的兄长，彼时是粟裕部下的一名营长，送有孕在身的妻子回村待产时，被汉奸带领的还乡团包围，突围中不幸牺牲，怀着孕的妻子被文书掩护着跳窗逃生后不知所终。在还乡团要将外婆家赶尽杀绝之时，刚订婚的外婆恰好当天去了外公家。听到消息，外公带着外婆连夜逃出那个生养了他们十六年的山村，再也没回去，从此他们习惯站在山崖上望啊望、盼啊盼……

我从9岁开始便与文学青年式父亲抢着看《人民文学》《当代》《收获》等书刊，12岁时从母亲口中听到这些往事，便朦胧地意识到，这些事一点也不比书上那些故事差，都是浑然天成的啊，于是热血沸腾地酝酿着长大一定要将这些故事写成文字。

可是写成什么样的文字呢？想让别人从中看到什么呢？壮观？悲惨？传奇？热闹？……毕竟年少，想过就罢。

时光辗转，2012年从部队回到咸阳的我，去探望一位长辈。一见面，这位出生于解放战争时期的老人就动情地讲起了战争，他反复地讲我党那些军人如何艰苦，如何英勇，如何爱百姓，百姓又如何爱军人，百姓如何互爱。他说某些在战场上指挥千军万马的硬汉子，却为百姓遭苦难而落泪；百姓宁愿自己挨饿受冻，也要把粮食衣物送给素不相识的战士。长辈说，虽然那是场空前的灾难，但是因为大家彼此相爱相惜，那段苦难的岁月倒成就了令人刻骨铭心的幸福与温暖。

沉浸在追忆中的长辈，有着与当年外公一样的喜悦与坚定。不仅如此，他和外公还有着太多的共性：他们都目睹过战争，他们都达观、善良。外公在全家人喝着能照见人影的米汤时，却还捞出几粒小米撒在锅台上，说留给老鼠；家里有人出门时，总会叮咛：出门对谁都要好，说不定他就是咱离散的亲人。而据我所知，眼前的长辈一生经历坎坷，遭受过各种不公平，但是他没有一句憎恨愤世之言，他经常行些出力不讨好的"傻事"。

知道我有写文的习惯，长辈眼睛一亮，欣然将自己珍藏了多年的资料捧出来："娃，写下那段历史，这些事不能忘，要传播出去，要一代一代传扬下去！要让更多人懂得老一辈的良苦用心，要懂得人该怎样活，不要让英雄们的血泪白流！那不是一件件小事，那是珍贵的人性，是一种稀缺的精神啊！这种精神是我们民族的力量，是子孙后代们的财富，是全社会的明灯，千万不能失传！不能灭！"

我恍然明白了是什么让他们遍尝苦难从不喊苦，理解了是什么让他们在漫长多舛的人生里始终心怀宽容与希望，是什么让他们自发地收集着人性的光亮、传播着人性的光亮——是因为他们曾被人性的光芒照耀！那生命之间的相惜相爱，像阳光一样照破了他们的黑暗，让他们知道了生命所渴求的本质，也能寻到了破解苦难的秘诀——善与爱，不仅能战胜苦难，也能让人身处苦难而不觉得苦。

记忆纷至沓来，蓦地明白，外公当年的反复述说，是不是希望将那份记忆移植进我们的生命里？不要让某种光亮和力量断流？不要让他们怀抱一生的珍珠随着他们的逝去而滚落于泥土草棵，遗失于光阴之外？

记忆里的外公与眼前的长辈，连同少年时的念头，叠加在一起，我郑重点头。

当我下定决心写一部关于战争的书时，抬眼望去，看到了巍然不语的嵯峨山脉。这条沉默地耸立在关中大地上，连接起泾阳、三原、淳化三县的山脉，千年来像屏障一样呵护着关中百姓，承担着历史风雨，更在战争时期，扛起了一个民族的重任：它脚下的云阳镇成功地诞生了八路军；它曾创下八大元帅齐聚一地的奇迹；它脚下的安吴青训班培养输送出了一万多名革命青年，以"北安吴，南黄埔"之名传扬海内外，毛主席为其题词，蒋介石为之致电，朱德千里迢迢从前线赶来讲课……这是一座山的荣耀，也是一片土地的荣耀，是一个时代的标记，更是一处人性的丰碑，锻铸梦想与希望的大熔炉。它见证了一段灾难里的辉煌，见证了一段波澜壮阔的军民联手抗敌战胜苦难的岁月；它见证了那些伟大生命的光芒，也目睹了一个个寻常生命从弱小到强大，从狭隘到开阔，从而活出了生命的高度。这些生命与嵯峨山一起耸立在中华大地之上。

托尔金说："一个人必须亲自身处战争阴影之下，才能完全体会它的沉重压迫。"作为一个70后，虽然幸运地避开了那段血雨腥风的历史，但是，纵观几千年历史，谁的命运不受战争影响与支配？在历时四年的创作中，我多次凝神在故乡这条巍然不语的名为"嵯峨"的山脉前，一遍遍思索每一场战争的必然性与偶然性，思索在社会变迁史中，战争究竟要链接起什么？是功名？是财富？是杀伐？是仇恨？是……不，这些都不是。因为，在阅过成摞的史籍，在听闻目睹过诸多现实，在一次次想起外公、长辈及无数同他们一样的生命后，我终于确信，任何年代，任何群体，看似各自为营，却有着一致的本能。他们用尽所有力气，也无非是生命的本能所诉求的——在简单的温饱、安稳、团圆的基础上，体尝爱与被爱。生命，只有在爱里才能找到归属，世界万物应起源于爱止于爱。

塞翁千古流传，是因为其能解读福祸背后的隐语，而世间所有战争是否都揭示着"爱与善，是战胜苦难、消弭战争的唯一途径"？

或许，每一场战争，每一场苦难，都是人性的一次淬火，是对生命的一次解构和求证。为了证明这个道理，有太多人前赴后继献出了生命。

在这故事里，我还原了一些真实的历史，如百姓们质朴的同时，也有小精明，无畏生死的刚烈英雄，更有着柔情万千。如果说，百姓质朴中的小精明是种无意识的呐喊，那么，一场场战争中诞生的英雄，就是一把把人类精神高度的标尺，是一把把劈开人性壁垒的锯斧。他们把自己的青春、生命燃成火把，引领着人性的方向。他们之所以心甘情愿地抛头颅洒热血，是因为他们以国为家，以每个同胞为亲人。他们突破了人性的壁垒，用深广无边的爱与善创造了无数的奇迹与光明，温暖了无数苦难中的生命，唤醒了无数混沌的心，在带给我们一次次震撼与感动的同时，更成为亮在一个民族上空的精神明灯，永不黯灭。

不知谁说过，写作是种修行，写完这部书，我彻底懂了此中况味。这部小说，是我创作生涯的一次转型，更是灵魂的一次嬗变。毫不夸张地说，从搜集资料开始，便如掉入一座大熔炉，很多个瞬间产生这样的念头：与民族大义相比，个人的风花雪月儿女情长甚至不值一提。由此，我理解了那些先烈以及世世代代英雄们的情怀，也生发出作为民族一分子的自豪与踏实。这种来自灵魂深处的归属感，也终于让我懂得了"爱国主义""赤子心"的意义，更让我懂得了生命的方向，品尝到了深刻的幸福。所以，我深深地感谢那些出现在或没出现在拙作中的所有先辈，感谢他们将生命凝聚成一束束光火留在这苍茫尘世间。因此，在写过的书中，唯有这部是以最庄严的心去写的——当你听着那一段段沾染着血泪的故事，你无法不动容，当你听到那些血肉之躯演绎出的奇迹，你无法不震撼，于是，回望那段岁月的目光不由得越来越向上方仰，心越来越向低处伏。庄严，就那样不请自来，且越来越浓，直到渗溢于笔尖，落到字里行间。

天地玄黄，宇宙洪荒，比天空辽阔的永远是人心，比山巍峨的永远是人性的光芒。我想我是幸运的，当我听到一件件动人的事件后，宛如从残垣断壁下的废墟里拣出了一颗颗珍珠，在那些时刻，我终于体尝到了文字工作者的幸福与优越——最先最近地沐浴了这些珍珠的光华。借着这些光华，我清晰地看到了人性可以抵达的宽度和高度，看到了世界的希望。也坚信，在滔滔人世里，永远有些生命，不受人惑，在默默地实践并坚守某些真理。他们的烛火之光，或许微弱，却是使这个世界转动下去的不可或缺的力量。

引钱学森前辈一句"科学没有国界，科学家有自己的祖国"，我也惭愧地说一声"文字工作者没有地域之分，但有自己的故乡"。从自己的成长，我意识到中央云阳红军改编和安吴青训班留下来的红色文化，是一笔丰厚的精神资源与财富，作为一个文字工作者，我有责任将这笔资源与财富传扬下去，作为泾阳土地养育大的孩子，我有义务记下这份属于故乡的荣光，同时告慰先烈：历史不会忘记，精神将一脉相传！从某种角度上说，这部书稿更意味着对一个家族、一个群体的心愿的实现，也是以文学的方式对史志等文献的某种丰盈与补充。同时也可以看作是作为一个70后以战争为切口，对人性、幸福等命题的追溯与反思。

因初次驾驭如此庞驳的题材，肯定有心有余而力不足的虚弱与欠缺之处，敬请海涵，感谢为这本书的诞生而付出辛劳的所有师友，深情祝福！

谨以此文祝福我的民族，我的故土，我的嵯峨山……

2016年8月初稿

2016年12月二稿

2017年8月三稿

目 录

第一章　雾锁嵯峨红军来
各有各的梦 / 001
红军来了！ / 008
高兴全云阳收义子 / 012
英子一家 / 018
最热闹的一个新年 / 022

第二章　紧急改编扛国难
中央急电 / 029
嵯峨山里夜追荣子 / 033
张生祥的秘密 / 036
习仲勋初到安吴堡 / 041
纯真的志向 / 045
张生祥哭闹阻换装 / 050
毛树周月下说三国 / 054

第三章　云阳誓师赴前线
沸腾的乡村 / 060
旄头漫卷西风 / 064
人在歧路 / 069
走，参军去 / 073
人别心不别 / 077
雨中誓师 / 082

第四章　青训班址落安吴
　　搬家 / 089
　　开学典礼 / 093
　　暗箭在弦 / 098
　　第一堂军训课 / 102

第五章　黑娃如愿成学员
　　高兴全用计躲抽丁 / 108
　　正月十五月儿圆 / 115
　　父子之战 / 119
　　青训班里逼婚 / 122
　　黑娃上了青训班 / 130

第六章　"南黄埔，北安吴"
　　苦练本领 / 139
　　同路人 / 144
　　成立党支部 / 147
　　前线归来的伤病员 / 150
　　同台不同戏 / 155
　　"兄弟"迎客 / 158
　　老"炊事员"的威武 / 164

第七章　不惧浮云遮望眼
　　母子重逢 / 172
　　沐浴红光 / 178
　　刘霞遇险 / 182
　　"贵客"临门 / 187
　　乌云难蔽日 / 191
　　党旗在心中升起 / 195

第八章　收编土匪安民心
　　嵯峨，嵯峨！/ 200
　　飞镖王勇挫土匪 / 207
　　走进边区 / 212
　　大获全胜 / 218

第九章　心有光芒劲无穷
　　人间正道 / 225
　　"好人歌" / 233
　　自力更生忙生产 / 237
　　积水滩上传欢声 / 241
　　学生会 / 247

第十章　有梦不觉深冬寒
　　"安吴装" / 251
　　新年的欢宴 / 256
　　社火 / 260
　　泾阳送"戏" / 263
　　新年新任务 / 268

第十一章　雁入云空酬壮志
　　最美的春光 / 273
　　新女性 / 278
　　神圣时刻 / 282
　　远征亮马台 / 285
　　五月抢收忙 / 289
　　共享收获喜悦 / 293
　　雏雁出征 / 297
　　庄严的约定 / 302

第十二章　风声鹤唳硝烟起
　　惨案频传 / 307
　　特派员暗探安吴 / 311
　　危机四起 / 315
　　阴谋 / 321
　　地头蛇行动 / 324

第十三章　惆怅人间别恨多
　　李长水痛打冯占财 / 330
　　英子远走 / 336
　　明娃回来了 / 341
　　血泪漫天 / 346

第十四章　守得云开见红日
　　一触即发 / 353
　　黑暗里的火把 / 358
　　紧急撤迁 / 362
　　走向胜利新征程 / 368
　　思念绵绵 / 373
　　哭泣的婚房 / 377
　　云开日出 / 383
　　岁月余音：重逢还是偶遇 / 386

第一章

雾锁嵯峨红军来

各有各的梦

嵯峨山，笼罩在1936年12月的凛凛晨光之中，像道屏障横在地平线上。万木凋零，黑魆魆的山崖参差逶迤地峭立着，雄浑，肃寂，坚硬，冰冷。

哒哒哒的马蹄声并着吱咕吱咕的车梆子声由远而近。原本不算大的声音在寒冬大清早空无人息的嵯峨山下就显得动静很大，一路上，把落在荒草、枣刺上觅食的麻雀吓得扑棱棱地争着向山腰飞。

"嘚驾——"坐在车辕上的人挥了个响鞭，马蹄下的嗒嗒声又稍稍密集了点，硬轱辘车轮也转得又快了点。

细瘦的康民卷着一身破棉袄躺在车里，他的身下是装满粮食的长布口袋。车身一颠，康民睁开了眼，拧过棱角分明的国字脸对车辕上手拿长鞭的赶车人说："我说你这个书记啊，整天没黑没明地筹粮筹款，人都瘦了一圈，来，咱俩换一下，你躺着歇下，让我给咱赶。"

赶车人席崇军，三十多岁，高大健壮，脸膛黑红，浓眉大眼，很有精神，是边区派往云阳地区的抗日救国会共产党的书记。他回头一笑："老康，没事，你歇着，养好精神，咱们还得靠你这个游击队长保驾护航哩。"说罢，手挥长鞭啪啪几声响。

康民哗地坐起,冲席崇军竖起大拇指:"行家!"

"哈,这算啥,想当初……咦——吁——"

席崇军半句话卡进肚子,急急地勒马停车,康民已麻利地一跨腿跳下了车,他俩同时看到迎面走来的小伙子直愣愣地往地上倒。

倒在地上的小伙子只有十五六岁,痛苦地呻吟着,几乎要失去知觉。两人蹲在小伙子两侧查看,发现伤情在腿上,席崇军伏身细看,叹气:"这娃腿伤得不轻,要赶紧治,快,康民,把人先往车上抬。"

康民也心疼地摸一下孩子的腿:"孩子,你叫啥名字?腿咋伤成这样?"

小伙子气若游丝道:"我,我叫荣子。"刚说毕,从眼缝里瞅见了康民腰里的两把短枪,慌忙挣扎翻身想往起站。席崇军笑着安慰:"别怕,孩子。"

荣子迟疑地望着他们俩:"你们……是红军?"

席崇军和康民点头一笑:"算你说对啦。"

荣子放心地头一歪,晕睡过去。

与此同时,张生祥跂蹴在安吴村麦地间的地畔上,顶着满身朝霞,一手撑着膝盖,一手挥着旱烟杆朝着对面的嵯峨山比画,旱烟袋在他清癯黄黑的脸孔前来回晃荡着:

"咦,昨晚上我做了个梦,梦见嵯峨山着火了,火焰大得啊!"

"怪了,我也梦了一晚上的火。"双手抄在袖筒里,挨着张生祥跂蹴的高兴全吭吭哧哧地跟出这句话时,眉头子攒着。高兴全一辈子很少做梦,屈指可数的几次梦最后都应验了,所以他对梦有些迷信,从早上醒来就开始寻思。

"啥火,啥火?你梦见啥火?"张生祥是个急性子,他最受不了这个人高马大的老伙计四平八稳慢吞吞的性子。村里人有的说高兴全城府深,精于算计还端老爷架子,但更多人说高兴全厚道老实,不擅言语。在张生祥看来,高兴全就是个胆小怕事甚至还有些笨的老实疙瘩。不过令他一直寻思不透的是,这个老实疙瘩咋有那么大的挣钱本事,又是种地,又是在云阳开店铺,把个家业弄得火旺旺的,是安吴村有名的富裕户,还在四乡八村树起了极大的威望。人常说人有钱了就变脸,还好高兴全不是这样的人,高兴全不但没疏远他这个一块要大的伙计,还经常拉扯他一把,更令他意想不到的是,还愿意跟他结成儿女亲家。所以，从光腚玩泥巴起，他就觉得和高兴全是一家人，从来都以自家人自居，说话随意。

"说呀！"张生祥见脸盘明显比自己圆润一圈眉毛又黑又硬的亲家还是望着嵯峨山沉思，急得用胳膊肘捣他，"快说，梦见啥火？"

"梦见咱给俩娃正办喜事哩，院里突然起火了，满院的火，人一下子乱了，都向门外跑。"

"好梦呀！"张生祥啪地一巴掌拍在高兴全大腿上，"满院的火，就是财旺，看来又该你老怂发财了。"

"唉，都啥时候了，还有心思发财？我昨天已经去把云阳铺子的门都关了。"

高兴全闷闷的一句，提醒了张生祥，张生祥也转喜为忧："唉，听说西安、咸阳现在紧张得很，学生娃天天游行，飞机在头顶飞来飞去。"

"不光是西安、咸阳，咱云阳这一带也人心惶惶的，这几天云阳镇乱得很，来了很多学生、难民，还有好些兵，也分不清是谁的人马。"

张生祥眼一亮，抽出嘴角的烟杆："人马？是不是红军？"

高兴全不悦："红军跟你有啥关系？"

"关系美得很哩！"张生祥脱口而出，又赶忙改口："嘿嘿，我瞎扯哩，有没有关系不要紧，只要能救咱老百姓，能给……"张生祥胡囔了一下，随即又兴奋地一拍大腿："哈，对了，咱这梦是不是跟红军有关？是不是咱这里要来红军了？我可一直盼着这一天啊。"

高兴全："你脑子咋缺根筋？盼啥盼哩？谁来都没有好处，兵荒马乱，受罪受苦的还是百姓。你还是操心咱啥时给娃把喜事办了。噢，我是来跟你商量给俩娃定日子的事哩，让你一个梦给打乱了。"

"红军是救百姓的，不会让咱遭罪的。"张生祥仍沉浸在自己的兴奋中，顾不上接高兴全关于给俩娃办喜事的茬。

高兴全的不悦更明显一些："啥叫遭罪？打仗就是遭罪，不管啥年代啥样的人家，一卷进战火就别想安宁。"

张生祥丝毫不恼，仍兴冲冲地说："是福不是祸，是祸躲不过，火烧过来了，躲也不是办法，只能迎着上。"

高兴全："迎着上？你凭啥本事迎着上？不是那块料就甭逞那个能。"

张生祥："你咋看出我不是那块料了？就兴你蔫驴踢死人，就不许别人肉里长牙？"

高兴全："你肉里长啥牙了？有本事揭开看看。"

张生祥："没到揭的时候哩，到时候了就给你揭开。"

高兴全："快甭胡扯了，赶紧寻思着给俩娃把喜事办了，安安生生地过你的日子。整天毛毛躁躁的，早晚要吃亏。"

张生祥："放你一百个心，咱四十几年的粮食也不是白吃的。俩娃的事咱说了也不算，还得征询下俩娃的意思哩。"

高兴全："娃是咱生的，咋就咱说了不算？"

张生祥："你就是个老脑筋，儿大不由娘，现在这娃主意大着哩。"

"喊，我看是你主意大着哩吧。"话不投机，高兴全沮丧又烦躁地把头拧向一边，看身前身后绿汪汪的麦地。刚受过一次薄雪滋润，一畦畦麦子就像吃饱了饭的娃，你挨我我挨你，成团成簇，静静地晒着太阳，不知人世疾苦的样子，安闲、惬意。

张生祥对亲家高兴全的反讥并不在意，像这样谈崩翻脸的事又不是一回两回了，张生祥知道高兴全最讨厌他脑子简单、做事毛躁的毛病，也一直提醒他遇事要看长远，要有主见，不能胡乱跟风，并且不止一次地警告他：你早晚要吃毛躁的亏不可！张生祥总是哈哈一笑岔过去，这也是张生祥最好的一点，不知是能分得清好歹，还是心胸宽，总之说轻骂重他都哈哈一笑，是个啥话都不往心里去、啥事都不往心里搁的直肠子。所以村里很多人羡慕张生祥啥时都乐呵呵的，只有高兴全时常敲打他，并对他的"没脑子"深怀忧虑。

但是张生祥并不是这样认为的。张生祥觉得亲家高兴全对他的担心和忧虑完全是多余的，他觉得高兴全并不完全了解自己，整个安吴村的人都不了解自己。别看他毛毛躁躁，心里藏不住一句话，其实很懂分寸，不该说的事坚决不说，甚至能做到一字不漏多少年。

想到那件事，吧嗒吧嗒抽着烟的张生祥呵呵笑出声，惹得高兴全恨铁不成钢地剜他一眼："赶紧把心思放在俩娃婚事上，我还等着抱孙子哩。"

席崇军加紧赶车，一口气奔进云阳东街城隍庙。庙内两旁的走廊上挤满了逃难的人，很多难民挑着担子，担子里一头是娃，一头是破破烂烂的行李。男人们三五成群围坐着抽旱烟，有一下没一下地说着话，女人们则守着担子哄着娃，有的还扯着针线缝补衣衫。席崇军的马车穿过难民缝隙来到后院大殿前。

"快，出来帮着抬人！"席崇军边停车边喊。声还没落地，几个年轻人就从殿门里小跑着出来，一个说："哈哈，一听动静就知道是席书记来了。"另一个接道："书记是把火，烧到哪里……哪里热闹。"小伙子最后几个字是哼叽出来的，因为他们看到席崇军正心急火燎地往起抱荣子，两人抢上前抬着荣子往后院疾步而去。

席崇军看着他们的背影消失在隔墙后，舒了口气，转身又看到康民正招呼着另外几个小伙把车上的粮食往大殿里抬，笑笑说："咱休息休息，让小伙子干去。"

康民应声走过来，两人站在院子中央打量起来：左边空地上的铁匠炉子，炉火呼呼，几个人在挥锤打造大刀长矛；右侧的大树下，一伙排练文艺节目的青年男女在练大合唱，歌声嘹亮又深情。康民和席崇军不由眯起眼细听起来："一道道的那个山来哟一道道水，咱们中央红军到陕北；一杆杆那个红旗哟一杆杆枪，咱们的队伍势力壮；千家万户咳嗨咳嗨哟……"

一曲音落，康民和席崇军相视一笑。

康民："还是歌听着美！"

席崇军："等太平了，咱天天听歌。"

康民："那样的日子想着都美呀，估计天天做梦都会笑醒。"

席崇军："准备好你的美梦吧，那样的日子不会太远了。"

两匹快马疾疾驰进城隍庙大门，哒哒的马蹄声引得席崇军和康民齐齐拧过头去。一眨眼，两匹马便停在了他俩眼前，两名红军战士嗖地从马上跳下，急促地对席崇军报告："关中特委、陕西省委让您速到桃渠源去，有重要事情商议。"

席崇军一听，立马要走，康民却掉头往后院跑，几分钟后，康民从后院拿着两个锅盔出来，递给席崇军一个，自己也拿一个掰成两半，分开装在俩衣兜里。两个小伙子也从后边各牵出一匹马来，席崇军和康民一人接过一匹。

四人扬鞭打马出了城隍庙，从云阳大街上疾驰而去。

荣子被抬着穿过城隍庙的后门，安置在一条巷子里的一家四合院内，这是关中最普通常见的四合院，院子里草席上晾晒着各种中草药，正中间房子的炕上，几张临时搭起的木板床上都躺着伤病员。

任医生细心地给荣子检查腿上的伤，用镊子夹着棉球擦洗着伤口，心疼地问额头冒汗的荣子："孩子，疼吗？"

"嘿，不疼。"荣子挤出一个笑，他看得出这都是一群善良的人。

任医生给荣子擦汗，手指触到了荣子额头，一惊："发烧了！不行，要立即退烧！"说着转身往桌前走。

荣子倔强地喊："不要紧，我扛得住，不用麻烦！"

任医生不理会荣子的喊叫，拿着毛笔迅速开好药方，交给一位年轻姑娘，姑娘拿着药方小跑着出去，不一会儿拎回几包药。

后院的墙角有用土坯垒成的熬药锅台，旁边放着一排排药锅；一位老妇正一手拉风箱，一手往锅台里塞柴火，火苗跳跃，药锅上冒着热气，还咕噜咕噜地响。姑娘将药交给老妇叮咛了几句，老妇连连点头："放心放心，我尽快给娃煎好，可怜的娃呀。"

就在安吴村村民张生祥和高兴全趵蹶在安吴村麦地畔上各怀心思地说梦，康民跟席崇军站在城隍庙院里想美梦时，西安上空阴云密布，电闪雷鸣，几架军用飞机在空中盘旋，呼啸着来来去去。街上游行队伍打着"坚决拥护抗日主张"的横幅和各色小旗子呼着口号前进，城外路上，男女青年学生背着行装成群结队地赶路。

云阳通往安吴村的路上，两个十六七岁的小伙子背着铺盖默默无语地往前走。

"刘泽全，吕世璋，不好好在学校上学，跑回来干啥？"路边渠沟里呼啦啦跳出几个年龄相仿的年轻人，冲着俩小伙子喊，有男有女。

"毛树德，黑娃，白女，仵运东，莲花，蜡梅，巧娥。"两人挨个给同村伙伴打招呼。

"咦，咋还背着铺盖，不念书啦？"白女打量着全村人都在夸的两个学生背后的行李。

"唉，云阳现在乱得不像样子，学校里人都走光了，我们这算走得迟的哩，不到万不得已，谁舍得撂下念得好好的书？"刘泽全叹气。

"这到底是咋回事嘛，快给咱谝谝！"毛树德好奇地问。

"走，咱回村，边走边谝。"吕世璋示意。

"行，行，等我几个提下笼。"毛树德点着头，跳下渠沟去提捡柴的笼，其他几个人也相继取回笼，一伙年轻人挨挨挤挤说说闹闹地往安吴村走去。

荣子在院子里练习走路，一抬头，看到席崇军、康民带着几个人进来，欢喜地不等席崇军发话，就喊道："首长，看，我能走路啦！"

席崇军舒心地一笑："好，好，这样我就放心啦。"然后又上前握住从门里走出来的任医生的手："又多亏你了，我替荣子谢谢你！"

任医生感叹："这孩子腿伤得不轻，要不及时医治，恐怕就残废了，咱们以后得多预备些好药。"

席崇军深思地说："你说得对，得多预备些刀伤枪伤药，多预备些人手，把医院往大了办，准备多接收伤员。"

任医生满脸疑惑："这是为啥？"

席崇军郑重地说："我刚从关中特区回来，关中特委的领导传达了党中央毛主席的决定，为防止国民党亲日派借搭救蒋介石之名，轰炸西安，在全国制造更大的混乱，中央红军主力部队将从陕北来云阳一带集结，支援张学良、杨虎城将军的兵谏行动，保卫西安。党中央毛主席十分关注红军在云阳集结的事，关中特委领导反复叮咛，一定要把这事办好，让党中央毛主席放心。"

任医生惊叹："这担子可不轻啊！"

席崇军深情又坚定地说："担子确实不轻，但我相信，咱云阳人民不会让党中央毛主席失望的。"

任医生点头："席书记说得对，红军来云阳，咱们也就有盼头了。"

席崇军伸出手，与任医生的手再次紧紧相握。

此时，巷子的道路旁，一大堆男女老幼围着几个男女青年，他们正放声唱着《打回老家去》："打回老家去，打走日本帝国主义，东北地方是我们的，他杀死我们同胞，他强占我们土地，东北同胞快起来，我们不做亡国奴隶，打回老家去……"

几个巡逻的国民党士兵路过，也停下脚步，在人群后看着听着，其中一个自言自语："老家，啥时能回老家啊。"其余的也黯然神伤起来，默默地扑踏扑踏地离开人群向前走。

红军来了！

"一二一！一二一！……"

大清早，云阳城南大门刚打开，一队红军战士就喊着口令，整齐地沿着城外大路跑进来，惹得路过的人都停下脚步挤在路边看，很快，一条街就站满了人。几个背枪的国民党士兵靠在城墙上看着街面上的马嘶人喊面无表情地说着话："咦，看这阵势，蛮红火的，这天下到底会是谁的？"

"是谁的，都跟咱没关系。"

"谁说没关系，咱咋办呀？"

"咋办？听天由命吧。唉，真他娘的……"

云阳南门里的文家大院，门口站着几名红军战士，警惕地注意着四周的人员。戴着礼帽身穿礼袍短褂、中等身材精干利索的文先生，提着行装从院子中间向门外走，和几个送行的红军总部首长边走边说话。

"首长请留步。咱们是一家人，不说两家话。我全家都在西安经商做生意，这房子终究闲着，还得找人照看，你们红军总部放在这儿，给我看管着，还省得我操心，我还得谢承你们哩，还收啥房租嘛。"

个头不高、身材敦厚、戴着眼镜、四十余岁的红军首长任总（任弼时）为难地说："你可不能叫我们违反纪律啊。"

文先生也动情地说："你们一没拿二没抢，是我让你们借用，不用了还给我就是，又不少一砖一瓦，没啥损失，帮了我的忙，我还不用给你们付看房子的钱，这能犯啥纪律，谁要是不信，我给他们说去，各位首长，你们就放心地用吧。"

说着话，几人已走到门外。文先生对二位首长摆手告别后，一手提着行李的伙计扶住文先生上车。走出一程后，文先生回头远远地望着几位红军首长还站在门口，眼睛有点湿润，不由得揉揉眼……车驶出云阳城南门。

嵯峨山下，古老的安吴村，坚固的城门敞开着，一队队衣衫单薄背着各式各样武器的红军，正川流不息地经过城门朝着村中的街道走去。不管是大路还是小路，一眼望不到尽头的车辆、人流，伴随着行军的冲锋号声、口令声，人潮滚滚，尘土飞扬，不时有战马跃起昂首长鸣。

村民们站在门口、路边，看着听着，惊恐不安地猜测议论着，不知将要发生啥惊天动地的事情。呼地响起一声："快，过队伍哩，赶紧跑，迟了就没命啦！"

犹如平地一声惊雷，炸醒了惶惑中的村民，村民一下子像疯了一样，纷纷扶老携幼逃出家门，在大人小孩的哭闹声中朝村外跑，往沟畔下跳，往树林里钻，往麦秸堆后藏。

康民赶着破旧的硬轱辘大车跑进了安吴村，他走走停停，不时地和队伍、骑马飞奔的人热情挥手打招呼说话。趴在地畔下的张生祥觉得这个人影有些眼熟，不由得爬起身，伸出头仔细辨认，康民越走越近，张生祥一下子站起来："这不是康民嘛！咱云阳的游击队队长。"地畔下的人哗地都抬起脑袋瞅，康民！真的是康民！康民是咱们的人呀！

"好，大伙等着，我去给咱打听打听到底是咋回事。"

"甭逞能！"高兴全低低呵斥，张生祥跟没听到一样，噌地一下，连爬带跳地翻上了地畔子，朝大路上边跑边喊："康队长，康队长！"

康民听到喊声四下张望，看到了张生祥，不觉一乐："咋是你呀！"

张生祥气喘吁吁地站到了康民大车前："康队长，这到底是干啥哩，把人都吓死啦。"

康民哈哈大笑："你又不是没见过世事，这是咱的队伍，有啥害怕的？"

张生祥不解："那么多的人，咋成了咱的队伍？"

康民笑着解释："是共产党、毛主席领导的红军从陕北开到咱云阳来啦。"

"红军真的来云阳了？就和当年西山上苗家祥拉的队伍一样的红军？"张生祥急急地问。

"对，咱们的红军比过去世事大得多啦，咱们穷苦人快熬出头了，有红军撑腰，谁也别想欺压咱穷苦人。"

"终于盼来这一天啦！"张生祥激动地转身挥起手臂，朝着四野放开嗓子呼喊："都出来吧，是咱的人，红军来啦！"

"红军来啦！红军来啦！"声音随着凉飕飕的空气飘进一只只惶恐不安的耳朵里，四下里响起欢呼声，变魔术一样，空荡荡的田野里唰唰冒出好多身影。

街道、大路小路，大大小小巷子里，人来人往，村子里一片忙碌，家家户户忙着打扫门前院后，收拾房子。一户户院落前，村民和红军战士说笑着，一起搬行李。

郭家塬下头，河峡村对面的半截沟里，张生祥抱着一床被子带着几个战士进了院子，边往厢房走，边乐颠颠地解说："清静吧，独门独院，地窑（关中传统民居，建在地面以下的房子）、暗窑大得很，住一个连都没问题。"

十七岁的白女正在抹洗几张小凳子，见战士们进门，赶紧往出走，腾地方。

张生祥冲着女子喊："白女，快烧水泡茶，娃们肯定口渴了，赶了那么远的路。"

"早烧好啦，这就端去。"白女一甩辫子，带着少女特有的轻盈，小跑着进了厨房。

张生祥把被子往炕上一放，得意地给几个战士说："还干净整洁吧，这屋虽然小，但挺暖和，给你们说，你们几个肯定是有福的，这个炕上睡过大首长哩。"

"谁？叔，快说说，睡过谁？"几张年轻的脸孔哗地凑到张生祥面前，张生祥呵呵一笑："这个嘛，不能说，组织纪律。"

"哦，那就算了。"

张生祥对着几张好奇又失望的脸孔招呼："快快先喝几口热茶，该知道时就让你们知道了。"

"好，听叔的。"几个战士嬉笑着，把行李往炕上放，然后围到小桌前端茶喝。白女给战士们一个一个挨着倒茶，不时偷看下战士们身上的军装，欢喜又羡慕。

后街大院子里，毛老七等几个中老年村民正在和泥，准备用土坯盘锅头；院子一角支着几张案板，几名中青年妇女在案板前忙着切菜，揉面，还有几个妇女蹲在大盆旁洗盘子、洗碗。

性格泼辣风风火火的石大姐，齐耳短发，身穿破旧的浅蓝衣裳，挽着袖子和裤腿，着急地对坐在一旁吧嗒吧嗒抽着旱烟的泥水匠李师说："你都算村上十二能哩，这锅台烧火利不利就看你这老把式了。"

四十余岁、身体健壮的李师取下噙着的烟锅子，在鞋底上掸了几下，不紧不慢地站起身："我寻思，咱这里爱刮西北风，锅台的火口得朝着西北方向，一溜盘上四个锅台，烧水做饭蒸馍炒菜，下面都不用拉风箱，烟囱在东边，盘高一点，保证火旺烟利，没有麻达。"

石大姐笑："你是十二能，你说咋好就咋办。"

李师也笑："你放心，烧火不旺，出烟不利，算我糊弄人。"

几个和泥搬土坯的人都笑了："听，又吹开了，一个二尺五戴的就找不到北啦。"

一句话逗得满院子人都笑起来。石大姐边笑边说："甭吹了，快点盘，等着烧水做饭哩，饿着谁都不能饿着咱们的红军战士。"

大清早，张生祥按往常一样，蹲在门前苦栎树下的石碾子上，边晒太阳边吸溜苞谷粥，苞谷粥上顶着一疙瘩酸黄菜，背后一大堆玉米秆在阳光下黄灿灿的。

"咦，他伯，这么早干啥去。"张生祥将嘴离开碗，问从阳光下扑踏扑踏走近的高兴全。

高兴全按惯例，默不作声地往张生祥身旁一立，背着手看看天，看看前方，张生祥把碗往嘴边一放继续吸溜。张生祥知道高兴全还在为他昨天跳出去和康民说话生气，知道高兴全开口肯定会先骂他爱出风头没事找事，按高兴全的说法，康民是个敏感人物，不能靠得太近，有些人都躲着哩，他倒像老相识一样，打得火热。结果，张生祥这次猜错了，高兴全开口了，说的跟他预计的完全不一样。

"红军还真来了。"高兴全说，"我刚从村子里走了一遍，家家户户都热闹得很，除了李长水家。"

"热闹多好，你咋看着不太高兴哩？"没挨高兴全骂，张生祥有点意外。

"是福不是祸，是祸躲不过，唉……"高兴全不置可否地长嘘一声，而后又问："你今有事不？没事咱俩上云阳转转去。"

"上云阳干啥？"张生祥吸溜完了一碗粥，一手提碗一手抹着嘴。

"干啥？你说干啥？给俩娃置办点过事的家当。"

"哈，他伯，我说你这人精明一辈子咋这会儿犯起迷糊来啦，你没看现在这样子能办事么？"

"咋不能办？红军来了，百姓就不能给娃结婚了？"

"瞅你说到哪去了？红军刚来，村里人都忙着安顿红军哩，咱就不跟着凑热闹了，等过段时间，等啥都顺当了，咱再办，白女跟黑娃年龄也不是很大，不急这一年半载的。"

"嗯，算你有理，我今儿拉你上云阳主要是为了探听下局势，根据情况来定，能置办的就置办回来，早晚都要置办。"

"嘿，我看俩娃的婚事都成你的心病了，婚事一天不办，你就一天睡不了踏实觉。"

"你就不想赶紧抱外孙，一家人热热乎乎过日子？"

"想呀，走，咱今儿上云阳。"张生祥跳下碌碡，反身将碗往碌碡上一搁，冲门里喊："白女，来把碗收了！我跟你高伯上云阳了。"

白女跑出来收碗时，只看到张生祥和高兴全走远的背影。

高兴全云阳收义子

云阳街中心钟楼旁，沿街林立着古老的店铺，赶集的日子，街上挤满了跟集赶会的男女老少，卖的买的都在忙活。街南，林记馍铺里，三十多岁的掌柜，肩膀上挂着毛巾殷勤地招呼着来往客人，几个伙计，烙馍的烙馍，烧火的烧火，切肉的切肉，还有的收拾桌椅，给客人端茶倒水，看着坐在凳子上吃肉夹馍嘴角流油的客人。

挤在店铺门前的人越来越多，有两个穿着破破烂烂的国民党兵，一人一手端着个空碗，挤进人群，一直挤到两脚贴到门槛，冲着门里可怜巴巴地喊："大爷，行行好，给点吃的吧。"

"实在可怜。"掌柜的拿出两个白吉饼递过去。

"可怜啥哩？"坐在桌前吃饭的人中有声音传出。

掌柜的说："这几个兵成天流浪街头，沿街乞讨，没吃没喝，没家没舍，能不可怜么？"

紧挨门槛坐着的高兴全搭话："哪儿的人？家里都不管吗？"

掌柜的走到高兴全跟前，放低声音："这些娃是东北军，张学良被扣后，这些就成了没娘的娃，各顾各，队伍解散，人也放羊了。这两个娃当时有病没有走成，就留在云阳了。后来东北军撤防，散兵走投无路，不靠要饭，吃啥呀？"

高兴全哦了一声，对掌柜说："你去给俩娃做肉夹馍，我今儿让娃吃个饱。"

正拿着饼子狼吞虎咽的两个娃抬眼，半信半疑地打量高兴全，张生祥的脑袋露出高兴全的肩膀："放心，你高伯是个出了名的大善人，你俩尽管往饱里吃。"

掌柜的一拍高兴全肩："好，你管吃的，我管喝的！咱今儿就让娃过个年。"人群里响起掌声，笑声，喝彩声。

俩娃各吃掉两个肉夹馍，喝下一碗蛋花汤，脸上有了红颜色，高兴全看着用手背抹嘴的两个娃，和气地问："你俩叫啥名字？"

"我叫狗蛋，今年十七岁。"

"我叫小川，今年十六。"

"你俩下一步是想回家还是想留在这儿？"

狗蛋和小川对望一下，默默地各自垂下脑袋。狗蛋说："我家里人都死光了，到哪都一样。"小川说："唉，想回家哪能回得去呀？"

"那这样吧，你们就跟伯回家，以后就给伯当娃，有伯吃的就有你吃的，行不行？"

"真的？"两双细眯眼睛猛地睁圆，半信半疑。

"他伯？"不仅俩娃吃惊，连张生祥都吃惊。

高兴全转头对张生祥说："兵荒马乱的，让俩娃流落到哪里去？一只羊是放，一群羊也是放。屋里有四个也不怕再多两个，再说这都是大娃了，两只手也能养活了自己，咱就是给娃个睡觉的地方。"

"对对，我今儿是看到活菩萨了。快，狗蛋，小川，把你高伯认成干达（爸），我今儿做个证人，你俩以后就是你高伯的娃啦。"

两个娃一听，乐得一下子齐刷刷跪到高兴全面前叫干爸，高兴全说："叫啥干达哩，达就是达，直接叫达就行啦。"

周围人很多起哄的声音："叫达，叫达！"

两个娃相顾一笑，同时声音洪亮地喊："达！"

高兴全呵呵一笑，从怀里掏出几个铜板："娃叫咱达哩，咱这达不能白当，这些钱拿上，想买啥买啥，买完了，跟达回家。"

"亲家，我以前太小看你了，今对你是佩服得五体投地了。"出了云阳，张生祥小跑着追上高兴全说。

高兴全顿了下，淡淡一笑："呵呵，只要以后不落人骂就行。"

"骂你？谁骂你谁遭天打雷劈！幸亏这俩娃遇到你了，想收留这两个娃的肯定还有人，就是都跟我一样，没这个力气。"

张生祥、高兴全一路说着话，从云阳回到了安吴村。张生祥一路跟着到高兴全家，嚷着要看看亲家母见到"新娃"时会是啥样子。

高兴全的女人何氏是个特别善良心慈的小脚女人，见到"新娃"的反应跟张生祥心里预计的基本吻合，听完高兴全一番说明，立马眼泪汪汪，将狗蛋和小川拉到面前："可怜的娃啊，以后我就是你们的妈，想吃啥妈就做啥。"转身指着闻声跑过来的几个儿女，对狗蛋和小川介绍："这是二娃，这是大妹子莲花，二妹子艳艳，你俩比他们要大一点，他们都叫你们哥哥哩。还有个黑娃，十八啦，比你俩大，你们叫他大哥就行。"

张生祥嘿嘿地笑："有你这样心地善良的亲家母，我白女算是积德啦。"

何氏不好意思地一抹眼睛："那还不快点给俩娃把事办了，让白女早一天叫我妈。"

张生祥："好，好，没问题，白女早晚都要把你叫妈，我今回去跟娃商量商量，定个日子。"

何氏欢喜："就是就是，趁现在村里人多，给娃把事过得热热闹闹的，红红火火的，咱又不怕人吃。"

纷纷扬扬的雪花飘着，安吴村大道上，走动着几辆马拉车，赶车人挥舞着长鞭，叭叭的响声惊得在麦田里寻食的乌鹊哇呜哇呜叫着飞向远方。几个起得早的老汉，拿着铁锨，背着粪篓，天不亮就起身在大道上拾粪。

高兴全家门外，一伙人趁着地冻，给麦地里送肥。粪堆旁边点着一堆柴火。几个红军战士，有拿着铁锨往车上装的，有拿着镢头挖的，边干边说笑。高兴全提着油葫芦从门里走出来，到快装满粪的车前，给车轱辘的轴上一点一滴地上油。一个性格开朗的战士说高兴全："叔，你屋油那么多，抬起来可劲地倒嘛。"

高兴全笑："啥事都有讲究哩，给你端上三天的饭，让你一顿吃完，还不把你撑死？"大伙哄笑起来，高兴全继续说："这跟给地里上肥一样，看庄稼饿了给喂肥，冬上金，腊上银，二三月里上土肥。"

小战士不服气："庄稼饿了要吃，你听见的？"

高兴全："凭眼看哩，跟看世事一样，看人一样。"

小战士："叔，你意思是你还会相面？那你看我能成啥人？"

高兴全装着很认真地看看小战士，不紧不慢地说："成人就成杨六郎。"小伙一听很高兴，高兴全又说："不成就是个大饭桶。"

大家哄笑起来，一个个都冲着那个小战士喊"大饭桶"，小战士嘿嘿地笑。何氏迈着小脚从门里走出招呼大伙："刚蒸下的热红苕，白蒸馍，还有油泼辣子，趁热赶紧吃饭！"

一伙人哗地扔下手里的工具，抢着往大门里走，洗手吃饭。刚才跟高兴全斗嘴的战士手都来不及洗，直接挤到蒸馍笼前抓了一个馒头，手被烫得直吸溜，馒头也像个皮球一样在左右手中抛来抛去。大家被他这样子逗笑了："难怪说是个大饭桶！"

红军战士们拿着热蒸馍，夹着油泼辣子跄蹴在地上吃得热火朝天，何氏站在屋檐下用围裙擦着手上的水说："早饭来不及做好吃的，吃几个馍垫垫，你们从陕北来，从天不明就起来帮忙给地里运肥，我们实在过意不去，到中午再多做几个菜，叫娃们好好吃一顿。"

战士们很懂事地边吃边应："姨，这就很不错啦，香得很，香得很！"

席崇军带着石大姐等几个妇女从街上走过，高兴全看见了，招呼着一块来吃饭。席崇军一伙走过来跟大家打招呼，从蒸馍笼里取出热红苕，不剥皮就吃起来。

高兴全关切地问席崇军："数九寒天的，冷成这样子，你们起这么早，干啥去？"

席崇军说："这大冷的天，红军战士穿的盖的都单薄，咱得想办法给解决保暖问题。"

高兴全叹一声："出门在外，艰难得很，你想出啥方子了没？"

席崇军说："我和大伙商量了一下，动员村上妇女给战士缝背心做棉鞋，动员老人小孩去地里拾柴火搂柴草，把炕烧热些，让红军战士不要受冻。"

高兴全连连点头，然后扭头朝屋里喊："黑娃，快吃，吃完了带上兄弟妹子去拾柴火搂柴草。"

屋里黑娃答应："知道啦，我马上就去。"

数九寒天，安吴村的田间地头、河沟里、崖畔上都是人影，提篓的，扛耙的。成捆成篓的柴火干草堆在村民们的院里院外。女人们在家里翻箱倒柜地寻出棉花、布料，做棉衣、纳鞋底。

吃过早饭，黑娃领着弟弟妹妹去捡柴火，顺便拐到白女门前喊白女一块儿去。远远地就看到白女在自家门口对着一堆柴火凝神，黑娃明亮的眼睛里立马噙满了欢喜，又怕弟妹看出来，硬是将溜到嘴边的"白女"咽回去，没有喊出来。

黑娃跟白女真是天造地设的一对。白女真的白得像雪，刚落地时，就白得惊人，原本名字是"张玲"，就是因为太白了，大家习惯叫"白女子"，叫着叫着就真的叫成"白女"了。白女不仅皮肤白得像雪，而且眼睛黑白分明，清澈水灵，十七岁的身段，窈窈窕窕，透着经常干活的农家娃特有的活力和朝气。黑娃，生下来时黑得吓人，长着长着，不太黑了，但是大家习惯叫黑娃了。十八岁的黑娃，身架骨长起来了，不但不黑了，一张国字脸有棱有角，浓眉大眼身材魁梧，是个地地道道的关中小伙。这俩娃往人前一站，见到的人没有不说好的。

白女、黑娃一块儿长大，打打闹闹嘻嘻哈哈的，像一家人。白女八岁时没了娘，黑娃娘就更是把白女当成自家女子养，四季衣裳鞋，给自己娃做啥就给白女做啥，还经常在锅里给白女留些好吃的。所以白女和黑娃早晚是一家人，这是整个安吴村默认的，当然也是白女和黑娃都同意的。情窦渐开的两个年轻人，开始有了羞涩，见面说话有点扭捏，做父母的看在眼里，明在心里，一年前就开始给娃张罗着办婚事，要不是红军进驻咱村，这会儿就该办了。

"咋了？白女，柴火里藏着啥宝贝？"黑娃走到白女跟前，逗白女。

白女抬眼，一团红云飞上颊，随即又一副大大咧咧的模样说："昨天明明没有这一小堆柴火的。"

黑娃和弟妹们顺着白女的手指看到大柴火堆旁有一小堆柴火。这些柴火跟大堆的明显不一样，树枝多，夹杂着树叶、树根，是靠树林一带的。

"像是有两篓的样子，是谁倒错了地方？"黑娃说。

"谁不认得自己家？我觉得是故意的。"白女思量着说。

"算了，也不是啥大事，走吧，咱也赶紧拾去，今走远点，去崖畔上。"黑娃催白女。

白女跑进院子提了篓出来，和黑娃、狗蛋、小川、二娃、莲花、艳艳，嘻嘻哈哈地向村外走。

年轻娃脚步利索，很快就到了村边的清河滩，一个穿碎花点蓝布裤的小身影迎面走来，一左一右两个笼扯得小身影摇摇晃晃。

"英子！"白女几步跑上前，接下她的笼，"英子，一次咋能提这么多，快放下，歇歇。"

英子哎一声，温顺地将另一只笼扔到地上，大口大口地喘气。黑娃撵到跟前也说："英子，你才几岁呀，一次不能提这么多。你这捡的都是啥，看样子很沉。"说着低头细看英子的笼。英子脸上划过一丝不易觉察的紧张，而这一瞬恰又被白女捕捉到了，再看英子的笼，夹杂着几片树叶，这让她立马想起自家柴火堆前多出的一撮。

"英子，给姐说实话，姐门前的那堆是不是你倒的？"

"白女姐，我……"英子难为情地低下头，两手捻弄着衣角。

"为啥不拿回家呀？"白女再问。

英子吭吭哧哧地说："白女姐，黑娃哥，你们知道的，我达脾气怪，我家没有住红军，我达也不让我们和红军来往，可是，我想为红军做点事。"

"唉，"白女轻叹，体谅地点点头，"那你一次也捡得太多了，你才十二岁。"

"分两次太花时间了，怕达知道不高兴。刚好，黑娃哥，把我这柴倒到你笼里，你去倒到白女姐家门口，让我赶紧再捡点回家，我出来时间太长了。"

"好。"黑娃把英子笼里的柴火倒到他和白女的篓里，英子接过空笼，感谢地一笑，转身走向河滩。

"黑娃，你跑快点送回去，我们在这边捡边等你。"

"好。"黑娃两臂一弯，轻轻松松提起两笼柴火往村里走去。白女见黑娃走了，又转身望越走越远的英子，清澈的眼里多了几分同情与怜惜。

狗蛋问白女："白女姐，为啥他达不让他们家和红军来往？"

还没等白女开口，莲花、艳艳抢着说："他大哥是土匪！"

"啊？土匪，真的吗？白女姐。"狗蛋和小川吃惊不小。

白女轻叹："也不知是真是假，就算是土匪，也是被地主恶霸逼的。"

"哪个地主恶霸？"

"除了恶霸冯占财还能有谁！"

英子一家

英子提着两个半笼柴火跨进门槛，看见她达李长水正在墙根下碾辣子面。他坐在小凳上，猫着腰，双手抓住滚子的两个柄，在细长的一尺多长的石槽里一伸一收地来回碾。干辣子都是提前在铁锅里炕过的，满院子都是辣子香。

"咋捡这么点？出去那么长时间。"李长水扭头看看英子丢在墙角下的笼。

英子眨眨眼："捡柴火的人太多，柴火都被捡完了，不好捡。"

"那从明开始，不要出去捡了，咱家柴火也够烧一冬天了。"

"没事，我可以跑远点捡。"

"不行，现在村里比较杂乱，啥人都有，一个小女娃出门让人操不尽的心。"

"就是，英子，以后轻易不要在村子里走动。"英子娘姚青兰从屋里走出来，抱着几件衣服往院里柿子树下的大盆边走。英子看着娘把衣服泡了进去，抿着嘴一言不发，几次话到嘴边又咽了回去。

英子蹲在娘身边百无聊赖地晒太阳，娘埋头搓洗盆里的衣服，吭哧吭哧。看着娘优美的侧影节奏均匀地颤动，以及娘白皙秀丽的面孔，英子忍不住说："娘，你好看得很。"姚青兰猛地一抖，抬头呵斥英子："娃娃家胡说啥哩。"

英子委屈地低下头，不敢再言语，娘很少发火，英子不知道自己的话哪里惹恼娘了，娘明明就是很好看嘛。

英子不知道，娘的好看正是一家人灾难的起源。

从人到四十多依然有着秀雅柔美的姿容来看，姚青兰不是关中女人。事实上，英子一家都不是关中人，李长水、姚青兰夫妻俩是地地道道的陕南柞水人。那年山里发洪水，整个村都淹了，李长水和村长的女儿姚青兰是仅有的幸存者。两人年龄相仿，相依为命地逃难逃到西安，遇上一病倒在街头的老汉，一路按老汉的指引，将老汉送到了安吴村。老汉无儿无女，建议李长水和姚青兰结成一家子，留下来给他养老送终，自己死后这几孔破窑洞留给他们。李长水、姚青兰听从了老汉的建议，搬到一个窑里，尽心尽力地照顾老人，直到把他送下世。

作为地道的陕南女子，姚青兰柳眉凤眼，唇红齿白，皮肤细腻，长期的营养不良，除了使她原本就窈窕的身子更多了份羸弱的轻盈，丝毫不影响她陕南女子特有的灵秀之美。这与关中偏北土地上长大的大骨膀大脸盘、腰身健壮的女子形成了鲜明的对比。美丽对于富有人家是锦上添花，在穷人家里倒是种累赘。为了挣点口粮，姚青兰出去给有钱人家帮工，总是被男东家骚扰。这样的事发生几次后，李长水不再让姚青兰出门挣钱。可是这也没有阻断那些恶霸男人饱暖之后的淫欲。安吴村的恶霸冯占财几次三番地在村里对姚青兰围追堵截，姚青兰被吓病了，病好之后几乎不出院门。

"英子，去，烧锅开水。"姚青兰知道自己突然的恼火吓着了女儿，又温柔地找借口和女儿搭话。

"好，我去烧。"英子见娘不生气了，高兴地起身走向灶房。姚青兰扭头看着女儿走进灶房，再扭回头搓衣服时，速度明显慢了，她脑海里又浮现出那场噩梦：

五年前夏末的一个下午，李长水带着几个孩子去玉米地锄草了。姚青兰在院里将淘洗晾晒好的麦子往起拢，准备装进口袋等李长水回来拉到村里面坊去磨。姚青兰蹲下身子，一手拿小簸箕一手扯着口袋将扫成一堆的麦子往里装。麦子入袋的哗哗声遮住了墙上的响动，待听到扑通一声，回头看时，冯占财已站在墙下，并嘿嘿地笑着疾步向她走来。还没从惊愕中反应过来，姚青兰就被冯占财拦腰抱住，吓得她大喊："长水！长水！"冯占财一边将脸往姚青兰脸上拱，一边得意地说："别喊了，都在地里哩，天高地远，你喉咙喊破也没人来。"

原来冯占财看到了地里锄草割草的李长水父子几人，知道姚青兰一个人在家。姚青兰家离村有三里，独门独院，况且这时候全村人几乎都在地里劳作，所以他才贼心再起。

所有的呼喊都无济于事，姚青兰只有拼命地和冯占财撕打挣扎。

"乖乖，跟了我，我不会白睡你的。"

"畜生！死了你的贼心吧！"

…………

玉米地里，李长水抱着水罐晃，怎么晃也是没水了，抬头看看太阳，离天黑还差一截子，遂一抹脸上的汗，喊长子："明娃，明娃，回家提罐水，你腿长，跑得快！"

明娃是个体贴懂事的娃，为了多锄些地，他拎起水罐跨地畔子抄近路往家跑。快跑到门口时听到母亲的叫骂，慌忙几脚踹开门，眼前的景象让明娃全身血液都往脑门上涌，他扔下水罐，抄起门后的棒子朝骑在姚青兰身上的冯占财抡去。

按说十七岁的明娃不是五十岁膀大腰圆的冯占财的对手，但是一棍下去刚好打到冯占财腰上，冯占财一下子爬不起来了。明娃疯子一样继续用木棒抡冯占财，直到冯占财歇斯底里的一声尖号，从地上爬起来整好衣服的姚青兰才想起一把抱住儿子："明娃，明娃，停手，不敢打死人，要偿命的啊！"

冯占财龇牙咧嘴地拖着腿一点一点地瘸跛着挨出门，临了，却回头恶狠狠地撂下一句："等着，三天之内，不把你娃皮剥了挂在安吴村门头上，我就不姓冯！"

来不及生气，李长水夫妻俩陷入了巨大的惶恐中，安吴村人都知道恶霸冯占财势力很大的原因在于他的两个儿子在国民党部队当官。说不清是营长还是连长，但对于目不识丁的穷苦百姓来说，只要在部队当官，就是不得了的人物。冯占财的儿子们回来过几次，高头大马，毛呢大氅，腰间配枪，身后随从，过来过去趾高气扬，左邻右舍吓得关门闭户，唯恐一个闪失遭灭顶之灾。

七岁的英子和十岁的孪生哥哥建娃、成娃割了一下午的草，不知道家里发生了啥变故，娘连晚饭也没有烧。看看不停抹眼泪的娘，看看愁困不堪眉头紧皱在窑里团团转的达，再看看蹲在铡刀跟前双眼喷火的大哥，兄妹三人不敢大声呼吸，悄无声息地爬上炕，靠在窗台上发呆。

怎么办？面对妻子含泪忧戚的追问，李长水下了决心："明娃，你逃吧。咱们惹不过这些恶霸，你逃得越远越好！"

明娃扭头倔强地说："不走！我逃走了，你们咋办？祸是我惹的，让他们找我算账！"

"瓜子！非要搭上你的命么？你逃了，说不定咱家还有救，你把命给他了，咱们就只能任人欺负了，懂不懂？"

明娃张张嘴，不解。李长水蹲下身子，凑到明娃耳边说起话来。姚青兰止住哭，想听丈夫给儿子在说啥话，丈夫的话听不清，只看到明娃恍然大悟，频频点头："达，我听你的！"

建娃、成娃已耷下脑袋睡了过去，英子也困得歪倒在炕角，迷迷糊糊里看着娘边抹泪边收拾大哥哥的鞋子、衣服和干粮。院里鸡叫头遍，明娃背起包袱，姚青兰把英子和建娃、成娃拍起来："你大哥走呀，快起来再看看你大哥。"

"大哥要走？大哥要去哪？"建娃、成娃揉着睡眼问。明娃红着眼圈把三个弟妹的头一一摸了摸，尤其是英子。明娃捻弄着英子的小辫哽咽："英子，大哥走了，你一定要懂事听话，帮着建娃、成娃照顾达娘，还有，一定要记住大哥的模样，不要忘了大哥。"

英子怯怯地点头，拉住明娃的衣角仰着小脑袋问："嗯，我记住了，大哥，你去哪？啥时回来呀？"

明娃勉强挤出一点笑："英子真乖，大哥去很远很远的地方，要很长时间才回来。"

"大哥不要去，大哥说好要带英子赶集买红头绳哩。"

"嗯，大哥没忘，大哥一定给英子买。"

"走吧，明娃，天不早了！"李长水拉开英子。明娃点头："达，娘，我走了啊，你们等着我，我肯定会回来的！"

"你走，明娃，家里人就不送你了，你自己走好啊。"李长水哽咽了。

"我知道，达！"

门咯吱一声，明娃迈了出去。"明娃！"一直捂着嘴哭的姚青兰忍不住猛地啼喊一声。明娃身子一颤，脚顿了一下，却没有回头，大踏步走向院门，这边李长水迅速合上门，并用身子一顶，挡住想追出门去的姚青兰。

院门咔嗒开了，又咔嗒关上了。撕扯李长水的姚青兰手一松，身子直往地下滑。李长水一把把她抱住，然后和手忙脚乱跳下炕的英子、建娃、成娃，一起把姚青兰抬上炕。"快喊你娘，快喊你娘！"李长水催三个娃。英子、建娃、成娃不歇气地一声声喊："娘，娘，娘……"喊着喊着，都呜呜地哭起来，李长水蹲在炕底下闷头抽烟，不时地抹一把脸。

几天后，村里一些婶子偷偷拉着英子问："你明娃哥真的当土匪去了？"英子不明所以地点点头，这是达教她的。后来村里人都流传着明娃落草当了土匪，就在不远的山上。还说明娃很厉害，一落草，就成了土匪头，领一大帮子土匪到处杀伤抢掠。只是有个规定，决不侵犯泾阳人，但是谁敢欺负他的家人，他会剥其皮，刨其祖坟。

英子一直不知大哥为什么突然半夜离家，总以为大哥说的很长时间就是几天，所以一直还在暗暗地等，等呀等，等得好几年都过去了，大哥没回来不说，家里还不准提大哥，只要提到大哥，娘就要哭，就要生病。所以关于大哥的事，英子一直不敢问。英子很想问，为什么咱们家跟村子里的人不一样呢？就因为大哥是土匪吗？可是大哥是那么好的人，怎么会成了土匪呢？

最热闹的一个新年

金色的霞光铺天盖地，天锃蓝锃蓝，南门里文家大院前，一大早就聚满了人。十几个壮汉红通通着脸，站在路边抹着头上的汗，呼哧呼哧地喘着，嘴里鼻子里抽出一绺绺的白气，再看每人脚下放一挑子，挑子两头的筐里装满货物，就知道是负重赶了远路来的。挑子队后头还有几辆马车，除了一辆带着包篷属人专座，其他都清一色地装满粉条、白菜、肉等物资。庞大的阵容吸引了一大群路人围观。

嘈嘈切切中，一串铿锵有力的脚步声穿院而来。最前边临近门的几个中年汉子立马正正身子，做出迎接的准备。从一个个绸布衣衫、老爷帽的行头以及微微发福的体态、细润的脸色可知，这几位不是一般的下苦人。

"我是彭德怀，哪位找我？"

门里走出几位着红军服装的，最前边的，年近四十，阔脸，浓眉，身材魁梧，声若洪钟，这就是红军前敌总指挥彭德怀。

近门处的几位中年汉子立马笑着拱手，其中一最年长、逾五十者小心翼翼地道："在下泾阳县茯茶商邓年久，久闻彭总大名，今日得见，实属荣幸！"

彭总哈哈一笑："邓掌柜英明远播，我刚来关中就得知泾阳有一位赫赫有名的茯茶商，能这么快相见，真是三生有幸。"

邓掌柜先前的一点忐忑顿时消散，侧身指着一溜挑子和几辆马车说："红军来到我们泾阳，是我们泾阳人的福星，这些茶叶等物资，是我们几个做茶的从各自作坊里凑出来，代表泾阳百姓捐送红军的，希望红军能接受。"

说罢邓掌柜将身边几位掌柜一一介绍给彭总。

彭总感动地与几位掌柜一一握手："感谢泾阳人民，感谢各位掌柜，这真是雪中送炭啊。快请里边一叙！"

"好，那就叨扰一会，要把这茯茶喝出劲来，还真有点门道要给首长们说说哩。"几位掌柜与彭总等人说笑着走进大院，几个战士带着送货的一行说说笑笑向物资储存处走去。

会客室里，炉子上的茶壶咕嘟作响，壶嘴里冒出一缕缕水气。

"好，煮开有三分钟了，可以喝第一道了。"炉前的邓掌柜，掀开茶壶盖察看茶色，壶里茶水翻腾。彭总、邓总、任总等围上前观看。邓掌柜指着壶里起起浮浮的茶叶片讲："茯茶耐煮，第一道煮好后，喝完，继续续水。一壶茶，可煮六道，第三、四道的成色、口感最好。""哦，看来喝茶真是门儿学问。"彭总点头。邓掌柜继续讲："茯茶讲究的是真水无香，首长们闻闻，是不是没有香味？"几个首长点头，邓掌柜继续讲："茯茶的原料在湖南安化，经过泾河的水发酵制作而成，没有了香味，但能强身健体，预防各种疾病。"

说话间，邓掌柜提着茶壶，往桌上的一排搪瓷缸子里倒。倒进缸子的茶褐红鲜亮，热气缕缕，很是诱人。几位掌柜分别将茶缸端给各位首长。首长们退回椅子上，低头品赏手中茶汤，并轻轻地吹几下。在掌柜们期待的目光中，彭总将缸子往嘴边一放咕咚喝下一口，咂咂嘴，回味须臾，欢喜地竖起拇指："好茶，醇厚有劲，喝到肚子里舒服！"

掌柜们都舒心地笑了。

邓总等人也同样品了几口，也同样点头称赞，邓总说："'闽海迢迢道艰难，西人谁识小龙团。向来只说官茶暖，消得山泉沁骨寒。'泾阳茯茶果然名不虚传啊。"

邓掌柜惊讶道："这首写茯茶的小诗，首长居然知道！"

邓总笑道："这可不是小诗，是纪大学士的手笔哦。"

"对，对，鄙人只顾说茯茶低微……失礼，失礼！"邓掌柜惭愧地拱手。

邓总道："茯茶可不低微啊，别小看这一杯茶水，力量无穷。左宗棠曾用泾阳茯砖茶调理将士的水土不服,效果很好,既强壮了将士的身体,也安稳了军心。"

另一掌柜欢喜地连连点头:"是,是,茯茶最大功效就是强健身体,调理肠胃,红军战士初来乍到,恐水土不服,因此我们筹集了茯茶两万斤,供红军将士们饮用。"

彭总点头感叹:"如果我们不把日本鬼子赶出中国,如何对得起这么好的百姓?"又抬眼,从各掌柜脸上一一看过后,恳切地说:"各位掌柜,彭德怀代全体红军将士向泾阳人民、泾阳茶商说声谢谢,拜托告诉大家,我们红军一定会把日本鬼子赶出去,让大家过上安稳的好日子!"

几位掌柜齐齐点头:"好,一定带到!"之后,邓掌柜起身拱手:"时间不早了,首长们有重任在身,邓某等人告辞!红军有什么需要的,尽管开口,邓某携泾阳茶商一定尽力相助。"

彭总送几位掌柜至门口,看着他们离去。任总过来说:"彭总,城隍庙里云阳各界联合欢迎红军大会马上开始了。"

彭总点头:"好,我马上过去。"

安吴村红军临时办公的院子里,荣子和几个男女战士给马车上装东西。门外不时有人影走过去,大声地打着招呼,听着很欢快。

几个小孩凑到了一起,也不知是谁起了个头,几个人都扯着稚嫩的嗓子拍起手唱起歌谣:"二十三,过小年;二十四,扫房子;二十五,磨豆腐;二十六,炖羊肉;二十七,宰公鸡;二十八,把面发;二十九,蒸馒头;三十晚上闹一宿。"

"席书记,娃们唱的是啥?今天街上咋这么喜庆?"荣子把抱着的东西放进车厢里,指着门口。门口路边几个挂着鼻涕的男娃,扎着小辫的女娃,又冻又兴奋,个个小脸蛋红扑扑的。

"今儿是腊月二十三,关中地方叫过小年,从今儿起就算开始过年了。"席崇军套着车说。

"今儿就开始过年了?这是啥讲究,给我们讲讲吧,席书记。"一个抱着一捆棉衣的红军战士大声提议。往车上装物资的几个战士也说:"就是,就是,讲一讲。"

席崇军哈哈一笑，说："好，我今儿就给大伙讲讲咱关中这年该咋过。先讲今儿这小年。"为了听席崇军讲故事，抱物资的战士们都小跑着。

席崇军大声讲道："据民间传说，灶王爷本是天上的一颗星宿，有一天犯了'莫明其妙'的大错，被玉皇大帝贬到人间，当上了'东厨司命'。从此他的光辉形象就被印在纸上，贴在各家各户的灶台上，有些善良的人怕灶王爷孤单，就连灶王奶奶也一块印上。"

战士们笑了："天神也怕孤单呀，多变几个仙女就行了。"

席崇军被逗笑了，继续讲："灶王爷每天的任务是看着每一家怎样生活，如何行事，把好事坏事都详细记录下来，到了腊月二十三这天就回转天庭，向玉皇大帝禀报各家各户的善恶情况。腊月三十晚上再返回人间，根据玉帝的旨意惩恶扬善。所以人们在腊月二十三日都要祭灶，给灶王爷践行。在一年里各家各户难免有打架生气、胡言乱语，说过'大不敬'的话、干过'违章违纪'的事，灶王爷都记录在案，他要是汇报给玉皇大帝，那麻烦可大了。于是各家各户又是放炮点蜡上香，又是献茶献瓜果点心糖饼，讨好灶王，盼灶王'上天言好事，回宫降吉祥'。"

"这么一说，这小年还真有意思，今咱也逛街吃好吃的，好好过个小年。"

"不止今天，从今开始，街上天天都热闹很，天天都是年，一直过到正月十五哩。"

"哇，太美啦。""过年真有意思。"……

说笑着，几辆大车都装好送给红军的棉衣棉鞋粮油蔬菜等，席崇军一声吆喝，车队开始出发。

腊月二十三，难得的好天气。太阳当空照着，赶集的人不管穷富，都带着新年的喜气，集市上格外热闹，卖油糕卖馍卖麻花的，卖布卖针卖线的，卖扫帚卖耍货卖挂面点心的，还有卖炮卖对联卖门神的，脚跟碰脚跟、脸撞脸，推车车的根本挤不过去。

带着一伙男女青年，赶着几辆大车，看着眼前没有一点缝隙的人群，席崇军着急却没有办法，只能一点点往前移。好容易移动到城隍庙前，遇上了二十来岁长得白白净净的彭团长。彭团长带着剧团的二十多个演员，唱着歌，敲着锣，打着鼓，从城隍庙的后院走过来。

席崇军打招呼:"过年啦,我们来慰问红军,你们哩?"

彭团长笑:"好,想到一块啦。我们来既是欢迎红军到云阳来,也是新年慰问,两事合一事。"

席崇军抱拳致谢:"好,好,欢迎加慰问,喜上加喜,让红军和咱们把这个年过得热热闹闹的。"

城隍庙里,人头攒动,坐的坐,站的站,坐在前面的是云阳各界代表、红军代表,四周站的是看热闹的云阳百姓。戏台上高挂着红底黑字的两丈长尺八宽的横幅"云阳各界联合欢迎红军大会"。

席崇军等人挤进去时,彭总正发表慷慨激昂的讲话:"……中华民族是世界上最优秀的民族,鸦片战争以来,遭受帝国主义侵略,割地赔款,订立了许多不平等条约,丧权辱国,民不聊生。我党一贯主张停止内战,一致对外,成立抗日联合政府,建立抗日民族统一战线……"

席崇军等人听得很入神,彭总话音刚落,就响起热烈的掌声、赞叹声。接着一个云阳代表上台讲话:"中国工农红军,为抗日救国进驻我们云阳镇,大张旗鼓地宣传抗日,使云阳人民懂得了停止内战、团结抗日的道理。我们看到,红军纪律严明,秋毫无犯,和人民群众团结友爱,亲如一家。我们云阳人民打心里欢迎和热爱这样的好军队,有了这样的军队,一定能够打败日本侵略者。在日寇加紧灭亡我中华民族的危急时刻,抗日救亡就是全国人民的头等大事。我们云阳人民坚决支持红军抗日,坚决支持全国各党派、各军队、各阶层结成统一战线,一直对外,早日把日本帝国主义赶出中国!"

"好,感谢云阳人民!"彭总带头鼓掌,底下更是掌声雷动。

彭团长兴奋地几步登上台,宣布:"现在就让我们用一段《杨家将》表达一下我们云阳人民支持红军抗日的决心!"

音落,锣鼓梆子铿然奏响,等候多时憋足了劲的演员们一上台便引起喝彩声一片。字正腔圆的一段传统折子戏秦腔《杨家将》唱得人激情饱满,把杨继业为保国不惜牺牲儿子的壮举以及自己虽然年老却还雄风不减的精神演绎得淋漓尽致,惟妙惟肖。听的人是酣畅淋漓,无不赞叹。

红军战士虽然有的根本不懂秦腔,但也被秦腔雄浑悲怆的气势震撼得热血澎湃,等戏声下落,乐声收音,按捺不住激情的几名红军战士就冲上台去唱起:"起来!不愿做奴隶的人们!把我们的血肉,筑成我们新的长城!中华民族到了最危险的时候,每个人被迫着发出最后的吼声!"

演员们也停止了下台,聚到站士周围一起唱:"起来!起来!起来!我们万众一心,冒着敌人的炮火前进,冒着敌人的炮火,前进!前进!前进!进!!"

很多群众也激动地在下边挥手唱,并不断有人上台跟着唱,一遍又一遍,一首《义勇军进行曲》反复地回荡,且气势越来越壮阔,越激昂,演唱者们在台上攥紧了拳头,台下战士百姓也一个个暗暗握紧拳头。"走,当红军,上前线,杀日本鬼子去!"不知谁的一声高呼,引爆了全场的激情。"当红军!""当红军!""当红军!"呼声从四面八方爆发出来,直飞到大街上,引得满大街的人纷纷循着声音张望。

欢迎暨慰问大会在群众的啧啧赞叹和津津乐道中结束,很多群众还舍不得离开这火热的地方,站在那里说笑着,有的帮着红军把各界组织捐送的蔬菜粮油生活用品往红军物资处送,席崇军也跟着将几车货物运送过去。

送完物资,席崇军等又返回安吴村,一路上,行人纷纷,一个个拎着大包小包,大人小娃都透着过年的喜气。安吴村大街上,锣鼓喧天,鞭炮阵阵,很多门户悬挂上了红红的灯笼。一秧歌队被成群结队的村民们追随着往前移,踩在高跷上的"仙子"们彩裙飘飘,踩着碎花小步,腰肢柔软,假辫子又黑又粗,浓墨重彩的脸在萧条的冬日里煞是夺目,不管是真是假,把一个个追随的人看得眉飞色舞。

"快看那!"荣子指的是两个男人抬的"花果山"。花果山上挂了几个惟妙惟肖的假猴子,一个由小孩扮的"美猴王孙悟空"站在山头,右手提金箍棒,左手反搭凉棚,不停地学着猴子抓耳挠腮,滑稽样惹得大人笑、小娃又跳又叫。

"这叫耍社火。"席崇军对看得入迷的荣子讲。

"啥是社火?"荣子意犹未尽地看着远去的社火队伍。

席崇军说:"社火,是关中一带过年时最热闹的一件事。社火的'社'指的是土地神,'火'指的是火神。忙碌一年的人们通过耍社火来祭祀土地神和火神,同时也让自己热闹高兴一下,讨个好彩头,希望来年日子红红火火。"

"哦,我知道了,"荣子点头说,"关中人很聪明,讲究真多。"

席崇军自豪地说:"那是当然,关中是中华文明的发源地,文化根基深厚,好多风俗节气都是从关中传播出去的……"

"席书记！"对面一些战士抬着东西过来，老远就认出了席崇军。席崇军迎上去一看，见战士们抬的是猪肉、羊肉、酒坛。

席崇军纳闷："这是咋回事？"

领头的红军战士说："红军总部首长让我们来慰问当地群众，这些都是慰问品。"

席崇军感叹："总部首长那样忙，还惦记着老百姓，这样的首长真是群众的福星。"

领头的红军战士说："总部首长说，百姓是咱红军的根，军民要一家亲才能打胜仗。"

席书记赞叹："说得太好了！"

又一社火队过来，锣鼓声声，鞭炮阵阵，这次的规模更是宏大。一条巨大的"龙"先被几个小伙子舞动着"游"过去，一只纸糊的船又在几个妇女的合力下"划"过来，接着是"马队"、高跷队；那些划船的，骑马的，踩在高跷上的男男女女老老少少们都扭着唱着，唱的还是原来的调子，但词都改成了"抗日救国"和"欢迎红军"。

恢宏的热闹，新鲜热烈的词，温暖的情谊，席崇军和抬着慰问品的战士们一时看得痴了，乐呵呵地杵在路边忘了走。

"这真是我见过的云阳有史以来最热闹、最有意义的一个年。"在欢闹的余音中重新开步时，席崇军说道，也不知是说给大伙，还是说给自己。

第二章
紧急改编扛国难

中央急电

云阳文家大院大房内,墙上挂满了作战地图,一大宽长桌四平八稳地置于房中央,几把木椅围在四周,房间的各个角落都挤放着办公木桌,几名红军话务人员在紧张地接电话发电报。

任总、邓总等几位红军首长,依次走进大房内,直接走到墙根下,对着地图指指点点,神色凝重地低声商议。一名话务员拿着译好的电报,急步上前。任总接过看完后递给邓总:"陕北来电,中央指示。"

邓总看完后,一言不发地又把电报传给其他几位红军首长。看完电报的首长们神色更加凝重,然后不约而同地拉开椅子坐下,进入开会状态。

发报机前,电报像雪片样纷纷飞落。

任总手持教杆,指着墙上的地图讲道:"日本于7月7日向我卢沟桥驻军发动进攻,平津危急!华北危急!中华民族危急!党中央要求全国人民,用全力援助神圣的抗日自卫战争,武装保卫天津,保卫华北,不让日本帝国主义占领中国的寸土……"话务员不停地拿着译好的电报跑步上前,任总每次都是匆匆一眼瞄完,又继续讲话。

终于讲完话，任总走到大平桌前，将教杆放下，沉静地说："同志们，形势逼人啊！"

邓总示意让任总坐下，任总坐下并开口讲："中共中央军委发布命令，要我们三个师四万六千人，在8月底前，将中国工农红军改编为国民革命军第八路军。时间紧迫，要完成红军改编这一重大任务，各方面的工作都要做好，不能出任何差错和漏洞。请邓总讲一下意见。"

邓总说："要说红军改编工作，最难的是思想转弯和教育引导工作，对于这一点，我们要有足够的思想准备，充分重视。"说着话，邓总取出一根烟，点着吸了两口，继续沉重地说道："我们在江西苏区遭遇围剿，经二万五千里长征到达陕北，国民党对我们围、追、堵、截，杀害了我们多少亲人，现在我们要和国民党握手言和，共同抗日。这是党中央毛主席的英明决策，尽管我们一时想不通，脑子一下子转不过弯来，但我们得听党中央毛主席的指挥，服从党中央的决定，耐心细致做好各方面的思想工作，按时完成红军改编的艰巨任务，请同志们马上分头行动，抓紧时间，让党中央毛主席放心。"

大桌周围的红军首长，相互低声交流，片刻后回应道："好，就这样办。"然后陆续走向东西两边的办公室。

云阳毛家大院门前，天光拂晓，便有车声马鸣，待太阳露脸，大门前马柱上就拴满了毛色不同的战马。敞开的大门里，背着枪的红军战士走来走去。对面墙根下趷蹴着几个老汉，嘴里噙着烟袋，边瞅边议论。

一个说："今儿红军肯定有大事哩。"

另一个说："看这架势，来的都是大官官。"

铁匠铺刘掌柜急呼呼地过来，身旁跟着个二十多岁的徒弟，小伙子肩挑着给马铲蹄钉掌的木凳子、铁铲子等工具。

刘掌柜转着看了看几匹战马马蹄，便动手去解马缰绳。战马认人，一见生人便前蹄朝天长啸起来。几名红军战士立即从院里奔出来大喝："什么人？干什么？"

刘掌柜连忙解释："我是铁匠，是来给马钉掌的，不信，你问问这些乡党。"刘掌柜指的正是墙角里晒太阳的几个老汉。一老汉呵呵地笑："刘掌柜啥马都敢修理，一见带枪的就软了。"刘掌柜苦笑："谁不怕枪子？这云阳城周围修城墙干啥？还不是怕土匪拿枪打人！"

几个红军战士一听，马上给刘掌柜赔不是，刘掌柜摆手："没啥，没啥，都是自家人。"

几个红军战士帮着把马缰绳解下，帮着刘掌柜给马蹄钉掌。刘掌柜叫伙计用一根宽皮带从马后腿上穿过去，将马腿和马屁股绑在旁边大树上，又用皮带从马的一只前腿穿过，手提皮带头，搂着马脖子，以防马抬腿踢人。做好这些，刘掌柜手提长宽凳，将马的一只腿抬起，放在宽凳上，手拿短把铁铲，用胳膊肘顶着铲把，用力地给马铲蹄，钉掌。

几个老汉看着刘掌柜吃力的样子，哧哧地笑："今日这活多，发洋财了。"

刘掌柜呼呼地喘着粗气："看这是谁是谁哩？发啥洋财呢？"

抽烟老汉说："瞅你说的，还是白效劳不成？"

刘掌柜一抹头上汗："让你说对了，这是受人之托来帮忙的，就是白效劳。"

抽烟老汉不信："谁托你来的？"

刘掌柜眼角瞄到毛家大门的一个人影，抬手指："就是他。"

正要跨进门的席崇军回过头来，笑着和大家挥手打招呼。抽烟老汉恍然感叹："席书记给红军把啥心都操了。"

刘掌柜："可不是吗，天没明，他就敲门把我叫醒，说有从陕北来的红军，让帮忙给马铲蹄钉掌，省得马在路上跑不起来。"

几个红军战士感动地说："太感谢你们云阳人民了。"

刘掌柜一笑："碎事碎事，不值一提。"

抽烟老汉笑："嘿，那啥事值得提？"

刘掌柜又一抹头上的汗说："人家红军舍命和日本鬼子打仗，咱们流汗，人家流血，这才是大事哩！"

毛家大院正中间大房里，朱总、彭总、邓总、任总、刘伯承、左权等红军将领围坐大桌旁，陕西省委、云阳抗战救国会等领导肃穆地坐着。

前一天才从延安赶回来，不怒自威的彭德怀，面色严峻地说："同志们，我这次从陕北来到云阳时，党中央毛主席交给我一项重要任务，要在云阳将中央红军改编为八路军，国共两党要联手合作，打日本鬼子。这是一个重大的历史转折，我们党的各项工作，都要服从这个大局。"

"但是，"彭总激动地抬起手指着桌中间的国民党的青天白日军帽说，"不要小看这军帽，这是身份的标志，这么多年来，老百姓就是从这军帽上认出谁是共产党谁是国民党，该支持谁该反对谁，一看就知道。所以我们一定要向老百姓做好宣传解释工作。虽然我们和国民党军队联合抗日，但有着不同的本质，这就是，我们共产党领导的八路军，是人民的队伍，永远都是为人民服务。"

朱总接着说："对，这一点很重要，要向群众说明白，讲清楚，我们是共产党领导的队伍，我们听从党中央的指挥。战士的话好说，群众的思想工作，任务艰巨啊。如果没有群众的支持，我们的军队就成了无源之水，无根之木，没有生存余地。"

朱总又转身对着参加会议的陕西省委、云阳抗战救国会等组织的人员语重心长地说："老席，老贾，老包，你们肩上的担子不轻啊。你们要和云阳的同志一起，把群众思想工作做细，让群众对红军改编有个正确认识，这就是以国家、民族利益为重，团结抗日。我相信你们，能把群众的思想工作做通，群众是通情达理的，也会大力支持我们共产党团结抗日的主张。大家说是不是？"

会场上一片激烈的讨论声。

任弼时脸色庄重地环视一圈："同志们都要有一种使命感、责任感、紧迫感，克服各种困难，做好红军改编的思想工作，特别要重视做好人民群众的思想工作。要取得人民群众的拥护、信任、支持、帮助，只有这样才能确保红军改编工作如期顺利进行。"

"哈哈，"看看严肃得令人窒息的场面，彭德怀突然笑了，给大家舒缓空气，"不要泰山压顶的状态嘛，要让群众想得通，先得自己想得通，要解开别人的思想疙瘩，先把自己的思想疙瘩解开。"

一天的会议结束，参会人员陆续走出毛家大院。骑在马上的红军总部首长挥手向站在大门口的人告别后，很快驰出云阳北门，顺着大路飞奔而去，身后尘土飞扬。

看着最后一片尘土飞扬散尽，席崇军顺着北门街道，朝东街城隍庙走去，思索着怎样做好群众的宣传解释工作。

路过一户大门，门里传来歌声，吸引得席崇军停下脚步仔细听那歌词：

送亲人，情意深，亲人是咱八路军，云阳改编上前线，请接受云阳人民一片心，尽管征途有艰辛，云阳人民做后盾，哪里有了八路军，哪里就有咱云阳人，盼着八路军打胜仗，盼着全国都解放，盼着八路军早回来，共同建设新云阳。

"好，好！"席崇军听得直拍手，正想推门进去见识下这个有才华的人，好好夸赞下这首歌，身后却猛地响起："好啥好，人都跑了！"

席崇军一扭头，看到气喘吁吁的任医生，问："啥事？谁跑了？"

任医生喘着粗气："荣子跑了，我领着人寻了几圈，连个影子都没有，包袱也不在啦。真不知朝哪里去了。"

"急没有用，"席崇军摆摆手，沉思片刻后又道："荣子这娃有心志，他多次流露出要去陕北当红军的念头，我估计他会出了云阳小北门往北走，过了毛家河再到蒋路，经罗圈崖上嵯峨山，去照金上陕北。"

任医生一听，惭愧地拍拍脑瓜子："有道理，这是云阳往北的一条小路，人不太注意。"

嵯峨山里夜追荣子

席崇军、康民等人吃了点东西后，就出了云阳小北门，沿着小路向嵯峨山方向奔去。

嵯峨山，关中名山，有诗云"终南之北太华东，千仞嵯峨峙其中。峦突峰兀丘壑壮，山明水秀民物雄"。此山又名慈峨山，古名荆山、截薛山、北五台山，位于泾阳、三原、淳化三县交界处，距西安城60公里，主峰海拔1405米。因山分三面，秀拔苍翠，三峰并列，若笔架挺立，故又有笔架山之称。

诚如诗中所云，作为关中名山的嵯峨山，虽险峻不如华山，秀美略输翠华，景奇远逊太白，但其土壤植被良好，栎类、椰榆、山杨、侧柏、山杏、杜梨等遍布高山陡坡之上，草本植物尤为丰富，如百草、菅草、艾蒿、石竹等。这里也是当地人的天然药铺，盛产丹参、板兰、防风、远志、白术、何首乌等50余种药材。其丰富的物产自然少不了名人贵胄们的眷顾，比如华夏人文史祖轩辕黄帝曾在此铸鼎。《史记》记载：黄帝铸鼎荆山之阳，鼎成驭龙升天。唐朝时这里曾设立鼎州，立有"黄帝铸鼎处"字样的石碑。唐司马贞的《史记索引》记载：鬼谷子隐于此传授兵法。相传老子有两个讲经处：一个是周至县的楼观台，另一个就是嵯峨山头台。而唐德宗李适更是将归宿择于嵯峨山，据说墓道前门在山南，后门在山北，贯通全山，而陵园的大门要延伸到现在的云阳镇，足有20里路。《陕西通志》作者马理夫妇晚年隐居于此创办精舍讲学。围绕着这些史迹，更有许多美丽而神奇的传说在民间流传着。所以，嵯峨山真正吸引人的地方不仅在于险峻秀丽，更在于深厚的历史文化积淀。据说日本嵯峨天皇的遣唐使者曾在此山参与修筑唐崇陵，日本天皇因此也成为嵯峨天皇，且将京都的一座山改名为嵯峨山。这是后话，在此不再赘述。

且说云阳小北门不远处，就是毛家河。这是从淳化县和耀县交界处发源的冶峪河的支流之一，因其清澈，也被当地人喊为清河。六七月份，正是发洪水的时候，好在河北边的闫家村、毛家村的几个善人，用竹筐子装满从河床上拣的石头摆在河中间的平浅处，支起了可供行人过河的列石，虽逢洪水，却不影响通行。

席崇军他们过河后，沿着毛家村西渠岸上的小路，继续北行。渠岸上长着粗壮的大树，朝北望，毛家村北的积水滩上荒草丛生，白花花的积水中，鸟儿飞来飞去捕食水中的小鱼。积水滩边，毛家村几个村民在抽烟闲谝。席崇军快步上前打招呼后探问："叔，你几个啥时在这里的？有没有看见一个腿有点瘸的小伙子经过？"

一个老汉手指北方说："下午有个小伙子从这里经过，听口音不是本地人，拄着拐棍背着包袱，向我打听往北方里镇去的方向，我就给他说从这儿上去是蒋路，再上去是罗圈崖，再上去是一天门，就上二台山，山上有具铁瓦殿，翻过山之后，再经过马圈，就到了方里镇。这都过了几个时辰了，估计这会可能都上山了。哦，那小伙子还问啥时能到边区，我跟他说要看跑得快慢，搁在我们山里猫身上，一天能打个来回。"

席崇军、康民哈哈大笑，道谢，带着几个人往北急走。

夜幕降临，嵯峨山笼罩在一片黑暗之中，泉水奔腾，山林呼啸，狼豹嚎叫，头顶盘旋着几只山鹰，凄厉的叫声让人毛骨悚然，深不见底的沟壑，在黑暗中张着大口，令人望而却步。

赶了半天路的几个人,有点疲乏,坐在山间小道上做短暂休息。不远处的山坡上,传来低沉的歌声:"正月里来是新年,陕北出了个刘志丹,刘志丹是清官,他带上队伍打横山,一心要共产。"

席崇军说:"听,这儿有咱的人,走,去家里看看,兴许还有名堂。"

寻着低沉的歌声,几人来到山坡崖边的一口窑洞前,刚一敲门,里边的灯立马灭了,崖壁顶上传来低沉有力的喝问声:"什么人?"

席崇军笑了:"逮猫的。"

崖顶上的人一听,非常熟练地从崖顶上跑下来,把手里提的盒子枪往腰里一别,笑:"席书记,康队长,你们可是到了,我等半天啦!"

山里猫,圆饼饼脸,细八字眉,一双小眼睛很有神,个子不高,但很结实矫健。他明着是倒贩山货的二道贩子,暗地里替红军送信。

窑洞里的灯点亮后,山里猫才看清其余几个人,分别打了招呼,荣子浑身是土地从暗道里走出来。席书记松了一口气:"这个犟孩子!"

"娃还小,"山里猫接过话茬,"我把娃劝说过啦,他也知错了,甭再说了。"

席崇军笑:"好,给你个面子,不说了,你是在哪看见他的?"

山里猫对身后的妻子说:"赶紧做饭去,大家都饿了,给大家一人下一碗面。"由不得席书记几人客气,山里猫妻子转身就去做了,几个人就坐在炕头边上说话。山里猫把看见荣子的事叙述了一遍:

原来,山里猫白天上山采药时,看见荣子一人背着包袱拄着拐棍往山上走,他怕荣子被土匪看见打劫了,就叫住他,问他要去哪里。荣子就说要去陕北当红军。山里猫说红军都从陕北来云阳了,你咋还去陕北。荣子说云阳的红军都要变成国民党的兵了,要改成八路军,不是咱穷人队伍了。山里猫看荣子挺实在的,就说:"天快黑了,明天再走,我送你去陕北。"这才把荣子领回家。

大家又说又笑,山里猫妻子很快把面条端进门来,席崇军几人也不客气,端起来就吃。山里猫把蹲在门角的荣子硬拉到桌前:"还死牛犟哩,一天都没吃没喝了,饿坏了身子,咋当红军干革命呢。"

康民开口:"大家都劝你哩,你还端起架子不成?"荣子不好意思地端起碗,狼吞虎咽吃起来。

席崇军边吃饭边夸赞山里猫："看你这窑洞暗道多，安全得很。"

山里猫自豪地说："我这窑洞，相互联通，别说小股土匪，就是国民党大兵来，咱也不怕。当年刘志丹来照金和习仲勋会面后，曾从方里过来去云阳、蒋路、口镇、白王等地发动群众，就和苗家祥等一些人在我这里住过。国民党兵出动了多少人马搜查，连个影子都没看见。"

席书记长叹："革命成功，你可是大功臣啊！"

山里猫不好意思地一笑："嘿嘿，这算啥功劳，谁对咱百姓好，咱帮谁，天经地义的事嘛。"

看着荣子最后一个吃完，席崇军拍着荣子肩笑："娃，你还小，有些道理你会慢慢明白的，咱们趁早赶紧往回走吧。"

山里猫提着荣子包袱，劝荣子："甭耍娃娃脾气啦，跟上席书记不会走错的，赶紧回云阳去吧。"

几个人轻手轻脚地走出窑洞，下半夜，月亮如同半个锅盔，高高挂在天上。山上的小路不像上半夜时难走，席书记几人借着月光下山，向云阳城疾行。

张生祥的秘密

太阳落山了，但是天还没完全黑下来，睡觉吧太早，去地里吧太晚，张生祥喊了白女几声，没听见应声，知道又出去参加活动了，自从红军来后，白女很少静静地守在家里，总是跑前跑后地忙碌。张生祥理解女子，年轻人嘛总要有年轻人的热情朝气，况且是为红军做事。说真的，张生祥想，要换作是儿子，他肯定提议其去参军了。他又往战士们的房子看了看，很安静，没有一个人影，估计开会去了。

实在没事干的张生祥看到墙角前几天掏回来的一个老槐树根，眼睛一亮，进厨房找到剁刀提着出来，往树根前一蹲，咚咚地劈起来。刚劈了几下，就听到墙外有嗵嗵的脚步声和切切嘈嘈的说话声，这声音张生祥很熟悉，知道是几个战士回来了。果然他刚扔下手中的剁刀，门就推开了，几个生气勃勃的人影前脚跟后脚地进来。

"叔，劈柴哩？来，我们几个给你劈。"叫雷柱子的战士眼尖手勤，立马就向张生祥走来，其余几个也跟着过来。张生祥连忙摆手起身："我这是消磨时间哩，不急不急，你们快忙你们的事，你们的事才是大事、正事。"

见张生祥的确没有继续劈柴的意思，雷柱子抬头看看天，有几颗星星出来了，天色有些暗，就说："那我明天给你劈，说好了，你不准偷着劈了，让我们都没啥替你干的。"

"好，好，叔知道你们都是好娃。快洗洗歇着去。"

"不急不急，今儿高兴得睡不着。"

"啥事高兴成这样？"

"叔，明天我们关中特委书记习仲勋要来咱们这。"

"习仲勋？"张生祥惊讶地问。

"习仲勋，你听过吧？"

"嘿，都在一个炕上睡过哩。"

"啥？叔，你蒙人的吧？"雷柱子瞪大了眼。

"这娃，叔一把年岁的人啦，还说瞎话？"

"真的，叔，那你快给我们讲讲，到底咋回事？"

"行，你们等着，等会儿叔给你们好好谝谝，叔见的大人物多着哩。"

张生祥给羊圈里扔了几把草，洗了个手，进到战士们房里。战士们有的坐在炕上，有的坐在小木凳上，一盏煤油灯亮在小方桌上，把一个个影子照在墙上。看到张生祥进来，战士们哗地往近靠，挤了挤，给张生祥腾出个凳子。张生祥没坐凳子，腿一偏，坐在了炕边。看着围在自己身边的一圈亮晶晶的眼睛，张生祥有点小小的自豪，先掏出烟袋，挖了一锅烟点着，深吸一口，才有滋有味地讲述起来，随着他的讲述，这样一幅场景展现开来：

1933年1月，云阳西北的北仲山、张家山（当地人叫西凤山）下，在被千余人围住的白王西苗村空场中间，几百个衣着破旧的青年农民，身背大刀，手持铁矛、铁锹、斧头、镰刀、棍棒，列队站在场地中间，他们个个神色自豪。在他们身后，另有几列身背大刀肩挎长枪的红军战士，虽然衣衫褴褛，但是那勃发的英气，让整个阵容气势透出恢宏，在他们旁边地上摆放着一支支步枪。

来白王赶集粜麦的张生祥背着麦袋子在人群里挤来挤去，终于挤到了最前边，他看到了临时用几张破旧桌凳搭起的主席台前，一个二十余岁、很精干的小伙正和身边的人低声说话，张生祥听到耳边有人说："看，那就是苗家祥！"他扭过头去，看说话的人指的正是说话的小伙，张生祥兴奋极了，他一直想一睹传说中的苗家祥，今天终于看到了，他眼珠一直随着苗家祥转。只见苗家祥扬起头，露出浓黑的剑眉和炯炯有神的双眼，并低沉有力地对其中一人说："刘总指挥，人手都到齐啦，开始吧。"

张生祥当时并没想到被称作刘总指挥的人，正是刘志丹，陕北红军创始人之一。他只知道看气度相貌，这些人都是大人物，他兴奋好奇地打量着。刘总指挥并没有想象中那么严肃地开口，而是笑眯眯地道："各位乡党，各位同志，大家好！渭北游击大队今天正式成立啦，我和几个同志代表陕甘边区人民政府，前来向大家表示祝贺！"

在掌声与欢笑声中，刘志丹接着说道："渭北游击大队的成立标志着我们党领导的红军在陕西关中渭北又有了一支武装力量，希望你们像一粒革命的种子，扎根于人民群众之中，不断地生根发芽，开花结果，发展壮大，为我们党的事业努力奋斗！"

掌声笑声再次响起，待声音稍歇，刘志丹提高声调："今天，我们给大家送来一批枪支和一面队旗，把大家武装起来，坚持斗争到底，争取革命成功，现在正式授队旗和赠送枪支武器。"

欢声笑语中，列队的红军战士将地上的一捆捆枪支弹药抬到主席台的桌子上，一战士将卷起的队旗递到刘志丹手中。苗家祥快步过去，向刘志丹、黄子文分别行了队礼后，从刘志丹手中接过队旗展开。

"渭北游击大队"的鲜红旗帜迎风飘动。

刘志丹、黄子文、苗家祥在主席台前，热情地给游击队员发放枪支弹药。领到枪支弹药的康民兴奋地举枪朝空做射击状，一扭头看到了看热闹看得意犹未尽的张生祥，挤过去一把扯住张生祥："快把口袋摅了,跟我报名参加游击队,领枪走。"

张全祥连忙护住口袋:"不行不行,这口袋装的是粮食,咋能随便摅了。再说我这把年纪了,咋还能参军?我是来这白王集市上卖粮食的,听说红军在这开会,跑来看个热闹罢了。"

"看啥热闹?这可是救苦救难的大事,红军是来救咱穷人的命的。那个人知道是谁不?是刘志丹!"

"刘志丹?"张生祥惊讶得结结巴巴:"刘志丹是好人呀,他领导的红军都是好人,咦,要不,我背的这些粮食就送给红军吧,我不打算卖了。"

康民高兴得很:"觉悟提得快得很嘛,给红军捐献粮食,太好啦!"

刘志丹、黄子文、苗家祥闻声走到张全祥面前,刘志丹乐呵呵地说:"乡党,太谢谢你啦。"说着话,从腰里一摸,摸出两块银圆塞到张生祥手里:"我们共产党领导的红军有严明的纪律,不拿群众一针一线,你对红军的支持,我们领情啦,这钱你拿着,还要养家糊口哩。"

张生祥很意外,激动得眼泪都快出来了:"你真是刘志丹!"并把钱往刘志丹手里塞:"不,不,就一点粮食,值不下这么多钱!"

两人推来让去,苗家祥拦住张生祥:"收下吧,甭叫刘总指挥为难!"张生祥哽咽着收起,掏心掏肺地说:"我家住在这东边郭家塬下头,河峡村对面的半截沟里,独家独户,屋里的地窖、暗窑大得很,你们的队伍,路过想歇脚时,就去住,安全得很。"

刘志丹、黄子文相视一笑,点头:是个秘密联络的好地方。黄子文对苗家祥低声叮咛:"叫他隐藏下来,暗中帮助我们,出头露面的事,不要参与,不要引人注意。"

康民回头,又如此指示叮咛张生祥,张生祥激动得直点头:"我知道我知道,就是当墙里头的柱子,鼓暗劲。"话音刚落,康民走了过来,苗家祥抬头冲着康民严肃地说:"刚才几个人商量了下,由你担任云阳这一片的游击队队长,沿桥头到口子头嵯峨山跟前,发展咱们的人,壮大咱们的力量。嵯峨山背后,有通往照金边区的路,要由咱的人把守,不能出事,西北塬上的北仲山、张家山这一带山根底下,由我给咱把守，咱统一指挥，相互配合支持陕甘边区政府工作。"

康民一口应承："这事还有啥说的！咱尽可朗折腾。"

"看，这就是那两个银圆。"张生祥从腰里摸出两个银圆，摊在手心，本就听得目瞪口呆的战士们，对着银圆更是瞪大了眼睛。

"你们知道那种滋味不？"张生祥缓缓地收起银圆。

"啥滋味？"战士们问。

收好银圆的张生祥，吸了一口烟："呵呵，不怕你们笑话，叔那天回来的路上，高兴得又是哭又是笑。在那之前，苗家祥是方圆百里最大的英雄，能见到苗家祥就是最大的喜事，像刘志丹这些跟天上神仙一样的人，我们这一般百姓连想都没敢想过，谁承想，这神仙一样的人突然就出现在我面前，还把我当一家人，我一下子觉着空空的心有了着落。"

"后来呢？"雷柱子紧赶着问。

"嘿嘿，后来我就瞒哄过了整个村子。给你们说啊，我这里悄悄地住过很多红军首长，这个炕就是习仲勋睡过的。"张生祥自豪地拍拍炕，几个战士也激动地伸手摸摸炕席，欢喜极了。张生祥得意地吧唧了几口烟："全村人都认为我没大没小没轻没重，其实啥该说啥不该说，我清楚得很哩。我老婆过世得早，留下我跟白女相依为命，村里人同情我，觉得我这家不像家，劝我续个伴成个家，我才不急哩，我心里有个更大的家，红军都是我的亲人。"

"是啊是啊，天下红军百姓是一家，咱们就是一家人。"

"唉，可惜苗家祥被国民党杀害了。你们不知道，叔听到苗家祥被杀害的消息时，关在屋里号啕大哭。所以叔一直盼红军来，盼你们来救穷苦人，来给苗家祥报仇！"

啊？听到这里，战士们一个个突然沉默起来。张生祥感觉到不对劲，问："咋了，你们咋不说话？叔哪里说得不对么？"

张生祥连问几遍，几个战士你看看我，我看看你，最后是雷柱子犯难地说："叔，估计苗家祥的仇暂时报不了了。"

"为啥？"张生祥神色一紧，拿下嘴里的烟杆。

"听说，只是听说，这次好多首长来云阳是为了红军改编的事。"雷柱子吭吭哧哧地说。

"啥叫改编？快说快说，改编跟给苗家祥报仇有啥关系？"张生祥急催。

雷柱子犯难地吭吭哧哧，抵不住张家祥的催促，开口："改编就是红军部队要和国民党部队合成一家子，如果合成一家子，还能报仇么？"

"啥？红军跟国民党合成一家子？不行，坚决不行！红军是穷苦人的部队，国民党是给地主恶霸撑腰的，这咋能合成一家子。"张生祥激动起来。

"叔，你可不敢着急，这都是我听说的，你不要让我受处分啊。再说现在也没有最后定下来，听说好多人都不同意，就连我们几个也不同意。说不定还不合，咱等等看。"

"叔知道，你放心，叔做事也是有分寸的，但是如果要合，我坚决不同意，要合也行，先给苗家祥把仇报了再合。"

习仲勋初到安吴堡

听了雷柱子的传言，张生祥一晚上没睡踏实。苗家祥对于张生祥有着特殊的意义。苗家祥把张生祥引到了革命的门口，把他的目光扯出了几亩薄田，给他白开水般的生命注入了一丝色彩，让丧偶后孤寂无靠的他有了一些依托，所以，在张生祥心里，苗家祥是一个亲人般的存在。苗家祥的殉难，无异于他最重要的一个亲人遇害，张生祥心里一直憋着股仇恨，为苗家祥报仇成了他另一种情感寄托。

张生祥一大早跑到高兴全家，将这个消息传给高兴全。槐树下，高兴全听了张生祥的话，波澜不惊地给为他效劳了三年的"白眉"刷着身上的毛，一下一下。白眉是一匹健硕的马，全身毛色乌棕发亮，唯独两道眉毛上各有一撮白毛，分外醒目，全村人便叫这马"白眉"。

"你倒是给个话呀。"张生祥对高兴全的态度非常不满，火急火燎地催。

"有啥好说的，合一家，不合一家，你说了能算么？"

"你……"张生祥被呛得张口结舌，但也不能不承认高兴全说得有道理。可是他不甘心："那你是啥意见？"

"我的意见？我的意见是你好好过你的日子，这江山，谁当家做主，咱都是平头百姓，都轮不到咱说话。"

"算了，跟你不说了，我要找习仲勋去。"

"你给我回来！你说你要找谁去？习仲勋？你以为你是谁呀？人家认识你不？你快老老实实哪凉快哪待着去，别让人家把你当混乱分子抓了毙了。"

"他咋不认识我？见了就认识了。"张生祥害气地再次转身而走。

"你爱逞能就逞能去吧，惹出乱子，别怪我当初没提醒你！"

张生祥气呼呼地离开高兴全家，从村里走过去，见到人堆就往进扎，想听是不是真的要改编。后来越听越像是真的，心下更慌，不知不觉走到了村外大路口上，烦躁地往路边草丛里一坐。东张西望时，康民赶着马车远远地来了，张生祥爬起来就跑着迎上去。

"吁——"康民喝止住马，"哈哈，咋在这等道儿哩？把我吓得，还以为碰到打劫的啦。"

"你死人堆里爬过的人，啥能吓住你。"

"你还真说对了，咱红军缺啥都不缺胆。"

"还红军哩，听说快不是红军了，这消息是不是真的？"

"是真的！中央的指示。最近就在为这改编的事忙哩，连关中特区那边的首长都过来了。"

"我找的就是关中特区的首长，习仲勋来了没？"

"来了，就在安吴堡，你想咋？"

"我要给习仲勋说，让红军给苗家祥报了仇再合！"

"咦，你可别胡来呀！"

张生祥一听，连忙一屁股坐上马车："我不胡来，我就是想亲口问他一句行不行，他如果说不行，必须先改编合并，我啥也不说，行不行？你只要带我见他一面。我保证不给你添乱。"

康民又劝了几下，见劝不下张生祥，只好无奈地说："走吧，走吧，记住，首长很忙，你千万不要缠着不放啊。"

"知道，知道，你尽管赶你的车。"

康民吆着大车往安吴堡子奔去。

安吴堡子街道上，人来人往，出出进进。康民吆着大车，从西门进城，赶到迎祥宫大门口，把大车停在路旁，几个红军战士过来和康民打招呼。康民笑着对一个十八九岁的红军小班长说："车上拉的是咱的人，给红军送粮食和菜的，快叫人来帮忙取。"又对着张生祥说："我进去开会了，你在外边等，运气好的话，就能等到你想见的人。"

张生祥帮着战士们搬菜，不停地左右张望，战士们嘀咕："那个人贼眉鼠眼，是不是来搞破坏的？要不要撵走？"小班长使眼色做手势："盯紧就行，一有行动就抓起来！"

菜搬完了，张生祥张望了许久，还是没见到习仲勋，急得问战士："习仲勋今来不？你们帮我打听下，咋样能见到他？"

"不用打听，我这不是来了吗？"风尘仆仆的习仲勋和几个腰插盒子枪的红军战士，正从迎祥宫的大门走进来。

"习……习……"张生祥面对从天而降的习仲勋一下子结巴起来，嘴唇哆嗦几下，呼一下子蹲在地上，泣不成声地说："可把你们盼来啦！快给苗家祥同志报仇雪恨啊。苗家祥在王桥头被国民党的队伍杀害了！"

习仲勋沉痛地说："这事我知道了，现在日寇侵犯，国难当头，我们正在和国民党商定合作抗日的大事。"

张生祥哗地站起来："这么说，改编的事是真的，红军要和国民党合成一家子了。那苗家祥的仇是不是就不报了？"

习仲勋说："是，我们党的一切工作，都要服从这个大局。这是党中央毛主席的决定，我们必须无条件地执行。"

张生祥抓住习仲勋的手："我一年四季，日日夜夜地盼你们来，给苗家祥同志报仇雪恨，出这一口气。盼来盼去，总算把你们盼来了，咋不提新仇旧恨了，还要跟国民党成一家子，认敌为友，同流合污，让咱老百姓寒心啊。我热了多年的心，现在这一下子凉透啦。"说罢放声大哭。

习仲勋示意几个红军战士劝解张生祥，然后带着几个人急急地走向院子深处。

迎祥宫后院，彭德怀洪钟般的声音回荡着："我们红军改编为八路军，是与国军合作，赴抗日前线作战，不是被国民党招安了，收编了，更不是认敌为友，同流合污了！我们是共产党领导的人民军队，是为人民利益而无私奋斗的，这一点，我们必须向红军指战员、红军战士、各级党组织以及关心、支持我们的广大人民群众做好宣传解释工作，只有统一思想，才能统一行动。"

见习仲勋进门，彭德怀指指身旁的椅子，习仲勋走过去，彭德怀向大家介绍："习仲勋同志现在是关中特委书记。"然后，彭德怀转向习仲勋说："关中地区是咱陕甘宁边区的南大门，我代表党中央毛主席，把这个大门交给你了，有个一差二错，我可饶不了你。"

习仲勋庄重地回答："请彭总放心，我保证把这个大门把守好，绝对不让那些妖魔鬼怪在这捣乱惹事。"

彭德怀笑着说："有这态度就好。"接着彭德怀站起身子，将帽子往桌子上一扔："同志们，日本鬼子已经占领了我们东北三省，还在疯狂进攻华北、中原、华南地区，烧、杀、淫、掳无恶不作，人民遭受迫害，痛不欲生。前一阵子，杨虎城、张学良在西安发动兵变，逼蒋介石抗日，并邀请我党代表周恩来同志共同商议和平解决西安事变，国共两党合作抗日，受国民政府领导指挥。现在改编在即，不日将在云阳召开东征誓师大会，东渡黄河，开赴山西抗日前线，时间紧，任务重，不能等！"

会场上一片沉静，张张面孔上都是肃凝。

"不是我脾气大，爱发火，把人气得实在没办法，想不通啊。"张生祥又跑到高兴全家，高兴全圪蹴在墙根下，听张生祥发着牢骚，闷不作声。继而又起身从树杈上取下刷子习惯性地给白眉刷起毛来。

"你说我该不该闹？你说气人不气人？"张生祥也从墙根下移到高兴全身后。

高兴全正要开口，一个声音先响起来："谁敢惹你？你都跟习仲勋是老朋友哩。"

说话的是住在后街的毛文清，三十余岁，瘦小精干，一身好武功，在云阳镖局做教头，经常帮上甘肃下四川的生意人押驮子。因武功出众，沿途土匪一听有他保镖，都吓得不敢下山动手，又因其有"百步穿杨"的飞镖绝技，便得了个"飞镖王"的外号。

高兴全见是飞镖王，身后还领着四五个背着行装的红军战士，说："甭听他咧咧，胡乱攀交情。"

高兴全原是替张生祥圆场的，不料张生祥正在气头上，被高兴全这样一说，更是恼火，说："我明明几年前就认识习仲勋，还有刘志丹、苗家祥一些人，我屋炕上睡过好多红军首长哩。"

张生祥一嚷，红军战士们好奇地围住了他，路过的人也一个个停下来围了过来，张生祥就将自己如何与习仲勋等人认识、后来家里都住过某某一一道来。听得一大片人啧啧啧赞叹，也纷纷说："没看出张生祥还是个特别能保守秘密的人，这么大的事村里居然没人知道。"

张生祥心里就有些得意了，心情也好多了，等人散尽了，高兴全黑着脸说："这下把能逗够了吧？"

张生祥说："这咋叫逞能？这本来就是事实，我就是实话实说，没有一句假的。"

高兴全叹口气："世道凶险，有时真话也不能随便说。病从口入，祸从口出，有啥话，少说为好，猪八戒不成仙都怪嘴长把人害了。"

张生祥知错，低下头，不再吭气。

纯真的志向

高兴全是村里出名的富裕户，高门大户不说，两口子都是厚道人。高兴全虽说不爱言语，但做事很周全，也很大方，只要门口有人就会拿出烟叶子，何氏更是个热情大方好客的人，经常是高兴全拿烟叶子，何氏煮茶供大伙消遣解乏，所以他家就像是个大磁场，左右邻舍出了门就习惯往他家门前来。按村里人话说，就是走顺腿了，左右挨近的几家，有时吃着饭也要端着碗来跂蹴在他家墙根下吃。因此高兴全家门前老槐树下的石台台被坐得滑溜溜的。再加上他家临着正街，院墙外又是巷子，是后巷子上街的必经之处。来来往往的人走到这看到树下有人，也就顺便留步，因此高兴全家经常人气爆满，比如今晚，门外一大堆老汉老婆大叔大娘外加婆娘女子娃，就着零星的星光，东家长西家短地闲谝的同时，院内厅里也坐了一大堆年轻人。

黑娃、白女、蜡梅、巧娥、毛树德、吕世璋、刘泽全、白兴德、三怪、愣娃等十七八岁的年轻娃，围着一盏煤油灯，一个个兴奋地谈论着。

"吕世璋，刘泽全，你俩有学问，给咱说说以后是啥样子。"毛树德问。

吕世璋和刘泽全相互看一眼，有点羞惭地说："这以后的世事大着哩，凭我们这点脓水能看懂个啥，说个啥？"

黑娃失望地说："连你都说不清，我们就更两眼黑啦，这以后的日子咋过哩？"

毛树德说："你都是快有媳妇的人啦，要愁也该我们这些人愁。"

大伙哄地笑了，黑娃脸一红，白女更是作势要掐毛树德，毛树德头一偏："我说的不对么？快说啥时的日子，我们还等着耍新媳妇哩。"

笑声更大，白女嚷："闭嘴，毛树德，快说正经事，甭胡说八道了。"

毛树德嚷："有啥正经事？参军打鬼子是正经事，你去吗？"

"去！为啥不去？"白女把辫子往后一甩说。

"你去，黑娃舍得么？"蜡梅调皮地插一句。大伙又笑。

黑娃咻咻几声说："有啥舍不得的，她去我也去，不就行了。"

"好！好！"大家为黑娃喝起彩，白女又羞又幸福地抿嘴笑。

刘泽全一本正经地问："其实，这也不是不可能的事，大家有没有想过参军？"

"咋没想过，自从红军来了，我天天都在想参军。"愣娃闷声闷气地说，把大家的目光都吸引过去了，"听到那些日本鬼子欺负咱中国人，我就火冒三丈，我觉得上战场杀敌人才是一个男人该做的事。"

一直在旁边绣鞋垫的莲花不禁停下手，借着煤油灯的光亮，悄悄地瞅了愣娃圆乎乎的脸，偷偷一笑。

"就是，就是，男人就该保家卫国，就该上战场，如果有机会，我就参军去。你们哩？"三怪急急地应和着愣娃。

大家相互看一眼，笑："你俩都敢去，我们凭啥就不敢去，别以为安吴村就你俩能当英雄。"

之后，白女、蜡梅、巧娥又异口同声地说："我们要当女英雄！"

"哈哈……"满屋子都是笑声。

笑声落下来后，黑娃说："那咱们说好，如果有机会，咱们都去参军，愿意去的，来。"黑娃将手往中间一伸，几只手相继落下去，叠在黑娃手上。

"咳，咳。"从院子外进屋里拿烟丝的高兴全突然大声地咳嗽两声，然后高声喊："黑娃，黑娃。"

黑娃兴冲冲跑出来："达，有啥事？"

高兴全说:"去牛圈里看看,该添料的添料,该垫土的垫土。"

黑娃笑着果断地摆手:"不用不用,刚看过,把啥都弄得好好的。"

"让你去你就去,刚好好的,不等于现在就好好的。"高兴全不悦地训黑娃。

黑娃仍然笑:"真的好着哩,过一会儿我再去看看。"

高兴全声音陡地提高:"让你去你就去,放着正事不干,一天只知道胡吹乱谝!"

刘泽全和吕世璋一对视,起身招呼大家:"黑娃有事哩,咱先散吧。"

"对,对。"大伙一个个应着声,相继走出屋。刘泽全说:"黑娃,甭惹叔生气,先紧正事干,咱有时间再谝。"

黑娃急得拦:"正谝得热火着哩,走啥哩?"

白女说:"天也不早了,大家也该回家了,我达还在给我等门哩。"

黑娃还要拦,高兴全说:"就是,日月长着哩,有的是谝的时间,天这么晚了,还不让人家娃回家,人家屋里大人不着急吗?越长大越不懂事!"

看着伙伴们一个个走向院门,黑娃气鼓鼓地嘟囔:"你们还不是一个个围在树下舍不得散吗?"

高兴全训:"大人是大人,娃是娃,回屋睡去!"

黑娃不情不愿地一撩门帘进屋了。

晨光终于穿透了厚厚的云翳,洒到灾难重重的大地。云阳小北门两边的城墙根下,十分凌乱。席崇军带着几个人,推着装着粮食口袋的独轮车从城隍庙里出来走向小北门。

一个三十几岁推粮车的人看看荣子,问席崇军:"叫上那个娃干啥?"席崇军说:"叫他受一下教育,长长见识。"荣子低着头,一字不吭。

小北门城墙根下,有几孔新开挖的窑洞,里面住满了各地逃难的人,窑洞外摆放着柴火锅灶及其他零碎杂物。衣着破烂的难民,男男女女一大早就从窑洞里出来,到外边捡拾充饥的东西,饿极了,死猫烂狗,连埋了几天的死猪也被刨出来,分了当食物。所以席崇军等人到城墙根下时,窑洞前的空地上扔满猪毛鸡毛狗皮等杂物,腥臭的气味引得苍蝇嗡嗡作响。

看到席崇军等人和装着口袋的独轮车,对粮食极度渴望的难民们纷纷从烂窑洞里钻出来,一大群破衣烂衫蓬头垢面的男女老幼,把席崇军他们围了起来。

席崇军的眼光从一张张被饥饿折磨得无神的脸上看过去，心下酸痛，声音低沉地开口："各位乡党，你们都是从外地来云阳逃难的穷苦人，天下的穷苦人心连心，我们是共产党领导下的抗日救国会，就是为咱们穷人办事的，我们绝不会让你们挨饿，有我们吃的就有你们吃的，我们都是一家人。"说着说着，席崇军眼圈儿红了，难民人群也响起了低低的哭泣声。

"云阳人，是好人！"一个老大娘用衣袖抹着眼泪说。

席崇军接着说："我们共产党就是要为人人有地种人人有饭吃而奋斗的，我们抗战救国会也正在为大家寻找出路，总不能让大家一直住在这没门没窑的土洞里。"难民人群中，几个中老年妇女放声大哭。

席崇军安慰大家："在离这儿不远的北边有条清河，过了河就是毛家村，那里有大片的荒地无人耕种。村上几个善人正在想办法开挖引水渠排积水，你们如果有愿意开荒种地的就先到毛家村去看看，有了地，就不愁吃喝了。"

"真的么？这样好，这样好。"难民们积极地响应着。

席崇军继续道："不要发愁熬煎，这儿是陕西关中的白菜心，只要咱们穷人相互照应帮助，就不会少吃没喝。我们今天给大家先送一些口粮，现在是困难时期，先帮着大家渡过难关再说。"说完招呼推粮车的人分粮。

难民纷纷跑进窑洞里拿装粮的器具，一直沉闷死寂的空气里终于有了欢声笑语。一位五十余岁身板硬朗、看着精干利索的大娘拉着俩女娃，从难民群中走向席书记，到了席崇军面前就要下跪，嘴里直说："多亏了你们，是你们救了俺娘们几个。"

席崇军连忙扶住她："你们这是干啥哩，共产党不兴磕头作揖。"他再一看俩女娃，一个有二十来岁，一个十七八岁，衣着破烂不堪，面黄肌瘦，饿成了骨头架子。

大娘惊讶地问："共产党？你们是共产党？"

席崇军点头："我们是共产党领导的云阳地区抗战救国会。"

大娘激动地拉住俩女儿："闺女，咱们可算是找到自己人啦，我们有救了！"然后扭头对席崇军讲："我们老家在河北保定，被日本鬼子侵占后，我们跑到了河南，国民党炸开了花园口，黄河水淹没了村庄，淹死了不少人，我们就随着大家逃难到这，听说陕北红军来云阳驻扎了，我们就赶到这儿来寻共产党，今儿可算是找到你们了。"

言毕，大娘低头解包袱，取出一件破棉衣，挑开大块补丁，从里边取出党员登记表，双手递给席崇军："我娘儿仨都是党员，我是1930年入的党，两个闺女是1935年入的党。"

席崇军仔细看后，紧紧握住大娘的手，动情地说："徐大娘，哦不，徐爱霞同志，欢迎你们来到云阳！"然后又和两个女孩挨个握手。

徐大娘给席崇军介绍："这是我的大闺女，名叫徐敏，虚岁二十，这是我的小女儿，名叫徐云，虚岁十八。她们都在上学的学校入的党。日本鬼子来了后，学校被毁，两个闺女就随我一起逃难，一路上四处打听着寻找党组织，今天终于找到啦。"徐大娘说到后边，哽咽起来，两个女儿也哭起来。

席崇军安慰说："你们一路上受苦了，今天找到了组织，你们再不用逃难了。"

徐大娘说："我们都是学医的，有用得着的地方，尽管吭声。"

席崇军一听这话，非常高兴："太好了，党需要你们这样的人啊。"

站在旁边的荣子，突然往地上一蹲，放声大哭。席崇军赶忙弯腰拍荣子肩："娃，这又是咋了？"

荣子哭道："我想我娘了。"

"你娘在哪？"徐大娘问。

荣子哽咽："我不知道。我也是个难民。我爷我爸都是红军。我爷被国民党兵杀害，我爸跟着红军长征，我妈领着我逃难，到河南后失散了。听说陕南商洛山中有共产党红军，我便在商洛一带去寻，后又听说红军去了陕北，我又从商洛逃难往陕北，在路上被国民党抓了壮丁，逃跑时被他们发现，我的腿就是他们用皮鞭打伤的。好不容易跑了出来，过泾河后遇到了席书记，我这才来到云阳，在医院里养伤。等伤养好后，我一定要上战场，打日本鬼子，打国民党，为我家人报仇雪恨！"

徐大娘动情地说："孩子，你这小小年纪，有这么大志向，大娘为你感到光荣。"

"光荣啥哩，"荣子生气地道，"红军当不成了。"

徐大娘问："为啥？"

荣子气呼呼地说道："红军变成国民党的军队啦，带的是国民党军帽，我一看就来气。要不是席书记黑天半夜把我从山上叫回来，我就去陕北当红军了。"

徐大娘笑："没想到你人小胆子蛮大的，一个人要去陕北，也不怕被狼吃了。"

荣子说："被狼吃了，也比当国民党兵强！"

席崇军笑："真是个娃脾气。脑子一下转不过弯，认死理儿。红军改编成八路军，是党中央毛主席全民抗战的主张。但八路军始终是我们共产党的队伍，不是国民党的军队。"

徐大娘接过席书记的话："席书记说得对，我们共产党是从民族利益出发么，和国民党团结抗战，就是为了共同打败日本鬼子这个中华民族的敌人。"

席崇军炯炯有神的目光瞅着荣子，语重心长地说："我们共产党人有一种力量，叫水滴石穿，有一种信仰叫勇往直前，有一种胸怀叫海纳百川，有一种心态叫生机盎然。不管遇到多大的困难，我们共产党人，都会始终保持乐观向上的态度。"

徐大娘拉着荣子的手，疼爱地说："孩子，你还小，等长大了，你就会明白这些道理。"

荣子听着、思索着，点了点头。

张生祥哭闹阻换装

"怪谁？怪日本帝国主义发动的侵略战争。"康民边说边吆着大车，又笑着问趴在装满军服的车上的小伙计石头："你长大了，准备干啥？"

小石头不加思索地说："我长大肯定是参军上前线打仗。"康民笑："你还小哩，等长大了，说不定就不打仗啦。"

小石头不服气："不小啦，都十五啦，已经长大啦，我爸说过，娃长十二托付事，在家里就是个大人啦。我上前线打仗准会跟个老虎一样，叫日本鬼子知道，咱陕西愣娃不是好惹的。"

"呵呵，这小伙有志气，是块儿当兵的料。""就是太秀气啦，跟个女子娃一样。"跟在大车后面的几个身着崭新八路军服装的战士说笑着，议论着。"你才像女子娃哩！"小石头恼火地冲说话的战士吼。几个战士调皮地吐吐舌头。

康民也笑说："小石头就是要多吃饭，往结实健壮里长，才能杀敌人。"

小石头噘了下嘴说："噢，知道啦。"

大车到了村口的路上,地里干活的村民看到了,不知谁大声惊呼:"快跑,怪物来啦,快叫飞镖王,小心把村里抢了。"听到喊声,地里干活的人都惊慌地往远处跑,边跑边喊大家快点藏起来。

"青天白日的,还住着红军,我倒是要看看哪个妖魔鬼怪敢明目张胆进我村打抢!"飞镖王手提镰刀,黑着脸,气势汹汹地从家门里走出来,往村口路上走。几十个红军战士听到乱糟糟的呼喊声,也提着枪往村口路上跑。

看到路中间飞镖王气势汹汹,红军战士端枪的架势,趴在车上的石头大惊失色:"快停,快停,这村里人要来打咱哩,这可咋办啊。"康民只好"吁、吁"几声,把车停下来。后边跟着的一伙八路军战士,提着枪从车后走到了车前的路上,护着大车。红军里边的黑蛋,一眼认出护着大车的是他们的毛胡子连长,赶紧跑上前,拦住手舞镰刀准备冲杀的飞镖王,急着说:"弄错了,是咱的人。"并朝对面一脸毛胡子的大汉喊:"连长,我是黑蛋。"

二十多岁、方脸宽胸、身材魁梧、一脸毛胡子的连长,边收枪,边哭笑不得地说:"你们这是要啥怪哩,把人都闹得紧张得很。"

飞镖王看到毛胡子连长,觉得意气相投,大有英雄相见恨晚之势,便把镰刀收起,走到毛胡子连长跟前,不好意思地说:"不怪娃,误会误会。"康民站在大车前,笑着打圆场:"都是自家人,甭见怪。"

飞镖王疑惑地说:"都是自家人,咋换成这一身灰老鼠皮的衣裳穿着哩,军帽上的红五星咋也不见啦。"

毛胡子连长沉着地说:"红军要改编啦,这是改编后的新军装。今天,就是要给周围村子住着的红军战士配发新装,还得要好好做一番思想工作哩。"飞镖王说着话,猛然看见毛胡子连长身后背着的大刀,蛮有兴趣,热情地说:"你会耍大刀?"毛胡子连长从背后抽出大刀,深情地说:"我是背着这把大刀,上井冈山闹革命的,后来到了江西瑞金,随中央红军经过二万五千里长征到达陕北,它一直陪伴着我,保护着我,是我的有功之臣,你看看吧。"

飞镖王接过毛胡子连长的大刀,在手里掂了掂,用指头在刀锋上试了试,赞叹着说:"是把好刀,分量挺沉的,有十几斤重吧。"

毛胡子连长笑着说:"真是个行家,识货得很。"

飞镖王热情地拉住毛胡子连长的手说:"人不亲行亲,走,到屋里,咱俩能说到一块。"

毛胡子连长笑了："行，他乡遇知己，切磋说刀艺。等把住在村里的红军战士衣裳发完了，咱兄们在一块好好探讨一下刀法，叫我也长长见识。"

飞镖王笑着说："你这是走南闯北，吃烟弹灰，见过大世面的人，我得向你请教哩，我叫屋里人给你擀些臊子面，烙个油馍，炒几个鸡蛋，你算是贵客临门，得好好招待哩。"

"走，咱们进村，一会儿忙毕了，再慢慢谝。"康民吆着大车和一伙人向村子走去。躲进庄稼地里的人们，也从四面八方回到村里，追着看大车上拉的服装。

"咋办，咋办？真的合成一家子啦！"张生祥拖着哭腔跨进高兴全家的门。高兴全正忙着用艾、蒿等杂草拧火要子（晾干挂在墙上，用来点火的草绳），匆匆扭脸问了句："啥咋办？"之后又忙活个不停。

张生祥不满地蹲到高兴全跟前："灰老鼠皮衣裳都领回来了，红军跟国民党真要合一家啦。"

高兴全顿了手，一抬头，看见住在自家后院房子的几个红军战士，愁容满面，一脸不高兴的样子，便问走在前头的红军战士铁蛋："你们要换新衣裳么？"

铁蛋一声不吭，和几个红军战士向后院的房子走去。

高兴全莫名其妙地说："今日个咋啦？火气都大得很。"

"得先把火气消一消，"康民领着身穿八路军服装的毛胡子连长等人，走进院门，笑着对高兴全说，"年轻人，火气大，可不敢火上泼油啊，我知道高叔知书明理，在村里威望高，你得帮着我们做好红军战士的思想工作啊，得把气顺一顺。"

没等高兴全说话，张生祥在旁边气哼哼地说："这气能顺吗？我们老百姓日夜掰指头算着盼红军来给苗家祥报仇，总算把红军盼来啦，不提给苗家祥报仇的事，咋还能给国民党通通在一起啦。叫死了的人，活着的人，都不甘心。难道说，跟国民党的血海深仇，都一笔勾销了不成？"

康民和毛胡子连长等八路军战士都愣住了。铁蛋领着几个红军战士，从后院走到前边院子来听。

张生祥越说越气："我说康民，你这个人也差得远，红军都是些外地来的人，咱摸不来底细，也不敢乱说啥。就说你屋里事，一本戏，可在我肚子扎着哩，你跟着西山上苗家祥当红军，国民党队伍把你逮住，关在牢里，你达你妈领着你兄弟，往北山上跑时，你妈腿上挨了一枪，从沟崖上跌下去，绊死啦，你达、你兄弟钻到沟底下，去寻时，再没有踪影，不知道是被狼吃啦，还是被人害啦，也没人知道。咱这里的人，都日夜盼着你回来，能像反唐英雄薛刚一样，到山后搬兵，把兵带回来，打这伙狗日的，给咱受害的亲人报仇，这才算是一个有血气的关中娃。可没想到，咱日夜盼望的救兵红军来啦，你也从监牢里放出来啦，该是猛虎归山发威的时候啦，你咋成了个软柿子，连打这伙狗日的，给苗家祥报仇的话，都不敢提说了。咋忘本变质得叫人寒心失望哩。死人活人心里都难过，不甘心啊！"说罢，泪流满面地失声痛哭。

毛胡子连长难过地说："都是实情，说的是心里话。普天下的穷苦人，跟着共产党闹革命的红军战士，家家都有一本苦难史，人人都有一本血泪账，忘不了。可我们是共产党领导的人民军队，不是啸聚山林为王的绿林好汉，我们是为着国家、民族、人民的利益无私奋斗，我们不讲哥们义气，不能光想着为自己报仇。"

张生祥没好气地说："你是没受过国民党的害，跟国民党没啥仇，才大风地里说凉话，也不害腰疼。"

康民猛地站起，对着毛胡子连长说："把衣裳脱了让他看看！"

毛胡子连长快速脱掉上衣，胸前、后背、胳膊上布满狰狞的伤痕。

张生祥一下子惊呆了。几个红军战士也满眼泪水。高兴全愣了，不知所措。

毛胡子连长手拍胸膛，痛心疾首地一字一句道："这就是国民党给我留下的刀伤、鞭伤记号。就是为着这个，我才跟着共产党闹革命的。从井冈山到瑞金，经二万五千里长征，好不容易到达陕北，总算有了个落脚的地方。我的父母、妻子、儿女一家五口都被国民党活活杀害了，房子也被烧了。我时时都在想念着他们，夜里常常梦见他们。我能坚持活下来，就是要为我的亲人报仇。前一阵子，发生的西安事变把国民党的头子蒋介石给扣留啦，党中央派周恩来副主席去西安调停谈判，我报名要去，说让我把蒋介石杀了，方才解恨，周恩来副主席把我狠狠教训了一顿，还叫我坐了几天禁闭。通过开导学习，我才明白，干革命，不能凭感情用事，得讲政治觉悟。这样，才能心明眼亮，不走错路。"

张生祥好奇地说："啥叫政治觉悟？是一种药吗？吃了能开人心窍？在哪

能寻下这药?"

毛胡子连长破涕为笑:"政治觉悟,不是药物,它是一把开心的钥匙。要寻,就得到青训班去。"

"青训班?"张生祥、高兴全难得默契一次,同时发问。

毛胡子连长解释:"党中央、毛主席已抽调选派了一批得力干部,准备在咱云阳开办一个战前青年训练班,想提高政治觉悟的,都可以去那学习。"

张生祥、高兴全显出恍然大悟的神情,张生祥更觉羞愧,闭口不再言语。

毛胡子连长对着铁蛋和几个红军战士严肃地说道:"我们是共产党领导的人民军队,是有组织、有纪律的,必须服从命令,听从指挥,按照党中央毛主席的决定,完成红军改编八路军的任务。现在,把扔在地上,新发的衣、帽都换上,穿上,让百姓群众看到,我们的军队是步调一致的,不是一盘散沙、乌合之众。"

几个红军战士,赶紧跑到后院,将扔在地上的八路军服装捡起,走进房子,换衣裳。张生祥感叹道:"听君一席话,胜读十年书。共产党厉害,我算服啦。"高兴全不置可否地点头。围在大门口的村民兴奋地议论着、赞叹着。

毛树周月下说三国

边区山,边区路,边区人民爱领袖,
打日本,除外患,边区人民齐参战,
男女老少齐动员,建立人民新政权。

一队一队的红军战士从附近各个村庄走出来,唱着歌走向毛家村南的娘娘庙。在娘娘庙前的大操场上,早已摆着从旁边学校教室搬出的几张条桌,桌上整整齐齐地摆放着从云阳八路军总部领回来的八路军军装、军帽。

红军战士排着整齐的队伍安静地站着,几位红军总部首长神色肃穆地面对着红军战士队列伫立,不远处围观的村民小声地议论着。

一位身材高大,三十余岁,鼻梁上架着一副眼镜的红军首长跨出一步,往课桌前一站,脱掉自己身上的红军军装,取下军帽,放在桌子上,走到堆着八路军军装的课桌前，穿戴上八路军军装军帽，又站回原来的课桌前。然后低沉地开口："同志们，我们今天脱掉红军军装，换上八路军军装。红星帽徽换成了青天白日帽徽，同志们心里不要难受。"

红军战士纷纷低下头，队伍里传出低低的抽泣声，紧接着漫延成一片。村民们安静下来，同情地瞅着哭泣的战士们。

红军首长眼含泪水："红军军装、军帽，我穿戴了整整十年啦，让我换，我也舍不得啊！"

红军队伍里更是传出哭声，像有风呜呜地吹过。围观村民中的几个妇女也心一软跟着哭起来，一些老人则低下头，吧嗒吧嗒抽着旱烟袋。

红军首长继续说："我们中央红军从陕北来到云阳驻扎，已经有八个多月了，云阳人爱说的一句话就是舍不得米，扣不住雀，舍不得鞋子逮不住狼。现在国难当头，日本鬼子已占领了半个中国，我们要以民族利益为重，坚决拥护党中央毛主席提出的全民族抗战主张，和国民党团结合作，联合抗战，把我们民族的敌人日本鬼子赶出中国。为了全民族抗战这个大局，别说舍不得我们穿戴多年的军装军帽，就是舍命流血，我们也要心甘情愿！"

"说得好！"群众中爆发出一片喝彩声，引得大路上来往的车辆行人停下来驻足观看。

红军总部首长继续对战士动情地说："我们脱掉红军的服装换上八路军的服装，简单地说，就是红军时代结束了，八路军时代开始了。我们要转好这个弯，跟上这个队，这是大局，这是需要，这是对我们的考验。"

红军战士停止了哭泣，开始转头你看我我瞅你，相互议论。周围百姓也叽叽喳喳起来。

另一位红军首长走上来，向红军战士发布命令："全体都有，以连为单位，准备换装！"

红军战士们开始排着整齐的队伍，从台前缓缓走过，一个个抱着领取到的新军装军帽默默地回到自己的位置上。看着手中的衣物有的还是忍不住又哭了，哭声有传染性，很快娘娘庙前又是一片抽泣声。

明月当空，照得村里街道树木房屋人影，清晰可见。与高兴全隔着一条路、斜对门住着的毛树周家大门前，围坐着一群纳凉的人。下地回来的人吃着简单的晚饭，有的拿着锅盔蒸馍端着辣子碟碟，有的拿着馍就着生葱，有的端着茶壶茶碗。吃的吃喝的喝，三七二八地闲谝，谝到了娘娘庙前换装的事情。

毛树周拿着火要子，小心地把它挂在墙上的木楔子上。当地人习惯用艾草要子熏蚊蝇，也能用来取火点烟。毛树周把火要子按在烟锅上，吧嗒吧嗒地吸了几口，烟锅里就冒起了火星子。坐在旁边的高兴全，嘴里嘬着烟锅，也取过火要子点了一锅。

嫌屋里闷热的几个红军战士也出来，向乘凉的人堆走来。毛树周看到了，说："高叔，你家几个红军娃还懂事，把衣裳换了。"

高兴全点头："该换就换嘛。"

毛树周唉了一声："我屋里住的这几个红军娃开会回来，都不高兴，我不敢问。"

高兴全也唉了一声："娃们年龄小，把世事没有看开，得灵醒人给点拨点拨。"

毛树周问："咋点拨哩？到哪寻个灵醒人？"

"要退东吴兵，少不了赵子龙。"张生祥的声音突然横空冒了出来。毛树周和高兴全扭头一看，张生祥像个领导一样走来，身后带着几个红军战士。

高兴全不悦地哼了一下："咋还冒充红军首长大半夜巡逻哩？"

张生祥不在意，只道："娃们不愿换装，连新衣裳都抱出去撂啦！我这不带着来寻人给娃点拨嘛。树周这人走州过县，衙门游转，吃烟弹灰，见过世面，肯定有法子哩。"

毛树周一听张生祥几句奉承话，立即来了精神："咦，你倒真把我提醒了，咱不能让你看走眼了，咱就拿三国的事情，给娃们点拨点拨。"

住在后街的毛金友咽下最后一口馍，笑着开口了："嗨，毛树周，我就爱听你讲三国的事。快讲快讲！"

毛树周就收起烟锅，干咳一声："我也就是个半瓶子醋，就当给大家凑个兴。"说完，拿出说书人的架势："要说三国，得先从十八路诸侯伐董卓说起——"

周围的人都往毛树周周围挪，几个红军战士也都往他跟前凑。

毛树周吼了一声："我把你个该杀的国贼啊！"细碎的声音都止住了，静静的夜空里，只听毛树周洪亮的声音回荡起来：

"话说，董卓这个国贼，自从西凉起兵进京后，独揽大权，威震朝纲，结果惹得天下共怒，纷纷举旗讨伐。河北袁绍、袁术、刘表，江东孙坚，徐州陶谦，陈留曹操，平原刘备，等，十八路诸侯进军京城洛阳。探马将此消息飞报董卓，可人家董卓并不惊怕，这是为啥？"

大家听得紧张，眼巴巴地看着毛树周，没有人吭声。

毛树周又说道："原来人家董卓有个义子，名叫吕布，勇猛无比，手使一柄方天画戟，无人匹敌，根本不把十八路诸侯放在眼里。吕布手下有员猛将名叫华雄，他劝吕布先不要出阵，杀鸡何用宰牛刀，待我杀败十八路诸侯。这华雄挥舞着钢刀，连杀十八路诸侯几员大将，盟主袁绍吓得不敢应战。这时关云长自告奋勇要去上阵，袁绍听说关云长是个马步弓手，没啥名气，不许出阵。但曹操是个有眼光的人，他看出关云长是个英雄，便端了一杯酒，为关云长壮胆。关云长说待我斩了华雄再来喝酒，说罢，提着青龙偃月刀出了中军大帐，力斩华雄于马下。得胜进帐时，那酒还是热的。"

说到这里，毛树周停下来，用火要子重新点了一锅烟，吧嗒吧嗒地吸开了。

"那后来呢？"几个红军战士听得入迷，让他快讲。高兴全妻子何氏端着一壶热茶从斜对面过来，高兴全赶紧倒了一杯递给毛树周："润润嗓子继续再说。"

毛树周端起茶碗，喝了几口，接着说道："那吕布一看华雄被杀，怒火中烧，手提方天画戟就出来叫阵，刘备、关云长、张飞三兄弟一伙上，围住吕布，一连杀了一百多个回合也没能分出高低。董卓看天色已晚，怕吕布有啥闪失，赶紧鸣锣收兵回城。这就是人们常说的三英战吕布那一段。"

毛树周把茶杯往前一递，高兴全一边给他添上，一边催何氏回去再烧一壶送过来。毛树周笑："把人说得口干舌燥，还是高家婶这人好。"周围的人都急着催他快讲："甭卖关子了，快继续，继续。"

毛树周快意地接着开口："后来，司徒王允献连环计，把义女先许给吕布然后又献给董卓，结果吕布一气之下杀了董卓。国贼一死，十八路诸侯都开始分心，争夺地盘，招兵买马，扩充势力。就说这桃园三结义的弟兄，徐州兵败之后失散，刘备投了袁绍，关云长投了曹操。"说到这，毛树周唱起了秦腔："十美女进膳曹问安，买不下关某心一片，日夜每思念三桃园。"

唱完又接着讲："关云长为了找寻兄长刘备，四处打听，当得知他在袁绍处后,向曹操辞行。曹操表面答应,但不给他发通行文书,害得关云长过五关斩六将,古城壕边斩蔡阳,和刘备张飞团聚,这就是'身在曹营心在汉'的来由。后来,刘备三顾茅庐请诸葛亮当军师,终于建立了蜀国政权,使天下成了三足鼎立之势。"

张生祥终于忍不住了,磕磕烟袋锅子,不解地问:"这和红军换装有啥关系?"

毛树周说:"瓜子,今即是古,古即是今,分久必合,合久必分,也是天下大势。红军换成国民党的衣服,并不是说就成了国民党的兵,红军还是咱们的队伍,这只是权宜之计。"

"权宜之计?"张生祥不解。

毛树周啊呀一声,扯开了戏腔:"锵起,锵起,身在曹营心在汉,锵、锵……"

几个红军战士哄地笑了,说:"身在曹营心在汉,这话有道理,一下子让人开了窍。"

张生祥和大伙也恍然大悟,说笑成一片。高兴全说:"这跟扎针点穴一样,只要扎到穴位上,病一下子就治好了。"

张生祥追问:"你是说国民党和共产党肯定还是两家子?"

毛树周赶快摆手说:"我可没有那样说。"然后端起茶碗,一口喝干,把茶碗递给高兴全,手一挥说:"夜深了,不说啦,回去睡觉,明日个还要下地干活哩。"说完伸手取下墙上的火要子,提着进了家门。

其他人也陆续回家,红军战士随着各自家里的主人,朝前街后街走了。雷柱子等几个战士叽叽喳喳地跟在张生祥左右。雷柱子说:"张叔,我看他刚说的有道理,不过好像是话里有话没有明说。"

张生祥哈哈一笑:"会听的听门道,不会听的听热闹,你们听出啥门道?"

几个红军战士也都笑了:"身在曹营心在汉,我们红军改编为八路军,仍然是共产党领导的人民军队,不是国民党的军队,就像是三国的关云长,跟刘备不会变心。"

张生祥欢喜:"明白了就好。你们也不想一下,党中央那么多聪明人,毛主席那么英明,能和国民党合作抗战打日本,是经过反复寻思的,把啥都想了,操的心比咱大得多。听党和毛主席的话,没错。穿啥衣裳只是外表,可不能以貌取人啊。古戏里都唱过了，成败在乎民心，得民心者得天下，失人心者失天下，这是自古不变的道理。"

"你们放心，云阳人民的心还是向着你们的。"冷不丁身后插出一个声音来，几个红军战士和张生祥齐齐扭身回头。

张生祥看清这人是李长水后很是吃惊："李长水，你这铁葫芦咋开口说话了？大半晚上你这是干啥去啦？"

李长水提着笼，微微地一嘿嘿："睡又睡不着，借着月亮割了点草，刚听树周讲三国讲得热闹，讲得有道理。红军来云阳八个多月时间，不仅秋毫无犯，还帮助百姓种地，谁心里有百姓，百姓心里就有谁，不论改成哪路军，穿啥衣裳，咱百姓也跟那关云长对刘备一样，不变心。"

李长水说完几句话自顾往前走了，几个红军战士高兴地说："你们是我们的衣食父母，不帮你们良心过不去，我们现在就回去把撂到柴火堆上的八路军军装拾回来，明天就换新衣裳，省得你们操心。"

待说完战士们才反应过来李长水已经走远了，而张生祥也似乎在冲着李长水的背影纳闷，于是雷柱子问张生祥："张叔，那是谁呀，经常见他一个人，很少和人打交道。"

张生祥嘿嘿一笑，开步往前走："他就是个怪人，不过也是个厚道人，就是不爱和人交往，他家的娃都不准逛门子。他今晚能跟你们说这些话，我还真高兴哩。连他都向着你们，你们还有啥担心的。"

一路说着话到家门口，雷柱子喊道："快拾衣服，千万别给狗撕扯了。"几个身影噌地你挤我赶地往院子柴火堆冲去。

第三章
云阳誓师赴前线

沸腾的乡村

咸阳城头上空,阴云密布,飞机轰鸣。十几架飞机呼啸而过。渭河上水柱冲天,村庄上浓烟滚滚,哭声在风里起起落落。大路上满是拉着家畜挑着行李拖儿带女的逃难人群。背着简单行李沿大路北上的青年男女学生,一批批走进泾阳、云阳,云阳周围的乡村一片沸腾。一队队的八路军战士,正在村口、场头、路边、地头,紧张地进行军事训练。八路军文艺宣传队给墙上刷写标语。

国共两党,团结抗日!

把日本鬼子赶出中国!

保卫华北,保卫中原,保卫中国大好河山!

走上抗日前线,做中华英雄儿男!

席崇军带着几个抗战救国会的人从街上走过,遇上高兴全两口子。高兴全喊:"席书记上街来啦。"

席崇军说:"买些笔墨纸砚,还有些吃的东西。叔,婶,你俩这是逛集来啦。"

何氏看见席崇军身后的徐敏，开玩笑地问："哟，啥时娶了个媳妇，也不介绍介绍。"

席崇军赶快解释："婶，不敢乱说，这是我们的同志徐敏。"

何氏说："同志，就不能成媳妇啦？我看倒是挺般配的。"徐敏闻言抿嘴一笑。何氏又要开口，被高兴全拦挡住："首长都是大忙人，再甭胡扯乱弹琴了。说正事。"何氏知错地闭上嘴。

"啥正事？"席崇军问高兴全。

"来，狗蛋，让首长看看，"高兴全把身后的狗蛋推到前面，"听说红军招兵哩，你看狗蛋可以不？"

席崇军高兴地说："可以可以！现在红军改编成八路军了，过几天要在云阳召开誓师大会，开完后就要上山西打日本，正是需要年轻人的时候，只要愿意上前线打日本，都可以报名。"

"就是，年轻人就要跟党走，打日本那才是正事。"张生祥突然出现插进来一句。待高兴全扭头看他，张生祥当胸捶了高兴全一拳："吃出看不出，蔫豹子净干结实的事，前几天还这不管那不管，这才几天，跟换了个人一样，啥事都走到人前头，主动送娃参军，比我都积极。"

高兴全抽了抽嘴角，算是笑了。张生祥不满意，啪地又一拍高兴全的肩："咋还不好意思了？这多光荣的事啊，有啥扭捏的。"

席崇军呵呵道："谢谢你们大力支持。现正就是有很多困难需要克服。"

张生祥急急地问："还有啥困难？看我们能帮上忙不？"

席崇军说："后勤供应是最大的难题，那么多人不能没饭吃。"

张生祥又道："嗨，这算啥问题，咱云阳是关中的白菜心，别说是丰年，就是荒年，咱们也饿不着。一人省一口，就够他们吃的了，众人拾柴火焰高，大家都捐一些就行了。"

席崇军一听，激动地握住张生祥的手说："我正熬煎这事哩，你这一说我心里就有底了。"

张生祥说："赶明儿个，在城隍庙门前贴个告示，那戏园子黑明都有人看戏，一个传一个，不用你跑路，消息就传出去了。你把接受募捐的东西安排停当，咱云阳人没麻达，肯定都踊跃大方得很，我带头捐一百斤麦一百斤玉米。"

高兴全一听也说："就是，我捐二百斤麦子，二百斤玉米，明天就让娃给你送到城隍庙去,你看咋样?"

席崇军高兴极了,压在心上的一块巨石搬开了似的轻松畅快:"有你们这样的支持,这日本鬼子还能打不跑吗?"

高兴全淡淡一笑:"没啥,就是尽一点点心罢了,仗还得靠你们打。"

这时,一群青年男女唱着歌从街上走过,席崇军说:"听,不是我夸你,这歌都是在赞颂你们,这首歌就叫《云阳人民心向党》。"

张生祥等人不由静下心来听:嵯峨山上的马莲花,遍地开放,共产党领导的红军,从陕北来到云阳,为抗战改编成八路军,整装待发上战场。八路军的诞生地,就是咱云阳,全民族抗战的旗帜,在这里飞扬……

毛家村南娘娘庙学校的墙壁上,"誓与日本鬼子血战到底"几个大字格外醒目,南来北往的行人忍不住都放慢了脚步,有的更是驻足观看,一行骑马的八路军从云阳北门往北,来到这里后也翻身下马看着墙上的标语。

一个提着白灰桶正在刷标语的八路军战士看见后,马上跑上前边行军礼边高兴地喊:"任总,邓总,首长们好!"

"同志们辛苦了!"邓总笑着和拥过来的战士们一一握手说,"同志们,最近,卢沟桥事变后,日寇疯狂地向华北、山西进犯,党中央毛主席命令我们十日之内集结准备,待命抗日,我们共产党领导的八路军就要有誓与日寇血战到底的精神,把日本帝国主义侵略者赶出中国去。"

路边推着粮食小车挑着鞋袜包袱的行人,听说讲话的人是任总和邓总,都是八路军的大官,高兴地挤到跟前。邓总笑着和高兴全、张生祥及毛树周等群众握手:"谢谢乡亲们,你们可是抗战的功臣哟。"

毛树周说:"你们才是抗战的功臣,要不是你们在西安事变时劝说老蒋,国民党能和你们合作抗日吗?就跟三国上说的那样,要不是诸葛亮舌战群儒,劝说东吴,火烧赤壁,大败曹操,说不定孙权可能也都投降曹操了。"

邓总惊讶:"你对三国熟得很嘛,对人很有启发,值得人思考。"

张生祥说:"他是个三国通,上次红军娃们不愿换装,还是他借三国说服了娃娃们。"

邓总:"是嘛?这可了不得呀!给咱们出大力了。"

高兴全说:"你们要是爱听,约个时间,叫他从刘关张桃园三结义说起,能说上三天三夜哩。"

邓总笑："好哇，等抗战胜利了，咱们在云阳街上开个茶馆，我没事的时候就听你说三国。"

毛树周笑说："到那个时候，不打仗了，都安心过好日子，我不光说三国，还要说红军在云阳改编为八路军，为国家为民族抗战的事，共产党和咱百姓一家亲的事哩。"

任总高兴地说："对对，这些事应该讲，云阳是八路军的诞生地，是民族团结抗战的出发地，要让全世界都知道。"

毛树周立即用说书人的口气道："话说当年红军云阳改编，国共两党合作抗战，那还得从西安事变说起，要知后事如何，且听下回分解。"

人群中响起一片欢笑喝彩声。邓总拍手："好好，等抗战胜利后，我就来云阳街上听你说书，我们要发展云阳的文化事业，要把云阳人民支持民族抗战的光荣历史宣传出去。我们现在就要去安吴商量红军改编东征的事哩，希望乡亲们多加支持。"

毛树周嚷："没麻达，共产党号召的事，咱们是叫一伙来一伙，不打绊子。"

"啥不打绊子，打绊子的人多得很。"横空里穿进来一声吼，大伙扭头一看，村后街住的毛克会背着大包袱气呼呼地半走半跑着过来，后边撵着他的小脚女人，边撵边拉着哭声："你把我藏到柜底下给新女婿做的鞋都翻出来要送给八路军穿，那新女婿来认门时，我拿啥给人家做见面礼呀。"

大伙哄地笑开了，毛克会羞臊地吼："你这老婆子，真是死脑筋，轻重远近分不清。八路军过几天就要走，新女婿认门还得过上一阵子，你再赶着做一双就行了，这事在这提说，也不嫌丢人！"

"丢啥人哩？值得表扬！"席崇军从拉着粮食的大车上跳下来，接过话茬，"支持八路军是咱们老百姓的义务，拥军光荣，值得称赞。"

说完，席崇军看到了邓总任总，忙上前紧紧握手，高兴得说不出话来。

毛克会看见大车上装着乱七八糟的铁锅、蒸馍笼、案板等灶具，不解地问："席书记，这车上都是些啥玩意儿？"

席崇军笑说："都是些急需的武器哩。"

"嗨，你那算啥急需武器，看看咱这才是真家伙哩！"云阳地区的民团赵团长从赶着的马车上跳下来,把车往人群旁的路上一停。

人群呼啦一下过去把赵团长和马车围在了中间,邓总从车上拿起一支汉阳造的中正式步枪,拉了一下枪栓,满意地说:"还是新家伙,没开过火哩!"

赵团长笑:"是个内行,好眼力。"

邓总笑:"干我们这行的,不懂这个还行?你是从哪弄来的这些好东西?"

赵团长看了一下村口正在操练的八路军战士,笑着说:"前几年买下的,都是过去的事啦,不怕你们笑话,在泾阳西北塬嵯峨山一带,前些年刘志丹习仲勋等从照金翻山过来,在这一带活动,上头叫我们多准备些枪支弹药,扩大民团势力,防止共匪,哦,不是,应该是共产党,捣乱。我把这些都提前准备好,在家里的窑洞里藏着,没有动过。现在,为了打日本,咱们成了一家人,我就把它们拿出来,送给八路军,也算是为抗日做点贡献。"

邓总紧紧握住赵团长的手说:"谢谢你对我们八路军的大力支持,如果国民党其他人员也像赵团长这样支持抗日,何愁打不败日本鬼子!"

席崇军一拍赵团长肩:"赵团长财大气粗,一下子就能拿出这么多真家伙!"

赵团长说:"过去打内战整天'剿共',弄得自家人打来打去,今天打日本才是正事,支持抗日咱义不容辞。"

邓总笑:"对,咱们团结合作,共同抗日,保家卫国,才是正道。"

席崇军向邓总汇报:"听说八路军要上前线,一群男女青年整天缠着要跟八路军走,热情很高,我对他们说,这事要请示汇报哩,等着消息。"

邓总动情地说:"云阳人民让我感动难忘,这样吧,我们今天到安吴去和几位中央领导商量东征誓师大会的事,对云阳地区许多青年要跟八路军上前线的事,等我们商量一下再定吧。"

说完,邓总和任总等人翻身上马,同大家打完招呼向安吴堡飞奔而去。

旄头漫卷西风

安吴村,村名起源于唐朝,其时江苏吴氏迁居至此,为确保后辈永远安宁,遂将住地起名"安吴"。后历各朝,子孙繁衍,至清初兴盛起来。经过不断修缮扩充,其住地形成一处融合了各种文化、建筑面积达1012平方米的吴氏庄园。坐北朝南的吴氏庄园是安吴村的标志,其标志性建筑迎祥宫、望月楼更是享誉关中。

席书记带着康民等人赶到安吴堡后,立即走进迎祥宫后边的大殿里。大殿的墙上挂满了地图,里间的房子几名话务员正忙碌地收发电报。大殿正中,几张油漆发亮的八仙桌拼成一个大长桌,周围坐满了开会的人。

"今天把大家从各地请来,要商量一件大事。"彭总说着,站起身来,手拿一支教杆在墙上的地图上指着:"同志们,我们红军过几天就要在云阳召开改编后出征的誓师大会,东渡黄河,开赴山西抗日前线。为配合革命需要,党中央毛主席正式决定在云阳创办一所战前青年训练班,对外简称青训班。中央已经抽派冯主任从延安赶来,具体负责青训班各项工作,大家相互认识一下吧。"

冯文杉从座位上站起来,向大家点头致意。

"贾拓夫,陕西省委的。"贾拓夫站起身自我介绍。

"席崇军,云阳地区抗战救国会的。"席书记起身介绍自己。

冯文杉笑着说:"也是一个姓席的。"

彭总笑着说:"他和关中特委那个习不一样,一个是学习的习,一个是坐席的席,铺炕的席。"冯主任笑着说:"这么说,我们吃饭睡觉还要靠这位姓席的喽。"一句话逗得大家哈哈大笑,会场气氛一下子活跃起来。

彭总笑着说:"冯主任说的虽然是玩笑话,却有一定道理。"然后,他面对席崇军把话题一转:"席同志要好好支持我们这些同志,共同办好青训班。"

席崇军笑着说:"彭总,你放心好了,我们云阳人民会竭尽全力的。"

彭总点头:"这就好,我相信云阳人民,但我有责任提出一些要求和希望。"

会场的气氛一下子严肃起来,大伙都静心听彭总讲话。彭总起身,手拿教杆,指着地图,语重心长地说道:"同志们,我们现处的安吴堡距西安三原泾阳不远,这里地势平坦,交通方便,这是有利的一面,但同时也是不利的一面。我们的背后,靠着嵯峨山,翻过山不远就是我们的根据地。我们处在这葫芦底部,东西两边有俩关口卡子,东边有入山的口子鲁桥,西边有入山的卡子口镇。这两个地方，十分重要，一定要保证我们的根据地人员物资来往畅通。"

邓总此时也插话："请云阳的同志们，多动些脑子，多想些办法，做到严密防范，确保青训班同志们的生活和人身安全。"

康民对坐在旁边的席崇军鼓励："给彭总表个态吧。"

席崇军起身对着彭总激动地说："请彭总放心，并转告党中央毛主席，我们云阳人民全力支持青训班，誓死保卫青训班，不辜负党中央毛主席对我们的重托及关中特委首长对我们的厚望。"

彭总笑着说："好好好，但光靠热情不够，还得有扎实细致周密可靠的办法途径，要把事情做稳做实才行。"

席崇军说："在这东西两口子上，都有我们的人做内应。在国民党驻军和地方民团中，有我们的地下党员，已经打入对方内部，随时能和我们联络。"

彭总满意地点头："这就好，国民党和我们团结抗战，是真心还是假意，还得在日后合作的过程中，听其言观其行，才能认清楚。"

席崇军说："害人之心不可有，防人之心不可无，咱们不能大意失荆州。"

彭总笑了："云阳这位同志说得对，很形象。凡事都要谨慎小心，避免差错，避免因一时失误给革命造成不必要的损失。"

邓总说："云阳这地方藏龙卧虎，猛将一个赛一个，这就是我们革命成功的本钱。"

席崇军不好意思地笑了。

彭总一手端起搪瓷缸子往嘴边送，一手挥着示意大家："喝水，都喝水，开了一早上会，口都干了。"几口茶下肚，彭总很享受地说："这茯茶可是泾阳一宝呀，大家要多喝，强健身体。"

席崇军说："是，只有泾阳的水质才能做出茯茶。"

彭总说："上次回延安开会，给毛主席带了几块茯茶，告诉毛主席茯茶是用湖南茶加工成的，毛主席高兴地说'很长时间没有喝到家乡的茶了，留下来尝尝'，泡好后，毛主席一喝连连说'好茶，好茶'。"

冯主任说："茯茶工艺复杂，原料又山高路远，泾阳的茯茶现在很稀缺，在这种情况下，泾阳人民给咱们捐了那么多，让咱们每个战士都能喝到，这深情厚谊真让人感动啊！"

彭总说:"希望我们能对得起这份情谊!现在大家先参观一下这吴氏庄园,这座院子可以考虑借来开办青训班,大家看看,再一起讨论商量。"

开会的人点头应答着,陆续走出大殿,边走边看,出了迎祥宫。

席崇军领着一伙人来到西边的六椽厅。厅里东西两边靠墙地面铺着一层厚厚的麦草,上边整齐有序地摆放着战士的被褥。屋檐下,一伙八路军战士正在用小瓦碴片片玩"狼吃娃"的小游戏,旁边围观了许多战士,参谋着议论着。

挤在人群中看热闹的吴氏庄园的看门人王师傅,看见彭总等人进来,便急忙上前。

席崇军打招呼:"王师,还忙着哩?"

头发花白,瘦得微微弓了腰身的王师傅眯眼笑:"不忙不忙,闲得心发慌哩。平常我还不时地打扫清理下这院落,自从红军来了住这大院子里,没等天亮他们就给打扫完了,我想干都没事干了,成天吃了睡睡了吃,把人急得发慌。"

席崇军哈哈一笑:"甭慌,事情多得很,正熬煎没有人哩。"

王师傅一听这话,赶紧问:"有啥事,尽管说。"

席崇军压低声音:"中共中央决定在咱云阳这地方开办战时青年训练班,把那些从全国各地来的热血青年学生集中在这里训练,然后再送到抗日救国前线。我跟你商量一下,你给东家说一声,我们把这房租下办青训班行不行。"

王师乐哈哈:"没麻达。吴家主人嫌西安城里人声嘈杂,过上一段时间就回来散散心,前几天刚走。听东家说吴家出了能人,吴宓成了国学大师,连蒋委员长都请他吃饭合影哩,吴家的人甭提多体面多高兴,咱这下苦人都跟着沾光哩。吴家主人走时把话撂下了,这房终究是没人住,闲着也是闲着,谁要用就借给用,所以这事不用给东家说,我把事拿了,你们尽管用。"

席崇军高兴地和王师傅一个劲儿地握手:"给中央来的首长领路,把地方认下,你想干事,就给咱青训班看门打铃,咋样?"

一口应诺后,王师傅领众人朝后边的望月楼走去,边走边介绍:"当年八国联军进攻北京,西太后逃难西安到了安吴堡,与吴家主人结成了干亲,给盖了这个望月楼……"

众人听着王师傅的讲解,品赏着别具匠心的建筑,以及镶嵌雕刻其上的字画，频频点头。

登上望月楼，彭总拿起望远镜向远方眺望。邓总、冯文彬、席崇军等人也放眼眺望，眺望之下，纷纷点头暗叹。

放下望远镜，彭总满意地说："这安吴堡真是个好地方，占天时得地利聚人合，是块风水宝地。如果把青训班设在这里，等抗战胜利了，把这里办成一个纪念馆，我就给前来参观的人讲，这里是共产党领导的培养抗战青年干部的第一班，是青年运动工作的发源地，这里将要走出千千万万个革命青年干部，它寄托着我们的希望和未来。"

大伙都笑了，邓总说："彭总文武兼备，深谋远虑，站得高，看得远。"

彭总笑："我是借这望远镜看的。你们看这地方，前面有水，后面有山，南可望清河水、云阳城，一马平川，交通方便，土地肥沃，村庄连片，北可望嵯峨山峰、唐王陵冢，石马成行，气势宏伟。"

冯文彬笑："彭总不但是位战将，还出口成章，简直就是诗人，咱得向彭总好好学习。"

彭总笑："我只能是半个文人，要说吟诗作赋，咱们得向毛主席学习。红军二万五千里长征时，条件那样艰苦，可毛主席总是在抽空读书学习，他的那首六盘山诗词写得多有气势。"说着就朗诵起来：

天高云淡，望断南飞雁。不到长城非好汉，屈指行程二万。
六盘山上高峰，旄头漫卷西风。今日长缨在手，何时缚住苍龙？

大家一起鼓掌，席崇军说："彭总记忆力真好。"

彭总说："你的记忆力也不差，那整本的秦腔戏都装到肚子里，动不动就吼上几段，等有空，把你那云阳剧团叫来，给咱们吼上一阵。"

席崇军表态："只要彭总爱听，我一定办到！"

彭总笑："不是让我听，而是要战士们听，要让当地老百姓听，要用文艺这种形式，动员鼓舞全国人民，投入到全民抗战的伟大事业中，你要把这当项重要的革命任务完成。"

席崇军立即打个了敬礼："保证完成任务！"

彭总说:"不要这么紧张,当年你跟随刘志丹习仲勋创建陕甘边区,为各路红军到陕北创造了条件,你们是革命的功臣。"

席崇军不好意思地说:"彭总过奖了,我们还得好好努力,为革命再立新功。"

彭总笑:"对,只有不断学习,不断努力,才能提高能力,为革命胜利贡献力量,才能适应革命的需要。"

言罢,彭总举头望向遥远的天际,神色不知不觉地恢复凝重,众人也肃寂下来,随着彭总一起望向苍茫的天际,那里蔚蓝如海,云卷云舒……

人在歧路

正月里来是新春,赶着牛羊出了门。要问送到哪里去,送给亲人八路军。八路军是咱一家人,和咱百姓一条心,开赴前线打日本,为要建立新中国。八路军是真英雄,保卫咱边区陕甘宁,为咱能过上好光景,哪一个百姓不领情。你也领情,我也领情,赶着牛羊往前行,送给咱英雄的子弟兵,拥护咱们的总司令。

云阳剧团的秧歌队,边扭边唱,后边紧跟着游行队伍,打着各色各样的旗帜高呼口号,散发传单,整个云阳街上跟过年一样,大人小孩都忙得不可开交。钟楼跟前的几个村子锣鼓声喧,一家赛一家响,震得地动山摇。

泾阳县各界代表慰问团装满物资的车辆从街上穿过,引来行人不断喝彩,身穿长袍头戴礼帽手提文明棍的代表们抱拳致谢。一队身背大刀步枪穿着便衣的云阳民团也在游行,高呼"支持八路军,共同打日本"。一队队年轻的男女动情地唱着《敬酒歌》:"八路军的将士啊,请喝下这杯酒,一杯酒,一片心,献给咱英雄的八路军。你们要上前线去,云阳人民欢送你。祝你们奋战多杀敌,祝你们打败日寇凯歌飞,祝你们收复河山扬国威,祝你们为民族抗战立丰碑,云阳人民期待着胜利的号角吹,捷报满天飞,手托起一个新中国,再来云阳共相会,美酒敬献八路军。"

北城门上聚集着黑压压一片人影,一个个仰面朝天,去看城墙上张贴的两张通告——国民革命军第八路军总指挥部布告及青训班招收学员的通告、黄埔军校扩大教学网点招收学员的通告。不认识字的急得直跳脚，捅认识字的，让念出来，于是人群里一片朗读声。

张生祥跟村里几个同伴挤成一堆，没一个认识字的，急得左顾右盼。猛然间张生祥看到了同宗兄弟张永祥，张永祥在云阳街上开棉布店，是个识文断字的人，就挤过去一把把他扯过来："那上头写的是啥？快念下，把人急的。"

张永祥就一个字一个字地往下念：

国民革命军第八路军总指挥部布告

本军奉命抗日为求民族生存
拥护中央领导驱逐日寇出境
团结全国各界联合法苏美英
保卫中华领土收复失地完整
实行统一战线抗日救国纲领
本军纪律严明买卖照常公平
禁止拉夫拉车禁止侵犯百姓
凡属中华同胞一律保护认真
汉奸敌探间谍严办决不容情
望我国人奋起共负救亡责任
抗日战争胜利大家共享太平

张生祥一伙听完恍然大悟地说："说的还是成为一家人的事。"

张永祥回道："对啦，都成一家人啦。谁也不介意谁。呵呵。"

张生祥从张永祥拉长的语音里听出了话外音，不解地问："这里边有啥名堂么？"

张永祥顿了下："虽说是一家人了，可到底是跟国民党走还是跟共产党走，也是个艰难的选择。你看这黄埔军校要在三原县城办分校，听说咱这也要办青训班，没看那么多年轻人拿不定主意么？"

张生祥连连点头："听说过要办啥青训班，到底是咋回事？"

张永祥接着说道："黄埔军校是国民党办的，青训班是共产党办的，这一步要是踏错了，后悔都来不及啊，将来的前途命运没有人能料定。"

张生祥："那你看是往北走好还是往南走好？"

张永祥："国难当头，匹夫有责，国共两党合作抗战，跟谁都一样，不过让我看，还是往北跟上共产党好。"

张生祥不解："这是为啥？"

张永祥："秃子头上的虱，明摆着哩。共产党是给穷人办事的，青训班对文化程度要求不高。黄埔军校一是要钱，二是要有文化的，一般人上不起。"

张永祥话音刚落，身后就有个声音响起："咳，那还有啥说的？要学就往南走，上黄埔军校，国民政府办的正经八百的军校，上出来后就是国军，祖宗八代都光荣。"拉长的话音明显有着傲慢与挑衅。

张永祥等人回身一看，见是安吴村响当当的人物——冯占财，一身绸衫绸裤，头戴老爷帽，手上端着水烟。

张永祥呵呵一笑："财东人家和穷人家想的说的做的都不一样，街道上有穿绫罗绸缎的，有逃荒要饭的，人比人活不得，马比骡驮不得，到底是往南还是往北，还要个人拿主意，将来不后悔不怨别人就行。嗨，我这是盐店门口拉家常——说闲话，自己的主意自己拿，我要忙了，不奉陪啦。"说完就转身朝自家棉布铺子走去。

张生祥看见人堆里的黑娃、小川和几个自己村里的娃，就招呼他们："谁的话也别听，咱先回村。"

"你们回哪个村？你们村里有八路军么？"住在云阳小北门城墙根底下窑洞里的几个年轻难民呼啦一下围上来，向张生祥几人打探。

张生祥点头："有呀，我们安吴堡子家家都住着八路军。"

"那把我们几个一块儿带到安吴堡子寻八路军，行不行？"几个年轻难民欢喜地嚷。

张生祥高兴地答应："好，人多力量大，走，都走！"

"哼，穷鬼！"看着张生祥一伙人说说笑笑地朝安吴堡大路上走去，冯占财踱着老爷步慢悠悠地走过来，脸上满是鄙夷不屑的冷笑。通身毛色油光发亮、形影不离的杂种黑贝狼狗，跟上来，往他脚旁一蹲，哈哧哈哧地吐着猩红的舌头，吓得近旁的人争着往远处躲。

一直在围观的几个蒋路村年轻人也冲着张生祥一伙人的背影露出讥笑："咱跟这伙叫花子走到一起，人见了笑话，咱们还是跟国民政府走，到泾阳县去问一下黄埔军校招生的事。"

冯占财向这几个年轻人踱近几步，咳咳几声，说："你几个娃还算灵醒，要上就上黄埔军校，往南走，看看我儿现在是啥模式，我屋吃的、穿的、骑的，有些人八辈子都见不到。"

几个年轻娃也大概知道冯占财是何许人，连连点头："往南走，往南走！"另外几个雒仵村、姚家村、纸坊村的青年，听到这些话，也凑了过去。

冯占财四下转头，看看一圈围着自己的脸孔，得意扬扬地拉长声音："你们知道我两个娃不？去国民党部队才几天嘛，都当了官官啦。回来的时候，高头大马骑着，随从跑前跑后地跟着、伺候着，那阵势、那威风，哼，不说是安吴村，就是整个云阳也找不到第二家。这方圆百里谁不羡慕我？谁敢惹我？就连村里的狗都不敢在我家门口撒泡尿。"说着话，一直虎视眈眈盯着行人的狼狗，适时地汪汪汪几声，像是要吠出主人的威风，冷不丁把年轻娃们吓得往后一闪，冯占财满意地仰天哈哈大笑几声。

几个年轻人抻平受惊吓的眉眼，望着一身绫罗、霸气十足的冯占财，眼睛流露出羡慕的光，互相点头："对，咱们到县上先问一下报名考学的事，要是能上，咱从学校出来就是国民政府的军官了，高头大马骑着，多威风！"

月光像水银一样镀得安吴村到处都亮堂堂的，白女家门前的老苦楝树静静地立着，影子一半落在墙上一半落在地上。树下的麦秸垛下靠着、坐着一伙青年人。黑娃说："那咱可说好了，明天一块去报名！"

好！好！毛树德、愣娃、吕世璋、刘泽全、三怪、蜡梅、白女、巧娥等兴奋地答应着，一双双眼睛亮晶晶的。

"他伯，你今晚咋一句话不说哩。"张生祥问高兴全。

高兴全一晚上只抽烟，不时地去院里端个茶取个烟叶子。高兴全听张生祥问话，抽了几口烟，没头没脑地说了句："最近多留意你白女的动向，哪里不合适，要及时劝挡哩。"

张生祥还要说话，高兴全起身撂了句："今儿乏了，歇着啦。"径直进院，咔嗒一声下了门闩。这咔嗒声就像解散令，四邻们接到命令，就相互打着招呼意兴阑珊地散了。

"莲花,你哥哩?咋一晚上没看见哩。"高兴全站院里问。

门帘一动,莲花从屋里出来,站在屋檐下说:"我哥肯定是和白女姐那些人商量明天去报名参加八路军的事了,愣娃来叫我哥时这样说的。"

"啥?参加八路军?"高兴全一惊,又随即淡淡地说:"哦,知道了,睡去。"

莲花欢喜地说:"我哥就说你肯定会同意他去的,我哥今年去,我明年去,行不?"

"明年的话明年再说,睡去!"

莲花轻快地一撩门帘进了屋,高兴全走到院墙下,靠墙圪蹴下去。他摸出烟锅,将冰凉的烟杆噙在嘴里,对着地上的影子,吧嗒吧嗒地吸着,一只蛐蛐在月光下蹦来蹦去。

走,参军去

天刚亮,田野里长得一人多高的玉米正在扬花,叶子上晶亮透明的露珠像珍珠一样,棉花地里开满了花,红的、白的、黄的、粉的,煞是水灵好看,惹得蜜蜂嗡嗡地飞来飞去。

李长水提着一笼草进了院门。多年的习惯,只要天边露出一丝亮光,李长水就会悄悄起床,先出门割笼草,或拾笼柴,要么捡点粪。在大伙忙这些时,总是遇不见他。他刻意拉开跟村民们的距离,村里人都认为他是因为妻子被冯占财欺负,儿子当土匪抬不起头来,对他都充满了同情,见了他倒都挺热情的,尽管如此,他见人只微微一笑点点头,说话也是极少极短的几句,从不惹是生非。村里人也都夸说他是个老实人,厚道人。

英子端着茶缸从灶房出来,走到院门侧的柿树下。树下有块青石板,被几块树墩撑着,就成了一天然的桌子,天晴的时候,喝茶、吃饭几乎都在这桌子上完成。英子放下茶缸,接过达手中的笼,走出树荫,将草倒到有阳光的墙根下,带露水的草羊吃了容易拉肚子。李长水坐在青石桌旁的小木凳上,端起茶缸,吹吹扑出来的热气,嗞溜吸了一口,然后抬起面孔,直愣愣地瞅着天。英子把草摊开,偷偷瞅了瞅李长水两眼,怕惊扰到达似的,轻轻向灶房走。

"建娃、成娃哩?"

英子听到达的声音,停下来,转过身,吞吞吐吐地说:"他俩刚跑出去,可能是看八路军操练去啦。"

"去,把他俩给我寻回来,不准胡乱跑。"李长水黑着脸说。

"嗯,我这就去寻他们回来。"英子是个很懂事的姑娘,她知道,自从大哥走后,娘和达就没高兴过,她很心疼达和娘,尤其是达。娘是女人,可以时常哭,达从来没哭过,但是达的寡言少语更让英子心疼,所以她从来不惹达生气,达要她做的,她立马去做。

英子跑出了门,妻子姚青兰抱着件夹袄从窑洞里出来,夹袄快要穿了,今天气好,拿出来晾晒晾晒。姚青兰把夹袄搭到晾衣绳上,一边抻着衣襟衣袖,一边问:"打听了没?有没有娃的音讯?"

李长水没言语,只深深地唉了一声。姚青兰什么也不再说,晾好衣服,走回窑洞。

李长水低头喝起茶,他知道妻子的失望,他知道妻子的焦灼与期盼。妻子老是催促他向村里红军打听打听明娃的下落,他不敢打听,一是全村人都知道明娃当了土匪,二是怕打听出坏消息,更重要一点,他不敢确定明娃是不是按他的话去做了,是不是做到了,兵荒马乱,明娃究竟有没有闪失,是否……活着。这就是李长水迟迟不敢张口打听的原因。

妻子进了窑里,娃们都不在眼前,整个院里就李长水一个人,他静静地坐在柿树下,望望天,望望妻子晾晒的衣服,望望墙根下摊着的青草,望望井口上的辘轳。他觉得这一刻非常好,如有可能,他就想这样一家人守着这个院子悄悄过一辈子。

是的,没有人知道李长水多年来内心的惶恐,闭上眼就是村邻们在山洪中的挣扎、哭喊,然后一个个沉没消失,没有来得及和家里人说一句话,等浑身泥水爬到另一个山坡时,忽然发现天地之间只剩自己孤零零的一个。那种孤单凄惶,那份对亲人的思念,足够摧毁一个人所有的意志。所以,惊弓之鸟的李长水害怕天灾人祸、家破人亡、流离失所,好不容易在这个旮旯角三口破窑里找到个栖身之处,他已很知足。苦一些,穷一些,累一些,他都不怕，他不惹事，不招惹人，甚至不参与任何邻里是非，他就想这样小心翼翼地守住他的这份宁静。可是世事总要为难他，明娃迫不得已背井离乡生死不明，他刚刚松弛的心再次紧张起来。他知道八路军是穷苦人的靠山，但他不愿家人离散，因而不想让家里任何一个人卷进眼下的洪流中去。但是三个娃都不懂他的心思，对战士的生活特别向往，总想往战士堆里扎，他最害怕娃们起了当兵的心。

在李长水享受着难得的安静时，村子里像是早上刚烧开锅的水，沸沸腾腾，喧闹成一片。

"白女，走，参军去！"三怪从张生祥家门口跑过时一声大吼。

"好，我马上就来！"白女在院里答应一句。

张生祥追到院子里，喊住白女："白女，你想好了？你真的要参军？"

"达，我早想好了，一定要参军！"

"这……你是个女娃，给八路军做鞋做袜子就成了，参军就算了吧。"

"女娃又咋了？徐敏、徐云不是女娃么？人家走了几千里来寻八路军。"

"咱要不先跟你高伯家商量商量，看你高伯家啥意思？看黑娃啥意思？"张生祥想起昨晚高兴全没头没脑的一句话，模模糊糊明白了由头。

"达，高伯多开明，不是主动送狗蛋当八路么？再说昨晚上黑娃、我、蜡梅、巧娥、刘泽全、吕世璋、毛树德、仵运东都商量过了，都一块报名，村里还有好多娃都要去报。"

"哦。"张生祥觉得女儿说的也在理，但是他觉得这事没和高兴全事先说一下，总觉得心里不踏实，他虽然爱和高兴全斗嘴，但心里还是服气高兴全想事情比他周到长远。

看张生祥沉吟不定，三怪帮白女说情："张叔，你就让白女跟我们走吧，我们昨晚商量好的，一块报名，大家互相照应，这么多人，不会让白女受罪的。"

张生祥看看女儿，不知该点头还是不点头。白女从小没娘，他习惯了啥事都迁就女儿，再说他对八路军也很有感情，张生祥有心随女儿心意，又有点……怎么说呢，和女儿相依为命近十年了，他一时还不敢想，白女走后他一个人守着个院子是啥滋味。可是他又不能说出来，毕竟自己在女儿眼里是个顶天立地的父亲，不能说害怕一个人守着院子。

一心憧憬着新生活的白女根本想不到达的愁肠，想到昨天晚上一大群人在麦秸垛边上商量、起誓的情景，更是恨不得长翅膀飞出门，就急急地催张生祥："好啦，达，我走啦，再磨叽让人家一个个都笑话了，商量时就我积极，行动起来就我汤汤水水不利落。"

看着女儿近乎哀求的样子，张生祥摆摆手："好，去吧去吧！"看着白女轻快地跑出门，张生祥心里有种欢喜又有种心酸，鸟大了，就得离巢，世事是年轻人的，由娃去吧。

白女、三怪刚走出一截路，就碰到了蜡梅、巧娥。白女欢喜地喊着她们的名字，跑上去往俩人中间一插，左右一揽："走，参军去喽！"

"当女八路！""上了战场，咱都是女英雄！"三个女娃胳膊挽胳膊地说说笑笑往前走，一路上又和刘泽全等人汇合。几个兴奋不已的伙伴走到高兴全家门前，看门敞着，就大呼小叫着"黑娃，黑娃，参军走！"拥了进去。

黑娃没出来，高兴全出来了，高兴全把三怪几个人夸赞了一番，鼓励他们参军后争取当英雄，为家为全村争光。末了说："黑娃没在家，他舅昨天晚上得了急症，他舅只有一个娃，还是个跛子，照顾不了，黑娃一大早就去照顾他舅了，估计得一段时间。你们先报去。"

"咦，昨晚没听说呀？"白女自言自语。

高兴全对白女说："得病的事谁能提前知道？要不让别人先报，你等几天，等黑娃回来跟你一块报。"

白女急急地说："没事，我先报上，也给报名的人说下，给黑娃留个空子。"

高兴全嘴角翕动几下，欲言又止。白女招呼大家："黑娃今报不了，咱赶紧走，小心一会儿人太多挤不到跟前。"

"就是，不敢再耽误时间了，去迟了，小心报不上了。"毛树德说。

白女等几人呼啦转身往门外走，高兴全过去关院门，何氏从房里出来不满地嘟囔："你舅才得急症哩！我哥明明好好的。你天不亮就撵黑娃去他舅家住几天，到底想干啥呀！"

高兴全黑着脸训斥道："女人家，头发长见识短！"说罢又不悦地嘟囔："张生祥是咋当达的，咋能让白女去报名哩，也该跟我商量下嘛。"

康民在迎祥宫门口卸牲口，兴冲冲赶到的白女和一群同村伙伴围上去，探听咋报名。康民听了这些半大不小的娃们的来意，哈哈笑："想参军，先完成眼下一件事再说！"

"啥事？不是参军？"

"不是参军，但跟参军一样重要。"

康民的一句话，就像一根针刺在了气球上，情绪高昂的年轻人霎时蔫了，一个个大眼瞪小眼起来，紧接着乱哄哄地抱怨、反问为什么不能参军。

"我们就是要参军，要去打日本鬼子！"白女倔强地嚷。

"好啦好啦，你们的心情我能理解。"康民笑着解释，"我不是挡着不让你们参军，只是说眼下这件事跟参军一样重要，看你们能不能完成，能完成了，我就热烈欢迎大家参加咱们的八路军队伍！"

"啥事？快说！我们保证能完成。"一听能参军，一伙年轻娃又劲头十足，眼冒星光。

康民满意地嘿嘿一笑，像兄长一样殷殷地安排起工作来。

人别心不别

初秋的夜晚，一弯弓月静静地挂在安吴村上空，喧闹了一天的村子终于安静了下来，但是这种安静与平日的安静有些不同。这份安静像暗流汹涌的海面，流动的空气里有种海啸即将暴发前的紧张。是的，在这个夜里，关起的门板后，昏黄的油灯下，有许多人在忙着打点行李，忙着道别，忙着收拾依依不舍的心情。

张生祥把烙了一下午加半晚上的锅盔刚用包袱包好，就听到有人叩院门，他连忙把包袱往案板上一放，三步两步过去拉开院门。

李长水？张生祥惊讶地看着站在黯淡月光里的身影，这可是稀罕事。

李长水讪讪地一嘿嘿，把怀里的一个大包袱往张生祥面前一递："这是一堆鞋，英子娘一针针做的，你明天就当是你做的，捐给战士们。"

张生祥纳闷："这么多，得做多长时间呀？这是光荣的事呀，你咋不亲自捐给战士？"

李长水支吾："啥光荣不光荣的？就是一点心意，你一定帮着捐上去，千万不要提是我家捐的。"

李长水说完，不管张生祥同不同意，把包袱往张生祥怀里一塞，转身就走。张生祥拎着沉甸甸的包袱，摇头："怪人，真是个怪人！"

天刚破晓，云阳及周边村子的人都开始忙活起来，家家门户大开，人影绰绰。

几个八路军战士挥着扫帚细心打扫着高兴全家门里门外，还有几个战士在井边摇着辘轳打水。何氏系着围裙，手拿炒菜铲子跑到战士们面前："快放下，娃，快放下，你们今要出远门了，不要再干了，快走，再吃顿大妈做的饭。"说着便呜咽起来，何氏心里早把这些战士当成自己娃了。

战士们也有点心酸，安慰何氏："大妈，不难受，等我们打跑了日本鬼子，还要回来哩。"

"你们这是安大妈的心哩，打跑了日本鬼子，谁知道你们都回了哪里？不管你们还能不能想起大妈，大妈是一直惦记你们啊。"

"大妈，我们走到哪都忘不了大妈的，忘不了安吴村，只要我活着，肯定还要回来看望大妈，看望安吴村所有的人。"

"我也会，我也会的……"

"那说好了，咱们人别心不别，抗战胜利了，如果我们都活着，就一块来看大妈，看安吴村，如果有人不在了，活着的就一定要代替我们每一个人回来看望大妈，好不好！"

"好，一言为定！"

"好娃，都是好娃呀。"何氏撩起围裙擦眼泪，放下围裙又招呼战士们："走，听大妈话，进屋吃饭，吃得饱饱的，让大妈放心！"

"好，跟大妈吃饭去，大妈做的饭最香！"

战士们用说说笑笑冲淡离别的愁绪。

热腾腾的馍菜端到院中间的桌子上，战士们和高兴全一家围在一起吃着饭，何氏看看几个战士，叹息道："黑娃跟你亲得像亲兄弟，你们今儿走他不知道，回来还不知道咋发火哩。"

话音刚落，黑娃一步跨进院子："妈，我回来啦！"何氏欢喜地迎上去，几个战士也高兴地喊着黑娃。

黑娃把手里的口袋递给何氏:"这是半袋子红芋,今年新的,刚挖的,妈,你蒸了给大伙吃。"何氏答应着接了过去。

黑娃又冲着高兴全说:"达,你咋骗人哩,我大舅没得急症呀,不过我去了这几天,刚好给他把几亩红芋帮着挖了。"

高兴全黑着脸:"吃饭,用饭把嘴堵上,吃完饭,赶紧去后院,把鸡圈、猪圈都垫下,把粪出了。"

黑娃说:"我都吃过了,我是赶回来送八路军的,我舅村里有好些人都赶来为八路军送行啦。"

"送八路军是大人的事,你个娃瞎掺和啥哩,赶紧到后头出圈去。"高兴全训斥道。黑娃不悦:"我咋是娃,咱屋住的这些八路军有的还没我大哩。对了,咱村那伙娃都参军去了,是不是?干完活我要赶紧去报名!"

"翅膀硬了?再不闭嘴,信不信我把你关三天!"

黑娃知道高兴全的脾气,闭上嘴向房里走去。

高兴全又招呼战士们吃饭:"吃,吃饱,再让你大妈把新红芋一蒸,口镇郭塬的红芋是关中四大宝之一,你们带上路上吃。"

"哪里有宝,让我们也吃一口。"毛树德领着几个男女青年从门外走进来,高兴全两口子热情地打招呼,何氏开毛树德的玩笑:"你本事不小,去青救会帮了几天忙,就把媳妇领回来了。"

毛树德不好意思地说:"婶,快不敢胡说,今儿个要在云阳南门外开八路军誓师大会,我们都要去给八路军送行,听说彭德怀、邓小平、朱德等好多大首长要去。"

说着话,莲花把蒸熟的红芋端了出来,大家笑哈哈地去拿,烫得一个个直吹手,却又忍不住地往嘴里送。

"来得早不如来得巧,新红芋就是香。"张生祥肩上挂着一包袱,怀里又抱一个,大喊大嚷着进来了。

"哟,叔,你这是把家底都拿出来捐给八路军呀。"毛树德打趣张生祥。

黑娃闻声从屋里走出来,叫着叔,走到张生祥跟前,张生祥把怀里的包袱往黑娃手里一塞。毛树德说:"还是女婿知道心疼老丈人。"黑娃脸一红。青训班的学员不解地看毛树德,毛树德哈哈一笑:"忘了给你们介绍了,这黑娃就是咱白女女婿，就差办喜事了。""呀，白女有主家了呀，可惜咱们那帮有心的小伙子了。"一个女青年脱口道。

黑娃惊讶："啥叫有心？"

"是呀，"毛树德接口，"白女现在可风光了，是青救会里的文艺骨干，能写能唱能扭秧歌，啥活动都少不了白女，人尖尖哩。"

女青年又说："重要的是白女也是最好看的，大伙都爱看她，男生都爱围着她转。"

明显感觉到高兴全的脸开始结冰，张生祥连忙说："娃们就爱耍，不能当真，这下你们都知道了，白女是有婆家的人，不敢再乱开玩笑。"

黑娃哭丧着脸："不行，我要赶紧报名去！"

高兴全说："今够忙的啦，明儿去也来得及。"

大伙觉得高兴全很开明，都劝黑娃："就是，就是，明天去也来得及，不差这一天两天的。"

黑娃脸上有了笑容。

吃完红芋，一院子的人都呼呼啦啦地走了，院子里空荡起来。高兴全闷闷不乐地蹲在屋檐下，噙着长旱烟袋锅，一声不吭。张生祥往高兴全身边一跐蹴："咋了，有啥不舒坦的。等誓师完，把八路军送走了，我给你把白女叫回来就行了嘛。"

高兴全叹口气："看着这伙八路军娃要出远门，咱舍不得，在咱家里住了这么长时间，猛地一走，心里空荡荡的。"

张生祥："唉，不走不行呀，不说是这些八路军娃，就是咱的娃长大了，要往出飞，咱也挡不住呀。"

高兴全看看张生祥，埋下头，若有所思。

何氏出来说："咱也不知白女这几天咋个样，要不咱们今都上云阳，看能不能碰到白女，我给娃做了一身新衣裳，给娃带去，这天早晚开始凉了。"

"可以。"张生祥一拍腿站起身，高兴全也收起烟锅，向门外马车走去。

黑娃兴冲冲地从院里跨出来，也准备上车去给八路军送行，高兴全一句话将黑娃拦住："黑娃你就留家里，帮着小川把羊圈出完，那么重的活不能让小川一个人干。"

"对，你达说得对，小川也是个娃，咱不能亏待人家娃，黑娃你就跟小川一块做活去。"何氏非常赞同丈夫，跟着拦挡黑娃。

张生祥也连连点头，觉得高兴全想得周到："黑娃，听你达你妈话啊。"

家人走光了，黑娃跟小川出着羊圈，墙外传来的隐隐约约的锣鼓声、口号声、歌声，就像一把火一下下撩拨着黑娃的心，他不断地停下来踮着脚往墙外张望，最后干脆把锨往墙根一撂："小川，你也先甭干了，歇一会，等我回来，咱再一起干。"

"没事，黑娃哥，你出去转，我能干多少就干多少。"小川很懂事，体谅地对黑娃说。

黑娃胡乱洗了个手，擦了下脸，出门沿村路往前走。

顺着嘈杂声，黑娃几步拐到了前街。前街刚成亲几天的老虎，二十出头，浓眉大眼，虎头虎脑，胸前佩戴着大红花，安慰着新媳妇："不要哭，打起精神，家里的事还得靠你哩。""嗯，我不哭。"新媳妇说不哭却直哽咽。"别难过，等打完日本鬼子，我就回来，在咱村北的积水滩里，开荒种地，给咱盖上几间新房，买上一头牲口，好好过日子。"新媳妇噙着泪努力地咧嘴一笑："你去，家里不用操心，全家人都等着你回来。"

黑娃不好意思再看小两口分别，又折到后街。后街的王老汉门前围了一大堆亲邻，王老汉正在叮咛儿子金豆："屋里日子，你甭操心，跟上八路军好好干，甭给咱家丢人。"胸前佩着大红花、壮实得跟牛一样的金豆，这一会儿眼里也聚起了泪水，深情地望着达，望着院门。王老汉强忍着酸楚，哈哈一笑，拍拍金豆的臂膀："放心，家里有我和你妈，还有你兄弟银豆、铜豆，等你打完仗回来，家里给你攒下钱，盖房娶媳妇。"

旁边的富贵开玩笑说："攒啥钱哩，等你娃回来，成了抗日英雄，说媒的人能把你家门槛踢断，媳妇拿鞭吆哩，还用得着你操心。"

王老汉顺势说："娃，听到没有，放心地去打鬼子，回来就是英雄，啥都不愁啦。"

富贵一扭脸看到黑娃望着金豆胸前的红花出神，就又开黑娃的玩笑："黑娃瞅啥哩？你又没戴大红花，白女咋能寻你哩？你没看姑娘们都爱披红戴花的么？"

黑娃脸一红，倔强地说："你等着看，我非要戴上这大红花！"

"天天让人打胡基,房子又不急着住。今八路军走哩,也不让人看。"墙根下打胡基的建娃害气地嚷。

成娃:"也不知八路军走了没,要不咱偷偷跑去看看。"

"不行,达说了,不许你俩偷着跑出门,让我看着你们俩。"英子从旁边的羊圈里出来。

成娃叹口气:"英子,你是达的好女子,小心我不认你了!"

"哥,达还不是为咱们好吗?你们不要惹达娘心烦了,行不行?"英子说着,扭头看向墙外。

墙外的粪堆上,站着李长水细长的身影,他背着手,眺望着热气腾腾的村子,依稀的歌声,依稀蜿蜒着远去的队伍……

雨中誓师

立过秋的天,一下子高旷起来。天刚破晓,云阳城就醒了过来,切切嘈嘈的说话声,咚咚咚的脚步声,吱呀吱呀的开门声、车轱辘转动声,间或还有几声马的嘶鸣。站在城头上的两个国民党士兵,原是转着脑袋,想寻找从哪里飘来的歌声,却被眼下壮观的一幕惊讶到忘了说话。他们目光所及之处,一条条通往云阳城的路上,都是密密麻麻的人影。这些蠕动的人影,远远眺望过去,就像缓缓流动的水,穿过田野,穿过屋舍,向云阳蜿蜒着汇聚而来。而随着大街小巷里人影越来越多,脚下云阳城就像锅里烧煎的水,翻滚着一股热气。

"呵呵,这云阳人革命热情高得很呀,今八路军誓师哩,听说誓师后就要去打日本了。"

"早该这样了,自家人合起来打个小日本,还不把个小日本打得哭爹喊娘!"

"就是,赶紧打跑小日本,咱就能回家了。"

"兄弟,熬吧,再熬段时间,苦就吃到头啦。"

"是呀,"一个士兵把手往另一个士兵肩上一拍:"至少现在看到希望了!坚持住,一定要坚持到回家那一天!"

像是同一个苦藤上的瓜，苦难中结出友情的两个士兵对望着，点点头，而后扭过头，各自把目光默默地落在一股股流向云阳城的人影"溪流"上。

"大刀向鬼子们的头上砍去，二十九军的弟兄们，抗战的一天来到了，抗战的一天来到了。前面有东北的义勇军，后面有全国的老百姓。咱二十九军不是孤军，看准那敌人。把他消灭！把他消灭！冲啊！大刀向鬼子们的头上砍去，杀！"

安吴村通往云阳的大路上，一队队背着行装的八路军战士，步伐矫健，高唱着《大刀进行曲》，整齐威武地急速前进。雄浑的气势吸引得行人纷纷停脚，吸引得家家户户的人打开门往外跑，很快大路两旁聚满了人，拖家带口的，扶老携幼的，有的立在路边兴奋地观看，有的追着走。很多人手里提着包袱，包袱里装着要捐赠的物资。高兴全两口子和张生祥赶着马车，一路上走走停停，收集着村里人送给八路军的鞋袜衣服干粮等，到云阳时已满满一车。

"咱以为咱来得早，没想到别人比咱来得更早。"张生祥抻长脖子东张西望。

"你没想到的事多着哩，你听多热闹，听那歌唱得多美！"挤在熙熙攘攘的人群里，很少来云阳的何氏很是兴奋。

云阳城南门外的空地上，临时用几张桌子搭起的主席台上，红旗飞扬。旁边的木柱上贴着醒目的"坚决拥护红军改编为国民革命军第八路军""为保卫国土流尽最后一滴血"的巨幅标语。即将由第一军团、十五军团及七十四师改编为第一一五师的红军将士，陆续从四面八方浩浩荡荡、士气激昂地进入会场。培英小学和云阳高小师生们挥舞着写有"欢送八路军上前线""打倒日本帝国主义""全国人民是你们的坚强后盾""头可断血可流誓死不当亡国奴"等口号的三角红旗，排着整齐的队伍，高唱着救亡歌曲进入会场，坐在红军战士前面。

已列队战士在高唱着《八月桂花遍地开》，一曲唱罢，培英小学和云阳高小师生们开口唱起排练多日的《牺牲已到最后关头》。"向前走，别退后，生死已到最后关头。同胞被屠杀，土地被强占，我们再也不能忍受！亡国的条件我们决不能接受，中国的领土一寸也不能失守！同胞们！向前走，别退后，拿我们的血和肉，去拼掉敌人的头。牺牲已到最后关头……"雄壮的旋律，激昂的歌词，让很多战士热血沸腾，于是唱着唱着，就成了军民合唱，只要会唱的都放开喉咙跟唱起来："……向前走，别退后，生死已到最后关头。拿起我刀枪，举起我锄头，我们再也不能等候！中国的人民一齐起来救中国，所有的党派，快快联合来奋斗！同胞们！向前走，别退后，拿我们的血和肉，去拼掉敌人的头，牺牲已到最后关头，牺牲已到最后关头！"

歌声震撼天宇，动人心魄，悲壮激昂，引来云阳各界人民群众，操场四周挤得满满当当，屋顶上、麦垛上、树杈上，都是人。连那些富商、绅士们也穿着长袍短褂挤在人群中。

看着黑压压的人群，听着雄壮的歌声，高兴全吆住车，将车停在广场对面的路边，三个人下车，朝人群里走。不断地碰到熟人，不断地打招呼。从旁边路上，康民和小石头看见了张生祥几个人，便热情地走过来打招呼。

张生祥笑着问："康队长，看见我家白女没有？"

康民急着说："我也正急着寻她哩。"

张生祥着急："她咋了？你寻她做啥？"

康民笑："白女能行很，成了青救会里的文艺骨干，一会领人扭秧歌，咱这有一伙年轻娃，叫她带上。"

小石头冷不防插一句："白女才貌双全，人见人爱，小伙子就跟蜜蜂一样围着嗡嗡。"

高兴全两口子一下子愣住了，不知说啥好，张生祥赶忙岔开："年轻娃就爱热闹，康队长，给八路军送的鞋，交给谁啊？"康民说："得放到东边拉运物资的车上，那车跟上八路军一块走哩。"说完，康民招呼几个青年把车上的一大堆包袱都取下来抱到不远处几辆物资车上。

何氏不好意思地小声给张生祥建议："这么多的人，咱也寻不见白女，把给娃的衣裳让康民捎去，咱也不在这儿等啦。"

"行，行。"张生祥接过何氏手里的包袱，递给康民："你见了白女，把这包袱交给她，今儿顾不上了，明天给也行，你先忙着欢送八路军去。"

康民接过包袱，夹在胳膊弯里连声说"行，行"，急着就走。小石头顿了一下，追上去从康民胳膊下抽过包袱，嚷："一个大男人，夹着女人衣服像啥样子，我替你拿着。"

康民边走边嘿嘿一笑说："谁规定大男人就不能夹女人衣服啦？看你以后

娶不娶媳妇？"

小石头更气："你意思是你夹着的是你媳妇的衣服？"

康民脸红了："这……小石头咋伶牙俐齿得跟个女子娃一样。"

小石头张张口，没敢再吱声。

张生祥看着康民和小石头走进人群，对何氏说："这下放心啦？"

何氏不安地说："没见白女，咱放心不下哟。"张生祥不解："有康民带着哩，有啥不放心的？"何氏嘴角动了动，没有说话，轻轻叹息一声。

临时搭起的主席台上坐着一排八路军首长及云阳各界代表，人群里有不少踮起脚跟向主席台上眺望的，仔细辨认着一张张面孔和身影。"那位是×××。""那个是××。""啧啧，看着就跟咱不一样呀。"……

"咦，啥凉凉的？"挤在人群中的张生祥抹一下脸，仰起头一看，才发觉太阳隐在了厚厚的云层后，一团一团的云，厚得天空似乎挂不住，像要坠下来。很多人与张生祥做着同一个动作：抹脸，看天。然后有细碎的声音："下雨了，看阵势，这场雨不会小。"

雨点密集起来，何氏问高兴全："他达，还看不看？这雨……"高兴全说："看，坚持看到底，大首长都不怕，咱怕啥哩，咱不打仗了，连雨都不敢淋下吗？"何氏知错地闭了嘴，转头看向主席台。

嗡一声，军乐奏响，会场所有的喧哗声都停止下来。只有漫天的雨窸窣着。再看八路军战士，虽然身着国民党军服，但个个意气风发，英姿飒爽，雨中的他们就像是一道道钢铁长城。

军乐余音中，红军政治部副主任邓总起立，铿锵地说了几句引言后，宣布大会开始。首先走上台的是副参谋长左权，他凝重地做了抗日誓师动员和红军改编为八路军的意义的报告。接着是聂荣臻传达中央洛川会议精神，并庄严地宣读中央军委关于红军改编为国民革命军第八路军、新四军的命令，以及关于八路军总部和一一五师领导、机关负责同志的任命的命令。

在一片肃穆中，邓总下巴上挂着雨水开口："……抵制日货、焚烧日货都是消极行为，只有把日本帝国主义者彻底赶出中国，废除不平等条约，才能使祖国富强起来！下面，由朱总带领与会指战员高声诵读《八路军出师抗日誓词》！"掌声中，朱总沉稳地走上主席台，字句有力地宣读道：

日本帝国主义，是中华民族的死敌。
　　它要亡我国家，灭我种族，
　　杀害我父母兄弟，奸淫我母妻姐妹，
　　烧我们的庄稼房屋，毁我们的耕具牲口。
　　为了民族，为了国家，为了同胞，为了子孙，
　　我们只有抗战到底！
　　为了抗日救国，我们已经奋斗了六年。
　　现在，民族统一战线已经成功，
　　我们改名为国民革命军，上前线去杀敌！
　　我们拥护国民政府，服从军事委员会统一指挥，
　　严守纪律，勇敢作战，
　　不把日本强盗赶出中国，
　　不把汉奸完全肃清，誓不回家。
　　我们是工农出身，不侵犯群众一针一线，
　　替民众谋福利，对友军要亲爱，对革命要忠实。
　　如果违犯民族利益，愿受革命纪律的制裁，同志的指责！
　　谨此宣誓。

　　朱总念一句，下边战士们念一句，掷地有声的誓词，恢宏的声音响彻天宇，震撼着云阳城的上空。

　　朱总退下，彭总上前几步挥手致意道："亲爱的同胞们，日寇进犯，东北沦陷，华北告急，战火已经烧到了黄河岸边，在国家生死存亡关头，中国共产党领导的八路军在云阳誓师东征，开赴抗日前线，与国军一道，共同抗战，打败日寇。我们八路军战士决心做到，勇敢向前，视死如归，奋勇杀敌，不把日寇赶出中国决不收兵。中华民族的伟大抗战，已经开始了，我们八路军战士要为全民族抗战努力奋斗，杀敌立功，胜利是属于中华民族，属于全中国人民的。中国必胜，日寇必败！"

　　彭总豪迈的气势带动着全场人的情绪，"中国必胜，日寇必败"，很多群众也激动地挥着手念起来。一时间，云阳镇地动山摇。

　　大雨哗哗地下起来，没有一个人离开，近万名将士、群众屹立在雨里，听

任总宣布八路军抗日"三大纪律八项注意"。

在八路军代表、云阳民众代表一一做了慷慨激昂的讲话后,邓总带领一位穿着八路军军服的外国人上台,在切切嘈嘈中,邓总解释:"这位美国朋友叫乔治·海德姆,中国名字是马海德,是位美国炼钢工人的儿子,早在红军会宁会师时就是红军战士,不久又加入了共产党,他是中国人民的好朋友,是中国共产党的拥护者、支持者。大家热烈欢迎!"

马海德在掌声中,用生硬的汉语表达了自己对中国共产党的崇敬、信赖,表达了对日寇的憎恶,最后一句是:"我们欢送八路军到哪里去?到华北前线去。去干什么?去拖住日本侵略军的尾巴,打他的后尻子!"说着还做捶打的动作。原本就走腔走调的话语,再加上滑稽诙谐的动作,惹起一片哄笑,大家边笑边鼓掌。

邓小平转过头低声问坐在他旁边的云阳民众代表崔贯一:"'后沟子'是啥子意思?"崔贯一笑:"陕西土话,就是屁股。"邓小平忍俊不禁地连说:"要得!要得!"

主席台上十几位八路军首长做着紧急商议,片刻后朱德走上主席台:"亲爱的战友们,虽然我们和国民党军队联合抗日,但有着不同的本质,这就是,我们共产党领导的八路军,是人民的队伍,永远都是为人民服务。虽然我们的红星帽徽换成了青天白日帽徽,但是我们的心永远是红的。我们取下红星,不是要丢掉它,这里有烈士的鲜血和我们的理想,要往远处看,为了抗日救国,可以把红星保存起来,把它放在心坎里,红星在我们心里,就不会迷失方向!现在请还没有把红军帽换下来的战士立即换上八路军军帽,可以吗?"

原来很多战士还是留恋红军时代,舍不得换掉有着闪闪红星的八角帽,听着首长迫切的声音,没换帽子的战士不得不慢慢地将红星帽摘下来,依依不舍地装进挎包,然后又不情愿地慢慢地戴上青天白日帽,不知谁先哽咽了一声,一下引起一片哽咽。

哽咽停息后,很多官兵不约而同地振臂高呼:"打倒日本帝国主义!"如同引爆了导火索,人民群众也热血沸腾地跟着高呼:"为保卫国土流尽最后一滴血!""发扬红军光荣传统!""中国共产党万岁!"同仇敌忾的呼声响彻云霄,个个恨不得立即飞向抗日战场杀敌。

片刻后,全体八路军战士衣帽统一,雨也停了,天空有了一些亮光,八路军的宣传队员开始散发红红绿绿的传单，人们争相传看，议论。

主席台上，邓总大声宣布："鸣炮，出发！"

"咚！咚！咚！嗵！嗵！嗵！"震耳欲聋的炮声从不远处传来，八路军战士们高呼着"打倒日本帝国主义，坚决把日本鬼子赶出中国"，迈开铿锵步伐。紧接着，便有豪迈的歌声响起："再会吧，在前线上，民族已到生死关头，抗战已到紧要时候。怕什么流血牺牲，坚决抵抗，把侵略的日本野兽都赶出中国的地方。中华民族儿女们，慷慨悲歌上战场，不复失地誓不还乡。我们先去了，你们就跟上，再会吧，在前线上。"云阳高小和其他学校的师生们也深情地唱起来："再会吧，在前线上，生死已到最后关头……更不让日本强盗再占领中国的地方。你们前去吧，我们就跟上，再会吧，在前线上。"

路两边送行的群众把篮子里的鸡蛋、锅盔等往战士怀里塞。很多老人用袖子擦着眼泪，不断有人追上去对在自家住过的战士叮咛："打跑鬼子，一定得回来呀！"好多战士眼里也噙起泪花，频频回望。

何氏、高兴全、张生祥气喘吁吁地在人堆里挤来挤去，终于看到了狗蛋，不由得大声喊："狗蛋，狗蛋！"队伍中的狗蛋循着声音拧过头，稚气地一笑，挥手："达，妈，叔，打完仗我就回来！你们等着我！"

"好，我们都等着你！"看着狗蛋随着队伍远去，高兴全和张生祥也重重地叹了口气，而心肠柔软的何氏早已是双眼噙泪。

第四章
青训班址落安吴

搬　家

农历的六号是云阳街的赶集日,一大早,大北门大开,南来北往的车辆、人群出出进进。有牵着牛羊猪马骡跟集赶会的,有担着担子卖菜、卖蒸馍的,有听书看戏的,有看热闹的,有卖耍货、卖艺、卖唱的,三五成群,一拨一拨地过来过去。

城门口,几个背着枪的国民党士兵和乡公所保丁,来回在街上转悠,打量来往行人,监视着人群的一举一动。东街城隍庙大门敞开,康民赶着硬轱辘马车从里向外走,大车上坐满了男女青年,其中就有徐大娘的两个女儿徐敏、徐云。

城隍庙对面的戏园子门前,围候着一群爱看戏的人,看见康民的马车,戏园子门口茶炉的郭师傅隔马路喊:"康队长,今儿个要去哪达呀?"

"去安吴!嘚驾——"康民扬了扬手中的鞭子,高声回应。

康民打马朝大北门走,卖茶的郭师傅拉着烧茶的风箱,看着快开的茶壶,问旁边几个等着看戏的喝茶老汉:"安吴今有啥事哩?"

几个老汉你看我,我看你,都摇摇头。"这事得问我。"一个声音临空响起,郭师傅一抬眼,笑眯了眼:"老田来啦,天下事就没有你不知道的。"

老田再哈哈一笑，说："今青训班搬家哩！刚来云阳赶集，路过寡妇家的迎祥宫门口，看有很多骑马的人，听说是从陕北延安来的，有从耀州照金来的，说青训班要搬到安吴堡子啦。"

郭师傅恍然大悟："难怪哩。"

一个老汉叹："共产党办个青训班也真不容易，先在于右任的斗口农场，后被撵到咱云阳城隍庙，现在又要被撵到安吴堡子去。"

另一个老汉哈哈笑道："再撵也撵不断这娃娃们当八路军的心，听说上青训班的人越来越多，估计是咱这地方不够用，安吴堡子多宽敞。"

老田说："你这话说对啦，这次就是因为城隍庙的地方太小，要找个大地方。咱这方原百里，哪个地方能比安吴堡子气派？等着看吧，共产党的世事大着哩。"

正说得热闹，戏园子里传来锣鼓声，老田等人赶忙从腰里摸出铜圆和麻钱，往桌子上一扔，起身进了戏园子大门。一直背着几个老汉圪蹴的三个身影站了起来，中间的大高个，将指间的纸烟头往地上一扔，边用脚尖踩，边自顾骂："几个棺材瓤子瞎咧咧个毬！"其他两个高低差不多，一个略胖一个略瘦，他俩面面相觑，想开口又不敢开口。

三个人一道风样从郭师傅跟前过去，郭师傅刚好抬头，视线与三双冰冷的目光相撞，心下一凛。郭师傅认得这是云阳乡公所的何保长和两个保丁，中间这个长瘦脸，大高个，年约四十岁，看着总是笑眯眯的何保长，说好听点是个国民党的探子，说难听点是个狗腿子，更是个吃人不吐渣的货。虽然他一般不找郭师傅这些人的茬，但是，看到这些瘟神一样的人离自己这么近，郭师傅心里还是有些吃紧，赶紧埋头擦拭茶具。

通往安吴堡的大路上，满装行李的大车，成群结队的行人，有二十岁左右的青年学生，也有三四十岁的工人、农民、商人、僧人、军人、教书先生，游走江湖的医生、艺人，他们边走边说边唱，像过喜事一样欢快。

大路两边庄稼地里忙着干活的村民，不由得放慢了手中的工具，有的干脆停下来瞅。飞镖王对着连着地畔干活的毛树周问："这是哪家财东娶亲哩？排场这么大！"

毛树周说："除了安吴寡妇这个大财东，就是东刘、西孟、社树姚，比不上王桥一撮毛，不过他们几家子过事，也走不到这儿来。"

领着莲花、艳艳干活的高兴全瞅了瞅，说："不像是娶亲的。"

"都忙着哩！"吆着大车过来的康民和地里的村民挥手打招呼。

高兴全问："你这么多人做啥去啊？"

康民笑答："搬家去哩！"

"搬啥家？"高兴全很好奇。

"把青训班从云阳往安吴堡子搬哩。"康民停住车。

"青训班在云阳办得好好的，咋又往安吴堡子搬？"高兴全停下手里的铁锨，直起腰。附近的人听到了，也好奇地停下手中的活，等着听下文。

"放到安吴堡子就对啦！"毛树周意味深长地连连点头，"安吴堡子是个好地方，共产党里有能人哩。"

康民来了兴趣，点头："再往下说。"大伙也往前凑了凑。

毛树周说："安吴堡子有外城、内城，都结实得很，易守难攻，当年大清同治年间，有回民作乱，关中道的财东家都遭受打抢，多少大房都烧啦，可安吴堡子却躲过所有劫难，丝毫未损，要比于右任那四面都是庄稼地的斗口农场紧凑严实得多。最重要的是，安吴堡子名义上只是个乡村，国民党也没设乡公所、保安队，青训班在这，没啥约束，跟在自家屋里一样，方便得很。出了城，就是塬，就是沟，就是山，翻过山就是共产党的边区，能攻能守，比放在云阳街安全得多。"

众人恍然大悟，一个个露出钦佩的表情，飞镖王感叹："看来，共产党还是站得高，看得远。厉害！"

"共产党厉害，咱就跟共产党学，没错。"扔下工具跑过来的大狗、仵运东、三怪、毛树德接过话头，且三两下跳到路上围住康民："青训班还要人不？"

康民笑："要哩，越多越好！你几个上次不是就要参军嘛，上完青训班就可以参军了。"

二十余岁的大狗，膀宽腰圆，面色油黑，一脸络腮胡，跟张飞似的，村里人习惯喊他愣娃。他说话也雷吼似的，直来直去："青训班都要啥人哩，看我能行不？"

康民笑："能行，能行，只要是想抗战保家卫国的，我们都欢迎，青训班敞开大门,来者不拒。"

三怪、毛树德、仵运东高兴地你看我我看你,同声说:"走,赶紧把这好事给黑娃几个人说去,说好一起参军的,这下有机会了!"

看着几个拖着锨捎着锄的身影追着康民的车消失在流水一样的人群里,高兴全没心思干活了,往地畔子上一坐,从地里刨出块瓦碴片片,一下一下地刮起锨上的泥巴来。

迎祥宫门口围满了人,有附近村民,有背着行李远路赶来报名的,有保护安全维持秩序的八路军战士。康民的到来,引起一阵喧闹,一双双兴奋的眼睛瞅着康民。王师傅挤过人群,喜笑颜开地迎上来:"终于把你们盼来了!青训班这回放到这,就再不用搬来搬去啦!"

康民笑:"好,从现在起,青训班扎根在安吴堡子啦!"

好!好!周围响起一片欢声,康民一声招呼,大伙纷纷上前帮着从车上卸东西。

高兴全捎着锨急匆匆跨进院门,正遇上毛树德、刘泽全、吕世璋、黑娃几个人兴冲冲地往门外走。

"弄啥去呀?"高兴全黑着脸问。

"去安吴堡打听上青训班的事去。"黑娃兴奋地说,没有注意到高兴全的脸色,刘泽全摆了摆眼色,毛树德、吕世璋会意,三个人悄悄地跨出门。

"不用打听了,你就死了参军的心,你是家里老大,你一走,谁撑这个家?"高兴全的语气里没有丝毫商量余地。

"达……"黑娃像挨了一闷棍,一下子竟不知说啥了。

"你自己说,咱家那么多的地,你最大,还能给你达你妈搭把手,你一走,是要把你达你妈累死,还是把你弟你妹饿死?"

"达,那别人家都有人参军哩,咱家得去一个人吧。"回过神来的黑娃,终于找出条理由。

"别人家是别人家,你看看,来喊你的娃,哪个不是哥哥姐姐一大帮?人家是有指靠的,你不一样,你是老大,要帮着你达你妈撑家哩。"

"那我咋办?白女要是去上青训班咋办?"黑娃急得快哭了。

"你咋办？你安安分分过日子！你放心，白女也不会去上青训班的，她能把你张叔一个人撂下？"

"我不管，我就是要上青训班去！"黑娃想想几分钟前的兴奋，突然又犯起倔来。

"老老实实地待着，今不准出大门，除非你眼里没有我这个达！"高兴全给黑娃下了死命令，同时走过去，哐一声把门闩下了，然后往门墩上一坐，大有严加防守的势头。

黑娃一跺脚，跑回屋里找何氏去了，门外，刘泽全、毛树德、吕世璋互相瞅瞅，无奈又同情地转身离去。

开学典礼

村东通往安吴堡子的大路上，车辆行人不断，列队前进的八路军高唱着歌曲，步伐整齐有力，引得路上孩子们也跟着学唱，歌声在田野里飞扬，欢声笑语中走路的人步子都轻快了许多。

白女拉着蜡梅，随着人流兴冲冲地往安吴堡子赶，先后遇到一些去报名的，赶到安吴堡子时已成十几个人的队伍了。安吴堡子就跟过年一样，东南西三个城门楼子，街道两旁的住户、商铺门口都彩旗飞扬，到处张贴着横幅标语，城门上贴着的"欢迎新学员"的标语很是醒目热烈。迎祥宫戏楼飞檐斗拱，屋脊祥兽，被清扫刷洗一新，在霞光下闪闪放光，戏楼门口的两只蹲狮，一溜拴马柱上，也披着红带着花。大路上敲锣打鼓的，耍狮子跑旱船的，耍社火扭秧歌的，热闹空前。

迎祥宫西边的操场上，搭起了主席台，人们从南边开着的大门有序进入到指定地点。带着红袖标负责维持秩序的席崇军、徐敏等人和云阳周围四乡赶来的群众热情地打着招呼，安排他们到指定的地点观看。

康民看到白女等人过来，欢喜地挥手："走，我领你们去报名。"

康民将白女等人领到迎祥宫戏楼前的院子里。几张报名桌前，挤满了前来报名的男女青年，一个个操着不同口音打招呼说话，脚底下摆放着大包小包的行李、衣物，看样子是远道而来的。

毛树德一看，急了："这么多的人，报到啥时候去？"

三怪一眨眼睛："咱不等，开会要紧，会开完了，咱再来报名。"

康民连忙点头："对对，开会工夫不大，报名时间长着哩，咱先开会。"康民领着一伙男女青年，急忙向西边开大会的操场走去。

白女遇上了邻村的几个女生，被拉着说了一会话。看到过来的白女，已在队伍里的毛树德、三怪等鼓起掌来："白女，女英雄，白女，女英雄！"白女羞赧一下后，忍不住咯咯笑起来。远远地挤在人群里的高兴全皱起了眉，左右看看，果然找到了张生祥，张生祥正乐滋滋地瞅着女儿的方向。

"没脑子，胡闹腾！"高兴全挤过去一碰张生祥。张生祥没听清，问："你说啥？大点声，这吵得很。"高兴全凑到张生祥耳朵跟前喊："我说你没脑子，瞎整！"

张生祥笑容一下子没了："你是说让白女上青训班？为啥？"

"走，走，僻静处说。"高兴全拧身往人群外挤，张生祥也跟着往出挤。

走出一段距离，在一棵槐树下站定，高兴全劈头就责怪张生祥："白女咋上了青训班？不是跟你说不要让她上吗？"

张生祥："娃要去的，我拦不住，咦，你不是也送狗蛋参军了么。"

"这……"高兴全把下边的话咽了，稍顿："狗蛋是男娃，白女是女娃。"

张生祥："没规定不收女娃，你看女娃还不少哩，蜡梅、巧娥、水莲，还有从西安来的女大学生哩。"

"唉，跟你扯不清，不扯了！听我话，就赶早叫回来；不听我话，你早晚要后悔的。"高兴全闷闷地扔下一句，自顾转身向自家的方向走去。张生祥急着看热闹，又走向人多处，远远地就听到掌声雷动。

"同志们，乡亲们，大家好呀！"十几位八路军首长成纵队走进操场大门，笑着和大家打招呼，挥手致意。众人纷纷自觉让路，鼓掌。

席崇军小声对身边的徐敏等几个人说："那三个是负责安吴青训班教学的冯文彬冯主任、胡乔木胡主任、刘瑞龙刘主任。"

徐敏惊讶："看着都很年轻呀！"

席崇军笑："甭看他们年轻，都是些身经百战出生入死的人。"

徐敏一脸敬慕："怪不得，看着他们就觉得跟常人不一样。"

这时操场中央的主席台前，站着一位三十余岁，浓眉大眼，脸微胖，浑身结实,穿着有"安吴青训班"字样的服装的人,高声宣布:"安吴青训班开学典礼现在开始,第一项,演唱《义勇军进行曲》。"

八路军战士和青训班学员整齐地唱了起来:"起来!不愿做奴隶的人们!把我们的血肉,筑成我们新的长城!中华民族到了最危险的时候,每个人被迫着发出最后的吼声,……起来,起来,冒着敌人的炮火,前进,前进,前进,进!"

歌声在操场上久久回荡,被歌声感染的群众都有了几分庄严。愣娃指着主席台前站着指挥唱歌的人问康民:"那人是谁嘛?"康民看了一眼小声说:"是中央从陕北派来的安吴青训班教导处刘主任,大家把他称'刘教授',懂的多得很,专门是管上课教学的。"

愣娃寻思一下:"那就是教书先生嘛。"

康民笑:"管先生的头头,有啥不明白的地方就寻他。"

愣娃笑:"叫我把这人模样看清,记下,省得叫错闹笑话。"

愣娃抬头望主席台,听见刘主任热情地宣布:"现在进行大会第二项,请胡主任宣读安吴青训班成立宣言,大家欢迎!"

欢呼与掌声中,身材修长、脸色白净、戴着眼镜、举止文雅的胡主任铿锵有力地宣读起来:"嵯峨山上,红旗飞扬,清河两岸,激情奔流。云阳大地,欢声雷动,安吴青训班从此诞生。热血青年,满怀激情,发出了共同的心声,为了民族,为了抗战,我们是革命的青年。不怕困难,不怕艰险,从四面八方,奔赴安吴青训班,胸怀理想,接受训练,随时准备着走上抗日前线。我们是八路军战士,我们是革命的生力军,党中央毛主席关心我们,云阳人民是我们的坚强后盾。我们庄严宣誓,勤奋学习,刻苦训练,服从纪律,听从召唤,做一名抗战的革命青年。"

人群中欢声雷动,一片欢腾,战士们自发地喊着口号:"做抗战的革命青年,走向抗日前线,请党中央毛主席放心,我们将永远记住云阳人民。"

呼声此起彼伏,好容易平息下来,冯主任激情满怀地宣读党中央对安吴青训班的贺词:"你们是革命青年的代表,是积极抗战的青年干部,你们的革命行动,为全国青年、全国人民树立了先进的榜样,在你们身上,寄托着中华民族的未来和希望。希望你们成长进步,不怕牺牲,为中华民族的伟大事业做出努力。"

又是一波掌声,毛树德按捺不住,挽着袖子一个箭步冲上主席台对台下喊："咱是一个下苦人，没牵没挂，到安吴青训班就是要学会打枪拼刺刀，掷手榴弹，上前线打日本，哪怕牺牲了也决不回头！"

"说得好！"主席台上坐着的八路军首长被毛树德的话逗笑了，竖起大拇指。台下又响起一片掌声。

建娃和成娃也在人群里踮着脚瞅台上的毛树德，小脸兴奋得发红。

建娃："我真想报名哩。"

成娃："我也想，就怕达不同意。"

建娃："要不，我报，你留下照顾达娘。"

成娃："要报让我报，你留下照顾达娘和英子。"

"呸，一家子土匪，还想参军？"

一句阴笑着说出的话，惊得建娃、成娃猛然回头，他俩发现身后是一脸鄙夷的冯占财，四目立马腾起仇恨。几年了，建娃、成娃已清楚大哥被迫离家的根源，他们听从父母的警告，看到冯占财就绕开走，但是这欺辱就在眼前，两个十四岁的小牛犊忍不住握紧了拳头，咬紧了牙根。

"哼，我说得不对？看看，这骨子里的土匪样，想杀人是不？"冯占财进一步讥讽挑衅，身后的狼狗黑贝似乎嗅出了敌意，冲着建娃、成娃瞪大戒备的双眼，发出低低的呜咽，好像随时要扑上来。建娃、成娃扭头四目相对，进行无声的交流，冯占财一副等着看好戏的傲慢鄙夷的嘴脸。

"二哥，三哥！"英子从人群中挤来。

"英子！"建娃、成娃齐齐转移了视线。

英子过来一手抓住一个哥："快回家，达到处找你俩哩。"

一听达到处找自己，建娃、成娃赶紧跟着英子走。冯占财在身后吸一口烟，冷笑："一窝穷酸鬼还敢跟我斗？今天算是便宜这两个小崽子了，等着看，一个一个收拾。"说完闭起嘴，眼睛却还尾随着建娃兄妹三人。

确切地说，是盯着英子刚刚开始发育的小腰身。

主席台上，刘主任向云阳八路军首长、陕西省委领导等征询意见，请各位领导都说几句。众人摆摆手："算啦，甭耽搁时间啦。"刘主任转身走上主席台，大声宣布："现在游行开始，按秩序进行，不要乱！"

八路军战士、青训班学员、抗战救国会等群众组织拧成的队伍从操场大门依次走出，浩浩荡荡地沿着村中宽阔的街道走向西门，再沿城墙土壕沟边的大路向南行进。

走在前面的八路军队伍带头高唱《义勇军进行曲》，激情四射感染着每一个人。青训班学员也不甘落后，齐声唱起《大路歌》："哼呀，嗨呀，大家一齐流血汗呀，嗬咳嗬！为了活命，哪管日晒筋骨酸！……一齐向前！大家努力！一齐向前！压平路上的崎岖，碾碎前面的艰难！我们好比上火线，没有退后只向前！大家努力！一齐作战！大家努力！一齐作战！背起重担朝前走，自由大路快筑完。"

妇救会也高唱起《新的女性》："新的女性，是生产的女性大众；新的女性，是社会的劳工；新的女性，是建设新社会的前锋；新的女性，要和男子们一同，翻卷起时代的暴风。暴风，我们要将它唤醒，民族的迷梦，暴风，我们要将它造成女性的光荣，不做奴隶，天下为公，无分男女，世界大同，新的女性，勇敢向前冲。"

街道两旁，站满了围观的百姓，响起一阵阵欢笑声、掌声、喝彩声。游行队伍中的愣娃、三怪等人，不时地和路边的熟人打招呼，挺胸抬头，一副光荣自豪的样子。徐敏走在游行队伍前列，给站在路边观看的席崇军含笑挥手。席崇军正看得入迷，不忍离开，旁边的毛树周猛地一拍他的肩："钻到眼里抠不出来啦！"

席崇军一惊，"呀"了一声。

毛树周笑着说："快，有人叫你商量事哩。"

席崇军说："去去去，甭胡闹，这时候有谁叫我？"

毛树周往青训班门前一指："你看，那不是么？"

席崇军抬头一望，只见陕西省委书记贾拓夫、八路军办事处包主任等几个领导站在那里，贾拓夫正向他招手，他赶紧小跑着过去。

贾拓夫拉住席崇军的手说："咱们到里边开会商量一下安吴青训班学员的生活、后勤保障和安全保卫问题，八路军主力开赴抗日前线了，这安吴青训班的事就要靠我们多操心关照了，不能出任何差错。"

一行人从迎祥宫戏楼大门走向里边的院子。伴随着欢笑声、鼓掌声、喝彩声，戏楼里的舞台上，青训班的学生们正在演唱着《坚定不移跟党走》的歌曲："嵯峨山上红旗飘，山下有个安吴堡，青训班里放歌喉，坚定不移跟党走。我们是英雄的小八路，我们来到了安吴堡，学好本领上前线，英勇杀敌为抗战，听党话，跟党走，我们是英雄的小八路。"

斜靠在临街店铺门框上的云阳乡公所的何保长，头戴礼帽，鼻架墨镜，阴沉着脸，小声地对旁边俩保丁说："看来共产党世事大得很，非闹腾得翻天不可。"

建娃、成娃一进门，就站住不动了。父亲李长水沉着脸站在对面的墙根下，脚下放着具打胡基的模子，模子旁边一大堆新挖的土，土堆上高高地插着两把铁锨。

"过来！"李长水冷冰冰地命令，建娃、成娃交换下眼神，默默地走过去。

李长水指着土堆和打胡基的模子对建娃、成娃说："看见了吧，从今起，你俩每天打五十块胡基，完不成任务，哪都别去。"

建娃、成娃睁大了眼，建娃不情愿地问："打胡基做啥？"

李长水说："盖房！"

建娃、成娃吃惊："盖房？咱家窑不是够住吗？"

李长水说："现在够住，你大哥回来住哪？"

"大哥还回来吗？啥时回来？"建娃、成娃惊喜地问。

李长水皱了下眉说："废话！他家在这，咋能不回来？早晚都要回来的，咱得先把房子准备上，万一哪天突然回来了，让他住露天地里吗？"

"哦，"建娃、成娃有点失望，"还以为有了大哥消息了。"旋即又欢快地说："好，我们乐意为大哥盖房子哩，只要大哥能回来。"

李长水脸松弛下来，吩咐："先搅桶水提过来，达开始教你俩打胡基。"

"好嘞。"建娃、成娃答应着，转身跑向水窖。

暗箭在弦

"办不到！我袁大头也不是省油的灯！"泾阳县国民政府的会议室里，四十余岁、身体胖大、眯缝眼、秃头顶的袁县长，听了何保长报告安吴青训班的情况，头上青筋暴起，满脸怒气，站起身来拍着桌子吼叫，"咱这地方，是关中的白菜心，一马平川，出入方便，不是山沟沟、野洼洼，共产党好活动的地方，敢在这儿惹事，先收拾它！"

旁边坐的三十来岁、身穿国民党军服的是国军驻军团团长吴平友。这人个头不高，头却很大，体态肥胖，一对绿豆似的眼睛，咕噜咕噜转个不停。虽然长得不咋样，脑子却特别灵活，见啥人说啥话，外号叫"人来疯""马屁精"。

见袁县长发怒生气，吴平友急着讨好："叫我带人去，把安吴青训班踏平再说。就像当年在西山上收拾苗家祥一样，看谁还敢在这地方张狂。"

"老皇历用不上啦，"四十余岁、五大三粗、满脸横肉的民团联保大队马队长，不服气地盯着吴团长说，"现在不是围剿苗家祥那个时候啦。"

吴团长知道出身财东的马队长一直看不惯自己，于是三分反攻马队长，七分演给袁县长看地翻着白眼，气哼哼地说："三天不打，上房揭瓦，得给点颜色看看了！"

"不能打，小不忍则乱大谋。"杨洋秘书领着一个人从门外走进来，那个人搭上了话。

袁县长看来人，年约四十，中等身材，瘦削脸，一对三角眼，露着寒光，认得是国民党陕西省党部的聂部长，马上起身，笑着招呼："难得聂部长大驾光临。"

聂部长脸色平静，不阴不阳地说："无事不登三宝殿，我是受省党部委派，来这协助你维持地方治安的，大家都叫我特派员吧。"

袁县长笑："来得好，我们正在为这事商讨哩，有你这个特派员坐镇，出点子，拿主意，我们可就放心多啦，各位说是不是？"

在座的几个都异口同声，讨好地说："是，是。"

特派员落座后，环视了几个人一眼，阴沉地说："各位都是忠于党国的人，在这战乱年代，可不能身在曹营心在汉，对党国怀有二心。"

袁县长赔着笑脸："哪能呢，咱这些人都知根知底，你放心，我给你介绍一下。"

袁县长起身，指着吴团长道："吴团长，一员虎将，指到哪打到哪，从不怯场，当年，就是他领兵把西山上苗家祥一窝共匪打垮的。"

吴团长起身，给特派员敬了个军礼，特派员点头，挥手示意坐下。

袁县长又指着一位三十多岁、面色白净、眼光凌厉、头戴警察帽子的人说："本县警察局冯局长，精干利索，办案有方，当年共匪苗家祥一伙在西山上的行踪，都是靠他提供的。"

冯局长起身要行礼，特派员挥手示意免礼。袁县长继续介绍："本县民团联保大队马队长，是本县的活地图，啥事都和他商议，是咱的军师、参谋。""杨洋，咱的秘书，出口成章，一笔好写，是咱县城二条街上钱庄杨掌柜的二少爷，是咱的财神，得罪不起。"杨洋微微躬了躬腰算是行礼，特派员笑着点头："是个知书明礼之人。"

袁县长得意："咱手下这一帮人，文的提笔写文章，武的提枪上战场，能鼓上劲，出上力，放心得很。"

特派员笑了："好，你算是精明人！"

袁县长无奈地叹息："这战乱年代，不学精明点，连命都没啦。要说精，云阳方圆百里，没人能精过他。"袁县长指着何保长，接着说："这是云阳乡公所的何保长，别看何保长表面上嘻嘻哈哈，跟啥人都能搭上话，说到一块，可满肚子计谋，云阳一带，共产党有啥动静，都能及时给咱汇报，跟咱的耳目一样。"

何保长起身，给特派员鞠躬行礼，特派员点头："有个耳目，咱消息就灵通啦，也能及时应对，以防不测。"顿了下，又问："最近，共产党在云阳一带，都有啥动静？"

何保长面带忧虑地说："共产党在云阳闹得最凶的一个人，叫席崇军，红得很。"

"席崇军，这个名字咋熟得很？"特派员沉思着，吴团长见状，有点惋惜地说："当年我带兵围剿共匪时，在陈家沟把打伤的席崇军活捉，押到县里，后来省党部说是共匪要犯，要关押到省城监狱，来人就带走了。"

特派员若有所思："我想起来了……好了，不说别的，眼下最要紧的是红军在云阳改编为八路军，上前线抗日的事。"

吴团长不解："咱弄不明白，国共两党，多年的冤家对头，如今咋能成了合作抗日的战友哩？"

特派员笑："跟三国演义一样，各有各的目的和打算，斗智斗勇斗谋，看谁玩得过谁。"

袁县长拍打着脑门，连连点头："有道理，有道理。"

吴团长瞪大双眼："有啥道理？"

特派员奸笑："共产党不是大喊大叫要求积极抗战吗？那就让它先上前线打头仗吧，把它交给日本人收拾，比交给咱们省事多了，咱们隔岸观火，坐收渔翁之利。"

袁县长笑："高，借刀杀人不见血，让共产党和日本人打去吧，谁胜谁败，都无所谓，咱在稳当处看热闹。"

特派员阴险地说："咱也不稳当，不安宁，国民党上层内部主战派、主和派斗争激烈得很，有的公开支持共产党抗战，有的反对国共合作抗战，各说各有理，给共产党创造可乘之机。"

吴团长愤愤不平地说："这是谁造成的，大家都心里明白，就是没人敢说，上头做事不公，下头心里不平，军队里头分成这个系那个系的，不合群。就说东北军这事，西安事变是张学良主谋的，你把张学良软禁了，要杀要剐由你，谁的事寻谁，与东北几十万将士有啥关系？东北军被解散，都放了羊，可怜得很。"

特派员吊着脸，深思不语。片刻后缓缓说道："吴团长说的都是实情，是军人不怕死的气质，我也有同感，有看法，没办法。要不然，当年国军50万大军，分五次围剿江西共匪，飞机、大炮、汽车、坦克围追堵截，结果人家还是从咱眼皮底下溜掉啦。流窜到陕北，与陕北共党合二为一，把气候闹大啦，如今，跟咱平起平坐地谈判说事哩。"

袁县长和在场的人都点头，面色黯然。特派员环视一圈，正色道："许多人对此，心里不服，和吴团长有同样看法说法的人，不在少数，那些曾经拥护支持帮助我们剿共的人也心灰意冷，大失所望，埋怨我们无能，守不住江山。"

"唉，"特派员叹了口气，"我这次来，就是要大家认清眼下的形势，服从国民政府的命令，把想不通的怨气、疙瘩都要记在心里，不要表现在外表上。明里，咱在口头上要公开支持共产党抗日，要让人们看到国共合作、统一战线、合作抗日的气氛，看到我们国民政府是讲诚意的，要争取民众，不要失去人心，以免影响国民政府把共产党分化瓦解、各个击破，影响曲线救国的长远大计。各位都是党国的忠臣,要为党国的利益着想,不能斤斤计较个人得失恩怨,因小失大。袁县长安排何保长在云阳当耳目的举动,对我深有启发,我个人意见,就由何保长牵头,安插耳目,化装侦察云阳到安吴一带共产党的动静,既不打草惊蛇,也不惹人注意。现在要沉住气,不要轻举妄动,招惹是非,什么事都要瞅机会,大家觉得怎么样?"

袁县长赞许道:"好,就按特派员意见办,外热内凉,散会。"

几个人边往出走,边议论,有个人打哈哈:"卖豆腐的,只说不割,一个哄一个,看谁能把谁哄睡着。"

第一堂军训课

清晨,安吴堡西门外城墙边的打麦场上传来一阵阵欢笑声、叫好声。村里起得早提着筐拿着铲拾粪割草的人,不由得停住脚步围了上去。

百米外的石碌碡上,直直地竖着几个空酒瓶子。人高马大脸色黝黑人称"黑大个"的班长,弯腰随手捡起一块小石头对着空酒瓶投去,只听叭的一声,一个瓶子应声碎裂,再投一个,又一个应声而碎。投了四次,无一空投,引得战士一阵阵叫好。

黑大个班长转身立直对战士们说:"今日,有首长和乡亲们观看,不要丢人,不要让人笑咱是些饭桶,大家能不能做到?"

战士们兴高采烈地答:"保证做到!"

青训班学员排着长队从西门走出,来到打麦场,等战士们表演完,领队的毛树德走到陈班长面前说:"青训班学员今日上军事课,听从指挥,服从命令。"

第一次这样认真地说话,毛树德自己脸先红了,说得磕磕巴巴的,战士们有的偷着笑了。黑大个班长转身瞪了战士们一眼,严肃地说:"同志们,我们不要笑话这位农民兄弟,他刚来青训班,还不懂我们的口令规定,只要经过学习和训练,一定能成为一个合格的革命军人!"

毛树德赶紧憨厚地一笑:"我们是要好好学习,请严格要求。"

战士们和青训班学员忍不住都笑起来。黑大个班长生气地吼:"不许笑!

现在，呈训练队形——列队！"

青训班学员立即快速地列队。黑大个吼："报数！"

青训班学员大声地报数："一，二，三，四……"

黑大个班长沿着队伍中间走过，边走边调整，分成男女两队，队形明显整齐起来。然后陈班长站在队列前让重新报数："声音要洪亮，要提起精神来，开始报数！"

青训班学员大声报数："一，二，三，四，五，六……"

黑大个班长满意地点点头，又下达"稍息，立正，向右看齐"的口令，然后高声宣布："现在请首长讲话，大家欢迎！"

站在场边观看的贾拓夫、冯主任、刘主任、席崇军等，听到学员们的掌声，边挥手致意边大步走来。冯主任等几个你推我让地请贾拓夫先讲。贾拓夫说："我今天是客，还是请冯主任讲吧。"

冯主任笑："我天天在这，想啥时讲就啥时讲，大伙儿今就是想听你讲。"

贾拓夫嘿嘿地笑，知推辞不了，就往队前一站，看看大伙，笑："同志们，我们首先要明确军训的目的，就是提高每个人的军事技能，只有练好功夫，才能上阵杀敌。今天请八路军同志，给大家做军事表演，就是要让青训班的同志学习，将来在抗日前线杀敌立功，我们也是来学习的，请他们进行表演，好不好？"

"好！"队列里响起掌声。

黑大个班长立即大声命令："听从首长指挥，军训表演，现在开始！第一项，骑术表演。"

话音刚落，一个战士就牵过来一匹枣红马，黑大个班长接过缰绳，一步纵身上马，两腿一夹，枣红马立即在打麦场上飞奔起来。黑大个班长手握缰绳，做了个镫里藏身的动作，大家吓了一跳，随即又鼓掌喝起彩来。黑大个班长"吁"一声，大红马立刻站住不动，黑大个班长挥手吼："马队上场，赛马开始！"

十几匹战马从旁边冲上麦场，身后扬起阵阵尘土。观看的人群都随着马群移动。战士们你追我赶，马匹嘶鸣，麦场上气氛一下子紧张起来。黑大个班长骑着红马，一直跑在最前边，跑了十圈，也没有一个人超过。

赛马结束，黑大个班长和战士们骑在马背上向群众和首长们集体敬礼。贾拓夫对黑大个说:"你这班长当得好,强将手下无弱兵,都是好样的。"

黑大个班长一笑:"好的还在后头哩,先把马牵走,把地方腾开!"

地方腾开,黑大个班长走到战士面前,低声叮咛:"按次序来,一号先上,后边一个接一个,沉住气,不要乱了阵脚。"

一号战士个子不高,长得瘦小,只见他走到场子中央,运了几口气,打了几路拳后,喊道:"闪开一条路,看我表演飞檐走壁!"

东边场畔,紧靠西城墙的人们,忽地闪开一条宽路。一号战士手脚麻利地解下系在腰间的飞爪,一个箭步从城壕沟跳下,手舞带绳索的飞爪,抓住城墙边角,用力一拉,飞爪紧紧抓住城角,只见他手抓绳索,脚蹬城墙,呼呼几下就上了城墙顶,还站在城墙上向人群挥手哩。人群里立即响起掌声喝彩声。在欢笑声中,一号战士又从城墙上抓住绳索做了个猴子捞月的姿势,倒着身子一下子溜到了城墙根底下,快步回到打麦场。

毛树德嘻嘻一笑:"简直跟个猫一样。"

荣子也笑:"你这个毛和他那个猫比一下?"

毛树德不服气:"比就比!"

他俩的话被黑大个班长听见了,黑大个班长笑:"好哇,那就多个比武项目,你说,比啥哩?"

毛树德就说:"比滚碌碡,看谁劲大,滚得快。"

黑大个班长笑:"这倒新鲜,我们没见过,你先来。"

在喝彩声中,毛树德紧了紧腰带,走上场子,到西北场畔一个立着的碌碡跟前,双手用力一推,就把它推倒了,然后将它滚到打麦场上,四五百斤重的碌碡就开始转圈,飞快地向前滚动。

轮到战士。几个战士上前,一个挨着一个试,个个牙齿咬得咯崩崩,脸涨得通红,碌碡就是纹丝不动。毛树德又将碌碡推回到西北角,脸不红,气不喘,看着几个战士,忍着笑。

黑大个班长对着毛树德竖起大拇指:"这安吴青训班,卧虎藏龙,能人不少哇。等你从青训班毕业就来咱八路军尖刀连,跟日本鬼子打仗,缴获了大炮由你拉上,保证比马跑得还快。"

毛树德也不谦虚:"那我不姓毛了,改姓马,不是吹哩,我把城门背着都能跑。"

四周响起哈哈声。欢笑声中，八路军尖刀班的战士，分别表演刀术、棍术、流星锤、摔跤、对打等，打麦场上不时响起喝彩声、掌声、叫好声，贾拓夫等首长看着这些生龙活虎的年轻人，不住地点头。

傍晚，天边起了瓦碴云，望月楼会议桌前站起一圈身影。"林先生，您休息一会吧，讲了一整天的课了。"冯主任关心地提醒其中一位年逾五十的长者。胡主任、刘主任、席崇军等也连连点头："林先生，您休息一会吧！"

这位头发花白、面孔清瘦白皙，鼻上架副眼镜，既有英挺的军人气质，又透着学者的书卷气息的长者，正是当时受中共中央委派，常驻西安，任八路军驻陕办事处党代表的林伯渠。他每隔一段时间，便来安吴堡，给青训班师生们上几节课，同时传递抗日前线的最新动态和一些鼓舞人心的消息，所以他的到来总是受到师生们上下一致的欢迎。

听到众人的关心，但见他一摆手："哈哈，咱们共产党人就是铁打的，累不倒的，走，去学员生活区看看，看还需要做些啥工作，尽可能给学员创造有利环境。"说罢抬脚就走。贾拓夫一行人说笑着相跟下了望月楼，向学员生活区走去。

宽敞的院子中间，十几名男女学员正围着石桌石凳整理、装订课本。毛树德趁着徐敏不注意，从旁边拿了一张牛皮纸，学着其他学员的样子包书，可笨手笨脚的怎样都包不好，急得脸红脖子粗，嘴上唠叨："这比锄地都费劲。"

林伯渠刚好走到跟前，接茬："握惯了锄头的手，如今要握书本，困难吧？"

毛树德头一抬，涨红着脸说："简直比生娃都难！"

大伙哈哈大笑，林伯渠也笑："你这话不全对。生孩子是女同志人生中的一大难事，一道难关，但肚子里有孩子才能生出来。我们来安吴青训班学习，是要学会我们从来没学过的知识，这也就是你说的比生娃还难的道理。因此，我们首先要从思想上明确三点。第一点，我们党为什么要办安吴青训班；第二点，我们来青训班的目的是什么；第三点，我们要给党和人民交一份怎样的答卷。同志们有什么想法和看法，咱们可以谈谈，不能稀里糊涂的。"

毛树德说："我闹不明白，周围村里的一些小伙，距安吴这么近，却不来青训班学习，跑到黄埔军校学习去了。他们说，安吴青训班洋不洋，土不土，没有啥名气，学出来也没人承认。"

"就是，"仵运东接过话，"有人对我说，要上就上黄埔军校，国民政府办的正经八百的学校，安吴青训班没名没姓的，在这里学习还不是浪费青春吗？"

徐敏说："有人当着我的面，笑话我们是难民，叫花子，能学个啥。"

荣子也说："可不是吗？有人就劝我，早日离开这里，在这里混不出啥名堂。"

冯主任笑着说："不同的认识观点，不同的思想，这是很正常的现象，不值得大惊小怪，也不能听风就是雨，人云亦云，不明是非，关键是我们自己要有独立思考的精神。遇事总要问个为什么，这样才能明确方向，站稳脚跟，不为各种传言所动摇。同志们，你们说，是不是这个道理？"

"就是"，吕世璋说，"人各有志，不能勉强，我来安吴青训班的目的，就是要跟上共产党走。我过去对共产党不了解，可从陕北红军进驻云阳以来的所作所为看，共产党是为广大穷苦百姓办事的，深得民心，得民心者得天下，古今中外，都是这个道理。"

林伯渠赞："这小伙，说到点子上了，得民心者得天下，谁为老百姓办事，老百姓就拥护谁，谁好谁坏，老百姓眼睛是一面镜子，心中有一杆秤。我们共产党办安吴青训班的目的就是要培养千千万万个抗战青年干部，千千万万个为广大老百姓服务的后勤干部，我希望我们安吴青训班的同志们，都能成为受老百姓拥护，为老百姓办事的好干部。同志们，你们说，是不是？"

满院子欢呼声。荣子站起来说："我们共产党领导人民闹革命，不是为了个人升官发财，也不是为自己家庭亲朋好友争名夺利，我们是为了彻底推翻封建剥削制度，建立一个人民当家做主，人民生活幸福的新中国。"

林伯渠惊讶地打量荣子："你这话是听谁说的？"

荣子不好意思地说："听我爸爸说的。"

林伯渠问："你爸爸是干什么的？"

荣子说："我爸爸是红军。"

"难怪。"林伯渠一行点头。

林伯渠又问："你家是哪里的？"

荣子说："我家是江西瑞金，爸爸当了红军，听说是随徐海东、程子华的部队到了陕北,我就从江西逃难到了这里,打算到陕北寻我爸,不想在路上被国民党部队打伤了腿,多亏了云阳抗战救国会帮我治腿,现在又送我到这里来上学。"

林伯渠感慨道:"江西,瑞金,那是我们红军的根据地,我们多少好同志都在那里牺牲了。"

荣子说:"我爸曾对我说,南有江西瑞金,北有陕西照金,都是红军根据地。"

林伯渠指着席崇军对荣子说:"你面前站的这位就是创建照金根据地的功臣之一,用彭总的话说,如今他就是保卫咱们安吴青训班的门神。"

众人哈哈大笑,席崇军笑着指着陕西省委、云阳抗战救国会的几个人说:"我这个门神,得靠这些首长指挥哩。同志们有事,随时找他们找我都行,不叫同志们生活上为难,可学习的事,就要靠你们自己努力啦。刚才各位先生说的话,你们要记在心里,要用事实回答,我们来安吴青训班学习,没有枉费功夫,我们的路走对啦,大家说,好不好?"

"好!好啊!"学员们拍手欢呼。

第五章
黑娃如愿成学员

高兴全用计躲抽丁

高兴全带着黑娃耙完地往回走,黑娃走得很快,总想甩开高兴全。半个月了,高兴全几乎是寸步不离地守着黑娃,干啥都要拉上黑娃,一来是监视,二来是让黑娃知道家里的活到底有多繁重,家里是多么离不开他。这一切黑娃都知道,也都理解,可就是每次远远地看着安吴堡子,听着里边朗朗的读书声,铿锵的训练声,悠扬的铃声,他的心就像燎起一把火。就像这个半下午,呼哧呼哧埋头走路的黑娃,耳畔又似乎响起了能燎起心火的声音,他烦躁地往路边一跕蹴。

高兴全知道黑娃心思,气恼:"跕蹴这干啥?往回走!"

"我不回!"黑娃心思定了,无论如何都要去上青训班,一是为了白女,二是不能掉队。十几年了,跟毛树德他们一块长大,早就像个集体了,现在人家都走了,自己就像个离群的孤雀。

"你不回屋里,想干啥?"高兴全黑着脸质问,家里人都怕高兴全黑起脸的时候,包括何氏。

黑娃心一虚。从小到大,黑娃最怕达这种冷若冰霜的脸,尤其这种刀子一样的威逼与探究的眼光，就像是要剖开他的心，剖开他的思想，看他究竟在想什么，看他究竟有多大胆。这种眼神让他觉得自己天真可笑，让他每次不由自主地便放弃抵抗，但是现在不一样了。黑娃知道母亲何氏也帮不了自己，他只有自己争取。

所以瞬间的惶惶之后，黑娃努力压制内心的虚弱，抬眼倔强地直视着高兴全："我要上青训班，我要当兵去！"

这样直视高兴全，是黑娃长了十八年的第一次。高兴全也难免有点意外，他又气又莫名地冒出一丝欢喜。气的是自己做父亲的威严遭到挑衅，欢喜的是娃长大了，有自己的主张了，不再是一只处处需要让父母操心拿主意的小麻雀了。但是这个主张他还是不同意，初生牛犊不怕虎，勇气固然可嘉，可是世界上最可怕的并不是老虎，是战争，是生死离别。

父子俩在路边对峙着，高兴全想用父亲的威严逼退黑娃的勇气，黑娃第一次这样认真地看父亲的眼，当他战胜内心的虚弱怯懦后，他忽然发现父亲也不是那么可怕，父亲的瞳仁里有着深深的怜爱与……不安。应该是不安，黑娃想，父亲原来也和自己一样，有怯懦虚弱的时候。意识到这些，黑娃觉得自己这样怒视父亲是一种无理，不由得收回眼光垂下头。

高兴全见黑娃知错，也意识到不能再用吼小娃的方式对待黑娃了，就用平和的口气说："咱家已经有狗蛋当兵了，该尽的义务咱都尽了，你就不用去当兵了，咱家把啥东西都置办好了，过几天把白女也叫回来，给你们把喜事一办，好好过日子。"

黑娃不甘心地说："你还是让我当几天兵吧，就上这一期，把课上完了，结业了，我就和白女回来，踏踏实实地过日子。"

高兴全说："瓜子，课上完了，就不由你了。八路军教你学习是为了啥？学完了肯定要派你们上战场。"

黑娃："该上就上，杀日本鬼子保家卫国是男人的本色。"

高兴全说："那你把我跟你妈咋办哩？你走了谁保卫你的家保卫你达你妈？"

"咱家这又不打仗，不需要保卫，达，我求你了，让我当兵去吧。"黑娃不想再和高兴全理论，干脆直接相求。

不待高兴全接话，一个声音插进来："哈哈，当兵是好事嘛，现在国家正需要人哩。"高兴全和黑娃扭头一看,是何保长带着俩保丁走了过来。高兴全心下一凛,把黑娃拉到身边,满脸堆上笑和何保长打了个招呼。

何保长也笑得眼睛眯成一条缝,上下打量黑娃:"正要上你家动员让娃当兵哩。啧啧,这么好的身板,再看这脸相,一看都是机灵人,到咱党国队伍里来,不出一年就当上官了。"

黑娃正要开口,高兴全抢先说道:"咱这泥腿子出身,不是当官的料,也不想入啥队伍。"

何保长:"啧啧,这就是你当达的不对啦,当达就要给娃筹谋前程。国共合作全民抗战,娃刚才明明闹着要当兵去,你为啥不支持?娃要保家卫国,你当达的咋能拖娃后腿?这思想很危险啊。"

"何保长,你到底有啥事,直接吩咐咱这百姓就行了。"高兴全耐着性子给何保长赔着笑脸。

何保长说:"我是来完成任务的,替党国征兵,按规定,你家黑娃是最合适的。"

高兴全顿了下,对黑娃说:"黑娃,大人说话哩,你先回去,让你妈准备好吃的,我跟何保长随后就回来。"说着看了一眼何保长。何保长会意,对黑娃说:"快回去,让你妈啥都不准备了,就烧点开水煮些茶就行。这巡查了半天,口干舌燥的。"

黑娃迟疑了一下,走了。

看黑娃走远,高兴全指着几米外一棵树,树下有几个树墩,对何保长说:"何保长巡查了半天,那边有坐处,过去歇歇腿?"

何保长对几个保丁说:"你几个在这等会,我过去歇一下。"

高兴全和何保长过去往树下木墩上一坐,头就凑到一块。一番低语,只听何保长哈哈一声笑:"不愧是安吴村出名的能人,你痛快我也痛快。就按你说的办,明天见!"

几个保丁在远处互相挤眼:"何保长今又发财了。"

高兴全进门,何氏问:"何保长没来?不是让我又是烧茶又备好吃的吗?"
高兴全说:"事说好了,走啦。"
何氏问:"啥事说好啦?"

高兴全："哦，没啥事，随便谝了谝。"

何氏边收拾多余的茶具边说："没事就好，还以为人家想起来认我这个姑来哩。"

高兴全说："人家把事干大了，能认你这个拐了八道弯的姑？"

何氏端着茶盘往屋里走，说："谁说拐了八道弯？我达是他爷的亲兄弟，这亲亲的姑侄哩。"

高兴全说："亲啥哩亲，只要不祸害你就算烧高香了。"

何氏一顿，问："听话听音哩，听你这意思是他要在咱身上打啥主意？"

高兴全烦躁地说："没有没有，你去给小川收拾点东西，快过年了，我明天带小川去趟云阳，给家里置办些东西，顺便也让娃逛逛。"

"达，这云阳就是热闹。"小川坐在马车上，兴奋地看着云阳街两行卖吃的、穿的、耍的店铺。高兴全说："是呀，想吃啥，要啥，给达说，达给我娃买。"

小川收回视线，叹口气说："达，我啥也不要，这么长时间，你跟妈对我跟亲爸亲妈一样好，我真舍不得离开你们。不过要真能替成黑娃，还能回到四川，我就觉得值。"

高兴全手中的烟杆不由得一动，想了一下说："小川懂事，是个好娃。达给你联系好人了。达给他一大笔钱，他会把你安排在后方，不用上战场，路过四川时，他会放你悄悄回家。"

小川说："达，我走了，会想你跟妈，还有黑娃哥和弟弟妹妹的，我要是找不到我爸我妈了，我再回来给你当娃，行不行？"

高兴全连连点头："行，行，找不到你爸你妈了，就赶紧回来。达的门一直给你开着哩。"

"吁——"高兴全将马车停在路边乡公所大门边。

云阳街上的乡公所紧闭的大门内，何保长和几个人头对着头嘻嘻哈哈："八路军早走得天远地远啦，咱还怕啥。"

何保长奸笑："就留下文家大院八路军留守处几个人，手里也没家伙，毛家大院的陕西省委，也没有多少人，都是些文官，东街城隍庙里的康民一帮土八路，更没啥武器，收拾他们还不是小菜一碟？"几个围着说话的人连连点头讨好:"对,对,说得对着哩。"

何保长喘了口气道:"这三个地方都在云阳城里头,共产党有啥动静,咱把城门一关,一个都跑不了。"

"县上最不放心的是安吴青训班,这村北上塬,就是沟畔、崖畔,上山钻山,半山腰里还有西山上苗家祥的根根子,山后照金有习仲勋一伙人,灰离火近,他们现在热火得很,可不得了。现在是国共合作抗战时期,咱得派人先把安吴青训班监视住,盯紧他们的一举一动。"

何保长拿起旱烟袋,打着火镰石把烟点着,吧嗒吧嗒吸了几口,瞅瞅愣愣地看着自己的几个人,不紧不慢地说:"去的人,我早都想好啦,一个是鞋匠朱哼哼,一个是钉锅勒风箱的黄鼠狼。"

外号"朱哼哼"的人,年约四十,个头不高,黑脸大眼,浑身是肉,踢一脚都不动弹,但是心狠手辣。外号"黄鼠狼"的人,三十出头,黑脸瘦削,中等个子,一双眯缝眼闪着精明的光。两人听了何保长的话,对望一下,会意地抽抽嘴角微微一笑。

何保长哈哈一笑:"你们放心,天下没有白干的活。袁县长放话啦,到安吴青训班监视的薪水由乡公所发,个人挣多挣少都归自己,与这无关。"

黄鼠狼细眯眼里立马放出讨好的笑意:"好说,好说,你说咋办就咋办。"

何保长神秘地说:"你们到安吴堡子去,还是干你们的老本行,该修鞋的修鞋,该钉锅的钉锅,多做活少说话,耳朵眼睛放灵活些就行,给咱好好守着那。"

一个保丁跑进门,指指门外,何保长会意:"你几个先谝,我出去下就回来。"

何保长走出乡公所大门,一眼就看到向他招手的高兴全,两边瞅瞅,见没有什么熟人,就伸手指了指高兴全身侧的小巷子。高兴全会意,走进巷子,何保长也慢悠悠地跟了进去。

巷子里一棵老桐树后,高兴全从褡裢里掏出几摞银圆:"三十块,你数一数。"

何保长眉开眼笑:"自家人,数啥数。行,这事就这么定了,你家的丁就算抽过了,我会让人照顾好这娃的。"

两人出了巷子，高兴全指着何保长对小川说："小川，你跟何保长走，他会安顿好你的。"

小川点点头，背上包袱，跟着何保长走，走几步，回头看看高兴全。高兴全心里很难过，忍不住招手让小川过来。小川折身跑到跟前，高兴全把小川拉到墙角，掏出几个银圆按在小川手里："娃，把这点钱贴身装着，不到万不得已不要用，懂不？"小川感激得眼圈发红，连连点头。

"去吧，啥事要小心些，照顾好自己。万一有啥不好，就想办法回来。"高兴全再次嘱咐小川。

小川点点头，慢慢转过身，向何保长跑去。

看着消失在人群里的小川，高兴全一片怅然。

天黑黑的，高兴全赶着车回到家。何氏看着空空的只扔着一捆粉条的车，问："咋上了趟云阳，就买回来捆粉条？小川哩？"

高兴全闷闷地说："小川碰到了几个四川乡党，非要跟着回四川，挡也挡不住，就让跟着走了。"

"啥？"何氏瞪大了眼，"小川咋是这样的娃哩？咱家对他不好吗？咋见了乡党就不要我这个妈啦。"说着委屈地哽咽起来。

高兴全说："也不怪娃，别人再好也不是亲的，再说娃也不习惯咱这里的饭菜，想回四川也是情理中的事，不过小川说了，如果回去找不到爸妈，就再回来。"

"哦，那就好，我可不想再让娃当叫花子。"何氏平缓了情绪，忧心地说。

在云阳大北门通往安吴堡子的大路上，十几匹快马飞奔。马背上，八路军云阳留守处的毛胡子连长对康民说："八路军主力上前线了，安吴青训班可不敢大意，得加强保护！"

康民一打马说："对，咱们想到一块了。对国民党政府咱不能一概而论，有积极抗战的，有与咱为友的，有顽固反共的，有与日寇勾结当汉奸的，各人都有自己的利益和目的，咱一定得提高警惕，小心为好。"

安吴堡西城墙外的打麦场上，安吴青训班学员正在满脸汗水地进行军训，刘主任和几个教官站在队伍前，刘主任喊："稍息，立正，向右看齐，向前看！"学员们精神抖擞地挺直身体。刘主任又宣布："今天，我们请八路军云阳留守处的同志给我们上军事技能课程，大家欢迎。"

在掌声中，毛胡子连长往队前一站，一个标准的军礼后，高声道："学习军事技能，有两个目的：一是防身，二是杀敌。没有真功夫不行，最简单的要学会打枪、抢刀、骑马。我先表演几套大刀路数。"

场地中列队的队员迅速向两边撤离，腾开半个场地，毛胡子连长挥舞大刀，寒光闪闪，刀声呼啸，如猛虎下山，如蛟龙出海，所有人都看得目瞪口呆。白女羡慕地对挨着站的女学员水莲说："咱一定得学会，学会就谁都不怕了。"水莲说："那可不一定，就有个人是你害怕的。"白女说："哼，你说谁？我就不信谁会……"白女逞能的话没说完，就见康民拿着包袱站在对面向她招手。

白女从人群中挤出，大大方方地走到康民跟前，热情地打了个招呼。康民把包袱递给白女，笑说："你亲戚对你好得很，又给你带东西了。"白女脸一红，知道又是何氏让带的。

"任务完成，我去忙啦！"康民转身离开，白女夹着包袱挤到学员队伍中。场地中央，毛胡子连长手握缰绳，坐在马背上，做着镫里藏身、金鸡独立、双手托山的动作。白女跟别人一样拍手叫好。

场外路上，挑着担子的黄鼠狼和朱哼哼两个人一前一后，边走边唱边吆喝："钉锅、钉碗、钉盘子，茶壶、茶碗、菜坛子，盆盆罐罐补缝子，修好能用一辈子。""补鞋来，绱鞋补鞋带钉掌，水里泥里都能蹚，一双能顶几双穿，省得跑路发熬煎。"

三怪听着，跟白女开玩笑："白女，你能歌善舞的，跟他们对一下歌咋样？"

白女刚要张口，毛树德不高兴地嚷："那都是些啥人嘛，跟咱白女不是一个等级。"

白女咯咯一笑："就是嘛，凭他们，不配！"

"胡瞅啥哩？贼样子是遮不住的。"迎祥宫大门外，康民对冯主任、胡主任、刘主任和几个教官，用眼神示意街道路南、斜对门中药铺子台沿下，摆着钉锅、勒风箱的黄鼠狼和绱鞋、补鞋的朱哼哼小声说："那些暗探，举止都不正常，他们眼睛胡瞅哩，跟正常人不一样，稍一留神就看出来了。他们还以为自己多高明。"

刘主任警觉地说:"对,的确看着不正常,咱要提高警惕!"

胡主任看看路边、操场正在背书的男女学员,感慨地说:"是啊,我们要加强安全保卫工作!"

正月十五月儿圆

吴氏庄园大厅内,满脸谦和的胡主任在朗声讲课,学员们席地而坐,腿上放着笔记本,手里捏着笔,听得很认真。

"同学们,认得这几个字吗?"胡主任手里的教杆在一块大黑板上一点点移动:义勇军进行曲。

"认得!"学员齐声回答。

"都会唱吗?"

"会!"

"那我们合唱这首歌,预备——起!"

"起来,不愿做奴隶的人们,把我们的血肉,筑成我们新的长城,中华民族到了最危险的时候……"

胡主任欣慰地看着唱完歌满脸英勇之气的学员们,语重心长地说:"你们认识这些字,也会唱这首歌,你们知不知道这首歌的来历和深刻含义?"

学员们面面相觑,低头无语。大厅里一时陷入寂静。

胡主任深情地开口:"这首歌是田汉同志用激情表达出的自己的心声,也代表共产党和党领导下的人民军队以及我们中华民族的共同心声。"环视了大家一眼,胡主任继续道:"田汉同志是上海左翼联盟书记,他放弃优越的生活环境,投奔延安参加革命。聂耳同志为这首歌作曲,在缺少乐器伴奏的情况下,聂耳同志在延安街头集市收集了大量的盆盆罐罐演奏作曲,终于有了这首激情奔放催人奋进的革命歌曲。这首歌,不但现在要唱,就是打败了日本鬼子,建设新中国时,还要继续唱,不光是我们这一代人要唱,我们的后辈们仍然要接着唱。它是我们中华民族的精神动力,是我们中华民族的优秀品质,是我们中华民族战胜一切敌人,战胜一切困难的力量!"

"说得好！"冯主任、席崇军、康民等人站在院子里，拍手叫好。

胡主任不好意思地拍手一笑："只顾讲课，把今日过节的事给忘了，同学们，今天课就讲到这里，席书记他们来跟我们过十五了，快快迎接，一会还要进行文艺演出呢。"

胡主任话音刚落，班长毛树德立马高喊："全体起立，欢迎各位领导！"全体学员立刻起立，鼓掌欢迎。

听到锣鼓响，附近村民扶老携幼地赶来了，戏台前大院内，挤满了人，学员和村民们打着招呼，说笑着。

冯主任笑着走上戏台："乡亲们，同学们，今天，救国会席书记带着剧团从云阳赶来，慰问大家，和我们一起过十五……"冯主任后边的几句话被掌声淹没了。

席崇军走上台，笑着向台下行了个军礼，掌声再起。冯主任看一下席崇军，笑："大伙甭看席书记年龄不大，经过的世事却不小。当年跟刘志丹习仲勋创办照金革命根据地，开辟关中，多少次翻越嵯峨山，就像是西安钟楼上的麻雀，见过大世面的。"

台下哄地响起一片欢笑声，夹杂着掌声。冯主任接着说："席崇军同志不光能文能武，还是个戏迷，要不要让他给大家唱一段，开个场？"

台下立即呼声四起："要，请席书记给我们唱一段！"

席崇军走到台前，不好意思地向群众说："这是赶着鸭子上架哩，等着看我笑话哩。"群众哈哈笑："大胆地演，你演啥，我们就看啥。"

席崇军笑："那好，我就给大家唱一段西安易俗社创办人李桐轩和他儿子李仪祉父子二人编的《李寄斩蛇》中的一折。之所以唱这段，就是因为李仪祉是修咱泾惠渠的水利专家，大家听一下他编的这戏。"说完一清嗓子，"嗨"地大吼一声，又向后台喊："手里得拿个家伙唱起来才有劲！"

刘主任赶忙把一把演戏的剑递上来，席崇军乐呵呵地接过，手挥剑激情地唱道："每日里在家中来将武练，盼只盼早日里剑法精玄，恨只恨黑蛇妖连连扰乱，振动得百姓们心神不安。又听说那宋知县丧尽肝胆，与蛇妖勾搭狼狈为奸，不除妖反来把庙宇修建，每年的蛇神会香烟熏天。更可恨献童女人命不管，哪管你家庭母女团圆。整日里到衙设席摆宴，派人役到四乡搜刮民钱。越思想越仇恨怒容满面，一阵阵气得人咬紧牙关。何日里杀蛇妖以除民怨，除民害为百姓报仇申冤！"

"好，好，好，唱得好！"台下一片欢呼声，"再来一个要不要？"

席崇军连连摆手笑："我是外行，要听还得听内行的，咱剧团来的人把热闹的都准备好啦。"

冯主任接茬道："席书记走了一路了，让歇息下，剧团的同志们开始演出。"说完，拉着席崇军和其他几位领导走下台。一位年轻姑娘走上台报幕："现在请欣赏《欢迎你来青训班》，演唱者，安吴青训班学员队。"

十几名男女学员走上舞台，纵情高唱："我们在期盼，我们在呐喊，远方的朋友，革命的青年，我们欢迎你，来安吴青训班。这里有条路，连着嵯峨山，连着照金，连着马栏，连着延安，连着抗日前线。我们手拉手，我们肩并肩，谱写那壮丽诗篇，描绘那青春画卷。我们是一代热血青年，誓做全民抗战的模范。满怀激情，坚定信念，跟着党走，不断向前。"

在掌声中报幕员走上台："请大家欣赏秦腔《五典坡》。"

台上乐器声响起，台下的人都将视线投到戏台上，有几个看戏的男女学员猫着腰从人群中走出，走向后边厕所的方向。毛树德悄悄挤出人群，紧跟几步，追上徐敏，摸出衣服里的点心，难为情地递过去："今过节哩，没啥送你，发下的点心舍不得吃，送给你吧。"

徐敏咯咯一笑："好呀，你舍得送，我就舍得帮你吃。"

毛树德欢喜："你吃你吃，原来还怕你不收哩。"

一抬头，席崇军从旁边走过来，毛树德忽地有点惊慌，不知道该说啥好。徐敏也显出羞涩，继而又大方地哈哈一笑，把手里点心往席崇军眼前一递："给，我留给你的。"

席崇军一愣，旋即笑眯眯地接过去，看了一眼毛树德，走了。毛树德不悦："这是我送你的点心，你咋给了别人？"

徐敏笑："你送给我就是我的，咋样处理由我，不行吗？"

一句话呛得毛树德张着口，不知该说啥，等反应过来，徐敏已走了。毛树德望着徐敏的背影发愣，吕世璋突然冒了出来："啧啧，可惜一块点心了，给我吃，我还领你份人情哩。"

毛树德羞臊地遮掩："胡咧咧啥哩。"

吕世璋凑到毛树德耳边小声嘀咕:"人家早就有主啦。你别剃头挑子一头热了。"见毛树德不言语,吕世璋不笑了,转成开导:"你看那台上演的王丞相的千金小姐王宝钏手拿绣球,成百上千的王孙公子都急着接,可人家却偏偏把绣球抛给一个要饭的叫花子薛平贵,这是为啥?"

毛树德沮丧地说:"我又不是王宝钏,我咋知道人家为啥?"

吕世璋一拍毛树德的肩:"这就是人家常说的缘分。男女配对结亲,讲的就是个缘分。老天爷早安排好了,月老给男女脚后跟上拴了一条红线,有缘的人想扯也扯不断,想跑也跑不了,没缘分的,挑来拣去不顶用。"

毛树德一脸苦恼:"咱也不知月老给咱脚后跟上拴没拴红线。"

吕世璋哈哈笑:"放心,老天爷公道得很,每个人都有,男的女的都剩不下。"

"我就剩下啦。"女学员刘霞逮着个话把子,会错了意,边接话茬边塞给毛树德一块点心,"给你吃吧,我剩的。"

吕世璋揶揄:"你运气好得很嘛,还是有剩下的。"

刘霞不明就里,脆脆地说:"我们那些女学员还有剩下的,你们谁想要,过去拿就是了。"

毛树德站在那里脸红得不知说啥好,就咬了一口点心。吕世璋笑着对刘霞说:"好的好的,你先去忙,要的时候我们再过去。"

刘霞高兴地哼着歌走了。毛树德说:"妈呀,吓死我了。"

吕世璋说:"怕啥,点心甜不?这不是送上门来了吗?目标盯住,不要跑了。"

毛树德说:"人家说的是点心剩下了,不是人剩下了,甭胡说八道。"

吕世璋又一拍毛树德:"你这傻子,谁还能给你送点心?真是不开窍!"

毛树德摆手:"人家只是送个点心,别往歪处想。"

两个人在那里正说话,听见里边一阵阵叫好声,就赶紧扭身回去看演出。刚一转过身,看到一身影,站在墙角暗处跷着脚往戏台前左看右看。两个人蹑手蹑脚走过去一看,原来是黑娃。

毛树德喊一声"黑娃",黑娃吓了一跳,然后难为情地低下头嘿嘿一笑。

"寻白女,是不是?"吕世璋笑嘻嘻地说,"大大方方地进去寻嘛,自己媳妇,还有啥害臊的,要不我给你在这喊。"说完作势要大喊。黑娃连忙阻止:"不敢喊,不敢喊,我不想给她丢人。"

毛树德说:"咦,黑娃,啥时来上青训班,还没给你达说通?"

"我,我……"黑娃支支吾吾。

吕世璋嘻嘻笑:"你再不来,小心白女把点心给别人吃了。"

"不敢胡说。"毛树德赶紧阻挡吕世璋,又说:"黑娃,你等着,我去给你寻白女过来。"

"不啦,不啦,我回家了,她在这有点心吃就行。"黑娃急急地摆手走了。

看着黑娃走远了,毛树德和吕世璋慢慢转身往戏台前走,毛树德边走边说:"黑娃他达怪得很,能主动把狗蛋送去参军就是不让黑娃来上青训班。"

吕世璋顿了下说:"黑娃他达心思咱一般人摸不清。对了,他家还有个小川,咋好长时间没看到了?"

毛树德:"这个我知道,黑娃他达没事就跟我哥在门口谝,说小川碰上一老乡,跟着回四川找家人去了。说是找到了就不回来了,找不到了就再回安吴村给高家当娃。"

吕世璋:"哦,这……这样啊。"

父子之战

正月十五的月亮像玉盘一样,高高挂在天上,田地一畦一畦看得很清晰,一棵棵没有叶子的树铁骨铮铮地挺立在路边或地头,一片一片的枯草静静地伏身在冰凉的田埂、渠沟边。不远处嵯峨山的剪影起起伏伏,就像一条卧龙,静静地躺在天幕下。

黑娃扑踏扑踏地走着,不时回头看看刚刚离开的戏台,那种热闹衬得眼前格外冷清。黑娃有些留恋那份热闹,舍不得快快地离开那些嘈杂和灯光。磨磨蹭蹭地走啊走,眼看快到家了,以往围在家门口老槐树下的左邻右舍今晚一个都没有。毕竟是过节哩,除了爱热闹挤在戏台前的人,其他人估计都围坐在家里。今年家里会有谁呢?黑娃寻思,以往的今天,达都会让他把白女和她达请到家里一起包饺子吃,老弟兄俩还小酌上几口,喝得红脖子粗脸就开始拉家常,那时的达完全成了另一个人,啥话都敢说,还敢拍胸脯发誓。他则和弟弟妹妹和白女在另一间屋里说笑耍闹，娘出出进进地收拾房子……

唉，黑娃往路边一圪蹴，不知为什么，此刻他就是不想回家，他心里莫名地烦乱。跟父亲争取了几次了，父亲不再劝止了，但是每次都会安排个活："把这些地挖完了去。""等把麦收了去。"这让黑娃无从反驳，因为的确家里他是老大，地里活主要靠他，但是黑娃也明显感觉这是父亲的一种战术。

怎么办呢？黑娃一把一把地揪着脚前的枯草，发泄着心里的烦乱。

"咦，哥，你咋在这圪蹴着哩？"大妹子莲花突然站在了面前，"达到处找你，快回家，张叔到家坐一晚上了。"

"张叔来了？"黑娃说着站起来往家走。

"嘻，哥，你别发愁了，我刚偷听到达在和张叔说你和白女姐的事哩。"莲花虽然小，也能看出哥的心思。

"咋说的？"黑娃也不再害臊地避着妹子了。

"达让张叔把白女姐往回叫，张叔说再有几个月就上完了，一毕业就结婚，白女肯定是你的媳妇，天塌下来都跑不了。达还是不愿意，两个人就在那抬杠哩。"

"啥？抬杠？"黑娃听了加快了步子，他怕两个达吵起来，虽说他们是先天吵架第二天就合好，他还是不想两个达因为他的事吵起来。

"张叔来啦！"黑娃一跨进院子就招呼张生祥，张生祥喊："来，黑娃，正好有事跟你商量。"转头又给隔着小方桌坐着吧嗒吧嗒抽旱烟锅的高兴全说："娃的事，咱征求下娃的意见。"高兴全不悦地哼一下："娃懂个啥世事？"

见黑娃进门，张生祥用烟袋锅一指门边的小凳："坐，黑娃，叔问你，你想不想让白女上青训班？"

黑娃犹豫地在小凳上坐下，低着头不吭气。何氏也端了张小凳往门槛外一坐，也不言不语，整个院里静悄悄的。还是高兴全打破了这种静："黑娃，你心里咋想的就咋说。"

黑娃鼓了鼓劲说："达，让白女上吧！"

张生祥松了口气："你看，黑娃都没啥意见，照我说，就让白女上去，毕业了就给把婚一结，啥都不耽误嘛。"

黑娃又鼓了鼓劲说："达，要不我也上青训班去，我真的也想上青训班。"

高兴全厉声呵斥："甭在那胡说，这个想法趁早熄灭了。"

"我这咋能是胡说?你看咱村上这一伙年轻人,当八路军的当八路军,上前线的上前线,剩下的也上了安吴青训班,听说毕业后,要分到各革命岗位上去,一个个光荣得很,我到时候怎么办?啥都不是。"

高兴全又哼一声:"光荣,能当饭吃、当钱花吗?你没看村上当八路军的,上安吴青训班的,屋里都是啥日子?都是些吃了上顿熬煎下一顿的,出去好歹有口饭吃,逃个活命。"

张生祥急了:"你咋能这样说哩?"

"咋,这样说不对吗?"高兴全猛地放开嗓子,"没听咱这里人都说,想要不纳粮,就寻苗家祥,要想有饭吃,就寻侯镇西,穷人要翻身,就得当红军。咱家有房有地,有牲口有车,不愁吃穿,连你跟白女都不用为以后发愁,你说白女要上青训班时,你咋不拦挡哩?一点脑子都没有!"

张生祥恍然明白,高兴全的火气从白女上青训班开始就积压起来了,不过他也听得出来高兴全始终惦记着他父女俩,也就没生气,端起何氏倒的茶水,闷头喝起来。积压许久的火发泄出来,高兴全心里好受了许多,见张生祥知错的样子,他的火气也就平息下来,开始抽旱烟锅。

黑娃看看两个达,嘴角抽动了几下,高兴全不耐烦地弹弹烟灰:"说,还想说啥?"

"达,让我上青训班去吧,这样天天能……哦,以后白女也不会笑话我,不,村里人也不会笑话我。"黑娃为自己差点说出"天天能见到白女"而感到难为情,言罢,低下头看脚尖。

"哼,到底是怕人笑话你,还是娃大心野翅膀硬了想飞,这个家拴不住你啦。"高兴全眼皮不抬地说。

"达,既然你这样说了,我也就实话实说,我的确想参军,想热气腾腾地活一回。"黑娃终于说出了心底的话,"从红军进驻村里,我胸膛里就像有颗火星被点着,总想和那些战士一样背起枪,雄赳赳气昂昂地奔赴战场,狠狠地杀些敌人,做个保家卫国的英雄。"

"越说越逞能啦,睡去!碎娃想法还多得很。"高兴全下巴向门口一抬,示意黑娃回房。黑娃还想说啥,被何氏挡住。"走,有啥话跟妈说。"何氏做着父子俩的和事佬,起身拉着黑娃到他的房子去了。

"看吧,看咋收场。"高兴全用烟锅敲敲桌子,质问张生祥。张生祥也突然意识到这里边问题的严重性：如果黑娃参军，上前线，有个闪失，那白女咋办？如果白女也上前线，自己咋办？自己当初咋就没想这么长远呢？张生祥有点后悔当初支持白女上青训班了，叹一声，闷头不语。烟早都灭了，高兴全还是习惯性地噙在嘴边，做思考状。两亲家都沉默不语，彼此能听到对方的呼吸声。

"要不，我明天去青训班看看白女，看她在那到底怎么样，以后是啥情况。"闷想了好久，张生祥试探着求教高兴全。高兴全不急着回答，捏起旱烟袋，挖出一锅烟丝，不紧不慢地点着，深吸一口，又长长地呼出来，这才淡淡地说："唉，也只能这样了，明天咱都去。"

"谁都去？"张生祥不解。

"黑娃妈也去，有些话当妈的好说。"高兴全说。

"对，对，女子大了，有些话咱当达的不能问，明天看了后咱一起做决定，不行了，我就强行把她叫回来，早早把喜事办了，把她和黑娃都拴住，咱也就不再操这份心啦。"

高兴全脸上终于现出一丝轻松："行，就这样办，让他俩趁早成亲安心过日子。别放着安宁不安宁，惹些闲事瞎折腾。"

黑娃随何氏回屋后，并没有睡，而是贴着门听两个达说话，听到明天他们要去青训班把白女往回叫，一下子坐不住了，他害怕达说的叫白女回来是为了跟他结婚，那白女不讨厌死自己么？那么多人不是得笑话死自己么？那自己以后还好意思上青训班么？

左思右想，黑娃悄悄溜出门，撒开腿向青训班跑。青训班节目刚表演完，学员们说说笑笑地收拾场地，黑娃从人堆里找到吕世璋，说明来意，吕世璋赶紧找来白女，跑出来时又遇上了康民。

康民听了黑娃的话，一笑，对忧心忡忡的白女说："没事，让他们明天来，保准让他们高高兴兴地回去，你也能安安心心地上课。"

青训班里逼婚

"达，伯，婶，你们咋来啦？"白女从迎祥宫跑出来，惊喜地喊张生祥、高兴全和何氏。黑娃偷偷地看了眼白女，又快快把脸扭向一边。

"我和你伯、你婶来看看你在这里究竟咋样，不好的话，就跟达回家，咱也不缺这口饭。"张生祥直截了当地说。

白女咯咯咯地笑了："达，这里好得很，上青训班也好，参军也好，不仅仅是一口饭的事。"

"那还是啥事？走遍天下，做啥事不是为了穿衣吃饭？"高兴全有点不悦地说，他觉得上了几天学，白女变得跟以前一点都不一样了，说话大声，笑得大声，还顶撞父亲，确切说是在批评父亲张生祥，批评张生祥还不等于批评自己么？真不像话。

"呀，伯，我是说不仅仅是为了吃饭，人活着不光是为了吃饭，还要为……算了，说也说不清，总之，你们放心，我在这里好得很，你们不要为我操心。"

"咋能不为你操心呀？"何氏看到高兴全眉头皱了起来，赶紧抢过话头，"女娃就要像女娃的样子，学针线茶饭才是要紧的，这学咱上不能行不？今就跟婶回家，安安稳稳过日子。"

白女说："那咋行？青训班也不是想来就来想走就走的，这里是有组织有纪律的。"

张生祥不悦："啥？青训班还把人绑架了？人不想上了还不让人走？"

"哈哈，谁不想上啥了？"

几个人一扭头，看见康民夹着一捆麻纸走过来。张生祥不好意思地嘿嘿一笑："正想让你决断个事哩，你就来了。"

康民问："啥事？"

张生祥不顾白女摆手，认真地对康民说："我想叫白女退出青训班，跟我回家，这么大女子该结婚成家了，不能为了上学耽误了终身大事，你看能退不？"

康民笑："走，先不说退不退的事，咱先进去看看再说。"说完不由分说地拉住张生祥往里走，高兴全和何氏也跟在身后，白女回头偷偷对黑娃挤挤眼，一笑，黑娃会意地点点头，相跟着一起走。

张生祥伸手捏捏康民挟着的麻纸，奇怪地问："你挟这些烂纸做啥用？"

康民把纸捆拿在手上展开让几个人看，张生祥、高兴全见麻纸上画着鞋底的样式，中间还写着名字。看看几双询问的眼睛，康民笑着解释："这是青训班学员鞋的尺寸，我刚从教导处刘主任那儿要下的。眼看着快换季了，得给学员们把鞋准备好。"

张生祥不解地说："不知道你心里整天都想些啥，咱前一阵子盼红军来，给苗家祥报仇，结果红军改编成八路军，跟国民党合成一家子，上前线抗日了。如今，这安吴办了青训班，你又跑前跑后忙得脚不沾地，到底图些啥？"

"图些啥呢？"康民一笑，"图的是打败日本鬼子，让人民都过上好日子，建立一个人民当家做主的新国家。"

高兴全忍不住插进一句："你们共产党咋就跟别人想的不一样。"

康民笑："要不共产党咋能有那么大的感召力，以后有机会就推荐白女他们入党，青训班好多人都想入党，目前条件还不成熟。"

高兴全凑在张生祥耳边，小声说："白女要成了党的人，咱就管不住啦。"

张生祥不高兴地说："啥？共产党连亲生老子都不认么？那还入党干啥？白女，趁早跟达回去，安安宁宁过日子。"

白女固执地说："青训班没毕业哩，我不回去。"

何氏赶紧出来缓和气氛："好歹学了一阵子，就算把世事经了，活到老，经不了，多少是个够嘛，等毕业又能咋？还不是一样要回家过日子。"

"等毕业，按照革命工作需要，要离开家乡到很远很远的地方去，"白女眉飞色舞地说，"有的要上抗日前线，有的要去陕北，有的要到国民党军队中去，有的要到国民政府去，有的还要留在地方工作，都是为了革命工作这个目标。"

张生祥不高兴地说："革命，革命，不要女婿啦，不过日子啦，你光想你的好事，黑娃咋办？我和你伯你婶今日来，就是叫你回家，早早地跟黑娃把喜事办了，甭叫两家大人都操心了。"

白女说："这好办，让黑娃也来上安吴青训班，毕业后我们分在一块，这还有啥操心的？"

张生祥有些生气："你这娃咋犟得很，大人都是为你好，你咋听不进去。"白女低着头一句话不说。

刘主任领着几个教官过来，跟张生祥几个人打招呼："老乡们过来啦！"又对康民说："学生家长来了，咱们得欢迎，多听家长意见，你先领着学员家长到处看一下，有啥不满意的地方，你领到教导处来，咱当面商量解决，咱要让学员安心，先得让家长放心。"

康民笑着应："好好，我先领上看一下再说。"

"这有啥看的？"高兴全不悦地嘟囔，"这一打岔，连正事都说不成了。"张生祥也唉了一声："事刚提起，没个结果，哪有心思看这些嘛。"

白女满不在乎地说："现在就不是说那些事的时候，等闲下来，消停地说。"康民也打着圆场："饭能放凉，事放不凉，等看完了再说也不迟。"

"看那些墙报、板报内容咋样？"白女手指着迎祥宫院内一道道砖墙，笑着说。

张生祥等人朝着那些砖墙看去，砖墙上是分门别类、形式多样的墙报、板报，红红绿绿的，格外引人注目。醒目的大字标写着安吴青训班教导处、后勤处、保卫处、学生会、生产处等学习专栏字样。内容有学习心得体会、思想漫谈、学习方法、学习交流、乡村调查、民间故事、抗战英模、往事回忆、军事常识、生活知识、生产技能、好人好事、文体活动、批评建议等，图文结合，有长有短。

张生祥几个边走边看，白女欢快地介绍："这里有诗歌、散文、小戏、小剧、民谣、歌谣，还有我编的歌曲哩。"

"啥？你编的歌？"张生祥瞪大双眼，"你才到这学习几天，就能编写歌曲啦，时间再长一阵，就能跟咱云阳东街上的彭义国、王牛娃一样，能编戏唱戏啦，不得了，不得了。"高兴全不高兴地说："你女子不得了，我娃就了不得啦。"

"那可有啥了不得的？"毛树德和三怪、愣娃从后院往外走出来，愣娃开口就对高兴全说，"叫黑娃也来上安吴青训班，用不了多长时间，保险能压住白女哩。"

三怪也开玩笑说："高叔，你家儿子娃要是输给女子娃，还不叫人笑话死？"两米外的黑娃能估摸到父亲的心情，咬着牙憋住笑。

毛树德指着一块板报，得意地对高兴全夸口："你看我写的歌谣，我念给你几个听一下，'泾阳有个嵯峨山，安吴有个青训班。来这青年成千万，争当八路上前线。打日寇，英雄汉，为咱百姓不遭难'。"

高兴全口冒酸气地说："没看出，你还有这两下子哩。"

"你看我写的。"说完，三怪指着另一块墙报大声念："安吴堡子出东门，不远就是桥头镇。桥头上塬是孙村，孙村前头是照金。照金有个习仲勋，领导穷人闹翻身。把守边区南大门，把咱安全挂在心。教咱学员讲理论，叫咱当好革命人。"

张生祥听着笑着："啧啧，都不得了。"

白女嬉笑："这算个啥，要说不得了，走，咱到后边听从上海、北平来的学生演讲去。"

康民补充："就是，还有比这好的哩。"

白女笑："好的多得很，一个赛一个哩。"

小石头不知从哪冒出来，一边抽康民胳膊下夹的麻纸，一边气哼哼地说："你俩能说相声啦。"

康民、白女哈哈一笑，不等两人说啥，小石头一扭身走了。张生祥和高兴全纳闷地冲着小石头的背影看了几眼。

康民说："他就那个脾气，小娃不懂事，不要见怪。咱现到后边看一下。"

后院的大房前，一群男女青年学生，充满激情地进行诗歌朗诵比赛。

一位留着短发，文静秀气，年约二十岁的女学生做着演讲前的自我介绍："我叫吉娜，来自上海，我的父母都在大学教书，上海沦陷后，他们去了广州，我一个人来到这里，为的是投身抗日救国事业，我演讲的题目是《青春要在这里闪光》。"

台下一片掌声。

当我们军训时，站在嵯峨山顶的时候，看到那壮美的山河，美丽的田园时，我们心潮澎湃，思绪万千，仿佛听到那抗日前线隆隆的炮声，仿佛听到照金革命根据地和云阳地区万众一心振臂高呼'打倒日寇'的怒吼声。我们不由得赞叹，为保卫我们祖国的大好河山，为保卫我们的美好家园，我们的青春要在这里闪光。我们都是二十岁左右的青年，在这美好的青春时代，俄国著名诗人普希金曾激情地写道："青春啊，我，爱着你，我，吻着你，我怕你匆匆离去。"是的，青春是美好的，她像玫瑰一样芳香，她像嫩草一样蓬勃向上，但这样的青春是需要辛勤汗水，甚至是鲜血来浇灌的。在这里，我给大家读一封赵云霄烈士就义前写给女儿的遗书："启明我的小宝贝：启明是我们在牢中生了你的时候为你起的名字……小宝宝！我很明白地告诉你，你的父母是共产党员，且到俄国读过书（所以才处我们的死刑）。……小宝宝！我不能扶（抚）育你长大……小宝宝！望你好好长大成人，且好好读书，才不（辜）负你父母的期望。可怜的小宝贝，我的小宝宝！你的母亲于长沙陆军监狱署泪涕。"

说到这里，吉娜声泪俱下，高声问："问苍天，我们能容忍刽子手的残忍吗？问苍天，我们能目睹中国母亲的流血牺牲吗？"

"不能！为民族解放而奋斗！"台下多人振臂高呼。

吉娜继续说："赵云霄烈士为了共产主义事业，献出了年轻而宝贵的生命，她用自己的青春谱写了一曲壮丽的人生凯歌，她用火红的青春年华给我们留下了一张深刻的人生答卷。在民族危难、举国抗战的紧迫时刻，我们安吴青训班学员，是英勇抗战的一代，是报效国家和民族的一代，是同仇敌忾的一代，是满怀壮志努力奋斗的一代，是打败日寇侵略，建设幸福美好新中国的一代。我们的激情在燃烧，我们的热血在沸腾，为了我们的国家民族，让我们昂首挺胸，用自己的青春谱写新的篇章，让我们的青春在这里闪光！"

吉娜眼含热泪在掌声中走下台，荣子上台，动情地说："我服从革命需要，因为我知道，我是为了寻找革命队伍从江西一路逃难来到这里的。我今天能成为一名光荣的青训班学员，我要感谢共产党对我的关怀和爱护，是他们医治了我的腿伤，纠正了我思想认识上的错误，使我在这里学到了许多新知识，激发了我的上进心。我在江西老家的时候，就听到了毛主席领导秋收起义、上井冈山创办革命根据地的故事。毛主席的青年时代，正是中国动荡的黑暗时期，帝国主义的侵略，国内的军阀混战，使我们的劳苦大众处在水深火热之中。青年时代的毛主席，悲愤地写下'东海有岛夷，北山尽仇怨。涤荡谁氏子，安得辞浮贱'，短短四句，饱含了他强烈的爱国主义思想感情，抒发了以天下为己任的伟大胸怀。毛主席把个人的前途和祖国的命运紧密地结合在一起，为了拯救中华民族，他和他的战友们，与反动派进行了艰苦卓绝的斗争，率领中国工农红军经过二万五千里长征后，到达陕北，巩固扩大了陕甘宁边区根据地，团结全国各族人民开展抗日战争。为打败日本帝国主义，我们今天在这里学习训练，最根本的就是要像毛主席那样，把个人的前途和祖国的命运紧密相连，服从革命工作的需要，听从组织的安排，做到一切行动听指挥，党叫干啥就干啥。没有党就没有今天的我,我知心的话要对党说,我心中的歌要对党唱,请听我昨夜为党写的诗。"

  党啊,你是我的依靠,我在病痛中,躺在了你的怀抱,是你给了我温暖,是你给了我关照,点燃了我心中希望的火,让我学会了做人,教我走上了革命的正道;你朴实无华,心中装满人民的安危,民族的未来。党啊,我要对你说,我听从你的安排,服从你的指挥,不管走到哪里,我要为党,增光添彩,不负重托!

荣子话音刚落下,掌声中,吕世璋边吟咏边上台:"嵯峨山上啊,峰连峰,景连景,嵯峨山上弯弯的小路啊,有扯不断的情。山下有个安吴堡,山后有通往照金的路。弯弯的山路上,青训班学员在奔走,挂烂了衣服,磨破了鞋,一路多艰苦。我们都是同路人,我们同走这条路,播撒革命的火种,胸怀激情,昂首阔步,一路高歌,大步奔走。"

吕世璋这种奔放激昂的开场方式引得台下掌声迭起,走至台中央,吕世璋敬个礼,开口道:"我演讲的题目是《我爱青训班》。"

  我们是抗战的革命青年,
  面对日寇进犯,国家生死存亡,民族遭受劫难,
  我们挺身而出,英勇向前。
  我们走向那美丽的松花江畔,
  我们走向那风景如画的锦绣江南,
  我们走向那令人心旷神怡的海岸沙滩,
  丰衣足食的大地中原。
  我们告别亲人,不顾他们的挽留苦劝,
  从四面八方,祖国各地,
  来到了安吴青训班,
  到革命的熔炉接受锤炼,
  成就人生的理想,点燃激情的起点。
  我们是一代革命青年,

我们热爱安吴青训班，
　　这里有我们同学和伙伴，
　　这里有党的温暖，
　　这里有着学不完的知识，
　　这里有着巍然屹立的嵯峨山，
　　养育着我们的生命，
　　为我们支撑理想的风帆。
　　我深深地热爱你，安吴青训班，
　　这里将永远留下，一代热血青年的足迹，
　　一段青春闪光的火热生活，
　　一段奋发有为、激情燃烧的岁月，
　　一曲全民族团结抗战的凯歌！

　　"好！""好哇！"吕世璋饱满的激情像火一样撩起学员们的热情，学员们群情激奋，一双双明亮的眼里迸射着热烈的向往，掌声潮水一样一波接一波，几个人争着抢着要上台。

　　何氏也深受感染："啧啧，这才是年轻娃的世事呀！"

　　高兴全不满地瞥一眼忘了立场的妻子，讥笑道："也就能在这唱唱跳跳，当热闹地看。上前线打仗，刀枪不长眼，不是死就是伤，当是开玩笑吗？"

　　张生祥也从入神中回缓过来，训斥兴奋得红了脸、拍手喊好的白女："哼，跟上这伙人学，心都学野了。"

　　康民笑着解释："你们甭小看这伙女学生，平时看着绵软，真正打起仗来，可跟杨门女将一样，个个厉害。"

　　高兴全不以为然："喊，就指望这伙人打仗？会玩枪还是会抢刀？"

　　康民一笑，冲白女说："把吉娜、于丽叫出来，你三人要一下大刀让大伙看看。"

　　"啥？你会耍大刀？"张生祥惊讶地看着女儿。白女笑："耍刀算个啥嘛，骑马、打枪、抢手榴弹，啥武器都会用。"

　　张生祥瞪大眼："真的？"

　　白女冲着人堆招手："来，显摆一下，让大家高兴高兴。"

"来啦。"吉娜、于丽边应声，边从里屋取了一把大刀过来。周围的人主动四散。白女接刀在手，往中间留出的圆场地一站，紧了紧身，再煞有其事地行个抱拳礼，便开始表演。

只见白女手提大刀，一招蜻蜓点水，继而一招猛虎下山，再一招蛟龙出海，连着雄鹰展翅……随着白女动作变幻，大刀上寒光闪闪，闪得人眼花缭乱，闪得人叫好连连。

"咋样？你女子看着还行吧？"白女收起刀跑到张生祥面前。

张生祥从目瞪口呆中回过神来，看着女儿喜滋滋红扑扑的脸，喜上眉梢："白女，你早有这两下子功夫，当年苗家祥被枪杀后，我就用不着吓得东躲西藏。哪个坏怂敢来寻事，叫我白女一刀把狗日的头给砍了。这安吴青训班上得好，上得好。"

高兴全干咳两下："别光顾着夸你白女了，下来该咋办？别忘了今儿来的正事。"

"咋办？好办得很。"张生祥喜滋滋地跟高兴全说，"叫我说，叫黑娃也来上安吴青训班，学上一身本事再结婚，不是更不用咱大人操心了。"

白女高兴地冲张生祥点头，并得意地瞟了一眼黑娃。不知啥时候站在张生祥身旁的黑娃对着张生祥高兴地连连点头，然后期待地瞅向高兴全。

高兴全面对黑娃期待的眼神，迟疑地开口："黑娃上青训班……我再踅摸踅摸。"虽然没一口应允，但黑娃听出达松了口，脸上显出兴奋的神色。

康民笑："这是一举两得的事，好得很，青训班大门开着，随时欢迎新学员。"

黑娃上了青训班

出了安吴堡，几个人往回走，高兴全沉默不语，张生祥心情极好，一路和何氏谈论着、赞叹着。

何氏不断感慨："啧啧，真没看出，三怪、毛树德还能写诗。""啧啧，你看上海、北平的学生都赶着往安吴青训班来，真是神奇得很啊。"

黑娃也高兴地夸口："我要去几天，肯定比三怪、毛树德都强，写得比那些学生都好。"

何氏打趣儿子："写得好不行,还要好好耍刀,小心受白女欺负。"

何氏一句话逗得张生祥直哈哈,黑娃红了脸嘿嘿。只有高兴全不悦地嘟囔:"让你一个个现在笑,有你们哭的时候哩。"

"他叔,晌午就一块儿吃饭,你一个人,就不用回家动烟火啦。"看见家不远了,何氏对张生祥说。张生祥正要答话,何氏抬手一指:"咦,莲花娃跑啥哩?"

顺着何氏手指看去,跨出院门的莲花正急急地往前跑。还隔着一丈远,莲花就气喘吁吁地喊:"快回,快回,家里来了一大堆人,吓人得很。"

"高掌柜回来啦!"

"何保长?"

高兴全面对从自家厅里迎出来的何保长,心里一咯噔,随即眼角下意识地瞄了一下同他一起迈过门槛的张生祥。张生祥并没有觉察到,只是同高兴全一样,心里一紧,更加跟紧了高兴全,用行动告诉高兴全,自己肯跟他同甘共苦。

"说,何保长,今儿来又有啥任务?"进了堂屋,倒好茶水,挥手让何氏和几个娃出去后,高兴全沉着脸问。

"哟,高掌柜不愧是安吴村有名望的通情达理的人。"何保长并不在意高兴全的冷淡,往八仙桌旁圆椅上一坐,边抽烟,边端起茶碗嗞溜了几口。然后欢喜地开口:"肯定是好事,给咱黑娃寻个好前程。"

"啥好前程?"张生祥抢先问。

何保长嘴呶向高兴全:"高掌柜知道。"张生祥看向高兴全,高兴全面无表情地说:"就是来抓壮丁了。"

"哈哈,不叫抓壮丁,是征兵。"何保长兴致勃勃起来,"你放心,这事好得很,这一回县上征兵,兵就住在县里,不到外边去。我寻思让黑娃当兵,国军的吴团长是咱的熟人,到时候,你备上一份厚礼,我替你给吴团长送去,叫把娃多关照一下,提拔当个官。你娃当了官,你在人前也有了脸面,巴结你的人把门槛都能踢断。"

高兴全嘴角抽了一下,看着像是冷笑,何保长不理会,继续煽:"你看后街巷子大少家的才娃,到国军队伍里才干了几天就当上了连长,前一阵子回村时，还带了两个护兵，威风得很。隔壁麻婆娘嫌大少家房桩子比她家高一砖，还准备寻大少家的事哩，一看才娃的阵势，吓得屁也不敢放了，还跑前跑后给才娃张罗媳妇，巴结人家。你再看冯占财，要不是两个儿子在国军队伍里当官，他光有几个破钱，哪能那么威风……"

高兴全手一摆，打断何保长的啰唆，正要开口，眼角又不由得瞄了下坐在进门处杌凳上的张生祥。然后低声说道："上次黑娃都抽过壮丁啦，咋又轮到跟前了？"

何保长鼻子一哼："你再甭提上次那档子事了，你让用两个肉夹馍哄回来的川娃子顶替你黑娃当兵。"

"啥？"张生祥心里一咯噔，冲着高兴全瞪大了双眼，"原来，你算盘打得这么深……"

高兴全扭过脸去，避开张生祥的目光。张生祥气闷地长叹一声，扭过头去狠狠地咂烟锅子。

何保长纳闷地看看高兴全又看看张生祥，继续说话："到泾阳集训了几天后，要往西安送，刚过泾河时，川娃子这怂趁人多上船摆渡乱的机会，撒腿就跑，要不是马队长枪法准，早让他跑了。"

"啥？小川咋了？"高兴全和张生祥都哗地站起来。

"被马团长击毙了，逃兵都这个结果。"何保长轻描淡写地说。

"你……你们……"高兴全和张生祥气得说不出话来，提着烟杆愣愣地站了片刻，又都一屁股坐下去，神情压抑悲愤。

何保长收起了笑，正色道："高掌柜，幸亏我把这事压了，你要知道，冒名顶替、欺哄上司也是犯法的事，看在亲戚的分上，我不为难你，能替你担的都担了。但是，按政府的保丁制度和兵役规定，家有两男娃的，得抽一个当兵，你家两个男娃，不去一个当兵，能说得过去么？虽然说，按目下国共合作抗战要求，不论是参加国军还是八路军，都算给国家当兵哩。但听说你刚跑到安吴青训班去看情况，你要是让黑娃上安吴青训班，这旧事我可不得不重新翻出来了。"

高兴全一惊："你意思是，黑娃一定得跟你走？"

何保长冷冷道："那是当然！你再别想干花钱买壮丁顶替的事了！这一回是在县上当兵，县里就这一坨地方，谁家的梆子长底子短，祖宗八代的根根筋筋，都刨得清清楚楚的，根本哄不过去。"

高兴全赔着小心解释："刚去安吴堡青训班，不是看情况，是把黑娃媳妇往回叫。叫回来，给把喜事办了，好好过日子，并不是打算上青训班。"

何保长脸色缓和了一点："就是嘛，跟那一伙人呼呼啥哩？就是那个康民，原来都跟西山上的苗家祥是一伙的，是国民政府内部掌握的危险分子。苗家祥落个啥下场？现在给他们把缰绳放长尽马跑，尽马折腾，等到了时候，就收拾他们了。叫我说，让黑娃到国军当兵是正主意，我这是给娃指明路哩。"

高兴全为难地说："可是黑娃媳妇在青训班哩，黑娃要当了国军，这媳妇不就黄啦？还不让村人笑话死了？"

何保长讥笑："怕啥？怕黑娃以后娶不上媳妇？放你的心，黑娃在国军里头，有个一官半职，媳妇上赶着往你家跑哩，黑娃媳妇在青训班里能有啥气候？你没看那伙人的吃饭、穿着，比要饭的叫花子强不了多少，能成个啥精？快甭耽搁好事了，我这是为你好！"

张生祥气鼓鼓地瞅着何保长，想理论几句，看看门口一左一右俩黑着脸的保丁，又把火强压住，只是看着高兴全。

高兴全低着头，作难地讷讷："这事，再让我好好想想，暂摸暂摸。"

何保长哗地站起来，一拍桌子，居高临下地对高兴全气势汹汹地说："还有啥可暂摸的？今把丑话说前头，这一回，你娃非当兵不可！不要敬酒不吃吃罚酒，到时候，来人把你娃绑了押上走，可甭怪我没提前给你把话说清。你掂量掂量，看着办吧。"

说完，给两个保丁摆下眼色，阴沉着脸，脚跟脚走出院子，咚咚咚地扬长而去。

高兴全愣在门口看着，不知所措，张生祥垂着脑袋，连连唉声叹气。隔壁房里一直悄悄听动静的黑娃愁云满面地跑了过来，何氏抽抽搭搭地过来，嘴里不停地念叨着："可怜的小川啊，高家对不起我娃。"

黑娃焦急地问："达，张伯，这下咋办呀？"何氏停止抽泣念叨，瞅着高兴全。高兴全退回桌子旁，往椅子上一坐，抱着烟杆子闷头不语。张生祥突然想起来，问何氏："何保长刚说乡党亲戚的，是啥意思，跟谁是亲戚？"

何氏抹一把眼睛说："按辈分，何保长还算是我娘家内侄娃子，把我叫姑哩。真是侄儿有钱不叫姑，外甥有钱不叫舅，人家在云阳街上，大小是个官，人五人六的，把我这个当姑的，就没往眼里放，你没看刚才凶的样子。"

张生祥苦笑下："唉，这年头，兔子尽吃窝边草，侄子专挖当姑的根。"

高兴全开口问张生祥："这些都不说了，他伯，你说接下来咋办？"

张生祥抬眼一瞥高兴全，讥讽道："你不是老谋深算嘛，问我干啥？"

高兴全尴尬地低下头，沉闷片刻说："过去的事就不提了，是我的不对，咱说眼下紧火的，黑娃到底咋办呀？"

听高兴全低沉又有点嘶哑的声音，张生祥知道高兴全对小川的死很难过很内疚，也于心不忍，又劝道："唉，跟你也没多大关系，人各有命，该死的活不了，该活的死不了。黑娃……"

张生祥起身，走到高兴全身边，凑到高兴全耳朵跟前。高兴全边听边点头："这回听你的，我也看出来了，还是八路军靠得住。"

莲花娃提着笼到门口撕柴火进来，说："有个保丁一直在咱家大门外晃悠，像是监视咱屋哩。"

张生祥和高兴全对视一下，张生祥说："放心，这事交给我了。你在家关门，给娃收拾东西。"

何氏、黑娃焦虑地看着张生祥走出院子。跨出院门后，张生祥欢喜地给院里摇手："好啦，不用送啦，黑娃，去国军部队上好好干，一定给咱捞个官当当，让伯跟你沾些光啊。"

"好，他伯，你放心！"高兴全撵到门口，大声地回话，"你快去把你女子给咱叫回来，等着给咱高家当媳妇，当官太太。"

"行，我这就叫去，就是睡地上打滚，我也得把白女拉回来。"张生祥兴冲冲地往安吴堡方向走。

路边树后蹲着的保丁得意地笑了，弹掉手指间的纸烟，起身离去。

云阳街上乡公所院子里，何保长听完保丁的消息，得意地叉腰仰天大笑："算他高兴全识趣，高兴全在方圆这些村里威望很高，只要他把娃往这一送，看谁还敢跟我作对？"

"就是就是，保长威震一方，谁敢不听您的？""保长您恩威并施，这招高！"几个走卒恭维着何保长，忙着给端凳子，点烟，倒茶。

"拿捏几个泥腿子还不是小菜一碟嘛。"何保长得意地往凳子上一坐，抽口烟，招手喊一保丁："你过来！你跑得快，现跑趟高兴全家，告诉他明一大早就把人给送过来，咱也得防夜长梦多。"

"是，是，保长考虑周全，这就去！"瘦得跟猴一样的保丁转身就跑出门。

天麻麻黑，张生祥带着康民、毛胡子连长及几个背枪的八路军战士进了高兴全的院门，高兴全、何氏、黑娃迎了出来，黑娃背上背着包袱。

何氏拉着儿子的手，仰面看着比自己高出一头的儿子的脸，依依不舍："黑娃，你出门在外照顾好自己，有啥事要跟白女商量下，有机会了就给家里报个平安信儿。"

上青训班是黑娃梦寐以求的事，现在终于实现了，但看着即将要离开的达娘妹子和熟悉的院落，黑娃不知该高兴还是该忧伤，听着家里人的叮咛，只是不断地点头嗯嗯。

"放心吧，"毛胡子连长安慰何氏，"青训班就是大家庭，不会饿着冻着，黑娃在里边肯定会好好的。"

康民在一边安慰忧虑重重的高兴全："不要怕，有我们和八路军留守在这里，看他敢把你咋样，何保长早放出风声，准备拿黑娃做娃样子，叫人看有谁还敢跟他作对。我这几天到你屋里候着，就准备和他作对哩。"

"砰"，何保长一掌拍在桌上："亲耳所听，亲眼所见吗？"

瘦猴子保丁弯腰点头："是，是，康民他们接走了黑娃，一帮子人还在高兴全家坐着，又吃又喝，说是要一直守在那里，等着看谁敢跟八路军作对。"

"日他娘的！"何保长气呼呼地在房子里转来转去，几个保丁吓得大气都不敢出。半晌，何保长一挥手："罢，罢，罢，光棍不吃眼前亏，咱惹不起还躲不起吗？有八路军守着，咱跑去还不是给自己招祸？再说黑娃上了安吴青训班，也算是在八路军当兵哩，这一回抽丁的事，叫他混过去啦。"

一保丁不安地问："那上边查下咋办呀？"

何保长一拍保丁的脑袋，神秘地笑着说："上边能知道个啥？不就是一个哄一个哩，说新兵在半路上跑啦，死啦，病啦，去不成啦，谁有工夫来核查。

不过咱不能让他高兴全家轻松过了这个关,得叫他家里出些水,算是咱弟兄们跑来跑去的辛苦费。"

"哈哈,保长英明!"

康民和毛胡子连长一行人在大房间里边喝茶边小声说着话。

高兴全说:"地多,种不过来,这庄稼地里的活路,平常就靠黑娃,黑娃一走,我心一下凉了半截子,这往后的日子可咋过呀!"

康民笑着说:"甭熬煎,夏秋两料收种时,我叫上一伙人来给你帮忙。"

高兴全摇头:"那不是个长法,种庄稼一年四季都有忙不完的活。我原指望,给黑娃把媳妇娶到屋里后,把掌柜的交给黑娃,带着老二把庄稼务弄好,把日子过好。如今,媳妇还未过门,黑娃又给何保长逼走啦。老二也心不守舍,总想往外跑,叫我咋说呀?"

张生祥无奈地劝:"树大根大,人大心大,娃大啦,由娃去,咱总不能叫娃们也跟咱一样,打死不离疙瘩庙,老守在这一亩三分地上。"

"哪里黄土不埋人,"毛胡子连长笑着劝高兴全,"男子汉就要有走四方、闯天下、谋大事的勇气,要不,我咋能经过二万五千里的长征,从南方到陕西的。现在来到这,将来还不知道落脚在哪里,我也没有背房,没有带地,还不是照样活得好好的。有人在,比啥都好,房呀地呀,都是惹人眼黑的浮财。当年红军在边区搞土改时,把多少有钱人的房子、土地都没收后分给穷人啦。要不,穷人咋都拥护共产党哩。世上的穷人总是占大多数,谁能给穷人说话、办事,穷人肯定拥护谁、支持谁、跟上谁。"

高兴全一听这话,惊讶得瞪大了双眼。何氏看着高兴全,流露出愁容。

张生祥小声劝着高兴全:"八路军连长说的都是实话,话既然说到这啦,叫我说,没人了,要那么多地做啥?还不如把多余的地早早卖了去,留下几亩地种,够吃用就行啦,现甭为儿女操心,儿女自有儿女福,何必给儿孙当牛马。叫娃们在外边闯去,光死守到咱跟前,能有个啥出息。"

康民笑着劝:"国难出忠臣,家贫出孝子,现在国家有难,正是用人之际,你叫娃到外边闯去,多学些本事,好好干,说不准,到时候,都把门风改了哩。"

何氏不解地说:"能改个啥?咱祖祖辈辈都是庄稼汉子,在土里刨食哩,再改,还得东山日头背到西山落,在地里忙活。"

康民笑说:"不会的,共产党领导穷人打天下,要建设一个新中国,咱老百姓要过上楼上楼下、电灯电话,点灯不用油、犁地不用牛的好日子。"

何氏惊讶,笑:"那咱就盼共产党领导的好日子早早到来,咱娃们跟上共产党干事去,咱再甭为娃们的日月过活操心啦。"

高兴全看何氏一眼,脸色缓和:"就你能说,女人家,烧茶去。"

何氏放下心来,笑:"还不都盼娃好嘛!"

毛胡子连长开着玩笑:"不光是为娃好,那是你们思想觉悟提高啦,为民族抗战来着。"

康民笑:"对着哩,安吴青训班在咱这地方,咱要尽力帮助支持,就像当年支持苗家祥在西山上的闹红一样。"

看高兴全和几个人说得融洽,何氏起身,悄悄拍拍张生祥后背,张生祥会意,跟何氏进到里间房子。何氏跟张生祥小声商量:"咱黑娃惹的事,事情已到这一步,咱图个安宁,把这事解决了,省得人黑明都操心。"

张生祥不解地说:"咋解决?人家要专门寻事,想安宁都安宁不了。"

何氏小声说:"把事往活的解,这事就是何保长在捣鬼哩。"

张生祥莫名其妙地说:"你意思是?"

何氏从帘缝里看看外间,压低声:"我想托你给何保长塞上些钱,那些货色,拿上钱就舒坦啦。"

张生祥气愤地说:"给他们送钱……"

何氏说:"唉,没办法,都是为娃来,不低这头不行,这事我跟你商量好,不敢叫掌柜的知道了,他再一嚷嚷,啥事都弄瞎了。得给何保长个台阶下,叫把火压一下。你没看那伙人,哪个不是吃人贼?"

张生祥无奈地叹气,也没了主意。何氏揭开炕席,摸出十块银圆,递到张生祥面前说:"你是个男人家,经常去云阳,方便给何保长送钱。"

张生祥烦闷地说:"方便倒是方便,不过我实在咽不下这口气。"

何氏说:"都是为咱娃跟女子好,咽不下的气也得咽下,反正钱就是给人消灾避难的,他图钱,咱图个安宁就对啦。"

张生祥点着头,解开身上腰带,把银圆装入口袋。

高兴全在大房间喊:"嗨,让你烧茶去,你俩钻到里头说啥哩。"

"商量给俩娃办喜事哩。"何氏喜呼呼地走出来,身后跟着张生祥。

高兴全苦笑一声:"喜事喜事,到底啥时能办啊。"

康民跟毛胡子连长不约而同地开口:"快了,快了,到时我们都来喝你家的喜酒!"

第六章
"南黄埔，北安吴"

苦练本领

十五的月亮十六圆，天还没亮，张亮家院子就被月亮照得如同白昼。后院里，毛树德满头大汗，双手托着一根木棍，一头挂满砖块的木棍，练习托枪射击。

旁边猪圈里的猪听见有人的动静，以为是喂食的，便哼哼唧唧起来。前院张亮两口子被吵醒了，张亮边嘟囔"咋这么早就哼哼上了"，边急忙穿衣服下地，扣着衣服来到后院。一看是毛树德在练功，哧地笑了："你不好好睡觉，在这里折腾啥哩。"

毛树德嘿嘿笑说："我们这叫笨鸟先飞，练习托枪射击哩。"

张亮绕着毛树德转了一圈，恍然大悟地点头："挂这么多砖呀，这倒是个好办法。"

毛树德说："对呀，练好这个，等拿枪的时候就跟拿鸡毛掸子一样轻松。"

"咦，这些娃都很上进，将来打日本鬼子个个都是英雄。"张亮媳妇提着浆水桶过来。

毛树德说："就是，日本鬼子敢欺负咱中国人，我们就让他有来无回。"

张亮媳妇说:"好好练,这些猪就是给你们喂的!"

"啥?"毛树德睁大了眼。

张亮媳妇笑:"青训班生活很艰苦,等这些猪长大了,送给学员们改善伙食,也算是咱们为革命做的贡献。"

毛树德不由得笑:"好好,等猪长大了,我们就有肉吃啦。"

"哪有肉吃?大半夜的。"前院厢房住着的吕世璋、黑娃等几个青训班学员也被吵醒,齐齐拥到后院来了。吕世璋看到了毛树德手里的棍子和绑着的砖,哈地笑了:"这肯定是毛树德闹的把戏,说,毛树德,你这榆木疙瘩脑子咋一下子开窍了,跟谁学会了这一手?"

毛树德得意地说:"名师!"

吕世璋问:"哪个名师?"

"站好了,"毛树德故作神秘地说,"小心把你给吓倒了。"

吕世璋说:"别吹啦,长这么大还没被谁吓着哩。"

毛树德说:"好,听清啊,我师傅是毛——文——清。"

吕世璋眼一亮:"云阳镖局的飞镖王毛文清?"

毛树德连连点头:"正是他,他可是个热心肠人,从来不显摆,有的是真功夫哩。"

吕世璋说:"难怪你和八路军比揭碌碡哩。"

刘泽全插话:"把你师傅的诀窍都给咱这些人传授传授嘛,到时候咱上战场还不杀得日本鬼子个个喊爷求饶。"

半院人都哄地笑起来,毛树德也止不住地笑着说:"我师傅说,练功没啥窍门,要把苦吃到。外练筋骨皮,内练一口气,先从胳膊腿练起。我师傅说,笨鸟先飞,叫我左腿绑沙袋,先少后多,等用的时候,把腿上的沙袋一取,跑起来就跟飞一样。"

吕世璋对着几个青训班学员说:"这办法简单得很,咱也玩泥蛋蛋,绑沙袋,练胳膊腿功夫,不然咱端枪手都打战哩,咋还能瞅准目标。"

刘泽全几个人笑着说:"对,咱都照这个办法学。"

黑娃挤到最前边说:"我给你当徒弟吧。以后只要练功就喊上我,行不行?"

毛树德嘿嘿:"不敢说是徒弟,只要想练,我练功时喊你一块练就成。"

"一言为定啊!不要到练的时候就忘了。"黑娃开心地说。

"肯定不忘，肯定不忘。"毛树德乐呵呵地道。

"不行，不行，要练大家都练，把我们都喊上。"刘泽全几人都叽喳起来，惹得张亮两口子都笑起来。

天色大亮，霞光像锦缎一样铺满院子。

操场上，各连队的旗帜在旭日下迎风飘扬。身背行装的男女学员向各自连队的旗帜下走去，迅速集合排队。从云阳留守处赶来的八路军教官，背着行装昂首阔步地走向队伍，检查学员的行装。待一切满意，领队往队旗下一站，打雷般吼出"稍息，立正，向右看齐，向前看，报数"等口令，学员队伍立即做出系列响应。

报数完毕，毛胡子连长黑着脸大声道："今天，咱们上的军事课，是越野训练，要进行爬山、冲杀、伏击等课程，大家要打起精神，鼓起勇气，完成好每个科目。因为，我们已经不再是一个刚刚入学的学生了，已经成为一名前线战士了。大家有没有信心？"

"有！"学员们齐齐地吼。

毛胡子连长又吼："全体都有，高唱歌曲《我们是英雄的小八路》，出发！"

随着一声令下，操场上响起了雄壮的歌曲："嵯峨山上红旗舞，山下有个安吴堡，青训班是座大熔炉，教我们坚定跟党走。我们是英雄的小八路，永远跟党去战斗。学好本领上前线，献身革命为抗战，听党话跟党走，我们是英雄的小八路。"

在歌声中，队伍整齐地依次出发，毛胡子连长不停地喊："紧紧跟上，不许掉队！"

嵯峨山坡，草绿花红，一群羊儿在欢快地啃着草。坡下小路上，背着行装的青训班学员艰难地行走着，长时间的急行，队伍有些稀松凌乱。已爬上坡到了唐王陵跟前的毛胡子连长，双手挥舞着红旗，山谷里回荡着他的吼声："加把劲，爬到山顶再坐下休息！"

好容易到了唐王陵，离山顶只差几步了，走得筋疲力尽的十几个学员，顾不上毛胡子连长的命令，也顾不上去看面前屹立着的高大精美的石马、石狮、石羊、石人，一个个倒在地上喘着粗气，擦着满头满脸的汗，毛树德解开被汗水湿透的衣服，抱着水壶大口大口地喝。荣子边揉腿边难为情地说："我要不是这腿有毛病，一蹦子就爬到山顶了。"吕世璋笑："我要不是因为人胖肉多，把这上山当耍哩。"三怪说："我要是会孙猴子七十二变，变个小鸟，想飞多快就飞多快，想飞多高就飞多高。"刘泽全苦笑："要有孙猴子的本事，一个筋斗就是十万八千里，这点坡坡算个啥。"

吕世璋哧地一笑，对着身边的毛树德说："整天练沙袋功，你不是说沙袋一取跑起来就跟飞一样，今咋没见飞起来，倒地上跟个狗熊一样哩。"

大伙哄地笑起来，毛树德面红耳赤不知该说啥。不善说话的白德兴对着吕世璋的耳朵小声说："他现在背了两个女人，累得没劲了。"

吕世璋一惊："噢？快说咋回事？"

正要问个究竟，一个放羊老汉手挥鞭子从脚下半坡走过，边走边唱："嵯峨山坡的群羊哟，跟着头羊走，无论干啥事，得有人挑头。头前有人领着路，后人跟上脚步走。你帮我，我帮你，相互帮助，一家人热热火火，同走一条路。"

"啧啧，"刘泽全咂嘴，"瞅瞅，放羊老汉给毛树德和黑娃唱歌哩。"

毛树德腾地爬起来，作势要抓刘泽全，黑娃也红了脸支支吾吾。其余的人瞅瞅毛树德和黑娃，也豁地明白了，嘻嘻哈哈地笑起来。

毛树德难为情地说："人家刘霞正月十五送我点心，我要回报人家，帮她背一阵子行装，徐敏见了，硬要把她的行装也塞给我，说一碗水端平。"

吕世璋故作意味深长地道："噢，明白了，黑娃，你哩？"

不待黑娃开口，刘泽全抢着说："黑娃这个好说，心疼媳妇嘛。"

荣子一旁学放羊老汉："你帮我，我帮你，相互帮助，一家人热热火火，同走一条路。"

哈哈，山坡上回荡起一片笑声。正笑着，大家又不约而同地静止下来，因为一阵风吹来几串串清脆的姑娘的笑声。细听，是白女、徐敏、刘霞等，白女说："快看，这山下的风景真好！"

吕世璋起身笑："真是有苦有乐，走，咱们也快点上山顶看风景去。"

一伙掉队的人，一个个重整行装，从唐王陵旁边向山上继续前进。走出几步，黑娃突然又停下步子，大声说："从今起，都不许喊我黑娃，我现在有名字了，叫高志杰！记住没？"大伙哄笑起来，纷纷揶揄黑娃："记住啦，高志杰同志！"黑娃又羞又满足地嘿嘿一笑，低头加快步子。

嵯峨山顶上，学员们放下行装自由活动，有的在树丛中追赶野鸡，有的撵兔子，有的摘酸枣，女生们更多是在草丛中采摘鲜花。大家尽兴地玩闹着，说笑着。

毛树德一伙人站在山顶上朝远处望去，山下的关中平原历历在目，泾河渭河依稀可见，一路向东奔流而去。远处的山脉、古堡村落，绿树红墙，如诗如画。吕世璋指着渭河南岸隐隐约约的城池说："看，那就是西安省城。"又一指西边说："那是咸阳城。"

毛树德羡慕地说："那些地方你都去过？"

吕世璋说："不但去过，还住过，还坐过火车汽车哩。"

毛树德急急地问："火车是个啥？不怕被烧着屁股了？我不信。"

刘泽全说："火车不是着了火的车，是靠火推动的车。"

毛树德说："我们还没见过哩，你们快说说，火车是啥样子？"

吕世璋看看围上来的黑娃等面孔，有点小得意地说："火车是在专门的铁路上跑的，一个火车就像咱安吴堡从东门到西门那么长。"

黑娃睁大了眼："那么长的车，咋跑哩？要多少马才能拉动。"

吕世璋一摆手："火车不用马拉，靠烧煤，用蒸汽机带动的。火车里边坐着开火车的司机，配备着几个拿大铁铲给炉子不停添煤的人，火车跑起来烟囱里不停地冒烟，出溜一下子就能跑出几十里路。人坐在车厢里往窗外看，铁路两边的大树就跟倒下去一样。"

毛树德、黑娃等听得发呆，缠着吕世璋接着讲。这时，集合的哨声响了，毛胡子连长在山上挥舞着红旗吼："全体集合，各连队按指定地点开始演习。"

各连队立即按照命令，在沟畔草丛中埋伏，飞来飞去的山蜂在头顶嗡嗡作响，蚊子不停地落在学员们的脸上，学员们有的皱着眉，有的龇牙咧嘴，但都忍着一动不动，双眼睁大望着前方。"嗒嗒嘀，嗒嗒嘀"的冲锋号骤然响起，漫山遍野的学员们哗地从地上一跃而起，大声喊着"冲呀！"向目标冲去……

同路人

安吴堡内，吴氏庄园西北角的望月楼上，贾拓夫、包主任、席崇军带着徐大娘及七八个身背行李的男女青年，正在给坐在木桌旁边的胡主任、冯主任、刘主任汇报情况。

包主任笑着说："前几天，西安七贤庄的八路军办事处通知我们，说有从北京、上海及广州等地方来的一批进步学生，要到安吴青训班学习，让我们派人接回来。云阳留守处人手少，我就委托陕西省委和云阳抗战救国会的同志，去西安把这几个学生接了回来，交给青训班，我的任务就算完成了。"

席崇军笑说："包主任的话没说对，任务不是完成了，而是刚刚开始，到了安吴堡才是第一步。"

胡主任笑："对，上了安吴青训班不等于就会成为一个优秀的抗战青年干部。"

冯主任对新来的七八个青年学生说："听着，胡主任是给你们说话哩。"

胡主任笑着望望几张年轻的面孔，说："我们共产党办的安吴青训班，是采取自愿报名的形式，不同于国民党抓壮丁的办法。我们培养的优秀青年干部，不光是为了打败日本帝国主义的侵略，我们还要建立起一个人民当家的新中国，让全国人民都能过上幸福美好的生活，这就要求我们的学员不但要学习军事知识，还要学习科学知识，使每个人都能成为国家的有用人才。"

席崇军说："胡主任讲得对，讲得好，这也给我们的工作提出了更高的要求。"说完指着旁边的徐大娘给胡主任冯主任刘主任介绍："这位住在云阳小北门城墙下窑洞里的徐大娘，是带着两个女儿从河北逃难来的，是个革命的老党员。"

胡主任、冯主任、刘主任赶忙起身离座，一一和徐大娘热情地握手："同志，欢迎你！"

徐大娘激动地说："奔波到这里就是为了寻找革命组织，我太高兴啦。"

席崇军笑着说："徐大娘，你不是有一肚子话要给组织说吗？现在可以说啦。"

徐大娘频频点头，同时不停地擦眼泪。

席崇军说："徐大娘对咱们青训班有很多建议和想法，多次让我提说，现在我就替她说出来吧。"

胡主任、冯主任、刘主任很有兴趣地听着。

席崇军说:"徐大娘说,咱安吴青训班都是先进的革命青年,建议咱们成立一个特别党支部,发展吸收先进的革命青年加入我们的党组织,给我们党源源不断地输送新鲜血液。"

胡主任、冯主任、刘主任点头,胡主任说:"这个主意好啊。"

席崇军继续道:"第二,徐大娘说这安吴青训班成千上万学员的生活后勤是件大事,得有专门管学员生活的部门,最好有一个给学员缝补衣服的群众组织,再在城南的积水滩开些荒地种粮食蔬菜,以保障学员生活,学员们来自四面八方,多弄几种饭菜,把学员的生活搞好。"

胡主任、冯主任、刘主任深受感动,再次连连点头,胡主任说:"太好啦,这是一个老党员对我们的希望和信任啊。我们要抓紧时间商量决定,把安吴青训班办成一个全国革命青年都向往的革命熔炉。"

胡主任起身打开北边的窗户,笑着说:"你们看,我们的青训班学员,从北边的山上训练回来了,快下去迎接他们,他们是我们的革命战士。"

一行人走下望月楼。

青训班大伙房前边的空地上,摆放着十几个装满清水的大石槽,过去是给牲畜饮水的,现在供青训班学员日常洗脸洗衣服。

从山上军训回来的学员,满脸汗水,衣服上、头上散落着杂草。他们将沉重的行装急着往空地上一放,就跑到大水槽边洗脸,少不了挤挤闹闹,叽叽喳喳。

徐敏拿着手巾擦脸,一转身看到徐大娘,惊喜地跑过去喊了一声妈。徐大娘拉着女儿的手欢喜地说:"闺女,长结实了。"

徐敏撒娇:"妈,我真想你呢。"

徐大娘疼爱地摸着徐敏散乱的头发说:"娘也想你啊。"

毛胡子连长风风火火地走进来,看见徐敏旁边站着一大娘和几个陌生的男女青年,厉声问:"干什么的?"

徐敏赶忙回答:"这是我妈,这几个学生是来咱们这里学习的。"

徐大娘也赶忙补充:"这些都是进步学生,和我们一样,大家都是同路人,刚从西安接来的。"

毛胡子连长笑了:"好哇,欢迎欢迎,来了就要和他们一样,做好吃苦的准备，只有平时多练功战时才能少牺牲。"

几个学员说："我们不怕吃苦，我们来青训班就是要好好学习，将来打鬼子。"

毛胡子连长说："好，那就多训练。今天在这里，我们是师生关系，以后我们就是革命同志，走在抗日战场上，我们就是战友啦。"

毛树德说："你给我们当连长，我们连就叫猛虎连好啦。"

毛胡子连长说："咋叫这名字？"

毛树德说："这名字威风，让人一听就提神。"

毛胡子连长摇头："这名字好是好，就是体现不出咱们青训班的特点，咱们这队伍的人应该上阵杀敌是英雄好汉，提笔写文章是秀才状元。"

正在这时，王炉头喊："开饭啦！麻食面，一人一大碗，回族学员到回民灶上吃！"

学员们赶紧排队，往食堂走去。按次序，王炉头给每个学员捧着的碗里盛上一碗，大家乐呵呵地端着碗找地方去吃。

吃完饭，毛胡子连长召集大伙在院子里站好，带大家做军训总结。"今天，大家训练得都很好，大家都把自己的心得谈一谈，谁先开始？"

毛树德立即举手："我先来！"

毛胡子连长点头："好，你先来。"

毛树德说："今天军训打伏击，我感觉就像是猎人打兔子，要先隐蔽好别让兔子看见咱，然后该出击的时候，一口气冲出去，这样才能抓住兔子，打敌人也是这样，先要保存自己，然后才能消灭掉敌人。"

大家一片掌声。吕世璋说："没想到，咱们的毛树德还有这么大的收获，那我也谈谈。要打仗就要有好的智力，更要有好的体力，要不然，兔子在你面前你也追不上。我们学员今后要更加重视体能方面的锻炼，这样在需要冲锋的时候，才能勇往直前。"

大家又一次鼓掌。毛胡子连长说："大家谈的都很有道理，但是革命军队要有智力和体力，更重要的是要有铁的纪律，没有铁的纪律，队伍就是一盘散沙，是打不了胜仗的。毛主席说，加强纪律性，革命无不胜，就是这个道理。"

大家边点头边鼓掌。紧接着，毛胡子连长宣布："今天的军训课大家表现得很好，回去后继续讨论，总结经验教训，提高战术素质。解散！"

大家说说笑笑地往回走。在大水槽北的井台上，席书记正摇着辘轳提水，徐大娘在大水槽旁洗衣服，徐敏、徐云等几个人走过去。

徐敏来到井台旁，刚要提起水桶，就被席崇军拦住了："今天你们训练很累，坐在边上歇一会，我给你娘提过去就行了。"徐敏笑了笑，害羞地说："爱提就提吧，反正你也是闲着哩。"

席崇军说："就是，你们军训很累，歇会吧。"

水槽边洗衣服的人起哄："现在就会关心丈母娘啦。"

席崇军不好意思地说："八字还没一撇哩，不敢乱说。"

大家都哈哈大笑，有人喊："席书记还知道脸红哩！"

成立党支部

吴氏庄园望月楼会议室里，冯主任、胡主任、刘主任以及云阳八路军留守处、陕西省委、云阳抗战救国会的几位领导坐成一圈，简朴的桌凳上，放着一圈冒着热气的搪瓷缸子。

贾拓夫端起面前的搪瓷缸喝了几口，放下缸子笑着问："目前，咱们青训班学员中，有多少党员？"

胡主任回答："来的学员中，据现掌握的情况来看，只有三名党员，还有些同学说，他们原来已经取得了组织关系，但由于日寇侵略，人员疏散，与他们所在的党组织失去了联系，目前无法证明他们的组织关系。"

贾拓夫沉思着说："这也是实际情况，必须设法对他们的情况进行调查，不能让这部分学员失落，失望，要关心他们的成长进步，让他们时刻感受到党是依靠，党是领导，党是力量。"

冯主任笑着说："看能不能这样，先把学员中的支部框架建立起来，然后以支部的名义对这些组织关系尚不清楚的学员进行调查？"

刘主任说："对，应该先有个组织框架，这样就能名正言顺地开展党的工作，举起招兵旗，就有吃粮人。"

八路军云阳留守处的包主任也说："对，有个接收党员的组织，就能更好地团结这些进步青年。"

贾拓夫说:"按照目前学员中的党员数量,我们如何成立这个特别支部,需要大家好好商量一下。"

胡主任说:"按照我们党章规定,三名以上党员就可成立支部,把支部建在连上,这是我们红军在江西三湾改编时就提出来的一项建党制度,现在我们青训班学员已有十个连队,现有的几名党员还不在一个连上,因此,各连队成立支部还有一定的实际困难。"

贾拓夫左右看看说:"能不能想个变通的办法,把这件事先促成再说。"

刘主任说:"我个人意见是,各连队成立党支部条件还不成熟,咱就采取个过渡办法。"

贾拓夫问:"什么过渡办法?"

刘主任说:"每个连队配备一名党代表,负责党建工作,我们安吴青训班的教官和其他服务人员有几十名党员,把他们发动起来言传身教,积极吸收学员中的先进分子入党,创造条件,在各连队成立支部。"

贾拓夫沉思着点头:"这倒也是个办法,由各连队的党代表负责培养入党积极分子,严格按照党章的要求积极慎重地发展积极分子入党,在严格把关的基础上,成熟一个发展一个,但不要急于求成,拉人凑数,要始终保持党组织的严肃性、纯洁性、战斗力。"

冯主任笑着说:"贾书记说得好,我完全赞成,这也就是我们安吴青训班特别支部的特别之处。"

会场上响起一片掌声和笑声。包主任说:"我建议将八路军云阳留守处、云阳抗战救国会的党支部、陕西省委的党支部与安吴青训班的特别支部合编在一起。"

胡主任一拍掌:"这个建议好,眼下这个形势,党建工作必须有一个统一领导才行。"

贾拓夫笑:"合在一起可以,但安吴青训班日常党务工作必须由青训班具体负责,分工协作。"

胡主任和冯主任笑着说:"好,具体怎么协作,我们听从领导安排。"

贾拓夫沉吟片刻,说道:"那好,我个人建议,八路军云阳留守处负责安吴青训班的军事训练、革命传统教育、安全保卫工作,陕西省委负责提供党员培训教材、党史课程教育、党员政治审查、批准程序,云阳抗战救国会负责后勤保障、接送学员，青训班管理处负责学员学习、入党积极分子考察和培养。青训班的学员连队除配有党代表外，八路军云阳留守处、陕西省委、云阳抗战救国会，要指定专人定期给青训班学员上党课，辅导传授党的基本知识、基本理论、基本纲领、基本章程，让每个想入党的积极分子都能端正入党动机，自觉接受党的纪律，乐意为党努力工作。我讲的这些意见，供同志们参考，不对的地方，同志们可以指正，在充分发扬民主的基础上，形成集中统一的意见。"

与会人员三三两两小声议论起来。过了一会，胡主任笑着说："我同意贾书记的意见，咱们今天的会议先把决定成立安吴青训班特别支部的事定下来，着手开展工作，并把这次会议的精神给中央汇报，批复下来后就可以正式实施了。"

刘主任说："按照现在的形势，我们可以先对青训班党代表人员压担子，让他们在连队开展党员教育工作，我们再一起详细商量一下，制订青训班党建工作的实施细则和行动计划，逐项落实各项具体工作任务。"

众人异口同声说道："就按这个意见办！"

贾拓夫笑着说："既然大家没有不同意见，那今天这个会议就可以把成立安吴青训班特别支部这个事定下来。我提议，先由胡主任、冯主任做特别支部的正、副支部书记，待中央批准后，我们再进行正式选举，这是个过渡办法，先把工作开展起来再说。你们几个回去详细商量一下，抓紧给各连队配备党代表，着手发现、培养、发展积极分子，使党建工作有声有色地开展起来，让我们的学员队伍充满生机和活力。"

说到这里，贾拓夫环视了大家一眼说："如果没有意见，可举手表决。"

与会人员都举起手。

会议结束后，贾拓夫提出在这安吴堡内走走，了解下学员生活。一行人来到了张亮家里，正好遇见徐大娘带着几个妇女来给毛树德等人送洗好的衣服。双方热情地打着招呼。

冯主任对徐大娘等几个妇女说："大姐们，听学员们说，你们几个帮学员洗补衣服，我代表青训班感谢你们的支持。这位是省委贾书记，来看望大家。"

徐大娘等人不好意思地笑了，徐大娘说："这都是我们应该做的，洗洗补补这些小事，不值得感谢。"

贾拓夫说:"别看这些事小,这是以实际行动来帮助青训班学员。革命工作无大小,只要每个人按照自己能力去办好就行。"

正说着话,荣子、黑娃、白女、徐敏、毛树德、刘霞等几名学员走进大门,看见贾拓夫、冯主任一行,高兴地打了个敬礼:"首长好!"

刘主任指着他们说:"这是从江西来的荣子,这两个姑娘是徐大娘的孩子,这个是能揭动碌碡的毛树德。"

几名学员笑着说:"首长们有什么指示请说,我们保证完成任务。"

贾拓夫笑说:"看见你们生龙活虎的劲头,我就想起了刚参加革命时的样子,在党的教育下我才有了今天,希望你们好好学习,成为我们党的生力军。"

白女激动地说:"我们一定好好学习,争取早日成为一名共产党党员。"

毛树德几个也跟着说:"我也想成为共产党党员,不知咋样才能入党。"

贾拓夫笑:"小同志们的革命热情很高,这很好,你们现在是党的后备力量,以后一定能成为党的生力军,想入党,这有个过程,到时候党组织会派人和你们联系,相信你们一定能成为我们党的新鲜血液。"

徐大娘身后的一个妇女鼓足勇气开口道:"我们也想入党,不知道年龄超不超?听大伙说,党是我们的依靠,我们都很想入党。"

冯主任说:"我们党是劳动人民的党,党组织的大门是敞开的,没有具体的年龄限制,只要你们大家不断努力,达到了党员的标准就有条件加入,党组织欢迎大家。"

院子里响起一片欢呼,贾拓夫和胡主任、冯主任、刘主任看着这些老老少少欢欣的面孔,也由衷地笑了。

前线归来的伤病员

风和日丽,云阳镇上一片喜庆。云阳小学师生提着糨糊桶,抱着各色标语,一路走一路张贴,硬是把一条条街打扮出了过年的气氛。校园里更是人影绰绰,歌声阵阵,快板声声。不管是贴标语的还是排练文艺节目的,都满脸喜气,都在抓紧时间将心里的欢喜向更多的乡党传播——从云阳誓师出发的八路军第一一五师在山西平型关打了大胜仗,这是抗日战争以来的第一场胜仗,这是云阳人民的骄傲和自豪！

"望亲人，情意深，亲人是咱八路军，如今东征去前线，请接受云阳人民的一片心。尽管征途有艰险，云阳人民做后盾。哪里有着八路军，哪里就有云阳人，盼着八路军打胜仗，盼着全国都解放，盼着八路凯旋归，再建一个新云阳。"

深情的歌声随着文艺队飘过云阳镇、扫宋、武寨府、安吴……整个云阳地区欢声一片，欢声笑语里，群众开始自发寻到云阳党组织捐献起物资。

"不要让咱八路军战士受饿受冻，吃饱穿暖，狠狠地打狗日的日本鬼子！"张生祥乐呵呵地把一袋麦子交给捐资处的八路军战士，抬头用袖子擦额头上的汗珠子。身前身后背粮的、扛棉花的、捏银圆的都纷纷点头或大声应和。

安吴堡东门外，吴氏家族的陵园被柏树包围着。偌大的陵园内，布置装饰得像一个别致的花园。草木葱绿，鲜花绽放，古柏森森，高大气派雕刻精美的石牌坊旁边列队有序地伫着石人、石马、石羊、石桌等，几座高大的吴氏祖宗陵墓前，直立着有皇帝诏书的墓碑，显示着墓主生前的风光显赫与富贵荣华。

青训班男女学员，在陵园前的广场上席地而坐，翘首以待。

一辆马拉车由远而近，在柏树坟外的大路上停了下来，赶车的康民和席崇军跳下车。柏树坟外等候的胡主任、冯主任、刘主任等急忙走过去，和康民、席崇军一起把几个从前线归来的八路军伤病员一一扶下车，又扶着朝陵园内走，直扶到他们在桌前坐下。

青训班学员们对这些从前线归来的英雄们报以热烈的掌声。一位拄着双拐的八路军伤员站在石桌前，笑着和大家打招呼："学员们好！我姓陈，大伙喊我陈班长就行。"

学员们又一次鼓起掌。

陈班长道："大家肯定急着想知道我这伤是咋来的。告诉大家，是和日本鬼子打仗，被日本鬼子的刺刀捅伤的。现在，我给大家说一个抗日前线的故事，让大家知道咱们八路军战士个个都是英雄好汉，打得日本鬼子闻风丧胆。"

坐在地上的青训班学员都瞪大了眼睛，静心听讲。

陈班长说："咱们从云阳誓师东征的八路军，渡过黄河到了山西抗日前线，第一仗打的就是平型关大战，我们班所在的八路军第一一五师的杨得志、杨成武还有杨勇三位勇士，上了战场，就跟三国中的赵子龙一样，在曹营七进七出如入无人之境，杀得日本鬼子鬼哭狼嚎，为中国军队长了志气，八路军首长说，这是'三杨开泰'，我们的抗日斗争首战告捷！"

学员们被陈班长的话感染着，不由得又鼓起了掌。

陈班长继续说："现在，我给大家再细说说平型关大战的情况。卢沟桥事变后，日寇疯狂进攻，短短几个月时间，就占领了大半个中国，在国家民族生死存亡的紧急关头，中国共产党出于大义，不计前嫌，主张全民联合抗战，与国民党军团合作联手抗日。当时，八路军主力部队从云阳出发直奔山西，抗战第二战区长官阎锡山与我们八路军的首长朱德、周恩来、彭德怀等人商议，把抗战前线总指挥部设在雁门关下岭口村一所窑洞里，并在那里制订了第二战区平型关战役计划。其作战方针是，利用山地歼灭敌人，把主力配置于天镇、阳高、广灵、灵丘、平型关各地，以一部控制大同、浑源、应县队伍，以策应各方面战斗，相机转移攻势。参加平型关战役的我方部队是杨爱源总司令统率的国民革命军第六集团军和傅作义总司令统率的第七集团军，我方兵力共有八个军十余万人。阎锡山把这个部署叫作口袋阵。八路军第一一五师在平型关大营公路两边伏击待命扎口袋。"

说到此处，陈班长顿了顿，左右环顾一下，看会场上的学员聚精会神聆听的样子，不由提高了嗓门："林彪师长命令部队于25日晚零时出发，战士们冒着狂风暴雨，蹚着急流山洪，在大山沟里，连滚带爬地行进，人人都跟泥猴一样，终于在拂晓前赶到了伏击地点。这时，大家又冷又饿，又困又渴，杨成武、杨得志、杨勇给大家做战前动员讲话。杨成武说，咱们就是当年的石猴闹天宫。杨得志说如今我们这些泥猴要打日寇，石猴上天吃蟠桃，今天我们石猴要吃胜利果。杨勇说日寇的牛肉罐头饼干咱们都能饱餐一顿。说得大家心里热乎乎的，一下子长了精神。8点多的时候，终于听到了汽车轰鸣声，马叫声。日军露面了。汽车马车一溜一串地在大路上行进着，坐在车上的日本兵，头戴钢盔，身穿黄呢子大衣，抱着上了刺刀的三八大盖步枪，叽里呱啦说话，简直就像是坐着车游山玩水一样，自在得很。我们伏击在沟里的草丛中，看着这些日寇在我们中国的大地上竟这样骄横狂妄不可一世，一个个怒火燃烧，仇恨满腔，早忘了饥饿寒冷。林彪师长一声令下，我们就像猛虎下山一样，一下子就堵死了日寇的退路，扎起了口袋，对着日寇狠狠扫射，关门打狗。战斗进行得非常激烈，老爷庙高地成了两军争夺的目标，双方展开了白刃战，八路军的大刀和日本兵的刺刀，打得嘭嘭作响，火花飞溅，难解难分，地上满是血迹和尸体。中午时分，日军又出动了大批战斗机，低空盘旋飞行，但双方军队混战在一起，敌机无法下手，只好灰溜溜地离开。我军占领了老爷庙后，居高临下，对日寇实行分割包围，逐个吃掉。日寇的板垣师团第二十一旅遭到歼灭性打击。平型关大捷，歼敌一千多人，毁敌汽车一百多辆及辎重车二百多辆，缴获长枪一千多支、轻重机枪二十多挺，战马五十五匹，还有其他大批军用物资，当日本天皇得知号称'战场之花'的板垣师团第二十一旅团辎重车队全军覆没在平型关战场后，非常震惊，气得哇哇乱叫。"

陈班长的一席话说得大家既紧张又解气，特别是最后一句把大家逗得哈哈大笑，笑着笑着，又自发地鼓起掌。

胡主任开口说："平型关大捷，是中国全面抗战开始以来取得的第一次大胜利，有力地粉碎了日军不可战胜的神话，极大地鼓舞了全国人民的抗战热情和信心，沉重打击了日本鬼子的嚣张气焰。这次胜利是我们国共两党团结抗战的典范，也使中国人民看到了抗战胜利的希望。"

学员们再次拍手，高呼"打败日寇，抗战必胜"的口号，声音在柏树林里长久回响。

陈班长站在石桌前，不好意思地说："咱是个粗人，打仗拼刺刀还行，上台讲话就有些费劲了，刚才说得不好，大家不要笑话。大家如果有啥想问的，尽管提问，我来回答，这样行不？"

毛树德立即举手问："你这腿是咋受伤的？"黑娃几个人也附和，关切地问："就是，就是，你是咋受的伤？"

陈班长一笑："问得好，我正想说腿受伤的事。平型关大战中，咱们八路军和日本兵争夺老爷庙的白刃战，那可真是血流成河，遍地死人，喊杀声，哭叫声，令人感到阴森恐怖。我抡着大刀正和一个日本兵拼杀，有个已经倒地的日本兵趁我没防备，就拿刺刀在我腿上一刺，疼得我打了个趔趄，和我拼杀的日本兵扑了个空，我抡起大刀就朝他后腰上用力砍去，把他砍成了两半。我强忍着疼痛，又朝那向我下黑手的日本兵头上砍去，咔嚓一下，就像切西瓜一样，把他的头砍了下来。后来，我又接连砍倒了几个日本兵，刀口都卷刃了。看到日本兵全部被消灭，咱八路军战士来清理战场时，我心里一松劲就倒在地上昏了过去，醒来后才发现，我已经躺在了八路军的战地医院里了。听他们说，是支前民工用担架把我抬到医院的，部队首长来看望我时说部队给我记了个一等功。本来我还要继续上战场杀敌，首长让我带着其他受伤的战士先回来养伤，我才回到了这里。等我伤好后，还要继续上战场杀敌！"

陈班长话音一落，黑娃按捺不住激动，举手提问："你刚才说的'三杨开泰'，那几个人过去是咋样子的？"

陈班长立马伸出大拇指说："那可是这个！"

紧接着陈班长如数家珍地给大家讲："就说杨成武吧，人家十五岁参加红军，后来就成了英勇冲锋的红四团政委，在红军长征途中，血战湘江，突破乌江，飞夺泸定桥，征服夹金山，穿越毛尔盖，攻打腊子口，红四团铁骑勇猛善战，所向无敌。再说杨得志，出身穷苦人家，从小挖煤挑担，百十斤重的担子，光脚片一口气能跑出四五十里山路，在井冈山参加红军，后来成了红一军一团团长。在强渡大渡河战役中，他率领十七勇士，分乘三条小船踏波劈浪，冒着枪林弹雨，飞夺天险。他们强渡大渡河的壮举，成了勇冠三军的美谈。再说杨勇这个虎将，当年毛主席率领的秋收起义队伍路过文家市时，他还是个孩子，骑在墙上听了毛主席的演讲就跟着队伍上了井冈山。长征途中，血战湘江时，在赤水河畔，已经是团政委的杨勇率队冲锋时被一颗子弹打中脸部，六颗牙齿被打掉，就这样他都没有倒下，硬是冲了上去，消灭了敌人。"

台下出现了片刻的寂静，然后爆发出雷鸣般的掌声和赞叹声。

荣子高高地举起手提问："你养好伤什么时候再上前线？"

陈班长笑着说："看来，你这个小同志很着急上战场，其实我比你还急，什么时候走，这要听从党的安排。"

荣子着急地说："走的时候一定要带上我！"

陈班长说："这，我说了不算，要听从组织安排，不过，你先好好学习，上前线打仗的机会有的是。"

荣子很高兴："我们一定好好学习，苦练本领，将来也上战场多杀日本鬼子。"

刘主任过来说："他腿上有伤还没有好，不能长时间站，等有时间再和大家一起探讨，大家说好不好？"

"好！"学员们鼓掌欢送陈班长一行。掌声落下，刘主任带头唱起了《亲人是咱八路军》,学员们立即跟上,嘹亮的歌声在柏树林中响起:"望亲人,情意深,亲人是咱八路军……"

同台不同戏

泾阳县城。

国民党县政府会议室里,孙中山、蒋介石的画像高悬,其正前方的方桌旁坐着袁县长、国民党驻军的团长、省党部的督学,旁边的两排凳子上,坐着泾阳县警察局局长、保安团团长和地方党政财文工商贸的官员等。

袁县长拿着一页纸大声念道:"抗战救国,事艰任重,切盼全国青年一致努力工作,效忠党国……"

袁县长念完,将纸放到桌上,不甘心地说:"这是南京政府蒋总裁对西北青年救国会和安吴青训班的致辞。共产党在咱们云阳有八路军留守处,在安吴有青训班,搞得轰轰烈烈,这一带的百姓大都被赤化了,对咱们的地方治安威胁很大。这时候了,南京……好啦,今天请大家来,就是要在一块商议一下,去安吴青训班,传达蒋总裁致电的事情,大家有什么意见和建议,可以说一说。"

满脸横肉的国军自卫团马队长看了袁县长一眼,用特有的粗粝嗓门说:"叫我说,咱往安吴青训班去是背着儿媳上华山,出力不讨好!"

挨他坐的工商联张会长点头附和:"有道理。"

马队长继续不满地说:"咱是个军人,得服从命令,叫剿共,咱就得拿枪,叫联共,咱就得握手,跟演戏一样,一会唱黑脸,一会唱白脸,深不得浅不得,由人摆布当猴耍。取下经后是唐僧的功劳,惹下祸是悟空的罪过,我们这些下面的人实在为难。就说这去安吴青训班传达总裁致电的事情,不去不行,去了也不行。人家是听共产党的话,不知道总裁心里究竟是咋想的。"

年近五十、胖墩墩圆滚滚浑身是肉的张会长眯着绿豆眼,阴阳怪气地说:"马队长说得对,人家是听共产党的,和咱国民党不是一条心,不是一条道上能一块儿走到底的人啊。我听说,共产党提倡劫富济贫,把有钱人的土地房屋财产都白白拿去分给穷人,要是他们成了气候,咱这有钱人都得倒霉,我也想不通咱们蒋总裁咋还能支持共产党哩？"

脸黑瘦削、为人阴险、三十出头的保安团焦团长吊着脸说："共产党和咱是面和心不和，他们说的和咱不一样，做的也不一样。咱们和共产党打了多年的交道，都心里明得跟镜一样哩，想想早些年的时候，白王西山上闹红，喊的口号是'要想不交粮，就寻苗家祥，要想有饭吃，就寻侯振西'。把咱地方上搅得乌烟瘴气，人心惶惶，这才安宁了几天时间，还把共产党叫到咱们这里，给咱惹祸哩。"

省党部督学不紧不慢地说："各位说的都是实话，但现在是国共合作的抗战时期，蒋总裁有他的深谋远虑，那不是我们这些下面的人能猜透的，我们只能听从蒋总裁的指令，往后的时局变化，谁也说不清楚，只能走着看吧。咱们既不能跟得太紧也不能离得太过，在目前环境下，只有磨合着往前走，不反共，不亲共，保持中间立场，这是我的个人态度。"

袁县长看了一眼督学，哈哈一笑："还是读书人把世事看得透明，真是秀才不出门天下事全知，这话有道理。怪不得当年秦始皇为了巩固政权，要焚书坑儒哩。你这个态度，跟我心里想的一样，这就叫英雄所见略同。咱们这些在下面干事的人，都是为着养家糊口，吃饭穿衣，和人家那些在首脑机关上层做事的人想的说的不一样。人心隔肚皮，谁也摸不准。就像是《水浒传》里说的那林冲，原是东京八十万禁军教头，被高俅的干儿子高衙内强抢妻子，又被高俅陷害得家破人亡无处安身，只好雪夜上梁山，落草为寇。后来宋江当了水泊梁山的头领，把高俅捉拿到山寨后，非但不杀，还当作贵宾一样伺候，活活把林冲给气死了。"

顿了一下，袁县长又继续道："虽说这林冲的武艺高强，对水泊梁山有功，和弟兄们相处也好，但他想杀高俅是为了报个人的仇，而宋江想的却是让梁山好汉有个好出路，就得借用高俅这个人在皇上面前多说些好话，帮梁山好汉招安。在这一点上，林冲就没高俅的作用大了，死个林冲无关招安大局，但要是死个高俅，招安的事情就要泡汤。宋江作为寨主，他能掂量来这个轻重。宋江用的这个办法，一是洗脑，二是画饼。他认为，落草为寇有辱祖宗，一旦招安便可谋个一官半职，也可封妻荫子，为祖宗争来一些脸面。但他的这算盘却打错了，最终还是落入了高俅的圈套，断送了梁山的前程。"

一屋子人无奈地听着袁县长的高谈阔论，马队长不小心打了个哈欠，把垂着眼睑打坐的张会长惊得一下抬起头来，惹得焦团长想笑不敢笑。只有"马屁精"吴平友腆着崇拜的脸听得入神。

袁县长意识到自己扯远了，喝口水自我解嘲："我讲水泊梁山的故事，只是作为借鉴而已。从目前局势来看，共产党办的安吴青训班在我们泾阳县境内，我们就像是抱了个火炉子一样，既不能放又不能捂得太紧，更不能被烤焦了或者是放凉了，左右为难哩。叫我说，我们既然是国军的人就要为国军办事，共产党和咱过去打了许多仗，我们杀了他们多少人，两党早就成了仇人，现在虽然是国共合作时期，国共两党成了朋友，但朋友总归是朋友，亲戚都有翻脸的时候。都是为了各自的本质利益，没有什么共同利益就不会有共同的朋友，古往今来概莫如此。"

一直找机会说话的吴平友，终于逮住了机会，连连点头："袁县长说得对，咱们要把事情的前后左右都把握好，上上下下办事都要小心谨慎，不可疏忽大意给人留下把柄，弄不好就会惹出事来。蒋总裁的话咱不能不听，安吴青训班的事咱也不能不支应，都要顾得往大场才行哩。"

袁县长满意地点头说："我个人意见就是，咱们到安吴青训班去一趟，传达蒋总裁的致电，也好看看那里的情况，各位觉得咋样？"

会场响起窃窃商讨声。

片刻，张会长说："咱这趟到安吴青训班去，人家会不会说咱是黄鼠狼给鸡拜年没安好心而不欢迎呢？"

袁县长讥笑着说："那咱就会说，咱们是肚子里没冷病不怕吃西瓜，光明正大地去，有啥见不得人的？"

全场哄然。

安吴堡迎祥宫大门口，青训班学员教员出出进进。院内传出一阵阵掌声和欢笑声。一些路过的村民被吸引得拐了进去，毛树周也将张生祥、高兴全喊住："进去看看今又来了哪里的人报名，看有啥活动哩，顺便看看咱那几个娃。"

几个人跟着欢笑声寻到了戏台前。戏台前聚了很多学员，有个络腮胡汉子在台子上大唱："……国民党，共产党，两党合作中国就兴旺，两党合作中国不会亡！"

"大刀！""大刀！"学员们冲着台上喊，张生祥和高兴全心里纳闷，这人叫"大刀"？

只听络腮胡汉子一声高亢洪亮的"大刀——"紧接着全场都激昂地唱起《大刀进行曲》："大刀向鬼子们的头上砍去，二十九军的弟兄们，抗战的一天来到了，抗战的一天来到了……"

"看，白女，黑娃。"张生祥给高兴全指认两个娃，高兴全隔着黑压压的脑袋，看着激情唱着歌的黑娃，面无表情。

歌声忽然停住，掌声又哗地响起，冯主任、胡主任向台上走来。

袁县长几人也刚好走入迎祥宫，袁县长回头对身后几个人说："听，共产党多客气，咱刚到门口，还没进去哩，就欢迎咱们啦。"

冯主任和胡主任上了台，刚准备开口，看到袁县长一行进来，又折身下去相迎。

"不好意思，咱是不请自到，也不知今青训班有啥大事哩，搞这么大排场。"袁县长与冯主任、胡主任分别握手。

"欢迎，欢迎！"胡主任说："我们刚从延安回来，正想给学员们讲当前的抗战形势哩，你是一县之长，也趁此机会给大家讲几句话吧。"

台下稀疏地响了几下掌声。冯主任走上台宣布："今有客人，暂时散会！"

挤在往出走的人群里，毛树周自言自语道："同台不同戏，这戏不好唱。"张生祥、高兴全点头。

"兄弟"迎客

六月的绿，在天地间挥毫泼墨，蓝天白云下的关中平原，像一幅幅多彩多姿的画卷。褪掉鹅黄底子的绿，或浓成墨绿，或淡成青绿，都是同样的葱茏和葳蕤。长出地面半尺高的玉米苗、豆秧，蔓延在田埂地头的野草野花，激情满满地呼吸着熏而不烫的阳光，幽幽地倾吐着纯纯的草木之香，令人闻之神清气爽。

早饭桌上，高兴全的碗还没撂下，张生祥就喊叫着跨进院子："快走，上安吴堡看热闹去！""安吴堡今有啥热闹？"何氏撩着围裙擦着手从厨房出来。

"今有外国人要来青训班,全村人都知道呀。"

"呀,咋没有人给我说哩。"

"你个妇道人家挤啥热闹?"高兴全擦了嘴,抻抻衣裳出来。

"妇道人家咋了?脚在我身上长着哩。"

"那你就跑快些,我们先走啦。走,咱走!"高兴全手往后一背,径直走向门口。

张生祥为难地瞅何氏,何氏一笑,摆摆手:"去,去,我就是说说罢了,去不去还不一定哩。"张生祥心一松,转身撵高兴全。

路上,人们呼朋唤伴、提篮掮锄地全涌向安吴堡的方向。张生祥和高兴全一路过去又喊上了毛树周等人。大家说说笑笑着,就听到一阵阵歌声。再抬眼望,一里外,人群黑压压的,树上、屋上翻飞着红红绿绿的旗帜、横幅。

"咦,那是啥符号?"再往近走,张生祥惊讶地指着一道红色横幅。毛树周哈哈大笑:"不是啥符号,是洋文!""洋文?那是啥意思嘛!"张生祥好奇的目光在"Welcome International Student Delegation(欢迎国际学生代表团)""Save China Save Peace(拯救中国拯救和平)"等英文上移来换去。

迎祥宫里欢声笑语,胡主任、刘主任陪着贾拓夫查看干净整洁的院子,贾拓夫满脸笑容,不时地点头。

袁县长的座驾驶至安吴堡。在秘书殷勤的帮助下,袁县长下了车,整整衣服,傲慢地跨进迎祥宫。贾拓夫、胡主任、刘主任等人看到,笑着迎了上去。

袁县长象征性地伸出手与众人一一相握,皮笑肉不笑地说:"工作做得不错嘛,声名远播。今天这外国联合会代表团一来,全世界都要震动了。"

"这全靠党国政府支持!"贾拓夫客套地说。

袁县长迅速抬眼,目光在贾拓夫脸上一掠而过,嘴角抽动两下:"八路军能记住这份情也不错。"

"何止记住这份情?八路军还记着跟国军永远是好兄弟哩。"刘主任强忍着厌憎而笑。

袁县长讥笑道:"不管是不是好兄弟,今天一起把这外来客应付好再说。"

刘主任说:"这是必然的。好吧,趁他们还没来,袁县长先熟悉一下这里的环境。"

159

见袁县长点头，刘主任就带着大家向前走，边走边看墙壁上的学习专栏，指点着，说笑着。袁县长懒得看，问冯主任准备带他去哪里看，冯主任说："我们青训班搞了一个劳动成果展览室，先过去看看吧。"袁县长傲慢地说："有什么可看的？不过是些农具罢了。"

刘主任说："不只是农具，那是我们的精神家园，是对青训班学员进行自力更生艰苦奋斗教育的场所，也是我们应该继承和发扬的优良传统。"

袁县长嘴一动，正要说话，冯主任带着几位西安八路军办事处人员和一群外国人踏进院门。贾拓夫、胡主任等一行人笑着迎了上去，双方人员一一握手问好。

冯主任对大家介绍说："这是世界学生联合会派来的代表团，他们来访问安吴青训班，并负责向世界报道访问情况，客观真实地宣传安吴青训班在培养革命青年方面的具体做法。这位是美国的雅德，这位是加拿大的雷克，这是英国的福洛特，这是法国的克罗满。"

几位外国青年向大家点头致意。

冯主任笑着说："欢迎，欢迎！那咱们就一起去劳动成果展览室看吧。"

贾拓夫边走边说："你们安吴青训班办得很好，影响很大，外国人都知道了，人家到这里来学习参观，你们要全面介绍才行。"

冯主任笑："没有问题，我们没什么保留的，保证让大家都看到真实的青训班。"

说着话，进了展览室，室内摆满了各种劳动工具，有些已非常破旧，甚至残缺不全了。劳动成果却非常丰盛，黄的小麦、红的高粱、黑的豆子等，英雄人物、表扬信、感谢信也一一陈列。

大家边看边提问题，通过冯主任、胡主任、刘主任的详细解答，他们仿佛看到了青训班学员满头大汗挥着工具收获庄稼的欢笑喜悦，也能感受到寒冬时节一身霜雪平整土地的艰难困苦，更能感受到军民一家人的亲切友好，不断地点头啧叹。

袁县长也边看边点头，他对青训班的劳动成果也感到惊讶。

几个外国青年不时地摸那些破旧的劳动工具，询问使用方法，还拿出照相机咔咔地拍照。

法国的克罗满和翻译做了短暂交流，向贾拓夫提出了三个问题，贾拓夫走到胡主任他们面前说:"有位外国朋友提出了三个问题,想请你们回答一下,可以吗?"

胡主任停下解说,高兴地对贾拓夫说:"有啥问题尽管提,咱们没有啥保密的。"

贾拓夫说:"第一个问题是青训班的办学宗旨是什么,第二个问题是青训班的经费如何解决,第三个问题是青训班的主要培养对象是什么。"

冯主任说:"这几个问题,就由胡主任、刘主任给大家解答吧。"

"好,我先回答第一个问题。"胡主任接过冯主任的指示,"关于办学宗旨,我们是遵照抗战建国纲领,训练青年工作干部,服务战区,服务军队、农村,开展青年运动,组织动员青年参加抗战,达到统一战线,完成中华民族复兴的目标。我们的校训是,坚定刻苦,勇敢活泼,民主团结,虚心切实。我们开设的课程主要有革命理论、军事常识、文艺创作、生产技能、群众工作等等。我们对学员的基本要求是,要有决心、信心、虚心、耐心,要学会分析情况,确定计划,把握干部,推进工作,组织群众,坚持原则,加强团结,具备精诚团结的精神、吃苦耐劳的精神、克服困难的精神、自我批评的精神,以此来适应革命工作的需要。"

翻译给几个外国青年讲解,他们一边点头,一边飞快地在笔记本上记着,之后,他们又对翻译比画着说着。

翻译转头对胡主任说:"外国朋友说,你们用启发的、灵活的、多样的教学方法,不拘一格,比死搬硬套、死记硬背的效果好,可激发学员的学习兴趣和自觉性、创造性,有利于按个人的特点和爱好发展,培养出来的不是书呆子而是有用的人才。那么,再把你们的办学经费等情况给我们介绍一下吧。"

刘主任在一边笑着说:"这个问题我来给你们回答一下。南京国民政府没有给过一分钱,经费都是我们自己筹措,特别是云阳人民的无私援助和大力支持,为安吴青训班的发展壮大奠定了基础。这教学用地、办公用地——吴氏庄园,都是给我们无偿使用的。这些都与泾阳县国民政府所尽的责任是分不开的。"

袁县长笑着说:"都是我们应该做的,不值得一提。"

随行的人也笑了。

刘主任继续说："我们的青训班学员来自天南海北，四面八方，有男有女，有老有少，不同身份，不同民族，入学的人一律不收学费，实行的是完全的免费教育，我们的教职员也只拿很少的薪水。"

翻译把这些话讲给几个外国朋友，外国朋友听完后赞叹道："你们创造了自费办学的奇迹，教职员工的奉献精神令人敬佩，你们的精神与你们的经验，值得在全世界推广。"

有个外国朋友说："那么，你们的管理方法是什么，给我们介绍一下吧。"

刘主任说："我们实行的是民主管理方式。有学生会、职代会、党代会等监督机构，负责定期收集意见，研究解决提高的措施，学员直接向学生会反映问题，畅所欲言地反映自己的想法和要求，学生会负责向我们汇报，协商解决好一些具体问题，尊重学员的意见，使学员们有话敢说，无拘无束，亲如一家人，这就有效地调动了学员的积极性和自觉性。"

翻译把刘主任的话给几个外国朋友说完后，他们露出了满意的笑容，有个外国朋友说："听完你们的介绍，我们觉得你们的办学条件虽然差一些，但精神可贵，方式灵活，令人钦佩，我们也想成为青训班的名誉学员，不知你们是否同意？"

冯主任等几个人互相交换下眼神，一齐哈哈大笑，冯主任说："我们热烈欢迎你们参加青训班，成为我们的名誉学员，多提宝贵意见！欢迎你们随时来安吴青训班。"

几个外国朋友高兴地拍手、欢笑。

一行人往外走，贾拓夫想起个问题问席崇军："我在西安钟楼边上的易俗社里听秦腔，那声音豪迈得很，和其他戏曲唱法有着本质的区别。你是个秦腔迷，那你给咱说说，秦腔主要讲究的是啥？"

席崇军一笑："作为陕西人，咱从小就是听着秦腔长大的，慢慢也就成了秦腔爱好者了。只要听见锣鼓梆子响心里就痒痒，就想吼上一段。叫我看，秦腔主要讲究角色行当，四生六旦二净一丑，这四生里头分老生、须生、小生、幼生，六旦里分老旦、正旦、小旦、花旦、武旦、媒旦六种，二净里边分大净、毛净，一丑也就是人常说的三花脸，这不同的角色，有着不同的讲究哩。"

袁县长嘿嘿一笑，大声说："咱们这些人在一起就跟演戏一样，各有不同的角色，各有不同的讲究哩。"

一行人哈哈大笑着，议着说着走向柏树林。郁郁苍苍的柏树林里密密麻麻地围聚着近两千人，雄壮的《义勇军进行曲》一遍一遍地响起，看到一点点走近的访问团，人群里爆发出海浪般的欢呼：

——欢迎学生代表！

——打日本！

——救中国！

——……

柯罗满等人看到眼前的场景，有些惊讶，继而不约而同地露出了深刻的笑容。当目光落到挥舞着锄头、铁铲的村民们身上时，不知谁用生硬的汉语说："如果日本人来到这地方，我真替日本人担忧！"

释放了一天光明与热情的太阳像一枚硕大的金橘落进草丛里，天空开始呈现出一天之中色彩最丰盛的画面——缤纷的晚霞氤氲着大半个天空，橙中有红，红中透紫，紫掩青蓝……赤朱丹彤的晚霞下，一家家院落里升起的缕缕炊烟，就像是最强劲的集结号，田间地头劳作的村民开始收拾起农具，循着炊烟的方向走。安吴村村道上，荷锄的，捐锨的，牵牛羊的，提笼的，赶鸡的。不仅人在说说笑笑，几只小狗在人脚前脚后追来撵去，不时咬在一块，吱吱乱叫几声，顽皮的样子更是逗起一阵阵笑声和疼爱的斥骂声，这一切，都让安吴村这个傍晚的空气里弥漫起一种看不见道不明却明显能感觉到的喜气。

"咱安吴村今有啥好事哩，咋一个个都喜呼呼的。"走了两天亲戚回来提着口袋的毛金友向围在高兴全门口的一堆人打招呼。这些干了半天活还不急着回家，围在一起谝得热火朝天的人将空气里的喜气渲染得更清晰。

"快，天大的好事，你再不来，就赶不上趟了。"张生祥扭过头喜滋滋地招呼毛金友。"啥好事？"毛金友把口袋往墙根下一撂，三两步围了过来。

"咱村里今来外国人啦！不光有法国人，还有好几个国家的人哩。"

一阵叽喳，毛金友终于弄清是一群外国人来参观安吴青训班了，还顺便在村子里走了一圈。

"呀，有这好事呀！把全世界都惊动了！"毛金友欢喜到不敢相信。

"这才是开始，咱安吴村可不是一般的村！"毛树周端着茶壶过来。

张生祥乐呵呵地道:"好好,听毛秀才给咱说叨说叨。"

一堆叽喳声音真的停下了,毛树周是全村公认的上知天文下知地理的能行人,村人已习惯把毛树周的言辞理论当某种依据,甚至是当定论。在众人尊敬又期待的眼神里,毛树周喝下一口茶,抿抿嘴,开口道:"就说三国,曹操、孙权、刘备手下都有不少英雄,能征惯战能掐会算,一个比一个厉害。再看咱们国共两党,都重视培养青年学生,南有黄埔,北有安吴,一个是国民党办的,一个是共产党办的,这里头将来肯定都要出不少的英雄哩。"

"南有黄埔,北有安吴,说得好!"席崇军、康民等人骑着马停在人堆后。坐着的,圪蹴着的村民们都纷纷站起来热情地打招呼,席崇军等人跳下马走过来。

"南黄埔咱没看见,北安吴咱看见啦,是这个!"毛树周冲着席崇军、康民等人竖起大拇指。村民们也忙着点头。

席崇军笑:"这都是靠大伙的支持,大伙都是革命的功臣!"

"共产党人的胸怀也是这个!"毛树周再次竖起大拇指。康民哈哈一笑:"安吴青训班是我党培养抗战青年干部的第一班,你是远近出名的秀才,要多给咱青训班做宣传哩。"

毛树周一拍胸脯:"好,现在就给咱编几句,大伙听着:嵯峨山上红旗舞,山下有个安吴堡。共产党领导的青训班,是抗战青年成长大摇篮。革命的青年有志向,一心听从党的召唤,不怕累、不怕苦,个个都是时代的英雄,青年的典范……"

伴着毛树周抑扬顿挫的朗诵声,人群里不时响起欢声笑语和掌声。

老"炊事员"的威武

又逢四六九的赶集日,云阳街上车水马龙,热闹非凡,城门口背着枪的士兵、乡公所的保丁,来回在街上转悠,注视着街上和过路的行人,观察着他们的一举一动。

东街城隍庙大门敞开,席崇军、包主任、贾拓夫书记等赶着车走了出来,向城门口走。席崇军问包主任:"你说今天咱们要接一位从前线回来的八路军首长去安吴青训班，是哪一位首长？"

包主任笑着说："我不说，你到时候认一下，看你能认出来不。"

席崇军笑着说："你甭小看我，连当官和当兵的人都区分不出来？你没见咱们云阳周围村子里，有在国民革命军里当连长营长团长的，回村子里时都带着护兵，不是骑马就是坐轿车，威风得很，他们说这是光宗耀祖，给先人脸上增光哩。让村里人跟着羡慕，亲朋好友们也能跟着沾光哩。"

包主任笑："那是封建主义的落后观念和宗派势力的错误影响，我们共产党领导的八路军是人民的队伍，始终以人民的利益为出发点，我们要坚持发扬红军时代的三大纪律八项注意，始终保持同人民群众的血肉联系，我们共产党、八路军的干部，就是人民的勤务员，只有为人民服务的责任，没有搞特殊化的权利，这就是我们共产党不同于国民党的明显区别。"

贾书记笑着说："就是，你们没有看前几次来咱们安吴青训班讲课的西安八路军办事处的林伯渠主任，原来当过陕甘宁边区的主席，穿戴多么朴素，说话多么和气，没有一点官架子，和咱们普通百姓没有啥区别，要不是我介绍，咱许多学员还不敢相信哩。"

席崇军笑着说："嘿嘿，我知道哩，衣貌取人的庸俗作风，在八路军里用不上，见了八路军首长，弄清了身份再说话，不然就闹笑话了。"

包主任笑着说："保不准今天在安吴青训班就要闹笑话。"

贾书记笑着说："出个笑话，大家热闹，首长也不会计较，活跃气氛嘛。"

在席崇军几个人站在城门前东张西望、说说笑笑时，城隍庙对面戏园子前的茶摊前，坐下一个笑眯眯地喝茶的人，中年模样，身板厚实，浓眉虎眼，脚边放了一副担子。

一路长途跋涉，喝到热乎乎的茶，真是舒畅呀。中年汉子很满意地看着挤挤闹闹的人群，旁边两个等着看戏的戏迷蹲在一旁谝得热火朝天，引起了中年汉子的兴趣，他抿着茶，静静地听着。

其中一个指着城隍庙和戏园子说："你知道这是谁修的？"

另一个不假思索地说："那还用问，就是寡妇出钱修的嘛，咱云阳人谁不知道。"

那个问："那你知道花了多少钱？"

另一个："这谁知道？"

那个说:"你们都不知道,那我告诉你,安吴寡妇修这城隍庙和戏园子,一分钱也没花。"

另一个说:"你真是嘴上噙铡刀,胡诹哩,不花钱,那是用嘴吹出来的啊。"

那个说:"要不说,穷命人发不了财,发财命受不了穷。"

另一个急急地说:"别卖关子了,要说快点说。"

那个人神秘地说:"人比人活不成,马比骡子驮不成,这你不服不行。就说安吴寡妇修城隍庙的事吧,挖地基的时候,那寡妇坐着轿子来看。她是个三寸金莲碎脚,从地上走过,留下一个小小的脚印。做活的民工出于好奇和开玩笑,就没挖那脚印的地方,只在旁边开挖。结果在深土中留下了一个细细的土柱子,上边有个小小的女人脚印子。民工都觉得好玩,没有人在意。"

那个人讲到这,一看,好多人都瞅着他,专注地听着,就又开始卖关子:"你们猜,咋着?过了一天,安吴寡妇又坐轿子来城隍庙看地基挖得咋样了。看到深土坑中有个细柱子没有挖平,就让人把它挖掉,她站在坑边上看。当土柱子被放倒后,底下露出了一个瓷罐子。寡妇让人把那瓷罐子从坑中刨出来,带回家去。后来听说,那瓷罐里装的都是些金银财宝,修城隍庙和戏园子都没有用完,还在泾阳县城修了个文庙。你说,这是不是可以说她没花钱?"

周围一片唏嘘,都叹寡妇的命好。

中年汉子哈哈一笑,冲讲故事的人竖起拇指,并拿出一个银圆递给茶摊掌柜说:"不但茶好,故事也精彩,今天的茶我请了,乡亲们,好好喝,我先走了。有空再来听老乡们讲故事。"

周围的人自动让出一条路,欢喜地看着中年汉子起身,挑起担子。中年汉子跟着人潮往远处走了,那些人的目光还追随着他。

讲故事的人点头:"这个人一看就是大官。"

听故事的人问:"你咋看出来的?你会相面?"

讲故事的人肯定地说:"反正搁在古代讲,就是英雄豪杰式的人,一般人没有这种气派。"

听故事的人笑:"哈哈,不就替你付了个茶钱,就把人家夸成一朵花了。"

讲故事的人叹:"这不是一杯茶钱的事,不过他喜欢我讲的故事,我诹了半辈子也算没白谝。"

城门前，席崇军不停地看天，日头已西斜，包主任也有点着急了，沉吟片刻，一拍双手："走，快往安吴青训班走。估计首长正在去安吴青训班的路上，咱们快追。"

席崇军、贾书记问："你敢肯定？"

包主任点头："从他的做事风格看，应该是这样的。快走，希望能追上！至少不能让首长等咱们。"

几个人连忙向安吴青训班赶去。

安吴堡城门内外街道上，挤满了学员和群众，学员打旗子、扯横幅，村民们有抱西瓜的，有拎玉米棒的，一个个都急着想把自己种出的果蔬拿给敬爱的朱德总司令品尝。一行挑着行李的八路军由远而近，在一个个兴奋地踮着脚，抻长脖子盼着朱总司令的人身边，平静地走过。后边跟着几辆马车，马车后边跟着担着锅灶身材健壮浓眉大眼的中年长者。

毛树德、黑娃等人在西门口打扫卫生，"再瞅瞅，看哪没扫干净，咱要用最高标准来迎接咱的朱总司令！"毛树德提着笤帚左看右看，黑娃等人也同样环顾检查。看到一行八路军到来，几个人赶紧上前迎接。毛树德撂下笤帚跑到中年长者面前："老同志，让我来帮你挑吧。"

中年长者说："不累，马上就到了。"

毛树德关心地笑："你这个老炊事员，还蛮有精神的。"

挑担子的长者朗朗一笑："对，我们共产党领导的八路军，应该有连续作战的精神。"

同行的八路军战士都被逗笑了，那位长者继续向吴氏庄园走去。毛树德望着他的背影，不禁对围上来的几个学员感叹地说："老炊事员的精神，真值得我们好好学习哩，赶紧打扫，要发扬连续作战精神！"

包主任几个人急匆匆赶到，包主任笑着问毛树德："谁是老炊事员？"

毛树德不好意思地指着前方："那个挑着灶具的老同志。"

包主任笑："你今天可给咱们闹了个大笑话，开了个天大的玩笑哩。"

贾书记、席崇军等人也哈哈大笑起来，边笑边向前追去。留下毛树德、黑娃几个学员面面相觑，纳闷不解。

"嗒嗒嘀，嗒嗒嘀。"军号声骤然响起，街上传来了教导员急促的口令："迅速集合，去迎祥宫开会听报告。"

毛树德等人赶忙扔下手中的工具向迎祥宫跑去。服装厂、农场、养马场等地的学员也列队进入了迎祥宫。街道的人都急急地往迎祥宫跑。

迎祥宫大院子里站满了人，门楼对面的大房前，宽敞的房檐台上摆放着几张桌椅板凳，作为临时主席台。

冯主任、胡主任、刘主任陪着包主任等人来到主席台前。

冯主任满面欢喜地走上主席台，对大家说："同志们，今天是我们安吴青训班大喜的日子，是值得纪念的日子。我们敬爱的朱德总司令，从山西抗战前线回来，专程到这里来看望大家。让我们以热烈的掌声欢迎朱总司令讲话。"

全场响起经久不息的掌声。

朱德总司令在掌声中笑眯眯地走上主席台，向大家挥手致意。人群中的掌声比以前更猛烈。

坐在人群中的吕世璋边鼓掌边对旁边目瞪口呆的毛树德和黑娃说："这个人不就是你说的那个老炊事员吗？"

毛树德和黑娃从吃惊中回过神来，发狠地鼓掌，激动地说："这么大的官还要挑担子，谁能想到他是咱们的总司令呢！"

朱德总司令迈步到主席台的桌子前，风趣地说："我是担着行李从云阳八路军留守处步行到咱们安吴青训班的，很多同志都以为我是个老炊事员，这很好嘛，说明我没有脱离人民群众，还是一个普通的群众形象，一个普通的战士。这就让我想起当年在井冈山上挑粮时的情形。那时，我们红军住在井冈山上，要经常到山下很多地方去挑粮食，同志们怕把我累着，就把我挑粮的扁担给藏起来，后来我就在扁担上刻下了自己的名字。这根扁担跟我走过了春夏秋冬，陪我走过了革命的历程，也和我结下了深厚的革命感情，它时刻在提醒我，不要忘记自己对革命所负的责任。我们肩上的责任就是团结全国各族人民，共同抗战，打败日寇，还我河山，建立劳苦大众当家做主的新中国。"

大家忍不住再次热烈鼓掌。

朱德司令等掌声落下，继续说："同志们，山西抗日前线的国民革命军和我们共产党领导的八路军共同奋斗，给予日寇沉重的打击，通过平型关等战役，彻底粉碎了日本三个月灭亡中国的企图，消灭了近万名日本侵略者，击毙了多名日军高级指挥官，打破了日军不可战胜的神话，鼓舞了中国人民抗战的信心。在这里，我要给大家讲一位八路军英雄的感人故事。"

会场里一片安静。朱德深情地讲道："这个英雄被称作'独臂刀王'，他的真实姓名是贺炳炎，是咱们八路军第一二〇师七一六团团长。在山西抗战前线，按照贺龙、关向应师长的批示，贺炳炎率部急行三天，到达雁门关西南十多里的秦庄、王庄附近待命，伏击日寇。贺炳炎把部队埋伏在一处山沟两边，这条山沟底下是一条由南往北的公路，是大同到忻口的必经之路。据可靠情报，日军有三百多辆满载武器弹药的汽车要从这里经过。战士们埋伏在沟两边，眼看着沟底下的公路上有一队日军摩托车队开过，战士们急着要打，贺炳炎细心观察后判断，这是敌人的先头部队，是前来探路的，命令大家不要动。果然，过了很长时间，日军车队拖着滚滚烟雾而来。三百多辆汽车全部进入了埋伏圈。贺炳炎用他仅存的左手抡着大刀一声令下，'给我打！'顿时，山沟两边的子弹像山洪一样向日军倾泻，敌人的弹药车被击中后立即爆炸，响声如同巨雷，整条山沟火光一片。被打得晕头转向的日军凭借先进的武器负隅顽抗，伺机反扑，贺炳炎独臂舞刀组织冲锋，带着战士们冲入敌阵，如饿虎扑食一般一下子就冲散了日军的反击，日军纷纷后退逃跑。这次战役被海内外的报纸称之为雁门关大捷，极大地振奋了中国人民的民族抗战精神。从此以后，独臂刀王的名字让日军闻风丧胆，日军大将冈村宁次发出命令，要不惜一切代价悬赏捉拿独臂刀王。这就是我们八路军的英雄，这就是我们学习的榜样。"

台下的人群中立即发出"向八路军英雄学习！""向八路军英雄致敬！"的呐喊声，此起彼伏，震撼人心。

朱德总司令大声说道："抗战是国家民族生死存亡的大事，国家兴亡，匹夫有责，我们的国民革命军将士，在抗日前线，那种头可断血可流宁死不当亡国奴的英雄气概令人敬佩。那么，我就再给大家说说今年3月初，国民革命军和日军血战台儿庄的战役吧。"

台下一片寂静，大家屏神静气地听朱德总司令往下讲：

"台儿庄位于当浦路上，枣庄支线和台维公路的交叉点，扼运河咽喉，为徐州的门户，3月5日日军板桓征四郎率第五师团两万余人，由青岛沿胶济路西进，经潍县转南抵达临沂以北的汤头镇，妄图谋取临沂进而与矶谷廉介的第十师团会师台儿庄。27日，日寇攻破台儿庄北门，国民革命军第三十一师与日军在庄内展开拉锯战，双方伤亡甚重，日军不断增加兵力，从泽县调来增援部队四千余人。28日，日军攻入台儿庄西北角，妄图切断国民革命军师部与庄内的联系。师长池峰成部队，以强大炮火压制日军，并组织一支敢死队与日军展开肉搏战，汤恩伯军团关征麟第五十二军和王仲廉第八十五军在外线向枣庄峄县日军侧背攻击。29日，日军濑谷支队再以兵力支援，并占领了台儿庄东半部，是时，日军坂本旅团由临沂转向台儿庄驰援，到达向城、爱曲地区，侧击第二十军团，国民革命军第五十二军和七十五军合力围攻日军坂本支队，激战数日，重创日军，使其救援濑谷支队的计划落空。4月3日，国民革命军李宗仁下达总攻命令，第五十二军、第八十五军和第七十五军在台儿庄附近向日军发起猛烈攻势，日军拼力争夺，占领市街大部，国民革命军与日军展开街垒战，步步进逼，夺回被日军占领的市街。6日，张金昭的第三十师收复南洛，断敌后路，黄松樵第二十七师从台儿庄东侧出击，日军仓皇向西北逃却，第三十一师向庄内日军攻击，日军濑谷支队无力抵抗，向峄县溃逃。"

朱德总司令看着台下那些渴望的眼神和激动的表情，提了提神继续说道：

"4月7日，日军坂本支队仍在庄内顽抗，在孙连仲、汤恩伯部队全力夹击下，当晚向北溃逃，台儿庄战役，国民革命军击败日军第五第十两个精锐师团，歼敌一万余人，粉碎了日军灭亡中国的计划。"

台下人群声涛阵阵："团结抗战，打败日寇！""中国必胜，日本必败！"

朱德总司令站在台前，精神振奋地说："好，我们应该有这个必胜的信心和勇气，把日本鬼子赶出去，建设一个新中国，这就需要前方后方紧密配合，军队民众同心协力。我是咱们安吴青训班名誉主任，时刻关注着咱们每一位学员的成长进步，希望大家都能成为国家民族的有用人才，我也就放心了。今天我给大家带来了三件宝贝：一是镢头，咱们要多开荒种地，支援前线，减轻人民负担；二是枪支，咱要学会使用新式武器，学会武装斗争；三是钢笔，咱要勤奋学习，掌握知识，成为抗日前线的勇士、建设新中国的功臣；刚才来的时候，大家要求我给青训班题字，那我就给咱们献上一句话。"

说着，朱德总司令走到桌子前，提起笔来挥毫：学好本领上前线！

几个学员上前将这幅字向台下展示，台下响起了热烈的掌声和欢呼声。胡主任和冯主任站在主席台前,挥着手对大家说:"请学员按队形要求列队,接受朱总司令检阅!"学员们立即整队,唱着《青训班班歌》从主席台前走过,朱总司令看着精神昂扬的队伍,满面笑容地向学员致意。

一些村民趁机跑过去,将西瓜、玉米等果蔬往台上放。

第七章
不惧浮云遮望眼

母子重逢

"麦子不离八月土。"农历八月,是云阳一带农民收秋播麦的时节。成熟的玉米地里,男女老幼齐上阵,忙着搬玉米棒,砍玉米秆,给种麦子腾地。错过了这个播种的高产期,产量就差远了。

在积水滩旁边的棉花地里,棉花开得雪白雪白。"今年冬天不会挨冻啦!"荣子看着一地雪白开心地喊。"冬天不挨冻,夏天有鱼吃,我们北方好吧。"毛树德自豪地给身后十几个人说,十几个青训班学员手里拿着大大小小的盆。原来安吴青训班放半晌假,毛树德听南方学员说想吃鱼虾,就把一帮人带到积水滩捞鱼虾。

水只有半米深,男女学员们挽着裤腿,脱掉鞋袜,下了水又笑又闹。走出几丈远的荣子和仵运东吵起来,互相争夺手里的盆,毛树德、吕世璋、三怪、愣娃赶紧赶过去。

原来是为一条一尺长的鱼。仵运东说:"鱼是我先看见的。"荣子不服气:"是我先抓到的。"毛树德劝解:"拿刀一剁,一人一半。"荣子固执:"凭啥给他一半?"仵运东说:"要不,重新放到水里去,重逮,谁逮住算谁的。"三怪说:"算了,拿回去给王炉头,让炖了汤,人人有份。"

毛树德头一抬,咦了一声:"陕西地方就是邪,说谁来谁。"

在积水滩边的小路上,灶房做饭的王炉头肩上担着两筐子菜,边走边和来拾棉花的高兴全老婆何氏说话。

何氏开玩笑说:"王炉头,你胆子大得很嘛,有了媳妇娃了,还又领回来个女人。"

王炉头回头看一眼跟在身后的衣着破烂身背行李的女人,立即不敢笑了:"这事情可开不得玩笑,人家是要到安吴青训班的,在云阳街上打听路,我顺便带了回来。"

何氏不解:"都成娃他妈了,还能上青训班?"

王炉头说:"青训班也没有规定年龄,只要愿意参加就行。"

背着行李的女人笑着说:"我们女人要抗日,就得来参加学习。"

何氏笑:"听口音,你不是本地人吧?"

女人笑答:"我是从南方来的,我男人和中央红军北上到了陕北,我一直追着他们到了陕西,现在又听说到了云阳一带。我到了云阳,又听说他们已经东征了,我到青训班就是想打听一下,他们现在到了啥地方。"

争鱼的荣子突然木住了,手一松,盆落在了仵运东手里,大伙还没反应过来,荣子像梦醒般慢慢扭头望向王炉头身边那个女人,片刻后拔腿跳上岸,边向女人跑,边回身对几个人喊:"是我的不对,那条鱼我不要了。"

大伙你看看我,我看看你,仵运东倒不好意思了,望着盆里的鱼喃喃:"跑啥?这鱼给你就是了。"

"算了,都不要了,"三怪伸手夺盆,"归我,我就来个坐收渔翁之利。"这句话逗得几个人哈哈大笑。还没笑完,就听荣子哇一声大哭,大伙赶忙扭头去看,只见荣子拉着女人又哭又喊:"娘!"女人一惊,不相信似的端详着荣子,然后把荣子往怀里一抱,也哇的一声大哭:"荣子,荣子,我的儿哟。"

荣子娘俩的哭声把所有人引得跑了过去。荣子娘边哭边急急地问:"儿哟,你咋也在这里?见着你爸了没有?"

荣子哭:"我去年就到这里了,一直没找到我爸。"

荣子娘哭着哭着又开始笑,摸着荣子的头发:"老天有眼,今天让我们母子团圆了,娘以为这辈子再见不到我的荣子了。"

荣子帮娘擦眼泪，破涕为笑："娘，咱都别哭了，这两年你是怎么过来的？"

荣子娘说："儿哟，你爸跟红军走后，你跟娘也走散了，我白天黑夜地寻你，估计你可能追着你爸来了，我就往这里追，还真找对了，今天终于找到你啦。"

荣子看看周围又欢喜又红了眼圈的一伙人，笑着说："我也是多亏遇着云阳的好人啦，他们帮我治好腿伤，又送我到安吴青训班上学。"

荣子娘向周围的人连连道谢："谢谢你们救了我荣子啊，谢谢好心的云阳人。"仵运东等人不好意思地挠头发。

何氏抹了把眼睛，插话进来："你们母子相见，今天就到我家里吃饭吧，我给咱多炒几个菜，庆贺庆贺！"

荣子娘赶紧道谢："谢谢大姐，谢谢大姐。"

何氏说："不谢不谢，咱都一家人。"

王炉头一挑菜筐子："走喽，既然是一家人，你那个小锅小灶能做几个人的饭，跟我上青训班，我给咱掌勺！"

大伙嘻哈着抢过王炉头的担子，背起荣子娘的包袱，一起往安吴堡子走。荣子不停地跟娘说话："我现在在安吴青训班学习，成了革命队伍里的人啦。听从陕北延安来的中央首长说，我爸的红军已经改编成八路军，东渡黄河上了抗日前线。"

荣子娘又落下泪来，边擦边说："我在路上听人说陕西有个安吴堡，要革命就往那里走，没想到寻见我儿子了，心里石头落地了，今后就是喝凉水心里也高兴。"

因为荣子母子的重逢，大伙都莫名地欢喜不已，不由自主地齐声唱起了歌："抗战的号角已经吹响，热血青年不再彷徨，我们听从党的召唤，我们来到安吴青训班。要问我们为什么，因为我爱我的祖国，要打败日寇的侵略，要把日寇赶出中国。我们听从党的召唤，时刻准备着，为了全民族的抗战，勇敢走上抗战前线。我们来到安吴青训班，时刻听从党的召唤。"

荣子娘住在了张亮家，就在安吴堡西门里。张亮是个二十多岁的朴实小伙，刚过门的妻子吴粉也通情达理勤劳能干。两个人种地之余磨豆腐做醋，刚盖起了三间新房，张亮和媳妇住一间，西边厢房借给了青训班学员，紧挨的另一间给荣子娘住。小两口一大早出门叫卖醋，荣子娘闲不住，将院里院外打扫得干干净净，小两口很意外也很欢喜，跟荣子娘相处得像一家人一样。过了几天，荣子娘的脸色恢复过来，总琢磨着找点事做。听到街上有货郎的喊声，便走出门去。

荣子娘在货郎的担子里挑着纽扣、丝线，荣子与几个同学从操场西边过来，边走边唱《国际歌》："英特纳雄耐尔一定会实现。"

"'英特纳雄耐尔'是啥东西。"货郎贩子自言自语。

荣子接过话："英特纳雄耐尔，就是共产主义的意思，共产主义就是大同世界，人人平等，没有战争没有饥饿，生活美满幸福。"

货郎贩惊奇："真的吗？那就再也不用提心吊胆地过日子了，也不用逃荒要饭，躲避战乱了。"

荣子笑着说："共产党领导的红军，现在叫八路军，就是为实现这个目标奋斗的。"荣子还想解释，见娘买好了东西，就招呼几个同学："走，到我们家坐一会，喝点水吃点东西再回青训班。"

荣子带着几个人跟娘走进张亮的家，看着娘把一堆针头线脑放在炕上，便问："娘，买这些东西干啥？"

荣子娘笑着指指荣子脚上的鞋和身上的衣服："我要和徐大娘她们一块给你们缝补衣裳呀。"

"好呀，好呀，我们正需要哩。"荣子高兴地和几个同学脱衣服往荣子娘身边放。席崇军进了院子，边往门口走边说："这是干啥哩，咋这么热闹？咋还有这么多青训班学员？"

荣子赶紧将席崇军迎进屋里，给娘介绍："这是云阳地区抗战救国会的席书记。"

荣子娘赶紧上前："席书记，你可是我荣子的救命恩人，我经常听荣子说起你，是你帮他治疗腿伤，还把他送到青训班来学习的。"

席崇军笑："听说荣子娘来了，今天就是专门来看望的，你这一路上受苦了。荣子是个好孩子，以后肯定会有出息的。"

荣子娘说："这孩子随他爸的脾气，犟得很，给你们添麻烦了，听说还偷跑过，幸亏你把他找回来了。"

席崇军说:"他偷跑也是要去找红军,革命积极性很高,这个得表扬。"说着拉住荣子的手上下打量:"荣子现在长大了,进步不小啊。"

荣子不好意思地低头笑,鞋子上一条大口子也像是一张笑着的嘴。席崇军说:"你看,训练任务重,学员衣服容易破,多亏你们给他们缝补。你们都是革命的功臣呀。"

"革命功臣?"荣子妈不解,"这缝缝补补也算是革命工作?"

席崇军:"是的,革命工作有许许多多,不光是前线打仗,也包括后勤服务,只有分工不同,没有本质区别。"

荣子娘似有所悟:"那我们这些妇女也能为革命做事情啦?养猪行不行?"

"行啊,做啥都是革命的需要。"席崇军连连点头后,又纳闷:"养猪?"

荣子娘说:"我看这张亮家是磨豆腐做醋的,猪圈也挺大,可以多养几头猪,你帮我买上几头小猪崽,我来养着,等养大了给学员们吃肉,改善一下大家的伙食,行不?"

"行,这个主意好。"席崇军笑了,"我们这有句老话,'穷不离猪,富不离书'。我过几天给你弄几头小猪来。"

"哈哈,又有肉吃啦,太好啦。"荣子和几个学员吧唧着嘴,笑眯了眼。

席崇军笑斥:"没出息的样子,还是不是青训班学员?"在哄笑声中,席崇军转头向门外喊:"老康,拿几块月饼进来,给荣子娘过节吃。"康民应声进来,将几块月饼往荣子娘手里递,荣子娘感动地抹着泪:"云阳人太厚道啦。"

席崇军安慰荣子娘:"来这里,咱就是一家人啦,有啥需要尽管说,我们一定帮你办到。"接着告辞。荣子娘一直将一行人送到院门口,看着一伙人走远了才转身进门。

席崇军和康民走到大门口时,看到俩娃正各提着笼向青训班张望。康民认得是李长水家的建娃、成娃,就笑问:"是不是想参军上青训班呀?"

建娃、成娃不好意思地点点头,又摇摇头。康民对李长水家有点了解,知道建娃、成娃的意思,体谅地一笑,伸手取过几块月饼给他俩。建娃、成娃像被火烫了一下,连连藏着手,说:"不能要不能要,咋能占八路军的便宜哩。"

康民说:"八路军跟穷人是一家,你们给八路军做得太多啦,快拿上。还等你们再长大一点来参军哩。"

"我们可以当八路军吗？"建娃、成娃惊讶地问。

康民点点头，开玩笑道："吃了八路军的月饼，就可以当。"

建娃、成娃看出康民的诚恳，就羞羞地伸手接下月饼，欢喜地目送康民上车离去。

"记住，咱们老家是柞水县金梁村，出门就是山，没有这关中平坦，但是满山都是绿的，小河小溪多，到处都是清清亮亮的水……"李长水靠在柿子树下的小椅子上望着天上的月亮，给围坐在石桌边的英子、建娃、成娃叙说着老家。不知是不是月光的原因，英子觉得说起老家，达的脸上呈现出罕见的平和与微笑，眉头似乎舒展开了，显得年轻了许多，英子偷偷看着达，心中暗暗希望这一刻持续下去。

"来，快吃娘给你们做的月饼。"姚青兰也少见地轻盈，端着盘子从厨房出来。刚将烤制出来的糖饼轻轻放到桌上，几只手就立即伸了过去。李长水也坐直了身子。

"哇，烫，烫。""小心点。""好吃，香得很，甜香甜香的。"

姚青兰看着父子四人贪嘴的样子，难得地笑出声："咯咯咯，大馋猫带着一群小馋猫，慢点吃，小心烫着了。"

"你也来吃，你最辛苦！"李长水拿起一块糖饼递向妻子，两人的目光在月亮下相撞，居然有了最初的战栗。多少年了，他们都泡在同样的苦水里，从来没有仔细地彼此端详，在这一瞬，他们都看到了彼此年轻时的影子，看到了这么多年相同的悲愁，心底腾起了深深的疼爱与怜惜。

姚青兰微微一笑，伸手接过月饼，手托到嘴边，垂下眸咬了一口，她似乎知道丈夫在偷偷打量她，她嚼的时候也是不敢抬眼，默默地一小口一小口地咬着嚼着，似乎在品味世间最美味的佳肴，但是在把最后一丁点送进口中时，两行泪终是滚出眼睫。为了掩饰，姚青兰咳了几声，别过脸，揉着眼睛自言自语："你们小心点，别像我一样把渣子弄到眼里。"

建娃欢喜地嚷："这个中秋节过得好，有妈做的月饼，还有八路军送的月饼。"

李长水一愣，而后轻叹："八路军知道穷人的疾苦，是穷人的靠山。"

成娃脱口道："那你还不让我们接近八路军。"

李长水看看成娃、建娃,幽幽地叹息一声,不再言语,吧嗒吧嗒地抽起烟来。

沐浴红光

夜色降临,安吴堡东南西三个城门紧紧关闭。

城内街道两旁的店铺灯火辉煌,人来人往,叫卖声、欢声笑语嬉笑逗唱不绝于耳。城头上巡夜的更夫,挑着灯笼在来回走动。

城外一片漆黑。

远处的嵯峨山上,蜿蜒小道上,几处灯笼火把时明时灭,更夫们知道,土匪又开始下山了。

张亮家里,几个青训班学员兴奋而激烈地谈论着八路军在抗日前线的英勇事迹。徐大娘走进院子喊:"大妹子,大妹子!"

荣子妈急忙撩开门帘走出来,笑着应声:"大姐,这么晚了,你有啥事?"

徐大娘亲热地拉着荣子妈的手说:"大妹子,今晚从云阳大北门毛家来的陕西省委贾拓夫书记在迎祥宫后边的大房里讲课哩,咱们去听听吧。"

荣子妈高兴地连声说:"好好好,咱们肯定得去听听。"

迎祥宫后院大房子内,挂着几盏油灯。陕西省委书记贾拓夫同志站在桌子前边给大家讲课,冯主任、胡主任、刘主任及学员们坐在那里听课,有的学员还在认真地做记录。

贾拓夫书记说:"中国有句古话叫'入乡先问俗,带路靠向导'。同志们来自全国各地,四面八方,对咱陕西,对咱云阳党组织的活动情况可能了解得不太多。我今天给大家讲一下咱们陕西省委在泾阳县云阳地区党组织的工作情况和一些优秀党员的光荣事迹,让大家知道,在这片热土上,那无数的共产党员,为了革命,为了人民,所进行的艰苦卓绝的斗争,以及为此而付出的不懈努力。"

会场很安静,昏黄的灯光里,一双双噙满敬重与期待的眼睛望着贾书记。贾书记环视了一下这些质朴的面孔,清清嗓子,郑重地开口讲道:

"1921年7月,中国共产党成立不久,陕西就有了党的活动,中国共产党陕西地区的党组织,一是由受党指示的北京、上海、天津、武汉等大中城市中的党、团员先后回陕西建立的，二是党中央派人来陕西建立的。1925年秋，党中央根据形势和当时的革命斗争需要，在河南开封成立了豫陕区党委，王若飞担任区党委书记，负责领导河南、陕西的党组织。1925年底，党中央派黄平万来西安发展党组织，并于1926年初在西安成立了党的地委。1926年初，王尚德领导的中国共产主义青年团赤水特支，通过恽代英和中央联系，建立了中国共产党赤水特支。随后，党中央派刘翰章、魏野畴、王授金、杨明轩等同志在西安建立了临时省党部，并于1927年2月在延安建立了陕甘区委，负责领导陕甘党的工作。经党的第一次区委代表大会选举，耿炳光、魏野畴、李子州等人组成区委的领导班子，耿炳光为书记，魏野畴负责宣传，李子州负责党组织。陕甘区委成立后，立即领导了陕甘两省的革命斗争。"

喝了口水，贾拓夫提提嗓门继续说："一是联合国民军坚守西安，抵抗匪军。也就是人们说的刘镇华困西安，二虎守长安的事。那是1926年春，镇嵩军匪首刘镇华在河南豫西纠集镇嵩军的残兵及土匪十万人由潼关入陕，围攻西安。以魏野畴为首的共产党人，决定与国民军第二、三军在三原县召开军事会议，与陕西督军李虎臣合兵出击，并将国军改为陕军，以李虎臣为陕军总司令，杨虎城为副司令，抗击刘镇华的进犯。故当时被人们称之为二虎守长安。刘镇华攻破长安后，长驱直入，又先后攻占了西安城周围的十里铺、韩森寨、龙首村、大白杨、大雁塔、黄雁村、三桥沣东，切断了西安周围的交通要道，对西安进行了四面包围，强打猛攻，妄图入城，但经过多次激战，都被城中坚守的军队打退。刘镇华在猛攻失败后，采取了围而不打的办法，长期围困西安达八个多月，企图困死守城的军民。城内粮食蔬菜奇缺，树皮草根都成了人们充饥的食物。当时，西安城内军民二十万人，仅饿死的就达五万多人。1927年2月建立的西安革命公园，就是为安葬当时坚守西安而遇难的军民兴建起来的。就在西安军民全力守城的时候，1926年5月，北伐战争开始了，冯玉祥在绥远五原誓师，兵分两路，南下为西安解围。一路从宁夏甘肃进入咸阳，一路由于右任和共产党人史可轩、邓小平率部从榆林进入三原，形成了两路夹击之势。刘振华听到这一消息后，心惊胆战吃睡不安，未等援军到达彬县、铜川，就连夜逃跑，出了潼关。到11月28日，西安完全解围。

"二是领导陕西工人运动。西安解围后，陕甘区委党组织积极开展工运工作，及时成立了西安工人俱乐部，随后又成立了全省总工会，进一步推动了陕西工人运动。1927年5月5日，在西安各界纪念"五五"的大会上，西安各界群众对蒋介石叛变革命、投靠帝国主义，疯狂屠杀工农群众的反动罪行表示极大的愤慨，并就反对压迫剥削、改善工人待遇进行了多次罢工活动，为工人阶级走上政治舞台创造了条件。

"三是组织和领导了陕西的农民运动。1927年3月，中共陕甘区委根据党中央的指示，提出了党到农民中去的口号，强调现在的中国革命就是农民革命的时期，陕西重要的工作为农民运动，我们要用全力去做，并决定在东至潼关西至长武，以长安为中心，集中于渭河沿岸地区开展农民运动。在中共党、团组织的帮助下，1927年3月27日，陕西省农民协会筹备处等机构成立。至当年5月底，全省有农协组织的县六十余个，农协会员三十七万人，农民自卫武装十万人以上，6月上旬，陕西省第一次农民代表大会在西安成功召开，宣告了陕西省农民协会成立。陕西农民运动的迅速发展，不仅有力地支援了第一次国共合作的北伐战争，推动了陕西地区的国民革命，而且对第二次国共合作，开展全民族抗日战争，都有积极的影响。

"四是党领导的武装起义。1927年7月，根据党中央的指示，中共陕西省委成立，按照中央八七会议关于以武装推翻国民党反动统治的方针，决定由谢子长、唐澍、李象九发动陕北清涧起义。1927年10月10日晚，武装起义在清涧县城打响，先后攻占了延长、宜川，参加起义的部队有一千七百多人，三百多支步枪，形成了一支有相当规模的武装力量。1928年5月，党领导了关中的渭华起义，宣布成立西北革命军，由唐澍任总司令，刘志丹任军委主席，王泰吉任参谋长，许权中任总顾问兼骑兵队队长，部队编为四个大队和一个骑兵队，谢子长为第三大队队长。起义部队先后在崇凝、高塘周围五十余个村建立了苏维埃政权。

"1932年冬，中国工农红军第四方面主力一万六千余人在徐向前等指挥下，从鄂豫皖革命根据地突围进入陕南地区，创建了红二十九军和川陕地区游击队，巩固了川陕革命根据地。1932年4月，刘善忠、马明方在陕北延川永坪镇成立了中国工农红军西北先锋队，开展游击战争。从1932年到1934年夏，随着红军和游击队的发展，陕北根据地不断壮大，东起清涧，西到安塞，南起延安，北到神木，几十个县连成一片，成立了工农民主政府，巩固了红色革命根据地，开创了陕甘宁边区，从此，这里就成为中央红军长征的落脚点和党中央开展全民族抗日战争的出发点。

"1936年12月，西安事变后，国共两党合作抗日，陕西省委迁址云阳大北门毛家，先后召开了省委第一次扩大会议，总结了陕西省委为抗日民族统一战线所做的工作，传达了中央政治局会议精神，创办了《党的生活》《西北战线》等党内刊物，发展壮大党的基层组织。目前，陕西地方党组织已经发展到了三十多个县，现有党员两千多人，培养了一大批积极分子，党的建设工作正在蓬勃发展壮大。

"当前，陕西省委的主要工作是进一步加强和扩大党的基层建设，积极慎重地发展党员，扩大党员队伍，为全民族抗战提供坚强的组织保证。我今天给大家讲这些，就是要大家明白，党的建设是革命胜利的保证，也是抗战胜利的保证，国共合作抗战是历史的要求，但我们也要把自身的力量不断扩大，这样才能为今后更好地开展全民抗战打下基础。"

贾拓夫书记的话讲完了，装满人的大大的会议室陷入空前的安静，每一张面孔都写着庄严与思索，昏黄的灯光静静地洒满屋子的角角落落。

毛树德率先打破了这份庄严到凝重的气氛，他举手问："我要加入共产党，咋样才能入党？"

"轰！"人群里爆发出巨大的笑声。

毛树德意识到自己的鲁莽，红了脸，自我解嘲："我说的都是实话，我现在一心想加入共产党。这有啥不对吗？"

贾拓夫笑了："入党要有一定的程序，先写申请，再经组织考察，合格后才能入党。"

毛树德说："我是个刚入学的农民，不会写申请咋办？"

贾拓夫笑说："那就好好学习文化知识，争取多认识些字，现在不会写也不要紧，请你们党代表帮你写。"

胡主任站起来说："贾书记给大家上的这堂党课，重点是让大家明白我们共产党人的历史作用，如果大家想入党，课后找你们连的党代表。咱们安吴青训班的学员，充满朝气和活力，是积极抗战、投身革命的热血青年，是党的后备力量。希望我们的学员都能成为光荣的中国共产党党员、民族抗战的英雄战士、建设新中国的卓越功臣。"

掌声欢笑声中，荣子妈挤到前边，问贾拓夫："像我这年龄的人也能入党吗？"

贾拓夫说:"只要拥护党的纲领,积极投身革命事业,就能入党,既没有性别限制也没有年龄限制。今天,我带了一些党内刊物,由胡主任给各连队发下去自由学习。"

刘霞遇险

迎祥宫大门里,十几个男女学员,边走边谈论写入党申请书的事。毛树德埋怨刘霞:"叫你帮着写一份入党申请书,忙活了半天还没有通过,你能做个啥?"

刘霞不高兴地反驳说:"你也听了几次党课了,为啥自己不写?"

毛树德忙赔笑:"你是咱的金凤凰嘛,全指望你了,你再写一次。"

刘霞气呼呼地说:"我没那个能耐,你爱找谁写找谁写去。"

后边赶上来的吕世璋、黑娃等几个人哈哈大笑,对着毛树德挤眉弄眼。吕世璋催促:"快走,不要在这里打嘴仗了,耽搁了正事。"

迎祥宫对面的土地庙空场前,一些钉锅磨剪刀剃头的生意人,正在忙着做买卖。四周围着几个人,说笑着。三十余岁,又黑又瘦的钉锅人,坐在小木凳上,手拿钢钻,兴高采烈地吆喝着:"补锅本是老君留,千补万补水仍流,老君从此没办法,生气把锅放当院。天上下雨泥水溅,锅被稠泥将缝焊,从此不漏做菜饭,钉锅抹泥古法传。"

钉锅人抑扬顿挫的吆喝非常好听,毛树德几个学员就挤到跟前说:"再来一个。"

钉锅的人见是几个学生打扮的人,笑着唱道:"我当学生不及格,故学钉锅来抹黑,走村串乡游捞客,衣衫破烂低成色,受人讥笑瞧不起,没人给咱来讲理,早出晚归受艰难,多做少说甭言传,要是好好把书念,也不会叫人看下贱。"

毛树德回头对身后的刘霞说:"这人看着是个粗人,唱得还蛮好听的。"

刘霞说:"能编会唱,看样子也是个文化人哩。"

钉锅人听刘霞这么一说,就去看刘霞,一看之下,不由"啊"了一声。刘霞一细瞅,也"啊"了一声,拉起毛树德就走:"快走!"

毛树德莫名其妙地不愿走:"急啥嘛,我还想再听一段哩。"

刘霞把毛树德手一甩："你不走，我就走了！"

毛树德只好随着刘霞挤出人群，边往外走边问："到底啥事嘛，这么急？"

刘霞说："这儿说话不方便，咱到那边去，我有话对你说。"

毛树德嘟嘟囔囔："有啥事就说嘛，搞得神神秘秘的，让人看见笑话。"

正在这时，荣子娘经过，问刘霞："你两个这是要干啥去？"

刘霞怯生生地说："大娘，快帮帮我，我怕是上不成学了。"

荣子娘一惊："咋了？发生啥事了，学都上不成了。"

刘霞一时说不清，只急得要哭。荣子娘一看这情形，急忙拉起刘霞说："走，到屋里说话。"

荣子娘拉着刘霞往家里走，毛树德跟在后面，回头看了几眼钉锅的地方，想发现有啥不同寻常的地方。进了门，刘霞坐在荣子娘的炕边抹起眼泪。弄得毛树德手脚无措，不知该说啥，站在地上直搓手。

荣子娘问："闺女，有啥事给大娘说，大娘解决不了，还有大家哩。放心，没有过不去的坎。"

刘霞说："我家是河南洛阳的，家里有父母还有两个妹子一个弟，我在家里排行老大。我大舅在泾阳县当县长，家里人原来送我在西安上学，在火车站我碰见了从北京上海南京等地来的逃难学生，他们劝我来安吴青训班，跟着共产党投身革命，参加抗日战争，将来建设新中国。我就和他们一起来这里了，不仅家里人，连我舅都不知道我在这里，他们还以为我在西安上学哩。"

毛树德松了口气："这有什么，你都这么大了，家里人还能逼你退学不成？"

刘霞说："那个钉锅的和那个勒风箱的人，我在我大舅家见过。他们曾穿着军装，经常到我大舅家吃饭，我就不明白，他们现在咋成了走街串户的生意人。万一他们把我在安吴青训班上学的事告诉我大舅，他肯定要带人来这里寻我，把我带走。大娘，我该咋办呀？"

荣子娘说："不要紧，兵来将挡，水来土掩。你舅来了也不怕，如今是国共合作共同抗战，他不会不知道这个道理，如果他不愿意，我们就去找胡主任、冯主任、刘主任他们，实在不行还有关中特委习仲勋书记。不信他们还能强拉你走。关键是要看你的态度。你要走，谁也留不住，你要留，谁也拉不走。"

刘霞说："就怕我舅非要让我走，我扛不住，怎么办？"

毛树德说:"大娘不是说了吗,关键是你拿决定去还是留,一步走错一生都错,后悔都来不及!"

刘霞说:"那好,我就留在咱们青训班,哪里也不去,要是我舅来了,你们可要给我帮忙啊。"

荣子娘和毛树德说:"我们肯定要帮你的。放心吧,你决定留,谁也拉不走你。"

刘霞这才破泣而笑。

秋冬农闲时节的泾阳县城,东西大街上人来人往,南北大街上你拥我挤,说说笑笑,人欢马叫,吆喝买卖的小贩,推车挑担的,卖米卖面的,打洋袜子卖蒜的,摇着拨浪鼓贩卖针线的,很是热闹。平日里早出晚归、走乡串村的钉锅勒风箱的两个人,已换上国民党军装,从泾阳的北极宫经二条街疾速朝钟楼东边的县政府走去。

泾阳县政府大门口,身着军装的两个人急着往县政府大门里进,被值勤的士兵挡住,并遭到大声呵斥:"站住!你们俩是干什么的?"

两人瞪了士兵一眼:"我们从云阳赶来的,有要紧的事向县长当面汇报!"

两个士兵:"不行,县长正在开会,不许任何人进入。"

两人着急:"我们有急事,赶快给县长大人通报。"

两个士兵说:"县政府是给你家开的?说进就进。县长是你大舅,你想见就见?"

正在双方僵持不下的时候,县长秘书杨洋来到门前,对士兵一摆手:"让他们进来吧。"

杨秘书把俩人带进院内,两人先给杨秘书汇报了一下情况:"我们看见县长的外甥女了,她正在安吴青训班学习哩,看样子要被赤化了,赶快给县长说。"

杨秘书点头:"是应该汇报。"一抬头,县长从会议室出来了。身材微胖的袁县长边走边对省党部的客人说:"我陪你们几个到泾阳县的太壶寺和文庙等地参观一下,体察一下这里的风土人情,晚上我在这里设宴款待各位,明天咱们一起去安吴青训班,检查一下那里的教学情况。"

杨秘书跑上前去对着袁县长一通耳语。袁县长转身对省党部的几个人说:"你们先到会客室休息一下,我等会带你们去参观。"

袁县长径直走进自己的办公室，杨秘书带着两个人刘大队长（钉锅的）和冯队副（勒风箱的）跟了进来。两人抱怨："咋弄的，站岗的人一个都不认识，我俩来了还查来查去。"

袁县长不耐烦地说："张学良的东北军调防了，胡宗南的西北军也没住几天就又开到上海跟日本人打仗去啦，剩下不多的人在这县城里，就轮流站岗值勤哩。"

刘大队长和冯队副说："哦，难怪哩，看着就面生，我们不认识他们，他们也不认识我们。"

袁县长更加不耐烦了："省党部派人来了，正在会客室等我，有啥情况快点说！"

刘大队长说："我们今在安吴青训班看见你外甥女刘霞了。"

袁县长脸一沉："不可能，她在西安上学哩，怕是你们认错人了吧。"

冯队副说："千真万确，我的眼睛不会认错人。"

袁县长来回踱着步子，自言自语："这女子，怎么能跑到青训班去呢？这青训班是共产党办的，如今是国共合作抗战，咱不能明着限制和取缔，但决不能让自己的子女亲友跑到那里边去。如果真是她，咱得想办法把她叫回来。"

刘大队长说："就是，得把她叫回来。"

冯队副讨好袁县长："这事要想周全一点，不能在那里强抢人拉人，要减少影响，不要惹出其他事来。"

袁县长沉思一下问："那你们说咋能让她高高兴兴回来？"

刘大队长忧虑地说："从我们到安吴堡看到的情况，我看共产党是在跟咱争夺年轻人哩，那里成百上千的二十来岁的年轻人，被赤化得很深。这样一来，共产党的势力就越来越大了。"

冯队副也不安地说："云阳一带的百姓也都被赤化了，他们都向着共产党说话，帮着共产党干事，跟共产党成了一心，再这样下去，共产党摊子大了，咱们就不好收拾了。"

袁县长神情紧张："怕没那样严重吧？咱们泾阳县是国统区，关中的白菜心，一马平川，共产党稍有风吹草动，咱派队伍把口镇和鲁桥的卡子守住，看共产党往哪里跑。"

冯队副说："嵯峨山后的地盘不归咱管，共产党在照金一带占山为王，那不是咱能管住的事啊。"

刘大队长说："甭自己吓自己了，叫我说，咱们把这地方治安管好，不出乱子就行啦。"

袁县长说："共产党在争取民心，扩大势力，我看这早晚会威胁到咱们的安全。"

冯队副随声附和："得早点动手，抓紧防范。"

袁县长哈哈大笑："防不胜防啊。当年共产党在江西瑞金，五十万国军五次'围剿'，结果咋样？共产党逃到陕北剩下了多少人马？可如今一个西安事变，国共两党合作，各有人马，各行号令，这上边的人把这根子就没打好，咱下边的人左右为难。只好走一步看一步，往后的事谁也说不清。眼下最要紧的是把刘霞叫回来，让我再甭担这个心就是了。"

三人都沉吟起来。片刻，刘大队长想到一计，袁县长边听边点头，最后一拍桌子："就照这个办法行事。哄回来，给安排个差事，再找个合适的人家嫁了，省得再惹是生非。"

冯队副赶紧说："要说嫁人，我这里有个好人家。"

袁县长问："啥好人家？"

冯队副见袁县长有兴趣，连忙说："姚家巷一家财东，和我沾亲带故哩。他家儿子和刘霞年龄差不多大小，人才出众，在西安一家大医院当医生。"

袁县长哈哈大笑："这很般配嘛，找个机会让他俩见一下再说。"

刘大队长讨好地说："这事要成，就把袁县长的后顾之忧解决啦。省得刘霞再给你惹是生非招麻烦。"

冯队副故作烦恼："咱们在这里说得好，也做不了人家刘霞的主，还要经刘霞父母同意才行。"

袁县长不悦地说："只要男方没啥意见，刘霞父母的主意我能拿了！"

刘大队忙不迭地竖大拇指："这舅当得威严，老舅说话，有时比父母还有分量！"

冯队副笑逐颜开地说："那我就赶紧给男方家里人说一声，估计一说跟袁大县长结亲，高兴得睡觉都要笑醒。"

刘大队长做个鬼脸："你们这以后成了亲戚了，冯队副的副字就要取了，可喜可贺呀！"

袁县长说:"赶紧办正事,省党部的人还在那里等我哩。"

几个人才说笑着相继走出办公室。

"贵客"临门

安吴堡城内,迎祥宫的大门上,悬挂着大横幅,上写着"欢迎国民政府领导检查指导教学工作"一行大字。胡主任、冯主任、刘主任带着二十多名教职员排成队站在旁边的场地上。

十多辆马车和吉普车依次停了下来,胡主任等人上前迎接从车里走出的袁县长等人。袁县长给胡主任逐一介绍省党部来的人,相互握手,从大门向院中走去。

院内,一坐北朝南宽敞明亮高大威武的砖房里,地面上铺着一层麦草,上面盖着花花绿绿的床单,顺墙摆放着一溜被褥,窗台上摆着牙缸,墙上写着"勤奋学习,为国争光"几个醒目大字。

国民党陕西省党部的聂部长边看边皱眉:"太简陋了,有好一点的吗?"

胡主任笑着说:"这已经很好了,教室、宿舍合着用。"

聂部长不悦地说:"那这有啥可看的?"

袁县长赔着笑脸:"这穷乡下,能有这样的地方用,就很不错了。这是泾阳有名的大财东安吴寡妇的吴氏庄园,家人都在外地,没人在这住,要有人在这住,连这地方都没有。就是这地方,将就凑合着往前干哩。"

胡主任沉默地领着他们在后院房里转了转,这些人根本就没想看的样子,草草走了个过场。胡主任便带着一行人走进操场大门。

指挥教官大声呼喊口令:"敬礼!"列队的学员们举手敬礼,刘霞在队伍中心事重重,低头无语。

检查组人员走上临时用几张桌子搭起的主席台。胡主任上前几步,声音低沉地说:"同学们,今天,省党部和泾阳县国民政府的领导,专程来我们这里检查教学工作,大家欢迎。"

学员们啪啪啪鼓了几下掌。

胡主任和袁县长、聂部长低声商量了一下,转身又说:"现在,请省党部聂部长给大家讲话，大家欢迎。"

台下又响起几下掌声。

聂部长走到台前，沉着脸，扫视一圈台下，开口道："同学们，我是受省党部教学部的委托，专程从西安来这里检查教学工作的。刚才，看了同学们的教室和宿舍，我感到非常痛心和难过。你们这里条件非常艰苦，缺少相应的基础设施，连最基本的图书馆之类都没有，只有很少的教学器材，简单得不能再简单了。要不是看到你们这一群人生龙活虎的样子，谁能相信，这么艰苦的环境里，能办成个训练学校？我真替你们担心，太可惜了。"

胡主任一脸怒气，看着聂部长，欲言又止。操场上异常地安静。

聂部长提高嗓门，又说："你们的愿望是好的，但想法太天真了，这地方条件太差了，要啥没啥，不像个教学的地方，要在这地方深造学习，日后有所作为，那简直就是天方夜谭，是开天大的玩笑，在这地方能把事闹成，你们能有出息吗？"

毛树德忍不住冒出一句："简直是放屁！"惹得周围几个人小声地哄笑起来。

聂部长生气地冲着台下嚷："笑什么笑？"

愣娃说："他说你在放屁。"

聂部长脸色一下子变得非常难看，大声喊："是谁这样目无尊长，给我站出来！"

队列一下子变得安静起来，没有人敢再笑。

聂部长松了一口气，说："同学们，你们既然有爱国热情，有学习的愿望，就应该到国民政府办的正规学校去，那里有图书馆，有资深的教授和学者，随时可以帮助指导大家，条件也比这里好多了，简直是一个在天上，一个在地上，根本无法相提并论。目前，国家正当用人之际，你们年轻人应当听从国民政府的召唤，报效国家光宗耀祖，在这儿能有什么前途，能干什么大事？"

台下又一片寂静，学员们传递眼神。

聂部长看没有激烈的反应，满意地再次开口："现在是国共合作时期，一切得服从国民政府的统一领导，统一指挥，不得做有损国民政府的事，不得说不利于国民政府的话。最近，国民政府颁发了限制异党活动的办法，就是为了防止一些党派煽动作乱。咱们这地方，处于一个非常危险的边缘地带，以嵯峨山为界，南边是国统区，北边就是共产党的根据地，特别是照金一带，全被共产党赤化，对那边来人的宣传、鼓动，我们要提高警惕，不要轻易相信，防止上当受骗。"

毛树德又嘀咕一句："满嘴喷粪！"

人群中又一阵哄笑。

聂部长生气地问："是谁又在下面喧哗？"

见没人吭声，聂部长又厚着脸皮说："我们今天来这里检查，不但要看、要讲，还要听同学们的意见和反映，大家有啥话都可以说，我给同学们做主。"

聂部长刚说完，袁县长走上前说："刚才，省党部的聂部长对教学工作的训示，大家都要记下，我主要强调一点，那就是加强社会治安问题。最近，前方战事吃紧，上面要求我们这些地方，一要给前方征收兵员，二要维护地方治安，像刚才聂部长说的，防止异党趁机作乱，这责任重大啊。对从山后边来的人，要多加留心。现在虽说是国共合作，维护大局，但毕竟国共走的不是一条路，对革命的主张、目的、对象、任务，都有许多分歧。你们这些年轻人，缺少社会经验，凭着热情和冲动做事，是非常危险的。"

三怪也不知是巧合还是故意，长长地打了个阿嚏，怪异的声调又引起一片哄笑。

袁县长生气地说："笑什么笑！"

大家你看看我，我看看你，都摆出一副视其为耳旁风的轻蔑态度。

袁县长见状，只好自打圆场："今天就讲这些，散会后回教室等候，聂部长会莅临检查，听取大家意见，了解实际情况。"

刘主任非常生气地走上台宣布："散会，各班带回，在教室待命！"然后转身沉着脸问聂部长和袁县长："咋检查？"

聂部长阴阳怪气地说："我刚才讲话时，这些学员素质太差，秩序很不好。我和袁县长分成两路，到教室去和学生们见面，你们派人带路，单独提问。"

冯主任陪同聂部长几人朝六椽厅、望月楼方向走去，胡主任、刘主任陪着袁县长向另一方向走，走了几步，袁县长对胡主任说："这里有省党部的聂部长检查，我就去外面看看，你们先去忙，不要跟随了。"

胡主任、刘主任本来就不想和这个狐假虎威的小人一起走，听了这话，就止步不再跟随。

冯队副从后边出来，带着袁县长往张亮家走："我都注意到了，刘霞刚从操场下来，悄悄进了这个院子。"

听到拍门声，荣子娘拉开大门，不待开口，冯队副抢先说："这是泾阳县袁县长，今到青训班检查工作。"没等说完，袁县长上前打断："我是刘霞的大舅，有事要给娃说一下，刚才学校领导说她病了，在这里休息，我就过来看看。"

荣子妈平静地说："哦，这样呀，人不在，有啥事，我给带个话。"

袁县长说："那你转告她，她妈从洛阳来找她了，在路上累病了，现在就住在泾阳，让她有空了来见见她妈。"

正在这时，张亮媳妇从外面卖醋回来，不知是咋回事，只听是刘霞她妈病了，就赶紧对院子里喊了声："刘霞，快出来，你妈来看你了。"

刘霞本来就在屋里听得很真切，正在揣测是真是假，一听张亮媳妇的喊声，就急忙从屋里跑出来："大舅，我妈真的来了？她咋啦？"

袁县长装作痛苦地说："唉，昨天刚到这里就病倒了，上吐下泻，闹腾了一晚上，虚得下不了地了，还喊着要来看你。那么多事等着我处理，本来想让别人来接你，你妈非说让我亲自来，怕生人你不相信。你妈下命令了，舅只好亲自跑一趟了。"

一番话说得刘霞铁信不疑，急急地说："那你等下，我去请个假，马上就走。"

袁县长说："我刚才跟你教官请了假，你现在马上跟冯队副走。我去接了聂部长就一块回泾阳。"

看着刘霞随冯队副上了一辆马车，驶向安吴堡西门口，袁县长松了口气，朝迎祥宫走去，迎上刚出来的聂部长："聂部长，检查完了吗？"

聂部长点头："检查完了，咱们回县城吧。"

胡主任说："饭菜都准备好了，一起吃完饭再走吧。"

袁县长看了一眼聂部长，轻蔑地说："这地方能有啥好吃的？不是萝卜白菜就是红苕南瓜。还是请聂部长回县城吃吧。"

聂部长随即下了台阶，走向小轿车，袁县长拉开车门，让省党部的人上了车。聂部长让袁县长一起上车，袁县长受宠若惊地推辞几下上了车，坐定后讨好地说："云阳街上有很多当地特产小吃，味道绝对纯正，请领导品尝一下，领导意下如何？"

聂部长哈哈大笑："还是袁县长想得周到，党国就需要你这样办事机灵的人才。"

对着远去的汽车，冯主任、胡主任、刘主任等怒目而视，十几名教官也生气地"呸"了一声，转身向迎祥宫走去。

乌云难蔽日

望月楼会议室里，冯主任神色阴郁，问刘主任："清点一下，一共走了几个？"

刘主任说："走了七个。"

"真无耻！"冯主任一巴掌拍在桌上。

胡主任说："当时说要单独提问，就觉得有问题。"

默默地坐了一会，冯主任神色缓和下来："这样也好，意志不坚定的人留着也是危险，如此，还省得我们培养考察。"

刘主任说："就是，经得起诱惑留下来的才是我们真正需要的力量。"

胡主任笑说："哈哈，看来还得谢谢友军替咱们做过滤淘选的工作嘛。"

哈哈哈，哈哈哈，几个人脸上的阴云一笑而光。

"放开，让我去撵，再不撵就撵不上啦！"

安吴堡西门外的大路上，毛树德在黑娃、三怪、愣娃、吕世璋、荣子等人的怀里挣扎。几个人拉胳膊抱腿地拦挡着他，不许他去泾阳寻刘霞。

毛树德扭不过大伙，就扑通一声往地上一坐，气哄哄地嚷："刘霞说过她舅来了，肯定要带她走，让咱帮她，咱谁帮她了？"

荣子娘说："是刘霞愿意走的，人家刘霞就是去泾阳看她妈，完了就回来，看把你急得跟疯了一样。"

毛树德更加生气地吼："刘霞是瓜子，你们也是瓜子吗？那肯定是她舅设的圈套骗她哩！"

荣子妈忽然一惊："就是就是，前几天刘霞说过她舅要是知道她在青训班，肯定要想方设法叫她回去。这下怎么办？"

其他人一听也急得团团转，搓手的搓手，跺脚的跺脚。

毛树德烦躁地说："那检查团一来，我就看他们不是好东西，明显是黄鼠狼给鸡拜年，把青训班搅得鸡犬不宁乌烟瘴气，就想把我们人心搅散。"

荣子也说："我也觉得他们的目的就是想让青训班办不下去，从我们队伍里拉人哩。"

徐敏沉思了一下，凝重地说："怪不得，有几个学员偷着跑了！"

几个人瞪大眼："什么？真有学员跟着那些黄鼠狼跑了？"

徐敏点点头。几个人气呼呼地重重一声叹："这些糊涂蛋，肯定要后悔。"

徐大娘不知啥时路过的，这时开口道："大家不要着急，也不要生气，遇事要沉着冷静，在复杂的环境中更要保持清醒，不要凭个人感情用事，得依靠党，相信党有能力战胜一切困难。"

"说得对，乌云遮不住太阳的光芒，泥沙挡不住洪流的奔腾。我们有这个信心！"

大伙一回头，十几匹马走到了面前，接徐大娘话的，正是翻身下马的贾拓夫。包主任、席崇军等人也都纷纷翻身下马，来到人群旁。

贾拓夫热情地和大伙打招呼。人们都笑哈哈地看着坐在地上的毛树德。毛树德用手捂着肚子，不好意思地撒谎："我肚子受凉有些疼，用热手暖一会儿就好了。"

贾拓夫笑着说："这里没有医院也没药铺。"然后转身对随行人员说："得给青训班增设一个医院，保证学员的身体健康，让大家有病能及时救治。"

席崇军赶紧回答："这事你放心，我尽快去办。"

贾拓夫说："不光是要增设医院，还要做好其他后勤保障，开办一个军工修理厂，让学员们安心学习和生活，时刻体现党组织的关怀和温暖。当然了，不光要在生活上关心，还要在政治上关心，使他们坚定信念，坚定立场。"

贾拓夫刚说完，大家欢呼着鼓掌。吕世璋说："听贾书记说话就是提气，我们一定听党的话，好好学习，练好本领，争取早日上战场杀敌。"

贾拓夫说："有这样的志气就好。"然后对大家说："我们还有事要和冯主任他们商谈，咱们有机会再聊。"

望着贾拓夫他们远去的背影，毛树德一下子从地上站起来："娘的，我们青训班就要紧跟党走，干出个样来让他们那些人瞧瞧。"

徐敏看了下毛树德说："这就对了，我们等着刘霞，她会回来的。"

毛树德点点头，几个人一哄而上帮着拍打毛树德身上的尘土，毛树德不好意思地说："今多亏大家挡着，要不然真不知道能惹出啥事来哩。"

徐敏说："咱们快回，把这事给胡主任他们说一下，看领导有什么好办法。"

对，对，大家应和着，朝迎祥宫的六椽厅方向走去。

六椽厅里，席地而坐的百十名党员和入党积极分子，正在静心听报告。

贾拓夫站在一张旧课桌前，激动地说："我们今天来，是给同志们加热添温的，让大家打起精神来。今天的情况我都知道了，这是初冻霜，还没到北风雪花飘的时候，大家不要惊慌，自乱阵脚，也不必大惊小怪。咱们的态度是，一不听，二不怕，三不放。不听，我们是共产党领导的青训班，不要听信他们的宣传，他们过去对我们什么态度什么样子，大家是知道的。在大势所迫的状况下，他们对我们的态度能转变多少，能好多少，我们心里清楚。大家想想，国民政府培养的黄埔军校学生，为什么有那么多人成了我们共产党领导的红军指战员？他们为什么跟随红军进行了二万五千里长征，现在又奔赴抗日前线？国民政府曾经骂我们是土匪、流寇，可他们培养的人才为什么加入我们这个阵营？不要怕，没有什么了不起的，他们的飞机大炮，围追堵截，枪林弹雨，我们都经受过了，何必怕他们几句恐吓的大话呢？难道说，听见几声蛐蛐叫，咱就不种庄稼了？树叶砸着头就不敢走路了？我们共产党人，为了革命的利益，不惜牺牲个人的一切，从中央苏区到红军长征，我们牺牲了几十万红军战士，牺牲了成千上万的共产党员，可我们没有被敌人的炮火吓倒，而是踏着战士的血迹，擦干眼泪，又上战场，继续斗争。远的不说，就说这泾阳县，有多少共产党员为了革命，为了人民的事业，付出了年轻的生命？1929年初，泾阳早期的共产党员耿觉，成立了泾阳青年奋斗社，宣传革命真理，建立党团组织，任中共泾阳县特别支部书记，牺牲时年仅二十四岁。农民运动领袖雷志学，1926年在泾阳的口镇小学加入中国共产党，后组建农民协会开展以减租减税为目的的围城安农行动，在高呼'中国共产党万岁'的口号声中，英勇就义，牺牲时才二十三岁。革命烈士苗家祥，是1927年入党的中共党员，曾担任共产党领导的渭北游击队第二大队队长，是刘志丹同志亲自给授的队旗，被害时也年仅二十六岁。同这些革命先烈相比，我们当前遇到的困难和挫折，算不得什么，大家更不要怕。我们的同志在困难的时候要看到光明，看到希望。乌云挡不住太阳，我们要有这个信心和决心，努力为之奋斗不息。"

贾拓夫的话深深地打动了学员和教官们的心，掌声哗地响起。

贾拓夫双手往下按几下，大家立即停止鼓掌，继续聆听。贾拓夫说道："我再说说这不放，主要有两层意思。第一个意思就是我们绝不放松抓好安吴青训班党建这个根本大事，要极慎重地在青训班党员中发展积极分子入党，给我们的党组织源源不断地输入新鲜血液，增强党的生机与活力。第二个意思是，我们要团结各种力量，建立统一战线，实现全民抗战，齐心抗战。我们共产党人有着远大的理想，宽广的胸怀，不会计较那些不利于全民族团结抗战的恩恩怨怨，对于这一点，我们也要有信心和决心，以国家民族利益为重，这是统一战线的前提。从目前的局势看，全民族抗战的格局已经初步形成，在抗日前线，国民革命军和八路军紧密配合，并肩作战，正在奋力抵抗日寇的疯狂进攻。陕甘宁边区的人民为了支援抗日战争，男女老少都积极行动起来，开荒种地，纺线织布，养牛养羊，发展生产，一派热火朝天的景象，叫人深受鼓舞。我希望我们的同志，能够感受到边区人民对我们的深情厚谊，坚定信念和立场，去迎接困难并战胜困难。因为我们有人民的支持，我们有着战无不胜的干革命的力量，这就是我们最终取胜的根本保障！"

台下的掌声久久不息，愣娃站起来高喊："共产党万岁！"黑娃、白女等也跟着喊："人民团结万岁！"

等学员们渐渐平静下来，席崇军书记笑着走上台说："贾书记，把该说的都说到了，我完全赞成。我要补充的是，抓紧安吴青训班党建工作和在泾阳开展统战工作，每名共产党员都有责任把这两件事做好。作为地方党组织，我们要对安吴青训班学员在生活上提供服务，在政治上进行关心，让学员们在这里学好党的理论，增强革命必胜信念，把安吴青训班办成一个让党放心、让学员满意、给革命输送合格人才的基地,大家同不同意?"

台下一片叫好声:"同意!同意!"

刘主任宣布散会,学员们陆续往出走,毛树德几个人凑在一起:"咱们赶快把入党申请书交上去,争取早日入党。""好呀,好呀,快,赶紧写去。"黑娃一碰白女胳膊:"你也快教下我写,咱俩争取一起入党。"

一群身影奔向张亮家。从路边走过的荣子娘和徐大娘看着这些人的背影,不由得笑了:"这伙年轻人热闹得很!"

徐大娘说:"和这些年轻人在一起,咱们自己也感到年轻了许多。"

荣子娘说:"对,革命人永远是年轻的。"

两个人说说笑笑地走在大街上。

党旗在心中升起

张亮家里大门虚掩着,走到门口的毛树德等几个青训班学员调皮地探进脑袋,听里边传出的歌声:"新的女性,是生产的女性大众,新的女性,是社会的劳工,新的女性,是建设新社会的前锋,新的女性和男子们一样,翻卷起时人的暴风。我们要将唤醒民族的迷梦,我们要将它造成女性的光荣。不做奴隶,天下为分,无分男女,世界大同,新的女性,勇敢向前冲,新的女性,勇敢向前冲。"

东边房子土炕上,徐大娘和荣子娘俩,正用针线缝制一面党旗,边做活边哼歌,脸上洋溢着幸福的笑容,针线在她们手下飞快穿梭,黄布剪成的"镰刀锤头"图案在一块不大不小的红布上逐渐扎根。

俩人看着缝好的党旗,会心地笑了。荣子娘说:"咱们把党旗拿到院子里展开看一下,屋里光线不好。"

徐大娘连连点头,高兴地说:"走,拿到院子里检查一下,看看有没有啥地方没有缝好,再补上几针。"

俩人把党旗拿到院子,展开,红艳艳的布就像一团火焰腾起在冬天树叶落尽的院子里,红布上缝着的黄布剪成的"镰刀锤头"图案,煞是耀眼夺目,闪着太阳的金光。

一伙学员哗地拥进门，将两位大娘和党旗围在中间，又是笑，又是拍手，又纷纷伸手去摸。不约而同，每个摸党旗的手都是小心翼翼，每个人脸上都洋溢着既幸福又敬畏的表情。

收回手，毛树德嚷："咋这么快，刚交了入党申请书，今天就在党旗下宣誓呀？"

黑娃顶一句："还没到时候哩，入党哪有这么简单，八字还没一撇，你为谁宣誓？"

毛树德哈哈一笑："咱不是有党代表吗？让徐敏领着宣誓，她说一句咱们说一句，不就行了吗？"

徐敏哭笑不得地说："你以为入党那么简单？要经过党组织严格审查，要看实际表现，还要通过组织讨论，才能确定你能不能达到一个党员的标准，能不能入党。我们共产党是为人民大众谋利益的，不是什么人都能入的，也不是随随便便宣个誓就能成的。"

毛树德蔫了下来："看样子，我还得加把劲，要不谁知道猴年马月才能入党。"

荣子娘安慰毛树德："只要努力表现了，党就会接纳你的，要相信党。"

"里边有人吗？快来取棉鞋！"康民在大门外高喊。

"来啦！快，出去搬东西。"毛树德又来了精神，挥手大喊。一伙学员哗地奔向门口。

康民从马车上跳下来，把系着红缨子的马鞭往车辕上一插，开始解捆绑货物的绳子。席崇军站在马车上对大家说："不要急，上面都有名字哩，把名字看清再拿，别拿错了。"

很快，几个人都找到了自己的棉鞋，一个个把鞋当宝贝一样抱在怀里，欢喜地你一句他一句。"还是老百姓好，刚入冬就把棉鞋给咱做好了，不怕冬天冻脚了。""这就是党组织对咱们的关心，没有党的组织领导，群众力量发挥不出来，谁能给咱们做完这棉衣棉鞋？"吕世璋干脆即兴作起诗："党旗在心中升起，热浪在身上产生，不怕寒冬来袭，永葆青春斗志。"

一句话提醒了毛树德，毛树德说："既然不能在党旗下宣誓，那咱们先给党旗鞠个躬，怎么样？"

徐敏笑："这是可以的，态度一定要诚恳。"

徐大娘和荣子娘拉起党旗，把鲜艳的党旗再次在院里展开。毛树德等人面对党旗深深地躬下身子。

席崇军笑说："应该给党旗鞠躬，更应该向人民群众鞠躬，你们先给两位老人家鞠个躬表示下感谢。"

毛树德看下徐敏，冷不丁对席崇军说："那你和徐敏就应该向徐大娘磕头哩。"

大家哄地笑开了，席崇军脸一下子红了，赶紧催康民："走走走，还有很多学员等着咱送哩，今一定要送完，明天还要去给边区送东西。"

席崇军和康民驾着马车走了，徐敏红着脸满院子追着毛树德打，边追边念叨："让你胡说，让你胡说！"

荣子娘和徐大娘满眼慈爱地看着两人追打了一会，开口提醒道："咱把这党旗赶紧送到望月楼上去，交给咱们的党组织。"

"好，好，咱们都去送党旗喽。"一伙人簇拥着两位大娘出门。刚一出门，就遇上了席崇军和康民。

"这么快就送完了？"徐大娘打招呼。

席崇军说："放到那了，妇救会同志帮着给发哩，我们要赶紧找冯主任他们，商量明天去边区送物资的事。"

徐大娘说："我们也刚好要给冯主任他们送党旗去。"

"那快上车，咱们一起走。"席崇军招呼大家。

大家纷纷上了车，康民一挥鞭，马车载着一伙热情澎湃的人朝青训班方向赶去。

望月楼会议室里，两位大娘缝制的党旗悬在了墙上。冯主任、胡主任、刘主任看着党旗，笑着对两位大娘说："谢谢你们啦，徐大娘，您这老党员，真是随时随地发光发热哩。"

徐大娘说："看着党旗在，我浑身就有使不完的劲。"

冯主任他们笑了："是啊，党旗不只是挂在墙上让人看，它应该在每个人心中升起，鞭策鼓励着每名党员，为党努力工作，无私奉献。"

毛树德往人群中间一站说:"党旗啊,在我心中升起,给我力量,给我勇气,使我从一个大老粗开始懂得了革命的道理,望着党旗,我激情万丈,心中有千言万语,现在只想说一句。"

大家正为他的大胆忘情纳闷的瞬间,毛树德转身往胡主任面前一站,大声说:"我要第一个报名去边区,感受那火热的生活,接受那革命的教育。"

大伙恍然大悟——这家伙在主动请缨哩。不禁为他的勇气投去敬佩的眼光。

刘主任笑着说:"说得好,这是我们安吴青训班学员共同的心声,这是我们党对青训班干部学员所寄予的厚望。"

席崇军说:"我们今天是给学员送过冬的棉鞋棉衣,过几天要翻山走小路,给边区送一批物资,为了安全起见,我们挑担步行,得选派一些学员跟我们去,叫他们也长长见识,对他们今后的成长会有很大帮助。"

胡主任笑着点头:"好,叫他们经受一下革命锻炼。"

冯主任也笑着补充:"挑选一批入党积极分子到边区实地学习,这也是对他们的一个实践考验。"

冯主任和胡主任、刘主任交流一下眼神,说:"那就由席崇军同志挂帅出征,点兵点将,全权指挥,我们不加干涉,无论选谁我们都放行!"

席崇军高兴地说:"好,一定不让你们失望!"

会议室响起一片欢笑声,毛树德几人已开始争抢:"我去!""我去!""我也要去!""还有我!"……

冯主任轻咳一声,学员们立即安静下来。冯主任指着墙上的党旗,庄重地说:"同志们,都到党旗下来。给党宣誓,让这两位送党旗的大娘看看,这党旗的神圣作用和巨大力量,不能让她们的心血白费,不能让她们的愿望落空,让她们亲手所绣的党旗在安吴青训班的每个人心中升起。"

徐大娘和荣子娘眼噙热泪,连连点头。

毛树德、黑娃、荣子、吕世璋、愣娃、刘泽全、仵运东、白德兴、卢德胜等九个人,精神抖擞地站在党旗下。

冯主任走到一排人面前,高兴地挨个拍下他们的肩膀说:"想当年,三国时的刘备凭着五虎上将打天下,创基业,建立了蜀国,今天席书记要带着九员大将奔走照金,必然也是所向无敌,一路顺风。"

大家暗暗吸气,挺挺胸。

冯主任笑着说:"今天,就在党旗下宣誓,为你们壮行。"

席书记往党旗下一站,对着九位学员严肃地说:"我说一句,大家说一句。"

席崇军举起右手,庄重而严肃地大声说:"我们向党庄严地宣誓!"

九位学员举着右手,齐声庄严地朗声道:"我们向党庄严地宣誓!"

席崇军:"我志愿加入中国共产党。"

学员:"我志愿加入中国共产党。"

席崇军:"坚决执行党的决议,遵守党的纪律。"

学员:"坚决执行党的决议,遵守党的纪律。"

席崇军:"不怕困难,不怕牺牲。"

学员:"不怕困难,不怕牺牲。"

席崇军:"为共产主义事业奋斗到底。"

学员:"为共产主义事业奋斗到底。"

宣誓结束,胡主任、冯主任、刘主任和每个人握手。

席崇军向冯主任、胡主任、刘主任唰地敬个军礼:"我们坚决服从党的决定,严格遵守党的纪律,勇挑革命重担,接受党的考验,不叫苦,不叫累,不怕山高路险,行进艰难,保证将物资安全送到边区。请党放心,党旗是我们的指路明灯,将指引我们战胜困难,取得胜利。我们要为党旗增辉,为安吴青训班争威!"

一双双清澈的眼睛静静地观望着,整个望月楼的会议室里,充满了神圣的气氛。

第八章
收编土匪安民心

嵯峨，嵯峨！

雄伟秀美的嵯峨山，五峰林立，山顶上一座有三四间房子大小的寺庙旁边，立着一座十多米高的砖塔，相传是为大唐开国功臣尉迟敬德所造。站在塔顶，南可望长安城及终南山，东可望西岳华山，北可望皇陵铜川，西可望照金礼泉，八百里秦川尽收眼底。山上的寺庙，也是来往行人的歇脚之处。寺庙旁边的仰天池，水清见底，长年不干，供行人饮用。每年农历七月十二，这里还要举办庙会，方圆几十里路上的香客都要赶来上香还愿，香火十分旺盛。

沟壑纵横，林密草深，山谷中不时传出野狼的嚎叫声、山泉流水的叮咚声，以及山顶寺院和尚们的诵经声、敲木鱼声，庙宇屋檐下的铃铛也随山风发出清脆的金属声。席崇军一行十多人，挑着担，小心翼翼地行进在嵯峨山间的羊肠小路上。

行进到山顶的寺庙旁，十多个挑担人头上都冒着热气，衣裳也被汗浸透了。席崇军发出命令："原地休息！"十几个人纷纷放下担子，蹲在仰天池边双手撩水咕咚咕咚地喝起来。喝畅快了，把嘴一抹，坐在石阶上，取出干粮狼吞虎咽起来。边吃边闲不住眼睛，转着脖子四下里看。

"哎，看那，看那，美得很！"毛树德给黑娃、吕世璋等指着塔惊喜地喊。

黑娃说："咋，想上去看看吗？"

毛树德说："难道你们不想吗？"

荣子说："想也不行，只顾游山玩水，万一来了土匪，这些担子咋办？"

刘泽全说："这里是咱的天下，你们想去看就赶紧去，我给咱看担子。"

请来的飞镖王毛文清说："有土匪能咋？想逛尽管逛去。"

席崇军哈哈一笑，说："看来是小刘有定力，飞镖王有胆气。让我说，你们不仅要游山，还要能作出诗才对，咱们青训班培养出来的人，要像胡主任那样，能文能武才是真秀才。"

仵运东挤过来说："今天我倒要看看你们几个文化功底咋样，是骡子是马拉出来遛遛，如果谁能作出好诗，我替他挑担子。"

"好，一言为定！"黑娃、荣子等几个同时指着仵运东。仵运东毫不迟疑地点头。黑娃对近旁的席崇军说："席书记，你做证，可别到时说我们欺负他。"

席崇军说："我做证，但有时间限制，以十五分钟为限，咋样？"

"好，你们就等着。"几个人呼啦起身跑向塔，三两下登到塔顶，扶着栏杆四下远眺。片刻之后又都相继下来。

仵运东迎着几个人扬脸问："咋样，作得出来吗？"

毛树德抢先道："我来打头炮，说个咱们泾阳民谣。泾阳有个嵯峨山，安吴有个青训班。来这青年成千万，争当八路上前线。打日寇，英雄汉，为咱百姓不遭难。"

黑娃说："这个不算，人人都会，这登塔作诗，得是自己作的，也得有诗情画意才行。"

"就是，就是。"几个人附和。

毛树德不服气地说："另来就另来，咱是安吴青训班学员，这事难不住咱，听清啊。"

　　　　嵯峨山塔彩云间，脚下清河流水欢。
　　　　两岸村舍农家田，村荫深处冒炊烟。
　　　　醉入画乡人不断，身临仙境似飘然。
　　　　怡神俯瞰何相往，远看照金红满天。

吕世璋笑着接道:"这还凑合,大家听我的。"

> 巍然屹立嵯峨山,西来东去直蜿蜒。
> 北红南白各自天,国共分治划地盘。
> 革命青年朝北走,步入热土激情翻。
> 勇往直前挑重担,勿忘党旗下誓言。

大家一片叫好。荣子急急说:"我也来上一段。"

> 仰天池泉水流不断,安吴和照金一线牵。
> 牵线的就是嵯峨山,南北连接一路欢。
> 革命友情紧相连。

刘泽全说:"该我啦,该我啦,听啊。"

> 形似莲花开五瓣,势若龙蛇过泾川。
> 云起山前安吴堡,风吹山后照金路。
> 嵯峨山高水流长,联结革命路上走。
> 抗战救国齐备力,万民欢唱共聚首。

音刚落,黑娃红着脸说:"听我接着编一首啊。"

> 青峰林木山岩下,崎岖山路少人家。
> 依山傍水潭中影,满山开遍马莲花。
> 仰天池中饮甘露,和着干粮充饥腹。
> 一颗红心向着党,谈笑风生何言苦。

这首诗赢得了热烈的掌声,席崇军对黑娃点点头:"成长得很快,胆子可再大一点。"黑娃欢喜地点头。

仵运东也龇牙一笑:"总不能真让我挑这么多担子吧,我也来一首,算是抵平，咋样？"不管大家同不同意，他自顾自地念起来：

> 我们肩挑重担，翻越嵯峨山，在通往照金的路上，大步向前。不怕山高路远，不怕猛兽敌顽，想到边区的同志们啊，不觉脚下生云烟。急行军，过高山，不怕困苦和艰难，要去照金会亲人，要给边区送温暖，边区是咱根据地，照金有咱好兄弟，和咱安吴在一起，为了抗战得胜利。

"啧啧，"毛树德调侃，"看不出来，仵运东也会作诗了，还作得不错，担子不用你挑了。下来该卢德胜了。"

卢德胜红着脸说："我只会干活，不会作诗，我就给大家背一段咱们平时爱念的那些词，行不行？"

"行，随便念，大伙听着哩。"

卢德胜清清嗓子，大声念道：

> 挑着革命担，穿越嵯峨山，奔照金，去马栏，心向延安。我们安吴青训班，一代革命的青年，都是铁打的英雄汉，和云阳人民在一起，拧成一股绳，抱成一个团，摧不垮，压不烂，冲破乌云，战胜艰难，沿着革命的道路，万众一心奔向前。

白德兴也忍不住了："热闹得很，我也来一首。"

> 站立嵯峨气潇洒，满目清新遍地花。
> 南望秦岭山不断，泾渭奔腾过秦川。
> 英雄八路在前线，抗日激流波浪翻。
> 战马奔腾人未还，漫天捷报喜讯传。

愣娃吭吭地清着嗓子，大家哄地笑开了："好，好，该你了，没人跟你抢！"愣娃念：

> 翻过山，是边区，照金是咱根据地，又劳动，又学习，不愁吃饭和穿衣。干群一心人和气，心里高兴没法提，都想早到边区去，不受打骂不受欺。

说完后不尽兴，又急急地主动要求："我再来一首顺口溜啊。"

> 说个理，道个理，自古黑人有声威。
> 霸王力大举千斤，胯下骑的黑乌骓。
> 桃园结义刘玄德，凭的三弟黑张飞。
> 唐王异国定乾坤，靠的大将黑敬德。
> 梁山好汉黑旋风，两把板斧砍奸贼。
> 开封府里老包黑，铜铡铡的高权贵。
> 你看黑人有多威，官居宰相人敬畏。
> 黑是黑，白颜色，风吹日晒不折色。
> 选女婿，甭嫌黑，要的是诚实和品德。
> 革命阵营大家庭，不分脸白与脸黑。
> 只要红心跟党走，黑人照样成功臣。

他刚说完，大伙都哈哈大笑起来，瞅着席崇军，愣娃急急解释道："席书记，我不是说你黑哩。"逗得大家更是笑得止不住，席崇军也嘿嘿笑："我倒盼你说的是我，说明我能成为革命的功臣。""你肯定是革命的功臣。"大伙叽叽喳喳冲着席崇军来了，席崇军做了个让大家停下来的手势，说："要不，我也来凑凑热闹，编一首。"

"好，好。"一片喝彩声，然后都安静下来，听席崇军念道：

> 安吴堡子出东门，几步就到鲁桥镇。
> 鲁桥上塬过孙村，孙村不远是照金。
> 照金有个习仲勋，领导穷人闹翻身。
> 把守边区南大门，把咱安吴挂在心。
> 为咱学员讲理论，共同建设新中国。

大家热烈鼓掌，都齐声夸："席书记的诗大气，有深度。"席崇军佯装着把脸一唬摆手说："甭给我戴高帽子，喝了，吃了，景也看了，诗也比了，接着赶路！"

"康队长，山里猫，你俩给咱亮些啥呀？"愣娃瓮声瓮气地问，边问话边挑起担子，别的人也都重新挑起担子，开始出发。康民嘿嘿一笑，说："要不我给大伙讲个嵯峨山的故事吧。"

"快讲，快讲。"在几声好奇又兴奋的催促中，康民开始讲："在咱这嵯峨山东边，有一条沟，无论天有多干，地有多旱，沟里总有一股泉水长年不断。相传在很久以前，这条沟及其周围一直缺水，老百姓吃尽没水的苦，为了求雨老百姓在这里先后修建了玉皇庙、娘娘庙、龙王庙，每年七月十二日举办庙会，祈祷神灵风调雨顺。有一年，正好是七月十二日，王母娘娘下凡到人间看风景，从这里经过，被成千上万善男信女的诚心所感动，就用自己的衣襟撩起些水洒在山沟里，从此这条沟里就有一泉小水池，常流不断。人们为了纪念王母娘娘的恩德给这泉水池起名'撩池洼'。王母娘娘撩水时，不小心被沟坡的酸枣刺挂破了腿，流下的鲜血染红了山石和土壤，王母娘娘顺手把这株酸枣枝折断扔在地上，这枝酸枣就从顶尖部重新生根发芽，但枣刺却一律向下长。从此这里的石头和土壤变成了红颜色，酸枣刺都朝下长。"

"真的吗？""让我验证下！"黑娃、荣子几个人边走边东张西望地寻酸枣树。山里猫开口道："本来还想讲个故事，看你们非要验证，那就算了，我不讲了，省得你们一个个闹着上天。"

大伙哈哈笑起来，席崇军说："是皇帝升天的故事吧？"山里猫点头："黄帝铸鼎驭龙升天，是让我最自豪的故事，我就认定咱嵯峨山是黄帝的老家，咱这一带人都有黄帝的血脉哩。"

黑娃、愣娃等急得说："快讲快讲，让大伙都跟着自豪。"

"好，听着，这可是我讲得最拿手的故事。"山里猫有几分得意地开口，"逐鹿之战，黄帝大战蚩尤，取得辉煌的胜利，从此华夏民族实现了统一。黄帝为了使臣民们牢记来之不易的胜利，维护华夏民族大团结，决定铸鼎明志。嵯峨山是黄帝长期生活、战斗、开疆立国的地方，他就选择嵯峨山，古时候叫荆山，作为铸鼎的地方。黄帝铸鼎时，嵯峨山麓风、水、火三神，耕、樵、牧、猎众民效命，虎、豹百兽衔柴汲水，采首阳的铜，吸嵯峨山的灵气，取冶峪河的水，用乌口的火种，经过九九八十一天，日月同辉时，三尊巨鼎铸成。每尊高一丈三尺，有十石瓮粗。九月九日，三尊宝鼎安放在嵯峨山脚下，臣民欢腾，举国同庆。当庆典结束时，天空中突然彩霞飞映，光华四射，龙吟凤鸣，从五彩缤纷的祥云中降下一条金光灿灿的黄龙。黄帝知道这是玉皇大帝派出的接他回天庭的使者到了。他跨上龙背，冉冉升空而起，臣民们舍不得黄帝离开，就紧紧拽住黄帝的长袍，结果长袍脱落，黄帝面带微笑，与臣民们挥手告别，升上天庭。臣民们抱着黄帝的长袍痛不欲生，后来将其长袍葬在黄帝的出生地，就是现在的黄陵。唐代的时候，官府在嵯峨山设鼎州，立有刻着'黄帝铸鼎处'字样的石碑，至今嵯峨山附近的群众每逢农历九月九日，还在以不同的方式祭奠黄帝。你们说，这是不是真的？"

荣子听得目瞪口呆，满眼羡慕："肯定是真的！我以后就在嵯峨山扎根，世世代代生活在黄帝的老家。"

哈哈哈，一片哄笑，把树上的几只鹊吓得飞了起来。刚好迎面过来四个衣着破烂满脸污垢的人，席崇军提醒大家："侧一侧，给这些人让路。"这四个人战战兢兢擦身而过时，飞镖王毛文清冷冷地说："不用打探了，快回去领功，来迟了，就把好事耽误了。"几个人一听撒腿就跑。

席崇军等人纳闷，抢着问毛文清咋回事，为啥一路上他都很少开口，开口就说些让人摸不着头脑的话。毛文清呵呵一笑："这是踩点的青龙洞土匪探子。"

"啊？"除席崇军、康民保持平静外，毛树德等人忍不住惊讶出声："那怎么办？"

毛文清平淡地说："这怕啥？这事我经得多了，押镖走南闯北几十年，从来没有失过手，走四川下河南都不怕，这几个毛毛贼有啥可怕的。"席崇军说："咱们还是把家伙准备好，如果真碰到土匪，尽量好说好散不要开枪，实在不行，就要做好战斗准备。"

空气凝重下来，一伙人挑起扁担，朝着嵯峨山背后走。为了壮胆气，席崇军让毛树德带领大家唱歌。毛树德就大声开口带着一伙人放开嗓子唱："我们肩挑重担，翻越嵯峨山，在通往边区的大路上，跨步向前，不怕山高路远，不怕猛兽敌顽，想到边区的同志们啊，不觉脚下生云烟。急行军，过高山，不怕困苦和艰难，要去边区会亲人，要给边区送温暖，边区是咱根据地，边区有咱好兄弟，和咱安吴在一起，为了抗战得胜利。"

唱罢歌，毛树德忍不住问毛文清："师傅，土匪窝为啥还叫青龙洞？"毛树德一问，还把大家的好奇都调动起来了，都看向毛文清。

毛文清清一下嗓子，大声讲起来："这嵯峨山上有一石洞，深不可测，直通后山，夏季洞口凉风飕飕，渗人肌肤，冬季洞口热风习习，温暖如春。相传在很早以前，有一条青龙每逢天旱时，就到嵯峨山口喷甘露，洒遍漫山遍野，使嵯峨山的树木花草常年郁郁葱葱。有一年，一条火龙路过此山，相中了嵯峨山的风水，就在此山中修炼，火龙口喷烈火，把山上的树木、花草烧得精光。当青龙又一次飞过嵯峨山时，看到光秃秃的山体，寸草不留，十分诧异，就准备作法喷水。那火龙见状，立即腾空而起，和青龙恶战一场，火龙敌不过青龙，就使出毒招，口喷烈火，青龙被烧得遍体鳞伤，落下云头，掉在半山腰中，火龙紧追不放，青龙忍着疼痛，用爪子扒着山石，一直扒到后山，形成一个石洞，从洞中逃走。青龙逃到东海龙宫，向龙王诉说了火龙的孽行，龙王向青龙身上喷了口圣水，青龙伤势瞬间痊愈，龙王又取出一粒仙丹，叫青龙含在口中，再战火龙。青龙千恩万谢拜辞龙王又回到嵯峨山，火龙正喷烈火烧山，青龙怒从心起，张开嘴巴，那仙丹便喷出水柱，直射火龙，火龙施法不灵，只得落荒而逃，再也不敢到嵯峨山作恶。从此嵯峨山又变成树木葱郁、花草茂盛的风景山，后来的人为纪念青龙，便把那石洞称为青龙洞。"

大家听完毛文清动情的述说，都不由得站住，向山顶上望，似乎想看到青龙洞。毛文清又重重地叹息一声："可惜那样一个荣耀的地方，现在让一群土匪霸占了，整天为非作歹，祸害百姓。"

荣子愤愤地说："走，咱们把这帮土匪赶跑，不能让他们糟蹋青龙的名誉。"

席崇军沉思着点头说："看时机吧。"

飞镖王勇挫土匪

初冬的嵯峨山，层林尽染，令人眼花缭乱，漫山遍野金黄的柿子、红艳艳的苹果、黄黄的野山梨、红珍珠一样的酸枣，散发着诱人的光泽，可山路上的行人却无心欣赏，每一双脚步都是急匆匆的。因为大家都知道，这旁边深沟的几处山洞里随时会钻出土匪，路过这里的人，都提心吊胆，唯恐遭到打劫。

毛文清所讲的青龙洞就处在半崖上，崖上茂密的树丛掩盖着不大的洞口。洞内纵横交错，深不可测，易守难攻。洞口前一条细细的路通向谷底，被草覆盖着，断断续续，时有时无。

洞里为首的三个土匪，分别叫作"瞎熊""娃狼""鬼怪"。这几个人各有特点，也各有特长。老大"瞎熊"，三十左右的年纪，膀大腰圆，会几路拳脚功夫。老二"娃狼"，二十七八岁，人长得瘦小，却手脚利索。老三"鬼怪"，二十出头，人长得白净，能说会道，脑子灵活。三人手下共有三五十个土匪，经常在嵯峨北仲山一带活动，沿路沿村打劫，时聚时散，国民政府、警察、民团虽多次围山清剿，却拿他们奈何不得。

从嵯峨山寺庙探路踩点的几个土匪，急匆匆跑回洞，给正躺在太师椅上打瞌睡的老大瞎熊汇报："大哥，送财礼的快到门口了，咱们得准备去迎接。"

瞎熊一听来了精神，眼睛一睁，坐起身："老二，礼轻礼重？需要多少人迎接？"

老二就是娃狼，急着说："十几个人挑着担子，礼不轻哩。"

"哈，"瞎熊朝洞内大喊，"老三，快出门迎客！"

话音落地，老三鬼怪急忙来到瞎熊跟前："大哥，我已听到了，迎客的礼数都准备好啦，就放在狼吃娃的地方，那里山高路险，林深草密，咱们分两路人马，前后堵截，看他们还能插翅飞过去不成。"

瞎熊一拍椅子扶手，起身："好，就按你说的办，我和老二在前面堵截，你带人堵住他们的后路，咱们来个前后夹击，保准马到成功。"说罢一挥手："弟兄们，拉家伙上阵！"

很快，山洞里走出三四十个手拿大刀长矛土枪棍棒的土匪。老大老二老三则挂着盒子枪。众土匪来到洞外场地上，老大瞎熊下达命令："留几个看守，其他人分成两路，老二老三各带一队，立即前往狼吃娃。"

崎岖的山路上，走在最前边担着担子的游击队队员回头对席崇军说："前边是狼吃娃，是土匪最易下手的地方，让咱的人跟紧，不要远离，不要掉队。"席崇军回头喊："大伙跟紧一些，看好行李，随时准备战斗。"毛树德等人神色凝重下来，脚底下加速，紧紧相跟在一起。

"这啥地方呀，这么阴森。"毛树德自言自语。的确，这是一处急拐弯，两边是不见底的深沟，茂密的森林，清冷中透着阴森恐怖。

"这是狼吃娃。"山里猫给大家介绍。刚说完就站住了，前方几米处丛林里跳出一伙手拿土枪大刀长矛的人，凶神恶煞地挡在路上。

席崇军一行也站住了，双方对峙起来。娃狼大声吆喝道："此路是我开，此树是我栽，要打此路过，留下买路财。"随着他的吆喝，土匪们拥上来，把席崇军一行团团围起来。

席书记示意大家把担子放下，镇静地把衣服一撩，露出腰间的盒子枪，康民、毛文清等也学着席书记的样子，给土匪们亮了亮腰里的家伙。山里猫直接把担子一撂，从腰里拔出枪说："有啥说的，直接打这些狗日的！"

席崇军说："我们还有任务，能不动武就不动武。"

一伙土匪原来想席崇军他们挑着这么多担子，肯定是做生意的，没想到露出这么多短枪，一下子有些怯阵了，开始往后退。

飞镖王毛文清上前一抱拳，说："弟兄们，我们今天借道去边区办事，请让个路，行个方便。"

娃狼看一眼瞎熊，瞎熊没想到碰上带枪的硬茬，一下子也没了主意。娃狼眼睛一转，对毛文清说："行个方便也行，你们也得给兄弟们留下点见面礼。"

土匪们也大声喊着壮胆："留下见面礼，留下见面礼！"

毛文清问娃狼："你有啥本事要我留下见面礼？"

瞎熊往前一迈步："听你口气倒不小，还是把礼放下走人，我们只图财不害命。"

毛文清一笑："想害命也没那么容易吧。请让路，我们有急事，没时间跟你们闲扯。"

瞎熊打家劫舍从来没失过手，哪里听过这样羞辱的话，立即把袖子一撸就要动手。娃狼赶紧往前一蹿挡到前边，用盒子枪顶在毛文清胸口上。

毛文清轻蔑地抽抽嘴角："我们也不想害命，你不要欺人太甚。"

瞎熊知道遇见对手了，立即对娃狼说："把枪收起，看看他有啥本事！"

娃狼十分不情愿地往后退了几步，眼睛盯着毛文清。毛文清把衣服解开，从腰间抽出腰带，拿在手上一抖，立即就成了一根七八尺长的藤条棍。

瞎熊不禁惊奇地脱口道："这是何物？"

毛文清一笑："如意钢鞭。这是用牛皮鹿筋竹板藤条编成的，见风就硬，上阵可当钢鞭，系在腰里可当腰带。"

瞎熊再次惊奇地问："你是何人？"

毛文清笑："江湖上人称'飞镖王'。"

瞎熊疑惑地说："你就是飞镖王？久闻大名，如雷贯耳，幸会幸会。"说罢哈哈大笑。

娃狼不解地问："大哥，你笑啥哩？"

瞎熊又哈哈大笑几声，说："江湖上传说飞镖王功夫了得，没有对手，我还以为长着三头六臂哩，今天一见也不过如此，真是看景不如听景。"

娃狼奸笑："怕不会来个假的，在这吹牛吓唬人吧。"

瞎熊把手中大刀一挥："是真是假，让我这把刀辨认。"

毛文清冷笑一声："说吧，想咋耍哩？"

瞎熊说："咱明人不做暗事，把话说到前头，你若赢了我手里的大刀，弟兄们给你让路，任你们行走，若赢不了，放下财礼空手走人。若再纠缠，休怪无情，这把大刀也不是吃素的。"

毛文清笑："君子一言，驷马难追，那就一言为定！"

娃狼对瞎熊说："不劳大哥了，让我来会一会，几下就把他拾掇了。"说着，从瞎熊手里接过大刀，向飞镖王毛文清走来。

毛文清笑："咱找个平坦的地方，让大家让开点，不要伤了无辜。"

俩人走到一块较为平坦的地方，开始过招。娃狼想在气势上压倒毛文清，举起大刀奋力乱砍，毛文清左躲右闪并不还手，还忍不住笑："连基本套路都不懂，还敢上场，胆子够大。"

娃狼砍了几次都扑了空，听毛文清一说更是又羞又急，气冲冲地喊："少废话，看刀！"

娃狼又一次向毛文清砍去。毛文清轻叹一声："算了，不逗你耍笑了，去吧！"说着手挥如意钢鞭就地一扫，就听娃狼"哎呀"一声，又"扑通"一声倒地。

毛文清气定神闲地站在空地上，他的动作太快，席崇军等人都没看清楚咋回事哩，都直愣愣地站在那里。瞎熊走到娃狼跟前，踢了一脚："把刀拿来，真是丢人现眼到家了。"

几个土匪急忙跑上前把娃狼扶起，坐在一边的草丛里。瞎熊手舞大刀向毛文清步步逼近，似泰山压顶。毛文清手持钢鞭迎上前去。

瞎熊的大刀呼呼生风，毛文清的钢鞭如雪花飞溅，你来我往，兵器不时相撞，发出清脆的声响。众人只见电闪雷鸣，看不见人影，都看呆了，站在原地大气也不敢喘一下。

双方你来我往，对打了几十回合，只听毛文清斥一声："也不跟你耍了，去吧！"音落，手起鞭飞扬，瞎熊手里的大刀一下子就飞了出来，落在毛文清手中。

娃狼一看瞎熊被夺了兵器，急得大喊："弟兄们，一起上，快救护大哥！"

毛文清把大刀扔给瞎熊，笑着说："还给你，如果不服气还可以找时间再战，咱们行走江湖讲的是武德，不要轻易伤人性命。况且，你我有言在先。"

瞎熊对拥上来的土匪吼道："都给我退下，闪开道路，让他们走！"

毛文清又一笑："咱们是不打不相识，无论输赢，今儿就当是切磋武艺哩。要是你把这身武功用到上前线打日本鬼子，那才算是国家民族的英雄，咱老百姓心目中的有功之臣。"

瞎熊一怔，问："你们是干什么的？"

毛文清说："我们是安吴青训班的，要去边区根据地，给他们送过冬的物资。"

瞎熊脸一红："安吴青训班？就是八路军办的那个青年干部训练班？"

毛文清："正是，我们就是八路军的队伍，今天和我一起来的还有抗战救国会的席崇军书记，游击大队的康队长他们几个。"

毛文清说着拉瞎熊到了席崇军他们跟前，介绍说："这就是席书记和康队长，这两个才是能人哩，本事比我大得多。"

瞎熊惭愧地低下头，双手抱拳向席崇军、康民道："兄弟有眼不识泰山，多有得罪，望二位长官不要见怪。"

席书记笑着说："不必客气，你们也是穷苦农民出身，为生活所迫才在这里落草为寇。看你一身本事，咋不投八路军？带着弟兄们投奔八路军打日本，才是为弟兄们找了条正路。"

瞎熊说："八路军能要我们这样的人吗？"

席崇军说："现在全民都在抗战，结成了抗日民族统一战线，国共都合作了，你们有啥不行的？只要愿意，就可以参加八路军。"

瞎熊高兴地说："原来只是听说共产党是领导咱穷苦人闹翻身的，百姓们无不称赞,但我们还没见过,今天听你一说,我有些明白了。既然你们是安吴青训班的,跑到边区那么远的地方干啥?"

席崇军说:"边区那里有个习仲勋,你听说过没有?那习仲勋可是个实在人,时常为穷苦百姓着想,处处为大家谋事情,现在天快冷了,那里缺少过冬的衣物,我们今天赶着给送去。"

瞎熊说:"习仲勋我们听说过,但从没见过面,听说他是富平塬上淡村的,从小就闹革命,现在已经是边区特委书记了,如果跟上他干革命,我们一千个愿意。"

康民说:"只要你愿意,我们一定会有时间再见面的。"

瞎熊说:"我们是不打不相识,今后,只要是有关抗战的事,只要你们报上我的名字,这一路上没有敢阻拦的。"说完拉住毛文清的手:"真是名不虚传,有这等功夫,兄弟我算是服了。"

毛文清笑:"本事要用到正向上,才能发挥作用,有正气才能有力量嘛。"

瞎熊若有所思,笑着说:"今天和老兄会面,让我长了不少见识,以后有用得着的地方,尽管说。今天实在对不起,耽误了你们的行程,惭愧惭愧。"说罢,朝土匪们一挥手:"撤!"

众土匪赶忙向两边闪开,让出一条路,席崇军一摆手,大家挑起担子重新上路,一路向边区赶去。

走进边区

山峦起伏,沟壑纵横,树林密布,峰奇岭峻。山沟里蜿蜒曲折的小路被灌木丛覆没,席崇军一行小心翼翼地赶着路。

"边区地形这么复杂呀!"毛树德忍不住开口。

"是呀,习仲勋书记他们真不容易啊!"席崇军也发出喟叹。

"站住!什么人!"随着一声高喝,树丛里闪出两个身着陕北百姓衣裳手托长枪的哨兵。

飞镖王毛文清条件反射地嗖的一声从腰间抽出如意钢鞭,山里猫一按毛文清的手笑着说:"不用紧张,咱们到家了,这是迎接咱们的人。"

哨兵托着枪，准准地对着最前边的山里猫和毛文清："不许动，到底是干啥的？"

山里猫回答："我们是云阳抗战救国会的，来给边区送物资。"然后一指席崇军："这是我们的席主记。"

哨兵毫不放松警惕地问："有通行证吗？"

席崇军说："没有。"

哨兵冷冷地说："没有通行证，任何人都不许过，这是规定！"

山里猫不高兴地问："这是谁的规定？"

"哈哈，这是我的规定。"灌木丛中突然传来一声朗朗笑语。一行人立马瞅向来者的方向，待看清来人，来人也看清了一行人，同时惊叹道："可盼着你们了！"

从灌木丛中走出来的正是习仲勋等人。习书记紧紧握住席崇军的手，又和其他人一一握手，解释说："现在形势复杂，凡是过往的行人都要仔细盘查。"然后回头笑着对哨兵说："这些是云阳抗战救国会和安吴青训班的同志，咱们自己人，是给咱们送物资的，快来接担子，让客人们轻松下。"哨兵们不好意思地上前，边殷勤地接取担子，边道歉："对不起，不知道你们是干啥的。"席崇军哈哈笑："没关系，小心点是对的。"

毛树德几个激动地窃窃私语："这就是习书记？"习仲勋笑："哈哈，咋，跟你们想象的不一样？"毛树德几个人红了脸。毛树德说："习书记在薛家寨的故事，我们早就听说了。""哈哈，大家去过薛家寨么？"习仲勋带着大家边走边聊。

"没有，相传那里是薛刚反唐屯兵的地方。"刘泽全说。

毛树德接着道："薛刚反唐闹花灯，误伤太子圣驾崩，女皇立周聚奸佞，忠良被杀苦众生，蛇龙猛虎齐出世，赤县神州兴唐兵，雄兵百万捣长安，灭武兴唐成一统。"

习仲勋惊喜地回头看一眼毛树德："你这安吴青训班学员还会说薛刚反唐的评书？"

毛树德笑："我这是和我哥学的，他经常在村上说评书，我听得多了就记住了一些顺口溜。"

习仲勋鼓励毛树德："你还会说些啥？给大伙说说，让大家都高兴高兴。"

毛树德一下子来了精神，把左肩上的挑子往右肩上一换，大声说道："高宗驾崩薛家亡，则天趁机乱朝纲，举义反武二十载，薛刚助李又兴唐。话说西辽王薛丁山和兵马大元帅樊梨花生子叫薛刚，为人仗义疏财，见义勇为，路见不平拔刀相助，习文练武，一身好功夫，人称'通城虎'。"

习仲勋笑着说："这小伙子对薛刚反唐的事还内行得很，可见安吴青训班里藏龙卧虎。等咱抗战胜利后，新中国成立时，你就在这里给大家讲薛刚反唐的故事。"

毛树德笑："到那时候，不光是说薛刚反唐的事，还要说咱照金根据地闹革命的事。南有瑞金，北有照金，瑞金因第五次反'围剿'失守了，可咱们照金仍然还在，这就为咱保住了根基，保存了力量，功劳不小。"

一伙人边走边说笑，到了指挥部。

众人把担子放在地上，擦着满脸的汗水，席崇军笑着对习仲勋说："这是云阳人民对咱边区人的一片心意。里边有棉花、棉布、造火药的火硝硫黄，还有一批治疗枪伤的西药及其他医疗器材等。"说着，从腰间掏出一张纸递给习仲勋："这是货物清单，你找人核对一下。"

习仲勋笑着说："核对啥哩，我还能不相信你们？这是云阳人民对我们的关心，感谢都来不及哩。"说着，对身边的勤务兵说："去给大家熬上一锅泾阳砖茶，多放些茶叶，让大家好好歇一歇。"

不一会，两个勤务员回来了，一个提着冒着热气的大木桶，一个提着个盛满茶碗的竹筐。两人把碗往石桌上摆开，一一添满茶。

"喝茶！喝茶！"习仲勋端起茶碗笑着说："这是你们泾阳的茯砖茶，好喝得很。这还是苗家祥在你们云阳西北塬上成立游击队，刘志丹同志去送队旗带回来的，一直舍不得喝，今天拿出来请你们大家喝。"

康民说："习书记这下可以多喝几次了，这次来，冯主任让我们专门多担了几块砖茶，让大家都喝下我们泾阳茯砖茶，强身健体。"

习仲勋说："太谢谢你们了，泾阳人民给我们的支援太多了，我以前常去泾阳，在西北塬一带不知跑了多少次哩。"

毛树德笑着问："那你到西北塬上去时，是骑马还是步行？"

习仲勋笑："那阵子，咱还没有马匹，来回都是步行。就从这照金出发，翻过嵯峨山往西北塬山根底下走，沿山一带不知跑了多少次哩。口镇那地方设卡子，有驻军盘查哩，我就从药树村往南走，经过河峡村往西到西山庄，就把口镇街道绕过去啦。路上走困了，就歇在河峡村对面的半截沟地窑里，那地方到处是深沟，吃住在那里放心得很。"

吕世璋笑着接话："那你对云阳西北塬上熟悉得很嘛。我们这里的刘泽全就是西北塬上河峡村的。"

习仲勋说："我对云阳一带不光是熟悉，还有很多熟人，还在很多人家里住过哩。你刚说的刘泽全是哪个？"

刘泽全连忙把碗往桌上一放，站起来向习仲勋敬个军礼。

习仲勋赶紧向他招手："不要拘束，打个招呼就行。你家是河峡村的？"

刘泽全说："我家住在河峡村西头的底坑窑里，村人都叫我父亲刘老四。"

习仲勋欢喜地说："认识认识，就是整天在塬畔上放羊的那个老汉？我还在你家吃过饭哩，你父亲和母亲都还好吧？"

刘泽全激动地连连点头："都好，都好！"

习仲勋情深意长地说："我对云阳人民有一种非常深厚的感情。云阳人民支持革命的热情，让我难以忘记。等咱们革命成功了，要把咱云阳人民支持革命的感人事迹写出来、传出去，让人们永远记住云阳人民为革命所做过的努力和贡献，咱共产党不做那忘恩负义的事情，不做对不起朋友的事情。"

正说得热闹，几个勤务兵端上热气腾腾的饭菜。习仲勋笑着招呼大伙："咱们这里条件比较艰苦，今天慢待大家了。这洋芋焖饭、柿子和炒面、兔肉焖饭，既当饭又当菜，吃了不饥不渴，大家尽饱吃。"

热气腾腾的饭菜刺激了大伙吃了两天干馍的肠胃，毛树德和忤运东忍不住一下子端过一碗往嘴边送，饭一进嘴，还没咽下去哩，就喊："咦，好吃，好吃！"把大伙逗得想笑又不好意思笑。

康民嘿嘿一笑："别像个饿死鬼似的，惹人家笑话。"

这一句真把大家逗乐了，全都哈哈大笑。

忤运东脸一红，转而自找台阶说："笑话啥哩，咱都是穷苦出身，能吃到这么好的东西，说明习书记看得起咱，这焖饭就是比咱的面条特别嘛。"

说笑着，一个个端起碗。

"习书记，习书记，成啦，成啦！"随着兴高采烈的声音，两个三十来岁技工模样的人走了过来。

习仲勋立即放下碗,高兴地说:"今是双喜临门呀,一是来了这么多客人,二是咱们的麻辫子手榴弹试验成功啦!"

"手榴弹?""真的?""好事,好事!"席崇军一行也不禁惊喜起来。

习仲勋笑着有力地说:"吃完饭,咱们到外面山沟里放几个试试,就当是给咱云阳客人放欢迎礼炮哩。"

席崇军说:"我们要向你们学习这个,等学会后我们也要造,送给前线的战士狠狠打击日本鬼子。"

康民吆喝大家:"快吃,快吃,吃完出去看礼炮。"

"嗯,嗯。"一伙人不再说话,埋头快快地往嘴里扒饭,四下里响起嚼咽声。

吃完饭,碗一撂下,习仲勋就起身带领大家走向山沟。站在一处坡顶,习仲勋向西而立,凝视远方片刻,抬手向前一指,声音沉沉地道:"那里就是照金。当年我和刘志丹在那里指挥红军打退国民党军队数千人的十路围攻,整个山寨周围成了一片火海,打得敌人尸横遍野。可我们的游击队总指挥李妙斋同志却不幸中弹牺牲,年仅三十岁。"说着,习仲勋眼里噙起了热泪,大伙也心下悲伤,都默默地看着远方。

安静了一会儿,习仲勋强压住哽咽说:"每当想到这些为革命牺牲的同志,我心里就难过,要取得革命的成功,就得有奋斗有牺牲,照金的革命根据地,是先烈们用鲜血染红的,家家户户都有为革命牺牲的亲人,都有一本血泪账,苦难史,有许多的是父死子替,夫死妻顶,兄死弟上,姐死妹来。他们掩埋了亲人,擦干眼泪,忍受着巨大的悲痛坚持斗争,用鲜血和生命,保住了照金这块革命根据地,扩大了陕甘宁边区,使人民看到了胜利的希望。"

旁边两个技工模样的人,抹一把脸上的泪说:"要不,我们好多人,咋能从南方的大城市,跑到这里来投身革命哩。就是照金点燃了革命的火炬,升起了斗争的旗帜,我们才愿意来这里研制新的武器,打倒独裁,打败日本。"

席崇军说:"我们云阳人民也是这样,家家户户都有为革命献身的亲人,我们一定要努力奋斗,推翻独裁统治,建立新中国,以此来告慰先烈的英灵。"

习仲勋又沉默了片刻,说:"今天,我们这些不同地域的人走到一起,就是一个目标,打败日本帝国主义,建立新的人民政权。"

毛树德狠狠地说:"对着哩,得让日本鬼子尝尝咱们边区人研制出的新式武器的厉害,打得他们尿尿都要打战战!让他们知道中国人不是好惹的!"

习仲勋若有所思地点点头,然后对俩技工说:"开始试验吧。"

俩技工点点头,转身跑向对面山头的沟畔上,向习仲勋等人招手示意一切准备完毕。习仲勋四下看看都隐蔽好了的战士,便做了个开始的手势。

隐蔽在石头后的人都凝神闭气地牢牢盯着两名技工。只见两名技工将用麻绳串在一起的手榴弹,两个三个四个五个分别摆放开来,然后站在沟边,将这些手榴弹沿沟边往下放到半空中,然后再猛地一拉,手榴弹朝下飞去,接着,轰隆轰隆几声巨响,震得人双耳发麻,烟雾迅速弥漫了山沟,受惊的鸟成群成群地飞出丛林,在山谷里惶乱地盘旋鸣叫。

习仲勋等人拍手欢呼。两个技工很快从对面跑回来,问大伙:"咋样?辫子手榴弹威力还可以吧?"

康民竖起大拇指:"太厉害了,还从来没见过这种手榴弹。"

一个技工说:"这辫子手榴弹是在地雷的发射原理上改进的,可以绑,也可以拉,战斗过程中,遇到小股敌人可以用小串,敌人多的时候就用大串,对付成群的敌人时,比掷单个手榴弹作用大得多。用这种辫子手榴弹,炸碉堡、炸城门、炸桥梁,都很厉害。"

另一个技工说:"最近,我们还研制成一种小型手雷,携带方便,和敌人面对面交手时,一掷就爆,杀伤力相当强。"

习仲勋由衷地一笑:"很好,你们这些技术人员是我们的宝贝疙瘩,动脑筋想办法,制造新武器来打敌人,为抗战胜利做出了贡献。"

两个技工有力地回答:"我们一定继续努力,把所有力量贡献给革命!"

习仲勋对大家说:"在边区,不管是兵工厂、服装厂、畜牧场、农场、医院、后勤部工作的同志,都要围绕支援抗日前线这个大目标大任务,做好各自工作,开展劳力竞赛,树立模范榜样,把咱边区的革命事业搞得轰轰烈烈,让来这里的人都受到鼓舞激励。"

毛树德笑:"我已受到教育了,回去后再给安吴青训班学员一说,想来这儿的人肯定多得很。"

席崇军也笑着说:"就是,云阳抗战救国会的好多人,都争着要来哩。"

习仲勋笑说:"好,欢迎大伙来,你们难得来一趟,我带大家去我们的服装厂、畜牧场、农场等地看看。

大伙连连点头，说说笑笑地跟着习仲勋往村子里走去。每到一地，席崇军等人便忍不住啧啧赞叹一番。

"回去咱也养猪鸡狗羊，还怕没肉吃？"

"回去开些荒地，种菜种粮，想吃啥种啥！"

"吃结结实实地打日本，保证把日本打得屁滚尿流！"……

看着一张张兴奋的脸，习仲勋高兴地说："大伙说得对，回去根据实际情况，开展一些生产自救。目前我们要想取得革命的胜利，必须要自己创造条件，必须要有自力更生、艰苦奋斗的精神，我们创造一些，就给群众减轻些负担。"

康民说："眼下最要紧的是开些荒，多种粮食，学员多，口粮是个问题。但是，我们那里荒地太少，能开的都被群众开了。"

习仲勋想了一下说："往远处开，行不行？淳化亮马台那有片坡，几百亩哩，如果能把那里开发出来，也是为当地群众做了件大好事。"

席崇军点头："好！远点怕啥？干革命连死都不怕，还怕受累？咱回去跟冯主任他们商量，尽快开！"

大获全胜

"屋里有人吗？人跑哪去了？"冯队副推开张亮家大门，一步跨进院里，大声问。

正在后院喂猪的荣子娘，扔掉手里的搅食棍，边撩起围裙擦手边往外走："谁？找谁哩？"

看到院里站着的人，荣子娘愣了一下，猛然记起这是刘霞被骗走那天跟在袁县长身边的人，心里不觉一沉。

冯队副强挤出一丝笑："大嫂，麻烦你给刘霞传个话，她走了后，她妈气得病更重了。袁县长让我赶紧接她回泾阳。"

荣子娘一惊："你说刘霞回来了？啥时回来的？我咋没见过哩？"

冯队副不相信地挑挑眉毛："你说刘霞没回来？该不是骗人的吧？这可是袁县长的命令，惹出乱子，谁都没好果子吃。"

荣子娘急急地说:"管有没有好果子吃,你赶紧说刘霞是啥时离开泾阳的?"

冯队副原本就是套荣子娘的话,见荣子娘的样子,不像是假的,不由地说:"昨天半夜,哨兵打了个盹,早上天一亮刘霞就不见了。袁县长估计她是跑回青训班了,让我来打问下,告诉她,如果实在不想离开青训班,就安心在这学习,毕业了再回泾阳也行。就是她妈见她走了,一气之下病更重了,还是回去看一下的好。"

荣子娘无心理会冯队副的话有几分真假,只是确定刘霞跑出来了,这兵荒马乱的,一个女娃家孤身在外,万一……

"好了,好了,我去青训班问问,看刘霞回来没,回来我就把你的话带给她,她信不信我就不管了。"荣子娘急匆匆地说完,撂下冯队副就往院子外走。冯队副回味了下荣子娘的话,讪讪一笑,掉头出了院子。

荣子娘刚到迎祥宫门口,碰上白女、徐敏等几个女学员。听荣子娘一说情况,白女、徐敏同时说:"糟了,刘霞肯定是怕她舅再来找她,直接去照金了。"

"这可咋办?一个女娃家翻山越岭很危险的。"荣子娘急得直叹。

"走,昨天半夜走的,估计也刚到嵯峨山底,咱们赶紧去追。"徐敏说完拉上白女就走,另外俩女学员也转身跟上。

初冬的霞光笼罩着嵯峨山,山腰的黑虎店沟边,散落着两三户人家。一个老汉坐在山坡上抽着旱烟,一群羊散开在他周围吃着草。

青训班刘主任带着五个青年男教官,气喘吁吁地走到放羊老汉面前,刘主任神情严峻地问放羊老汉:"大叔,你见过几个女学生从这里经过吗?"

放羊老汉一指旁边山上的小路说:"昨个上午,看见有个女娃子从这上山走了,后隔了几个钟头,又见四个女娃,也从这山走过去啦,我离得远,只看见了背影。对了,你们问贺老三,他肯定知道得比我多。"

放羊老汉指的是从沟边走来的一个担柴担子的人。刘主任向贺老三招招手,贺老三走到几个人面前,把柴担子往地上一放,用手抹了把脸上的汗水:"说,有啥事哩?"

刘主任十分客气地说:"你看见几个女子从这山上经过吗?"

贺老三笑:"见过,还跟她们说过话哩。"

刘主任急得问:"你在哪里见过的,她们说了些啥?"

贺老三说:"我经过蒋路村上塬,又经过罗圈崖时,遇见了两个女娃,一个像是青训班的,另一个好像不是。两人都背着行李,边走边说话,我跟在后边听其中一个说,她是安吴青训班的,她舅骗她说她妈病了让她回去看一下,结果就把她扣押在家,今天好容易跑出来了,不敢再回安吴青训班了,要直接翻过嵯峨山到照金去,她舅就再也找不到她了。"

刘主任点点头,又急着问:"后来呢?"

贺老三说:"后来在山上打柴时,我又见四个女学生模样的人从我身边走过,向我打听有没有见一学生模样的女子,不知她们说的是不是前头那个青训班的学生。"

刘主任又急切地问:"这是啥时辰的事情了?"

贺老三说:"三四个时辰之前吧。"

刘主任对身边的青年教官说:"那我们快点追!"

贺老三说:"这山上土匪多得很,要想翻山就多去几个人,敢这样翻山的女娃我还是头一次见,你们要是追她们,就赶紧快点。"

刘主任说着谢谢,急急地带着大家往山上赶去。贺老三重新担起担子,忽然想起啥,抬头追着刘主任几人的背影提醒:"也可以到山上的寺庙里看一下,看她们是不是在那里歇着。"

嵯峨山中,刘主任领着几个教官急急地朝山上赶,从边区返回的席崇军一行正巧从山上往山下赶。

"咦,快看,快看!"毛树德惊奇地嚷,"咱们都成了凯旋的英雄了,刘主任带着教官这么远就来接咱们啦。"

席崇军站定细瞅,还真是刘主任等人,再一想,说:"不对,看他们急匆匆的样子,不像是来接我们的。"

康民也疑虑道:"他们这样急着赶路,是不是青训班出了啥事情?"

席崇军对山里猫说:"你赶紧下去问,他们这是要干啥。"

山里猫迎着刘主任几人跑下山去。一会儿,山里猫带着刘主任几个上了山,和席崇军等人汇合在一起。不等席崇军问,刘主任就急着说:"刘霞从她舅家里跑出来了,要去照金,徐敏、白女等四个人听说后就去追,结果刘霞没追回来,徐敏她们也不知去向，听打柴的说在这一带遇到过她们，我们就追来了。"

席崇军着急："我们这一路上走来，没看见一个女的，这几个人能去了哪里？"

毛树德一听说刘霞跑出来了，又惊又喜又急，脸白一下红一下的。

刘主任忧虑地说："指路老乡说，山上有土匪，会不会……"

飞镖王毛文清说："这好办，把土匪叫出来一问，就知道了。"

席崇军点头，刘主任惊讶："他能把土匪叫出来？"

毛文清微微一笑，点下头，然后走两步到山沟边上对着树林子"咕咕咕"地学了几声鸟叫。

不一会，密林里钻出几个人，为首的是瞎熊、娃狼、鬼怪三兄弟，见到毛文清，三人抱拳行礼道："大哥，你在叫我们吗？"

毛文清抱拳回礼道："是的，有个急事要问一下你们，有五六个女学生是你们打劫了吗？她们现在在哪里？"

瞎熊、娃狼、鬼怪齐齐低下头。

毛文清上前一把抓住瞎熊的胳膊，暗暗一用力，只听瞎熊"哎呀"一声，赶紧讨饶道："大哥误会，人藏在寺庙后面的善人堂地下室里，我带你们去找。"

毛文清生气地说："原本想你们这些人就是抢劫财物，没想到也敢劫色，这样的人留着何用，不如废掉省心！"

瞎熊扑通往地上一跪："我们原来也是穷苦人，为生活所迫上山当了土匪。前几天受你们教育，想改邪归正，娶个媳妇好好过日子，但有谁会嫁给我们这种人，只好抢几个女人算了。"

毛树德一听火冒三丈，窜上前狠踢瞎熊一脚："说得轻巧！打家劫舍已经是万恶之事，竟然还在光天化日之下强抢民女，就是死罪！"说着，从腰间拔出盒子枪就要动手。

刘主任上前一步按住毛树德的手："把枪放下，救人要紧！"

娃狼和鬼怪一看刘主任他们个个腰里别着短枪，知道不好惹，也就老老实实立在那里不敢动弹，别的土匪前几天领教过这些人的厉害，也一个个呆若木鸡地杵着。

刘主任对毛文清示意："让他带我们去救人。"

瞎熊站起来，战战兢兢地在前面带路。

寺庙后面的善人堂前，两个看门的土匪看见垂头丧气的老大瞎熊带了这么多的生面孔，惊得傻愣愣的不知如何是好。

瞎熊吼道："瞅啥瞅，快把门打开，把那几个女学生放出来。"

两个土匪这才回过神来，火急火燎地推门进去。不大一会，刘霞、徐敏、白女等人被蒙着眼睛五花大绑着推出门来。

毛树德、席崇军几人赶紧跑上前去给她们解绳，取蒙布。刘霞她们看见刘主任等人，一下子哭起来："多亏你们来救，要不然我们就死定了。"

毛树德一步跨上善人堂门前的台阶，对下面的土匪们大声喊道："谁家没有姐妹？你们这样做不是丧尽天良吗？"

席崇军也怒其不争地训斥道："现在正是抗战时期，全国人民都在全力以赴打日本，你们却在这里为害百姓，为害你们的父老乡亲，你们还是人吗？"

"我们也不愿意这样，是他们逼着我们干的。"一个土匪突然大声说，"我们早就不想当土匪了，但是没有人要我们，都嫌我们是土匪，我们该咋办？"

刘主任把手一挥，站上台阶说道："我知道你们是被逼的，从现在开始，凡是想下山回家的，我们可以帮你们安家，想加入抗日队伍的，我们欢迎，只要你们从今往后能好好做人，我们既往不咎。"

台下土匪一下子纷纷扔掉手中的家伙，齐刷刷地跪拜在刘主任站的台阶下："我们愿意回家！我们愿意加入抗日队伍！"

刘主任把手一挥，继续说道："我们都是中国人，都有为抗日做贡献的责任，既然你们愿意痛改前非，这是好事，希望你们能说到做到。"

娃狼突然也跪倒在地："我们这些人都是被生活所逼才落草为寇的，我们也知道这不是个活法，要是八路军能宽大处理，我们从此解散。我家里也没什么亲人了，我愿意当兵去抗日前线，希望八路军能收留我！"

瞎熊和鬼怪也跪倒在地，要求听从刘主任安排。

刘主任与席崇军交换了一下眼神，说道："我们欢迎每一个愿意加入抗战的人，你们要想为抗战出力，就先到云阳的抗战救国会报到，由救国会统一安排。"说着，刘主任指了一下席崇军说："这位就是救国会的席崇军书记，你们找他就行。"

土匪们立即向席崇军叩头。

席崇军摆手，示意土匪们起身："你们先起来，我先安排你们为游击队第二支队，你们还在这里驻扎，为云阳到照金运输货物提供安全保障，其他事情下来再另行安排。"

众土匪欢喜地千恩万谢，瞎熊、娃狼、鬼怪三个人只一个劲地领着他们给刘主任和席崇军连连磕头。刘霞、徐敏、白女等几个女学生随刘主任他们走下台阶，回到青训班教官队伍中。

席书记再次叮咛瞎熊等人："希望你们真的弃旧图新，从此不再祸害百姓，以后的吃穿等生活用品，由云阳抗战救国会统一安排，不许再干打劫的事情！"

瞎熊等人连连点头："既然我们已经加入了抗日的队伍，就再也不干打家劫舍的事了，请席书记放心。"

刘主任带着大家从寺庙出来，往山下赶。

毛树德心情很好，对毛文清说："师傅，你见多识广，给大伙讲讲这善人堂的来历嘛。"

毛文清咳下嗓子道："这些年给云阳一些商号押运物资，从这里来来回回多少次，多少也听了点眉目出来。要说这善人堂，可有些年代了。当年唐王李世民做皇上时，这山上有庙没塔，庙里的和尚每晚念经时，敲木鱼的梆梆声，吵得李世民昼夜睡不成觉，就派人往北察看，一路便寻到了嵯峨山。有懂风水的先生给来人说，得给山上修一座塔才能镇住那声音。李世民就派敬德前来，敬德一看这山高路陡，砖瓦木料运不上去，就犯愁——万一延误工期，可不得了。这山上有一个放羊老汉，他给敬德建议，让羊把砖瓦木料运上去。敬德一听是个好办法，就用麻绳把砖瓦木料捆好，绑在羊身上。羊是随群走，头羊走哪里，羊群就跟到哪里，人在前头牵着头羊就行了。就这样，蚂蚁搬泰山一样，修塔需要的料就都运到山上了。塔修好后，和尚们念经敲木鱼的声音再也传不到李世民的耳朵里了，他可以安心睡觉了。李世民高兴地奖赏敬德不说，还把云阳街改成了云阳县，要不云阳街上咋能有城隍庙、钟楼。这敬德因给山上修塔而受了奖赏，当然也不会忘记帮助他修塔的人，就拿出银两叫人在半山崖壁边上开了一个大石洞，把它叫善人堂，让放羊人、过路人遇到刮风下雨的时候，有个歇脚的地方，让人都知道积德行善的道理。"

一伙人听得入了迷，不远处有个老汉正好在放羊，毛树德说："说不定那老汉就是替敬德运料的人哩。"哄笑声起,刘主任和席崇军也啧啧叹道:"没想到飞镖王不光武功好,故事也讲得精彩,是个人才!"

刘霞和徐敏不好意思地说:"今天多亏你们及时赶来,要不然不知道发生什么事哩。"

仵运东笑:"肯定是当了压寨夫人啦。"

毛树德把眼一瞪:"当你个头!就你会说话。"

一行人被逗得哈哈大笑,刘霞偷偷瞅了毛树德一眼,抿嘴甜蜜地一笑。徐敏也悄悄去看席崇军,刚好席崇军也在悄悄看她,两人目光相撞,又惊慌地移开。结果黑娃、吕世璋看到了,两人哧哧地笑起来,引得几个人都好奇地看他俩,席崇军佯装生气地瞪他俩一眼。

刘主任欢畅地说:"今天收获很大,女学员们有惊无险,物资被安全送到照金,这些土匪被顺利收编,咱们今后往照金的路顺畅多了,真是意想不到的事情啊。"

"哈哈,这就叫作大获全胜。"康民说。一行人又说又笑地往安吴堡走去。

第九章
心有光芒劲无穷

人间正道

云阳城隍庙里的抗战救国会里，席崇军和康民正忙着手头的工作，一抬头，看见瞎熊带着一个随从进来。

"席书记，康队长！"瞎熊高兴地和俩人打了个招呼，然后直奔主题："你们那天走后，我和娃狼、鬼怪等人商量了一下，大家都想直接参加八路军，快快上前线打日本鬼子去，你们看这事能成吗？"

席崇军和康民一愣，一时不知咋样回答。

瞎熊讪讪地挠挠头："我们这些人虽然是土匪，但都是穷苦人出身，也有一腔爱国热情。我们要是能参加八路军，接受正规训练后，也是一支能打硬仗的队伍。因此，今天我下山来就是向两位首长请示一下，你们看行不？"

席崇军沉思了一下，说："游击队也是革命队伍，承担着非常重要的任务，咋能挑挑拣拣？"

瞎熊说："不是我们挑挑拣拣，我们就是想参加八路军上抗日前线和日本鬼子真刀真枪地干。再说，我们在当地老百姓心目中已经是坏透了的人，已没脸见人啦，离开这儿大家才能舒心。"

康民走过来给他们每人倒了一杯茶,听瞎熊这样一说,就对席崇军说:"要不,咱们先和关中特委联系一下,如果关中特委同意他们参加八路军,就让他们去边区,如果不行就继续在山上当游击队员。"

瞎熊高兴地说:"康队长说得有道理,席书记你就答应吧。"

看着瞎熊期待的眼神,席崇军说:"那就按老康说的办。"

瞎熊高兴地端起水喝了一口,扭头对身边的随从说:"你不是想回家去看看吗,现在就回去,等吃完晌午饭我们再赶回山上。"

随从非常拘束地看着席崇军和康民,说:"我家在云阳西门,我叫郭长发,回去看看家里的老娘,陪她吃个饭就回来。"

席崇军笑着说:"可以,给老人家说一下,你已经不当土匪了,现在成了抗日游击队队员,说不定还能成为八路军哩,这样老人家就能放心了,以后也能在人面前抬起头来了,快去快回。"

"好,好。"随从答应着,向席崇军、康民及瞎熊深深地鞠了一个躬,欢天喜地地回家去了。

瞎熊说:"过去我们当土匪时,不管是国军还是警察,抓住我们的人不管三七二十一,也不问青红皂白,就往死里打,逼得我们没办法,只好钻进深山老林,活一天算一天。再说你看好些警察和国军在这里都干了些啥,其实和土匪差不了多少,当地人恨土匪,但更恨他们。"

康民说:"你们以前当土匪打家劫舍祸害过老百姓,这是旧账了,现在已经成为抗日游击队队员了,不能再干那些坏事,一切要以抗战大局为重才对。"

瞎熊说:"当地老百姓送我'瞎熊'的外号,就是说我是个睁眼瞎,打劫的时候睁眼不认人。过去,听说过红军是穷人的队伍,但咱一直没见过,这几天下山打探了一阵子,老百姓都说八路军好,红军好,你们共产党领导的根据地人人有饭吃,有衣穿,没有人压迫人的事,很受老百姓欢迎和拥护,所以,我们才想参加八路军,上前线去打日本,为老百姓做些有益的事情。我们二支队的游击队员都有这种想法。"

席崇军说:"你们想法很好,既然大家都想参加八路军,我现在就和边区习书记他们联系一下。"说完,走到隔壁办公室去打电话。

当瞎熊忐忑不安地不断左看右看时,席崇军从隔壁回来了,笑眯眯地对瞎熊说:"刚才我已经和习书记通过电话了,习书记同意你们先去边区接受训练，能不能当八路军还要看你们的表现哩。"

瞎熊大腿一拍："好！有这话就行！咱们啥时候去边区？"

席崇军说："明天。今天你回去后把事情给其他人说一下，让大家有个心理准备。去之前要把事情安排好，你们先去一部分，留几个人看好山寨，不能把山寨扔下不管，这可是咱们的革命基础。"

瞎熊说："放心，席书记。我先和娃狼带上十几个人去，让鬼怪带人看守山寨，也好接应咱们过往的人。"

席崇军笑："这样也好，你把事情安排好后，老康带人送你们过去。"

"席书记！"民团赵团长高喊着进了院子，后边几个保丁押个五花大绑的人。赵团长一进办公室就说："席书记，刚才我们在西门口抓了一个土匪，快，押进来！"

保丁们押进来的正是刚才回家去看老娘的郭长发。赵团长说："这家伙在嵯峨山上落草为寇，今天刚回家就让我们逮了个正着。他说已经参加抗日游击队了，我们过来问问是真的吗，如果是谎话骗人，立马处决了去。"

席书记说："是真的，嵯峨山上的土匪前几天已经被我们收编了，他们现在成了抗日游击队第二支队。这个郭长发今天从山上下来，是我批准他回家看望他娘的。"

赵团长说："噢，原来是这么回事，误会误会。"然后给保丁摆手："给他松绑，让他回去。只要不当土匪就行，老娘在家也怪可怜的。"

席崇军说："人心都是肉长的，好人哪个想当土匪，全是这世道给逼的。现在好了，一切为抗战，人人可当兵打日本，他们已经是抗战一分子，我们也要照顾好他们家里人，以后遇到这样的事情，赵团长也要多关心一下。"

赵团长说："就是，就是，不管是共产党还是国民党的队伍，现在都是国民政府的队伍，咱们一家人不说两家人的话，我先走，把郭长发再送回去。"

看着赵团长的背影，瞎熊恨恨地说："这个赵团长曾经带人上山围剿我们，杀了我好几个弟兄，要不是今天我们成了游击队，我真想杀了他。"

康民笑着说："可不能这样看事情，这个赵团长过去干过不少坏事，当地老百姓告发他，但自从国共合作后，他的变化还是很大的，给我们救国会送来不少枪支弹药哩。"

瞎熊说："那都是表面上的事，对这人还是要小心防备才行。"

席崇军说:"瞎熊说得对,常言说,害人之心不可有,防人之心不可无,咱们凡事要小心谨慎,不能被某些事情蒙蔽了眼睛。"

边区。哨兵们将席崇军、康民一行带到习仲勋面前。

"习书记好!"席崇军欢喜地握住习仲勋伸出来的手,"我把人给送来了。"

习仲勋高兴地说:"欢迎大家参加革命队伍,欢迎大家来边区学习训练。"

康民指着瞎熊和娃狼说:"这是他们的头领,瞎熊和娃狼,两个人的优点是胆大能吃苦,缺点是没文化。"

习仲勋说:"金无足赤,人无完人,十个指头都有长有短哩。"

瞎熊等人刚开始还有些担心,见习仲勋这样一说,心里一下子暖起来,不好意思地说:"我们过去当过土匪,干过不少对不起百姓的事情。"

习仲勋说:"那是过去,只要你们从现在起改过自新,人民是欢迎你们的,抗日救国也需要你们。"

瞎熊眼圈一红:"难怪都说你是个好人,说出来的话,叫人心里热乎乎的。"

习仲勋笑着说:"你也是嵯峨山上威震四方的山大王哩,可我和刘志丹前几年从山上经过了多次,咋没遇到过哩。"

瞎熊不好意思地说:"我们只劫钱财,你们啥都不带,我们不会去抢,所以遇不见。"

习仲勋哈哈大笑:"怪不得,我们穿着破旧,一看就不是有钱人,所以没有见面的机会啊。"

瞎熊低下头说:"我们过去干了不少坏事,经过刘主任和席书记他们的教育,现在成了游击队了,再也不干那些坏事啦。"

习仲勋笑:"还是云阳抗战救国会厉害,不费一枪一弹就给我们增加了几十人的力量,我可要好好感谢感谢哩。"

席崇军说:"瞎熊他们骨子里并不坏,在山上当土匪也是只图财不害命,比有些国民党兵还要强。"

习仲勋说:"现在已经是全民抗战了,全国都要结成统一战线,只要拥护抗战就是我们要团结的对象,我们就应该积极有效地开展统战工作,争取团结一切抗日力量，充实扩大抗日队伍，这是我们党的一项长期任务。虽然他们曾经是土匪，只要他们愿意改正，过去的事情就让它过去吧。"

席崇军对瞎熊和娃狼说："习书记说得对，我们就要团结一切可以团结的人，只要真心为抗战做事，就可以成为我们革命队伍中的一员。你们过去名声不好，希望在今后多立战功，为国家和民族多做贡献。"

瞎熊和娃狼连连点头。习仲勋说："既然参加了革命，今天来到边区就是革命同志，我代表根据地人民对你们表示热烈欢迎，要给你们开个欢迎会，走，咱们到前边操场去。"

一行人浩浩荡荡来到操场。操场上，民兵和八路军战士在进行军事训练，拼刺刀、格斗、练习射击，看到习仲勋他们到来后，教官跑到跟前立正后喊："报告首长，正在训练，请指示！"

习仲勋说："停止训练，集合队伍，欢迎这些新同志。"

教官一声令下，所有人立即按集合队形在操场上站好，整整齐齐，精神抖擞。

习仲勋往台上一站，声音高亢地说："同志们，今天从云阳来了一批新同志，今后要和我们一起参加训练，将来共同上战场杀敌，大家鼓掌欢迎！"

台下立即响起一片掌声。瞎熊及娃狼等人激动得脸色发红，不知说什么好，也和大家一起鼓掌。

掌声息落，习仲勋看看台下说："咱们的文艺宣传队上台表演个节目吧，谁先上？"

台下立即有五六个后生和两个姑娘跑上来，在一阵欢快的唢呐声中，为大家演唱起陕北民歌《拥军秧歌》："正月里来呀是新年，赶上那猪羊出呀了门，猪啊，羊啊，送到哪里去，送给咱那英勇的八呀路军，哎嘞梅翠花呀，哎嘞海棠花，送给那英勇的八呀路军……"

听着欢快热烈的音乐和热情洋溢的歌词，瞎熊和娃狼等人涌出了泪水，乐曲结束了，他们还沉浸其中。

乐曲再次响起，一个女生在台中间独唱起《走西口》："哥哥你走西口，小妹妹我实在难留，手拉着哥哥的手，送哥送到大门口，哥哥你出村口，小妹妹我有句话儿留，走路走那大路口，人马多来解忧愁。紧紧地拉着哥哥的袖，汪汪的泪水肚里流，只恨妹妹我不能跟你一起走，只盼哥哥早回家门口……"

这首悠扬的歌曲更是把瞎熊、娃狼等人听呆了，他们平日里都是打打杀杀，哪里听过这么好听的歌。

康民动员瞎熊等人说："别光顾着听，你们也上去给咱唱一段，给大家露一手，咋样？"

瞎熊和娃狼赶紧慌张地摆手："不行不行，咱那两下子咋敢上这场子。"

习仲勋说："不要紧，上去给大家表演一个，活跃一下气氛，也好让大家认识你们嘛。"

瞎熊还是不敢："我们这些粗人，打打杀杀还凑合，要上这场子可要丢人啦。"

习仲勋鼓励："丢啥人？过去人们把你们踩在脚下，到这来我要把你们放在台面上，光明正大地表演节目，有啥丢人的，这儿就是你们的家！"

娃狼忍不住说："大哥，你不是会唱秦腔吗？上去吼两嗓子，给咱们长个脸。"

说话间《走西口》唱完了，习仲勋对台下的人说："我们欢迎云阳抗日游击队的同志为大家表演个节目，大家欢迎。"

台下立即响起一片掌声。这下瞎熊没办法躲了，只好硬着头皮走上台，红着脸对大家说："我不会表演啥节目，原来在山上没事吼几声秦腔，吼得不好，大家可要多担待。"

习仲勋鼓励瞎熊："你要唱哪一段？报个名来。"

席崇军笑："把云阳人的气势拿出来。"

瞎熊说："那就唱一段《周仁回府》。"

话音刚落，一阵秦腔梆子响起，乐队开始了前奏。瞎熊往台中央跨了两步，放声唱起："李兰英秉忠烈人神共鉴，我弟兄告英灵祭奠墓前。幸喜得国贼灭清除天患，振朝纲伸正气万民欣欢。贤德妻你今必然心安意满，凤愿遂，瞑双目含笑九泉。"

瞎熊唱得虽说不上字正腔圆，但很有些关中汉子的气势，博得台下同志一片叫好声。瞎熊赶紧双手抱拳对台下说道："唱得不好，让大家见笑了。"

习仲勋笑说："唱得好，唱得好。我们现在就是要振朝纲灭日寇，保卫祖国大好河山，让我们的革命先烈也含笑九泉。现在，我们再次以热烈的掌声欢迎他们再表演个节目！"

台下又是一片掌声。康民带着娃狼几个人走到台中间说："我们给大家唱下我们的《青训班班歌》！"

烈火似的冤仇积在我们胸口，同胞们的血泪在交流，英雄的儿女在怒吼，兄弟们，姐妹们，你听见没有，敌人迫害你，群众期待你，祖国号召你，战争需要你，你醒，你起！拿起你的武器。学习工作，工作学习，一切为胜利。今天，我们在青年的故乡，明天，我们在解放的疆场。你看！我们的旗帜迎风扬，你看！我们的前途万里长。

这铿锵有力的歌声，传遍了操场的角角落落，形成巨大的洪流淌过每个在场人的心田，台下立即响起一片欢呼声、鼓掌声。

"再来一个要不要？"有人喊了一声，立即有更多的呼应声："要！"

瞎熊赶紧向台下摆手道："这首歌是前两天才和青训班学员学会的，我们只会这么一首歌，唱得不好，让大家见笑啦。"

大家还坚持说："来一个嘛，再来一个嘛。"

"这……好，那我就给大家再唱一段《闹科场》吧。"瞎熊被大家的热情鼓励出了劲头和胆量。

老康示意一伙人往台下走："走，咱把台子让给瞎熊。"

梆子响起，瞎熊铿锵地唱起来：

众弟兄皆为我到此途径，一个个锁双眉愁杀豪英。
怒冲冲骂杨林贼太暴横，气昂昂战败他状元披红。
醉醺醺裴御使传贼将令，絮叨叨收义子要收罗成。
气愤愤摔袍袖罗成不应，羞答答裴御使顿回宫中。
咕哝哝在王府又把计定，笑嘻嘻赐御酒欺哄罗成。
扑烘烘毒火起急忙逃命，鼓咚咚梆子响尽是贼兵。
哗啦啦闪上了宇文昆仲，恶汹汹贼成都战败义兵。
冷飕飕王伯当箭射贼颈，扑腾腾贼成都倒在军中。
雄赳赳众义军即时取胜，旗飘飘老杨林调集大兵。

力怯怯义军们寡不敌众，闷悠悠被困在玄妙庵中。
一阵阵气得人怒发竖耸，明晃晃拿银枪要战一程。

这次瞎熊发挥出了最好水准，唱得台下一片叫好，习仲勋也拍手叫好："好，好，字正腔圆，有气势，你今后就叫小罗成吧。"

瞎熊赶紧摆手："不敢不敢，咱咋能和人家罗成相比，人家是开国大将，咱只是个游击队员，差远了。"

席崇军说："习书记可是唱秦腔的行家，他说好肯定好哩。"

娃狼一听，眼一亮，笑着大声问："下面请习书记给大家唱一段，大家要不要？"

台下立即响起一片呼声："习书记来一段，习书记来一段！"

习仲勋笑："咱实在是想唱，可咱唱不了两句，要说吼秦腔，咱这个席书记才是行家，大家欢迎他来给咱吼一段。"

"哇！"欢声一片，席崇军往前一跨，一口应承："行！"习仲勋说："干脆你俩能吼的，一块上，让大伙过个秦腔瘾。"

席崇军说："没问题！"并转头望向瞎熊："咱合唱一段《墩台挡将》，咋样？"

"没问题！"瞎熊哗地一步上前。

梆子响起，席崇军唱起了陈友谅：

一道将令如山倒，北汉王插翅难脱逃。
贤弟不必那样讲，有辈古人听心上。
桃园结义弟兄三，他弟兄仗义大如天。
大破黄巾威名显，三战吕布虎牢关。
徐州一战曾失散，将关羽围困在土山。
曹差来能言张文远，顺说关羽归曹瞒。
上马金来下马宴，十美女进膳曹问安。
买不下关羽的心一片，昼夜间思念三桃园。
刘备河北有书简，颜良文丑把信传。
连辞三次曹不见，寿亭侯玺屋梁悬。

出五关他把六将斩，秦琪命丧黄河滩。
他弟兄古城曾相见，好似拨云见青天。
到后来华容道上见曹面，那关羽仗义放曹瞒。
孤比曹操真曹操，你应该学那关美髯。

瞎熊立即接唱起了康茂才：

这一辈古人比得好，某比关羽他比贼奸曹。
某比关羽比不到，他比曹操不差半分毫。
关羽饶曹三不死，何况我饶他这一遭。
宁愿人头高杆吊，岂能失却旧故交。

全场响起了鼓掌声，大家都为他们的搭配叫好。瞎熊和一帮子弟兄前所未有地高兴畅快，瞎熊激动地对台下呐喊："弟兄们，今后，我们就跟着习书记干了，参加八路军打日本，跟上共产党为穷人打江山，这才是人间正道！"

台下欢呼："参加八路军，打败日本帝国主义，拥护共产党，为咱穷人打江山！"

望着热烈壮观的场面，习仲勋、席崇军、康民等人露出欣慰的笑。

"好人歌"

清晨的阳光，温和地洒满大地，空气中有着初冬的清冽寒凉。一夜浓霜，万木凋零，田埂、路边的小渠沟里趴满了枯黄的草叶，各种庄稼收割光了，各种树的叶子也掉光了，没有什么遮挡的视线，一下子能望出去好远好远，远得让人感觉到大地的辽阔，蓝天的悠远。没有劳作身影的田地安静地承受着阳光的抚慰，新长出的麦苗绿茸茸的，透着勃勃生机，让人看了无端欢喜，无端生出许多希望。

通往安吴堡东门的大路上，几匹马疾驰，马蹄声悦耳有力，嗒嗒嗒地敲碎了清晨的静谧。到了安吴堡东门下，最前边的席崇军"吁"一声勒住马缰，紧接着飞身下马,后边紧跟的康民、飞镖王毛文清、山里猫等人也相继"吁"着,翻着下马。

"首长好!"几个守城的哨兵向几个人敬了个军礼,几个人微笑着点点头,继续说着话步行进城。

席崇军说:"咱把嵯峨山上的这伙人送到边区,他们有了落脚的地方,心里高兴,老百姓往后过嵯峨山,也不用担惊受怕,心里也高兴。"

飞镖王毛文清感叹:"是遇见好人才有这样的好结果。习仲勋是个能人,把下苦人看得起,要放在过去,听见他们的恶名,不杀了才怪。"

康民说:"习仲勋不嫌弃他们不说,又是欢迎大会,又是一起唱戏。安排他们学文化懂道理弃恶从善,瞎熊这些人心里肯定热乎乎的,美着哩。早听说习仲勋是个大好人,这一见,心服口服。呵呵,回来路上,我把听到的看到的合在一起,给这大好人编成了个快板。"

席崇军说:"哈哈,没看出来,你这游击队队长还是个秀才,还能编快板。"

康民笑:"咱原来也是街头上卖艺混饭吃的,到一个生地方先要说上一段卖武的曲子,这叫拜四方,不然就会遇到当地地痞砸场子,把你搅得不得安宁。"

席崇军说:"好,好,咱今瞅个机会,让你说一段。"

康民一口答应:"没麻达,把习仲勋送给咱们的这几匹马送给青训班,趁机会也给胡主任他们说上一段,让他们都高兴高兴。"

说着话,几个人到了迎祥宫的大门前,正往拴马桩上拴马,冯主任、胡主任、刘主任等走了出来,双方热情地打过招呼,一起走进迎祥宫。

冯主任急着问:"到照金去,情况咋样了?"

康民说:"好着哩,习书记安排了欢迎大会,还和咱们瞎熊合唱了一段秦腔,他们都决定参加八路军打日本鬼子,跟上共产党闹革命哩。"

冯主任等放心地连连点头:"好,好!"

席崇军笑说:"康队长,你不是说还编了一段快板么?趁冯主任他们都在哩,快露一手。"

冯主任等欢喜地问:"是吗,快快,说来听听。"

康民就往院子中间一站,从衣袋里摸出快板,自演自说起来:

说好人，道好人，咱们的好人习仲勋，
习仲勋，在关中，把守边区南大门。
领导穷人闹革命，帮助穷人翻了身。
他跟着陕北刘志丹，为咱穷人打江山。
创办照金根据地，迎咱红军到陕北。
红军有了落脚地，抗战红旗从此举。
刘志丹，习仲勋，英雄威名关中传。
他们让穷人吃饱饭，他们让穷人有衣穿。
他们把穷人当亲人，他们以革命为本分。
不怕苦，不怕累，不怕枪林和弹雨。
只要哪里闹革命，一马当先往哪奔。
星火点亮西北塬，百姓欢呼有了盼。
陕北红军来泾阳，习仲勋日夜奔走忙。
送物资，送兵员，动员青年上前线。
红军改编八路军，誓师东征打日本。
安吴办起青训班，来此青年成千万。
刻苦学习练本领，争当八路上前线。
打日寇，英雄汉，为咱百姓不遭难。
习仲勋，大好人，热心问长又问短。
把咱学员常牵挂，把咱学员常惦念。
嵯峨山，穷苦人，被逼无奈当土匪。
习仲勋，不嫌弃，关心就如亲兄弟。
安排人，受教育，又劳动，又学习。
不偏待，不歧视，反倒敬为座上宾。
叫人扬眉又吐气，挺起腰杆做新人。
咱在边区遇好人，好人就是习仲勋。
要革命，跟党走，穷人翻身有盼头。
……

"好，说得好！"冯主任带头鼓掌，几个人的掌声落下，刘主任笑着对康民说:"这次去边区收获颇多啊,这个快板很有特色,以后搞文艺演出时你就给大家上台说。"

冯主任也笑:"老康能文能武,去一趟边区就能编出个快板,要是让你去趟延安,你还不给整出个剧本来?"

迎祥宫里响起一片开怀大笑。然后康民就把带着瞎熊等人到边区后的情况向席崇军、冯主任等人进行了绘声绘色的汇报:"到了边区,习书记举办了一个欢迎大会,他们表演了节目,瞎熊和席书记一起唱了秦腔。会场那个热闹呀,瞎熊一伙人当时就激动地哭了,当场给一操场的人表示,坚决跟党走,参加八路军,上前线打日本鬼子,简直是脱胎换骨啊。"

"好,非常好!"冯主任点着头,"只要他们改邪归正,也算他们寻找到了人生的正道,这个事例也为我们以后开展对土匪的改造提供了经验。"

刘主任说:"这伙人其实个个都是好汉,如果上了战场那就是英雄,值得鼓励,也对我们教育培养青训班学员有很大的帮助哩。"

康民继续说:"会后,习书记把他们编到了各分队,让他们接受正规化训练,加强纪律性教育和文化教育,提高他们的思想认识水平,让他们从心里有个彻底改变,使他们真正从思想上树立跟党走的信念。"

冯主任说:"好,这样才找到了问题的根本。改造一个人最难最主要的是要改变他的世界观,只有他的世界观正确了,他的信念和行为才能正确。像瞎熊这样的人,必须从思想上改造。"

康民说:"习书记说了,每个人都有优点,要帮助他们发挥出来,这样才能为革命多做贡献。瞎熊和娃狼会武功,正好可以给其他人传授,提高战士们的战斗力。"

山里猫插话:"那两个人确实有些功夫,那是他们看家的本事,两三个真是对付不了,那天要不是飞镖王,还真不好办哩。"

席崇军说:"让他们教武术,还真能派上用场,这才是把本事用到正向上了。"

胡主任高兴地说:"这样才好,我们也算是给他们找到用武之地了。"

大家又说又笑,康民突然把手一拍:"差点把正事都给忘了,习书记让我给青训班牵回来几匹马,好让各位主任以后再去照金时省力一些。"

冯主任他们笑着说:"还是习书记想得周到,那我们就谢谢了。"

飞镖王顿了下说:"把我挑选的这匹马也送给你们吧。"

席崇军笑说:"你的这匹留着,我们的这几匹就送给胡主任他们。"

飞镖王脸一红说:"我是有点舍不得,但是送给青训班,别说是马,就是我这条命都行。"

席崇军说:"别急,听我把话说完。你给人家保镖,经常出远门,没黑没白,刮风下雨都要走,得有匹好马才行。再说,你以后要经常在边区和云阳来回送物资,有匹好马能跑得快一些。"

冯主任和胡主任、刘主任也说:"以后还有很多事需要你跑腿,你就留下吧。"

飞镖王欢喜地挠后脑勺说:"那就谢谢首长,刚才你们又说又笑的,我都没敢插话。"

山里猫说:"我就说平时爱说爱笑的,今天咋不吭声了,原来是怕首长牵走你的马啊。"

大家哗地哈哈齐声笑,飞镖王涨红了脸,一拳擂在山里猫肩上。

自力更生忙生产

迎祥宫大门外,席崇军指着拴马桩上的几匹马对冯主任他们说:"看,这几匹马就是习书记送给你们的。"

"豪爽仗义的关中汉呀,这以后咱们的军事训练和发展生产,它们都能派上大用场。"刘主任感慨地说。

几名青训班的学员从马旁边走过,被马吸引得停下来,围着马边看边议论。只听一个说:"好马,个个膘肥体健,毛色发亮,碗口大的蹄子,粗壮的腿,一看就是好马。"

另一个上前,抬手掰开马嘴,仔细看看:"这都是刚扎牙的。"说着,又伸手抓住马鬃用力划拉了几下,再用手拍拍马背,马蹄生根纹丝不动,不禁连声叹:"好马!好马!"

胡主任笑:"还都是会相马的内行,不简单。也不知咱青训班有没有人会养马。"

冯主任说："他们都是农民出身，应该都会一点，不会了就学，就说这革命，我们也是和苏联人学的嘛。"

刘主任说："咱们安吴青训班发展生产，得想些办法，让学员边学习边劳动，既能学到军事文化知识，又能增加收入改善学员生活，我们要向习仲勋学习哩。"

席崇军说："就是应该学习边区，开展生产运动，自己养马养牛养羊、种粮种菜、务果树，吃的喝的用的基本上能自给自足。人家还挖药、熬药、烧石灰、烧木灰、打铁、缝衣、做家具等，最有特色的是他们还能造枪造手榴弹，发明的辫子雷手榴弹威力很大，炸桥炸碉堡炸坦克都没问题。听当地人说，当年国民党大军四面包围封锁，他们也不怕。"

冯主任笑："对，咱们向边区学习，努力发展生产，依托关中平原的优势和资源，做到自给自足。"

刘主任说："咱要根据自己的实际情况，量力而行。发挥咱的优势，扬长避短，特别是在这抗战的紧要时期，最好把生产生活相兼顾，军队和群众相融合。我们北靠嵯峨山，可以建立一个秘密兵工厂造枪造炮，让青训班学员到那里学习枪械方面的知识。南靠八百里秦川，粮食等农业生产有得天独厚的条件，养殖业也有充分的饲料供给。当地老百姓中有很多能人，学员中很多人都是受过高等教育的学生，藏龙卧虎，遍地人才，发挥他们的智慧就能把生产搞得红红火火，为抗战做更大的贡献。"

刘主任一席话，把大家说得热血沸腾，不知不觉中围过来的学员都哗哗地鼓起掌来。

冯主任说："说干就干，咱们就先把东门里头的硝厂搬到山上去，这样更隐蔽更安全一些，走，现在就去东门看一下，提前给他们通个气。"

"走，走，走。"几个人应着，顺着街道，朝安吴堡东门的硝厂走去。

东门里路南硝厂大院里，整齐地摆放着上百只瓦罐。

席崇军指着瓦罐给胡主任等介绍："这些瓦罐是张家村对面瓦窑沟的师傅烧的。瓦窑沟是云阳以西风火崖口口的一条深沟，山东河南逃荒要饭的人在这里落脚，以风火崖的红黏土烧瓦罐为生，这地方就取名为瓦窑沟。"

正说话间，硝厂的李厂长过来向大家问好。冯主任让李厂长给大家讲讲生产情况。李厂长点头同意。

李厂长边带大家往前走，边讲解："你们看，这些瓦罐，里面盛满了从地里老土墙上刮来的发白的硝土，添上水后，在罐底有一个小眼，从罐里流下硝水被接在下边的盆里，然后再熬制成生产火药用的硝。"

说着，到了院子旁边一间大大的敞开的房子前，里边支着几口大锅，几名工人正在拉风箱，熊熊的炉火照耀着他们通红的脸，个个脸露欢喜。一名工人，手拿铁铲，正在用力把已经烧干凝结成晶体的火硝从锅里铲出来，铺洒在跟前的案板上。

"这就是熬制房，"李厂长说，"这火硝是制火药的必需原料，不经过配制的时候安全，不会发生爆炸。但要是按一定比例配制成火药，威力可就大了。因此，最好找一个没有人烟的地方建一处配制厂，这样才安全可靠。"

胡主任由衷地感叹："你们看，人民群众的创造力是无穷的，他们才是咱安吴青训班真正的老师。"

腰里系着围裙，正在用铁铲出硝的师傅说："我们都是些下苦人，干的是粗活，当不了师傅，你们这些文化人才是老师。"

刘主任说："不能那样说。在这样艰苦的条件下，能为抗战出力，我们每个人都是一样的，都应当感到自豪光荣。"

出硝师傅笑："要是那样，该有多好！"

冯主任说："你们为革命出力流汗，革命的胜利果实也有你们的一份哩。"

出硝师傅及所有干活的工人们都憨憨地笑了。

一行人又穿过硝厂围墙上打开的一个小门，来到配料房，一进去，就看见院子里几头黄牛拉着碾子，有的在碾硝，有的在碾硫黄，还有的在碾黑色的木炭。旁边几位工人手拿小扫帚，小心地在碾子周围扫着，防止这些粉末掉在地上。

李厂长说："这些火硝、硫黄及木炭就是造火药的原料，要碾碎后才能按比例配制，你们看，旁边这些用细箩筛子筛过的粉面，就基本上能满足生产需要了。"

冯主任等人看着工人们满头大汗地筛着，那些像面粉一样的粉末纷纷从筛子上漏下，再被装入布袋子里。

李厂长说："这就是土办法生产的黑色火药原料，威力大得很哩。当然，这威力大小主要取决于配制比例。这里面就大有学问了，一硝二黄三木炭，一点都不能马虎，比例配制不当，就没有多大威力。"

胡主任说："配制好的火药，一定要注意安全。"

李厂长说："那是肯定的，我们有一套防护措施，但不管咋说，还是不能保证万无一失，一旦发生爆炸，对老百姓的生命财产安全都会造成很大的损失，最好找一个安全的地方配制才行。"

冯主任说："这个建议好，我们刚才还在研究着把咱们的火药厂搬到嵯峨山上去哩，看来大家的想法都是一致的。"

刘主任说："你们现在先做好搬迁准备工作，这两天咱们就去山上选址，一旦选好就立即行动。"

席崇军说："不用选，依我看，瞎熊他们的山寨就很适合。"

冯主任等人对视一下说："嗯，崇军这个建议不错，咱们明天就去看看。"然后又对李厂长等人叮咛："这事一定要保密，不能让其他人知道，更不能让一些别有用心的人知道，这是纪律。"

大家心领神会地纷纷点头。

走出火硝厂大门，冯主任对胡主任、刘主任说："要不，咱们顺路去被服厂看看？"

席崇军不好意思地说："不用看了，被服厂现在正等米下锅哩。"

冯主任等同时问道："咋回事？"

席崇军说："现在，青训班人员越来越多，还有其他战士，都需要做服装。但眼下战事吃紧，布匹等物资严重短缺，被服厂里的布匹已经所剩不多，四处采购收获也不大。更重要的是，现在被服厂的钱已经不多了，没钱啥事都寸步难行。"

冯主任说："这样的问题咋不早说，耽误学员们过冬咋办？"

席崇军说："我们正在想办法解决。"

康民说："就是钱的问题不好办。"

飞镖王说："这样吧，我先去一些商户那里借一些，我曾经给他们押过镖，他们应该会给我面子的。"

刘主任沉思着说："光靠借也不是根本办法，还是要开展生产自救，这是根本出路。"

冯主任说："动员广大群众想办法，向边区人民学习，开展纺线织布生产自救，再开展养殖种植，这样就能解决问题。"

席崇军说:"对,冯主任说得对,咱这地方,背靠嵯峨山,南望泾河川,是个风水宝地,再大困难也难不住咱。"

冯主任笑着说:"让崇军组织当地老百姓和妇救会同志纺线织布,解决当前的服装问题,明年开春后咱们组织学员和大家一起去亮马台,开几百亩荒,我就不信克服不了困难。"

康民等人也信心十足地应声:"就是!就是!"

说着话,望月楼进入视线,席崇军和康民等人跟胡主任等握手作别,转身向云阳走去。

积水滩上传欢声

毛家村后街飞镖王毛文清家门前很是热闹。大门口槐树下拴着的枣红马引来村上不少人围观,指指点点,说说笑笑。

喜欢侍弄牲口的高兴全绕着马前后左右转了几圈,肯定地说:"前腿过斗,后腿过手,嗯,是匹好马。"

毛树周双手拍着马背,抚弄着光鲜的毛皮,啧啧赞叹:"这东西要是拉上一大车粪,都能在湖渣地里跑。"

毛老七在一旁笑:"看这块头和架势,肯定是匹烈马,跑起来跟飞一样,弄不好就把人摔下来了。"

毛树周说:"那是你骑术不行,不怪马。有的人走在平路上也摔跟头,只怪自己没长眼睛,不能怪地不平。"

毛老七不服气地说:"那你骑下试试?"

毛树周说:"那有啥,只要文清同意,我骑给你们看。"

毛文清刚好从大门里走出来,接话道:"不用问,我不同意。"

毛老七说:"让他骑,看不把他摔死才怪。平日里说三国,还以为自己真的是关云长哩。"

毛文清说:"这马是人家送的,刚从远路上来的,跑了几百里路,让它歇上两天再说。"

毛树周怀疑地说:"这么好的马,人送的?不可能,哄瓜子哩。"

毛文清说:"这是习仲勋送的,刚从照金跑回来。"

"哇!"人群里响起一片惊讶声。毛树周说:"你说关中特委书记习仲勋送的?你是看吹牛不上印花税是吧。"好多人嬉笑起来。

毛老七也不相信地说:"飞镖王咋也和毛树周一样,学会说胡话啦。"大伙笑声更大。

高兴全沉思着说:"我也不相信是人送的,但是……"

毛树周说:"没有但是,他以为他是秦琼,临潼山救驾有功,还是敬德战败单童救了唐王,得了皇上的赏赐?"

毛老七说:"是不是你想财不外露,自己押镖挣钱了,自己买的偏说别人送的?"

毛文清说:"真的是习书记送的,我用不着骗大伙。"

高兴全抽上了旱烟,不紧不慢地说:"文清说是习仲勋送的,我倒有些相信了。河峡半截沟的放羊老汉刘老四给我说过多次,说刘志丹、习仲勋是极其豪爽之人,为人仗义舍财,都是汉子哩。"

毛文清把旱烟袋在鞋底子上弹两下,笑着说:"高叔,你说对了,习仲勋真是好人,豪爽仗义,耳听为虚眼见为实,等有机会带你们去边区见识一下,你们就相信了。那人没有官架子,我们去边区,人家把咱当成贵宾敬哩,不光给我送了马,还给青训班里送了几匹,大伙可以去安吴看看。"

"咋了?大家都来看习书记送给咱飞镖王的马啦。"席崇军和康民等人骑马到了跟前。

毛树周几个人同时问:"真的是习仲勋送给飞镖王的?"

席崇军翻身下马说:"是呀,这马真是习仲勋送给他的。"

毛树周有些眼红地说:"就凭他一个镖师,人家习书记能送给他马?他是给皇上奶猴的还是立了啥大功?"

席崇军笑:"飞镖王这次真是立了大功哩。这事还要从头说起。咱们嵯峨山的瞎熊娃狼那些土匪你们知道不?聚集在山上打家劫舍,恶得很,前几天被文清给制服了。这伙土匪现在改邪归正成了八路军游击队的人,被送到照金接受训练,以后你们再过嵯峨山时不用怕土匪抢劫了,大伙说这功劳大不大?"

大伙向毛文清投去敬佩的眼光,毛树周解嘲地说:"飞镖王这身本事没白学,用到点子上了。"

席崇军说:"习书记不光把马送给了文清,还送给青训班好几匹哩。"

毛树周好奇地说:"这习书记发大财了还是咋的,这么舍得?"

康民接过话说:"我们一起到边区,习书记为了抗战的事,真是铺的盖的啥都舍得,把边区建设得物资丰富,人人有饭吃有衣穿,看得人眼红。"

席崇军说:"我们回来后商量了一下,也得把咱云阳的经济搞上去,让老百姓过上好日子才行。你们看,云阳街东门外仁合村的几个善人,把自家的几十亩地卖了,捐款修建了一条引洪渠,说小一点是为老百姓用水浇地方便,说大一点,就是支持国家民族抗战哩。"

高兴全小声说:"他几个善人能在清河上修引水渠,咱也能在这村北的积水滩上开条排涝的积水渠,把咱们村北的积水滩变成粮田哩。"

席崇军眼睛一亮,欢喜地说:"开挖排涝渠,这主意好,大声说,怕啥哩,这也是支持抗战的好事情。"

高兴全纳闷地说:"这开挖排涝积水渠跟抗战打日本能有啥关系?"

席崇军说:"关系大着哩。你们想一下,这安吴青训班就在咱跟前,这培养出来的学生将来都是抗战青年干部,咱们把积水渠开通后,就能开垦大片的良田种粮、种棉、种菜,让学生们有吃有穿安心学习,把本事学成了上前线打日本鬼子,他们成英雄好汉立大功,就有咱们的贡献哩,这功劳簿上少不了要写上积极开挖水渠的功臣哩。"

毛老七笑:"这一说,我们这心一下子豁亮了,没说的,我们几个分头到周围村子跑一下,从这西边的师家村姚家村到东边的湖北滩李家庄,把积水引到李家庄村东的洪水河里去,这不就归到黄河里去啦。"

席崇军说:"对,开挖积水渠是个大工程,周边这些村子的人,都得行动才能完成,你们先做好准备,我到这些村子里联系一下,把人先组织好,动工时大家一伙上,用不了多少日子就能修好啦。"

毛老七兴奋地说:"众人拾柴火焰高,这积水渠一开通,成千上万亩的积水滩盐碱地都要变成良田了,群众肯定欢迎。"

高兴全说:"咱把积水渠开通,不光可以让安吴青训班学员有吃有穿,真正得实惠的还是我们这些老百姓啊。"

毛树周说:"这就是全民抗战,有钱的出钱,没钱的出人,大家都能得实惠。"

席崇军说:"那咱们一言为定,你们把挖渠的工具准备好,我现在就去联系其他村子,动员他们一起挖。"

"好!一言为定!""放心吧!"……

一行人上马,席崇军看一圈这些笑眯眯厚道的面孔,挥挥手驱马离去。树下的群众久久地望着他们远去的背影。

建娃、成娃兴冲冲地进门,将锄头往墙根下一放,跑进厨房,对正在做饭的姚青兰说:"妈,嵯峨山上的土匪都参加八路军了,那我也可以当八路哩,再说大哥也不一定就是去当土匪了。"

姚青兰唉了一声,正要说话,李长水站到了厨房门口,大声训斥:"整天八路八路,先把胡基打够,这两天准备动工盖房子!"

建娃犟嘴说:"那你们得答应我,盖好房子,让我去当兵,去上青训班。"

成娃说:"那我哩?"

建娃说:"你留着照顾家。"

成娃说:"不行,我要去当八路打日本鬼子。你留着照顾家。"

"我去!""我去!"……

"都别吵啦,先把房子盖好再说!"李长水一声吼,建娃和成娃安静下来,低头出了厨房,向墙根的胡基模子走去。

月亮悄悄地爬上树梢,水银般的月辉洒了下来。安吴堡西门外的草地上,上千名青年围坐成一个圆圈。坐在外层的学员,双手罩在耳朵上,努力地捕捉来自圈中央胡主任的声音。圈中央,被上千双眼睛盯着的胡主任,左手撑腰,右手不停挥动,讲着话,不时地舔一下干渴的嘴唇:"同志们,今天大家特别高兴,因为在睡过一个晚上之后,一个重大的责任落在我们肩上,要我们用最大的努力与热情,用战斗的精神,用刻骨耐劳的精神来完成我们的任务,我们要从工作中学习,要从劳动中学习……从明天起,我们要比太阳起的还早两个钟头,要跑到太阳的前面去,要跑在敌人的前面,要和敌人战斗,要和困难战斗。要打击敌人,消灭敌人,消灭困难,要敌人和困难在我们面前发抖,屈服!我们明天的敌人就是泥土,我们要和乡亲们一起消灭这个敌人,我们可以借着这个机会,从实际的工作中去好好想想我们的最英勇的民族战士是在怎样的困难条件下以最大的牺牲精神在和敌人火拼！"

胡主任讲得气喘吁吁，紧握的拳头用力地向前一挥，掌声立时爆发，每个年轻的面孔上都露出坚决的微笑，有同学呼起口号："到工作中去学习！争取劳动模范！"

第二天，天刚破晓，村庄就苏醒了，掮锨的、扛䦆头的、拉架子车的、担竹笼的村民从四村八野走向积水滩，安吴青训班学员列着队雄赳赳气昂昂地开向积水滩。大路小路，身影飘荡。在早已画好的弯弯曲曲的白灰线前，青训班学员以连为单位，找到各自的阵地就立即挥动工具干起来。

"克服疲劳现象！反对自由行动！"喊着激烈的口号，十五分钟一换，上去一批，下来一批，井然有序，热火朝天。时而喊口号，时而唱歌，时而欢笑，沉寂了多年的积水滩人声鼎沸。村民们看着一个个卷着裤脚袖子、脱掉上衣、鞋袜的学员们，又是敬佩又是疼爱，不停地给学员们送开水，递毛巾擦汗。看到学员们手上磨起的泡，村民们唏嘘又心疼。几天过去，一条一丈宽一丈多深的排水渠渐渐出现在眼前，大家看着流有自己汗水的成果，都欢喜得不得了。

高兴全、毛树周、毛老七等一大早就背着干粮，套着牲口拉着犁，走向积水滩。

积水滩上新挖成的排水渠由西向东延伸而去，野草丛生遍地淤泥的积水滩被一分为二。渠内的积水缓缓地流着，渠上架了一座简易木架。不远处的路上停放着一辆马拉车，席崇军带着几个人从车上搬运架木桥的木料。

排水渠北边，十几个安吴青训班学员正在奋力挥动着镰刀割半人高的荒草。受到惊吓的小鸟野鸡野鸭扑闪着翅膀，飞飞停停，不敢停留又不想离去。胆子较小的野兔则快速地飞奔逃窜。一只灰狼嚯地跳起来，几个学员愣了一下，又挥舞着镰刀呼喊着追了上去。

毛老七急得大喊："狼跑了，你们就甭追了！"

高兴全也着急地说："就是得给这伙学生娃说一下，不能把狼惹急了，那可是不得了的事。"

几个人赶着牲口，快步向积水滩撵去。

席崇军等几人把桥架好后，朝割草的学员喊："把草抱过来一些！"毛树德、黑娃等人各抱着一捆荒草跑了过来，按席崇军的示意，把草铺在桥上。席崇军又让旁边的人往上垫土，再让毛树德、黑娃几个人上去踩踏，几个人在桥上蹦蹦跳跳，把桥踩得上下起伏。

黑娃边跳边问："这样跳，会不会把桥给跳塌了？"

席崇军说："使劲跳，塌不了。这就跟打夯一样，越打越结实。这桥要是连这两下都承受不住，以后咋过马车，咋运粮食哩。"

刘主任刚好走到跟前，笑着接过话："还没种下去哩，就想着收获了，想得真远。"

席崇军笑指着远处赶牲口的高兴全、毛树周、张生祥等人说："你看那几个人，比我想得还周到，他们用犁翻地，要比锨挖地快得多。"

刘主任走到地头，和大家打招呼。

张生祥说："咱们跟着你们青训班沾光哩，这积水滩存在了几百年，今天被开垦成了良田，给我们当地百姓造福哩。"

徐敏、刘霞、白女等几个女学员上了桥，毛树德看了一眼刘霞，立即停下来不跳了，黑娃也不跳了。

吕世璋逗趣："难怪你几个这么卖力，原来是牛郎织女等着在桥上相会哩。"

毛树德、黑娃红了脸，都支吾："胡说啥哩。"席崇军愣了一下，旋即嘿嘿一笑。

刘霞佯装气恼地说："就你会说话！小心我用封条把你那嘴给封上。"说完自己先笑了，徐敏、白女也红着脸哧哧地笑。三人快快地从桥上走过，径直走到刘主任等人面前，看高兴全等人犁地。徐敏等女生没有见过马犁地，觉得很新鲜。白女欢喜地喊张生祥"达"，喊高兴全"伯"。张生祥和高兴全欢喜地答应着。

刘主任对女学员说："你们来得正好，下地帮着牵牲口，今天就干这活。"

高兴全连连摆手："不行，不行，咋能让女子干这活，脏兮兮的。还是让她们干些别的活吧。"

刘主任说："她们也是劳动人民中的一员，没有那么娇贵。"

张生祥说："不行，这牲口烈偪得很，怕把女子吓着了。"

刘主任走过去牵住马缰绳，往前走了几步说："很听话嘛，没事的。徐敏，你来带个头！"

徐敏立即走过去，从刘主任手中接过马缰牵着往前走，刘霞也壮着胆子去牵毛树周的马。

刘霞刚走到马跟前，马就打了个响鼻，把刘霞吓得往后缩，站在那里不敢向前了。毛树周解释："早上天气冷，马还没活动开，打了个响鼻，不要紧，这马很温顺的。"

刘霞这才大着胆子往前走两步，牵住马缰绳。

刘主任和其他女学生给毛老七等人牵着马犁地，白女给张生祥牵着马，父女俩欢喜地说着话。

高兴全心情很好，大声说："别看咱这是积水地，可要比山坡地强，山坡地浇不上水，靠天吃饭哩。咱这积水地用清河引来的水一浇灌，把盐碱冲走就是良田，还能浇灌上，再上些粪，保准种啥长啥，一亩能顶山坡地好几亩哩。"

毛老七说："咱们把地犁起来后，让学生们把草根拾净，再把麦种上，明年就能收获。"

毛树周说："按现在的节气，种麦稍微晚了几天。"

张生祥说："参不落，地不冻，有牛有籽尽管种。种冬小麦一点也不晚。这就是咱们常说的'麦种泥窝窝，狗吃白馍馍'。等开春了，再给地里上些粪，保证长成好庄稼哩。"

毛树周随即唱起了信天游：

开荒好，开荒好，学生挥镰刀割荒草，不怕地上虫虫咬，不怕双手打血泡，地里的草根都捡净，打碎胡茬地整平。种小麦，种棉花，果木蔬菜都栽下。盐碱滩变良田，收获时节有吃穿，慰问前线八路军，壮大咱安吴青训班，男女老少都喜欢。

他这一唱，大家干活的劲头更足了。

学生会

"走，走，咱找学生会说理。"

迎祥宫里，毛树德气呼呼地指着挂着"学生会"牌子的房门，他身后跟着吕世璋、刘泽全等几个人，个个面色不愉悦，明显压着火气。

学生会办公室内，一个书柜靠墙立着，里边摆满了各种各样的图书，房子中间摆着几件乐器。靠窗的桌子前，学生会主席徐敏正在伏案抄写资料。

毛树德一步跨进门，嚷：“你这个学生会主席得给咱评理，给咱做主。"

"就是，就是。"几个学员围住徐敏，切切嘈嘈成一片。

徐敏放下笔，抬脸一笑，心平气和地说：“有理不在声大，也不在说得迟早，有啥委屈尽管说。"

毛树德气哼哼地说：“咱从小就是个拉长工出身，历史清白，啥问题都没有。可为啥入党时，说政审这一关过不去，他们说是因为刘霞她舅是国民党，当着泾阳县县长，不支持咱安吴青训班，就因这个阶级立场问题，说暂缓一下。你说，刘霞她舅当不当县长，跟我有啥关系嘛，咋能影响我入党？"

徐敏笑着说：“咋能没关系？你和刘霞如果结婚，刘霞她舅也就成了你舅，你舅都算是你的重要社会关系哩，入党都要考虑这些因素。"

毛树德红了脸说：“咋能扯得那么远？刘霞跟我就是正常的同学关系，我们俩连手都没拉一下。"

徐敏咯咯地笑，毛树德不好意思地嘟囔：“咱是没吃上羊肉倒染上一身膻。"

徐敏止住笑问：“你是要党员，还是要媳妇，你可要好好想一下。"

毛树德红着脸说：“我都想要，有个媳妇叫成家，入了党叫立业，成家立业是做人本分嘛。"

徐敏再笑：“你说的是大实话，还有啥意见？"

毛树德说：“要叫我再说实话，就不应该为难人家刘霞入党。她舅是国民党党员，她要入的是共产党，各走各的路，井水不犯河水，那能有啥关系，你这个学生会主席可要给刘霞做主，说句公道话才对。"

吕世璋插话：“都是同学，你咋光给刘霞讨公道？"

周围响起哄笑声，毛树德红了脸正要开口，徐敏先说话了：“咋，谁还需要讨公道？"

吕世璋生气地说：“我有，我是来击鼓告状的，学生会可要给我申冤做主。"

徐敏莫名其妙地问：“你有啥冤？"

吕世璋说：“我在西安一个亲戚家的杂货铺子替人家记了一段时间账，我申请入党时，他们说这是个二掌柜的，剥削过穷人，把我也卡住了。我不服，我不能让人家指指戳戳骂我是剥削阶级中的一员。"

路永利愁眉苦脸地说:"就是,这瞎名声谁都不愿意背。以前,我在乡公所当了几天保丁,就是跟上人家催粮要款哩。政审时人家说我狗仗人势欺压百姓,把我说得抬不起头来,叫我有理说不清。"

赵德胜也激动地说:"我才叫有理说不清,我父母早年将一个逃难的小娃抱回家,说等长大了给我做媳妇,我根本就不同意,可政审时,说我封建思想严重,家有童养媳。我父母收养那女娃时我才十岁,能懂啥叫媳妇吗?"

仵运东神情沮丧地说:"我老妈病了,家里穷得拿不出钱治病,不知道咱学生会管不管这事?"

徐敏笑着安慰:"管,当然要管。凡是我们学生遇到的困难,学生会都有责任管,学生会就是为我们这些学生办事服务,为学生做主的组织,我们会向上级党组织反映学生的意见和建议,让大家当家做主。"

毛树德不相信地问:"这学生会说能不能顶用?要用事实说话啊。别成了聋子的耳朵,样子货,凉了大家的心。"

徐敏笑着说:"你放心,凡是学生反映的问题,学生会将如实地给领导反映,能解决的事情绝不会不管,暂时解决不了的,也要说明原因。"

见几个人还是将信将疑的表情,徐敏又笑着说:"你们几个说的事情,我马上就和党组织反映,让我先和支部组织干事沟通一下。对有争议的,我可以找书记说明情况,社会关系不是多重要的,关键要看本人的表现,政审也是对大家入党动机的考验,督促大家要有个正确的思想认识,树立正确的态度,相信党组织会按照党员的标准,认真对待每一位入党积极分子的请求。对于家庭困难的问题,我尽快和组织联系,建议成立一个互助救济组织,让大家都互相支持互相帮助。"

"这个建议好!"冯主任和胡主任走了进来。学员们立马严肃地站成排,徐敏也从位子上站起身。

冯主任说:"我们今天是专门来当面听取同学们的实际问题,你这个建议,也是听同学们反映的吧?"

胡主任笑着说:"要让同学们敢说话,说实话,我们的青训班不是整天板着脸训人,要养成一种团结紧张、严肃活泼的风气,要让大家言论自由,心情舒畅,有话尽管说,有气尽管出,只有这样,青训班才有生机,才有活力。"

徐敏说:"刚才有几个同学反映他们的入党因社会关系受到影响,很有意见。"

冯主任笑着说:"入党前进行政审,这是一项组织纪律,积极分子不经过政审,不能吸收为党员,任何人也不能例外。政审的关键是考察本人的政治历史,对党的认识,入党的动机,政治表现等。对社会关系,主要是看本人和社会关系之间的政治来往,一般的亲戚关系,我们只是做个掌握,只要本人没有参与过那些伤天害理的事,对我们党组织没有进行过破坏活动的,都不会影响本人入党,这一点同学们务必要认清,不要风言风语地造成一些误解和隔阂,影响党内团结,也不利于我们发展培养新党员的工作。"

胡主任笑着问:"冯主任说的,大家听明白了没有?"

大家都高兴地说:"听明白了。我们入党很有希望啊。"

胡主任说:"今天,我们来这里还有一个事要给大家说。咱们青训班准备办一份学生会会刊,让学员们来投稿,发表文章,谈在青训班的学习生活,开展思想交流,树立学员正确的理想追求,让它成为大家的学习园地,谈心场所。这些文章不拘格式,小说、散文、故事、诗歌、快板等都行,这事由你们学生会负责,你们看咋样?"

徐敏高兴地说:"当然好,这样能更大地激发大家的学习动力和热情,说不定还能培养几个作家哩。"

冯主任笑着说:"不光是出作家,它还会形成一种促进相互学习的风气,更重要的是它能培养锻炼激励学员,养成勤奋学习积累知识的习惯,也为历史留下一份珍贵的记忆。"

胡主任问徐敏:"怎么样?能完成这个任务吗?"

徐敏肯定地说:"虽然这是个新事情,我们没有经验,但我相信,有党的领导和首长的关心,我们学生会一定能完成好。"

冯主任说:"对,干革命就是要有这股子闯劲,有啥不明白的,及时和我或者胡主任联系,胡主任可是咱的笔杆子,是个大文人哩。"

徐敏就笑着对胡主任说:"那胡主任到时候可要多指点,帮助我们把咱这个刊物办好。"

胡主任肯定地说:"只要你们努力,这个刊物一定能办出自己的特色,也一定能办好。"

"好!"徐敏欢喜地拍手,大家也欢喜地连连点头。

第十章
有梦不觉深冬寒

"安吴装"

霜降之后，天气渐渐寒凉起来，地里的庄稼已经收割完毕，嵯峨山下的平原地头，堆满了干枯的玉米秸，被风刮得唰唰地响。清河岸边成片的柳树开始落叶，随着汩汩的河水向东流去。毛家村村北的积水滩，一望无垠的芦苇白花花的，如同海洋中的波涛，随风翻涌。成群的大小鸟儿在水边觅食。

上午十点，四百多个男女学员抱着一堆针头线脑来到运动场上，挨挨挤挤坐下来，开始进入另一种技能的学习——缝棉衣。来自嵯峨山的风，带着沁凉，撩过一个个头抵头背靠背的身影，掀起一阵阵笑浪。

欢笑的自然是女生。平日训练中老是落下风的女生这时候显出了优势，灵巧地穿针引线，知道男生们这会对她们的羡慕，很多女生故意哼起了歌。可怜了男生，又粗又笨的手指，捏着纤细的针，比拿锄头都吃力，不是穿不上线，就是线老打结，好不容易缝了几针，针脚长长短短，歪歪扭扭，针还不时扎在手上。"啊！""啊！""啊！"叫声此起彼落，每次都引起一片哄笑。

愣娃唆着扎出血的手指，东瞅西望，目光落到巧娥身上，不觉一亮，抱起布料到巧娥面前："有劳你了，很对不起啦！"

巧娥调皮地道:"哪里话!你们的痛苦,就是我们的痛苦嘛。"一句话,惹得大伙齐齐鼓掌,也大大启发了男生,都纷纷找女生结对子。

三怪做着做着,发现少了件布料,寻思了一会,抓住愣娃,硬是把他扯到厕所里去。片刻后出来,一手提一个裤衩,一屁股坐到地上,往裤衩上铺些棉花,缝起来。不一会,一件棉背心就成功了!三怪穿着左角还配了个小袋子的"裤子背心"大摇大摆地走起来,全场的人鼓着掌大笑。

"看我的!看我的!"一个男同学,举着自己做好的棉衣,得意地大喊大叫。在众目注视下他往身上一披试穿,两只手却怎么也伸不出来,原来,他连袖口也缝拢了。在全场的掌声笑声里,男生急得满脸通红。

"学员们,看谁来了?"一声欢快的声音传来,学员齐齐抬头看,只见席崇军和妇救会主任石大姐大步流星而来,身后跟着一群妇女。

"同学们,你们受苦了,大伙来帮大家缝衣服,欢迎不欢迎呀?"石大姐笑眯眯地向学员们打招呼。

"欢迎,欢迎!"场地上爆发出一片欢声。

石大姐又转过头去,对四十多位妇女说道:"青训班的同学,由几千里地跑到这里来受训,吃苦,都是为了咱中国老百姓。天冷了,他们受着冻,因此要请大伙来帮这个忙,做一两天,在学校吃饭。你们做了这活,也等于为国出了力!"

妇女们纷纷说:"不用吃饭,我们来帮学员们做就是了。""咱们都是为了公家,为了国家,只要能把日本打下去,咱们大家能过安乐日子就好。""女人不能做别的,这个事是能办到的。"

说着话,妇女们已分头走向学员身边,熟练地缝起了衣裳,学员们给打着下手,看着学着。

席崇军高兴地对石主任说:"石主任,这事情靠你们费心了!"

石主任笑:"放心吧,席书记,这些针线活,我们都能干,保证干好!"

席崇军笑:"咱们大伙一起出力,就能尽快把青训班学员过冬衣服弄全了,免得学员们受冻。"

石主任说:"就是,人多力量大。还有一些妇女想帮忙,但家里忙,实在走不开,让把活计拿到家里去,可以抽空做或者夜里做。还有些姑娘要来,家里人封建,不让出门,也让把活计拿到家里去做。我的想法是,由妇救会统一负责,把棉花、布料等东西,给大家分下去,大家可以拿回去做,做好后再统一交上来,这样既不耽误家里事,也能发动到更多的人。"

"好!那就辛苦妇救会的同志啦!"席崇军高兴地和石大姐握手。看着眼前井井有条的场面,他便出了门,向张亮家走去。

安吴堡张亮家里,徐敏正趴在院子中间的石桌上,帮着几个人写入党申请书。毛树德几个人围在四周,焦急地等待着。

席崇军一行人将马拴在门口的大树上,转身看到刘霞从街道上走过来。刘霞走到席崇军面前,小声地说:"你进去,帮我把毛树德叫出来。"

席崇军一笑,点点头,带着几个人走进院中。席崇军走到入神地看着徐敏写字的毛树德身后,轻轻一拍毛树德的肩,在他耳边小声说:"门口有人找你。"

毛树德朝门口一望,看是刘霞,烦躁地说:"正忙着哩,等一会儿再说。"

毛树德的声音提醒了徐敏,徐敏随手拿起毛树德的入党申请书给他一递:"毛树德,写得太简单了,再往深刻了写。"

毛树德接过申请书,怏怏不乐地走出院子,见到刘霞,没好气地说:"你咋来了?"

荣子妈正好从旁边经过,看见毛树德、刘霞在说话,就悄悄绕过俩人,走进院子,一进门看见席书记,便热情地打起招呼。

听到席崇军的声音,徐敏一惊,立马从石凳子上站起身,一朵红霞飞上颊:"你咋来了?"

席书记说:"我来这里找胡主任和冯主任,有事商量,看见你们在院子里就进来了。"站旁边的黑娃、白女、吕世璋等人也急忙热情地和席书记打招呼。

荣子妈说:"席书记,叫他们几个年轻人先忙着,你到我屋里一下,我有事找你。"

席书记说:"我也正好要找你哩。"

两人说着话进了屋,荣子妈说:"啥事,你先说。"

席崇军说:"这天越来越冷,我想找你们这些妇女帮着给学员们做棉袜棉鞋,不能让学员们受冻啊。"

荣子妈说:"嗨,我还以为你要找我给你说媒哩,徐敏这女子看着就让人爱哩。"

席崇军往外看看徐敏的背影，笑了笑没说话。

荣子妈笑着从炕席底下取出一沓用牛皮纸剪成的鞋样，对席书记说："开个玩笑，看你还脸红了。看看这鞋样，上边都写着名字和尺寸。这是我和徐大娘给学员们洗衣补鞋时留下来的。徐大娘也说，这天看着就要冷了，要想办法给他们做棉衣棉鞋，没想到咱想到一块去了。怪不得徐大娘夸你是个热心人，细心周到。"

"你这是在和谁说话哩？"徐大娘边说边进了门。

荣子妈笑："大姐来得正是时候，我们正在说给学员做棉衣棉鞋的事哩。"

徐大娘和席崇军打了个招呼，席崇军说："大娘，这九九重阳节一过，天就要变冷了。我正想找胡主任和冯主任商量给学员做冬袜冬鞋的事，谁知你们想到我们前面去了。"

徐大娘说："我们不怕干活，就是棉花和布从哪里弄哩？"

席崇军说："救国会和妇救会已经和云阳街上的棉花铺子及布行说好了。需要多少尽管去取，误不了事情。"

徐大娘高兴地说："这就好，这就好，只是……"

荣子娘纳闷地看着徐大娘。徐大娘不好意思地说："我从来没做过棉鞋，才开始跟大家学，怕做不好。"

荣子娘笑："我给你教，保管你快快学会学好，等学好了，先给新女婿做上一双。"

徐大娘笑着说："看你说的，闺女的婚事八字还没一撇，给女婿做还早着哩。"

荣子娘看了席崇军一眼，一语双关地说："有人着急哩。"

席崇军赶紧把话题转回来："人家徐敏正在院里帮人写入党申请书哩，我们不用操心她的事情。"

吕世璋站院里喊："席书记，你帮我指点一下，看我写的入党申请书行不？"

席崇军走出房间，接过吕世璋的入党申请书看看说："思想还不到位，写得有些简单。"

吕世璋为难地说："我把能想到的名词都写上了，咋还不深刻？"

席书记看看大家,若有所思地笑着说:"你这鬼头,咋写得不深刻,自己想想。"

黑娃做了个鬼脸,说:"你看,我说你写得不深刻吧,还好意思让席书记看。"

大家一下子哄堂大笑,徐敏脸一下子变红了。

正在门外说话的毛树德和刘霞听到院子里的笑声,赶快跑了进来,看见徐敏红着脸,席崇军在一旁不大自在,就知道肯定是他们几个在捉弄席书记。

席崇军坐在石凳上翻看几份入党申请书,笑着说:"入党申请书,是一个想申请入党的积极分子表示对党的心愿,对党的热爱的情感,入党的动机,入党后的打算。这里的关键是我们要把对党的感情上升到为党的事业奋斗终生的政治觉悟上来,把个人前途命运同我们党的事业紧密联系在一起,因此,大家要好好学习党的历史、党的知识,用党的理论武装我们的头脑,改造我们的世界观,这样才能成为一名名副其实的共产党员,始终保持共产党员的先进性。"

席崇军一番言语,让一群人听得入了神,瞅着席崇军的眼神里都装满了敬佩与叹服。席崇军倒不好意思了,笑了笑:"我马上要回云阳,等有时间再和大家讲吧。总而言之,大家在青训班听老师的课时,要用心去记,然后再对照自己的言行,就可以提高思想认识,更快地向党组织靠拢。"

席书记说完就转身向门外走,徐大娘和荣子娘出来和他打招呼,并说:"那就快点把棉花和布弄来,我们好早点动手。"

毛树德不明就里地问:"咋,这么快就要置办结婚嫁妆吗?"

一句话把大家逗得哈哈大笑,徐敏红着脸看同样红了脸的席崇军消失在大门外。

晚饭后,薄暮的夕阳照着运动场。干部连、军事连、儿童连、妇女连、艺术连、农民连、职工大队、研究班、速记班、佛教连……一千多学员以连为单位,轮流唱着歌,空气里散发着浓浓的喜悦。鲜红夺目的"发扬革命友爱的精神""用突击行动来迎接战斗"等标语高悬在西墙上。

会场中央的木桌上堆着六七大堆棉衣。刘处长笑咪咪地走到桌前,两手按在桌子边上,久久地,低头盯着面前的棉衣,似乎在沉思。当歌声落下后,刘处长直起身子,含笑的目光掠过一圈面孔,然后缓缓开口:"这次运动是空前的,也许是中国所没有过的……这说明我们有'自力更生'的能力去克服任何困难,它也告诉我们,在长期抗战中,我们是能够克服任何更多更大的困难的,而我们也做好了一切准备去迎接那些困难!"

"这叫什么装呢?"刘主任拿起一件棉衣:"西装么?不像;中国装么,不是;我们就叫他'安吴装'!不管怎样,它一定比最好的缝衣匠做的还要温暖,因为它是我们自己做的,是我们自力更生的见证,它里面有千多个人的热情,有无数百姓们的友爱……"

刘主任动情的话语淹没在持久的掌声中。

新年的欢宴

拂晓时分,四处一片漆黑,唯有启明星高高地挂在天空,迎接黎明时分的太阳。安吴堡子吴氏庄园里,灯火辉煌,欢声笑语此起彼伏。今是大年三十,青训班学员一大早就忙活开了。他们要请这周围十里八乡的老百姓在安吴堡过年,团拜庆祝。

多路出门请客人的队伍安排挺当,准备出发,冯主任、胡主任、刘主任对大家反复叮咛:"宴席好摆客难请,一定要把人叫齐,这是硬任务,谁不把人叫齐,就甭想坐席。"

毛树德说:"我不吃肉菜了,啃几个干馍就行啦。"

冯主任严肃地说:"猫吃糨糊,光在嘴上挖抓。你不吃都行,但客人必须请到!"

刘主任笑着说:"你这个飞毛腿,今儿得跑远路,习仲勋书记今天要派人来和大家一起过年,叮咛要把西山上苗家祥的家属,半截沟的刘老四,还有张生祥,无论如何也要请来,习书记给他们捎了点过年礼。"

毛树德担心地说:"那这几个人我要是请不来,咋办?"

冯主任唬脸说:"你们一块多去几个人,请不来就抬着来,就说习书记想见他们。"

毛树德啪地敬个军礼:"好,保证完成任务!"然后又拍着胸脯说:"首长放心,我背也要把他们背来。"

冯主任笑了，说："这样就对了，你的鬼点子多，有的是办法。"

一声"开始行动"，请客的人分头出发，走东门的走东门，走西门的走西门，走南门的走南门，向各个村出发了。

安吴堡子街道上，抬着桌椅板凳端着碟子碗筷的人，一溜一串地往吴氏庄园走。吴氏庄园内的六椽厅大房，打扫得干干净净，一伙人正忙着摆放这些借来的家具，桌椅板凳被擦洗得油光发亮，跟新的一样。过道旁边灶房门前的地上，一溜摆放着十几个用来盛水的大缸，几个学员正挑水往里添。

灶房门前的屋檐下，一伙帮忙人，正忙着洗菜择菜，砸辣子打鸡蛋，洗红苕，刮洋芋。灶房内临时支起的几个大案板上，摆放着猪肉、羊肉和刚杀好的鸡，身上还冒着热气。

平时肩搭毛巾腰系围裙，在伙房做饭的王炉头，今日穿戴一新，显得格外精神，手里拿着旱烟袋，左看看，右看看，叮咛着，满院子都是笑声。

临时支起的几口大铁锅，被硬柴火烧得热气腾腾，翻滚的锅里飞出浓烈的肉香。王炉头俯身使劲闻了几下，对正用铁铲在锅里搅动的师傅说："把调料再放一些，好厨师一把盐，盐出头味道才好。"

师傅端起盐碗，抓了一大把撒进锅，花椒大料也撒了一把，高兴地对王炉头说："不愧是炉头，这香味一下子出来了。"

王炉头又走进厨房，看红案、白案师傅。白案师傅笑呵呵地问王炉头："看咱这帮人干活咋样？"

王炉头看着和面切菜的人说："行，都很卖力。今天是咱青训班请当地百姓在这里过年哩。咱们要把手艺都拿出来，叫客人吃好喝好，别丢咱们人的脸。"

白案师傅说："这还有啥说的，你大总管咋说咱就咋办，不能坏了你名声。"

王炉头说："不是怕坏我名声，而是怕坏了咱青训班的名声，不要让人家说咱青训班请人吃饭，吃得不实惠。"

白案师傅说："没麻达，咱们在这里干活就跟在自己家一样，看家本事都使出来啦。"

王炉头又转到烧茶的锅台旁，对烧水师傅说："多放点泾阳砖茶，把水烧开后多煮一会，煮酽，喝起来才有味。"

烧茶师傅说:"没问题,咱在茶楼里干了几年,这里边的学问咱懂。"

王炉头走出吴氏庄园大门,几个学员正在贴大门上的对联,红纸黄字,苍劲有力。上联是"高朋满座,来的都是客",下联是"民学共聚,同为革命人",横批是"共度春节"。

门槛下站着一大群观看的人,赞不绝口。旁边的迎祥宫大门口,也有许多人围着看对联。上联是"百年戏楼,演唱人间情感",下联是"深宅大院,培养抗战英雄",横批是"万象更新"。

毛老七看见了王炉头,搭话:"你看这对联写得多好,这青训班里真的有能人哩。"

王炉头说:"这肯定是胡主任和冯主任他们写的,比咱们张秀才的字如何?"

毛老七说:"比他的字有劲,内容也好,让人看着心里舒坦。"

毛老七又问:"听说习仲勋还要带人来这里给咱唱戏哩,是真是假?"

王炉头说:"当然是真的,习书记要带人来这里慰问演出,唱秦腔哩。"

刘主任笑着走了过来,对乡亲们打了个招呼,然后对王炉头说:"安吴青训班今天宴请乡亲们,这事办得好不好,就看你这个总管的能耐啦。"

王炉头笑着说:"这一回让咱当执客头,这是领导对我的信任,也是看得起我,说啥也不能给领导脸上抹黑,保证叫大家吃好喝好,不能把牌子砸了。"

"席面子做好没?饿死啦。"毛树德笑嘻嘻地领着张生祥、何老四,还有苗家祥的家属等人到达吴氏庄园大门口。毛树周、高兴全、毛文清、毛老七等人走上前和他们打招呼。

高兴全纳闷地问肩上掮着口袋的张生祥:"坐席吃饭来人就行了,背个口袋干啥哩?"

张生祥笑:"听说今天边区要来人跟咱过年,我掮了些红苕,让捎给习书记。咱塬上产的红苕,蒸熟后干、面、甜,跟毛栗子一样,习书记很爱吃的。"

"好哇,有这好吃的,咱就不用坐席啦。"贾拓夫带着边区的同志说笑着从对面走来。张生祥乐呵呵地喊:"贾书记!"贾拓夫走到张生祥面前说:"习书记也给你和大伙捎带了些核桃、柿饼哩。"

张生祥激动："呀，那咋能行哩。"

边区同志笑："习书记交代的，礼轻情义重。习书记在边区一直牵挂着大伙哩。"

冯主任、胡主任、刘主任等出来迎接贾拓夫等人，双方热情地握手互相问候。之后，一群人说笑着进了院子，冯主任对贾拓夫说："贾书记，开席前，你给大家讲几句，也算是新年贺词，大家喜欢听你讲话哩。"

贾拓夫笑："今儿是安吴青训班请客吃饭，又不是陕西省委请客，隔笼抓蒸馍，手伸得太长啦，还是请边区来的同志讲，边区同志是我们的贵客。"

冯主任笑："那好，我先打个开场。"

王炉头对着院子大喊一声："请各位客人入席！"

几十张桌子迅速坐满了满脸喜色的客人。冯主任站上台阶说："各位父老乡亲，今天是大年三十，我们把大家请到安吴堡来吃顿年饭，一是表示一下我们青训班对各位父老乡亲的感谢，没有大家的支持，青训班在这里寸步难行；二是让大家趁着这个机会团聚一下，共同过个欢乐祥和年，增进军民团结的革命友谊。在此，我给大家三鞠躬，表示感谢。"

掌声四起，乡亲们无不感叹："还是共产党好，有情有义！"

冯主任用手向下按了按，笑着道："今天我们不但有幸请到了陕西省委贾书记，还有边区的几位同志受习书记委托，从边区赶来跟我们一起过年，我们现在让他们给大家讲几句，大家欢迎。"贾拓夫笑着向在座的大伙挥挥手道："我平日经常讲，今天咱就听听边区同志讲，大家欢迎！"

一位边区来的同志边笑着走上台，边示意大家停下鼓掌："刚才，冯主任说得很对，没有老百姓的支持帮助，我们将寸步难行。我们今天来，带着习书记的嘱托，让我们给大家拜年，祝大家过个欢乐年。在整个关中分区，云阳抗战工作很有特色，安吴青训班更是美名远扬，这都是咱云阳人民共同努力的结果，习书记让我替他传达整个关中分区对大家的感谢。同时，也请各位有时间能去边区做客。边区和云阳山连山，边区人民和云阳人民心连心，大家都是共产党领导下的一家人。"

台下立即响起热烈的掌声，冯主任大声宣布："军民团结宴会现在开始，大家共同举杯，为军民团结干杯！为抗战胜利干杯！"

社 火

大年初一的清晨,天空飘起了雪花,先是一粒一粒地飘,落在地上,立即就融化了。下着下着就越来越大,一片一片地落,在西北风的吹拂下,翩翩起舞,轻盈地飞旋着落在树丫上、农舍上,村庄、田野,一会儿就白茫茫一片,银装素裹、雾锁朦胧的景象,给新年增添了一种鲜活的气氛。

天还不太亮,农家院子和街道上就响起一阵阵鞭炮声,此起彼伏,烟雾弥漫,飘荡在凛冽空气中的火药味与农家炊烟味混合在一起,形成了浓浓的年味。终于,新一年的曙光,在鸡鸣狗叫孩子笑中抵达人间。

安吴青训班也早热闹开了,一伙学员在吴氏庄园大门口、迎祥宫戏楼大门外,把成捆成串的鞭炮点燃,随着一声大似一声的爆响,被炸得粉碎的鞭炮纸屑在空中飘洒,红的,黄的,绿的,像寒冬里绽放的蜡梅花,分外妖娆迷人。

王炉头早早起身和大灶房的师傅们准备着初一早上的萝卜羊肉饺子,灶上的几口大铁锅,冒着热气,白胖胖的饺子在沸水中上下翻滚。

贾拓夫冯主任胡主任刘主任等坐在六椽厅大房的饭桌上,边吃饺子边说笑。

贾拓夫挟起一枚热腾腾的饺子说:"过年来历有多种不同的传说,我喜欢听民间故事,那是些贴近老百姓的事,说的是老百姓的话,让人感到亲切。"

冯主任笑:"那你就给咱说个你最爱听的民间故事,叫我们也长长见识。"

胡主任对旁边桌子上的人喊:"快,贾书记要给大家讲故事啦。"说笑的声音一下子静了下去。

贾拓夫咽下嘴里的饺子说:"好,我给大伙讲我最爱听的一个民间故事。传说,隋朝末年,程咬金性情豪爽,为人仗义,好交朋友。有一天,他捎着一捆竹板去街上卖,眼看着日头偏西了一个也没卖出去。程咬金饿得肚子咕咕叫,就把心一横走进一家饭馆,要了馍菜酒肉,吃饱喝足后,抬脚就走,结果被饭馆的几个伙计挡住要钱。程咬金没有钱给,几个伙计就拉拉扯扯要把他捆绑后交给官府治罪,惹得程咬金火性大发,伸展拳脚把七八个伙计打倒在地,又进饭馆把桌椅板凳砸坏,饭馆掌柜的着急得要去报官。这事被一个路过的有钱人尤俊达看见,劝程咬金不要胡来,又对饭馆掌柜的赔礼道歉说,这是我的一个朋友,他的饭钱和砸坏的桌椅板凳都由我来赔,你挨打的伙计看病的钱也由我出,你算一下需要多少钱,我马上给你。尤俊达从身上取出两锭银子给饭馆掌柜后，领着程咬金来到自家的庄院，并结拜为弟兄。这才引出了程咬金劫皇纲、大战杨林、反济南、英雄聚义的故事。"

毛树德急着问："这过年的话是咋样说起的？"

贾拓夫说："就说这程咬金和结拜的三十六个兄弟，上了瓦岗寨后，占山为王，被一帮弟兄推上了混世魔王的宝座，当上了大德天子。这程咬金本是个粗人，不懂礼仪规程，就召集大伙在一块商量，问在这地方咋样过才好，大伙齐呼，过年好。于是，程咬金下令，从腊月三十到正月十五，天天过年，吃肉喝酒，走亲访友，送灯笼，耍社火，闹元宵，欢乐喜庆。后来，程咬金率瓦岗寨一伙弟兄投奔了唐王李世民，成了大唐的开国功臣。李世民听从了程咬金的建议，诏令天下效仿，此过年的习俗就一直延续了下来。"

黑娃对荣子说："看来，这程咬金也是个穷苦人出身，总为穷人着想哩。"

贾拓夫笑着说："对，应该时刻想着穷苦人，关心穷苦人，没有穷苦人的帮助，革命就很难成功。我们吃过饭后，云阳剧团和咱安吴青训班的文艺队一起到各村去演出，和穷苦老百姓一起过个欢乐年。"

冯主任笑着说："好，我看这样吧，让云阳剧团在鲁桥、口镇等大点儿的镇上去演，这几个地方有戏台，演戏方便，社会影响大。让咱安吴青训班学员到塬上的孙村、陵前、武字区乡下演出，再叫云阳抗战救国会把附近的社火队组织起来，在各村巡回耍社火，这样大家都热闹，贾书记看咋样？"

贾拓夫笑："这个建议好，咋不见云阳抗战救国会的人哩。"

刘主任笑着说："等发完压岁钱就来了。"

贾拓夫纳闷："又不是小孩子啦，还发什么压岁钱？"

刘主任解释："云阳这地方，过年讲究长辈给晚辈发压岁钱，儿女再大，在父母心中还是个娃。"

门口有人喊："云阳社火队来啦，大家快来看啊！"

胡主任笑："云阳这地方真是邪，说谁谁就到，架不住念叨。"

"谁念叨我哩？"席崇军笑着走了进来，和贾拓夫紧紧握手拜年。

席崇军笑说："过年就是图个热闹，社火队是分片活动，好几家子社火队都在演出，看谁演得好。比较有名的社火队有好几支，安吴的，马家的，还有甘泽村的，今天，我们云阳、马家、甘泽几支社火队都要和安吴堡子社火队比试比试，看谁能拿头彩。"

冯主任说："你们这是送戏上门，很好很好。刚才我们几个还商量着让社火队去巡回演出，让大家都高兴高兴才对。"

席崇军说："没问题，不影响比赛，等比完了再去也不迟，现在是农闲时节，有的是时间。"

冯主任说："现在是全民抗战的关键时期，咱们不仅要自己演，也要邀请一些国民党和政府的官员及地方名人来看，趁机做一些统战工作，让他们也能关照和支持咱们安吴青训班的工作。"

席崇军说："我们这些社火队是为人民演，他们未必愿意来看。"

刘主任说："今天咱们要一起去邀请他们来，让他们和咱们一起过年，这是全民抗战的需要。"

席崇军说："那咱们现在就出发，不要耽误了比赛。"

贾拓夫说："好，按崇军说的，咱们分头行动，胡主任带崇军去邀请客人，我和冯主任在这里组织剧团做演出准备。"

打麦场上，几家子社火队遇在一起，谁也不服谁，锣鼓喧天，耍狮子的铃铛声，摇旱船的吆喝声，跑竹马的鞭子声，走高跷的呼喊声，孩子们的哭声笑声，百姓的鼓掌声喝彩声，让安吴堡充满了过年的欢乐。

徐敏急急地找到看得痴迷的毛树德，一把拉住就走："别看了，办正事要紧。"

毛树德恋恋不舍地频频回头："别急别急，再看一下下。"

徐敏生气地说："你和刘霞要演出《夫妻识字》的节目哩，大家现在要赶往陵前镇，都在等你哩。"

毛树德惭愧地一拍脑袋："呀，快走，差点误了正事。"

吕世璋对跑来的毛树德略有怨气地说："你再不来，我就和刘霞去演《夫妻识字》了。"

毛树德红着脸连连点头，算是认错。

文艺宣传队学员们正要出发，只听一声鞭子响，一辆马拉车急驰而来，学员们站在一边给马车让路。毛树德不悦地说："谁把马车赶得这么快，太霸道了！"

马车到了学员跟前，停住了，从上面钻下来一个人，毛树德愣住了。

毛树德不情愿地说:"咋是你,表哥?"

被称作表哥的这个人正是国民党驻军团团长、八面玲珑的吴平友。吴平友看着毛树德,关切地说:"这雪天路滑的,你们要去哪里?"

毛树德对穿着一身崭新的黄呢子军大衣的吴平友上下打量一番,不屑地说:"要去陵前塬上演出。"

吴平友说:"这大过年的,还是别去了,跟我回家吧。年后,你去我那里当兵,现在我已经是团长了,你去了,我给你个连长或营长干,你看这车上的年货,还有这后边的卫兵,多风光。"

毛树德生气地说:"赶紧走,咱是粗人,不会在人前耍威风,只会耍二杆子。"

吴平友哈哈大笑地说:"你听共产党的,有你后悔的时候!"

毛树德说:"我还想加入共产党哩,绝不后悔,倒是你要掂量掂量!"

吴平友气哼哼地钻进马车,丢下一句:"不识抬举,狗肉上不了席面子,你就是受穷的命!"

毛树德看着吴平友的马车远去,生气地"呸"了一声。

刘霞走过去对毛树德说:"你真行,这么阔气的表哥都不认。"

毛树德说:"你舅是县长你都不认,比我强。"

吕书璋说:"你俩别'亲热'了,再不走,咱们到陵前塬上就要天黑啦。"

大家唱着《义勇军进行曲》,拉着演出道具出发了。

泾阳送"戏"

正月初二,年味正浓,泾阳县城的北极宫到文庙的街道两旁,摆满了色彩缤纷的花炮、灯笼,令人眼花缭乱。逛街看热闹的人,扶老携幼,你拥我挤,真是车水马龙,行进一步都是困难。

陕西省委、云阳八路军留守处、安吴青训班、云阳抗战救国会、云阳剧团等,一行数十人,拉着戏箱道具,穿过人山人海,向二条街上太壶寺旁边的戏园子走去。

戏园子门外悬挂着告示:"云阳剧团来泾阳演出。白天:《精忠报国》。

晚上：《卧薪尝胆》。加演：云阳彭义国的折子戏，牛娃子的《临潼山》，十八红的《法门寺》。"

告示下围观了很多人，议论纷纷，有人说："这云阳剧团唱得咋样？咱们没有听过，今天要好好听听。"

另一个说："听说那云阳街上牛娃子的《临潼山》，那跟头翻得就是好，把伍员那超群的功夫演活了。"

另一个说："要说，十八国壮士斗宝临潼山时，来了那么多英雄豪杰，没有不服举鼎的楚国伍员的，今日个要好好看一下哩。"

戏迷们你一言我一语地议论着，几个热心的戏迷还急着赶到大车跟前，帮忙搬运戏箱子道具。戏园子里的何师傅，提着大茶壶，热情地招呼大家喝茶。

戏园子旁边的太壶寺内，一处雅静的大房内，太壶寺住持明阳法师正在和几个徒弟给桌上摆放茶具。席崇军等人走进房内，笑着和明阳法师打招呼："我们今日来，给你们添麻烦了。"

明阳法师双手合十："善哉善哉，施主光临贫刹，不胜荣幸，何言麻烦。"

席崇军笑着说："泾阳太壶寺，天下闻名，建于隋朝，兴于大唐，玄宗天宝年间，改称中兴寺，与长安青龙寺、大雁塔，泾河南塬的荐福寺，同为当时唐朝长安都城讲经传教的圣地，传说唐明皇时贵妃还专门来这里朝圣降香住了多日哩。"

明阳法师惊讶地看着席崇军："施主谈吐不俗，通晓历史，绝非等闲之辈，你们八路军有这等学问真是意想不到，佩服佩服。"

说话间，袁县长也带着几位绅士名流走了进来，听见住持这样的话，问道："是哪位高人受方丈如此夸奖？"

席崇军起身迎接："不敢当，不敢当。"

康民对袁县长说："这位是我们云阳救国会书记席崇军。"

袁县长双手抱拳，笑说："久闻大名，今日驾临，实属袁某之荣幸！"

明阳法师也指着袁县长说："这位就是国民政府的袁县长。"

席崇军点头笑说："岂敢岂敢，袁县长是地方的父母官，我们在这儿的人有不周之处，请多包涵。"

袁县长皮笑肉不笑："好说好说，如今是国共合作，共同抗战，都是自家人，有啥话就明说，甭记在心里，结成死疙瘩不好。"

席崇军说："看来，袁县长也是个痛快人，现在大过年的，云阳剧团专门来泾阳演戏，邀请袁县长和各位贵党同人光临，就图个热闹高兴。咱们泾阳是个好地方，不愧是关中的白菜心，人杰地灵，秦始皇还在这里大兴水利。"

袁县长说："秦始皇在这大兴水利？"

席崇军说："秦始皇时，水工郑国在张家山开渠引水，主持兴建郑国渠，浇灌从汉阳到蒲城一带数万亩良田，使百姓受益，国家富足。历经千年，李仪祉先生又在郑国渠的基础上主持修建了泾惠渠，继续惠泽着灌区的老百姓哩。"

袁县长说："看来，你对我们泾阳的历史地理很了解。"

席崇军笑着说："当年，我跟随刘志丹、习仲勋在照金创办陕甘根据地，开辟关中老区时，去过多次泾惠渠首张家山，喝过筛子洞的泉水，还在淡水潭里捞过螃蟹哩。那地方有山有水，风景很美，王桥那一带的人说的口头禅就是，'正月里过大年，泾惠渠首去游玩，提着罐子盛泉水，捞些螃蟹尝个鲜'。"

袁县长听到这里连连点头："佩服，佩服。你对泾阳西北塬上的风土人情、民俗生活，比我知道的还多，本人自愧不如，自愧不如。"

席崇军笑："这没啥了不起，处处留心皆学问，袁县长有很多学问需要我来学习哩。今天咱们在这太壹寺相聚，让我想起一千多年前，安史之乱的大唐名将郭子仪单骑会回纥，在这太壹寺形成了泾阳结盟，使国家免受战乱之苦，百姓免受家破人亡之痛。"

袁县长说："借题发挥，言有所指，不必拐弯抹角，咱们今天是朋友相聚，有话直说就行。"

席崇军说："那咱就打开窗子说亮话了。你是泾阳县的一县之长，山高皇帝远，点头就是知县官，泾阳县境内的大小事，都要你说了算。"

袁县长说："那是当然，党政军财文农工商贸，咱都得一把抓，一竿子戳到底才不会辜负了南京国民政府的信任。"

席崇军说："现在正是抗战的紧要时期，国共两党捐弃前嫌实现了合作。常言说得好，'一个好汉三个帮，一个篱笆三个桩'，咱们只有努力合作，才能为抗战胜利贡献力量。要不然，抗战这么重大的事情，仅靠某一个党派是完不成任务的，天时不如地利，地利不如人和，啥事都要靠人去办哩，没有人手可不行。"

袁县长笑着说："国民政府领导全民进行抗战，这是蒋委员长的英明决策，我们这些七品芝麻官只能按照上面的要求执行，什么天时地利，我这个当县长的说了也不算。"

席崇军说:"那我就给你说说这人和的事。只有人和,才能事兴,这是古今常理,国家、民族、个人,都离不开这个理。就说云阳八路军留守处、陕西省委、安吴青训班,都设在泾阳县的地盘上,安营扎寨,难免会有些做得不周到的事情,希望袁县长能以民族利益为重,多多包涵给以方便,我想这点,袁县长会把握好的。"

袁县长笑着说:"我敬佩你是个英雄,咱们既然是朋友,把话说开了也好,如今国共合作,共同抗日,患难与共,心在一处,但有古话说,'只可同患难,不可共享福',卧薪尝胆中的越王勾践,事后不是把文种给杀了?刘邦坐了天下,不是把韩信杀了?三国时,十八路诸侯伐董卓,开始都是好朋友,最后都成了仇敌,互相残杀。国共两党合作抗战,虽说是成了朋友,但这样靠得住吗?盟友算个啥?只是个好听的名词而已,无非是一块共事时为了各自的利益,相互利用,各有所图。我相信洋人说的那话,'没有永远的朋友,只有永远的利益。'中国的老话叫作:'穷在街头无人问,富在深山有远亲。'说到底,老百姓是为了钱财,官场上是为了权利,侄儿有钱不叫叔,外甥有钱不叫舅,这规程啥时候也变不了。"

席崇军边听边沉思。

袁县长又面露难色地说:"说句你不爱听的话,咱们毕竟是两个党派,各为其主,我拿着国民政府给的权力,吃的是国民政府的俸禄,我就得听从国民政府的命令,为国民政府效力,这一点,还请你们多体谅。不过话又说回来,只要两家的上边没事,咱下边绝不会节外生枝寻事惹事,要是上头两家尿不到一个壶里,咱下边的人就左右难办了,丢官事小,弄不好还要杀头哩,咱只能照令行事。"

席崇军沉思着点头:"咱不能强人所难,有这话也行,只要上边不打雷闪电,咱这也就风平浪静,相安无事就行。"

袁县长笑:"对,就是这话。我不惹事,你们也不要惹事,惹出事来,上边一追查,大家就伤了和气。咱井水不犯河水,各走各的道,能过去的事尽量叫它过去,过去不了的事我也无能为力,你们好自为之,大家都安宁。"

席崇军笑着说:"只要大家都安宁就好,就像今天演的戏一样,大家都精忠报国,打败日本。"

袁县长笑:"演戏是高手教化人哩,借古说今。今是古,古是今,世事来回转哩。人生就是演戏哩,有时是红脸,有时是黑脸,有时还是白脸,谁也琢磨不透,就是看你的运气你的命运了。"

席崇军笑着说:"个人的命运由各人的态度决定,正像古话说的,善有善报,恶有恶报,只要咱时刻为民族利益着想,不管啥社会,人民都不会忘记,不要只计较眼下的环境、名利、地位,那都是些过眼烟云,见风一吹,连踪影都没有啦。我今天带来了抗战前线战报上刊登的事迹,不妨给大家念一念,也让大家不要忘记了在前线浴血奋战的抗日英雄。"

席崇军拿出一个大笔记本,翻着给大家念道:"1935年6月21日,东北民众自卫军总参议苗可秀被日军所俘,日军劝他,你若投降,可以保你性命。面对威逼,苗可秀大义凛然地说,抗日不怕死,怕死不抗日,慷慨就义。卢沟桥事变爆发后,时任国民革命军第二十九军副军长兼军官教导团团长的佟麟阁做战前动员,慷慨陈词:日寇进犯,我军首当其冲。战死者光荣,偷生者耻辱;荣辱系于一人者轻,而系于国家民族者重。国家遭难,军人应马革裹尸,以死报国!国民革命军苏鲁战区第一路游击队队长马玉仁,因势单力薄,其参谋劝其投降日寇,保存实力,马玉仁闻言大怒,下令将其处死,并宣布:谁当汉奸,我就打死谁。1937年12月7日,国民革命军张自忠将军回到河南第五十九军军部与官兵见面时,张自忠庄重地说,今日回来,就是要带大家去找死路,看我们为国家死在什么地方,闻者无不落泪。1938年10月,河北冀东抗日联军副司令洪麟阁率部与日军骑兵队交战,头部和腿部受了重伤,他扯下旁边的杨树皮,用血写下誓言'还我河山'后壮烈殉国。台儿庄会战前期,防守藤县的国民革命军第一二二师官兵死伤殆尽,师长王铭章阵亡,消息传来,藤县县长悲痛万分地说,抗战以来,只有殉国的将领,没有殉职的地方官,我要做第一个为国牺牲的地方官,遂登上城墙,坠城自尽。"

满屋子坐着的人,鸦雀无声,静静地听着。

席崇军翻着厚厚的笔记本,沉痛地说:"这里还有很多掷地有声的誓言,视死如归的英雄壮举,先烈血沃中原,忠魂千秋不朽,在抗日战场上,没有党派的区分,没有部队的界定,大家都有一个崇高的称号,那就是中国军人,他们是国家民族的抗战功臣。同那些在抗日前线浴血奋战的将士们相比,我们更感到支援制高点的重大历史责任感。安吴青训班就是为培养抗战青年干部而办的，希望在座的各位，能以国家民族制高点事业为重，关注帮助安吴青训班，在此，我表示感谢了。"

袁县长不好意思地笑着说："咱们都是一家人，那是应该的。"

席崇军笑："人前一句话，马后一鞭子，咱们就一言为定。"

袁县长笑："那是当然，那是当然。"

满屋子充满欢乐气氛。这时戏园子那边传来了打开场的锣鼓声、戏迷们的喝彩声。袁县长起身说："走，咱们去看戏，看你们这云阳剧团演得咋样。"

席崇军也起身："那还能差了？没有两下子敢来泾阳地面上？"

众人说说笑笑走出太壸寺，往戏园子走去。

新年新任务

按云阳风俗，从农历正月初二到初五，是小辈给长辈们拜年的日子。

宁穷一年，不穷一节，一年到头，难得这天寒地冻的时候，亲戚们能在一块见个面，说说话，吃个团圆饭，就是最高兴的事。尤其是孩子们，走到哪，多少都能收到些压岁钱，也好在走乡串村的小货郎手里买些糖果或玩具。所以尽管雪天路滑，寒风刺骨，也挡不住人们走亲访友的热情。路上一溜一串提着大包小包走亲戚的人。新女婿新媳妇拿着糕点包子花馍及烟酒等四色礼，老女婿们则领着大人孩子全家起营，拎着自家烙的点心，蒸的包子、花馍。

一些天真活泼的孩子们，跟着大人唱玩花灯的歌谣："正月里，正月正，正月十五闹花灯。前头舞的是龙灯，后跟狮子绣球灯，单凤朝阳灯，对对鸳鸯灯，三请诸葛灯，四马奔腾灯，五子登科灯，六绿蛾儿灯，七夕织女灯，八仙过海灯，九九长命灯，十莲结子灯，十一风摆雪花灯，十二蜡梅迎春灯，普天同庆闹花灯，福来五谷大丰登。""正月里，正月正，过大年，喜盈盈。风和日丽春光好，大家动手扎花灯。扎个鲤鱼跳龙门，扎个耕牛闹新春，扎个凤凰双展翅，扎个雄鸡早起身，扎个牡丹迎春风，扎个飞马要腾空，等着十五闹元宵，锣鼓社火闹花灯。"

安吴堡子望月楼上，贾拓夫和冯主任、胡主任、刘主任等人手扶栏杆，望着城外路上走亲戚的人群，若有所思。这时楼下传来男男女女说话声，只见徐大娘、荣子娘和席崇军等人走上楼来。

贾拓夫等人迎上前去，与几个人热情地打招呼握手："过年好，过年好啊！"

席崇军拿出食盒里的花馍说："我们这儿讲究过年送花馍，你们看这馍做得咋样？"

"做得好，做得好呀。"大家夸赞着欣赏那些花馍，有龙有凤，有狮子老虎，还有牛羊猪鸡，等，个个活灵活现，非常好看，尤其是一对精美的龙凤呈祥花馍，颜色艳丽，造型别致，充满了欢庆吉祥。

刘主任说："我看上这一对龙凤呈祥啦。"

徐大娘不好意思地一笑："真有眼光，这个花馍是有讲究的。"

刘主任好奇："哦？啥讲究？"

贾拓夫笑说："这是明里拜年，实质上是家里催着给娃成家办喜事，我们等着喝喜酒就行啦。"

刘主任高兴地说："好啊，关键是喝谁的喜酒啊？"

席崇军腼腆地说："到时候你们就知道啦。"

冯主任哈哈一笑："这崇军也会脸红啊，那我们就等着啦。"

席崇军赶紧转移话题："我们刚才去了一趟服装厂，咱们学员的新服装做好了，老百姓们大年三十都在加班哩。"

胡主任说："多好的百姓啊，那就把服装赶紧给大家发下去，让大家过新年穿新衣，把咱们的人先武装起来。"

贾拓夫笑着说："对，先把咱们的人武装起来，不仅要在思想上武装，穿戴上也要武装起来，知识武装和面貌武装一起抓好，才能显示咱们青训班的精神。"

一行人说笑着下了望月楼向被服厂走去。

冯主任说："让学员们穿上新服装，分头再去附近的乡村进行文艺演出，宣传八路军在抗日前线的英雄事迹，慰问军烈属，进行社会调查，丰富社会知识，和老百姓建立鱼水情谊。"

刘主任说："行，这个主意好，按老冯说的办，我再补充一点，这次下乡演出，主要演唱新编的地方戏，像《新教子》《抓汉奸》《抓壮丁》《大上当》《新考试》《祁半仙》等，都是很好的节目。这些节目都是取材于云阳这一带的事，大家看着亲切。"

席崇军笑:"云阳剧团就是从云阳起根发芽成长壮大起来的,土生土长,就地取材。编演的那些戏剧,老百姓叫作出气戏,说的是老百姓的事,老百姓的话,老百姓当然爱看,不管演的技巧咋样,只要你把戏名一说,老百姓都会高兴,一下子就把场给围啦。"

冯主任笑着说:"这样最好。百姓爱看,才是好戏,否则锣鼓敲得再响,没有人来看,有啥用?"

贾拓夫说:"我想,下一步我们应该寻上几个会写书编戏的人,把咱们红军在云阳改编为八路军,在安吴办青训班的这些事情写出来,让全国人民都知道,云阳地区及安吴堡为抗日战争做出过多么重要的历史贡献,在这片土地上,曾经上演过多么辉煌壮丽的历史壮歌。"

胡主任一笑:"好主意,留史存世,启迪后人,勿忘先辈,更需努力。"

贾拓夫:"胡主任说这是好事,那就你给咱做吧。"

冯主任:"慧眼识英雄,一下子瞅准人了,这事也就胡主任能做成。"

胡主任:"哈哈,这高帽子我可戴不起。"

贾拓夫:"非你莫属,咱这里边你是文化水平最高的,编戏对你来说是小菜一碟,你几下子就弄成啦。"

胡主任:"好你个省委书记,打个盹梦的都是工作,这年还没过够劲哩,任务就下来了。"

刘主任:"新年新任务,这项任务意义不寻常呐!"

一行人哈哈哈地齐声笑。

安吴堡子街道上,学员们开始发放新服装,身着新服装的青年男女学员,正在兴高采烈地说笑。

毛树德拍着身上的新装说:"今天一下子就武装起来了,穿上这身衣服,提神,好看!"

吕世璋也拍拍腰,说:"腰里要是再系个皮带,挎上个盒子枪,才威风哩。"

刘泽全笑:"只要努力争取,这些都会有的,咱们这一次到乡下慰问演出,就是要把思想武装好,知识武装好,技能武装好,拜群众为师,向群众学习。"

一队人说着笑着,走出安吴堡城门,向附近村子走去。快到庆家村时,老远就看见一伙人在村口拉拉扯扯，吵闹声、哭泣声、训斥声在风里四散着。

"走，快看出了啥事。"毛树德喊。数十名学员迅速跑到吵闹的人群前。

人群里，身披黄呢子大衣的国民党驻军团团长吴平友正在指挥几个国民党士兵，捆绑一个年约四十、衣衫破旧的中年农民。

住在村口地窑里的五十多岁的程西春、程西来弟兄俩，死死拖住那个被绑人的大腿不放手，哭着求说："他是来我家拜年的亲戚，你们不能拉他去当壮丁——"

吴平友恶狠狠地说："昨天晚上，一个壮丁偷跑了，我们到处找，找到这里才抓住，给我抓回去！"

一伙村民纷纷帮着求情："这人是程西春拜年的亲戚，不是逃兵。"

吴平友大声训斥："亲戚跟当兵有啥关系？现在是抗战时期，国民政府有令，青壮年男女都有义务当兵，他应当上前线报效国家。"

那被捆绑的人哭着挣扎道："我的腿脚不灵便，上前线也出不了啥力啊。"说着走了两步，一跛一跛的。

吴平友吼："别给我装残，这小把戏哄不过我的。"

程西春蹲下身子揭起那人的裤腿，露出一根细得像几岁孩童般的腿骨，说："国军爷看看，他小儿麻痹，一条腿就没长，是个残疾人，家里还有个病着的老娘需要侍候，你们就行行好，放了他吧。"

吴平友冷笑："放了他？上面能放过我吗？这次回乡征兵，完不成任务，我要挨枪子，你说我咋办？"

毛树德激愤地挤进人群冲着吴平友嚷："你长本事了，就知道回来欺负自己乡里乡亲？你看你一回来，就把这些村闹得鸡飞狗跳，人把你祖宗都骂得在地下睡不住啦。"

吴平友气恼地挥起手就要打毛树德，毛树德不闪不躲，将脸递过去："你打下试试！"

看看毛树德倔强的脸孔，吴平友收回了手，他知道这个表弟长大了，再不是那个小时候一过年就跟在自己屁股后边捡鞭炮的碎娃了。

就在吴平友不知该咋办时，程西春赔着笑脸说："我救过红军大官哩，这能不能当个人情？"

吴平友惊讶地问："红军大官？"

程西春说:"我这人不爱显摆,今天话赶话赶到这里了我就说说。前些年,天快黑的时候,我刚走上地窖,就看见十几个红军战士顺路往北跑,后边有一伙人拿着枪追赶,边打枪边喊叫捉活的。这时一个像是红军领导的大个子,跑到我跟前,我看他实在跑不动了,就一把把他拉到我家的地窖里,叫他躲进地窖暗道。十几个背枪的国军士兵从路上往北追赶,后边还有四五个国军士兵要进我家搜查,我就应付着带他们到其他地方搜查了一下,给他们一些吃的把他们打发走了。那些士兵一走,我就把大个子红军安排在我家的里间窖洞里,那里非常隐蔽,一般人根本找不到。他还问我,云阳这一带有没有共产党组织,我就帮他打听。我亲戚号称飞镖王的说他能找到,就让他把这人送到党组织那里了。后来才知道,这人是中央代表,是红军的大官,当时是从江西长征到了陕南,准备路过泾阳去陕北,结果被国军追赶,让我遇见了。去年,红军从陕北来云阳改编成八路军时,那个中央代表还让手下人来我家里看望过我哩。"

吴平友阴沉着脸,一声不吭。

何保长把吴平友拉到一边小声说:"这人说的是实话,有这回事哩,这事村前村后的人都知道,咱甭惹他。再说,他家来的这个人年龄又大腿又跛,送到队伍上也不受欢迎,我看这事就算了。"

毛树德也平静下来一笑,对吴平友说:"老表,我看这事你还是另想办法吧,人家腿脚不好还有老娘在家里需要人照看,你就给我大姑积点德吧。"

吴平友气哼哼地对程西春说:"今天这事,要不是看在我老表的面子上,我非拉走不可。撤,咱们到其他地方去抓。"

看吴平友一伙转身离开,徐敏等人上去把毛树德围住,纷纷竖起大拇指,程西春也对毛树德说:"还是你面子大,多谢你了。"毛树德说:"听他胡说,今天要不是看见我们青训班人多,他能认我?老表算个啥,他这是欺软怕硬哩。"

拒绝了程西春让大家去地窖里坐坐的邀请,一伙人重新上路。路上,刘霞不由得多次偷看毛树德。有一次刚好和毛树德目光相撞,刘霞慌张得将头扭开,却忍不住咻咻地笑,毛树德也在瞬间一愣后,嘿嘿地笑了起来。在大伙的错愕中,毛树德放开嗓子:"今解气得很!"然后自顾自地吼起《义勇军进行曲》,很快一伙人都随着唱起来,豪迈有力的歌声在寒风中飞扬。

第十一章
雁入云空酬壮志

最美的春光

　　春回大地，万物复苏，嵯峨山厚厚的积雪被春光融化，露出清秀峻美的山峰。小清河开始解冻，碎裂的冰块，漂浮在水面上，随着欢腾的河水向远方流去。忍饥挨冻一冬的鸟雀，舒开翅膀在河滩上尽情地飞翔，时而觅食，时而嬉戏。娇黄的迎春花上，勤快的蜜蜂、蝴蝶在翩翩起舞。河岸上的柳树枝条柔软下来，新发的叶芽嫩绿的，煞是喜人。一眼望去的麦田里，一片青翠。一些留着种棉花的土地，已被耱得平平整整，这些地，经过一冬天雪的滋润，在春天的阳光下显得十分酥软，脚一踩就留下深深的脚印。那深深浅浅的脚印，总让人觉得这又是一个风调雨顺的好年景。

　　一年之计在于春，错过了季节就会耽误一年的收成，农民们都知道，节令不饶人，抓紧春耕的季节，把庄稼务好，才是他们生活的根本。所以，天还未亮，安吴堡就城门大开，村民们络绎不绝地走向田间地头，有赶着牲畜的，有扛铁锨的，有拉耙耱的，有提笼背筐的。

　　安吴青训班的学员，也是不等太阳露头就起身，洗漱完毕后，开始早读。琅琅的读书声从安吴堡东大门外吴氏家族的柏树陵园里飞出，飘散在安吴村的上空。听到的人，脸上不由得微微一笑。早读完，学员们便按照分配好的课程到各处学习。

西门外的空场上，云阳八路军留守处的战士正给学员教授枪支使用及保养方面的知识经验；城南积水滩新开垦的荒地上，返青的麦田里，几个老年人手把手地教学员怎样耱刚开始起身的麦苗。

城北畜牧场里，饲养员用梳子一下一下地梳理着牛马油光发亮的皮毛；半大猪仔，在圈里惬意地晒着太阳，呼呼大睡；一群群肥羊，在头羊的带领下，沿着塬上的沟道，边走边啃刚露出地面的青草。

被服厂、医院、药铺、豆腐坊，也有实习活动的学员。毛树德、黑娃他们在向药铺刘掌柜请教中草药的识别方法。

"秦地无闲草，样样都是宝，既能做食物，又能来入药。"头发花白面容慈祥体态略胖的药铺刘掌柜，不厌其烦地拉开一个个装草药的抽屉，给学员们耐心地介绍各种草药的属性。

毛树德目瞪口呆，不解："这药还能当食物？"

刘掌柜笑："这叫药膳，也叫食疗。苜蓿、香椿、槐花、榆钱、茵陈，都可以蒸着吃，食用药用都好得很。咱这一带人唱的中草药的歌，把这说得很清楚。"

毛树德更惊奇："我还没听过，你能不能给咱唱一段？"

刘掌柜看一圈充满期待的眼神，笑着扔下手里的草药说："好，那我就给咱们唱一段啊。"

> 六月里来热难当，得病先用绿豆汤。
> 大茴香，小茴香，神曲里边套槟榔。
> 桃仁先伴杏仁睡，短刀一把杀红娘。
> 告到官府大堂上，差去荜拨和良姜。
> 山楂披技桥梁上，艾叶林立动刀枪。
> 刀刀砍的是荆芥，剑剑刺在细辛上。
> 拿住罪犯人三个，个个项上插麻黄。
> 把它锁在黄柏树，杀了一阵着了狂。
> 胡椒念起父子义，搬来牵牛救大黄。

"好听，好听。"毛树德几个人听着听着拍起了手。荣子说："这些还是第一回听，虽然不太懂，但也是知识，咱得好好学。"

刘掌柜笑着说："你们要是爱听，我就给你们再唱一段。"学员们连连点头。刘掌柜又唱道：

> 作物不得乱搭配，乱点鸳鸯必吃亏。
> 葡萄园边栽花椒，葡萄麻辣受不了。
> 番茄苜蓿忌核桃，两相枯亡长不好。
> 土豆地边莫种瓜，否则病秧作害它。
> 艾和茴香种一起，茴香矮小个子低。
> 芝麻种在高粱地，迟迟不熟把人气。
> 蓖麻种在芥菜前，蓖麻叶子会枯干。
> 水仙铃兰相毗邻，两败俱伤可惜人。
> 芥菜最怕卷心菜，二者千万要分开。
> 丁香厌恶紫罗兰，隔离种植莫迟延。
> 郁金香忌勿忘我，二者不能一起过。
> 作物相克学问多，种植必要好好学。

毛树德几个人鼓掌叫好，街上路过的人，也凑到药铺来看热闹。刘掌柜一看门口围了那么多人，说唱得更加带劲，说："种植各种作物如果调和得不对窍，就会引起作物大战哩。听着啊。"

> 北瓜造反在河东，东（冬）瓜皇上怒气生。
> 南瓜丞相把本功，西瓜挂帅去东征。
> 梨瓜火速将令传，萝卜地里拔壮丁。
> 竹笋园里挑好汉，苜蓿地里扎营盘。
> 发来洋芋生姜兵，芫荽芹菜打吼声。
> 刀豆本是一张弓，蒜薹好似箭雕翎。
> 菜花头带盔一顶，手提长枪一杆葱。
> 座下骑的黄瓜马，身穿菠菜一身青。

抬来丝瓜炮一桶，豇豆做的引火绳。
豆芽做的药捻子，照住菜园拿炮轰。
打得红苔入了地，打得茄子乌兰青。
打得白菜抱住头，打得莲菜尽窟窿。
打得香椿上了树，打得葫芦登了空。
打得菜瓜顺地爬，打得番茄脸发红。
打得洋葱钻地缝，打得辣椒通身红。
拿住韭菜用绳绑，拿住蒜薹用水淹。
拿住芥菜上刀山，拿住蘑菇用油煎。
拿住莴笋把皮剥，拿住木耳下汤锅。
蒜苗一看着了忙，引上儿孙土里藏。
北瓜一看事不好，跟上刘全阴间跑。

药铺里外的人，都被他这风趣的唱腔唱词引得大笑，纷纷鼓掌叫好。刘掌柜猛地一拍大腿，笑："差点把正事忘了，学员们是来学习中草药知识的，咱在这里唱这些干啥。"

黑娃说："这也是知识，也需要学习。这中草药知识和庄稼有很大关系，我们要好好学习才对，等有时间了，我们要去山上采些中草药。"

刘掌柜说："我明白了，你们青训班广开生产门路，增加收入，改善办学条件，这是好事。咱们北边嵯峨山上，药材多得很，塬畔上的土缝里的蝎子，中药哩，有败毒功效，价钱也贵，一窝能挖出好几斤哩。"

愣娃说："那么值钱？我们挖出来后，全卖给你。"

刘掌柜说："那当然好，咱们一举两得，大家都高兴。"

毛树德笑："就是，为了大家都高兴。习仲勋书记还给我们说过，等打败了日本鬼子，我们还要建立一个穷人当家做主的新中国。那时，没有战争，不用整天冲呀杀呀的，人人都有自己喜欢的事情干。三十亩地一头牛，老婆娃娃热炕头，吃的穿的不用愁，出出进进都自由。那样，大家才真的高兴哩。"

吕世璋说："你想得倒美，看人家刘霞愿不愿意跟你过那种日子。"

毛树德得意地说："她必须愿意，结婚前我叫她先写个保证书，给她来个约法三章。"

几个人哄地笑了，吕世璋说："甭吹牛啦，刘霞不是你想咋拿捏就咋拿捏的女子。"

毛树德正要反驳，街上传来集合的哨子声，并传来喊声："参加三八妇女节的大会就要开始了，有女学员演讲哩。"

吕世璋一拽毛树德："走，听刘霞演讲去，让你听听她咋样当现代新女性，看你还敢吹牛不。"

几个人说笑着走出药铺，向迎祥宫走去。路过迎祥宫墙外的墙报时，几个人又停下了脚步，跟着一群学员观看起新换上去的墙报。

"学习专栏""训练专栏""交流专栏"等，一个个主题鲜明，各具特色，从学员们的心得体会、学习方法到乡村调查、抗战英模，有诗歌散文、通讯报道，还有小戏小剧，内容丰富，形式多样。学员们围观着，阅读着，赞叹着。

"看这，看这。"黑娃手越过黑压压的脑袋，指着几篇文章。荣子等顺着他指的方向去看，是冯主任写的《可敬的云阳人民》，胡主任写的《安吴堡，一个值得永远怀念的地方》。

踮着脚，越过一颗颗仰头敬读的脑袋，毛树德一伙人也读完了这些文章。

吕世璋感叹："这才是真功夫，咱们要好好学习才行。"

毛树德说："把人家这文章一看，咱这点知识真是黄瓜打驴，差了半截子，差距大得哩。"

黑娃说："就是，人家肚子里的知识就跟那大库房的东西一样，要啥有啥，咱们肚子是空的，不学习是不行的。"

荣子红了脸："人家好比一面镜子，咱就照着他们的样子，下苦功夫学，只要有恒心，铁杵也能磨成针。"

仵运东说："教官给咱们说过，临渊羡鱼不如退而结网，咱们要再勤奋一些，这样才对得起这来之不易的学习机会。"

荣子说："说干就干，咱们制订一个学习计划，每天早起读书，比别人多学两个小时，不信咱学不好。"

黑娃说："好，我跟你一块！"

新女性

一场春雨,唤醒了百花开。麦田里,渠沟边,桃花、杏花、梨花、苹果花都开始开的开,吐蕾的吐蕾,粉的如云,白的似雪,把四野装扮得多姿多彩,妩媚动人;起身的麦苗绿茸茸的,像一块块地毯,给大地带来勃勃生机和无限希望。

云阳通往安吴堡的南北大路上,几辆马拉车在泥泞的路上缓缓行进。车上坐的一伙男男女女,怀里抱着行李,四处张望,不知不觉地陶醉在蜂飞蝶舞鸟语花香的春色里。

几只燕子在低空中盘旋,一个女子欣然开口唱起了:"夕阳辉耀着山头的塔影,月色映照着河边的流萤。春风吹遍了坦平的原野,群山结成了坚固的围屏……"

坐在车前边赶车的席崇军笑着说:"唱得真好听,今天到青训班登台,给大家出个节目咋样?"

唱歌女子连忙说:"这是自己学着唱的,上那样的大场面,还不让人笑话?"

高兴全女人何氏说:"怕啥哩,今天过三八妇女节,青训班要搞节目,给学生娃们唱歌,图个热闹嘛。"

席崇军笑说:"青训班学员们会跳舞唱歌,咱们这些农村人也要给他们表现一下,咱们不光会种地,也会唱会跳哩。"

何氏说:"唱还行,跳舞就算了,咱这小脚女人走路都不稳,哪里敢跳舞。"

席崇军说:"缠小脚是封建旧社会给女性造成的灾难,现在是新时代了,没有人再缠脚,现在的年轻女子真享福,想唱就唱想跳就跳,多好啊。"

何氏说:"现在社会真好,不光不用缠脚,就连找对象都能自己做主,愿意嫁了就嫁,不愿意谁也不能强迫,真是好福气啊。噢,对了,你和徐敏的事咋样了?"

席崇军把鞭子在空中甩得叭叭作响,笑着说:"我把花馍都给她送了,就等着她回话哩。"

清脆的鞭子声,惊得积水渠边水草里的鸟儿呼啦一下四散着飞去,拉着大车的辕马呼呼地喘粗气。

何氏笑说:"你只图自己高兴,鞭子声把人家鸟给打散了。"

一语双关的话,惹得一车人哈哈大笑。席崇军心里软酥酥的,想着马上能见到徐敏了,泥泞的路也不觉得难走了。

到了安吴堡,席崇军高兴地和门口执勤哨兵打个招呼,就直接进了西城门。西门城墙根下张亮家里传来了深情的诗歌朗诵声,吸引得一行人停下车听起来:

>我们是密林中欢唱的小鸟,这里有一片茂密的森林,
>清清的河水把两岸的农田滋润,
>北边的嵯峨山,美丽险峻,
>山下的安吴堡,挥洒着热血青春,
>这茂密的森林,连着陕甘边区,
>像一道坚实的绿色屏障,
>日夜守护着我们,
>免受那寒流的无情侵袭,
>毒蛇猛兽的突然袭击,
>我们像一群快乐的小鸟,
>在这茂密的森林里成长,
>展翅欲飞。
>这茂密的森林,是一群坚强的身躯,
>粗壮有力的手臂,
>为我们把蓝天撑起,
>他们是英雄的云阳人民,
>是保卫我们的铜墙铁壁,
>为民族抗战,他们做出了丰功伟绩,
>在中华民族抗战上,将留下浓墨重彩的一笔。
>支持中央红军改编,
>八路军走上抗日前线,
>支持开办青年干部训练班,
>新的革命火种从这里点燃,

> 这一双双粗壮的手臂,
> 这一群英雄的云阳人民,
> 敞开胸怀,接纳远道而来的年轻人,
> 那背井离乡,投身革命的志士仁人,
> 滴水之恩,铭记在心,
> 云阳人民就是我们的父老乡亲。
> ……

朗诵声音刚落地,就听见院子里传来一片鼓掌声。席崇军一伙人和一些从街道上走来的男女学员,站在门口听着也不由得鼓起掌来。

何氏对席崇军说:"听这声音,咋像是徐敏?"

席崇军脸一红,点头:"就是她。"

一老婆子凑跟前问:"就是崇军那对象?"

何氏笑:"当然是她。真是红萝卜调辣子,吃出看不出,平时那么文静的姑娘朗诵起诗歌来,那么有力量,把人心震得直忽闪。"

门口的掌声说笑声把徐大娘和荣子娘引了出来。

何氏对徐大娘说:"你那女子朗诵诗歌真好听,越发地讨人喜欢啦。"

徐大娘笑:"今天是三八妇女节,她们在准备节目哩,在家里练习好再上台,怕上去朗诵不好丢人哩。"

荣子娘看看席崇军说:"你也听见了吧,这媳妇有啥说的?"

席崇军被荣子娘一激,脸红着说:"人家是青训班的学生会主席,没有这两下子还行?"

正在这时,里边又传来朗诵声:

> 我看见了前线上战火的硝烟,
> 我听见了轰鸣的炮声连天,
> 我看见了八路军战士冲锋陷阵的身躯,
> 我听见了支前民工的呐喊,
> 这是一幅全民抗战的英雄画卷,
> 这是一曲热血沸腾的壮丽诗篇,

我带着制高点杀敌的心愿，

从那遥远的地方，来到安吴青训班，

我把对亲人的思念，

化作勤奋学习的动力源泉，

为了民族抗战，

我要学好本领，走上前线。

汗水在骄阳下流淌，

手脚在寒风中裂伤，

促使我们学习成长，

更加斗志昂扬，

远方的亲人们，

你们不要为我忧伤，

这里有关爱我们的云阳人民，

他们是我的父老乡亲，

是我心中最可爱的人，

时刻在帮助着我们，

更加坚定了我们抗战的信心，

我期待着，上前线冲锋陷阵，

杀敌立功，回报云阳人民，

用我们的血肉之躯，

保卫中华民族……

　　何氏说："这好像是刘霞的声音，声调中还有河南味哩。"

　　席崇军说："这里的学员来自全国各地，连上海、北京那样的大城市青年都来这里学习哩。"

　　何氏笑："这里的女子不得了，都像是杨门女将一样，一个比一个厉害，一个比一个有出息。"

　　荣子娘笑："这都是云阳人民支持关心的结果，没有云阳人民支持帮助，哪里会有这样的出息。"

　　冯主任领着几个人从街上过来，和门口的百姓们打招呼，热情地欢迎大家都去迎祥宫看节目，一起过节。

神圣时刻

安吴堡望月楼上的会议室里，一面鲜艳的党旗庄严地悬挂在墙壁上。大方桌周围坐着贾拓夫、冯主任、胡主任、刘主任等党员。会场气氛凝重严肃。

作为会议主持人，冯主任起身宣布："今天，我们在这里要为青训班中的入党积极分子举行入党仪式，先由入党介绍人向大会介绍情况。"

徐敏起身发言："我作为青训班学员连队的党代表，对入党积极分子张荣、毛树德、吕世璋、刘泽全、刘霞、高志杰、张玲等同志进行培养，现在我把有关情况向各位领导做一汇报。这几名同志对革命都怀有极其真诚的感情，他们热爱中国共产党，拥护党的方针政策，积极投身到抗日救亡运动中，与农民阶级和工人阶级具有血肉联系，政治上追求进步，思想上严格要求自己。在青训班这一年中，学习刻苦认真，组织纪律观念得到进一步增强，军事素质也有明显提高，且坚决执行我党提出的统一战线政策，与周围群众开展生产劳动，具有很好的社会影响。当然，他们身上也存在一些不足之处，需要随着时间的推移而不断提高改进，但这些不足并不影响他们的政治觉悟和为党的事业献身的精神，因此，我认为这几名同志初步达到了入党要求。"

教官代表刘主任说："刚才，徐敏同志的发言我基本赞成。我和徐敏同志是这几名同志的入党介绍人，对他们有着相当深刻的认识和了解。可以说，他们身上各有特点，有缺点也有优点。比如说，荣子是抱着朴素的革命情感而投身革命的，他的父亲是一名红军战士，他为寻父亲从江西逃难来到云阳，后来加入安吴青训班学习。荣子虽然在这里学习，却一心想当八路军上前线打日本鬼子，这腔革命热血值得称赞。但他的这种思想情绪及很多表现，在青训班学员中必须加以引导和教育，否则就会影响到我们青训班的办学宗旨和培养什么人的根本问题。再说毛树德同志，他是农民阶级出身，知道穷人要翻身就要当红军，经过一年来的学习教育，他已经明白了为国家为民族为穷苦百姓而战斗是一个青年人的价值所在，政治思想上积极要求进步，并不断在这方面进行努力，但他身上还有很多农民的习气必须努力克服。吕世璋、刘泽全两人是学生出身，具有一定的文化基础，为人比较谦虚温和，思想比较稳定，政治历史比较清楚。刘霞同志是从河南来西安上学的，受革命影响来到安吴青训班学习，成了一名八路军战士。她舅舅是国民政府泾阳县县长，曾经反对她参加安吴青训班、参加革命，甚至把她骗回家。但她毅然冲破阻挠又返回青训班，为大家做出了与反革命势力决裂的榜样。她的这一行动值得肯定和赞扬。这说明她和她舅在思想上及革命认识上有本质区别……"

刘主任逐一点评之后，冯主任笑着说："对于一个同志要全面去看，不能只看一点两点，我们培养的青年人就是要具有为党为国为民族英勇献身的精神，还要有为人民服务的思想情怀。比如说，云阳八路军留守处的张思德同志，他是参加过红军长征的共产党员，虽然没有太多的文化知识，但他在咱安吴堡荣誉军人学校疗养时，经常主动帮助其他病员打扫卫生，端水送饭，为青训班学员树立了一个学习的榜样。不少学员从张思德同志的言行中，认识到党员要服从党的纪律，服从革命需要，要时刻听从党的召唤，这才是一名合格的军人。"

贾拓夫语重心长地说："对党员就应该提出这样严格的要求，应该向同志们证明清楚，我们共产党是为人民服务的，不是为了个人、家庭或小集团的局部利益而工作的。对学员的思想教育工作和交流要抓到点子上。可以把张思德同志的事迹进行总结，在青训班学员中进行推广，让我们的每一名党员都能做到从思想上真正入党，时刻起到表率作用。"

胡主任说："贾书记说的这一点很重要，应该让我们安吴青训班所有人有这样一种认识，这样一种信念，这样一种态度，那就是一切革命工作是光荣的，一切从事革命的人员都是我们的革命同志，我们青训班要培养出大批的抗战青年干部，无论他们在前线作战还是在后方搞后勤供给，也包括将来要去国民政府和国民党军队的同志，无论他们去城市还是农村，都要紧密联系群众，为党的事业高度负责，勇于奉献，在紧要关头，哪怕做了牺牲也在所不惜。"

贾拓夫书记笑着说："大家都说得很好，只要我们抓好青年人的工作，就能保证革命的前途，因此，毛主席在延安就一直要求我们要把青训班办成一个培养革命接班人的大熔炉，让来到这里的青年人找到革命的方向和力量。今天，我们将要接收几名新党员,这项工作必须严肃认真对待。"

冯主任说:"刚才大家已经分别发言,现在就请举手表决吧。"

会议按程序和要求分别对几位同志进行了表决。通过表决,几名同志都被接收为新的党员。

"现在请新党员代表张玉同志向组织表态发言。"冯主任声音刚落地,白女从门外走了进来,向各位首长敬完礼后,神情严肃地说:"首先,感谢党组织对我们的培养教育,感谢云阳的父老乡亲对我们的关怀帮助,安吴青训班让我们获得了新的生命,今后,我们决心做到刻苦学习,遵守纪律,服从组织需要,履行党员义务,珍惜共产党员的光荣称号,用实际行动为党的事业增光添彩。"说完后,向各位首长敬礼退出。

冯主任宣布:"现在,由徐敏同志带领新党员,举行新党员入党宣誓!"

毛树德、刘泽全、吕世璋、荣子、黑娃、白女、仵运东、刘霞等人依次进入会场,向各位首长敬礼后,站在了党旗下,学着徐敏,举起右拳开始一句一句宣誓:

我志愿加入中国共产党,
坚持执行党的纪律,
不怕困难,不怕牺牲,
为共产主义事业奋斗到底。

徐敏说一句,新党员们说一句,铿锵、庄严。宣誓完毕,冯主任笑着说:"现在,请省委贾书记给新党员们提点要求。"

贾书记神情庄重地说:"今天,在这里,看到党又增加了一批新的力量,我感到特别高兴,也向新入党的同志表示祝贺,从现在起,你们不再是一名普通的群众,而是一名中国共产党党员,是我们党组织的骨干力量,要珍惜我们党的光荣称号,时刻为群众做好榜样和表率,要让群众从你们身上看到希望看到力量看到方向,这样我们才能更好地带领群众完成我们的伟大事业。在此,我给大家提出三点要求。第一点,诚实做人;第二点,诚实做事;第三点,珍惜荣誉。诚实做人,是一个人的立身之本,更是党员的基本修养;诚实做事就是要反对弄虚作假,要敢说真话,为党负责;珍惜荣誉就是要把自己是党员时刻记在心里，无论何时何地处处严格要求自己，不愧于党员的称号。只有这样，才是一名合格的党员，才能为党的事业做出应有的贡献。"

贾书记声音刚落，会议室内响起一片掌声。

冯主任总结："话不在多，句句在理，希望新入党的同志记住今天这个特殊的日子，牢记习书记、贾书记对大家的关怀和希望。我们与会的其他同志，也要按贾书记的要求去做人做事，把我们青训班办得更好，为抗战事业培养出更多更好的骨干力量。"

全场再次掌声四起，热烈，喜悦，庄严。

远征亮马台

隔着院墙，徐敏就听到叽哩呱啦的读书声，讨论声。这些楞娃，学习挺踏实。徐敏满意地一笑，哗地推开张亮家的院门。霎时，满院寂静，大家齐齐瞅着徐敏。

毛树德坏坏地说："跑这找席书记么？我们把他藏起来啦。"轰地一下，笑声四起，徐敏也忍不住笑，指着毛树德："那你就藏好，今这好事就没有你的份啦！"

"啥好事？""啥好事？"黑娃、荣子等人围了过来，毛树德挠着后脑勺，难为情地说："徐主席，我错啦，你就大人不计小人过，别把我一个人落下。"徐敏得意地笑："这就认怂啦，还没说啥事哩呀。""不管是啥事，先认错，表示诚意嘛。"毛树德狡黠地眨眨眼，又惹起一圈笑声。徐敏笑："好吧，这次就饶了你！"然后脸色一正，说："同志们，加紧准备工作，这几天要出发去亮马台，开荒六百亩！"

哇！欢声顿起，盼望了许久的事终于要成现实了，大家一个个兴奋地又跳又叫，随即又争着抢着往屋子里挤，又是收拾行李，又是忙着赶制米袋、干粮袋。

"同志们，毛主席说'把生产与战斗结合起来'。"刘主任站在台上，面对黑压压的学员做着慷慨激昂的演讲：

"在今日，生产运动的意义和青年参加生产劳动的紧要性已经非常明显。

我们要抗日，要胜利渡过难关，就必须发动热烈的生产运动实现自给自足。我们既然要担起历史的重担，就必须做最大努力。我们不仅要帮助农民春耕秋收，我们青年更应当是生产的模范和劳动的先锋。每一个觉悟的青年都必须懂得：用劳动者的实际经验来教育自己。我们完全相信，我们的青年，将能够以以往光荣的斗争中所表现出的英勇坚忍，担负起'把生产与战斗结合起来'的使命，我们定能荣誉地完成'我们是劳动者先锋'的使命。同志们，劳动是神圣的，在我们亲身投入生产劳动之中，更会体验出它的伟大意义。伟大的革命导师列宁说'假使我们的后代不把生产工作同教育联系起来，这种未来社会的理想是不能设想的。仅仅有训练和教育而没有生产工作，或者有生产工作而没有训练与教育，都不能赶上现在的技术和科学的知识程度'，由此，我们说：在劳动中学习，学会改造旧有的偏见和妨碍，创造新的方法和领导，是启发我们青年思想和能力的最好工具。它同时将是使我们青年工作更有生气、更大步前进的推动力。

努力加油生产，同志们！在更艰难斗争的阶段，劳动将使我们克服物质上的困难，胜利地渡过持久抗战的难关，将帮助我们去建设一个民生幸福、民主自由和民族独立的新中国！同时在劳动里，将要锻炼出会用脑、会用手，有主张、有办法，永远向前、永远胜利的新中国的主人——中华新青年！"

台下掌声雷动。

冯主任笑着走上台："同志们，你们从明天起，就要过着一种新的生活，这是你们有生以来最大的变化。从明天起，你们真正的站在劳动战线上，这是值得纪念的一天！这当中，困难是有的，但是要晓得：我们多流一点汗，前方将士就少流一点血，革命是艰苦的，今天正是锻炼我们的最好机会，我们克服了困难，前面就是光明，经过艰苦，才能够得到快乐，幸福……"

学员们认真地听着，沉思着，脸上都是坚定的神情。

第二天，天刚麻麻亮，哨子的怒吼就飞遍了安吴堡。酣睡的学员们一骨碌爬起身，利索地拭脸，整理行装，配备武器。

八点，整齐雄壮的队伍集中在西门外，冯主任指挥着唱道："战呀，战呀，我们是新中国的青年……"歌声飞过黑压压的人群，飞向辽阔的原野。歌声落，冯主任殷殷地叮嘱着学员："现在出发！记住，多少人去，多少人回来！"前来相送的留守学员朝奔赴亮马台的学员齐齐挥起了手。

"我们的歌声唤醒城镇，也唤起偏僻的大小村庄……""开荒——开荒呀！前方的将士要军粮……"一路歌声，一路欢声笑语，吸引得沿途百姓撵着观望。中途休息时，有文艺特长的争相出来献技，秦腔、口琴、胡琴、滑稽表演，顺便也给百姓们进行一番宣传和几场演出。

湛蓝的天空下，一片辽阔焦黑的荒丘，除了寂静还是寂静。经过一天半的徒步行军，终于到达亮马台的学员们，望着眼前沉睡了近六十年的土地，像洪涛一样的队伍，突然肃穆起来，一颗颗年轻的心默默地接受着大自然的涤荡。

土堆上悬挂"下锄典礼"四个大字，席崇军、康民、毛胡子连长等几个人站在大字下。席崇军威严的目光从一张张年轻的面孔上巡视而过，之后说道："同志们，今天我们来到了亮马台，这块地是边区人民送给我们的，也是党中央对我们的信任和考验，咱们青训班同志能不能经得起考验？"

"能！"呼声如海潮。

席崇军满意地一笑，宣布："下边由本次开荒队总领队带领大家宣读'劳动誓词'。"

毛胡子连长跨前一步，示意学员们学他——左手高举锄头，有力地伸向天空。随着他沉着坚决的声音，学员们的誓言如春雷般袭响在西北高原上：

"我们誓以无限热忱，响应扩大生产的号召，并愿以最高度的努力，为完成生产计划而奋斗到底！我们相信青年集体力量，一定能保证生产计划百分之百地完成。一九三九年三月十四日谨誓。"

冲锋号响了，浩浩荡荡的队伍穿过麦田和羊肠小道，一步步走向荒田，伴着脚步声的是激昂的歌声："我们祖国多么辽阔广大，她有无数田原和森林……"

"时间到，开始！"随着毛胡子连长的呼叫和一声哨响，上百把锄头高高挥起，向脚下的顽土掘下去。一锄一锄，荒土像水波一波一波地翻腾开来，泥土特有的芳香荡漾在明亮的阳光里。

"同志们呀，多出一点力呵！一锄一镐地干下去呀……"歌声配合着锄头的嚓嚓声，让人感受到劳动无限的美好。

"白女，受不了了吧，受不了了喊黑娃替你。"

"毛树德，你是心疼刘霞了吧。"

"白女,我咋惹着你了,你俩打口仗,把我捎带上了。"

"那你得问问大伙,该不该捎带上你。"

哈哈哈,白女几个人的口仗,给干得热火朝天的劳动场增添了一道乐趣。为了争口气,白女喊:"姐妹们,咱女生绝不能让男生看扁了,是不是?"

"是!咱们一不喊苦,二不喊累,干给男生看看!"蜡梅回应。

在互相鼓励下,女生们一点都不示弱,汗水将刘海儿黏在额上也不休息,和男生们一样,越干越起劲。

十五分钟一换班。换班哨笛一响,大家撂下锄头,又拿起书本。为了激发学员们的斗志,席崇军、康民等一商量,临时组织了个"慰劳队"。几个"慰劳队"队员,来来回回地给各分队唱歌,唱戏,扭秧歌儿。在激情劳动中,学员们创造出了"班进攻""梅花形""行列式"等新的劳动方法。

"白女,你来看,我给你挖个梅花。"毛树德喊。

"好,我们看看!"白女拉着刘霞跑向毛树德,蜡梅等女生也跑了过去,被一群女生围着,毛树德开始逞能——挥着锄,在地上先轻轻地锄下个梅花模型印子,然后用力在中心挖一锄,大块的土壤一挑,就分裂出来。

哇,女生们睁大了眼。

"瞅,咋样?效果明显吧,这样一次挖出的土量大,也节省时间。"毛树德得意地解释。白女一甩辫子:"有啥了不起,咱们也可以画梅花!走!"

另一边,黑娃、荣子、愣娃、三怪等人又展开比赛。三怪哼着生产运动的歌,手里的锄头飞快地起落,把六七方寸的顽根联结着的泥块丢到二尺多远的泥堆里,很快地又是第二块、第三块。

荣子又急又气:"我就不信赶不上你!"

愣娃放下锄头,衣袖一卷,皮带抽紧,高举起锄头,像拖拉机一般飞跃前进。

毛胡子连长过来喊:"抗战是持久的,开荒也是持久的,不能这样蛮干!"

黑娃一抹脸上的汗说:"对呀,刘主任写的信,首先就叫我们不要拼命,我们走时,冯主任也叫我们工作要持久,慢慢地干。"

对呀!大家恍然记起刘主任和冯主任的叮咛,放匀了速度。

太阳缓缓地落到山背后,天光还亮,这段时间是学员们最幸福的时候。

在不怎样大的院子里，三个一团，五个一堆，唱着，跳着，看报，聊天，还有三三两两结伴在碧绿的田野上散步，也有一群一群的学员，在丘陵上，或小坡沟道中，找片草地一坐，动也不动地盯着手中的书，有的学员还边看边在笔记本上沙沙地写着，划着。席崇军、康民等人，则聚在一起检查、总结一天的劳动成果，查找问题，商量第二天的计划。

"呀，黑娃上墙啦！"巧娥跑过来喊。"啥？"黑娃跳起来就往《劳动墙报》前跑，毛树德、荣子等人也爬起来跟着跑。

《劳动墙报》两天一期，内容由学员们自发提供，有诗歌、漫画、故事、手工、表扬和批评等，劳动之余，墙报前总是围满人。

黑娃冲到墙报前，挤进人群，一看，果然表扬栏里有自己的名字。黑娃欢喜地指着自己的名字冲着人群里的毛树德、荣子等人嚷："看，我在这哩！"

毛树德、荣子等人笑："这下美死了！"

黑娃还要叫嚷，一扭头，看到了另一侧人群后的白女正在入神地看他，他一下子耷拉下脑袋，又甜蜜又羞臊地挤出人群。

毛树德、荣子等人愣了一下，猛地明白过来，嘻嘻哈哈地将黑娃往白女身边推，白女一朵红云飞到颊上，一甩辫子，拧转身跑出院子。

五月抢收忙

农历五月，嵯峨山下，清河两岸，一望无际的麦田里，金浪翻滚，人声鼎沸，云阳一带进入了一年中农活最忙的夏收时节。大路小道上行走着一行行背着镰刀和简单行装、头戴草帽的麦客。麦客，就是在割麦时节，帮着别人收割麦子挣点辛苦钱的人。云阳的麦客一般都是来自靠北山的淳化、旬邑、彬县等地域的农民，因地理纬度差异，北边这几个县气温低于泾阳，其麦子成熟期也要比泾阳这些地域稍推后半个月，在这段时差里，庄稼汉们就走五六十里路来到泾阳帮人家收麦，一年年过去，还形成了一种固定的麦客职业，这些人也大大缓解了泾阳一带农户的夏收压力，所以泾阳的农户还是很欢迎这些麦客到来的。

吃完早饭，太阳才露头，青训班学员就在安吴堡迎祥宫旁边的大操场上列好了队，一个个头戴草帽，手握镰刀。同样头戴草帽、手握镰刀的冯主任、刘主任、席崇军面对着学员队列一字站着。

冯主任说："同志们，今天开始收割我们自己种下的小麦，咱们兵分两路，胡主任带一队人马去半山腰上的百米梁，我带一队人马去城南积水滩。为了帮咱，习仲勋书记给咱从照金派来了人马，云阳抗战救国会席崇军书记已经给咱安排好了拉麦子的大车，当地群众也自发地带着工具来了，让咱们军民团结，全力以赴，争取把丰收的果实全部归仓，大家有没有这个决心？"

"有！"学员们大声呼应，群情振奋。

刘主任接着冯主任的话说："城南积水滩那里，有当地群众支援，山上百米梁那里有照金来的同志支援，希望同志们利用这晴天的大好时机，争取两天完成收割任务，大家有没有这个信心？"

"有！"学员们的呼声再次排山倒海。

席崇军也高兴地说："收麦也叫收黄天，是龙口夺食，就像打仗一样，要分秒必争，不能耽误，我们救国会的人要和你们比赛，看谁割得快，割得好，咱们开展一场劳动竞赛，你们应不应？"

"应！"大家被席崇军这个提议激励得情绪更加高涨。

烈日下，积水滩，一望无际的麦田里，猫着腰挥镰收麦的人，就像被卷入金色海洋。大家自发地两人一组，前边人割，后边的人立即捆成捆立在地上。唰唰作响的镰刀声响成一片，大家你追我赶争先恐后，谁也不服谁。负责运输的人，手持铁杈把这些麦捆子挑装到马车上，运往安吴堡大操场。老人小孩也不闲着，都到麦地里捡拾遗落在地上的麦穗，有的给大家送凉开水或绿豆汤。麦地里，劳动号子声，马车吱扭声，响成一片，到处都溢满喜悦。

北边百米梁上，毛树德凑到席崇军跟前说："席书记，咱俩比赛一下，看谁收得快，咋样？"

席崇军一笑："好啊，咱们就定个比赛规程，光看谁割得快还不行，还要看谁割得好，拾得净才行。"

毛树德不服气地说："行，就按你说的办。"

"还有我，我也要比！""有我！""有我！"黑娃等人也提着镰刀满脸汗珠子地跑过来。

刘主任笑："你们这伙毛头小子浑身是劲，肯定收得快，这还用比。"

席崇军哈哈笑："不要紧，我就喜欢这样敢挑战的小伙子。"

约定好规则，大家各自站在一片麦子前。席崇军往手心里轻呸一口，两手一搓，一提镰，洪亮着嗓子道："开始！"

七八个人迅速弯腰，一手抓麦子，一手挥起镰。唰唰唰，唰唰唰，一排排金黄的麦子倒下来。负责捆麦的几个人抽空给喊哨子："一、二，加油！一、二，加油！"惹得附近其他人纷纷直起腰来边擦汗边笑眯眯地往这边瞅。

十来分钟后，毛树德直起身，气喘吁吁，连连叫苦："不比了，不比了，这几下子就把劲用完了。"

黑娃等人也吭哧吭哧地一屁股坐在捆起的麦捆子上，通红着脸，像牛一样地喘气。

席崇军也停下手，直起腰来笑："刚开始就不行了？比上一个小时才能看出究竟，路遥知马力，这路太短，你们这马的力还是有的。"

毛树德说："这样比下去我们还是输，你割麦很在行，麦茬低不说，还收得很干净，不像我。"

席崇军回头看看身后刚收过的小麦地，十来丈长的地里麦茬均匀，干净利落，没有遗落的麦，就笑着说："咱们种地不容易，一粒粮食一滴汗水，咱可不能浪费了。"

刘主任走过来说："行家一伸手就知有没有，席书记对农活确实没得说。"

大家看着席崇军和毛树德等人脸上的一道道灰汗，哈哈大笑。

拉麦子的马车拉着小山一样的麦捆子，从山坡上缓缓走下，车夫不停地喊着，马车吱扭吱扭地往安吴堡走去。

西门外的打麦场上，被拉回来的小麦立即被场上的人摊开铺平，趁着中午的太阳正旺，赶紧晾晒。一些拿着木杈的人边摊场边议论着今年的收成。

毛老七说："国共合作了，这天也好起来了。今年风调雨顺的，你们看这麦子长得多饱满，真是让人看着眼馋哩。"

毛树周说："天时地利人和，要成事，这三样哪一样都离不开。但人和才是关键，你想，要是人不和，整天你打我我打你，谁还有心思种地？兵荒马乱的年月，种上了也不一定能收回来，早就让战火给烧了。"

飞镖王毛文清说:"这些年走南闯北也算是见了些世面,哪里的庄稼长成啥样子我清楚得很。咱们这八百里秦川是个风水宝地,种啥长啥,就是这些年打来打去,不光是人受灾难,庄稼也跟着遭殃。今年咱们这里没有打仗,老天爷也看在眼里,帮着咱们丰收哩。看来还是国共合作好,打败日本鬼子不成问题。"

几个人又说又笑,被晒干的麦秆发出清脆的断裂声。高兴全、张生祥等几个人赶着牲畜拉着碌碡来碾场,边走边喊:"靠边,靠边,小心碌碡!"

徐大娘和荣子娘抬着大桶拎着碗来到场边的树底下,把桶一放,冲着场上干活的人喊:"快来喝绿豆汤啦,喝完再干!"

飞镖王提着木杈率先往树下走,一个个热急了的人端起碗咕咚咕咚地往嘴里倒。飞镖王喝完一碗,撩起衣襟擦脸上的汗,毛老七看到了,说:"飞镖王有一身好功夫,这身子却白得像个大姑娘。"

飞镖王赶紧把衣服放下,不好意思地笑说:"你这贼眼睛,胡乱看啥哩。"

徐大娘和荣子娘咯咯咯地笑。

毛树周说:"书上常说白面书生,这飞镖王可以算是个白身武生,有时间我给你编上一段评书。"

徐大娘说:"编那有啥意思。要编就编咱青训班今年丰收的事情,让大家都知道国泰民安的原因是啥。"

毛树周说:"国泰民安的原因有啥说不清的,反正我就知道刘备入主西蜀后,平息战乱,给大家有个休养生息的机会,才为三分天下打下了基础。"

荣子娘说:"国共合作打日本,枪口一致对外不再打内战,咱们老百姓才有安宁日子过,粮食才能大丰收,这就是国泰民安的根本原因。"

张生祥走过来说:"你还别说,这青训班来这里一年多时间,给咱们这里带来了不少福气。先是挖渠排积水,把荒地变成了良田,再就是土匪再不骚扰咱们了。还有国民党的兵也不抢老百姓的东西了,种的粮食也没有人糟蹋了,这日子才好起来了。"

毛树周说:"日子好了,你们这些该找老伴的得赶紧找老伴享福了。"

张生祥和毛老七两个没有老伴的人,嘿嘿地笑了。

飞镖王一提木杈,说:"找老伴的事要抓紧,翻场更要抓紧,碌碡把场都碾完了。"

几个人提起木杈跟着飞镖王走向麦场。

徐大娘和荣子娘感慨："粮食丰收了，人才有盼头。"

正在这时，刘主任和青训班生产部的李部长走过来。李部长说："今年的麦子收成好，亩产能过三百斤吧。"

刘主任说："我看不止，咋说都有三四百斤哩，这要是折成钱，能顶一个教书先生一年的工钱哩。"

挑着担子来送凉开水的王炉头说："娶个媳妇可能都用不了哩。"

李部长笑："你挑的是凉水，说的却是热话，让人开心得很。"

王炉头说："这收黄天，人都鼓劝干活，不能缺水，一缺水嘴上都要起泡哩，我得赶紧给地里干活的人送去，回来还要给大家做饭哩。"

看着王炉头远去的身影，刘主任笑着说："巧妇难为无米之炊，今年他不会再为做饭蒸馍发愁啦，看把他高兴得走路都扭起来了！"

大伙都被逗得笑起来。

共享收获喜悦

端午节过后，农历五月初九是云阳街上赶集的日子。在安吴通往云阳街的大小路上，去赶集的人络绎不绝。有的挑着担子，有的背着包袱，有的提着竹笼，有卖吃喝的，有卖菜枣粮食的，还有拉着自家养的猪马牛羊去集上卖的，有抱着鸡鸭背着鸽子笼的，有啥都不卖，就是赶着马车拉着全家老少去逛热闹的。

路上，最引人注目的是青训班的几辆装满货物的马拉车。走在最前面赶车的是毛家村外号"二猴"的车把式。二猴年纪虽只有二十余岁，身材中等，不胖不瘦，却已有近十年的赶车资历。从十几岁就学会赶车的二猴，对于如何驾驭马车有相当的经验，再烈的牲畜，只要让他拿着长鞭训练几下，都会变得听话起来，任他使唤摆布，周围村里人都称赞他是个车把式。后面赶车的六娃，比二猴年长几岁，也是中等身材，比二猴略瘦，经常给财东人家赶车出远门，从没出过啥意外，在附近这些村子里，没有人不服的。再后面几辆车的赶车师傅，都是当地一些能挂上号的车把式。

冯主任、刘主任带着几个学员跟在装满货物的大车后面，兴奋地说着话。

刘主任说:"胡主任调走啦,今天这收成要是让胡主任看了,肯定能写出一篇好文章来。"

冯主任哈哈笑:"是呀,胡主任那笔杆子,顶得上千军万马啦!"

担着柴担子的贺老三和担着蒸馍笼的李友堂,看着手握长鞭的二猴,笑问:"车上拉着啥货?今天到哪里去呀?"

二猴笑着说:"去云阳赶集啊。"

贺老三莫名其妙地问:"你去赶啥集哩?"

二猴指着车上的货物说:"去集上卖货,这几车都是安吴青训班生产的东西。"

李友堂不相信地说:"安吴青训班都是些学生,他们能生产啥?"

二猴笑着说:"好东西多的是,不信,一会你到云阳街集上一看就知道了。"说罢,猛挥一下手中长鞭,"叭叭叭"鞭声响过,马车像抹了油似的飞跑起来。

二猴和六娃等几个车把式把车赶过两边摆得严严实实、人挤人的东西大街,直进了云阳北城门,把马车停在钟楼旁卖腊汁肉夹馍铺子边的空地上。几个人趁着坐下来歇一会的时间,从腰里摸出旱烟袋,把铜烟锅塞进装烟叶的荷包里转悠几下再抽出来,烟锅里就装满了烟丝,再摸出火镰火石磕磕碰碰几下打着火,点上烟,美美地吸着,就等青训班人到了摆摊子。

正吸得舒坦,就见满面油光的腊汁肉夹馍铺子的孙掌柜,带着两个肩膀上搭着被油弄成灰色手巾的伙计,从铺子里笑着出来和大家打招呼。

"二猴,进来喝两盅,再弄个馍吃。"

二猴笑说:"不啦,今天上集来不是为着吃喝哩。"

孙掌柜身后的伙计凑到跟前说:"跟啥人学啥样,你这人去青训班没有几天,咋就学好了。"

二猴笑:"那地方跟铁匠炉子一样,把你那牛铃锁子毛坯子铁,放进去烧红再拿铁锤一打,全都成了能用的家具啦。"

六娃子也笑:"就是,毛不顺的,也给你理顺得光光当当的。"

另一个伙计小声对二猴说:"你们在这里摆摊子,小心那一伙伤大爷来打麻缠。"

二猴满不在乎地说:"哪里来的伤大爷,他们也不看看这是谁的货。"

伙计四下瞅瞅，小声说："最近从抗战前线上送回来一批国民党伤兵，他们在这街上的铺子里跟人要钱，要是不给就赖着不走，有些还硬拿东西不给钱，警察局乡公所都不敢管，百姓们又不敢惹，谁碰到他们谁倒霉，把人整得没一点办法，所以老百姓就生气地叫他们伤大爷。"

刚买了几个肉夹馍出来的张永祥不高兴地训斥那伙计："你没有看那些伤兵，不是缺胳膊就是少腿，他们在这里没家没舍的，政府又没人来管，他们不要着吃明着拿，难道要等着饿死不成。"

伙计不服气地说："饿死和咱有啥关系？反正他们这样就是跟抢一样，是不对的。"

张永祥说："你看那伙伤兵，穿得比要饭的还差，把棉袄里的棉花一抽当成单衣，到处是窟窿，让人见着就可怜，他们这也是为抗战受的伤，咱们不管咋对得起良心。"

孙掌柜笑着说："你是个善人，家道又好，有钱人能说得起这硬话，我们这小本买卖可经不起折腾，你看，那两个伤大爷正往这里走哩，我得赶紧关门啦。"

张永祥看着他将门急匆匆地放下来，无奈地摇摇头叹气。那两个伤兵老远看见肉夹馍铺子关门，就互相搀扶着一瘸一拐地朝其他地方走去了。

二猴看着两个伤兵也摇头叹气："唉，这两个伤兵也是可怜人啊。咱们穷人要是都能团结起来，那劲可就大了，帮助他们也没啥问题了。"

青训班的赶到了，冯主任指挥着大伙把车上的东西搬下来，依次摆在街道边。席崇军、包主任等人和贾书记商议完事，从毛家大院出来，正好路过，一抬头看见了冯主任他们，赶紧迎上去说："你们来这里咋不打个招呼，我们也好派人给你们帮忙。"

冯主任说："昨天我和老刘商量了一下，今天来云阳赶集卖些出产的东西补贴一下青训班经费，你们救国会事也多，就没有打招呼悄悄地来了。"

席崇军笑："今天是云阳的九日大集，人这么多，就是不知卖得咋样。"

刘主任笑着说："肯定能卖得好，刚摆下一会儿工夫，西红柿辣椒就卖了大半车，估计不等集罢就能卖完。"

冯主任说："这东西好，价格又便宜，谁不喜欢？"

包主任笑着说："冯主任和刘主任都是干大事的人，上战场能指挥千军万马,当教官能教书育人,今天成了小商贩倒也稀奇得很,都学会做生意啦。"

刘主任笑:"这就是咱们共产党创造的办学经验,安吴青训班的学生,不但要学文化、学军事、学劳动,还要学会做生意,用我们的双手去劳动,以减轻人民群众的负担。"

冯主任对包主任说:"我们也是边学习边实践边总结,毛主席也说了,人的知识是哪里来的,不是从天上掉下来的,而是不断学习得来的,你看这啥都是要学习才行啊。"

刘主任接着说:"我们所做的一切,目的是为国家民族培养需要的人才,自己就先要当学生嘛。只有自己先学好了,才能把学生们培养成抗战中的勇士、建设新中国的能人。"

一直在旁边站着的张永祥对周围群众说:"听听,这些共产党的干部说的话多有道理,叫咱们的娃娃们上安吴青训班去学习,这些老师说得对着哩,教出来的娃娃肯定错不了。"

有人在旁边说:"甭上那什么军校,把娃都给教瞎了。你没看那几个伤大爷,他们都是战场受了伤,光天化日之下就敢明吃暗拿的,跟土匪差不多。"

有人小声说:"陕西这地方邪,说谁就谁到,你看那几个伤大爷来了。"

对面街道一前一后走着两个伤兵,身着破烂的国军服装,一人挂了个拐棍,摇晃着往前走,头发蓬松脏乱,手里拿着破搪瓷碗,边走边向旁边的人求告:"大爷大娘,给点吃的吧。"声音悲凉,听得人心酸。

眼看着两个伤兵即将走到面前,旁边几个人不声不响地顺着街道走了,张永祥把买的肉夹馍向伤兵递过去:"来,吃吧。"

两个伤兵惊喜地一人抢过一个,狠劲地咬了一口,边嚼边对张永祥说:"你是好人啊。"

张永祥摆摆手说:"我这算啥,你看那一伙摆摊卖货的安吴青训班的人,才是真正的好人哩。"

两个伤兵不好意思地说:"听说他们是共产党的人,和我们国民党走的不是一条路。"

张永祥不高兴地说:"不管是哪一条路,谁能看得起穷人,帮助穷人,穷人就拥护谁,谁就能得天下,天底下的穷人总是多数,富人能有几个?"

冯主任和刘主任站在摊边正招呼学员收拾摊子，看见了站在房檐下的两个国民党伤兵。冯主任小声对刘主任说："看这几个国民革命军的伤兵实在可怜，给他们一点钱，让他们买身衣服吧。"

刘主任点头："对，应该这样，他们也是友军，从抗战前线下来的，我们共产党人应该有这个宽广的胸怀。"

冯主任和刘主任招手示意两个伤兵过来。两个伤兵一瘸一拐地走到他们跟前。

冯主任叫人拿出十块银圆，给他们一人五块，笑着说："你们也是抗战的功臣啊，买身衣服换上，不能给咱们国民革命军丢人。"

两个伤兵感激地说："还是你们共产党好，过去我们打了那么多年，今天你们还这样关心我们，真的……"说着话，两个伤兵惭愧地垂下头。

冯主任笑着说："兄弟，我们是共产党领导下的安吴青训班，是培养抗战青年干部的地方，我们边学习边生产，开展勤工俭学，改善学员生活，我们今天到这里赶集摆摊卖我们自己生产的东西，既为当地群众谋福利，又能减轻群众负担，也是我们学习社会、认识社会的一次机会。你们方便的时候，也请到我们青训班来看看。"

两个伤兵泣不成声："我们的长官要是像你们这样好，我们死了也甘心，他们就不把我们当人看，就凭这一点，我们爬也要爬到青训班去，给你们看门站岗也行。"

冯主任和刘主任笑着说："欢迎你们来！"

周围的群众被冯主任和刘主任的言行所感动，自发地鼓起掌来。

雏雁出征

一大早，高兴全就在门口拉着牲畜套车。斜对门的毛金友端着茶壶走了过来，边走边抹一下茶壶嘴，笑着递给高兴全："二叔，我刚煮的酽茶，喝两口。"

高兴全接过茶，喝了一口，又递给毛金友，笑："你把这老胡叶子的味熬出来了，味道美得很。"

毛金友接过茶壶，看看大车和牲畜问："二叔，你今这么早套车做啥啊？"

高兴全还未回答，何氏腰里围着围裙从屋里出来，端着刚出笼的热蒸馍，笑着对毛金友说："友娃子，快来帮个忙，把笼放下，我们一会要去安吴堡拉人去。"

毛金友莫名其妙地问："拉人？拉啥人？"

何氏笑说："今天安吴青训班的一些学员要毕业，我们套车去送他们一下。"

毛金友说："这事还真没有听说哩，要把这伙学生娃往哪里送啊？"

何氏说："还不知道，等去了后才能知道。"

背着一大包行李的毛树周走了过来，急急地说："啥，你们去了才知道？我早就知道了。"

毛金友怀疑地说："你知道？你个百事通，你知道一个个都去哪里？"

毛树周心烦地说："我光知道我兄弟毛树德要往陕北去哩，其他人往哪我没问，他也不让我问。"

何氏问："你背的包袱里都是给你兄弟的吧，都是些啥好东西？"

毛树周苦笑："咱能有啥好东西？我兄弟要去陕北，这兵荒马乱、山高路远的，回来一趟不容易，屋里人给准备了些鞋袜和换洗的衣服。唉，我兄弟还没成家，我们这当哥当嫂的不操心不行。"

何氏急忙问："你兄弟不是跟泾阳县县长的外甥女有意思吗，现在咋样了？"

毛树德无可奈何地说："我都催了多少遍了，他老说不急，我也没啥办法。"

何氏又问："你没听说那女子毕业要分到哪里去？要是趁着他们都还没走，赶紧把喜事给办了吧。"

毛树周一脸忧愁："唉，我家树德的犟脾气，一说这事就跟我急，说革命没有成功就想个人的事情，是个人主义享乐主义投机主义，说了一大堆这种话，把我弄得没话说了。"

毛金友插上一句："二婶，那你黑娃跟白女的事咋办？"

何氏一下子愣住了，看看高兴全，高兴全想了一下说："儿大不由娘，咱该操的心操了，人家听不听是人家的事。"

毛金友看出高兴全的烦闷，热心地建议："要不，你们合起来说服他们，让他们不办喜事，也得先订个婚再说。"

"就是，给树德点个窍，那家伙还瓜着哩。"毛老七坐着毛文清的马车过来。

毛文清边赶车边说："你们这是封建思想，弄不好还要把事情弄坏哩，共产党八路军讲究的是婚姻自由，哪里有你们说办就办的道理。"

一伙人坐着马车，说笑着向安吴堡赶去。

安吴堡子街道上，接送学员的车来来往往绵延不绝。有的是从三原、鲁桥、泾阳、口镇、云阳赶来送新学员的，有的是背着行李从嵯峨山后走来的学员。来的来，走的走，留的留，各有各的任务，各忙活各的事情。

贾书记、冯主任、刘主任、包主任等站在大门外路边小声说话。从街道西边走来了背着行李的荣子、毛树德、吕世璋、刘泽全、仵运东、刘霞、白女、黑娃等人。到了冯主任等面前，都敬了个军礼。

贾拓夫笑眯眯地说："都把结业证拿到手啦？"

毛树德从怀里掏出结业证，给贾拓夫看："刚拿到。"

贾拓夫笑着说："你给我念一下，看你是不是合格了。"

毛树德说："好，我这就念。"

冯主任笑："不用念了，贾书记跟你开玩笑呢。"

胡主任说："还是让他念吧，我也想听听哩。"

毛树德翻开结业证，一字一顿念道："战时青年训练班结业证书：在这儿，我们上了生命的第一课，再会吧，我们到战场去上第二课，我们将来亲见祖国在血里得到自由，我们将在灿烂的乐园里上第三课。冯文彬，胡乔木。"

贾拓夫笑："好，现在考考你们，这第一课是在安吴青训班学习，第二课是在革命战场上学习，这你们肯定都知道，那么，你们准备咋学习第三课啊？"说完，贾拓夫又对其他人笑着说："你们讨论一下，帮着他来回答。因为，学好第三课，不光是对安吴青训班学员的要求，也是对我们每一个革命者的要求，这是一个值得不断思考的话题。"

几个学员相互议论，一时回答不出来。

贾拓夫就说："这冯主任和刘主任住在安吴的望月楼上，站得高看得远，说得清指得明，这笔杆子功夫，咱是不服不行的。你们可以请教他们。"

冯主任笑："贾书记咋也学会给人戴高帽子啦。"

贾拓夫笑："这不是给你们戴高帽子，我这是碾盘上滚碌碡——石打石。"

周围的人被逗得哈哈大笑。

毛树德忽然眼睛一亮，笑着说："这第三课就是等打败了日本鬼子，我们就要亲手建设一个人民当家做主的新国家，到那个时候穷人也能娶上媳妇，穷人也能上学识字，穷人也能从事自己喜欢的工作，就像那百花齐放的花园一样，红的黄的大的小的啥花都有，鸟儿树上飞，蜜蜂在采蜜，没有压迫剥削，大家都过着安心的日子，都想着咋为国家做贡献。"

贾拓夫轻轻颔首，笑着说："那你打算干些啥。"

毛树德说："上战场，要当战斗英雄，国家建设，咱要当劳动模范，等打完了仗，咱就回到村里来，开荒种地，把庄稼务好，给国家支援粮食棉花。"

贾拓夫笑着说："扎根农村当农民，再不想啥？"

毛树德笑："咱共产党闹革命，靠的是农民和农村，国家建设也少不了农村农民的大力支持。"

贾拓夫笑着点头："你说得很对，这都是安邦治国之策，在这安吴青训班学习一程，真没有枉费功夫，算是个合格的学员，边区来的车会把你送到陕北延安去，你不用背着铺盖跑啦。"

贾拓夫话音落地，周围的人起哄起来："看把这小子能的。"毛树德也兴奋得满脸通红。

贾拓夫又对荣子等人笑着问道："你们有什么打算，也在这里说一说。"

荣子不好意思地说："我是从江西逃难来的，云阳人民收留了我，帮助了我，我要回报云阳人民。安吴青训班毕业了，我要留在云阳搞好地方工作，等打完仗成立了新中国，我就在这当地的政府工作，大力发展经济，让大家都过上安居乐业的好日子。"

贾拓夫对毛树德说："你看，你回乡种地，他就是你的领导，你得听他的才对。"

毛树德笑："我们都是好兄弟，他当领导我当百姓，我一定支持他的工作，这事没有啥说的。"

贾拓夫笑："好，我们就需要你这样的朴实农民，这样我们的国家才有希望。你们几个都说一说。"

吕世璋说："我打算在新中国成立后，到党校去教书，给大家讲共产党艰苦奋斗一心为民的历史，让人们永远记住幸福生活来之不易，是千百万共产党人用鲜血和生命换来的，要倍加珍惜，全力维护。"

贾拓夫点头："这是件好事，用党史教育人民，应该这样做。"

黑娃说："我打算在新中国成立后，搞建设，去兵工厂多搞些先进的新式武器，提高咱们国家的自卫能力，再也不受外国的侵略和欺负。"

贾拓夫点头："应该加强国防建设，保卫国家的领土安全。"

刘霞说："我打算到时候从事财贸工作，把老百姓的生活物资搞得丰富多彩，让老百姓吃穿日用样样都有。"

白女说："新中国成立后，我要从事文艺宣传工作，编很多很多精彩的歌舞节目，让百姓不但能吃饱饭，精神生活也丰富多彩。"

贾拓夫连连点头说："好！不用再说了，都是合格的青训班学员。所以，归根结底，都是一个目标，到革命需要的地方去，为国家建设各尽所能多做贡献。我祝愿同志们一路顺风，心想事成，在各自的工作中学习好第三课，以优异成绩为咱们安吴青训班增添光彩，大家说好不好？"

"好！"人群中爆发出震耳欲聋的回应。

贾拓夫又说："同志们，大家在这里已经上完了第一课，今天就要从这里出发，到新的岗位上学习第二课，希望大家扎实地打好基础，这样才能上好第三课。这就像红军经过二万五千里长征一样，必须一步一步地往前走，这一点请同志们务必高度重视起来，要不断地勤奋学习，才能适应形势适应工作需要！"

冯主任笑着说："按照分配去向，到陕北去的同志把你们的行李放到马车上，边区来的同志送大家过鲁桥去照金，然后去延安；去山西抗日前线的同志坐南边云阳八路军办事处的车，由他们送大家到山西；到国民政府和国民革命军去的同志，坐西边那辆陕西省委来的车，由他们负责给大家安排工作；到泾阳地方工作的同志，请坐云阳抗战救国会的车，由他们安排具体工作。"

刘主任高声说："今天大家在此分别，大家抓紧时间把行李往车上放，一会要急着赶路，等抗战胜利，新中国成立后，我们再在此相会，分享我们胜利的果实和喜悦！"

大家散开，向各个方向流动而去。

庄严的约定

迎祥宫门前街道上，高兴全、张生祥、何氏、毛树周等人踮着脚东张西望。

"咦，那不是？"

众人随着毛树周的声音向东望去，毛树德、黑娃等人正夹在人群里走过来。毛树周高高地挥起手臂高喊："兄弟，兄弟！我在这！"

毛树德定睛寻找，看到了火急火燎又是喊又是挥手的毛树周和旁边的几个人，回头对黑娃等人说："快，咱家里人在那喊哩。"

几个人钻出人群跑起来，一口气跑到高兴全等人面前，不约而同地齐齐举起了手，给高兴全、张生祥等人敬了个军礼。

高兴全等人一下子沉默了，望着忽然长大的孩子、兄弟，他们百感交集，有许多话说不出口，何氏等女人眼圈忽地红了，张生祥也眼睛发酸，把头扭到一边，不忍心直视白女——女儿太像早年病死的妻子了。

"嘿嘿，哥，你咋背着个这么大的包袱？"毛树德率先开口。

毛树周说："兄弟，你要出远门了，家里给你做的鞋袜衣裳，都带上。"

毛树德说："哥，太多了，不需要，给家里留着，我穿连队发的衣裳就够了，家里也不宽裕。"

毛树周眼睛再次一热，强笑道："呵呵，在家千日好，出门一时难，拿上，出门不要操心家里，我们会好好的，等你回来。"

"好，好，我拿着。"毛树德听出毛树周声音里的异样，赶紧接过包袱。

毛树周嘿嘿地笑了，又问："那你媳妇的事咋办？"

"这个……"毛树德求助似的望向黑娃和白女。

黑娃和白女正急急地跟张生祥和何氏说着什么。何氏抹着眼泪说："你们说好，一毕业就回来办事，哪都不去了。现在倒好，要跑陕北去，也没和家里商量商量。"

张生祥劝何氏："亲家，已经定了的事，再为难娃也没啥用了，娃大了，娃的路要靠娃走，咱也不要拖娃后腿，让娃高高兴兴地出门。"

白女眼含了泪，拉住张生祥的衣袖，又是高兴又是难过地说："达，对不起你，等打走日本鬼子我就回来，天天在你眼前，哪也不去。"

张生祥连连点头:"嗯,嗯,好,我娃放心地去,达会自己照顾自己,再说还有这么大一村人,有你高伯何婶哩,都会照顾达的,就是——你和黑娃这婚事……"

黑娃在焦急地劝着何氏,何氏只是抹泪,一个劲儿地念叨:"走也可以,先把婚结了。"

黑娃急得说:"来不及了,接我们的车一会就来了。"

"那咋办?他叔,你说两个娃的事咋办?"何氏问张生祥。

张生祥犯愁地看看白女和黑娃,说:"我也不知咋办了。"

一直没说话,吧嗒吧嗒抽烟的高兴全不高兴地取下噙着的烟袋锅,在鞋底子上掸了几下,站直了,拿出决定:"这有啥犯难的,请两天假,把婚事办了,我再赶车送你们去陕北!"

何氏眼一亮,连忙一手拉住白女,一手拉住黑娃恳求地说:"听你达的,娘把啥都给你俩置办好了,缝的里外三层新的红衣、被褥,连红双喜字都剪好了,行不行?"

"这……"黑娃和白女相互看一眼,又连忙难为情地将脸各自扭向一边。

"张玲、高志杰、毛树德!"

白女、黑娃、毛树德齐齐回头,看到徐敏、刘霞等人走了过来,身后还有几个男女学员。

徐敏、刘霞、席崇军等人跟高兴全等人打过招呼。

徐敏说:"张玲、高志杰、毛树德,我们几个女同学自发宣誓约定,抗战不胜利谁也不结婚,等抗战胜利后,我们再来这里举办集体婚礼,你们参加不?"

黑娃、白女、毛树德欢喜地说:"参加,参加!"

原本还想让徐敏帮着劝说的何氏几人都动了动嘴,咽回嘴边的话,换上一声重重的叹息。

"参加啥?有我的份没?"吕世璋笑着过来,后边紧紧跟着一个眼圈发红的姑娘。

徐敏笑说:"你把谁家的女子拐骗来了,看人家眼睛都哭红了。"

吕世璋回头看看羞红了脸的姑娘说:"这是我家里给我从小订的娃娃亲,听说我要去西安,不愿意了。"

何氏说:"西安是好地方,女子,快让世璋去。以后我们去西安办事就有落脚的地方了。"

吕世璋高兴地说:"就是,到了西安就有吃饭的地方了,我们等着坐车走哩,有空就回来看你们。"说完挥手上了车。

看着吕世璋走了,徐敏招呼几名男女学员说:"同学们,现在让这几个大叔、大婶当个证人,咱们在这里起誓抗战不胜利就不结婚,抗战胜利后再回到这里举行集体婚礼,好不好?"

"好!"几对男女学员欢喜地应声,并迅速以徐敏为中心围成一圈。

徐敏伸出手,其他的手纷纷按了下去,当所有的手按在一起,徐敏庄重地说:"我们约定。"

众学员像入党宣誓一样,跟着说:"我们约定。"

徐敏:"抗战不胜利就不结婚。"

学员:"抗战不胜利就不结婚。"

徐敏:"等抗战胜利后,我们都来这里举行集体婚礼!"

学员:"等抗战胜利后,我们都来这里举行集体婚礼!"

周围不知不觉围观上来的学员、村民哗地鼓起掌来,徐敏等学员们互相击掌,女学员再互相拥抱成一团。

拥着刘霞和白女,徐敏又向众学员说:"为了这个约定,我们一定要照顾好自己,互相帮助,奋勇杀敌,早日打败日寇,回来过我们的幸福日子!"

"一定,一定!"不管是不是宣誓的学员,都欢快地答应着。何氏等女人,忍不住红了眼圈。张生祥、高兴全、毛树周若有所思地轻轻点头。

人群后边,小石头逼康民:"你也立个誓,抗战不胜利,不许结婚。"

康民嘿嘿一笑:"我不用立誓,我这辈子都没想结婚。"

小石头说:"那不行,万一有女子非要嫁给你,咋办?"

康民说:"要嫁也是要嫁给你这青壮小伙子,咋会想嫁给我这半个老汉哩?石头,等抗战胜利后,你娶亲时给我说一下,我保证给你办个红红火火的婚事。"

小石头说:"不行,除非你答应跟我同一天结婚。"

康民哈哈笑:"你也想学那些学员,跟我办集体婚礼哩。"

小石头跺脚:"咋?学一下不行么?"

康民息事宁人:"行,行,行,听你的,现在赶紧忙正事。"

小石头诡秘地一笑。

最后离别的时候到了，高兴全、何氏、张生祥、毛树周、毛文清、毛老七等村民站在安吴堡子城门口，看着一辆辆载着学员的马车从眼前经过。

"达！"白女在马车上给张生祥挥着手。高兴全等人围了上去。

白女、黑娃、毛树德等人和各自的亲人告别。

毛树周摸一把毛树德的头："兄弟，自从达娘死了，你就是哥唯一的亲人，转眼，你长大了，要出远门了，哥……"说着声音嘶哑起来。

毛树德也红了眼，眼里闪着泪花："哥，我走了，你和嫂子要注意身体，照顾好娃，照顾好家。"

毛树周点头："兄弟，甭多心，父母不在，兄长顶父亲，听哥一句话，办不成婚事咱就不办，你们毕业分配各有各的工作，走在哪都不要给安吴青训班丢人。家里有哥哩，啥时回来，哥都在等你。"说着，眼泪还是滚落下来。

"达，不难受，仗很快就会打完的，一打完仗，我第一个就回来，给你做饭洗衣，照顾你到老。"白女捏着衣袖给张生祥擦面颊上的泪。

张生祥想挤出笑，却挤不出，只万般慈爱地看着女儿洁净的脸，说："白女，出门照顾好自己，跟黑娃互相照应着，早去早回啊。"

"嗯，早去早回。"白女哽咽了，这是从小到大她跑出去玩或逛集时父亲必不可少的一句叮咛。那时候她有时是早去早回，有时就回去晚了。回来晚时，总是老远就看到父亲站在大门口的树下眼巴巴地望着路口。自懂事起，白女就和父亲相依为命，自己这一走……想到父亲黄昏里站在树下孤单的身影，白女泪哗哗地流，颤抖着唇："达，我对不起你。"

张生祥终于摁住了酸楚，颤巍巍地一笑："去吧，我女子做得对，达为我女子高兴！"

何氏拉着黑娃呜呜地哭，身后的莲花、艳艳、二娃也恋恋不舍地瞅着黑娃，叫着大哥。

黑娃揉一下眼，哄劝何氏："妈，我很快就会回来的，凭咱八路军，几下就把日本鬼子打跑了，一打完仗，我就回来，你给我把结婚的东西放好，我回来第一天就结婚。"

"嗯，嗯。"何氏点着头，明知道儿子在哄慰自己，心下也明亮好多，

"我娃放心地去打鬼子,家里还有兄弟妹子哩,不用替你达你妈熬煎。"

黑娃对弟妹们叮咛:"二娃,莲花,艳艳,你们也大了,要多帮达和妈,多干活,就当替大哥哩。"

二娃、莲花、艳艳噙着泪默默地点头。

一直噙着烟锅、烟锅里早没有一丝火星的高兴全,嚯地一摆手:"走吧,再不走天就黑了!"说罢,转身,头也不回地离去。

黑娃冲着高兴全的背影,喊了声:"达!我走啦!"

高兴全脚一顿,又立马往前走,还是没有回头。

黑娃、毛树德、白女等人站在车上,向毛老七等人挥手:"安吴村的叔伯婶们,我们走啦,等打完鬼子我们再回来!"

毛文清、毛老七等人也挥起手:"放心地去吧,后方有我们哩!"

马车一辆接着一辆,何氏、张生祥、毛树周等人站在路边,呆呆地瞅着黑娃他们的车渐渐消失在车流人潮之中……

第十二章
风声鹤唳硝烟起

惨案频传

毛家大院里,一大早便显出凝重的气氛。席崇军和康民领着徐敏、刘霞、白德兴等人,急匆匆地走进会议室。

会议室里,已坐了一圈参会人员,包主任正神情庄重地说:"毛主席发表的文章《反对投降活动》和《必须制裁反动派》,是揭露和批判国民党蒋介石对我们共产党领导下的八路军新四军制造的太河惨案和平江惨案,他们杀害我八路军新四军战士,彻底暴露出他们消极抗日积极反共的反动本质,希望全党引起重视,提高警惕,做好应对突发事件的准备。"

席崇军焦急地问:"到底是咋回事?不行咱就另干!"

包主任拿起手边的笔记本,边翻边说:"太河惨案起因是这样的,最近,国民党在重庆召开了五届五中全会,会议的中心议题是抗战和反共,确定了融共、防共、限共、反共的反动方针。在其蛊惑煽动下,山东各地国民党顽固派纷纷出动,对坚持制高点的八路军有意制造事端,借机杀害。当时,在鲁北清河地区坚持敌后武装斗争的八路军山东纵队第三支队,奉中共山东分局之命,先派政治部主任鲍辉、特务团团长潘建军等六十二名优秀指战员,由营长吕乙亭率两个连的八路军护送，前去鲁南山东军政干部学校和延安抗日军政大学学习。博山县太河村是途中的必经之地。为避免我军途经太河村时与国民党王尚志驻军发生冲突，鲍辉在我军还未到达之前，就派人前去与王尚志驻军联系，说明意图。王尚志同意并表示可以通过。但是，大家没有想到，王尚志却暗设毒计，杀害我八路军战士，当我军二百七十多人自井筒村出发，到达离太河村七八公里的同古村时，从太河村方向来了四五个骑马的人，便衣短枪，径直拦住去路，自称是王尚志的联络员，要我军停止前进等待答复。在约两个小时后，他们又来传达上司命令，要我军沿着太河村西围墙通过。"

说到这里，包主任停顿了下，神情严肃地望了大家一眼，才继续说道："当我军大部分人员走近太河村西门外的围墙时，一架机关枪突然从围墙上露了出来，占据绝对优势的国民党军队，用猛烈的火力将我军压制在毫无遮蔽的狭窄河滩上，带领尖刀班冲在最前面的吕乙亭营长当场中弹牺牲。"

会场一阵哗动，愤怒的喘息声充斥着整个会议室，包主任接着读："在这危急时刻，我军仍然采取克制态度，命令部队不要还击，并且向围墙内大声呼喊中国人不打中国人，但穷凶极恶的国民党驻军不听劝告。随后，太河西门打开，国民党驻军与南山、北山、西山的驻军，从四面八方向我军包围，四连长许子敬与受训干部孙晓东等果断向东南方向冲击，打开了一个缺口，率领三十八人突出重围，没有进入西围墙下的后卫部队二十多人，也从河滩上向北突围，冲出虎口，其余二百一十人全部惨遭杀害。这就是国共合作抗战以来国民党制造的震惊全国的太河惨案。"

大家沉痛地低下头，徐敏、刘霞等几个女同志，眼圈红了。

包主任声色沉痛："惨案发生后，激起了山东抗日军民的群起声讨。山东淄川益都等地爱国人士七十二人联名致电国民党山东省政府要求查明真相，严惩凶手，博山、蒙阴、沂水等县抗日组织和各界人士还为太河惨案遇难的烈士举行隆重的追悼活动。"

康民一手抹眼睛，一手拍到桌子上："不能放过这些杀人凶手！"

"对，血债血偿！"几个人纷纷应和。

包主任摆摆手，大家安静下来，贾书记继续道："八路军山东纵队指挥部通电全国，并致电国民党南京政府蒋介石，提出严正抗议。中共山东分局在《大众日报》刊发了太河惨案专版，强烈谴责国民党顽固派反共反人民的罪行。然而，国民党方面却对强烈的社会反响置若罔闻。国民党山东省政府不仅对制造这次惨案的凶手不追究，而且还张贴标语，庆祝所谓的太河战斗大捷，并到处散布宣扬中国的问题不在于日寇的侵略而在于共产党，日寇是癣疥小疾而共产党才是心腹大患。"

康民忍不住脱口："真是无耻至极！国共合作抗击日本帝国主义是全民族当前最大的事情，打击共产党八路军只能迎合日本人，对中华民族却是犯罪！"

包主任道："国民党顽固派有意制造的太河惨案，引起了党中央毛主席的极大愤慨。毛主席痛斥他们是摩擦专家，无法无天，和汉奸的行为没有区别，并严正提出了'人不犯我，我不犯人，人若犯我，我必犯人'的方针，对一切顽固分子的无理制裁，必须以严肃的态度对待，坚决进行反击，坚决消灭之。随后，八路军山东纵队组织兵力，对太河国民党驻军进行反击，收复了太河、峨庄、下册一带，并在淄河滩上召开了隆重的追悼大会，沉痛悼念遇难烈士，愤怒声讨国民党顽固派的卑劣罪行，让人民擦亮眼睛认清国民党顽固派的丑恶面目，防止上当受骗。"

与会者激愤情绪敛息下来，听包主任继续讲道："毛主席发表的《必须制裁反动派》的文章，是在延安人民追悼平江惨案烈士的集会上的演讲。平江惨案是国民党驻湖南第二十七军根据蒋介石的密令，派兵包围我新四军设在湖南平江地方的通讯处，惨杀新四军参议涂正坤同志及八路军少校副官司罗梓铭等六人。这起惨案激起了各抗日民主根据地人民和国民党统治区正义人士的公愤。毛主席一针见血地指出，中国的反动派执行了日本帝国主义和汪精卫的命令，准备投降，所以先杀抗日军人，先杀共产党员，先杀爱国志士，这样的事如果不加制止，中国就会在这些反动派的手里灭亡。我们必须要求国民政府严办那些反动派，制裁那些投降派、反动派，保护一切革命的同志、抗日的同志、抗日的人民！"

会场哗地响起一阵掌声，众人纷纷道："毛主席说得太好啦！"

包主任感叹道："是啊，毛主席站得高看得远，洞察全局，判断指挥及时正确。毛主席在《反对投降活动》的文章中，对国民党的投降活动做了深刻的揭露和剖析，尖锐地指出，国民党雪片一样地制造假消息、假报告、假文件、假决议，用以蒙蔽事实的真相，企图造成舆论，达其'主和即投降之目的'。因此，毛主席号召全国人民团结起来，坚持抗战和团结，把投降阴谋和分裂阴谋彻底粉碎。"

说到这里，包主任话锋一转："我们云阳是反对投降反对分裂阴谋的前沿阵地，我们要坚决听从党中央毛主席的号召，坚持抗战，坚持团结，与投降派分裂派进行坚决的斗争。今天，就这个问题，请大家发表意见，提出具体的措施和办法，争取主动，做好应对。"

康民怒气冲冲地说："国民党残害我们八路军新四军的罪行，令人愤慨，现在是国共合作抗战时期，他们反共反人民的本质，没有丝毫的改变。他们过去杀害红军的罪行，我们都为了国家民族的利益而容忍，现在还在杀害我方人员，公开对我们下毒手，可见他们的本性难移，我们绝不能掉以轻心，任他们随意杀害。提起来，让人心寒。不要说我们在抗日前线牺牲了多少八路军新四军战士，就在我们安吴堡子的荣军学校、马家村的八路军医院里，还有那么多的伤残战士正在养伤治疗，让他们来看看，别再睁着眼睛说瞎话，给我们八路军新四军抹黑。云阳的八路军留守处的兵力不多，保卫安吴青训班及学员的安全，我感到责任重大，力量有限，为以防万一，我个人的意见是向党中央毛主席汇报，请求增加兵力，加强保卫。"

席崇军接着说："国民党有意制造太河惨案、平江惨案，破坏团结抗日，不得人心，必将失去民心，没有人民的支持，他们迟早会失败的。我们共产党能够从小到大，从弱到强，最根本的原因是有人民群众的大力支持和拥护。对国民党我们要丢掉幻想，准备斗争。我的意见是，发展壮大地方武装，保卫好安吴青训班，将游击队改为武工队，在嵯峨山腰的蒙家沟、孟家塬、罗圈崖、山庄一带，组建武工队，在安吴堡周围的雒仵、湾子、张家沟、蒋路、李家崖、徐家崖等村，发展武工队员，如遇到紧急情况，鲁桥、口镇过不去，我们就可以翻越嵯峨山到达陕甘宁边区，撤离到照金、马栏等地。"

包主任不住地点头："这个意见值得考虑。同志们还有啥想法，说出来，咱们一起商量决定。"

席崇军说："我觉得，咱们给最近新分配来的几个安吴青训班毕业的同志具体分下工，叫他们各负其责，放手大胆地工作，尽快适应我党工作和革命斗争工作。"

包主任满意地对席崇军点头："好，你觉得他们应该怎样分工？"

席崇军说:"男同志由老康带队,负责组建武工队工作,女同志负责发动妇女,组建妇女武工队,所需要的枪支弹药由我负责购置,对云阳地方民团争取合作,形成一个人民参与的安全保卫网。"

包主任点头:"这一点很重要,只有置身于人民的保卫之中,我们才能安全。根据目前的局势,摩擦才刚刚开始,如果我们对安吴青训班增兵保护,反而会给国民党提供有意摩擦的口实,也会多些猜测,造成人心慌乱。我们现在就采取外松内紧方针,做好应对准备。我同意组建地方武工队,加强对安吴青训班的保护,大家讨论一下,有意见尽管发表。"

会场上响起切切嘈嘈的讨论声,热烈而庄重。

特派员暗探安吴

农历七月,天气仍很炎热。云阳清河北岸上,很多人在田里忙碌着。毛家村西的南北大路上,只有零零星星从蒋路村到清河担水做豆腐的人,他们挑着水桶在三四里远的路上,把清河水忽悠忽悠地挑着走。据说,用这清河的水做成的豆腐白嫩又筋道,掉到地上也不会摔烂,而且还要比不用清河水做的出分量。

"七月半,栽齐蒜。"

"头伏萝卜二伏芥,三伏正种大白菜。"

"哈哈,你俩文化比赛哩?"何保长搭话,"快吆喝你的正事!"

"好嘞!"几个担着担子的开始长一声短一声地吆喝起来:"钉锅勒风箱喽!""启刀磨剪子!""铲蹄钉掌!""挑猪阉羊!"……

一伙人说说笑笑地过清河,往毛家村娘娘庙前走,让地里忙碌的人感到好奇。何保长正想表功,一回头看看袁县长,连忙追上前几步喝止:"行啦,停停停,少吆喝几声,有个样子就行了。"

袁县长和身边几个穿着长袍戴着礼帽和黑眼镜的人,边走边小声说话,前后有十多个背枪的保丁不离左右。

一群羊咩咩叫着从北边的路上上来,快走到娘娘庙前时,十五六岁的赶羊少年,手挥着长鞭,边走边唱:"或降于阿,有的牛羊下山坡,或饮于池,有的喝水池边过,或寝或讹,有的蹦跳有的卧。尔牧来思,你的牧童儿来啦,何蓑何笠,带着笠帽披着蓑,或负其餱,有的还带着干馍馍。三十维物,牲口毛色几十种,尔牲则具,供你采用真够多。"

正在路边地里忙活的农民听到歌声,随即手拉锄头对歌唱道:"狁狁匪茹,狁狁并不是脓包,整居焦获,驻兵焦获战线长,侵镐及方,侵略宁夏和朔方,至于泾阳,打到甘肃那平凉,织文鸟章,我兵挂徽帅建旗,白旗中央,雪白旗尾多辉煌,元戎十乘,十国内战车打头阵,以先启行,冲开敌垒勇难挡。"

听着歌声,袁县长身边几个穿长袍戴礼帽的人都惊奇地站住,看着放羊的少年赶着羊群朝南边的清河方向走去。山上的人放羊时,都会去河边,河边有草可吃,河里有水可饮。

袁县长对其中一个大约四十岁、身材微胖的人讨好地说:"特派员,你爱听民歌?"

被称作特派员的人沉思着说:"这是中国最早的文学作品《诗经》中的歌,一般读书人才会知道,想不到,在这泾阳北山根下偏僻乡村,连老农民和小孩子们都会唱,真不可思议啊!"

袁县长笑:"这没啥奇怪的,泾阳是《诗经》的发源地之一,这里的关中情歌关中对花,那唱得才好听哩,都随着泾阳在外做生意的人传到了四川甘肃宁夏青海去啦,咱今去安吴堡,一路上都能听见哩。"

特派员惊讶地说:"哦,真的?那我们的事就更不好办了。"

袁县长不解:"这里边有啥关系吗?"

特派员深沉地说:"关系大着哩,这事不可小看。咱边走边说。"

拐上毛家村东边直通东北方向安吴堡子的斜岔路上,特派员放眼看两边庄稼地,地里男男女女正在忙碌着自家的农活,边干活边说笑,看着非常快乐。袁县长正要说话,特派员努努嘴,袁县长顺着方向看过去,套着牲畜犁地的毛老四和一个妇女在唱歌:

一早翻了二亩半,不见婆娘来送饭,
打着火,抽锅烟,才见老婆到面前。

那妇女笑着对唱：

娃他达，你少叫唤，女人不像男子汉，
要碾米，要做饭，磨子上下来到灶前。

毛老四唱道：

六月种秋八月收，场活毕了再打扮，
宫绸裙子扫地边，鸡冠子鞋上绣牡丹。

那妇女唱道：

路上走来小媳妇，细腰肥臀真惹眼，
红缎袄儿花袖圈，看你喜欢不喜欢。

在地里干活的人听到他们的对歌后，十分兴奋，也相互唱起了情歌。

什么花儿白，什么花儿黄，什么花儿闻着香，什么花开红似火，什么花开跃过墙。
莲莱花儿白，菜籽花儿黄，月季花开满院香，石榴花开红似火，红杏开花越过墙。

什么花的姐，什么花的郎，什么花的帐子，什么花的床，什么花的枕头，什么花的被，什么花的褥子铺满床。
川草花的姐，牵牛花的郎，牡丹花的帐子，海棠花的床，桂花的枕头，绒绒花的被，杜鹃花的褥子铺满床。

跟何保长稍为熟悉点的毛四爷犁到地头，看到了何保长，就开玩笑地打招呼："你今儿个带着人是跟杨继业替宋王金沙滩上赴宴去啊，还是像包文正陈州放粮明察暗访去啊。"

原本是无心的一句话,袁县长和特派员心里一咯噔,袁县长小声叮咛:"就说去逛唐王陵。"

何保长会意:"哈,去石马巷逛唐王陵去,把你那牛借给咱,省得人跑。"

毛老四继续开玩笑:"不行,你要是骑上牛,别人还以为是从楼观台来的老子呢,把你当神敬,小心哪天香火把你烧化了。"

地里干活的人被惹得哈哈大笑,何保长也跟着哈哈大笑。

特派员小声说:"听话听音哩,你们听出门道没有?"

袁县长不以为然地说:"唱情歌是这一带的民俗,大人小孩都能唱上几句,这里头能有啥门道。"

特派员无奈地摇摇头,起步前行。一群人跟上。

沉默地走了一段,特派员对袁县长不安地叮咛:"咱两个是同乡又是同窗,我比你大两岁,在省上工作,接触南京政府方面的人士要比你多,人心难测,世事多变,你可得多长几个心眼才对。"

袁县长感激地说:"就是就是,要不是你这个老同学帮忙,我咋能混到县长这个位置上哩,你有啥尽管吩咐。"

特派员压低声:"今的事要捂严实,密成泄败,永远都是这个道理。今咱把车放在云阳街上,一路步行,就是为了微服私访,不要声张,更不要引人注意。"

袁县长恍然大悟:"难怪哩,我就在想为啥放着车不坐要跑腿,看来还是你老兄深谋远虑啊。"

特派员笑:"人无远虑必有近忧。就拿最近在山东太河国军袭击八路军、湖南平江国军袭击新四军的事来说,全国都闹得沸沸扬扬,蒋总裁也很恼火,动不动娘希匹地骂人,不知道在骂谁。南京政府表面上看好像很安宁,实际上内部四分五裂,相互较劲,有主张抗战的,也有主张议和投降的,有拥护共产党的,也有想占山为王的,各怀心思,各有打算,总想着怎样保护住自己的利益。"

袁县长说:"这是上边的事,与咱下边有啥关系?"

特派员冷笑:"城门失火,殃及池鱼。这官场上讲究的是上下互通,缺一不可。上边人倒了,下边的人跟着倒霉,这就是人常说的:一人得道鸡犬升天,一人落难鸡犬不安。就拿咱们的顶头上司胡宗南来说,他对国民党总裁蒋介石很尊重，蒋介石也很赏识器重他，但他对共产党的周恩来很尊敬，周恩来也很器重他，还在不断地争取他。胡宗南是个很讲义气的人，他不会背叛国民党，不会背叛蒋总裁，但他也不会反对共产党，他积极主张抗战，但又得服从蒋介石指挥，现在国共抗战过程中不断起摩擦闹矛盾，叫胡宗南长官非常作难，到底该向着谁啊？"

袁县长同情地点点头："就是，胡宗南长官确实两头作难。"

特派员忧心地说："胡宗南长官算是爱国人士，他在台儿庄大战中领兵作战，是军民公认的抗战英雄，对国军制造的太河事件和平江事件，他只是气愤叹息，却无能为力，对蒋介石也是敢怒不敢言，不敢明着反对。咱西安城里的八路军办事处，咱泾阳县的云阳八路军留守处、安吴青训班，蒋介石很不放心，总想找机会拔掉，可胡宗南长官坚持别无事生非，怕弄不好会激起民愤。这次委派我到泾阳来，就是先看看动静听听风声再做决定。我看云阳这一带百姓不好对付，连老农小孩妇女都会唱《诗经》，唱情歌唱对花，都是些懂文识理的人啊，稍有不慎，我们就会输理，百姓联合起来就会反对我们，闹出大乱子了，可就不好收场了。"

袁县长才弄懂特派员的心思，点头笑："那以老兄之见应该咋办？"

特派员神秘地说："当局者迷，旁观者清，到了安吴青训班后，你和他们交谈，就说我是西安一个做生意的朋友，带着来逛唐王陵的，不要公开我的身份。"

袁县长一拍胸脯："明白了，一切看我的。"

特派员再次叮咛："千万记住，不要暴露我的身份，事关重大！"

危机四起

"杀！杀！杀！"激愤的声音忽然响起，依稀还有军号声，哨子声，口令声，枪声。袁县长一伙唰地站住，警觉地从腰里往外摸枪，并迅速向四周隐蔽。一村民掮着锄头走过来，袁县长给何保长摆摆眼色。

何保长硬着头皮从树后边出来，换上笑脸，装作若无其事地走上去打听："乡党，前面这又是打枪，又是杀杀杀的，是干啥哩？"

村民抬手指指安吴堡旁边的柏树坟方向笑:"青训班学员上军事课哩,不叫人到跟前去,你就别去凑热闹了。"

何保长长舒一口气:"哈,不是土匪抢人就行,还准备叫保丁们上去救人哩。"

村民说着话走过去:"青训班学员手里有的是枪,吓死他土匪也不敢来这里胡闹。"

何保长不自然地说:"那就好,那就好。"

袁县长一伙纷纷从树后边出来,袁县长说:"虚惊一场!"特派员说:"不可大意,小心假戏真做。看来总裁的担心不是没有道理,前方有日本人的刀枪,后方有共产党的学员,总裁能安宁、放心吗?"

袁县长赶紧说:"我不明白,这安吴青训班是培养抗日干部的学校,要是没有枪咋教学哩。"

特派员看一眼袁县长:"老弟,你在政治上还是太单纯了,你以为国共合作就大功告成了吗?这能行吗?天下再大,也只能有一个皇上。是国民党当还是共产党当,这就看谁的势力大。国父孙中山先生,辛亥革命推翻了清朝,咋又让位于袁世凯?袁世凯势力大嘛。这共产党成气候了,到时候跟国民党争夺天下,就来不及了,还是及早防范为好。"

袁县长讨好:"是这个道理。"

特派员说:"记住,咱们先礼后兵,先探探口气再说,把底子摸清,再想对策。今天我们先稳住阵脚,不要打草惊蛇。如果他们提起敏感话题,你就来个一问三不知,装糊涂,套出他们的意图,我们才能想出对付的办法。"

袁县长心领神会地说:"好,就按老兄你说的办,我揣着明白装糊涂。"

两人会意地一笑,朝着安吴堡东大门走去。几个挑着担子的人也快步跟进了东门,边走边吆喝。

吴氏庄园内的望月楼上,席崇军康民带着十几个武工队队员,正在和冯主任、刘主任进行商议。

席崇军气愤地说:"据可靠情报,胡宗南已经命令刘戡率部驻防在三原北城一带,准备派重兵把守鲁桥、口镇两个出山的口子,围攻陕北延安,这给我们云阳八路军留守处、陕北省委、安吴青训班驻地等,带来了很大的威胁。

看来，国民党要和我们公开闹分裂，准备给我们下毒手，我们必须做好应对准备，以防不测。"

冯主任平静地说："党中央毛主席对此已有察觉，要求我们高度警惕，坚决防止太河惨案和平江惨案再次发生，对国民党不能一概而论，要做科学的判断和分析，这样才能有效地瓦解分化他们的势力，壮大我们的革命力量。国民党内部派系林立，四分五裂，各自为政，维护自己的利益，有主战派、投降派、分裂派、独立派，各自有各自的打算和目的。我们要团结进步的，争取动摇的，解劝顽固的，打击反共的。"

刘主任着急地说："就目前局势，我们具体该咋办？我最担心的是安吴青训班学员的安全，党和人民把他们交给我们，我们要对他们负责啊！"

席崇军面色凝重："是啊，他们是抗战的新生力量，是我们党的宝贵财富，革命需要他们，我们的责任就是保护好他们。"

冯主任淡定地说："任凭风浪起，稳坐钓鱼台。国民党头子蒋介石是个坚持反共立场的顽固分子，所推行的专制独裁路线不得人心，真正追随他的人，毕竟是少数，国民党内部大多数人，只是看风向，随大流，到一定时候，就会众叛亲离，内部瓦解。就我们陕西的胡宗南来说，他也是内心矛盾左右为难，他虽受蒋介石的器重，但和我们的周恩来副主席也有深交，是主张抗战、打日本的爱国将领。目前，他不会对我们云阳及安吴青训班采取军事行动，不会搞突然袭击下毒手。但我们也不能对胡宗南抱有太大幻想，他毕竟是听从蒋介石的指挥，是蒋介石的炮灰和马前卒。按照党中央毛主席的部署安排，我们已经做好随时撤离的准备，云阳八路军留守处、陕西省委、安吴青训班都要撤到嵯峨山后的边区照金、马栏一带。"

席崇军惊讶地说："随时撤走？"

冯主任点头："这是党中央毛主席的决定，是为了保存革命力量，减少不必要的牺牲。边区特委书记习仲勋也多次叮咛，对安吴青训班学员，对当地人民群众，一定要做好宣传解释说服教育工作，坚决执行党中央毛主席的决定，提前做好有序撤离的准备工作。习仲勋还让我们对地方党组织的同志提出要求，要发动依靠当地人民，大力宣传八路军抗战的英勇事迹，特别是要保护好云阳地区党组织，保护好每一名党员和抗战积极分子，保护好为抗战做出过贡献的云阳人民。"

席崇军感动地说:"习仲勋书记在边区还总是牵挂着我们云阳人民啊!"

正当大家讨论得热烈时,毛胡子连长跑上来汇报:"袁县长突然来到咱青训班了!"众人一愣,迅速地交换一下眼神,各自点点头,相继下楼。

冯主任、刘主任迎着袁县长一行走过去打招呼:"袁县长是一县之长,赶快有请啊!"

何保长插话:"摆宴接风,更显得体面些啊。"

冯主任笑:"穷汉人家,家常便饭有,阔耍不起啊。"

何保长得意:"家常便饭也行,也许对袁县长这样吃惯了大鱼大肉的人能换下口味哩。"

袁县长也客气地说:"粗茶淡饭虽然没有大鱼大肉来得场面,但吃了养人哩,这样也好。"

刘主任笑着说:"也只能入乡随俗了,来之前要打个招呼,我们还能准备一下。"

袁县长说:"几个在西安做生意的老乡来看我,我就带着来唐王陵看看,你们知道咱这里也没有啥好玩好耍的,只能这样随意到山上走走,就走到你这门口了。进来转转。"

一伙人笑着说着,登上了望月楼,围着会议桌坐下来,桌上已准备好了热茶。

冯主任笑着对袁县长说:"正准备过几天去泾阳找你商量几个事哩,你来了就省得我再跑了。"

袁县长笑:"有啥事派个人去就行了,还用得着你亲自出马?需要啥尽管说,如果方便,在这里说也无妨,我客随主便,咋办都行。"

冯主任一笑,说:"那就让刘主任在这里说一下也行。"

袁县长说:"到底多大的事,说出来咱商量,能办的事我坚决办,办不到的事我向上面反映,借不来米咱还有升子在哩,尽管说,啥事?"

刘主任沉痛地说:"这些话,我不得不说。我们想说的就是前些天在山东太河村发生的国军杀害我八路军战士和发生在湖南平江国军枪杀我新四军的两个惨案,我们安吴青训班学员一致要求在泾阳县城召开一个隆重的悼念大会,让泾阳县人民都知道,当年从云阳改编东征抗战的八路军战士没有死在抗战的战场上，却死在了自己人杀害自己人的反动派手里，让大家认清谁在抗日谁在破坏，该拥护谁该反对谁，人民自有公论。"

袁县长一听这话，头上立即冒出冷汗，故作惊讶："这不可能吧？眼下，正是国共两党合作抗战的黄金时期，怎么会发生这样的事情？肯定是有人故意无事生非地造谣惑众，挑拨离间，破坏团结。你们不要相信这些谣言，以免上当受骗。"

冯主任十分沉痛地说："这不是道听途说的谣言，是千真万确的事实。"

袁县长头摇得像拨浪鼓："我从来没听说过这样的事，南京国民政府、陕西国民政府也没有提说过这样的事情。我们要相信政府，不要轻信传言。要以国共合作团结抗战的大局为重，枪口一致对外。要警惕那些挑拨离间煽风点火造谣惑众破坏内部团结的人，他们是别有用心制造事端、坐收渔利的坏人，妄图浑水摸鱼。"

刘主任郑重地说："我们说的话是有根据的，陕北报纸上全文刊登了山东太河和湖南平江两个惨案的全部过程。"

袁县长不屑地一笑："那是一面之词，报纸是他们办的，又没有经过国民政府审查，这报道的事情能相信吗？我作为国民政府的一县之长，只能听从上级国民政府的话，执行上级国民政府的任务，保一方平安就算是尽到责任。"

刘主任生气地问："那袁县长说，安吴青训班学员要在泾阳县城召开烈士追悼大会的事情到底咋办？"

袁县长狡辩："这个事情要慎重考虑，在没有核实清楚之前，我也不好表态。这样吧，等我向陕西省国民政府请示一下，把事情核实清楚，按上级的表态给你们答复。"

冯主任追问："省政府要是不管呢？"

袁县长手一摊："那我也就没办法了，吃谁饭，跟谁转，自古以来就是这个道理。"

冯主任生气地说："发生了这么严重的流血惨案，谁是谁非，咱得先把道理讲清楚。"

袁县长无可奈何地说："理都在上边哩，咱下边的人能说个啥理？你没有看《西游记》上说的，取下经是唐僧的功劳，惹下祸却是悟空的过失，妖精打与不打,不光是唐僧说了算,还要看如来佛的意思哩。所以,遇事多问问上边。孔圣人也说过,'民可使由之,不可使知之',咱们下边的人能知道个啥?能说个啥?还是一问三不知,装糊涂些好。"

两方人一下子沉默起来,鸦雀无声,没有人说话。

一个教官出现在门口,向冯主任招手示意。冯主任快步走出,教官小声对他说:"灶房内的饭菜已经准备好,是不是现在开饭?"

冯主任点头后,返身进去说:"伙房把饭已经准备好,大家下去吃饭吧。咱这儿的条件有限,拿不出啥好东西招待各位,面条黄酸菜,大家别见笑。"

袁县长等人离座向外走:"不麻烦你们了,我们来时已经在云阳吃过饭了,现在趁早去唐王陵看看,你们吃饭,我们这就走了。"

刘主任说:"哪有吃饭时送客的道理,一块儿吃点饭再走吧。"

袁县长笑:"咱们别客气,你们的心意我领了,咱们是朋友,不必客套。"

冯主任说:"但愿我们是真朋友,不要做假朋友。"

袁县长说:"咱们是真朋友,都是为国家为民族做事情,这一点谁也不能否认。"

看着袁县长一行走出安吴堡,冯主任连忙召集大家再次开会:"情况紧急,我们要部署好对策,我们一定要配合习书记把守好边区南大门。"

刘主任点头:"从目前形势看,胡宗南部队暂时不会向我们进攻,国共两党表面上不会有太大冲突,但泾阳地方的反共势力会随时随地制造摩擦,挑起事端,对此我们必须做好应对准备,尽量克制,防止事态扩大,给他们破坏捣乱提供可乘之机。"

席崇军说:"对,咱们给它来个绵里藏针,柔中带刚,先把局势稳定住。"

冯主任点头:"党中央毛主席也是这个意思。你们武工队在这一点上,必须把握好,在与他们进行斗争的过程中要讲求策略,以智取胜。"

席崇军说:"这个你们放心,我们一定把这场戏唱好,生丑净旦都用上,文武场面都应付。"

阴　谋

泾阳县城，泾阳县政府的会议室里，袁县长跟马团长、保安司令、民团团长、商会会长等头面人物围坐一室，听特派员讲话，气氛森严。

特派员声色俱厉地说："各位，我这次是受胡宗南长官委派，来泾阳对共产党在云阳安吴一带的活动情况进行摸底。今天和袁县长等人一番乔装打扮微服私访，对云阳一带乡民及安吴青训班有了初步认识和了解。我完全赞同蒋总裁攘外必先安内的主张。从目前形势来看，蒋总裁对共产党在后方活动的担心是有一定道理的。共产党用合作抗战之机，得以喘息，乘势发展势力，将来必然要和我们争夺天下。因此，蒋总裁要求我们，趁其羽翼未满之时，及早下手，以绝后患。"

马队长冷笑："消灭他们有何难？蒋总裁要对这伙共党不放心，叫我说，咱出兵围剿云阳，把云阳毛家大院住的共产党人和安吴青训班人员全部逮捕法办，再放上一把火把房子一烧，人也没了房也没了，又简单又省事。"

商会张会长急忙插话："行不通。这办法太显眼。不说别的，这房子是共产党租用的，房子烧了主人不会答应。且不说这云阳文家大院、毛家大院的房，就连这安吴寡妇的后人，咱们都惹不起。听说这国学大师吴宓在重庆是蒋总裁的座上宾，蒋总裁在重庆行宫还不时地邀请吴宓谈论国事，要是蒋总裁怪罪追究责任，到时候不好收场。"

省党部的聂部长点头："这事不能贸然出兵。师出无名，会引起民愤，陷入被动。再说，蒋总裁只是担心忧虑，并没有下令立即采取军事行动。胡宗南长官也是让先摸底探口气。叫我说，咱先按兵不动，静观其变，再拿主意会更稳妥。"

联防大队刘大队长点头："对，欲速则不达，得等个合适的机会，叫我说，咱先采取赶麻雀的办法，吓唬他们一下，看他们有什么反应再说。"

特派员点头："兵不厌诈，不战而屈人之兵上者也。按照胡宗南长官的意思，对这小股共党，最好以智取胜，迫使其主动放弃，既不造成人员伤亡，又不会引起社会反响。胡宗南忧虑和担心的，是怕陕北延安的共党趁我国民革命军在抗战前线西安空虚，突袭西安，扩充地盘。他和蒋总裁商议，决定加强西安的兵力，防止陕北共党趁机偷袭，形成后方混乱。近日，已经密令刘戡率部进驻三原一带，在鲁桥、口镇一带，重兵布防。以鲁桥、口镇中间的嵯峨山为界，南边为国统区，北边是共产党控制的陕甘宁边区，这云阳一带就是国共两党争夺的战略要地。山后不远的照金就是当年刘志丹、习仲勋为开辟关中而创建的最早的共产党根据地，我们可不要小瞧这地方，更不要小瞧习仲勋这个人。这习仲勋二十多岁就当了陕甘边区政府主席，如今又是共产党关中特委，听说经常从照金来云阳安吴一带活动，当地的百姓都说他就像三国时的诸葛亮、陆逊一样，很有谋略胆识，用兵如神，善打胜仗。陕北共党用这个人把守边区南大门，足见深谋远虑。只要云阳安吴没有共党设的机构，他习仲勋就没有理由来这里活动，先戳破他的窝，吆他的鸟，他就不再牵挂，咱们这一带就安宁了，大家看这样行不行？"

袁县长竖起大拇指："精辟深刻有见地，特派员太有才了，我等自愧不如！难怪胡宗南长官这么看重你，真是才高一寸压死人，一番高论让我等茅塞顿开，如雷贯耳。"

刘大队长也连忙讨好："特派员说话干脆利落，句句都说在点子上，佩服佩服！"

特派员对刘大队长笑："你说，怎么才能达到这个目的？"

刘大队长看着特派员，深思片刻，说："依我看，咱来个围而不打，小卒叫阵的办法。简单地说就是骚扰，戳窝吆鸟，拆圈放羊，连哄带吓，叫他们不得安宁，又说不出口，逼着他们自行撤离。最近，咱们就拿国民政府颁布的《限制异党活动法》为尚方宝剑，派人进驻安吴青训班，监督检查他们的教学活动，专挑刺，他们感到日子难过，办不下去时，就会想退路了。"

特派员笑："强龙不压地头蛇，咱这一次行动就叫'地头蛇行动'。"

袁县长阴险地一笑："这样好，不动声色，让他们防不胜防，就按这个办法准备，看他们如何应付得了。"

特派员沉思着对袁县长说："就这样定下来，你负责选派一些精干的人员，组成耳目活动小组，乔装打扮后，住在云阳安吴一带，伺机活动，收集情报，进行骚扰。"

袁县长看了刘大队长和冯队副一眼，低头和特派员商议，特派员不住地点头。袁县长转身对刘大队长和冯队副笑着说："打柴得有樵夫引，过河得寻摆渡人。这么重要的事，得让你们两个去办才行，这次活动你们全权负责。"

刘大队长和冯队副受宠若惊:"为党国效力,我们一定完成任务。"

袁县长点头:"好,你们让人伪装潜伏,暗中观察。明的方面,让县教育科和警察局出面派人驻在云阳,随时对云阳及安吴青训班进行监视,地方驻军及民团做好配合,如有紧急情况,做好接应。"

特派员满意地点了点头:"望各位以党国事业为重,精诚合作,做好战斗准备。"

安吴堡街道上,人来人往,几个钉锅勒风箱剃头磨剪刀铲蹄钉掌的人,挑着担子不停地吆喝,走到街上一片开阔处,把担子放下并摆开家伙。钉锅勒风箱的担子前,迅速围上几个人。勒风箱的开始吹牛:"手拉风箱呼呼响,灶火把水烧滚烫,只要板上不掉毛,风大能把锅吹跑。"逗得大家哈哈大笑。

勒风箱的边吹牛边看着街道上来来往往的青训班学员,装作不经意地对周围的人说:"现在是风一阵雨一阵,说啥话都没人敢信。昨天在云阳街上听几个人说,国军把安吴堡子包围了,出进都要检查,弄不好就要开火打仗了,少去安吴堡子。结果今来一看,和平常一样嘛。"

旁边抽旱烟袋的老汉说:"那都是胡说哩,没有的事。"

修鞋的人说:"无风不起浪,宁信其有不信其无,不要说国共两党各有政见,就是亲兄弟也有打架闹仗的时候。信不信由你,我今天在这里一摆,往后也不敢来了。真正两家开火打仗了,枪子又没长眼睛,碰到了就得倒霉。"

勒风箱的随声附和:"可不是嘛,前几天我在鲁桥跟集,听街上人说,三原北城驻扎了很多国军队伍,还派人在鲁桥北边峪口山周围勘察地形,驻军布防,说是怕从照金来的共产党队伍打三原攻西安,形势紧张,人心惶惶。"

修鞋的人抬头往街上一看,煽风点火地说:"我听说国军在口镇西山上也准备派兵把守出山的口子,看样子两家迟早要开火哩。"

几个围观的老汉,着急不安地说:"好爷哩,那该咋办啊?"

勒风箱的人低声说:"闲事少管,打架让远,有亲朋好友的娃在安吴青训班上学的,赶早退出来。"

修鞋的人低声煽动:"三十六计走为上,早走早安宁,甭指望在这里边能成大事。"

勒风箱的人抬头朝街上一看,急急巴巴地说:"快甭说了,陕西地方邪,说谁谁到,快看,国军的先头部队来了。"

修鞋的人一看,作势慌忙收拾摊子:"这地方不敢停啦,赶紧逃命要紧。"

勒风箱的人阴险地嘿嘿:"那是寻共产党的事,咱下苦人怕啥哩,安吴青训班里头又没有咱的人,就是开火了,跟咱有啥关系,等着看热闹吧。"

几个老汉呼地站起来,不高兴地说:"你这人有问题哩,眼睁睁地看着有人寻上门来欺侮安吴青训班的学生,咱还能在这里消停地说闲话?走,咱们到前面看看去。"

几个老汉顺着街道朝迎祥宫的大门走去。勒风箱和修鞋的望着几个老汉的背影,有些沮丧地摇摇头。勒风箱的看着一直蹲在身边不言不语也没走的李长水,开口道:"还算你明智,千万别跟那些没脑子的人呼呼,不然咋死的都不知道。"

李长水还是没言没语,提着笼往起一站,转身就走。勒风箱的仰着头叹:"嚄,还真是个怪人,该不是聋子或者哑巴吧。"

修鞋的赶紧使眼色,勒风箱的扭头看,李长水正回过头盯他。勒风箱的哈哈一笑:"您老走好,咱这胡说八道惯了。"

地头蛇行动

迎祥宫大门外,驻军团团长吴平友带着一伙人,正在和执勤的八路军卫兵争吵。

吴平友气势汹汹地说:"我们在这东边的王家村冯家村岳家村抓的几个壮丁偷跑了,有人看见跑到你们这里来了,我们要到迎祥宫里查找,你们不要阻挡,否则我们就不客气啦。"

两个八路军卫兵对吴平友耐心地解释:"我们在这里执勤站岗,凭证出入,闲杂人员不得进入,你们还是去别处找吧。"

吴平友生气道:"闲杂人员?我们是国军,奉胡宗南长官的命令执行公务,在这一带征兵,支援抗战前线,你们阻挠执行公务,小心被军法处置!"

卫兵争辩:"我们也是执行公务!必须凭证出入,任何人也不能例外。"

吴平友蛮不讲理："窝藏逃兵破坏抗战的罪名，你能担待得起吗？"

卫兵义正词严："谁在制造分裂破坏抗战，人民有目共睹。"

正在迎祥宫对面药铺买药的张生祥和高兴全听到争论后，走了过来，张生祥认识吴平友，对吴平友的蛮横无理实在看不下去，就劝解："都是上村下院的，都是为了抗战的弟兄，弟兄们有事好好说，何必这样争来论去。"

吴平友高高在上地说："你知道个啥？这不是弟兄之间的事情，这是两国将兵各为其主的事情，不是说笑打骂闹着玩的。"

张生祥笑："国共两党合作抗战，上了前线就是亲弟兄，跟日本人打仗那才叫两国交兵各为其主。"

高兴全也上前说："都是为了公事，有话好好说，不能伤了和气。"

吴平友不耐烦地说："去去去，你们忙你们的事去吧，甭在这挤热闹了，这里是正事，跟你们也说不清。盐多了值钱，话多了讨厌，甭再多嘴啦。"

高兴全一拉张生祥："走，跟这种人还有啥说的，连好歹都听不出来的人。"

张生祥愤愤地说："还是一个村子的人哩，在国军队里当个芝麻大的官就眼中无人啦，乡党面前耍威风，猖狂得没个样了。"

高兴全说："甭生气，不听人劝，迟早得栽跟头……"

"咦，高掌柜！"正说话的高兴全听到有人喊他，住嘴抬头，看见何保长迎面走来，身后跟了一伙背着长枪的保丁、警察以及民团的人。

何保长急切地问张生祥："张先生，迎祥宫大门口一伙人吵吵闹闹什么事？"

高兴全悄悄拉了下张生祥，淡淡地说："我们没到跟前去，不知道有啥事。"

何保长带着这伙人急忙顺着街道朝迎祥宫大门走去。

高兴全拉着张生祥朝西门走，张生祥回头看了一眼，小声地说："我知道，都是一路货色，在这里演戏哩。"

何保长远远地看着迎祥宫门前，吴平友正大声地说："你们这是敬酒不吃吃罚酒，今天非要给你们点颜色看看。"说着从腰里拔出盒子枪，把子弹推上膛，喝令身边的其他士兵："弟兄们，把家伙拿上往里冲，看谁敢挡！"

吴平友音落,"叭叭"朝天鸣放两枪,看热闹的人一下子乱了场面,胆小的人尖叫着往对面的药铺里钻,或找别的地方躲藏。执勤的两个八路军战士立即持枪警告:"往后退,再往前走一步,我们就要开枪了!"

枪声惊动了驻守在迎祥宫的八路军战士和安吴堡内的武工队队员,大家急速提枪赶到迎祥宫门前,青训班学员听到枪声后,也紧急集合,迅速前来增援。

吴平友一伙人被围在中间,双方人马怒目相视,战火呈一触即发之势。

何保长抬头巡视间,看到迎祥宫戏楼窗户伸出来的黑洞洞的枪口,故作声势地喊:"反啦!公开和国民政府作对,聚众造反!"

吴平友一看何保长带着一伙警察保丁民团人员到来,顿时长了精神,向何保长诉苦:"我从抗战前线回来,奉胡宗南长官命令,在这安吴堡子里抓逃兵。这两个站岗的不但不让进,还敢拿枪阻拦我们执行公务。"

何保长上前对执勤士兵训斥道:"你们为什么要阻拦国军执行公务?太不像话了!让开!"

站岗的八路军不甘示弱:"我们有制度规定,无出入证人员一律不许通行。他们不听劝告,反而带头开枪,想往里冲,我们只有采取自卫行动,这责任完全不在我们。"

何保长生气地吼:"你们眼里还有没有国民政府?我是这里的保长,有权维持地方治安,我今天带着警察保丁及民团人员,要对你们青训班的治安情况进行检查,看看有没有国军的逃兵在里面藏着。"

执勤士兵坚定地说:"不行!没有我们首长的命令,任何人也不得进入,这是制度!"

何保长听了气急败坏地说:"简直是目无王法,太不像话了!你们这是搞地盘割据,闹独立王国,破坏国共合作抗战的统一战线!"

正在这时,民团联保大队马队长和县教育科姚督学骑马来到跟前。马队长对卫兵大喝一声:"谁在这里闹事,先抓起来再说!"几个随从立即端枪往人群里走。

姚督学跳下马后,走到执勤的八路军士兵面前说:"坚守岗位,忠于职守,好样的。"

执勤的八路军战士警惕地看看姚督学。

姚督学满脸堆笑，假惺惺地说："本人为泾阳县政府教育科督学，刚才这位国军长官是驻泾阳的民团联保大队马队长，那边是负责为抗战前线征兵的驻军团吴团长。按理说，国共合作抗战，还是以合作抗战的大局为重。久闻八路军有三大纪律八项注意，纪律严明，治军有方，前线上的八路军咱没有打过交道，这后方保卫安吴青训班的八路军忠于职守的作风，确实让人敬佩。可话又说回来，国军和八路军都是抗日战场上的弟兄，都是为了抗日的大事，我们不能阻挡国军执行公务，更不能做有损于国共合作的事情，有意制造分裂。"

"是谁在破坏抗战？是谁在制造分裂？人民的眼睛是雪亮的！"凭空一声炸雷，冯主任和刘主任骑马赶到。马背上，冯主任声色俱厉："我们必须向人民群众揭露和批判蒋介石破坏抗战、制造分裂、残杀迫害我八路军战士的罪行，让人民认清他们积极反共的丑恶面目，提高革命警惕，同分裂主义罪行做坚决斗争。人民的觉悟之日就是反动派的失败之时！"

冯主任话音落地，不待姚督学开口，刘主任紧跟着铿锵道："今天的局势就是反动派有意制造摩擦的阴谋，我们有人民群众支持，必定能取得最后的胜利。"

闻言，原本打算堆起笑，继续表演三寸不烂之舌的姚督学左右一看，心下大惊，脸上一丝笑意也没有了。只见席崇军、康民、飞镖王等大步流星而来，身后是听到讯息纷纷赶来的村民，一个个扛着锄，掮着锹，拎着剡刀，飒飒有风地从四面八方拥向迎祥宫，很快就黑压压一大片人。面对着一双双喷火的眼睛，姚督学情知不妙，惊惶失措地大喊："全部散开，保持冷静。"

席崇军走到跟前，怒斥道："现在正是抗战的紧要关头，全国人民一致抗战流血流汗。而有些人却有意制造矛盾，破坏抗日统一战线，这是对人民的犯罪行为，是汉奸行为！"

冯主任也对马队长等人大声喝道："让你们的人把枪弹都收起来，留下谈事情的，其他的该撤就撤！"

马队长有些不情愿地命令随从："撤，我们走。"

何保长对自己的人手喊："还不把枪收起来！"

吴平友一看这架势，也对手下发令："我们也走。"

冯主任和刘主任策马拦住想溜之大吉的吴平友："你们今天带兵前来，到底有啥事？说清再走也来得及。"

吴平友灰溜溜地说："我们追逃兵，执行公务。"

刘主任厉声道："那我问你，逃兵哪里人，叫啥名字，为什么当逃兵？谁看到逃兵跑到迎祥宫里了？你当着大伙的面，把这些说清楚。"

吴平友一下子涨红了脸，结结巴巴地说："这个，这个……"

姚督学见吴平友狼狈不堪的样子，就急忙打圆场："吴团长军务繁忙，记不起来了，让他好好想想。"说着又转身对冯主任和刘主任说："今天我们是专程从县上到这里检查教学工作的，凑巧碰到一起了。别的话就不说了，咱们就例行公事，把教学和治安情况检查一下吧。"

冯主任冷静地说："我们欢迎国民政府的监督检查，也希望得到当地国民政府的支持帮助，以减少不必要的麻烦。但国民政府近期对我们的态度，让我们深感痛心，有些话我们不得不说。"

姚督学世故圆滑地说："国民政府好着哩，有些事可能是一些别有用心的人干的，不要听信那些挑拨离间的谣言，影响团结抗战大局。"

刘主任严肃地说："谎言掩盖不了事实，必须彻底揭穿，让人民明白事情真相，自然会做出公正的评判。"

冯主任唰地从马上跳下来，径直走到迎祥宫的台阶上，振聋发聩地说道："乡亲们，我们的红军战士，在这里住过七八个月。在国共合作抗战之后，才改名叫八路军。不管叫红军还是八路军，他们的一言一行，一举一动，当地老百姓看在眼里记在心里。从云阳改编后，他们奔赴抗战前线，奋勇杀敌，不怕牺牲，为民族为国家做出了贡献。远的不说，就说在咱们青训班参加学习的第三四三旅旅长陈光，咱们当地很多百姓都和他熟悉，他在东渡黄河后，参加过平型关战役，后又在广阳大捷中毙伤日寇一千多人，他的名字让敌人闻风丧胆。再说第三四四旅旅长徐海东，按照师长刘伯承的命令，在山西晋东南的町店附近和黄克诚部在山头伏击，推迟了日寇的增援行动，有力地支援了国民革命军卫立煌部的侯马战役。再说咱们第三八六旅旅长陈赓，受伤不下火线，挂着拐杖在前线指挥作战，坚守阵地不动摇，取得了神头岭伏击战的重大胜利。像这样的事例还很多，三天三夜说不完。有不少八路军战士在抗战中流血牺牲，永远离开了我们，让人心痛。可我们的国民政府对此视而不见，做出一系列亲者痛仇者快的事情，有意制造摩擦，公然破坏统一战线，把制造分裂的罪名妄图强加到我们共产党人身上。想给别人抹黑的人，最终会把自己抹黑,编造谎言与假象,最终会被铁的事实戳穿。对于破坏抗日战争统一战线的顽固派,我们将给予沉重的打击,对有意破坏抗日统一战线的事情,我们共产党人不答应,全国人民也不会答应。"

人群中掌声雷动,八路军战士及武工队队员们热烈欢呼:"打倒顽固派,维护统一战线!"

姚督学听着冯主任义正词严的训话,脸上一阵灰白,转身对吴平友等人说:"赶快带着你们的人走。"

冯主任走下台阶,来到姚督学跟前说:"既然你们来了,就请进去检查吧。马队长、吴团长、何保长都一起进去,认真仔细地检查。我们共产党人光明磊落,随时随地欢迎有识之士和正义之士提出宝贵意见。"

刘主任走到值勤士兵跟前,对他们说了几句话,然后做了个请进的手势,八路军战士、武工队队员、青训班学员队伍立马向两边闪开,让出一条路。姚督学故作冷静昂昂头,向门里走去。

吴平友说:"我是粗人,学校的事我不懂,我还有事,告辞了。"说完带着几个随从灰溜溜地从人群中走出来,向城西方向去了。

马队长见势也对冯主任说:"我去看看治安情况。"说完带随从向城东门方向走去。

何保长也对刘主任说:"这里既然没啥事了,我也告辞了。"说完,一伙人垂头丧气地往南门而去。

村民们哗然,痛快地笑着骂着:"龟孙子今天可是碰上硬钉子了,把人丢大了。"几个胆小的也从店铺里出来了,有个老汉说:"这帮欺软怕硬的狗太可恶了,搞破坏活动一点脸面也不顾。"

第十三章
惆怅人间别恨多

李长水痛打冯占财

李长水提着割草的笼，闷头走出安吴堡。

李长水寡言少语惯了，见人只嘿嘿一笑便低头就走，村人习惯了他的孤僻，尤其明娃走了以后，村民以为他是因为明娃当了土匪而抬不起头来，对他深怀同情，见了面常常故意多和他说两句话，嘘寒问暖一番。李长水懂得这份善意，他也深深地感谢这村邻们的厚道，但这不能抵消他对生死离别的恐惧。可以说，自从明娃离家远走，李长水的心就没有平静过，一边操心惦念明娃，一边观察着局势。每天早出晚归，有事没事就沿街捡粪、提着笼到处割草的李长水其实像个侦探一样，四处侦察打听消息。他常蹲在一堆人后边，听别人胡吹乱侃，从中捕捉蛛丝马迹的信息帮助自己做盘算，时刻筹谋着如何在动荡不安的世界里为全家人寻一处安稳的窝，一家人悄悄地守着过一辈子。他尽可能地阻断一家人与部队的关联，想全力地把一家人拖离战争，他也知道这样很自私，可是渴望团圆安稳的生命本能压住了愧疚。

勒风箱、修鞋人的议论和亲眼看到的迎祥宫门前的一幕，让李长水心下烦乱不已，他觉得安吴村已不是久留之地，不久就会陷入战争烟火，他要想办法在灾难来临之前为全家找到下一处巢窠。可是在这兵荒马乱的年月,哪里才能安身?

心绪如乱麻的李长水进了家门,把笼往墙根一扔,喊:"英子,英子,出来把草一刴。"

窑里传出妻子的声音:"英子到南安地拔葱去了。"

"啥时去的?"

"好大工夫了,按说该回来了。"

"知道了,我去看看。"

李长水不知怎么的产生了一种不安的感觉。英子越来越像妻子姚青兰,出落得秀丽又婷婷的,他几次叮咛不要轻易让英子一个人上地里去,南安地是处沟地,四面种的高粱,如果在里面发生危险,大声呼喊都不容易有人听到。

李长水的不安感不是无中生有。

拔了一捆葱,准备爬上沟回家的英子,看到过了水后潮湿的渠沟里爬满了马苋苋菜(学名马齿苋),胖胖的绿叶片,紫红紫红的茎,英子心生欢喜,想顺便掐些回家让娘做苋苋菜馍。蹲在渠沟里专心掐苋苋菜的英子,没有注意到对面沟梁上慢慢移下来的身影。

身影一点点移进,英子觉出眼前一道阴影,一抬头,骇然:"冯……冯……"

看着冯占财呲着一嘴黄牙笑眯眯地一步一步走过来,英子本能地生起恐惧。

"英子,掐苋苋菜哩?"冯占财觍着脸开口道。

"你想干啥?"英子唰地起身后退。

"哈哈,怕啥哩,伯又不吃你。"

英子继续后退:"冯……伯,你有话就站那里说,我能听见。"

"哈哈,冯伯想让你跟冯伯过好日子呀。"冯占财说着就向英子扑过去。

英子灵活地往后一跳躲开。

"啧啧,看这女子细皮嫩肉,比你娘更让人心疼,走,跟伯过好日子。"冯占财一次扑空,稳稳身子继续扑向英子。

"来来,让伯心疼下,看这花骨朵嫩的,咋跟你娘一样不识抬举哩。"冯占财边得意地淫笑，边像猫抓耗子一样逮着英子。

英子左躲右闪地往后退，小脸急得一会红一会白，慌乱中，竟然被草茎绊住，一下子跌倒在地畔上。眼看冯占财扑到眼前，英子将手里的芨芨菜砸向冯占财的脸。冯占财眼睛被泥土眯住，站住揉眼睛。英子趁机爬起来，边往后退，边用眼角瞄两边，想对付的办法。可是两边除了玉米苗豆秧子再无他物，紧急之下，英子胸一挺，一手叉腰一手指着冯占财厉声喝道："冯占财，你敢动我一指头，我大哥回来肯定会杀了你，杀了你全家！"

冯占财下意识地停下："你大哥到底到哪去了？他狗日地打伤了我，算他跑得快，我还没找他算账哩。"

英子忽地完全明白了大哥当年为什么突然离家远走，也大概明白了娘为什么不许夸她好看，肯定都是因为被他欺负了。恍然明白过来的英子心里涌起巨大的仇恨，也一下子有了力气，秀目圆睁，指着冯占财吼："冯占财，信不信，你今天胆敢欺负我，明天你就会被割掉舌头，挖了眼睛，剁了手脚，扔到云阳街上让狗撕着吃！"

冯占财心一颤，听说几家不听话的财主就是被土匪这样处治的，他因为儿子在国军部队上当官，土匪才一直不敢招惹他……

冯占财分神中，英子迅速拧身向沟梁上面跑，看着英子苗条的身段，爬坡时撅起的浑圆的屁股，冯占财色心又涌动起来，跨着大步冲上去，一把拖住英子。英子惊叫一声，边挣扎边骂："冯占财，老浑蛋，我大哥会杀了你的！"

"哈哈，那是以后的事，今天先让你冯伯爽快爽快。"冯占财淫笑着，将连踢带骂的英子往身下压。

"今天我就让你死在这！"一声怒吼，像雷一样在冯占财头上炸起。

冯占财还没反应过来，就被李长水扑倒在地，紧接着雨点般的拳头落到他的后脑勺上、背上、腰上。

"李长水，有话好好说，我逗英子要哩。"身体肥胖、长久不劳作的冯占财反抗几下，对骑在身上的李长水没有一点效果，就换上讨饶的嘴脸。

李长水脖子青筋暴起，双目喷火，像武松打虎那样边挥拳头边狠狠地骂："狗日的，回去逗你妈耍，逗你婆耍，行不行？"

"行，行，你放了我，我回去逗我妈耍，逗我婆耍！"冯占财知道蔫豹子发威的后果，感觉到了李长水积攒了多年仇恨的力量，为了活命，乖得像孙子。

"达，算了吧，等我大哥回来收拾他。"英子劝李长水，英子第一次看到父亲发火的样子，觉得父亲是个真正的有血性的男子汉。

"行，冯占财，"李长水听从了英子的劝告，停止对冯占财的殴打，手点着冯占财的后脑勺说，"你听着，我今放过你一回，你再敢欺负我一家，我李长水收拾不了你，也会跟你同归于尽的！"

"好，好。"冯占财鸡捣米式地连连点头。

李长水起身放开冯占财，冯占财狼狈地爬起来，拍打衣服。李长水冷哼："咋，还怕进村遭人笑？"

冯占财知道李长水也不敢真的打死他，又嚣张起来，走出几步，回身指着："李长水，甭得意，你等着，你等着！"

不等李长水回击，英子秀目圆睁，厉声道："等啥等？等我大哥回来一把火烧了你全家？"

英子仇恨的目光，像火一样燎得冯占财心一咯噔，嘴上却仍然逞强："死女子，你也等着，有你后悔的时候！"

"英子，今儿的事，回家不要跟你娘说，别让她担心。"望着冯占财连滚带爬离去的背影，李长水叮咛英子。

"嗯，我知道哩，达。"英子懂事地点头。

傍晚，毛树周门前的大槐树下，又围了一大堆人。国军大闹青训班事件像风一样传到了四乡八村，村里人围在一起就谈论这事。

"国共两党，二牛抵架，安吴青训班跟着遭殃。"

"那天真是害怕得很，两方手里都拿着家伙，要是一开火，咱这边也不得安宁。"

高兴全问毛树周："国民党为啥要到青训班里找逃兵？连警察、保丁、督学都去了。"

毛树周说："为啥？故意找茬哩。这一回只是拌个嘴，跟唱戏打开场一样，锣鼓梆子一响动，后边必然有好戏上演。"

高兴全忧虑地说："照这样看，咱们往后还有操不尽的心哩。"

村民毛生才随口说："咱是庄汉人，操那闲心做啥？谁爱打谁打去，咱跟着听热闹。"

高兴全生气了："这是啥话？这安吴青训班现在有难了，咱跟前村里人不帮不操心行吗？那些八路军娃娃们在村里住时，给咱们可没少帮忙，种地挑水扫院子，啥活都干，你们一点好都不记吗？"

毛生才自知理亏，讪讪地道："咱能帮人家啥忙？"

高兴全说："饿了给一口，胜似饱着给一斗。人在难中给帮个手，办些实在事，总比看热闹强。"

毛树周笑："高叔说得对，那些八路军娃娃们走后，我还一直念叨哩，八路军和国军不一样，我看还是八路军好。"

村民毛老六笑着插话："你们的兄弟呀、娃呀都是八路军，你们当然说八路军好。"

毛树周笑："八路军不好，我能让他去当？我把话摆在这儿，谁要是跟八路军过不去，我第一个跳出来反对。咱不会打仗，但会说书，骂他狗日的。"

高兴全说："不行，明天咱们去安吴看一下，看他们需要帮啥忙不，咱们老百姓没有钱但有的是力气。"

毛树周说："对，去时叫上我，咱一块去。"

毛老六也赶紧说："叫上我，人多力量大，还有谁去？报名！"

"我去！""我去！""我去！"……

"我也去！"张生祥颠颠地跑过来。

大伙都笑了，高兴全说："你这个'人前有'，都没弄清啥事，就喊着要去。"

张生祥乐呵呵地说："看大家这么齐心协力的，肯定是要做好事，是不是去青训班呀。"

毛树周笑："还真让你蒙对啦！"

在说笑声里，李长水从墙根站起身，拎起笼，无声无息地从人群背后走过。有几个人看到了，想喊住打个招呼，张生祥摆手阻挡："老李那人，不爱挤热闹，咱就不为难人家了。"

"也是，"毛树周说，"也不知整天不说话，那日子是咋过的。"

毛老六说："反正跟咱这人不一样，咱这人一会会儿不说话就急得慌。"

高兴全对着李长水的背影陷入沉思。

冯占财家，高宅大院，清一色的青砖青瓦盖起的房屋围墙，精致的琉璃瓦镶嵌出的飞檐露着飞扬跋扈的气势。朱红的大木门，金光闪闪的门闩，门墩下的两只青石狮子也不知啥时刷成了金黄色，威风凛凛地蹲在晚霞中，一身金光。

这样的门户，肯定是安吴村最显眼的，也是最安静的，本来门口有条路，但村里人都绕着走，天长日久，路上也长起了草，冯占财索性用砖铺出一块，说是专门为了给娃停车用的。这独一无二的"家用停车场"一年四季也就停一两次车。但是也够了，这足可以威慑住方圆百里了。

"唉哟，疼、疼、疼！死老婆子，手轻点！"躺在狼皮毯上的冯占财龇牙咧嘴。胖乎乎、圆滚滚，身着蓝绸衫，大饼子脸，脑后绾一油糕状发髻的冯占财老婆，拿药酒往冯占财背上抹："现在知道疼了，色字头上一把刀，看吧，早晚都要被这瞎瞎毛病害得连老命都丢了。"

"闭上你丧门星嘴，谁敢动我一根头发，我让俩儿子回来抽他筋、扒他皮、挖他家祖坟！"

"消停点吧你，俩儿子哪有心思给你擦尻子！"因为害气，老婆擦药的手无意间加重了，冯占财忍不住又号起来："疼，疼，轻点！臭婆娘，你是故意的吧，明天就把你休了！"

"哼，休我？还得看我两个儿子答应不答应。我倒是警告你，你再这样不安分，我就跟儿子走呀，把你一个撂在这，跟你的狗过去吧！"

"要滚快点滚，早该滚了，你个母老虎，把我一辈子好事耽误了，家大业大，一辈子没尝过几个好女人，老爷我不甘心。"

"给儿孙积点德吧，被你糟蹋的女人还少？要不是我看着你，你这身子早都被那些狐狸精掏空成一张纸了。幸好老娘早年给你生了俩儿子，要不你冯家就绝户了。"

"滚，不擦了！"被揭了短，冯占财更是烦躁。

冯占财曾因寻花问柳传染上脏病，治疗了好几年，也不知是不是长期吃药的原因，病治住了，但老婆再没怀过孕。也正因这，冯占财才让着老婆几分。

"不擦就不擦，老娘服侍你服侍得够够的啦。"老婆气呼呼地端起碘酒，向里间走去。冯占财龇牙咧嘴地坐起，披上衣服，伸手取过茶几上的水烟枪，咕噜咕噜地抽起来。边抽边心下狠狠嘀咕："哼，该死的李长水，该死的穷鬼，这仇非报不可！"

英子远走

一大早,毛树周蹲在门口磨刀,看到扛着新笤帚的李长水,打个招呼:"卖笤帚去?"

"嗯,新绑了几个,上云阳集上换个盐醋钱。"李长水说着话,走过毛树周身边,没有丝毫想多说一句话的意思。

李长水在云阳集市上找了个地方摆下笤帚,找了半截砖,往上一坐,架起烟锅边吧嗒边打量路人。集市上的人越来越多,摆摊子的也一个连着一个。一个买主拿起李长水的笤帚掂量,看质量,李长水给报价钱。买主付了钱提起两把笤帚走了,李长水的摊子松出一块地方。

"老哥,让我把核桃在你这搁一会,咋样?"随着话音,一油黑发亮的布口袋栽在了李长水眼前。李长水一扬脸,愣住了。将黑夹袄捆在腰里的山里人打扮的卖核桃的汉子也愣住了。

"张……张……张三路,真的是你?"李长水结结巴巴地不敢确定。

"李长水,你也活着?"

"长水哥!""三路老弟!"两个汉子双手紧紧握在一起。

"三路,快说说你是咋到这里的?你吃了没?哥给你买肉夹馍去。"李长水激动得脸色发红。

"吃了,吃了,长水哥,快啥都甭忙活了,咱俩赶紧好好说说话,我真没想到还能遇上咱的人,咋像在做梦哩。"

张三路说着哽咽了,李长水眼圈也红了。

"真跟做梦一样。你咋活下来的?现在在哪落脚哩?"李长水迫不及待地问。

张三路一抹眼睛,苦笑着长叹一声:"唉,算我命大!"

原来洪灾发生的前一天,张三路到邻村大姨家相亲去了。躲过了天灾的张三路,躲不过战争的灾难。还没从家破人亡的悲痛中缓过神来,住在大姨家里的张三路,又遇到国民党抓壮丁,幸好逃了出来,一路乱跑,现在落脚到淳化一座深山里,跟早几天逃到山里的一户人家的女子成了亲,合为一家子。

"儿女三个,大儿子今年十八岁了。"张三路说。

"淳化山里?那离这里太远了,出来一趟不容易。我落脚的地方离这里不远，就在安吴村。走，快跟我回家认个门。"李长水弯腰抱起几把笤帚。

"安吴村啊，我知道，走，不卖了，把这背核桃给侄娃侄女们吃。"张三路提起布袋子往背上一抡。

真是他乡遇故知！两个大难不死的同村耍大的伙伴竟然颠沛几十年后在异乡的集市上相遇，兴奋地笑。两人亲热地说着话走过安吴村时，李长水一扫平日的讷言憨笑，遇上村邻就欢喜地打招呼介绍："这是我村上一块长大的兄弟，在云阳遇上的。"

"是吗？这天大的喜事呀。"

"难得难得，该高兴、该高兴。"

……………

望着李长水张三路的背影，毛树周对张生祥笑说："哑巴开口还真不一样，看李长水也是有情有义的人嘛。"

张生祥说："就是行事有些怪。明明支持八路军，就是不让人知道。"

毛树周不解，张生祥就说："送八路军走那天，我抱了两包袱鞋子，其中一包袱就是李长水前一晚上抱来的，让我悄悄替他家捐上。"

毛树周点头："看着也是面善的一家人，这样做肯定有不得已的苦衷。"

到门口，李长水一推门就大声喊："青兰，青兰，快看谁来啦！"

姚青兰多年没听过丈夫这样欢喜的声音，连忙从窑里跑出来，一看到张三路的笑脸，就像遭雷击一样杵到窑前忘了移步，手里正纳的鞋底子啪地掉到了地上，嘴微微地张着，眼圈唰地就红了。

张三路走到姚青兰面前，弯腰捡起鞋底子，眼圈红红地递给姚青兰："青兰妹子，这些年受苦了！还好，咱都活下来了。"

姚青兰眼泪扑簌簌往下滚。张三路跟她家就一墙之隔，大她两岁，带她放羊割草，带她河里捉鱼，跟个大哥一样护着她，要不是她达娘嫌两家离得太近，她有可能就嫁给张三路了。她幸运地存活下来后，思念自己家人的同时也思念张三路。在她意识里，张三路也是自己的亲人。现在她看到了张三路，就像看到了娘家的亲人一样，欢喜、委屈交织在一起，恨不能放声大哭一场。

"好了，青兰，不哭了，今天是好日子，放高兴点，有啥好吃的都端上来，把那瓶烧酒也给热下，今晚好好痛快痛快。"李长水安慰情绪激动的妻子。

"好，好，我不哭，我去准备，你招呼三路。"姚青兰擦掉眼泪，终于笑出来了。

饭菜上桌，李长水一家和张三路围坐在窑洞里的小方桌前，英子、建娃、成娃懂事地吃着饭，听着达娘和这个张二伯说些关于一个叫柞水的地方的事。

几两酒下肚，李长水脸红起来，话也多了。叮咛英子、建娃、成娃："记住，你张二伯就是咱家在世上最亲的人了，张二伯家的三个娃，也是你们的兄弟姐妹，以后见了就是一家人。"

张三路也连连说："娃呀，咱就是一家人，在这过不下去了，就去山里找二伯，有二伯一口吃的，就不会让我娃饿着的。还有你那三个兄弟姐妹，见了你们肯定也高兴得不得了。"

英子、成娃、建娃笑着点头："嘿嘿，知道，我们知道哩。啥时让他们出山里到我们这里来逛。"

"好，好，我下次带他们来，让你们这辈人互相认一下，知道这世上还有几个亲人哩。"

"山里日子好过不？"姚青兰问。

张三路说："现在这世道，哪里都不好过。幸好我在的那个山比较偏，没有大路，基本上没有多少人知道。一共也就十几户人家，满山的野果都把人养了，平时再捡些山货，比如核桃什么的，背到山外换些日用钱。这几年带着娃开了些荒，种上麦子、玉米、豆子一类，这日子也算过得不愁。最重要的是没有人干扰。不像这山外，今国军明八路军的，让人整天提心吊胆的。"

李长水突然安静下来，进入沉思。几个人莫名其妙地都望着李长水。

李长水开口："他二伯，跟你商量个事。"

张三路说："尽管说，有啥商量不商量的。"

李长水说："英子十四了，还没许配人家。听你说大侄子今年十八，也没定亲，咱俩做主，把英子许给你当儿媳。咋样？"

张三路几个人都惊了一跳，英子害臊地嚷："达！"

李长水说："你们听我说完，我是这样想的。"

李长水的意思是，英子许给张三路的儿子，英子年龄小，再过一两年成亲也成。但是这次让张三路先带英子进山。他和妻子、两个儿子等着把这一季的粮食收割了，也进山，同时也刚好顺路打听打听明娃的消息。

说到明娃，姚青兰的眼泪又开始流，张三路深深地叹息。

而后张三路说："我明白你的意思了。英子，如果愿意，明天就跟二伯进山，以后不愿给二伯当儿媳妇了，就给二伯当女子。二伯和你达不勉强你。你跟二伯进山后，你达娘就少一份负担，咱在山里做些准备，多开些地种些麦，多捡些山货存着，等着他们进山后不缺吃穿，以后咱就在那深山老林里安安稳稳过日子，不再受地主恶霸的欺负，不再为打仗担惊受怕。"

一提到地主恶霸，英子想到了冯占财，她明白了达的良苦用心，迟疑地看着娘，不知该不该答应。

姚青兰在瞬间的意外后，沉默了，她觉得丈夫说的也有道理，听丈夫说局势紧张，估计要开始打仗，她怕极了战火，更是为孩子们忧虑，现在看，或许躲入深山老林是最安全的办法，况且张三路是这世界上唯一能信赖的人，也是值得托付的人。可是一想到如果同意，英子就要立马离开家，姚青兰又心疼了，忍不住拉过英子。英子乖顺地靠在娘身边，姚青兰摸着英子的脑袋，眼里又蓄满了亮晶晶的泪。

一时间，窑洞里安静下来。过了一会，姚青兰开口："英子，听你达的安排，明跟二伯进山，二伯家就是你的家啊。"

"娘，我不想走。我不想离开你和达，离开建娃哥、成娃哥。"英子忧郁地说。

"英子，先跟二伯去，给咱做点准备，等这茬庄稼收割了，你达带着我和建娃、成娃都进山，咱们就再也不分开了。"

"听你娘话，英子。最迟赶过年，我们就都进山。如果真的开仗，肯定更早地进山。你放心，我们不会把你撂到那里不管的。"李长水劝说女儿。

英子垂下头不语，她一向是个体恤达和娘的好孩子。

"去，给英子收拾下东西，事不宜迟，明天让她跟着她二伯进山，尽量不要让村人知道。"李长水吩咐妻子。

姚青兰答应着，起身出了窑洞，到隔壁窑里去给英子收拾东西。成娃、建娃、英子都跟了过去。

"娘，真让英子走吗？"成娃和建娃眼巴巴地望着姚青兰。

姚青兰避开儿子亮晶晶的眼睛,叹息:"不走又咋办哩?好歹是逃条命啊。"

建娃说:"娘,可是我还是不想让一家人分开呀。"

姚青兰说:"暂时分开一下,过几个月咱就都到山里去,就再也不分开了。"

建娃成娃不吭声了。姚青兰又叮咛:"出去不准说咱要搬到山里去的事啊。"

建娃、成娃点头:"知道了!"

第二天吃过早饭,张三路带着英子要走了。英子噙着泪迟迟不起身,李长水蹲在墙根下抽着烟。

姚青兰坚强地拉起英子手:"走,英子,娘送你到门口,不哭,就几个月。二伯家就是咱的家,有啥事跟你二伯二婶说,就当跟达和娘说哩。"

张三路在一旁点头:"就是,二伯二婶跟你达娘一样,二伯二婶家的哥哥姐姐妹妹,就跟建娃、成娃一样。"

英子不忍娘为难,终于起身跟着张三路向门口走,刚走到门口,建娃、成娃从窑里追出来,建娃把一个用树杈削成的、磨得光溜溜的弹弓递给英子:"英子,这是哥耍的,你不是一直喜欢嘛,哥现在给你啦。"

英子咬着嘴唇接过去,又忍不住哽咽着说:"建娃哥,成娃哥,我走了后,你们不许惹达娘生气,要听达娘的话啊,达娘不容易呢。"

建娃、成娃点头,建娃一拍胸脯:"你放心,我弟兄俩都长大了,要好好保护达娘哩,你先去,哥给你保证,如果半年之内我们不进山,哥就把你接回来。"

"真的?"英子脸上现出一丝欢喜。建娃哥的一句保证,让她遥遥无期的等待有了着落。

"当然是真的!"建娃又一拍胸脯,小大人一样自信。

"好,那我就等着,我先去捡好多好多山货给你们留着!"英子声音明快了很多,抬头看看娘,又转头望向达,叮咛般:"达,娘,就按哥说的,如果你们不进山,一定记得来接我回家啊!"

"行,就按你哥说的办。跟你二伯走吧。"李长水头也不抬地挥手。

英子最后看了一眼达,看了一圈院子,再看了看娘,姚青兰噙着泪花勉强抽动嘴角给女儿一笑,英子也努力地一笑,迅速扭头转身跨出家门。

听到柿树下妻子的嘤嘤声，李长水才站起身，红着眼圈走到大门前，和成娃、建娃一起抻长脖子，看着英子渐走渐小的背影……

明娃回来了

夕阳给安吴村涂抹上橘黄色的光泽，田野、草木、山峦、小路都安静地躺在晚霞下，晚风里，村民们荷锄头的、赶着羊群的、提着笼的，你来我往，头顶偶尔有几只雀叽叽喳喳地飞过，一幅安然的景象。

两男一女三个年轻的身影出现在村头入口处，明显有着长途跋涉的痕迹。

"总算到家啦！"与女子并排走在前边的瘦高个子青年欢喜地说。清亮的大眼睛，浓黑的眉，白皙的国字脸，在放眼望向整个村子时，刚毅的脸色柔和起来。他眯着眼，贪婪地巡视着眼前的一草一木一屋一舍，然后对着身边的女子说："这就是我朝思暮想的安吴村啊！"

女子下意识地抚了抚微微隆起的腹部，欢喜地说："安吴啊安吴，总算回家啦！"

"营长，原来你家在这里啊，'南有黄埔，北有安吴'，安吴青训班是不是就在这里？"圆头圆脑大眼睛的小伙子惊喜地嚷。这个稚气尚未彻底褪尽的青年只有十八九岁，是营长的文书，叫刚子。

"哈哈，中国不会再有第二个安吴村吧。"营长得意地一笑。

"难怪你年纪轻轻就当营长，安吴村是出将领的地方嘛。"刚子调皮地拍着马屁。

"呵，马屁不敢拍得太重，咱离将领还远着哩。"营长笑着说，随后又吩咐："刚子，进村了，拉开点距离，以免惹人注意。"

"营长也太小心了，说骑马怕村邻骂，咱就不骑了，连走个路都不敢往一块走。"刚子嘴上反驳，足下却是顿了两步，拉开一段距离，装作不经意地左右打量，为前边的营长放风。

年轻营长正是七年前被迫连夜逃离家门的李长水的长子明娃，现已更名为李衡亮，是新四军部队里的一名营长。此次行军，路过西安，趁部队休整，告了一天假回乡，顺便将怀孕的妻子苏红安顿到家里生产。

暮色里，人的眉目已不是很清楚，明娃知道即使能看清，估计也没多少人能认出自己了。在部队待了七年的明娃，不但身体长了一圈，久经战火历练，少年稚气的面容也被刚毅成熟替换。但是无论身心如何变化，故乡的山山水水他依然熟悉，他对每个路过的村民都报之一笑。想到父母弟妹见到他时的惊喜，他疾步如飞，恨不能一步到家。

终于看到家门了，明娃一眼看到院子上空的柿子树冠，柿子树高了粗了，显得院门小了，院墙矮了。夕阳里豁豁喇喇的土墙，日晒雨淋下发白的薄薄的木院门，门口堆着的一堆粪土，一堆麦秸秆，都让明娃眼睛发热，鼻子发酸。他几步跑上前，哗地推开院门。

"达！娘！我回来啦！"

柿树下，石桌旁，端着茶缸的李长水手一抖，难以置信地抬头辨认朦胧天光里的身影，明娃看着父亲苍老了许多的面孔也有些吃惊，他可以猜到他们这么多年是怎么过来的。

"达，我是明娃，我娘哩？"明娃放轻脚步，走到李长水面前，小心翼翼地问，音色嘶哑。明娃心里有点莫名的害怕，战火纷飞的七年，家里究竟会发生什么事，他不敢确定。

李长水终于确信面前站着的就是儿子明娃，他缓缓地站起来，翕动着嘴唇："明……娃啊！"

姚青兰在窑里也坐了起来。早晨英子走后，姚青兰就一直流泪，晌午饭后收拾了厨房就在炕上合衣躺下来。迷蒙中，她似乎听到了梦魂牵绕的声音。是做梦了吗？

"娘，娘，大哥回来啦。"提着草笼进门的建娃、成娃把笼一撂，抱住明娃又跳又喊。明娃的心哗地一松，哈哈笑着喊着："建娃！成娃！"

姚青兰哗地起身，跳下炕就往院里跑。一脚还在门里就哇的哭了出来："明娃，明娃，娘想死你啦，你咋才回来啊！"明娃迎上去抱住姚青兰，喉头发哽："娘！"

等姚青兰终于平息下来，明娃把妻子拉到达娘面前："达，娘，这是儿给你们带回来的媳妇。湖南女子，叫苏红，看看满意不？"

"满意，满意。"姚青兰欢喜地拉住儿媳妇上看下看，"跟着明娃受苦啦，咱这家穷得没给你备一根线。"

明娃妻子苏红是个新式青年，性格开朗，笑着说："不用备，把明娃给我就够啦。"

李长水一旁提醒："他娘，快给娃弄饭，甭把娃饿着。"转头又喊："建娃给你娘帮忙，成娃去村里买二斤烧酒。"

"好嘞，我去抱柴火，成娃快跑去买酒。"建娃欢快地跳过院门门槛。

苏红说："娘，我跟你一块做饭去。"

姚青兰慌忙把苏红往凳子上按："我娃走了那么远路，快好好歇着，让娘给咱做。"

"没事没事，我不累。"

"瓜话，咋能不累哩，听娘话，坐着喝水。"

苏红还要起身帮忙，刚子笑嘻嘻插话："嫂子，还是我给大娘帮忙，你现在可不是一个人啦。"

姚青兰一愣，苏红害羞地拍拍自己的小肚子。姚青兰大喜："真的？几个月了？我就觉得像……"

"六个月了，这次明娃就是送我回来生娃的。"

"好，好，就该回来生，这是咱的家，你看，房子都给你盖好了。你尽管生，娘尽心照顾你，咱一大家人齐心把你照顾得好好的。你说，你现在想吃啥，娘现在就给你做。"姚青兰高兴得恨不能把心掏出来给媳妇看。

明娃插话进来："娘，家里有啥就做啥，天都黑了，随便吃些，多些时间和你和达说说话，明儿一大早我走了，你再慢慢给你媳妇做好吃的。"

"啥，你明儿早就走？"姚青兰的笑容倏地没了。

"是啊，明天天一亮就得走。娘，甭难受，再过几年，打完仗后，我就回来守在你和达跟前，哪都不去了。"

"好，好。"姚青兰答应着往厨房走，她知道儿子现在已不完全是她的儿子了，他走之前是个小树苗，现在已是座大山了，声音落地的力量，有不容商量的威力，姚青兰又是欢喜，又是自豪，儿子是个"官"，是有大事要做的人，但一想到明早他又要走了，姚青兰心里又发酸，她觉得这个夜晚太宝贵了，不能再浪费了。

毛树周门口的树下有几个人，跂蹴的跂蹴，坐的坐，抽烟的抽烟，喝茶的喝茶，三七二八地闲谝。成娃怀里抱着酒瓶，吹着口哨，一跑三跳地过来。

毛树周喊："成娃，今你家有啥喜事哩，高兴成这样子。"

成娃乐呵呵地说："我大哥回来啦！"

"啥，明娃回来了？！他……"这一帮子人都好奇极了，又不好意思问明娃是不是真的当土匪去了。

张生祥脑子转得快，冒出一句："明娃从哪里回来的？"

成娃得意地说："我大哥是从八路军部队回来的，还当了个官官哩。"

"胡说，我这伙人一直在这哩，没看到哪个当官的过去呀。"

"我大哥只带了我嫂子和文书回来，大哥说，当再大的官也不能到自家乡亲面前逞能。"

"嗯，看来还真是八路军部队的官官。"毛树周点头。

"真的？都说明娃当土匪了，我一直就不相信，看，果不其然吧，走，咱得给李长水道喜去！"张生祥兴奋地吆喝，一帮人立马应声："就是，就是，走，走，看看李长水家的大官去。"

成娃手臂一伸："嘻嘻，你们等会去，让我大哥大嫂消停地把饭吃了。"

毛树周也点头对大伙说："对着哩，让人家吃个团圆饭。咱等一会儿去。"

众人止步，对成娃摇手："快回去，给你家人说，吃了饭可不敢急着睡，过一会咱村里人要去看明娃。"

"行，我这就回去说！"成娃欢喜地撒腿跑起来。

李长水家窑洞里，一家人围在小桌子旁。说笑着，吃着。

"刚子，快吃大葱炒鸡蛋，香得很。""酸辣土豆丝是咱娘的拿手菜，还有这苠苠菜馍，灰菜糊糊，这几年做梦都想吃。"明娃边大口吃边欢喜地说。

"嗯，好吃，好吃，娘做饭手艺真好。"苏红挟着土豆丝往嘴里送。

"大娘做饭赶得上大厨子啦。"刚子嚼着黄亮亮的炒鸡蛋。

李长水滋溜一声抿下一盅酒，很享受地品咂了几下，呵呵一笑，又摇头叹："就是少了英子啊！"

"嗨，看我只顾高兴。"明娃放下碗，从衣兜里摸出一件东西递向姚兰青："娘，这是我给英子买的头绳，你帮着收好，我当年答应赶集给她买的。

也不知英子现长成啥样子了，给英子说，等她结婚，我这当大哥的一定给她买份好嫁妆。"

姚青兰接过头绳，抖开，足有三尺长的红丝带飘在眼前："啧啧，红艳艳的，好看得很。"建娃和成娃也欢喜地说着："亮闪闪的，跟绸子一样。"建娃还伸手过去摸："嘿，滑得很！"

"好啦，别摸脏了。"姚青兰疼爱地打回建娃的手，把头绳往怀里一揣，说："好，我收好了，英子见了不知道要高兴成啥样子。"

"嘘，嘘，有人敲门！"刚子发出嘘声的动作，大家停止说话，都侧耳聆听门外动静。

啪啪啪，"李长水！李长水！李长水！"张生祥在外面带头喊。

"是村里人看我大哥来啦！"成娃一骨碌翻身从炕边跳下地，跑去开门。

成娃把门栓一抽，张生祥等人拥了进来，明娃和苏红也迎出窑门，欢喜地和乡亲们打着招呼问着好。李长水两口子和成娃、建娃到各个旮旯里寻椅子找凳子给大伙坐。没有椅子的直接脱下一只鞋往院子地上一搁就坐下去。

"明娃，听说你当大官了，快给咱讲讲外面的世事。"

看着黑压压一院子乡亲，明娃又欢喜又激动："我当时离开家，按我达指点，去寻红军，但是当时周围有些恶霸，我怕咱村人遭欺负，就故意放出风说我当了土匪，谁敢惹咱村人，我就饶不了他。"

"难怪，这几年，别的村里出了些事，咱村里还比较太平。明娃有当官的谋略！"毛树周冲明娃竖起大拇指。

明娃谦虚地一笑："咱这哪里算得上谋略，八路军部队里有谋略的太多啦，而且都是大谋略。"

张生祥急急地说："明娃都见识过哪些大首长？快给咱谝一谝！"

"好，那我就把我见过的、经历过的给大伙谝谝啊……"

说了周恩来，说粟裕，说叶挺……明娃和乡亲们天南海北谝得热火朝天，没有注意到一个身影悄悄地从门口溜了过去。这个身影是冯占财。他悄无声息地闪过李长水家门，猫着腰轻手轻脚拐到院墙侧边，跳下一米高的路沿，蹲在了玉米地里。在万籁俱寂的夜里，明娃院里的声音轻易地便飞越墙头，清晰地落进冯占财的耳朵里。

原本冯占财晚上出来遛狗，遛到酒铺门口时，几个村民正在那议论明娃回来的事，说明娃是从八路军部队回来的，还当了官。冯占财心里一哆嗦，两天前非礼英子挨李长水痛打的事让他立即心慌——明娃是不是就是为此事回来的？是专门来收拾自己的？自己要不要搬救兵？现在搬救兵来得及么？想来想去，冯占财决定亲自悄悄探听一下消息。

毛树周把前几天安吴青训班门口的事讲给明娃，并说："那明明是欺负安吴青训班，欺负共产党哩。"

看明娃正喝茶，刚子哈哈一笑："没关系，现在共产党势力正在发展，等事情成功了，给共产党要过威风的，一个都跑不了，一笔一笔的账都要给算清哩。"

屏息蹲在玉米地里的冯占财一激灵。不说当年他欺负姚青兰逼走明娃的仇，不说前天他欺负英子的仇，就说自己儿子在国民党部队，光凭这一点，明娃也是自己儿子的仇人，自己的仇人。再想想英子手叉腰恶狠狠的话："我大哥会杀了你全家的！"

冯占财越想越害怕，无论如何，要想办法除掉明娃！冯占财下定决心，并开始思谋计策。想着想着，想到国军大闹青训班的事，冯占财阴险地笑了。

血泪漫天

"堂堂国民党军队，居然斗不过一帮子青训班学员！"泾阳县政府会议室里，特派员冷若冰霜的眼神从袁县长、马队长、吴团长、何保长等人脸上扫过。

"事前是怎样做布局的？让你们去长国军威风，居然弄成共党的宣传大会！传到蒋总裁耳朵里，还怎么信任你们？"

马队长冷笑："早依我说，就没这回事了，现在我就让蒋委员长看看我们的忠诚，今晚我就带人围剿云阳八路军留守处的共产党去，杀上几个共产党给蒋委员长看看！"

袁县长、吴团长、何保长齐齐应声："好，下面的事就交给马队长！"

特派员一拍桌子："胡闹！一群乌合之众！仗是随便打的吗，说放火就放火吗？由头呢？"

袁县长等人被骂得跟孙子一样，低着头。袁县长秘书在门口喊报告，特派员不悦地让进来。

秘书快快走到袁县长身边，趴在袁县长耳边几句耳语，袁县长不觉挑了挑眉毛，一抹喜色从眼里射出："天助我也，机会来了！"

"啥机会？"特派员皱着眉问。

"特派员，据可靠消息，安吴村今晚潜伏进来一新四军营长，估计来秘密联络共党和安吴青训班的，我们是不是应该替蒋总裁分忧？"

"消息可靠？"

"绝对可靠！传消息的是咱绕了几道弯的老表，他两个儿子是咱国军的干部，心铁定是跟着咱走的。"

"这个……"特派员踱着步子沉思，在屋子里来回踱了两圈，问："各位什么意见？"

吴团长抢先开口："机不可失！必须除之！"

马队长说："特派员下令，我即刻带兵出发。"

特派员看看袁县长，袁县长得意地说："太河事件，平江事件，足以看出蒋总裁的态度，总不能什么事都让蒋总裁亲口下令吧！"

特派员点头道："好，即刻行动，记住，今晚的行动，我-不-知-道！"

袁县长点头："明白！马队长，这次看你的！"

夜深了，乡亲们拥出了李长水的家，李长水一家人返身进院，闩上门。明娃坐炕边又跟达、娘、建娃、成娃说了一会儿话。姚青兰慈爱地拍拍儿子的手说："明娃，快跟媳妇睡去，明还要早早赶路哩，有机会常回来啊。"

"好，达、娘，你们也睡，这都半夜了。"明娃起身出门，进了媳妇的房子。

"达和两兄弟给咱盖的新房还满意吧。"明娃边坐在炕边脱鞋，边幸福地问苏红。这间面朝着大门建的瓦房是李长水平日和建娃、成娃打胡基砌起来的，是有前窗后窗的新式房子，原本就想留给儿子娶亲用，今晚明娃回来了，就刚好让明娃睡。

"满意得很，快上来睡。"苏红在昏黄的油灯下温柔地一笑。

"再有两个时辰就天亮了，衣服就不脱了。"明娃说着上了炕，又给苏红交代了几句，就吹灭了灯，睡下了。赶了一天路，又是回到了家里，极为放心的明娃两口一挨枕头就沉沉地睡去。李长水两口子也说了几句话后，吹灭灯睡下。

迷蒙中，明娃被急促的敲窗声和刚子低低的喊声惊醒："营长，营长，快开门！"

明娃和苏红唰地坐起，明娃以最快的速度摸过枪跳下炕，拉开门闩，刚子闯了进来，紧张地说："营长，快看！"

明娃往门前一站看了一眼，又迅速地哗啦一声将门合上。院子外驰来几匹马，马背上的人个个举着火把，火把映照下，随后赶到的士兵将枪一字排在院墙上。

苏红也穿好了衣服，趴到窗上看看情况，紧张地问明娃："是国民党的人，怎么办？"明娃冷静地说："让我和他们对话，说明咱们回村的原因，估计这是场误会。"

还不等明娃说话，见阵势摆好的马队长在院外喊话："屋里的是不是新四军？"

明娃将门拉一尺宽，说："新四军××营营长李衡亮省亲，还未来得及……"

不容明娃说出后半句，马队长一挥手，子弹呼啸着飞向明娃房间的窗和门。被惊醒的李长水拉开门想往外闯，被飞来的子弹堵了回去。姚青兰吓得搂着同样瑟瑟发抖的成娃、建娃缩在炕角。

刚子举枪要还击，明娃顶着门阻止："不能还击，咱们一还击，就真的说不清了，这肯定是误会。"

刚子急嚷："营长，这明明是要咱们的命，赶紧往外冲，我掩护你！"

明娃四下一瞅，两步过去打开后窗，命令刚子："快，从这里往出跳，我掩护！"

刚子说："你先走，我掩护！"

明娃厉声："刚子，听命令，立刻带苏红同志先走！"

"明娃！"苏红想说我不走，但看到明娃凝重的眼神，咬牙对刚子道："好，我们先走。"

刚子扶着苏红翻窗，明娃边躲着密集的子弹，边冲着窗外喊："误会！误会！我只是送妻子回来生孩子！"

"没误会，要的就是你的命！冲进院子去！"马队长冷笑。

几个士兵在撞院门，薄薄的门板两下就被哗地撞裂，冲进院子的士兵端着枪向明娃喊话的窗口射击。已经射击到后窗框上，再不还击，任其往前走几步，妻子和刚子都逃不掉了。明娃只好举起枪。

明娃一还击，几个士兵不敢往前走了，已经翻出窗的苏红和刚子喊明娃快走，明娃一边还击一边嘱咐："我掩护，你们快去找大部队！"

苏红悲痛地喊："明娃，要走一起走，要死一起死！"

明娃吼道："你必须活着，必须生下我的娃！"

"苏干事，快走！咱们走了营长还有可能活！"刚子嘶哑着声音拖起苏红，钻进屋后玉米地，即将成熟的玉米一株挨着一株，在夜空下，就像一片黑色的海浪，很快，刚子和苏红就湮没在黑色的海浪之中。

三原县明娃所在军营里，教导员马志华一晚上坐立不安，他有些后悔，不该贸然答应营长李衡亮独自回乡。后半夜了，马志华实在不放心，站在院子里大喊："刘连长！"

尖刀连连长刘小平迅速跑到面前，马教导员下令："快，带人赶往安吴村，接应营长！"

"是！"刘队长跑步而去。

刚子拉着苏红跑出玉米地，沿着沟畔跑，不断地被草绊倒滑倒，跌跌撞撞地跑到东河沟时，苏红突然倒了下去。

"苏干事，苏干事。"刚子焦急地呼唤着，苏红没有一点声息，原本营养贫乏，加上连日劳顿，再经这一场惊吓及对明娃处境的焦心，苏红晕了过去。刚子借着朦胧星光东张西望几下，看到不远处荒草丛里有半堵墙。刚子咬着牙将苏红抱到半堵墙后边，墙后边的草很茂盛，刚好遮掩住她。安置好苏红，刚子左拐右拐寻到大路上，向三原县城方向飞奔。

奔出几里，刚子借着星光看到几匹马迎面疾驰而来，稍加辨认，正是马教导员的人马，便嘶声大喊："教导员！快救营长！"

"是刚子！快！同志们冲刺，一定要救下营长！"马教导员挥手。

在刚子的带领下，一行人向安吴村冲刺。

睡梦里的康民突然惊醒，确切地说是被枪声吵醒。虽说李长水住在村外，离安吴堡有五六里的路。但是作为军人,他对枪声很敏感,尤其在这样安静的夜里。康民一个激灵起身,刚出房门,就与毛胡子连长等人撞在一起。原来大伙都听到了。

康民喊:"火速集合,向枪声方向赶!"

李长水家,明娃的子弹只往士兵的脚下打,只想阻挡住士兵前进,他一遍遍喊:"同志们,弟兄们,咱们应该打的是日本人!不能自己人打自己人!"

士兵们都听清了明娃的喊话,也明白明娃的用意,停住脚步不再向前冲,站在原地,马队长命令一声,就开几枪,你一枪,我一枪,七零八落的,而且枪枪都打在墙上、门框上。单薄的门板已被打成筛子样。

马队长看出端倪,狠狠地骂道:"一群废物!"哗地一抬手,一颗子弹飞进屋里,明娃一抖,左臂中枪。仅有两把手枪且子弹已用尽的明娃捂着伤口仍继续喊:"不要自相残杀,要打日本!"马队长又是一枪,明娃左胸立马冒出一片鲜血。

筛子一样的门板倒下了,明娃摇摇晃晃挪出屋门,浑身是血踉踉跄跄地往前走,一步,一步……

"明娃,明娃!"李长水和姚青兰扑出来,建娃、成娃也哭喊着跑出窑。马团长的枪对准了李长水一家,正要开枪,副手急道:"团长,且慢!"马团长顿住,看副手。

浑身是血的明娃看着向自己跑来的达、娘和弟弟,伸出手,嘴唇抖动着、抖动着,勉强地喊出了"娘",便缓缓倒了下去。

"明娃!"姚青兰撕心裂肺地喊着扑在明娃身上,继而李长水、建娃、成娃都扑过来,一家人呜呜痛哭。

副手上前小声说:"把一家人都杀了,怕就没有退路了。只杀一个新四军,共产党追究起来,就说两方吵架不小心走火了。"

马队长沉思着正要点头,冯占财跳出来喊:"快,快,斩草要除根,你没看那两小犊子的眼神有多可怕?"

马队长一看,果真建娃、成娃正满眼仇恨地盯着他们,那恨就像熊熊火焰燎到了马队长的心尖,一向心狠手辣的马队长又躁又怒,手一抬就向成娃、建娃扣动扳机,姚青兰条件反射地冲过去挡在了成娃前面,李长水也慌忙将建娃摁在了怀里,夫妻俩双双歪倒在明娃身上。

"达！娘！达！娘！"成娃、建娃摇着李长水夫妻哭喊。马团长又抬起了枪，瞄准成娃、建娃。

"豺狼！"成娃、建娃挺起胸，毫无惧色地盯着马团长。

马队长冷笑着，大拇指按向扳口。

啪！啪！两声枪响，马队长的坐骑蹄下落下两团火星，马受惊抬腿长嘶，马队长惊慌地控制着马，刚子一路人马与康民的人马同时赶到，将马队长一伙团团围住。

"营长！"刚子几人跳下马，跑进院里，一眼看到血泊中躺着的明娃和李长水夫妻俩。刚子哭喊着："营长，营长！"马志华等人也声音喑哑地喊声"营长！"便沉痛地垂下头。

明娃静静地躺着，没来得及合上的双眼望着黑茫茫的天际。

马志华慢慢蹲下身子，伸手替明娃合上眼，又慢慢地起身，然后，哗啦一声，几个人同时回身，一排枪口对准马队长及副手。

马志华悲愤地嘶吼："李营长在战场上出生入死，保护家国，保护你们，你们却杀死了他，还要杀他全家，你们还是人吗？！"

毛胡子连长也哗啦一下举起枪对准马队长，怒不可抑地吼："今天一定要血债血偿！"

马队长冷冷地说："你们哪只眼看到是我们杀了他？我们是奉命询问，他先向我们开枪，我们没办法，才还击的。如果你们非要破坏国共合作，就开枪吧。"

"无耻！营长一再说大家是一家人，凭营长的枪法，能一个都打不中么？"刚子叫骂。

马队长轻蔑地一笑，不屑理会刚子幼稚的质问。

康民冷静下来，提醒马志华和毛胡子连长等人："非常时期，要以大局为重，不能激化两军矛盾，听组织安排！"

"不，血债血偿！老子今天谁的话都不听！"马志远和毛胡子连长红着眼吼，推子弹上膛。马队长也不惧不惊地冷笑着慢慢将大拇指靠向扳口，大有同归于尽的无赖劲。

黑洞洞的枪口，仇恨的眼，对峙，对峙……

康民焦急地喊："以大局为重，以大局为重！"

也不知对峙了多久，马志华紧咬的嘴角开始渗血。终于，马志华和毛胡子连长等人慢慢放下枪，马团长冷哼一声，摆手："撤！"

望着马队长一行渐行渐远，康民、马志华、毛胡子连长、刘连长等人咬牙切齿地说："这笔账，早晚要算！"

"娘，娘。"建娃跪在地上抱着姚青兰，哭着叫着。

"达，达。"成娃抱着李长水，哭着叫着。

李长水早生气全无，姚青兰吃力地将一只手塞进怀里，想要摸出什么东西，却最终没有摸出来，微弱地吐出"淳化……茨坪……英子……"后头一歪。

"娘，不要扔下我们！达，你醒醒啊！"建娃和成娃号啕大哭。成娃边哭边按着娘的意思将手伸进她的衣襟里，摸出一团湿津津的东西。原来是那截红头绳，已被血泡透了。

建娃颤抖着接过头绳，紧紧地攥在手心，另一只手抬起来擦泪，看到墙根下正悄悄溜走的冯占财背影，稚嫩又嘶哑的声音划破夜空："冯占财，你等着，我一定会回来报仇的！"

正逃跑的冯占财一哆嗦，脚下一滑，摔趴在地上。

埋葬完李长水一家三口，天已大亮。马志华问建娃和成娃，准备留村里还是跟他的部队走。建娃和成娃齐声要求跟部队走，要上前线杀敌，建娃狠狠地说："等赶走日本鬼子，再回来报仇！"

"教导员！"刚子哭着跑过来，后边跟着几个八军战士，"苏干事找不到了！我们把方圆几里都搜遍了，没有一丝线索，她躺过的地方有一小摊血。"

马教导员红着眼睛说："继续找，就是挖地三尺也要找到她，她怀着营长的娃哩。"

连长刘小平小声提醒："教导员，时间紧急……"

康民立即对马志华说："同志，寻找李营长妻子的事就交给我们，一有消息就联系你们。"

"拜托了！"马志华向康民庄严地敬礼，康民也庄严地回敬军礼。

朝霞映红安吴村时，建娃、成娃最后一次给达、娘和大哥叩过头，含泪跟着马志华一行离开了安吴村……

第十四章
守得云开见红日

一触即发

"漂亮!这场事干得漂亮!"特派员拍拍马队长的肩。

马队长得意地用眼角瞄瞄两旁的吴团长、袁县长等人:"还是特派员决策及时!兵在神速!共产党没想到我们的情报这么及时准确,这回让他们知道了国军的厉害。"

袁县长担心地说:"恐怕共产党不会善罢甘休的,接下来咋办?"

马队长不屑地说:"有什么可担心的?不就区区一个新四军营长。太河、平江,死了多少?共党那边还不就只嚷嚷不敢行动嘛。"

特派员摆摆手,制止马队长:"不能掉以轻心。虽说这算不上历史大事件,也完全可成为一根导火索。目前我们要清楚,安吴青训班里那些共党、学员,还有那些村民们是什么态度,一定要掌控住事态的发展。"

袁县长纳闷:"特派员的意思是?"

特派员说:"直击虎穴,该软的软,该硬的硬,见机行事,长我国军之威,灭共党气焰,削弱学员、群众对他们的信心!"

袁县长、马团长、吴团长等交换下眼神,一齐竖起大拇指:"高见!"

安吴村笼罩在阴云中，一大早，李长水家的悲惨遭遇就传遍了整个村，村民们不愿相信这个事实，纷纷跑去看。看到李长水家凌乱的样子，满院的血迹，村民们忍不住跺脚大骂起国民党，何氏等女人更是边呜咽边咒骂。

"走！报仇走！报仇走！给长水、明娃报仇走！"

张生祥提起墙根下的一把铁锨，前一天晚上坐院子里跟明娃谝过的乡亲也纷纷提掀扛锄头悲愤地喊着为明娃一家去报仇。

毛树周急急地伸开手臂拦住大家："报仇，找谁报呀？"大伙面面相觑，知道肯定是国民党干的，可具体该找谁报仇还真不知道。

张生祥嚷："肯定就是姓袁的姓何的那一伙人，找那伙人报肯定不会错。"

"对，就找姓袁的、姓何的！"一片应和声。

一直沉默的高兴全开口："还是先到青训班看看，那里有好多八路军首长，让人家给个主意。"

"对！"张生祥说，"咱先找康民去，康民肯定知道该咋办。"

"走！走！走！"

迎祥宫西边的操场大门口，一群青训班学员情绪激奋地围在一起。看到冯主任、刘主任和几个教官过来，就迎了上去，争先恐后地发表意见。

"这是杀鸡骇猴，心毒得很！"

"太可恶了，公开欺侮人哩！"

"这明显是给咱们下马威。"

"在咱们眼皮底下杀咱们的人，这口气不能忍！"

"走，找他们理论去，让他们说出个张道李胡子，不要把咱们当案板上的肉，由他剁。"

冯主任急忙劝道："同学们，静一下，咱们得有组织有纪律，不能任性随意行动，学校有统一的安排。"

刘主任沉痛地说："同学们的心情可以理解，但得讲究斗争方法和策略。"

"还能有个啥方法策略哩，"袁县长领着一伙人从安吴堡的西门进入，来到操场大门前，讥笑道，"就凭你们这一伙手无寸铁的学生娃，能闹腾个啥，真是不自量力。"

刘主任勉强挤出点笑纹："贵客上门，咋不提前打个招呼？"

袁县长骄横地说:"这叫出其不意,攻其不备,我们突然袭击,就是为防止你们提前准备,欺哄上级检查人员,没想到我们有这一手吧。"说罢,嘿嘿冷笑。其他随行人员也嘿嘿冷笑。

刘主任忍着气道:"好,欢迎县领导随时检查。"

冯主任和几个教官,以及一群男女学员,怒容满面地站着,看着。有一个学员忍不住喊出:"突然袭击是你们国民党的拿手好戏吧,在太河偷袭杀人,在平江突袭杀人,在安吴村突袭杀人。"

学员们连连应和:"就是,你们今天得给个交代!"

袁县长有瞬间的慌乱,但又即刻换上笑脸:"同学们,你们都是些好学上进的年轻人,蒋总裁很器重你们,国民政府也很关心你们。你们投身抗战的热情是好的,但不要盲目,不要走错了路,浪费了大好的青春年华。我今天来,就是要听听同学们的意见和要求,对反映出来的问题,我们会认真对待,绝不允许有假借办学名义误人子弟、引人作乱的现象存在。"

学员们瞪大眼睛相互看着,不知该说啥。也有几个人凑在一块,小声议论。

袁县长以为自己几句话就打动了学员的心,进一步笑着说:"同学们,有啥意见和要求,尽管提,我给同学们撑腰做主,有敢打击报复的,从严惩处,决不姑息。"

"我有要求。"徐敏、刘霞带着一群学员过来。徐敏站定说:"我要求在县上为我们在山东太河村遇害的八路军战士和在湖南平江遇害的新四军战士开个追悼会,并依法严惩杀人凶手!"

刘霞说:"我要求将昨晚在安吴村杀人的凶手交出来!"

学员们挥着拳头喊:"对,交出凶手,交出凶手,开追悼会,开追悼会!"

袁县长和随行的一伙人,脸上露出惊慌的神色。袁县长和吴团长、特派员相互看了一眼,故作惊讶地说:"这不可能吧?你们说的事我们怎么没听过?昨晚安吴村发生啥事了?"

特派员等人随声附和:"有这种事么?怎么一点都不知道呢,同学们,千万别把谣言当真啊。"

"不是谣言,远的不说,现在带你们去看安吴村头的新坟,看李长水家院子里的血迹,这都是你们犯下的罪行!"刘霞厉声说道。

"胡闹,快回家!"袁县长吼刘霞。特派员不解,何保长凑过去小声解释:"那女子是袁县长亲亲的外甥女。"

特派员冷笑:"袁县长还有这么一个能干的亲戚?"

袁县长一听特派员话中有话,为了证明自己的忠心,转身对吴团长说:"把闹事的人带走!"

吴团长会意,一摆手,几个国军士兵脚底生风,如狼似虎地冲开人群,向着徐敏、刘霞扑了过去。

"看谁敢动她们一下,我先把谁的手剁了!"操场旁一声吼,像炸雷般,吓得几个国军护兵不知所措。只见身穿八路军军装的毛胡子连长,手提大刀,眼里冒血,大步流星赶过来,身后几十名八路军战士,个个手中端枪。

袁县长惊恐不安地问毛胡子连长:"你们咋在这里?"

毛胡子连长冷冷地看一眼袁县长,讥笑道:"我们不论黑明都在青训班守着哩,以防有些浑蛋在这捣乱,谁敢捣乱,我白刀子进红刀子出,准叫他有来无回。你再往两边看,我们的队伍来啦,这是任何力量都打不败的铜墙铁壁,时刻都在保护着安吴青训班。"

"血债血还!""杀人偿命!"雷声般的吼声由远及近滚滚而来。

安吴堡的城门大开,康民领着游击队队员手持武器,从街道上疾步而来。身后跟着周围村子的群众,一个个手提铁锨、大刀、长矛、铡刀、斧头、三节钢鞭等。

"这……这……"被层层围住的袁县长像掉进了火海中央,看着那一双双喷火的眼睛,慌了神。

故作冷静的特派员对着袁县长耳语:"快,想办法脱身!"

袁县长急得头上冒汗,只好厚着脸皮对冯主任和刘主任央求:"都是自家人,有话好好说,开个玩笑,何必认真较劲,闹个你死我活,四乡不安,快下令,让学生散开,进教室学习吧,今天的检查工作到此结束。"

刘主任讥笑:"那学员提出的正当合理要求,咋解决?"

"啥要求?"袁县长装糊涂。

马上响起一片呼喊声:"在泾阳县为烈士开追悼会!""为烈士报仇!""交出昨晚的凶手!"

"这个……这个……"袁县长抹把额头的汗偷看一眼特派员,特派员事不关己地看着天空。袁县长只好硬着头皮狡辩:"这是个大事,我一个人做不了主，得回去汇报上头，上头批准了，咱这边能闹多大动静就闹多大动静，行不？"

双方都沉默起来。周围人群鸦雀无声。僵持了一会，刘主任和冯主任交换了下眼神，之后，挥手赶蝇子一样示意他们离开。

袁县长一伙人，面如土色，垂头丧气地走过站满手持武器、怒目而视的人群的街道，仓皇地从西门逃走。走远了，吴团长自我解嘲地转身对着安吴青训班的方向吐口唾沫："骑驴看唱本，走着瞧，有你们的好日子过哩。"

午后的天，不是很晴朗，斜阳冷清清地照着安吴村，流动在草木里的细风有了秋的凉意，田里的玉米即将成熟，浓绿的叶梢开始泛黄。树上的叶子也已经开始往下落，路边时不时就看见几枚新落的叶子。路旁的野草倒还旺盛。

安吴堡大门口，席崇军、冯主任等教官围在刘主任周围，两个文书牵着马，马上驮着书箱等行李。刘主任眺望着安吴青训班，默默不语。

"刘主任，起程吧！"冯主任一狠心，给刘主任下了"逐客令"。

"冯主任，胡主任，各位战友们。"刘主任顿了顿，忍住伤感继续说："安吴青训班正是非常时期，真不忍心这时候离开。"

冯主任一手拍在刘主任肩上，郑重地说："你的心情大伙都明白，安吴青训班也离不开你呀，只是革命大业有更需要你的地方，你放心，有我们在，绝不让安吴青训班有任何闪失。"

席崇军也上前握住刘主任的手说："你放心，昨天那些乌合之众的伎俩是吓不住咱们的，共产党人任何困难都能战胜。淮北人民更需要你，希望你在新的战地上再立新功！"

刘主任郑重地点点头："我相信大家，相信我们共产党，任重而道远，望诸位各自保重，希望再见之日就是我们革命胜利之时！"

言罢，刘主任啪地敬了一个标准的军礼，冯主任、席崇军等人也郑重地右手齐眉，回敬军礼。不需要任何言语，眼神一一交汇，胸中的千言万语便已共叙。

"后会有期！"刘主任收起军礼，果断转身，牵起马，翻身而上，正要举鞭，身后传来嘈嚷声："刘主任，刘主任，等一等，等一等。"原来是乡亲们听说刘主任要走，跑着撵来了，有的拎着鸡蛋，有的提着苹果，有的抱着红芋。

"谢谢乡亲们的深情厚谊,谢谢乡亲们对安吴青训班的慷慨贡献,你们是革命的功臣。你们的东西我就不收了,等有机会回来,我到你们家里挨家挨户去吃,好不好?"

"刘主任,你以后一定得回来啊,我们把好吃的给你留着。"一双双质朴的眼睛仰望着马背上的刘主任。

"一言为定!乡亲们,后会有期!战友们,后会有期!"刘主任摁断心中的千愁万绪,果决地掉转马头,一声鞭响,骏马嘶鸣着向前驰去。身后是乡亲们一声声的呼唤和冯主任等战友的深情凝望。

黑暗里的火把

天色阴沉,席崇军、康民带着一队人到达迎祥宫外。交代了康民几句,席崇军便急匆匆地跨进门去。康民带着一队人安静地站在场地上。

大厅里,冯文彬正给学员讲课,一转头,看到了穿堂过室而来的席崇军,便停下讲课,迎了出来。

"冯主任!"席崇军笑着和冯文彬握手:"关中特委习书记从边区青救会调拨来一百多人,支援咱们青训班,现在部分人员已到门口。请指示!"

冯文彬点头笑:"好,马上迎接边区来的同志!"说罢急步进六椽厅通知学员:"同学们,通知大家一个好消息,咱们的力量又壮大了,关中特委习书记从边区青救会调拨来一百多人支援我们,人已到门口,咱们现在出去迎接!"欢呼声顿起,学员们争相往外跑。

迎祥宫门口,冯文彬和各位教员同边区来的几位负责人一一握手,边区负责人之一刘队长对冯文彬说:"冯主任,习书记将我们派来,我们一切行动听各位首长指挥,全力配合青训班工作!"

冯文彬笑着点头:"习书记那么忙,还牵挂着咱们青训班,谢谢习书记,谢谢各位远道而来的同志!"接着,他转头对学员们说:"这是边区和党中央对咱们青训班的爱护呀,我们不是独立存在的,我们身后有着强大的力量,什么样的黑暗,能难倒我们呢?"

学员们有力地鼓起掌来。

"形势严峻！为应付突然事变，我们建立了军事教导队，一是为了保护青训班的安全，二是用来培训更多的军事干部，我们要把仅有的这百十条枪用到刀刃上。为了战场上少流血流泪，就要平日多受苦多流汗！从今天起，加强演习，必须要练好过硬本领。"望月楼上，冯文彬坚决地说。

煤油灯的昏黄光晕，笼罩着冯文彬、席崇军、康民等一圈人凝重的脸庞。康民看一眼毛胡子连长，毛胡子连长开口汇报道："今晚夜袭演习已部署妥当，请首长放心！"

冯文彬等人默默地点头。

"嘀！嘀！嘀……"急促的哨声划破了沉沉的黑夜，紧接着有低沉而焦急的声音传来："有土匪来了，快起来，快！快！"

中队长举着一根蜡烛过来："同学们，土匪来袭安吴村了，快起来！"

黑暗中响起一片窸窣声，一只只手在被上、枕头底下乱抓着衣服。"快点穿！""呀！我的鞋咋不见了？""围巾戴上！"

"集合！"毛胡子连长瘦长的影子立在当院。急匆匆跑出来的学员有的一只脚上穿的棉鞋，另一只脚上穿的球鞋，有的半只脚在鞋子里，有的一手提着裤子，一手抱着上衣。好多人一边走一边整理着衣服，扣扣子，系腰带……

"立正！向右看齐！"

中队长清点人数。毛胡子连长传命令："同学们！刚才传来消息，哨兵发现有土匪从东北方向袭击安吴村，我们要赶快去营救！"

"啊"一声，紧接着是一片躁动。

"害怕吗？"毛胡子连长提高音调。

"不怕！"吼出一声后，躁动的学员们突然安静下来，齐齐挺起了胸，一副铮铮铁骨的模样。

"取家伙，上战场！"毛胡子下令。

学员哗的四散，片刻后一个个跑过来，有的扛枪，有的提红缨枪，没武器的举着双拳表决心。再次清点人数，留下两名同学负责警戒，其余的学员列队跟着毛胡子连长跑出迎祥宫。

北风猛烈地吹着，钻进每个人的衣缝。黑漆漆的夜，被月亮照得有点发白，几颗寒星在天边闪烁。收割掉庄稼的田地显得空荡荒凉，树影墓堆，在月光下阴森森的，远处不时地传来几声狗吠，忽急忽缓，把学员的心弦扯得紧紧的，彼此能听到呼哧呼哧的喘气声。

啪啪，几声枪响传了过来。毛胡子连长喊了一声"卧倒！"学员唰的扑下身去，飞起的尘土，呛得几个女学生直咳嗽。"匍匐前进！不要咳嗽，用手遮住嘴！"毛胡子连长低声喝道。学员们立即纷纷趴在地上，像蛇一样往前蠕动。快接近村子了，毛胡子连长派两个侦察员去侦查。中队长嘱咐学员们："利用地形地貌隐藏自己。"学员们四下散开，有的跳下小渠沟，有的沿着土围趴下，有的隐身在荒草丛里。

风越发紧了，穿过树林呼呼地吼着，远处的狗咬得越发厉害，犬吠声依稀夹杂着枪声、人声，大家都屏息，努力想用衣领、围巾遮住刺骨的风。

"啪啪！"两下击掌声，寡妇坟的侦察员跑来，声音细小而气喘："报告！西面狗叫得很凶，且有嘈杂声，恐怕有一部分敌人来袭击青训班了！"空气顿时沉寂。须臾，毛胡子连长下令："马上折返，绕到东城门！"

大队开动，穿过小路，经过一片荒田。前方出现一片黑乎乎的影子，毛胡子连长低声喊："有敌情！快卧倒！"随着声音落下，响起一片衣服与土地摩擦的沙沙声，没有一个人出声，月光照着的脸，每一张都是严肃、紧张的神情。中队长小声嘱咐："沿土堆卧下前进！"

天色渐白，月光稀薄，风还在刮，狗吠已远，且传来几声鸡叫。前方打探的侦察员跑回来，喘得上气不接下气："报告！寡妇坟内有人声，不知是不是敌人？"

"不是！"毛胡子连长果断地说："依我判断并非敌人，应该是安吴城放出的步哨。现在天已经亮了，敌人已经不能袭击了。"

中队长立马吹哨："嘀，嘀，集合！"

清查完人数，队伍又静静地逆风奔跑起来，跑向安吴堡。到了安吴堡门口，毛胡子连长唰地立定，转过身来："立定！向左转，稍息！"

看着面前气喘吁吁、形容狼狈的男女学员，毛胡子连长嘴角浮出一抹微笑："今天的演习成绩很好，本来只预备让同学们练习一下夜间紧急集合，后来又加了许多动作，但同学们没有慌乱，很好！就是有人大声咳嗽，这很不好，假如真有敌人，就会暴露目标……"

"妈呀，原来是演习啊！"

又惊又累的学员们恍然大悟后，腿一软，身子松软，摇摇晃晃起来。康民蓦地迎了出来："快打起精神，有天大的好消息犒劳大伙哩！"

"啥好消息？"康民的话像及时雨，让大家虚脱松软的身子瞬间跟树苗一样，直直挺立起来。

戏台前人头攒动，笑语喧哗。几百名学员列队而立，周围围满了村民，还不断地有村民携子契女而来。在一双双满含期待的注视中，冯主任铿锵有力地登上戏台。看到精神百倍、面露喜色的冯主任，长期被阴云笼罩、压抑了很久的学员和村民不由得先鼓起掌来，安吴堡里响起了久违的笑声。

"同学们，乡亲们，大家好！"冯主任朗朗开口："今天我给大家来了一份珍贵的大礼！想不想知道是什么？"

"想！"一片呼应。

冯主任放缓声调，深情地道："同志们，前些日子，我去了陕北延安，向党中央毛主席详细汇报了我们安吴青训班的情况，把学员的思想教育、党的建设、军事训练、勤工俭学、开荒种地、文艺宣传、统一战线等工作汇报后，中央领导对我们的工作表示满意并给予肯定。回来时，党中央毛主席为我们青训班成立两周年纪念专门题了词表示祝贺！"

掌声笑声四起，冯主任小心翼翼地展开了手中的卷轴，台下立马肃静，每一张面孔上都显出敬重。冯主任清清嗓子，一字一句地念道："带着新鲜血液与朝气加入革命队伍的青年们，无论他是共产党还是非党员，都是可贵的，没有他们革命队伍就不能发展，革命就不能取得胜利。但青年同志的自然的缺点是缺乏经验，而革命经验必须亲身参加革命斗争，从最下层工作做起，切实地不带一点虚伪地，经过若干年后，经验就属于没有经验的人们了！"

台下出现了片刻的沉寂，学员和围观的村民们似乎还沉浸在对毛主席的敬仰与一种莫名的兴奋中。

"这就是毛主席为咱们青训班题的词！"冯主任欢喜地说。这一句话将学员和村民从回味中唤回来，戏台周围立时爆发出如雷的掌声和欢呼声。

待欢声稍息，冯主任又郑重开口："同志们，乡亲们，这份题词，是毛主席代表中央对我们安吴青训班的表扬和激励，也是对我们青年人的鼓舞和鞭策。这是全体同志的努力，也是云阳人民对我们支持和帮助的结果，在此，我们要感谢党中央，感谢云阳人民，感谢各界人士的支持！"

掌声再次热烈地响起。席崇军对身边的康民说："毛主席的题词，就像夜晚里的火把，给大伙带来很多力量啊！"康民点头："只要革命的火焰不灭，总会有天光大亮的一天！"

紧急撤迁

春暖花开，树开始绿，山开始泛青，紫色的野豌豆花开得一片一片，沉睡一冬的田地蒸腾着湿气，一块块麦地像绿茸茸的毯子，到处都是盎然生机。可是安吴村却没有了往年这个时节的欢快气氛。来自远方的硝烟气息弥漫在空气里，国民党部队突然打出"收复失地"的口号，大队人马入驻云阳、三原一带，村与村连接处，镇与镇相交处都设有关卡，这些关卡像一条条绳索勒得百姓不敢大声呼吸，村民变得小心翼翼，连说笑声都小了。

接连阴雨几天，好不容易出了太阳，高兴全家门口聚了几个晒太阳的人，大家默默地抽烟、喝茶、纳鞋底子。一队人马嘻哈着从远处走来，几个人抻长脖子细瞅，然后赶紧互相招呼："快，进门里去，活阎王来啦，看见谁谁倒霉。"

几个人快速进了高兴全院子，高兴全反身拴上门，几个人蹲在院里墙根下，静静地侧耳听路上的动静。

路上过来的是袁县长、马队长、吴团长、何保长等人，包括冯占财。自从提供信息杀害了明娃和李长水夫妇后，冯占财像是个功臣，成了袁县长的新宠，只要袁县长一伙来安吴村，冯占财便陪着出出进进，原本就不可一世的他变得更加趾高气扬，村人见了老远就躲开，像躲瘟疫一样。

"乡间风光就是好，你看这草绿的，看这麦的长势，好年景啊。"袁县长眯着眼望着远处。

"这些草呀麦呀，一见袁县长就打起精神了。""马屁精"吴平友团长又开始腆着脸发挥。

"就是就是，"冯占财也赶紧说，"袁县长要是能天天来，今年这麦都要比往年早熟几天。"

"哈哈哈，"袁县长大喜，"那就天天来，反正现在是咱的天下了。"

何保长也不甘示弱："就是，这几天安吴青训班里悄无声息，一个个蔫不拉叽的，听说有好多学员想退学哩。"

马队长极为鄙视这几个拍马溜须的，冷哼一声："甭乱灌迷魂汤了，八路军也不是好对付的，小心驶得万年船。"

袁县长收起笑："马队长提醒得对，骄兵必败，咱们还得多加小心，别以为咱来了大部队，就可高枕无忧了。"

吴平友一听袁县长的话，立马风头转向，溜拍马队长的马屁："不愧是战神马队长，有胆有识，现在这个局势就是要冷静。"

冯占财、何保长也赶紧跟风："是，是，马队长是咱的后盾。"

马队长不置可否地抽抽嘴角，不知是讥笑，还是得意地笑。

一队人大摇大摆说说笑笑地从高兴全门口过去。

望月楼上，冯主任、包主任、席崇军、康民及众教员面色凝重，一教员跑上楼汇报："西安八路军办事处的同志来了！"冯主任等起立迎接。

一番问候后，西安八路军办事处的同志郑重宣布："国民党大兵压境，不断制造摩擦，蓄势侵犯我军。根据目前形势，为了青训班学员和八路军留守处人员的安全，党中央毛主席决定，把青训班和八路军留守处的人员全部撤离到照金、马栏一带的边区根据地。"

冯主任等人默默地对望一眼，无语伫立。整个房间里安静得能听到各自心跳声和压抑的呼吸声。

席崇军环顾着四周，语音有留恋有不甘："真的要搬么？"

八路军办事处的同志点头："中央的决定，面对目前局势，必须撤离。"

冯主任问："什么时候撤？"

八路军办事处同志道："越快越好，连夜撤，以免夜长梦多！"

席崇军点头："好！我们分头行动，我现在去发动群众帮忙。"

贴着墙根，何氏小声说："冯阎王腿啥时坏的，咋看着走路一脚重一脚轻的。"边上的张生祥一愣："咦，你这一说我想起来了，冯阎王的腿好像是出毛病了。"

毛老六说:"坏事做多了,腿早该坏了。"

何氏又问:"你说冯阎王腿坏了跟李长水家的事有没有关系?"

高兴全不悦地瞪一眼何氏:"快纳你的鞋底子。"

毛树周说:"你甭说,婶子说不定还说到根子上啦。"

何氏得意地瞥高兴全一眼。高兴全说:"说到根上,说不到根上,又能怎样?李长水家都没有一个人了。"

何氏说:"谁说没人?英子、建娃、成娃,都在哩。"

张生祥说:"对了,英子咋一直没见?"

几个人相互看看,都摇摇头。安静了一会,毛老六幽幽地叹道:"看吧,世上这事,谁也欠不了谁的,冤有头,债有主,因果报应,该谁收账时谁就来收账啦。"

等声音远得听不到了,毛老六打开门探头朝路上看看,回头招呼几个人:"活阎王走远了,来来,继续到门口谝,门口眼界宽。"

几个人又起身出门,蹲在树下,毛老六小声地问:"毛树周,你是个能人,你说这共产党跟国民党到底谁是正柱子?"毛老六跟毛树周同族,虽然比毛树周小,但辈分比毛树周高,所以喊毛树周总是连名带姓。

毛树周吸溜一口茶,低声说:"谁得人心谁就是正柱子。虽然八路军现在人数少,没有国民党人多势众,但古人说得好,得民心者得天下。"

张生祥接过话茬:"依我看,八路军是穷人的队伍,要翻身过幸福日子就要跟上共产党走。当年刘志丹、习仲勋过来时,就和我多次说过边区的事情,那里是共产党领导,人民当家做主,大家谁也不欺负谁,我就希望过这样的好日子。"

"这样的日子不会太远!"席崇军带着康民、徐敏、刘霞等七八个男女武工队队员走过来,走到大伙跟前,停下来笑着说:"要相信共产党的话,共产党就像那扑不灭的焰刮不干的海水一样,风越大火焰越猛,风越大海浪越涌,这是历史的发展规律,任何反动派都阻挡不住。"

张生祥笑着说:"还是席书记说话有水平,我看就是这个理。他这话和当年刘志丹、习仲勋说的意思差不多。"

席崇军笑:"你们要过好日子,就要支持八路军打日本,拥护共产党领导穷人闹翻身。最近,有人不断去安吴青训班闹事,阴谋搞分裂,破坏全民抗日统一战线，真是不得人心，这种破坏活动注定是要失败的。"

高兴全抽了一口旱烟说："咋，又来闹了？有没有需要帮忙的，咱们手里没有多少钱，但有的是力气。要不然，我们这伙人天天去青训班转一圈，有啥事随时出手帮忙。"

"对，对，听高叔的。"旁边几个人应和。

席崇军笑："你们还真是说对了，还真有事需要你们帮忙哩。"

高兴全、张生祥、毛树周、毛老六几个一听瞪大眼，着急地问："有啥要紧的事，尽管说！"

席崇军笑着看了一眼毛文清。毛文清对大家说："青训班和八路军留守处的人员要搬迁，大家愿不愿意帮着把行李送到山后的边区去？要是愿意，明天一大早就动身。"

高兴全不假思索地说："去！这有啥说的。晚上我把马喂饱，明天一早把车套上。"

毛树周惊讶地问："咋？青训班和八路军留守处要搬走了？"

毛树周这样一问，周围的人都安静下来，露出吃惊的表情。

席崇军缓慢地说："最近，国民党经常搞摩擦，还派兵进驻三原口镇一带，布兵防守，修筑工程，意图很明显。为了青训班学员和八路军留守处人员的安全，党中央毛主席决定，把青训班和八路军留守处的人员全部撤离到照金、马栏一带的边区根据地。习仲勋书记已派接应的人马、车辆，从边区赶到安吴堡子接人拉行李来啦。"

张生祥赶忙问："边区的人来了没有？"

席崇军笑着说："来了，你想找谁？"

张生祥高兴地说："我想给习书记带点红苕。"

席崇军笑着对大家说："好，天不早了，大家回去准备一下，我们还要到附近几个村子去联系几辆马车。"

夜幕笼罩了安吴村，整个村庄安静下来，只有吴氏庄园里人影绰绰，灯火荧荧。迎祥宫里挤满了人，冯主任、包主任等被村民团团围在中间。

冯主任对吴氏庄园的管家王师傅说："太感谢你们啦，这两年给你们添了不少麻烦。我们的人正在查看所有用具，有损坏的，我们会照价赔偿。"

王师傅连连摆手:"不用不用,这两年你们在这儿办学,不仅没有给我们添麻烦,还把房子收拾得干净利落,一砖一瓦都没有损坏,要说感谢我得感谢你们才对哩。"

十几名村民也激动地说:"这些学员临走时还把屋子收拾得干干净净,借了的东西如数奉还,这样的队伍才是老百姓喜欢的队伍,今天走了,我们还真舍不得啊。"

冯主任说:"我们也舍不得你们啊。我们这次撤离是奉党中央毛主席的命令进行的搬迁,是为了保护好革命力量,免遭国民党反共势力的迫害,不是被他们打败后的溃逃,因此,我们要把东西完好无损地交给你们,我们才心里踏实,才能对得起你们这样的百姓啊。"

王师傅有些纳闷地问:"国共两党合作抗战,在前线跟亲兄弟一样,现在还没把日本打跑,弟兄之间咋又闹起矛盾来啦。这要是让日本鬼子知道了还不高兴死吗?我就想不明白,这么大的中国,这么多的人,咋能叫小日本打到咱家里来?这就像家里进了强盗,弟兄间还打闹个不停,那强盗岂不是更猖狂?唉,中国就是让那些败家子给折腾穷了,把强国折腾成弱国了。"

包主任笑:"你说得太对了。你看那折子戏《戚继光》中演的,仅一个戚家军就把倭寇打得闻风丧胆,但现在,兵多将广,谋士如云,反而叫一个小日本欺侮得不成样子。吃亏就吃在窝里斗,人心不齐啊。要是咱们能万众一心地拧成一股绳,枪口一致对外,咱们这么多人马还怕几个日寇强盗?他们还敢闯到咱们家里耍威风?借他十个胆他们都不敢哩。"

冯主任也笑:"现在全国人民都在一致要求国民政府以抗日大局为重,搞好国共团结,这是打败日本帝国主义的唯一正确办法,但国民政府中一些顽固派却坚持反共。这就相当于一个患病的人,给好药不吃却去吃毒药,不但治不了他的病,还会要了他的命哩。"

王师傅和一直跟在身后的十几个村民不由得抢着问:"谁是这样的病人?"

包主任看看大伙急切的眼神,忧愤地说:"国共合作抗战到现在还在继续。日本帝国主义仍然很疯狂,除西南、西北外,日本鬼子已经占领了我们东北华北华东华南大半个中国,他们烧杀抢掠无恶不作,成千上万的中国人民被杀害。面对日寇的疯狂侵略,国民党政府起初的抗战热情和勇气已经丧失,他们受了国外和国内一些投降分子的恐吓和诱骗,幻想和日本帝国主义和谈。他们和投降派相互勾结，狼狈为奸，大搞阳奉阴违两面派手法，一方面装出积极抗战的样子，争取来自各方面的抗战捐助，另一方面又用各种形式和日寇暗中密谋，准备议和投降。"

王师傅说："这国民政府咋还不如我们老百姓意志坚定哩？"

包主任继续说："和国民政府不同的是，我们共产党积极倡导并主张团结全国人民抗战到底，把日寇赶出中国，绝不能当亡国奴。"

王师傅等人感叹："共产党做得对！南宋时期的岳飞主张打败金兀术，可皇上却听信奸贼秦桧的话，在风波亭上害死岳飞，投降金国，不说百姓受苦遭难，连皇上也被人家掠走，落了个被折磨得冻死饿死的结局。"

包主任感叹："你这个例子太恰当了，难怪人家说，泾阳是中国最早的文学作品《诗经》一书的发源地之一，看来这里到处都是文化人，到处都有值得学习的百姓，这一片书香之地我真舍不得离开，得向这里的百姓好好学习哩。"

王师傅笑："我们是村野之民，可担不起这样的话。我们就知道，当年三国时期，曹操领兵八十万下江南，对东吴孙权连吓带骗逼着他投降，东吴的一般谋士都被吓破了胆，孙权也没有了主意，诸葛亮舌战群儒陈明利害，在主战与主和两派激烈争吵时，一下子把孙权给提醒了，他坚定了主战的决心，挥剑砍掉桌子一角，一下子就把主和投降的人给镇住了。东吴的军民齐上阵，赤壁一战就把曹操的人马杀得落荒而逃。国民政府的蒋介石要是能像孙权那样听忠言聚人心，动员全国军民齐参战，在咱们家里来个关门捉贼，看他狗日的小日本还能往哪里跑。"

一群人都哈哈大笑起来，冯主任笑着说："你说得太对了，但不完全，我们共产党不是东吴的孙权。孙权数十年的战争，主要是为了保住自己的地盘和地位，而我们共产党却是为国家为民族为大众的利益而奋斗，是为中国穷苦大众服务的，这是我们的根本宗旨，也是我们的奋斗目标。为了实现这个宗旨目标，我们不惜牺牲个人的利益甚至生命，这也是我们与国民党的不同之处和根本区别。你们细想一下，这世上是穷苦大众多还是有钱有势的人多？"

王师傅叹口气说："那当然是穷苦人多，就像云阳这一带，像我们东家这样的富人没有几户，恐怕泾阳三原方圆几百里也没有几家哩。当地流传着一句顺口溜：'东刘西孟社树姚，比不上王桥一撮毛，安吴寡妇叫了好，王桥财东也比不了。'"

冯主任笑了："这下你们明白啦，这穷苦人是大多数，只要能组织团结起来，跟有钱有权的人斗争，他们还能这样剥削穷人吗？咱们这些穷苦人还能再受穷受苦吗？"

一伙人拍手笑，王师傅激动地说："和首长们拉一阵子家常，我们心里踏实了，共产党八路军和我们老百姓是一家人。我曾听说共产党和别的党不一样，让荒山变良田，让穷人过上好日子，真是不简单。咱南门口的盐碱地让你们都整成了耕地，就冲这一点，共产党没有干不成的事情。"

冯主任笑："你这话说得对。我们共产党人不仅不怕困难，而且勇于战胜各种困难，虽然我们现在面临艰苦环境，但我们有人民的支持，任何困难也阻挡不了我们。"

王师傅说："我懂了，就比如说鸿门宴上的西楚霸王项羽，势力强大，但他违反盟约，失信于天下而不得民心，刘邦势力虽弱，但与关中父老约法三章而深得民心，最后由弱变强，有了西汉王朝二百多年的基业。得民心者得天下，古往今来莫不如此，今是古古是今，世事再变，这个道理不会变，共产党得民众得人心，必得天下。"

冯主任笑："只要咱们老百姓知道这个道理就好，要不然我们咋要制定三大纪律八项注意。加强与云阳安吴人民的团结以巩固群众基础，就是为了让人民群众觉悟起来，与反动派做坚决的斗争，自己解放自己，建立人民政权哩。我们现在暂时的撤离是为了今后能和这里的人民永远在一起，让人民过上幸福美好的日子。"

王师傅一群人激动地说："我们就盼望着那一天早日到来，我们支持共产党八路军打败日本，更支持共产党得天下，为穷苦百姓打江山。"

走向胜利新征程

第二天天还未亮，毛文清带着高兴全等人赶着马车驰往安吴堡。大路上已经有不少的行人和马车，大家互相打着招呼，都是给八路军留守处和青训班送行的。

安吴堡门口有几辆待出发的马车，车上坐着怀里抱枪的八路军战士和几名留守处的领导，路边站着的几个老婆老汉不停地念叨："这下子你们走远了，不知道啥时候才能再回来。"

车上的几个年轻干部笑着安慰大家："别难过，用不了多长时间我们就会再回来的，我们会记住云阳，以后还要来建设云阳哩。"

高兴全等人赶到时，就看见冯主任、包主任几个人正站在迎祥宫大门前指挥搬运行李的人，急忙打个手势表示问候。

席崇军等人走了过来，对高兴全、张生祥等人说："感谢乡亲们帮忙，青训班学员就交给你们了，一路上可要多操心。"

毛文清说："请领导放心，这些学员都是国家栋梁之材，我们一定会好好照顾，安全送达。"

席崇军笑着对毛文清说："你们就像是当年的赵子龙那样的虎将，我相信你们会完成这个光荣任务的。"

"快来吃个馍，趁热！"荣子娘和徐大娘等妇女端着热腾腾的馒头过来，把夹了辣子、菜的馍往学员手里塞。

"席书记也来一个吧，咱云阳的辣子夹馍美得很。"荣子娘将馒头盆托到席崇军面前，席崇军哈哈一笑，伸手抓起一个热馒头，一口咬下去，就少了三分之一："美得很！"

大伙看着席崇军朴实的吃相，都笑起来，心里热烘烘的。

"席书记，席书记！"何氏气喘吁吁地拨开人群挤到席崇军面前。高兴全气得直跺脚，伸手拉何氏："席书记忙得很，你个妇道人家添啥乱哩。"

何氏一边甩高兴全的手，一边急急地喊："席书记，席书记！"

"不急不急，慢慢说，大娘。"席崇军笑笑地说，高兴全无奈地放开手。

何氏将抱在胸前的一个纸包双手递给席崇军："席书记，前几天听你讲话时不停地咳嗽，昨天亲戚给我拿了包琥珀糖，这糖是下火润嗓子的，我没准娃吃，给你留着哩。早上老汉走得急，我没来得及给装上。还好，紧走慢走总算是赶上了。"

席崇军低头看一眼何氏的小脚，又低头望着何氏慈爱的面庞，深情地喊了一声："大娘呀！"

何氏将纸包摁在席崇军手里，仰起清瘦的脸，望着席崇军期待地说："收下啊，这是大娘的心。"

席崇军犹疑了一下，笑着说："好，大娘，我收下了！"

"嘿，这就好，这就好！"何氏舒了口气，欢喜地笑起来。

"大娘，那我收了你的一片心，你也得收下我的一片心，咋样？"席崇军说着，掏出一枚银圆往何氏手上放。

何氏跟火烫了一样，连连往开推："不行，不行，咋能收你的钱？大娘这是送你做纪念的。"

席崇军笑说："你送我纪念品，我回送你纪念品，天经地义的，你不收，就陷我于不义了。"

"这……"何氏迟疑了。

张生祥说："收下吧，当年我捐粮，刘志丹都给了我几个银圆，我也没舍得花，一直当纪念品保存着。共产党不拿群众一针一线，咱不要让习书记为难。"

"好吧，那我这老婆子就收下了。"何氏小心翼翼地收起席崇军手中的银圆，紧紧地攥在手心。

天光微曦，十几辆马车陆续装完，整装待发，安吴堡及附近村的村民都赶来站在路两边，眼含热泪地看着即将离开的学员们，依依不舍地道别。

张亮媳妇和另外几个妇女，每人手里抱着一个婴孩。一个女学员跑过去，从张亮媳妇手里抱过孩子，呜咽着，将满是泪水的脸紧紧贴在孩子的小脸上。看得几个妇女齐齐红了眼圈。张亮媳妇对女学员说："放心去吧，我会把他当亲骨肉一样照顾，你啥时想回来接就回来接，我绝不赖着不给。""嗯嗯，我相信，我相信！"女学员连连点头，最后一次狠狠嘬了一下孩子的额头，把孩子往张亮媳妇手里一递，急急转身，抹着眼泪向队伍跑去。襁褓里的孩子，不知是被吵到，还是感应到了骨肉的离别，哇呜一声啼哭起来。引得几个妇女怀里的孩子都哭起来。长长短短撕心裂肺的哭声穿透黎明的清凉，挠得很多人，尤其是当妈的妇女们纷纷落泪。

送行队伍前，冯主任动情地对大家说："我们是奉党中央毛主席的指示，暂时撤离云阳撤离安吴堡，但我们的抗战事业还在继续，我们的青训班还要继续。不管环境如何改变，我们共产党人为国家为人民为民族奋斗的精神永远不会改变。希望大家也保持乐观的革命态度对待各种困难，因为，我们的事业有你们这样的人民群众支持，我们将战胜一切困难。"

孩子的哭声传了过来,冯主任顿住,人群很安静,都默默地望着冯主任等人,冯主任双眼一热,继续道:"青训班撤离到照金马栏后,仍然要坚持依靠人民的支持这个方针,继续办学继续革命,也欢迎各位父老乡亲有时间去那里看看。无论我们走到哪里,我们将永远不会忘记云阳人民的深情厚谊,永远不会忘记支持帮助过我们的父老乡亲。"

席崇军站在台前向武工队队员发布命令:"今天搬迁意义重大,全体武工队队员要时刻保持警惕,服从命令听指挥,坚决完成好保卫任务。全体队员列队出发!"

浩浩荡荡的学员队伍按次序走出安吴堡南大门,一辆辆装载行李的马车紧随其后,成群结队的欢送人群缓缓地跟在后边、旁边一起向前移动,能多看一眼就多看一眼……

冯主任、包主任等站在安吴堡城墙上,看着远去的队伍,热泪盈眶。冯主任深情地说:"在这里的两年多时间,云阳和安吴人民给了我们大力支持,给中国的抗战事业培养人才提供了很好的基地,咱们以后还会回来的,而且还要把这里建设得更好。"

席崇军过来:"各位首长,我们抓紧时间出发吧,青训班先头部队已经开始翻越嵯峨山了。"

一行人走到西门口,王师傅一大群村民迎上来,把手里的鸡蛋、锅盔、馒头等吃食捧给他们,含着热泪说:"你们把这些东西带上吧,虽然不值什么钱,但是我们的一片心啊。"

冯主任等首长也满含热泪一一推辞:"乡亲们,大家的盛情我们心领了,乡亲们也不容易,留着自己用吧。"

冯主任、包主任等人翻身上马,与恋恋不舍的村民们挥手作别:"再见吧,乡亲们,咱们还会再见的,我们还要回来建设云阳镇,建设安吴堡!"

告别了村民,冯主任一行打马向嵯峨山奔去,很快来到了嵯峨山上的古砖塔前。几个人不约而同地翻身下马。

席崇军望着塔感慨地说:"这座塔是照金到达关中平原的分界,当年,创办照金革命根据地和陕甘边区时,我跟随刘志丹习仲勋等同志多次走过这里。每次走过这座塔感觉都不一样。我们共产党人所走的道路就和这山路一样,得步步小心步步用力，才能走出大山走上平原。今天，我们再次来到这座塔前，我为我们在云阳、安吴奋斗不息的革命精神所激励，也被我们革命队伍的不断壮大、人民群众的支持拥护所感染，这使我感到我们正再次走上新的征程，我们的革命形势开启了新阶段。"

冯主任说："等日后革命成功了，我们就把关中通往照金马栏的这条山路修宽，把它命名为青训路，让来往的人都时刻记住当年闹革命时的情景。"

包主任笑了："是啊，不能忘记这片土地上的情谊啊。过了这座塔不远，就到了咱们边区的地盘上，咱们就安全了。"

冯主任笑说："我在这里已经听到了边区人民的歌唱声和迎接我们革命队伍的锣鼓声了。今后，我们的抗战胜利喜讯也将不断传来，我们也必将能听到那迎接新中国诞生的隆隆礼炮声。"

言罢，几个人在塔前面向南方伫立，看着一片片绿油油的庄稼地，一座座冒着炊烟的小山村，冯主任说："从这里往南看，能看见秦岭、西安、泾阳、三原，还能看见渭河、泾河水向东奔流，八百里秦川真个风景如画物产丰富的好地方，如果没有战争，大家都安居乐业，该多好。"

众人默默地点头，冯主任神思凝重又幽邃地说："希望我们今天的战争，能换来永久的太平。"

寂静了几分钟，席崇军走到冯主任等面前说："真想多送首长们一程，再到边区去学习一下，但今天我们只能送到这里，还有很多革命任务等着我们，只有在此告别。"

刘霞走到冯主任跟前小声说："冯主任，您要是见到毛树德，请转告他，让他好好工作，我会永远等着他回来。"

冯主任笑："我一定设法转告，祝愿你们有情人早日成眷属，过上美满幸福的日子，也祝愿云阳人民和安吴人民早日过上安居乐业的好日子。"

说完，冯主任翻身上马，包主任等人也相继上马，一声"后会有期，保重"之后，几匹马腾起烟尘向边区方向驰骋而去。头顶，一轮红日冉冉升起。

思念绵绵

清晨再也听不到青训班学员琅琅的读书声，街上再也看不到青训班学员生龙活虎的身影，安吴村村民很长时间习惯不了，走在突然空荡下来的路上，或耕作于田间地头时，总是习惯性地望向青训班的方向，时常说起青训班，尤其聚在高兴全或毛树周门前树下的时候，谝着谝着就谝到青训班，大家就一块回味那几年的欢快，细数朱德、习仲勋等人的轶事，欢笑声里总是透着期盼和思念。

黄昏，望月楼西北角大榆树下，王师傅背着手，仰着面孔望着高悬在树枝上的铜钟，铜钟上落了一层灰。想着以前一摇钟，四下里就会响起嗵嗵的脚步声，还有嬉闹声、读书声、讲课声……沉浸在回忆里的王师傅不由得笑了，笑罢，伸手捉住钟绳犹豫着轻轻地摇了摇，钟轻轻地晃起来，发出微弱的嗡嗡声，王师傅看着看着，手上猛一使劲，洪亮的"当当当"声立时冲破了空寂的吴氏庄园。

"咦，青训班咋又响起钟声了？八路军回来了吗？"蹲在地上的毛树周唰地站起来，踮着脚望向安吴青训班。

毛文清纹丝不动，蹲在地上抽着烟，淡淡地说："那是王师傅手痒哩。"

"哦，呵呵，"毛树周难为情地重新蹲下，"我就说不可能的事嘛。"

而在黄昏，如果不是跍蹴在别人家门口谝，张生祥都会蹲在门前的碌碡上往大路上望。高兴全惦记这个老伙计，隔三岔五地过来陪着他在门口，或坐，或跍蹴地度过片刻难熬的时辰。这个黄昏，在张生祥嚼着烟杆望着大路发呆时，高兴全又来了。

两个老伙计，一个站着，一个跍蹴在碌碡上，很默契地沉默着。安静的空气里，只有麦秸垛旁那只羊吃草的簌簌声。

"想女子哩？"高兴全打破安静。

张生祥装着烟锅回一句："你不想黑娃？"

高兴全顿了下，说："人心都是肉长的，你咋想我就咋想。"

张生祥："黑娃妈这两天身体咋样？"

高兴全说："还是老样子，咳嗽一直好不了。一有空就给黑娃跟白女做衣服做鞋，给孙子都把衣服鞋准备到五六岁了。怕过几年眼睛看不清，做不成了。"

张生祥:"可怜天下父母心,也不知咱娃们啥时能回来,享上这福。"

高兴全:"儿念达娘一会会,达娘念娃一辈辈,你看有娃当兵的父母,一到天黑前都爱站在门前朝村口看,都在等娃哩呀。"

张生祥:"咱村有多少娃参军去了?"

高兴全想了想说:"听说整个云阳地区有将近四百人参军了,咱村现在至少有二十个。"

"哦,唉……"张生祥轻叹一声,噙着烟杆望向远处。

"你说娃们现在在哪里呢?"高兴全说。

张生祥摇摇头。高兴全也不再言语。

两个伙计就接着沉默,仍旧一个人站一个人跐蹴。晚风拂过,苦楝树上掉下几粒苦楝豆,吃饱肚子的羊也安静地卧着,跟张生祥一样睁着大眼望着远处。

不知过去了几分钟,高兴全又开口:"后悔不?"

张生祥咂了几口烟说:"不后悔!有啥后悔的,娃走的是光明大路,比咱这当达的有出息。"

"哼,让你嘴硬!"

说罢,高兴全又沉默了,过一会说:"莲花、艳艳也闹着要当兵参军哩,咋办?"

一只燕子倏地从头顶飞过,张生祥仰头追望着燕子,直到燕子远到只有一个黑点了,他才说:"由娃去吧,天空那么大,就是供雀飞的。"

高兴全也蹲下身子,挖上一锅烟点着,吧嗒吧嗒地抽着,夕阳渐渐落在树后。

高兴全家里,何氏盘腿坐在炕上,面前一个笸箩,里面放着剪刀、碎布、各色丝线等。何氏一手拿着鞋面子,一手扯动丝线,一下一下,紫红色的平绒方口小娃鞋面上,黄丝线绣成的小老虎头活灵活现……

淳化茨坪沟,几户人家深陷在黄土高坡的皱褶里。在被枣刺和篱笆围起的一方小院里,有一孔窑洞,窑洞中有一张自制的小桌。小桌旁的张三路问坐在炕沿上的妻子:"英子这两天咋样?"妻子背对着二尺见方的窗口纳着鞋底子,听张三路问话,拧头看看窗外说:"还能咋样,一有时间就站在崖头上望,不管刮风下雨的。"

"唉，这咋办？可不敢把娃急病了。"张三路在地上掸掸烟锅。

张妻把针在头上篦篦，说："要不，你去趟云阳，看看情况。说好秋一收就进山的，这都快一年了。"

张三路忧心忡忡地点点头。

几天后，背着半袋子山货的张三路进了安吴村，从到云阳开始，张三路就觉得有一种不安的气息飘荡在四周，走进安吴村，明显觉出没有了以往的热闹欢快，人影稀少的村里寂静得近乎萧瑟。毛树周正蹲在门口喝茶，看着急匆匆走过去的张三路，迟疑地喊了声："喂，你是不是李长水那个乡党？"

张三路停下又折回几步点头："是，我是长水乡党，长水在家不？"

毛树周招手说："你远路上来的，先来喝口水，咱慢慢说。"

张三路心里一咯噔，担心地问："他叔，你说长水家是不是有啥不好的事？"

毛树周犹豫了一下，嘿嘿干笑："先来喝水，跑那么远的路。"

张三路忐忑不安地坐在毛树周让出的小凳上，接过毛树周递过来的茶缸，牵强地笑着瞅毛树周，等着他开口。

毛树周干咳着左右望望，招呼道："大家都过来，长水的乡党来了，帮着招呼下。"

斜对门高兴全门口的张生祥、高兴全、毛文清、毛老七、何氏等几个人听到都走了过来，张三路看着围着自己的一张张面孔，拘束地笑笑，心里越发地不安……

第二天傍晚，茨坪沟细带子一样的山路上，红肿着眼的张三路拖着疲惫的脚，一步一步地走着。越往山头走，脚步越沉重。尤其在仰头看到山崖上伫立的小身影时，张三路眼泪再次涌出，他不敢回想前一天听到李长水一家遇难时的心情，更不敢回想在他坚持下，毛树周等人陪护着看李长水家时，面对一院子的破败凄凉，忍不住蹲在院子中间号啕大哭的情形。他可怜的唯一的同村兄弟，他从小牵挂的邻居妹子，不害人，不坑人，老实厚道，左躲右藏，只是想找个角落偷偷地过一辈子，可是老天爷咋就不可怜他们哩，这是啥世道啊？

"二伯！"英子看到了张三路，欢喜地从坡上跑下来，迎住了张三路："二伯，我达我妈哩，咋没跟你一块来哩，建娃哥、成娃哥好着没？"

张三路咬着牙，冷冷地说："英子，叫二伯先进门喝口水再说，行不？"

"哦。"英子知错地低下头，默默地跟在张三路身后，不敢再催问。

张三路进了窑，就合上门，妻子吃惊地过来，在山里几乎没有关门的习惯。张三路身一软跌坐在凳子上，红着眼圈将李长水家的遭遇给妻子一说，妻子一屁股瘫在炕沿上，紧接着也捂着嘴呜咽起来："英子太可怜了，天天在崖上看啊盼啊，这咋给娃说呀？"

过了好久，张三路妻子擦干脸跳下炕，拉开门，先是一惊，门口院里，英子坐在小凳上可怜巴巴地瞅着她，原来英子一直等在院里，额前的一绺发丝在夜风里飘动。

张三路妻子努力装着平静喊了声"英子"，又想努力挤出点笑，可当走到英子跟前，听到英子怯怯地喊声"二妈"时，忍不住一把将英子搂在怀里哭起来："英子，你以后就是二妈的女子了，你达你妈先不来了，跟你明娃哥去部队上了。"

英子惊讶地抬起头问："啥？大哥回来了？"

张三路妻子冷静下来，抹把脸颊说："你刚走的第二天，你大哥就回来了。你大哥可厉害了，在八路军部队上当官了，把你达你妈和你两个哥都接走了，说你是个女娃，不适合东颠西跑，就留在二妈这里，等打完仗了，就来接你，接我跟你二伯，接咱这一大家子去享福。"

"真的吗？那二妈哭啥？"英子半信半疑。

"二妈心疼英子等了盼了这么多天，落了一场空，不过幸好有二伯二妈和你春生哥和几个弟妹哩。咱一大家子在山里好好地过，等仗打完了，咱再跟你大哥过好日子去。"

"嗯，那咱就耐心地等，我大哥是个说话算数的人，他说来肯定就会来的。"英子懂事地说。

话虽如此，往后的日子，只要有空，英子就会站在山崖上望啊盼啊。

山花盛开的春天，草木葱郁的夏天，万山红遍的秋天，白雪茫茫的冬天，茨坪沟最高的山崖上，时常伫立着一个单薄的身影，山风将她的发丝、衣衫一再掀起……

哭泣的婚房

刚下过雨，天灰蒙蒙的。四野不时传出几声枪响。云阳城里一片死寂。能跑走的都跑了，商铺一律关了门，街上没有几个人影，只有来回巡查的国军士兵嗒嗒的脚步声，像是踢开死亡之门的声音，飘荡在空寂的云阳城里。几个城门口都增加了岗哨，城门楼上架着机枪，整个云阳城笼罩在激战前的恐怖之中。

哐哐哐，几声巨响，云阳南门洞开，马团长带领着泾阳县城增援的国军士兵，拉着武器弹药进城。随着不时传来的"快点，别磨蹭！"的吆喝声、训斥声，穿着国军制服的士兵来来往往，抬着沉重的弹药箱往城门楼上搬运。

在毛家村口，席崇军拦住了赶着马车、乔装打扮的赵团长，看着席崇军手里的枪，赵团长把知道的都倒了出来："原来城里有一个加强营的兵力，加上从汉阳来增援的兵力也就一千多人，有四十多挺机枪，十二门火炮。兵力主要部署在城西门和北门，南门和东门兵力不多。今天从泾阳拉来的一批弹药，放在南门的马车店后面，还没来得及发放下去。"

席崇军问："你现在干啥去？"

赵团长哭丧着脸："民团的人都跑得差不多了，我也赶紧逃命。"

席崇军说："我们的人民解放军已经取得了延安保卫战的胜利，现正以排山倒海之势挺进关中，不但要解放云阳，还要解放三原、泾阳、西安、咸阳，还要解放全中国，你能躲到哪里去？"

赵团长说："你的意思我该咋办，我也没做多少有害共产党的事啊，我还捐了二十条枪给八路军哩。"

席崇军说："路多得很，就看你咋走。"又回头对张生祥、高兴全、毛树周等群众说："人民解放军很快就要攻打云阳，需要组建群众担架队，大家快回去准备，由徐敏带领妇救会人员具体安排。"

徐敏说："我们不光要组织担架队，还要准备给部队送水送饭、给部队带路等，担架队由毛文清负责，送水送饭由毛树周负责，照顾伤员由刘霞负责，还有攻城用的梯子等由武工队负责，大家立即分头准备！"

毛树周、毛文清、刘霞等爽快地答应着跑开。

"我继续去动员其他村子。"席崇军说着也转身大步离开。

赵团长左右看看,哭丧着脸问:"我怎么办?"张生祥和高兴全一左一右拍赵团长的肩:"跟着我们走就行。"

傍晚时分,解放云阳的战役打响了,隆隆的枪炮声一阵紧似一阵。康民带着支前群众从毛家村的娘娘庙赶往前线,来自周围村子的支前群众有的抬梯子,有的抬着门板做成的担架,有的提着饭菜,有的扛扁担,有的背着绳索……

夜幕降临,没有一丝星光的天黑漆漆的。云阳城门楼上,机关枪嗒嗒嗒地响着,在黑暗里喷着刺眼的火焰。子弹像雨点末端铺天盖地地飞向解放军阵地,身影在一个个倒下……

"快,这里!"

"这有一个!"

"这有一个!"

…………

康民一伙人猫着腰,借着火光搜寻受伤的解放军战士。看到身边年轻的解放军战士一个个倒下,有的直接没了气息,村民们都红了眼眶。"娃,醒醒,娃呀,你活着没?"张生祥摇晃着一个战士,高兴全说:"不管是死是活,都往回抬,不能把娃撂到这。"于是大家都不再细辨是受伤的还是已经牺牲的,只要遇到倒下的,村民们都往担架上一放往小清河北岸奔去。

火光中,席崇军与康民相遇,满脸污迹的席崇军说:"据刚得到的情报,西门方向打得最激烈,咱们趁机从东城门攻进去,打他们个措手不及!"

同样满脸污迹的康民说:"好,我立即组织武工队队员!"

席崇军和康民在一百多名武工队队员的掩护下,在东门城墙下搭起云梯。子弹擦着身子擦着耳朵嗖嗖地飞,席崇军和康民不停地往上爬,武工队队员们的心都提到了嗓子眼。终于在梯子即将断裂的一刹那,席崇军一步翻上了城墙,并回手一把扯住悬在空中的康民。

两人爬上城墙,武工队队员士气大作,冲向城门。席崇军和康民拉开城门,武工队队员呼喊着端着枪射击挺进。突如其来的袭击,让城内的国军乱了阵脚,急遑遑地调转枪口向城东扑来,城内立即枪声大作。

康民冲锋在前,不停地射击,谁知小石头比他利索,一直拼命往前冲,总想护着他一样。康民气得吼:"小石头,退后!"

小石头不言不语,却也不退后,一直不离康民左右。一颗子弹飞向康民,小石头嚯地扑向康民,两人同时倒地。子弹原本会穿胸而过,因小石头相撞,身子倾斜,夺命子弹擦着康民的额头飞了过去,血立即从康民的额头上冒出来。胳膊上中了枪的席崇军奔过来,一边护着康民,一边指挥武工队队员们寻找有利地形朝冲过来的国军还击。

城西门口的压力减轻了许多,解放军战士趁机突破防守,激烈的炮火中,云阳西城门大开,一队解放军战士高喊着冲进城里。转眼间一面青天白日国民党旗从城门楼上被扔下来,落在火中燃烧起来,取而代之的是一面鲜红的解放军军旗,在城楼上猎猎飞扬。

几个人想拖康民下战场,被架着的康民硬是扯着身子不走,满脸焦急地四下寻找:"小石头,小石头!"

天露晨曦,枪声炮声都停止了。一队队俘虏被押了出来。看到满面污迹、衣衫褴褛、垂头丧气的袁县长、吴团长、马队长、何保长等,毛树周、张生祥、高兴全等群众欢喜得又是拍手,又是打口哨。

"咱们的队伍打回来啦!""云阳解放啦!"云阳街上,人们敲锣打鼓,载歌载舞,奔走相告。解放军战士排着整齐的队伍,向支前民工和当地群众挥手致意。

嘚嘚的马蹄声从远而近,席崇军等人站住望过去。飞驰的马转瞬就到眼前,"吁——"的一声,马乖顺地停住四蹄。毛树德翻身下马,和席崇军等人一一紧紧拥抱。

刘霞最后一个走到毛树德跟前,噙着泪花,笑盈盈地伸出手:"回来了!"

毛树德欲言又止地伸出手与刘霞紧紧相握:"回来了!"

衣着破损不堪、脸色疲倦、头发已花白的张生祥、高兴全在街道旁叹:"总算盼来这一天了。"转而又精神地说:"走,快看看咱的儿女回来了没有。"

康民头上缠着一圈绷带小跑着过来,张生祥问:"跑这么急干啥去?"康民说:"在刚才的战斗中小石头负伤了,我要赶紧到南背街的医院看一下。"

张生祥一拉高兴全说:"咱也到医院,把受伤的娃们先看一下。"

南背街医院病房外,身穿解放军军装的毛胡子连长正在来回走,低头沉思,旁边站着几个背枪的解放军战士。

康民风风火火地走到毛胡子跟前打问:"团长,人,咋个样?"紧跟在康民后边进来的张生祥、高兴全看着毛胡子惊讶地说:"都当上团长了啦,成大官啦!"

毛团长急忙走到张生祥、高兴全跟前,拉着两人的手,眼含热泪,说不出话。张生祥高兴全见状,忙问:"石头娃咋啦?"

毛团长松开两人的手,指着康民生气地责备:"你个马大哈,咋让一个女同志冲在前头,还受了重伤?"

康民莫名其妙:"你说啥?谁是女同志?谁受重伤了?"

毛团长不高兴地说:"你自己认去,已经做了手术,把身上的子弹都取出来了。"

康民吃惊地自言自语:"不可能,不可能。"然后大步走到病房前揭开门帘。小石头正躺在病床上,手拿铅笔在纸上写字,见到康民进来,急忙用被角把脸盖住。康民走到床头,捡起散落在枕头边的纸,见上边写满"康民",脱口问:"你咋写了这么多我的名字?"

小石头笑着说:"害怕忘了,装在心里实在。"

康民又惊又喜又不好意思地说:"你,你真是个女的?!嗨,要是男的,咱就跟亲弟兄一样,该多好!"

小石头抓起纸扔向康民:"瓜子,瓜子!"

康民恍然明白,挠着头咻咻地笑,小石头也羞红了脸,扯过被角蒙住脸咯咯地笑。

"啥事这么高兴?"张生祥和高兴全走进病房,看着康民和小石头笑得欢喜,也不由得面露喜色。

"云阳解放了还不高兴么?"愣娃拄着双拐,空着一条腿,在高兴全大女儿莲花的搀扶下边说边走进病房。

高兴全惊讶地睁大眼,急问:"莲花,他咋啦?你咋服侍他哩?"

莲花泪如雨下,哽咽:"达,他是我女婿,战斗中受了伤,腿没有啦,我甘心情愿地伺候他一辈子。"

"既然成了家，说啥也不能把他撇下。"高兴全的二女儿艳艳，搀扶着只剩下一只胳膊的三怪，也来到病房，看望受伤住院的石头。

高兴全老泪纵横，泣不成声："好，好，你们在外边，都已成了家。他们现在啥样子，你们都不要嫌弃，安安心心过日子。"

艳艳和莲花边擦泪边安慰高兴全："达，解放啦，有好日子过哩，啥事你都要想开哩。要保重好自己身体，不要让娃操心。"

高兴全安慰女儿："你达你妈啥都能想开，女子把女婿伺候好，甭叫家里人操心就好。"

张生祥对高兴全急急地说："不对呀，这咋不见咱白女跟黑娃哩？我刚问团长，毛团长咋吭吭哧哧的，走，咱再问一下，看这俩娃做啥去了。"

刚一转身，毛团长走了进来。毛团长抢前几步，拉着张生祥、高兴全的手，眼含泪水，说不出话，莲花和艳艳已经呜咽开了。

张生祥颤声问："我白女咋样啦？还有黑娃。"

毛团长满面泪水，泣不成声地说："白女和黑娃为革命光荣牺牲啦。"

"你说啥？"张生祥身子一歪，两名解放军赶紧扶住，将几乎昏倒的张生祥扶坐到椅子上。高兴全老泪纵横，呜咽起来，身子直往地上坐，一战士眼疾手快，拦腰抱住了高兴全，几个人把高兴全扶坐在椅子上。

毛团长呜咽着说："我没有脸面对咱云阳父老乡亲，可我不能瞒着咱父老乡亲，得把实情说出来。"说着，从挎包里取出两份盖有鲜红印章的烈士证，看好后，郑重地双手交给张生祥："这是白女，不，应该是英雄张玲的烈士证。"

张生祥颤抖着手接过，看着，哭着。

毛团长又将另一张递给高兴全，沉痛地说："这是后来改名叫高志杰的黑娃的烈士证。"

高兴全边看边哭。张生祥边看边哭。

旁边的康民、莲花、艳艳、愣娃、三怪都泪水满面地围着张生祥、高兴全解劝。毛团长在一旁默默地流着泪。

门外，一解放军战士急着大喊："报告团长，电报。"毛团长急忙走出病房，给康民小声叮咛，并挥手告别。

躺在病床上泪水满面的石头，招手让康民坐在床边，小声地说："团长人哩?"康民小声说:"带着队伍解放西安、咸阳去啦。"

手捧烈士证的张生祥、高兴全止住了哭声。

张生祥悲痛地说:"听,又打开仗啦,这死的人,可不得少。"

高兴全难过地说:"要是不打仗,该有多好哇!"

高兴全家一间房里,何氏虚弱地靠在炕头,头发全部花白了,哽咽着从炕上、墙上、窗户上一一指过去:"你看,这是给我黑娃白女准备的新房,墙呀,窗呀,都糊得好好的,这四床被褥都是里外三层新,这柜子桌子都是家传的最好的花梨木的,满满一柜子鞋、衣裳,都是我给黑娃白女和孙子做好的,你们看不?我给你们看啊。"

何氏说着,要挣扎着爬起来开柜,康民、徐敏、刘霞连忙上前按住何氏:"婶,我们信我们信!"

高兴全颤巍巍地说:"唉,要是早给儿女把喜事办了,现在咱孙子都满街道跑哩,日子过得多安宁。"

康民满含热泪,泣不成声地劝说:"快啦,战争很快就要结束啦,等全国解放了,共产党一定能够领导人民过上好日子的。"

席崇军也嘶哑着声音道:"没有革命先烈的奋斗牺牲,就不会有人民的好日子,共产党领导人民进行的前赴后继艰苦卓绝的斗争,就是为了这个目标。"

张生祥哽咽失声,徐敏、刘霞走过去,一人扶住张生祥一边流着泪说:"张叔,白女走了,还有我们哩,我们以后就是你的女子。"

席崇军说:"是,我们都是你的亲人,以前是,以后也是,永远都是。"

张生祥呜咽着点头:"我知道,我知道,都是好娃,都是好娃,还是共产党培养出来的娃好呀。"

高兴全过去一拍张生祥的肩,努力挤出点笑纹:"亲家,别难过,甭熬煎,解放啦。共产党会让咱这些缺儿少女的人,也能过上好日子的。"

张生祥攥着袖口边擦泪边点头:"嗯,嗯,我不怕,我不难过,娃们的路走得对着哩。"

轰隆,远处传来了炮火声、军号声。一屋子人透过窗户向远处望去,田野的尽头——

一队队解放军战士,在炮火中,奋勇前进。

一队队支前民工的车辆人流，在路上飞奔。

车轮滚滚，尘土飞扬，跃起的战马，昂首长鸣。

云开日出

1949年10月的云阳大街上挤满了人，树上、墙上、麦秸堆上都挂着鲜红的横幅——"欢迎亲人回家！"敲锣打鼓的声音从各个方向传来，不时有鞭炮炸响。彩旗招展中，几辆军用大卡车呜呜地驶了过来，车上胸戴大红花的英雄们向人群激动地挥着手，喊着。

天晴啦！太阳出来啦！儿啊！我娃回来啦！百姓们像潮水一样拥向车，喊声，哭声，笑声……

人群后，一个军人策马扬鞭穿过一条条人影稀少的背街小巷，他紧紧地盯着前方，瞪大双眼，硬撑着不让泪往出掉，他终于等到这一天了，他要为达娘兄长报仇，他要亲手杀了冯占财！

冯占财，一个噩梦一样的名字，一个豺狼一样的影子，一个一想起来便让人青筋暴起的名字，就是这个名字让他在战火中一次次不顾一切地扑向敌人，他眼里的每一个敌人都是冯占财，如果不是冯占财的欺辱，大哥不会失踪多年，没有冯占财，大哥不会死，大嫂不会不知所终，大哥的遗孤不会生死不明，达娘不会死，他不会家破人亡。

这个军人就是建娃，李长水的第三个儿子。在那个惨烈的夜晚之后，建娃和成娃跟随大哥的部队走了，理所当然地成了军人，成娃不幸阵亡，建娃活了下来。更巧的是，在辗转一圈后，他居然被委任为家乡柞水县武装部部长。那是他的故乡，是他的父母想念一生终无法归去的家，他现在重返安吴村有三件事：手刃冯占财，接父母魂归故里，寻回妹妹英子。

嘚嘚嘚的马蹄声穿过安吴街时，冯占财似乎感应到了，他瑟缩在太师椅上不停地发抖，想喊人，却喊不出。几个月前，家里就四散而空了，儿孙们跑的跑，被抓的被抓，一个都没有了，整个大院里空荡荡的，就他一个人了，连那只大狼狗都莫名其妙地不知去向。只有饿得跑出笼的几只鸡将院子叨得乱七八糟，拉得满院鸡粪，为了几粒玉米，两只公鸡打起架来，啄得满院子都是鸡毛。

　　隔壁院里传来欢笑嘈杂声，那是久别重逢的幸福的欢声笑语，这些笑语传到冯占财耳里，像是鞭子声，他知道，那些笑声越多，他的末日到来得越快。一想到末日，他想到了别的村被吊死的、被百姓争相踩踏的汉奸，他忽然有些害怕，想逃命，他惊惶地爬起来走到院子里，几只饥饿的鸡跑向他咕咕地叫着，而他看着紧拴的大门竟然不敢过去拉开，他觉得只要一拉开门，便会有一群拿着棍棒的人冲进来，而领头的肯定是……一想起当年那个少年仇恨的眼，冯占财的膝盖便隐隐作痛。

　　一只芦花鸡卧在墙头的梯子上咕咕地望着冯占财，冯占财看到梯子，浑浊的眼一亮。冯占财走到梯子前，抓住梯子，芦花鸡被吓得咕咕叫着扑棱到地上。一步，一步，冯占财颤巍巍地爬着，这时候他才意识到自己真的老了，他才意识到自己已经七十岁了。七十年啊，安吴村土地养活了自己七十年，自己又为这片土地做了些啥事？人到七十古来稀，应该被人敬了，而自己呢？居然成了丧家之犬，连逃命都没有地方可逃。

　　就在冯占财双腿打战地爬到最后一格，鼓足全身劲，一扬腿就要翻上墙时，大门咚的一声被踢开，冯占财吓得一哆嗦，差点从梯子上掉下来，幸亏抱住了墙头。

　　"冯占财！"

　　冯占财抱稳了墙头，移过脸来，惊愕地张大嘴。

　　冯占财听说过建娃成了战场上的神枪手，也听说他作战很勇猛，虽然知道他终有一天要回来的，可是，看着院子中央眼含烈火的军人，冯占财还是禁不住惊恐万分。他不由想起那个血色夜晚，那个满脸血泪的少年喷火的双眼。

　　那个久经沙场的少年已过早地显出中年的刚毅，只是他的眼神一如当年喷着仇恨的火，他一点点举起的枪，黑洞洞的枪口，也像一只眼睛，带着无边的仇恨瞅准他的脑袋。

　　"建娃子。"冯占财突然嗫嚅道。

　　更名为李衡章的建娃突然心下一颤，这个名字自从那晚跟部队走了后再没有人唤过，冯占财这一声低低的叹气般的呼唤，似乎唤醒了过往岁月，唤醒了长眠于地下的父亲，是啊，这毕竟是乡音啊。

　　"建娃子，伯对不起我娃啊。"冯占财再次喃喃。

"冯占财！建娃子不是你叫的，我不会对你心慈手软的，你准备吃枪子吧！"李衡章吼道，哗啦一声子弹上膛。

"你开枪吧，伯没啥话说了，伯也不用再担惊受怕，娃呀、孙子呀一个个死的死跑的跑，这个人世啊，我也留泼烦啦，娃呀，我到那边给你父母赔罪去。"

"你……"李衡章的手腕一软，瞅着冯占财一个字也吐不出来。

一路策马狂奔，就是想尽快抓住他，将他打成马蜂窝，将他碎尸万段，将他扔到河滩上喂野狗……想好了各种泄恨的方式，可是，冯占财嘶哑的声音居然让积压了那么多年的仇恨，积攒了那么多年的力气，忽然找不到发泄的出口了。一个在战场上面对成千上万的敌人，面对密集的炮火没有丝毫犹豫的军人，面对一个七十岁的衰朽老汉，犹豫了，面对害自己家破人亡的仇人犹豫了，迟疑了。

李衡章看着塌陷了眼窝，在墙头上不知是被风吹的还是因为害怕而不停抖动的冯占财，在心里算了算，冯占财大概有七十了，七十的古稀之年，按常规该儿孙绕膝被人照顾着，而现在看院子的情形，定是树倒猢狲散了，七十岁的人了还在爬墙逃命，即使不杀他，他还能活多久呢？杀这样一条命有意义么？

娃呀、孙子呀一个个死的死，跑的跑，冯占财，作恶多端的他也经历了世间最残酷的生离死别……这究竟是谁造成的？究竟谁是罪魁祸首？

李衡章突然就没有了开枪的力气，可是他又不甘心这么多年的仇恨就这样不了了之，他烦躁，他恼火，他对自己在这一刻的犹豫恼火，他不知道自己这样对不对，他不知道父母要的是哪一个结果，在一团混乱的头绪中，李衡章仰面朝天嘶吼："达，娘，大哥，我今儿给你们报仇啦！"然后噇地举起枪。

冯占财身子一凛，闭起双眼，挺起胸，迎向建娃的枪口。

啪！啪！啪！安吴村的天空回荡起三声枪响，之后是一片出奇的安静。待冯占财颤巍巍地睁开眼时，看到的是李衡章骑马远去的背影。冯占财张开嘴，想喊又喊不出口。他忽地想起了以前儿子打马离去的背影，多么相似的背影啊。冯占财细眯的眼里涌出成串成串的混浊的泪，泪流啊流，流过嘴角，流过稀疏的胡子，而后颤巍巍地吐出几个字："悔啊！"眼一闭，从墙上直直掉了下去。

不知是摔死的还是从墙上往下掉时就已死了,反正几天后邻居才发现了冯占财,生息皆无的他被鸡鸭啄得面目全非。因为是汉奸,村民捂着鼻子,发着恶心,将他用麻袋裹了,又卸下冯占财家一扇门板,抬到村外的乱糟坟里,挖了个坑,草草埋了。

建娃离开安吴村,又马不停蹄地朝着淳化方向奔。他记得娘临终时吐出的字:淳化茨坪。

翻过一座座山头,看到窑洞,建娃就跑过去问。

第二天,摸到茨坪村时,建娃的衣裳已被荆棘挂烂了好多处。建娃一家家问过去,村民都摇头。只有一个村民说前几年山体滑坡,英子家房屋被埋,英子夫妻在田里劳作躲过了灾难,但在屋里睡觉的儿子夭折,之后夫妻二人搬走了,不知所踪。

莽莽群山,星星点点的窑洞里偶尔有一缕炊烟飘出,随着风上升、上升,直到融化进云里。建娃站在山头长望,默默无语,他看看手中的红头绳,再抬头时,已是泪水垂颊:英子,你在哪?三哥来接你回家了。

岁月余音:重逢还是偶遇

丁零零,丁零零……

凌晨的静谧里猝然响起的电话铃,像一串集结号,惊得我一个翻身坐了起来,一手摸衣裳,一手伸向话筒。

是母亲打来的,母亲在哽咽:"你外婆不行了,你能不能回来给你外婆送个行,她一辈子没有几个亲人……"

"妈,别说了,我现在就往回赶。"不用母亲说后边那一句我也是必须赶回去给外婆送行的,住在大山深处的外婆,记忆里全是慈祥善良娴静。

可是那样一个知道把一年的好吃的攒起来留给山外外孙们的慈爱的外婆却有一种"迷糊病"——说不清自己老家在哪,说不清家里都有谁,所以我们从来没看到过外婆的任何亲人。而外婆在犯迷糊的时候总是不停地问外公：还打仗不？我们好奇地问过母亲，问过外公，外婆为什么老是问这句话，母亲说不清楚，外公也是想想后摇头，后来我们也就失去兴趣了，以为是外婆无意中逮住的一句话，连她自己都不知道什么意思吧。幸好外婆犯迷糊是间断性的，大部分时间里仍是一个健康勤快贤淑的女人，是一个恨不得把心掏出来给我们分吃的好外婆。外婆爱我们，我们当然也爱外婆，这么多年在外上学、工作，好几年没去看过外婆了，总说抽时间回去看看她，一拖再拖，直到现在终于不能再拖了。

上了火车，对面铺位上是一儒雅的年逾五十的男子。男子对谁都友善，帮女人放行李，给老人添茶倒水，还把下铺让给老人，说自己爬中铺比较合适。

终于没有什么人需要帮助了，男子坐下来，开始给自己杯里沏茶。他提起热水瓶，正要往他的咖啡杯里加水，又想起什么似的："这是你的杯子么？需要添水么？"他说的是我的水杯，我冲他一笑："现在这样素养高的人真不多了哦。"

"呵呵，"男子淡淡一笑，"习惯，一种习惯。"

顺着这个话题，我们聊了下去。我说："一个人的某种习惯是跟其生活背景分不开的，你这个习惯背后肯定有一些独特的人生体验，或者某种情感继承。"

男子说："不错，从小到大，父亲不知给我们叮咛过多少次，一定要善待遇见的每一个人，或许他就是你失散的亲人。"

"是吗？令尊是？"我对能说出这样的话的长者产生了极大的好奇。

"好吧，反正旅途漫漫，如果有兴趣，我给你讲讲发生在我家族里的故事，可以吗？"

"求之不得哦！"

火车在西北的旷野里疾驰，随着男子的娓娓道来，我的眼前是一片炮火硝烟，耳边是一场场生离死别家破人亡的悲凄啼哭……

故事结尾在一个叫英子的女子身上。男子说父亲临终前说过两句话：一句是，一定要继续寻找英子姑姑，一句是，出门在外对谁都要友善，或许那里边就有你失散的亲人。

"都是战争的受害者啊，战争造成太多的离散，留下太多创伤，但也保存下了人性的光芒。"我深深地叹道。看着面前儒雅又不失刚毅的男子,我对那个举枪向天空放了三枪的后来当了县长的军人产生了深深的敬意,甚至疼惜,也对那个英子姑姑产生了无以名状的心疼感,她一生是怎样地渴望着回家,渴望着亲人重逢团圆?她经受了怎样的漂泊流离和刻骨的思念?

"你们后来还找过英子姑姑吗?"回味片刻,我问。

男子道:"找过,信不信?我现在还在找,哈哈,不知为什么,找英子姑姑似乎成了我的一个习惯。我不知道她还在不在人世,但是我相信父亲还是希望我能完成他的心愿的——接英子姑姑回家。"

"英子姑姑若在世,现在该是八十高龄了。八十高龄的老人也很多,或许真的在呢。"我不忍心破灭他美好的希望。

男子道:"我也相信奇迹,只是茫茫人海,找到的概率真的微乎其微了。有时看着眼前来来往往的人,我就在想,这些人谁会是英子姑姑的儿孙呢,谁会是大伯的遗孤呢?所以我也经常叮嘱我的孩子们,在外边,要善待每个遇见的人,或许他就是你失散的亲人。"

"是啊,如果每个经历过离散的人都能明白这个道理,该多好!"

到站,男子犹豫了下,掏出张名片双手递过来:"虽然萍水相逢,但如果还有几份信任,需要时请联系。"我礼貌地接过来往包里一放。虽然始终相信偶然的相遇也可能是永远的朋友,但是,我还是不会轻易和陌生人联系的,这跟信任与否没有关系。

外婆家住在一座山里边,山叫什么名字,从来没有人考证过,只知道相邻的那一脉山被人喊成西风山。外婆家居住的村子叫南刘村,事实上这个村子既不在南边,也仅有一家刘姓,所以我一直认定这个村子原名该是"难留村"。之所以我给安上"难留"二字,是因为我知道这仅有的十几户人家,却说着天南海北各地方言,这些家庭都是逃难误打误撞跑进这个山里的,觉得这里还比较安静、安全,就留了下来,也就是说这些人都是来自各地的难民。

不知是谁家第一个留步在这座山里的,当我能记住这个山里的路时,我看到的也就是仅有的十几户人家。从大人闲聊中断断续续得知,这十几户人都是陆陆续续来的,来了后,寻一个山包包挖两口窑洞便安了家,当时山里有狼,为了安全,有几家便搬在了同一个山包包上,于是有了四五家相邻的居住状况，远远看来，倒有点村落的意味。仅有的十几户人家，却说着不同的方言，有湖北湖南的，有陕南的，有广西的。平日里，大家不约而同地不谈过往，很少互相串门，串门也只是互借农具，只在过年时大家会合作给其中一家杀猪。一家杀猪，全村都到场帮忙，主家会默契地给每户送一块肉。也只有在过年时，十几户人才会像一家人走动，但大家也只是蹲在某家的院子或院外，说说笑笑回忆着各自家乡，那时才能互相了解一点点。后来有一家门上贴出了对联，大家才知道那户独自生活的男人是一个舞文弄墨的，后来他给大家赠送对联，并且在院子里练书法，而令人吃惊的是他左右手同时挥毫，龙飞凤舞，被惊为天书。再后来不知什么时候，那人悄悄离开了村子，不知所踪，自始至终也没人知其身份。长大的母亲还常常念叨，那个中年男人在太阳下挥毫的情形是她一生见过的最壮观的风景，那字写得跟画一样好看。

后来也有几户人家离开了村子，据说是看天下太平了，回故乡了，也有传说湖北的那家人出山当乞丐去了，在他们离开村子的前一天，曾在院子里烧了一堆火，将面瓮里所有的面粉拿出来和了，擀成饼，插在木棍上用火烤熟，痛快地吃了一顿家乡的烤饼。当时他们一家人坐在院子中央烤着火，吃着饼，说说笑笑，谁也没想到他们以那样的方式告别了这座曾收留过他们的大山。

而"难留村"这一名字被人知晓是由于他们其中的一人到山外最近的镇甸上赶集时，本地人问起哪个村的，那人便随口道"难留村"，由此可估计出，那个人是有一定文化的，那个村的确是一群难民停留的地方。后来一个模仿一个，村子便被叫成了"难留村"，再到后来政府将村子纳入统一管理时，给定名为"南刘村"。这个村是我们小时候最向往又最头痛的地方，向往是因为外婆外公给我们积攒着一整年好吃的山果、柿饼、红枣等，头痛的是层层山峦，进山全靠一双脚，窄窄的山路被草盖得严严实实，小时候我们都是暑假和过年各来一次，每次都是母亲用手比画着外婆储存的一大堆一大堆好吃的诱惑着，我们才一路相跟着翻山越岭。

"多亏咱们的妈妈嫁到山外了，否则也不知咱们现在是放羊呢还是垦荒哩。"同样从另一城市赶回来的大姨的儿子说，三十几岁便已开始发福的表弟气喘吁吁，抹着额头的汗。

"命运充满太多偶然和必然。其实搁现在看，住山里还蛮不错的哦。"我手搭凉棚举目望向层层绿色的山峦。

"的确，山里有山里的好处，与世无争，空气也好，所以那几年妈妈她们要把外公外婆接到山外，他们死活都不同意。他们说要做山里一棵树，不想被移来移去，移得都找不到根了，亲人来也找不到了。"

"哦，对了，外婆的迷糊病后来好转了没？"

"估计没有，我也好几年没见过外婆了。"

终于站在了外婆的院门口。眼前院落一如从前，黑黑的门，黑黑的小木窗，三孔窑洞之间的墙上长满青苔和野草，还有一丛酸枣，非常茂盛，枝条都有大拇指粗。左边的墙根下窖口敞开着，盖水窖的石磨盖子躺在一边，辘轳无精打采地垂挂着。

"还打仗不？"迷糊的外婆问了外公一辈子了，在弥留时刻还是这个问题。

"不打了。老婆子，好好睡，再也不打仗了。"外公耐心地回答外婆。

"仗啥时停哩，我啥时能回家嘛？"

"仗马上就停啦，一停咱就回家。"

"还打仗不？"

"不打了，老婆子。"

"仗啥时停哩？"

"马上就停，老婆子。"

…………

我握住外婆枯瘦的手。表弟从肩头探过脑袋，我俩几乎同时发声："外婆，外婆，我回来了，我回来了。"

"囡，囡。"外婆居然认出了我，细眯深陷的眼居然亮了一下，还咧开没牙的嘴笑了。

"外婆，外婆，你认不认得我呀。"表弟凑得更近了。

外婆辨认着，微微地点点头。然后抬起手吃力地想抓住表弟，表弟连忙递过手。外婆一手抓着表弟的手，一手紧抓着我："囡囡，娃娃，听外婆话，出门在外，遇到谁都要好好地相待，说不定他就是你失散的亲人。"

这句话怎么这么熟悉？大脑迅速搜索间，明显地感到外婆的手一松，表弟急急地喊外婆。刚刚退到屋门口的亲人都围了上来，外婆呼吸急促，正在大家不知如何是好时，外婆突然平稳了，然后头一歪。我还没反应过来，妈妈颤声说:"你外婆走了。"

啊?外婆就这样……去世了?我傻掉一样,居然不知哭泣,木在原处。

外公走近炕边,颤巍巍地将枯瘦如柴的手放到外婆额上,唤道:"英子!英子!英子!"

什么?外婆原来名叫英子?!

"英子,睡吧,再也不打仗了,睡着了,就可以回家了。可怜的英子啊。"外爷涕泪满面,翕动着干瘪的颊。

我抹了把濡湿的脸颊,跑到院外的崖畔上摸出手机,寻出那张印着"西北大学哲学系教授 李××"的名片。

外婆下葬那天,南刘村来了一拨意料之外的人,那个火车上认识的男子——李教授,携着儿女甥侄赶来。

即使是白天,也只有临门处光线比较足的窑洞深处,老旧的自制方桌中央,两支玉白蜡烛静静地燃烧着。熔化的蜡滴若一颗颗晶莹剔透的泪珠滚落下来,积在烛根。荧荧跳动的烛火间,两张镶着黑框的照片相对而立。相互寻找了半个世纪的兄妹终于在这大山深处一孔窑洞里重逢。没有悲喜,没有言语,只有用相似的眼神相望。围在院子里的山民啧啧咂嘴:"奇怪很,两个人像得很。"是的,老红军晚年照片里,有着与外婆一样的眼神、颧骨、唇。更令人惊奇的是,李教授一行人中居然有几个与我们这边的人很相像,村民们一致认定我们肯定是一家人。

"相框上咋挂着根灰绳绳?"村民窃窃私语。

望着村民们口中的"灰绳绳",我泪落如雨,这根被血浸染过、辗转半个世纪的红头绳,已全然没有最初喜庆的红艳与光泽,灰暗的红里透着悲伤与沧桑。

李教授也又悲又喜,然后以娘家人身份,郑重地给外婆写下牌位:李氏衡英之灵位。

埋葬完外婆,我和李教授走在山坡上,山风习习。

"你为什么确认,外婆就是英子姑姑?""你说呢?"李教授意味深长地反问。我欷然一笑。

李教授望着远处的山峦说:"你在电话里说到外婆说的那句话时,我就相信了。世界上有些东西是科学鉴定不出来的，那便是人心。英子姑姑和父亲都经历了战争的残酷，经历了亲人的离散之痛，这些残酷这些痛逼出了他们生命的密码，也道出了每个生命的渴望：互相善待。这或许正是战争对生命的解构和求证。这次偶遇，或者是重逢，让我更加相信，在茫茫人海里，每个擦肩而过的人都有可能是自己的亲人。抛开生命本源不谈，想想，几千年的历史变迁、融合，哪个生命之间不存在着千丝万缕的联系？"

"如此说，"沉思片刻，我说："如果每个人都能懂得这个道理，懂得你中有我，我中有你的不可分割，彼此友善，关爱，这个世界上的苦难将大大减少。"

李教授点头："善良与爱，不仅能战胜苦难，也让人身处苦难而不觉得苦。为了证明这个道理，有太多人献出了生命。那些先烈，之所以心甘情愿地抛头颅洒热血，是因为他们以国为家，以每个同胞为手足、为亲人，他们用生命和鲜血呵护着整个民族。多希望他们的心血能激活更多人的善良与智慧，让世界少些人为的苦难。"

"是啊！"虽然外婆刚逝，我应该是悲伤的，可是在这一刻我居然像上下求索终于求证出一个高数方程般地欢喜起来："如果，战争是人类这个量子衍变进程中必然存在的能量裂变，我希望它能释放尽人性中的愚顽，熔化掉生命的狭隘，消弭人性壁垒，让爱对流无限畅通，如此，就会不再有战争，不再有那么多牺牲，不再有那么多离乱的苦难。每个人都可以祥和美好地生活。"

李教授颔首道："这是每个先烈们的心愿，也是唯一破解战争、消灭苦难的途径。"

"呵，相信会有这一天的。"

"期待！"

言罢，我们止步山头，放眼望，远方山清林秀，天空澄明，蓝天白云下，有鸟在轻快地飞翔……